BASTEI
LÜBBE

Von Gayle Lynds erschien bei Bastei Lübbe:

13911 Maskerade

Gayle Lynds

Das Mosaik

Aus dem Amerikanischen
von Susanne Tschirner

BASTEI LÜBBE

BASTEI LÜBBE TASCHENBUCH
Band 14 537

1. Auflage: Mai 2001

Vollständige Taschenbuchausgabe

Bastei Lübbe Taschenbücher ist ein Imprint
der Verlagsgruppe Lübbe

Titel der englischen Originalausgabe: MOSAIC

Titelfoto: Bavaria
Umschlaggestaltung: MARTINEZ ProduktionsAgentur, Köln
Satz: hanseatenSatz-bremen, Bremen
Druck und Verarbeitung: Elsnerdruck, Berlin
Printed in Germany
ISBN 3-404-14537-2

Sie finden uns im Internet unter
http://www.luebbe.de

Der Preis dieses Bandes versteht sich einschließlich
der gesetzlichen Mehrwertsteuer.

Für meine Tochter Julia Stone,
brillant und schön,
die mir lieb und teuer ist

Danksagung

Die Neugier ist meine Lust und mein Untergang. Als ich mich an die Arbeit zu diesem Roman machte, hatte ich viel zu lernen. Insbesondere im frühen Stadium liehen mehrere Menschen diesem Projekt ihre Fachkenntnis, was so weit ging, dass sie große Teile des Manuskripts gelesen und überprüft haben:

Die preisgekrönte klinische Psychologin und Autorin Lucy Jo Palladino, Dr. phil., klärte mich großzügig über Konversionsstörung, Hypnosetherapie und die feinen Unterschiede therapeutischer Suggestionen auf.

Alexander Shedrinsky, Dr. phil., Kunstkonservator und Chemieprofessor, ist Experte für das Bernsteinzimmer. Er hielt mich in Bezug auf das legendäre Kabinett und seine faszinierende Geschichte auf dem Laufenden. Wenn Sie Interesse haben und an seiner Wiedererschaffung mitwirken möchten, wenden Sie sich an Mr. Ivan Sautov, den Direktor des Katharinenpalasts, c/o Alexander Shedrinsky, Conservation Center of the Institute of Fine Arts, New York University, 14 East Seventy-eigth Street, New York, NY 10021.

Der Autor und ehemalige Agent Philip Shelton sorgte wie stets dafür, dass die nachrichtendienstlichen Aktivitäten korrekt und im Bereich des Wahrscheinlichen beschrieben sind.

Dennis Schwendtner, ein blinder Pianist, hat mich inspiriert. Er beweist, dass das Leben auf jeder Stufe lebenswert ist.

Der Kolumnist und frühere Verleger Fred Klein sagte mir nicht nur, was schlecht, sondern auch, was gut war, damit ich es noch einmal versuchen konnte.

Und Dennis Lynds, mein geliebter Mann und Autorenkollege, hat unablässig mit mir spontane Einfälle gesammelt, hat gelesen, noch einmal gelesen, lektoriert und Vorschläge gemacht, die sich ausnahmslos als richtig erwiesen haben.

Auch meinem wundervollen Agenten Henry Morrison bin ich zu Dank verpflichtet, nicht nur für seine wertvolle Starthilfe bei diesem Roman, sondern auch, weil er mich zu meinem neuen Verlag gebracht hat:

Tris Coburn ist ein Traumlektor – intelligent, hilfreich, geduldig und bereit, für das zu kämpfen, woran er glaubt. Cheflektorin Emily Bestler liebt gute Literatur und war fantastisch hinsichtlich ihrer Unterstützung, ihres Geschmacks und ihrer Vorschläge. Verlegerin Gina Centrello hat sich großzügig in die Materie hineingekniet und ihr feines Händchen in jeder Phase der Fertigstellung bewiesen. Art Director Paolo Pepe ist berühmt für seine außergewöhnliche Umschlaggestaltung, und ich bin ihm für diese zu tiefem Dank verpflichtet. Es ist eine Freude, mit Menschen zusammenarbeiten zu dürfen, die Bücher so leidenschaftlich lieben.

All das gilt auch für meinen internationalen Agenten Danny Baror, dessen Anrufe mir den Tag verschönert haben. Er ist ein Agent mit einem magischen Gespür.

Unsere Kinder haben sich bei den Recherchen als große Hilfe erwiesen: Julia Stone mit Fotos und detaillierten Notizen auf unserer Feldbegehung durch New York, Paul Stone für das Rechtswesen, Deirdre Lynds für die Musik, Kate Lynds und Julia Fasick für die Zitate und Katrina Baum für ihre Kommentare zu endlosen Szenarien.

Zu guter Letzt danke ich für all den Rat und die warme

Unterstützung von: Carmen Bree; Arthur Cormano, Mag.; Julia Cunningham; Nancy Giuliani; Gary Gulbransen; Susan Miles Gulbransen; Kay Hurlbert; Katy Jacobson, DC; Randi Kennedy; Wendell Klossner, Dr. med.; Christine McNaught; Lisa Merkl; Eric Mukogawa; Gene Riehl; Brian Robertson; Elaine Russell; Jim Stevens; Ami Stokhamer; MaryEllen Strange und Chuck Warren.

Das Abenteuer genügt sich selbst.
Mut ist der Preis, den das Leben fordert,
um einem Frieden zu gewähren.
– Amelia Earhart

PROLOG

Tagebucheintrag

Es ist Zeit, alles klarzustellen und zu erzählen, was genau passiert ist ...

Montag, 30. Oktober
WESTCHESTER COUNTY, New York

Es war 14 Uhr, und die Nachmittagssonne schien durch das Fenster ins Zimmer des alten Mannes. Er war erschöpft von einer Spritze, die ihn fügsam machen und ruhig stellen sollte. Er hasste sie alle, jeden, ohne Ausnahme. Besonders hasste er ihre Medikamente und ihre akademischen Diplome, perfekte Tarnungen für ihre wahren Absichten. Aber er hatte einen Plan. Er würde sie alle reinlegen und, verdammt noch mal, aus diesem Gefängnis entfliehen. Ein Gefühl der Dringlichkeit überfiel ihn.

Nur von diesem jungen Krankenpfleger versprach er sich etwas. Er war habgierig, und Habgier hatte der alte Mann immer zu nutzen verstanden.

»Er ist echt«, flüsterte der Krankenpfleger, als er den Rollstuhl des alten Mannes den Korridor hinunter in die schwache Oktobersonne schob. »Ein ganzes Karat.«

»Natürlich ist er echt«, murmelte er vor sich hin. »Ich würde meine Zeit nicht damit verschwenden, wenn er's nicht wäre.«

»Was?« Der junge Mann beugte sich hinunter.

»Nichts.«

Der Krankenpfleger schob ihn in die parkähnliche Anlage hinaus, die dazu diente, die Schuldgefühle der wenigen Auserwählten zu mildern, die es sich leisten konnten, ihre alten und unerwünschten Angehörigen hier mitten im Nichts abzuladen. Im Sommer blühten Petunien und Stiefmütterchen in leuchtend bunten Farben in den ordentlich geharkten Rabatten, die die gewundenen Gehwege des Pflegeheims säumten. Jetzt war es Ende Oktober, und die Blumenbeete waren leer geräumt und warteten auf den ersten Schneesturm. Der ganze sorgfältig gepflegte Komplex einschließlich der umliegenden Wälder gehörte den Söhnen des alten Mannes und war ein exklusives Hochsicherheitsgefängnis, um ihn von seiner Familie und der Welt zu isolieren.

Der Krankenpfleger hielt mit dem Rollstuhl unter einer haushohen Platane. Die meisten Blätter waren schon abgefallen. Die Zweige über ihren Köpfen bildeten das Skelett eines Strohdachs. Von ihrem Standort auf einer leichten Anhöhe, den Baum im Rücken, konnten sie die weite Fläche des Anwesens überblicken.

Der alte Mann sog schnüffelnd die kalte Luft ein und konnte sich fast wieder erinnern. Er schüttelte den Kopf. Es war wieder weg, wie auch er bald ›weg‹ sein würde, wenn er nicht in Kürze hier heraus käme. Er wandte seinen Blick dem Krankenpfleger zu, einem stämmigen jungen Mann mit massigem Kinn und naiven Augen. Er hätte dringend eine Rasur nötig, aber das traf ja heutzutage auf viele der jungen Leute zu. Gestern war der Junge noch ein großspurig auftretender Schläger gewesen, aber heute konzentrierte er sich darauf, sich einen weiteren Diamanten zu verdienen.

»Was hast du mit dem Diamant gemacht?«, fragte der alte Mann.

»Genau, was Sie mir gesagt haben. Ich bin zu der Bank in Armonk zurückgegangen und habe mir ein Schließfach gemietet. Da habe ich ihn 'reingelegt. Ich werde ihn sechs Monate lang nicht verkaufen, erst, wenn ich in Urlaub fahre.«

Er sah den Burschen prüfend an. »Verkauf ihn weit weg in irgendeiner großen Stadt, wo dich niemand kennt. Und dann fahr wieder ab, sobald du es erledigt hast. Hör auf mich. Pass auf. Du willst ja wohl nicht, dass das Gesetz dir in die Quere kommt und Fragen stellt.« Der Junge hatte weit Schlimmeres als die Polizei zu fürchten, aber der alte Mann würde den Teufel tun und ihm das erzählen.

»Wann kriege ich den anderen Diamanten?«

Er lächelte. Die Habgier war seine Verbündete. »Sobald du die hier abgeschickt hast.« Er schaute sich vorsichtig um und zog dann aus der Innenseite des schweren Mantels, der seinen Klinikschlafanzug bedeckte, zwei Päckchen hervor. Es waren gefaltete Zeichenpapierblätter, in braunes Packpapier eingewickelt und mit Klebeband verschlossen. Er erteilte dem Jungen genaue Anweisungen.

Das eine Paket war an eine Konzerthalle in London adressiert, das andere an die Central Intelligence Agency in Langley, Virginia.

Außer den Diamanten und ein wenig Bernstein, die er in diese Höllenanstalt hatte schmuggeln können, besaß er nichts mehr. Er hatte sogar das Schreibmaterial aus dem Werkstattraum stehlen müssen. Im vergangenen Jahr hatte er schon damit begonnen, seine Erinnerungen aufzuschreiben, und er schrieb noch immer daran.

Der junge Mann langte nach den beiden Päckchen und steckte sie in seine kurze weiße Jacke. »In einer halben Stunde hab ich Dienstschluss. Ich fahr nach Armonk und geb sie da auf.«

»Das wird genügen.« Die Augen des Alten verengten

sich. »Sei vorsichtig. Erledige deine Aufgabe zu meiner Zufriedenheit, und es wird noch mehr Diamanten für dich geben. Ich habe noch weitere Arbeit für dich. Ich fange gerade erst an.«

»Noch mehr Diamanten?« Der Krankenpfleger sah sich misstrauisch um, als packe ihn plötzlich die Unruhe. »Wo haben Sie sie versteckt?« Er bemühte sich, harmlos und lediglich um das Wohlergehen des alten Mannes besorgt zu klingen. »Vielleicht sollten wir ein besseres Versteck für sie finden. Irgendwo, wo es sicher ist.«

Der alte Mann kicherte. Sie hatten ihn zum Sterben hierher gebracht, aber er überlistete sie noch alle. Er wusste viel mehr, als sie je für möglich gehalten hatten. Sein Kichern steigerte sich, bis es ihn überwältigte. Er brüllte vor Lachen. Er schüttelte sich vor Lachen. Musste sich die Augen trocknen. Ungehalten winkte er ab, als der Junge ihn zum Schweigen zu bringen versuchte. Und lachte noch lauter. Gespannt versuchte er sich vorzustellen, was geschehen würde, wenn die Päckchen in Langley und London ankämen.

Was er nicht wusste, war, dass in der Rinde des großen Baums eine Abhörvorrichtung verborgen war, die binnen einer Stunde abgehört werden sollte.

PRAG, Tschechische Republik

Es war Mitternacht, und ein kalter Wind peitschte von der schwarzen Moldau herüber, schnitt durch Jirís schweren Mantel und zwickte ihn ins Fleisch. Zitternd hastete er über die Karlsbrücke auf die Kirchtürme, die steilen Dächer und stattlichen Kuppeln der Altstadt zu. Er sehnte sich nach dem lauten Stimmengewirr und der Gemütlichkeit einer verräucherten Kneipe.

Er hatte Angst.

Die Leute, mit denen er von Zeit zu Zeit Geschäfte zu machen gezwungen war, hatten ihm befohlen, diese Route entlangzulaufen, einen prallen Umschlag mit gestohlenen Fotos und kopierten Dokumenten unter dem Arm. Er hatte es auf die harte Tour gelernt, dass man, hatte man einmal ihr Geld und ihre Schutzversprechen angenommen, nie mehr zurückkonnte. ›Jirí‹ war sein Deckname.

Er musste genau das tun, was sie ihm befohlen hatten.

Während er nervös über seine Schulter schielte, hastete er an der letzten Statue der Brückenheiligen vorbei und hielt geradewegs auf die Karlova zu. Die barocken und gotischen Gebäude warfen im Mondlicht lange düstere Schatten. Der Geruch verbrannter Kohle stach ihm in die Nase, die Furcht wühlte ihm den Magen auf.

Schließlich hörte er aus einer Seitengasse, an der er gerade vorbeikam, ein Volkslied erklingen. Er blieb mit klopfendem Herzen stehen und lehnte sich gegen eine mittelalterliche Mauer. Er zog ein Päckchen Marlboro heraus. Mit zitternden Händen beugte er sich vor und tat so, als zünde er sich eine Zigarette an.

Eine Stimme sprach ihn auf Tschechisch an: »Gestatten Sie.«

Ein Ziehharmonikaspieler in einem dicken Steppmantel trat aus der schwarzen Gasse. Er trug einen Hut mit Krempe, den er tief ins Gesicht gezogen hatte, und hielt ihm ein Feuerzeug hin.

Mit zitternden Händen steckte Jirí sich die Zigarette in den Mund. Ein Skoda näherte sich, seine Scheinwerfer strichen durch die finstere, einsame Straße. Das Gesicht des Ziehharmonikaspielers lag im Schatten. Er sah zu, wie das Fahrzeug um eine Ecke verschwand. Dann knipste er das Feuerzeug an. Die Flamme sprang empor, klein und unauffällig, und Jirí zog an der Zigarette, bis sie wieder brannte.

»Danke.« Jirí lockerte seinen Griff um den Umschlag unter seinem Arm.

»Keine Ursache. Gute Nacht.«

Bevor der Musiker sich wieder entfernte, rempelte er Jirí an. Während er sich für seine Ungeschicklichkeit entschuldigte, tauschte er Jirís Umschlag rasch gegen einen identischen aus, den er zwischen Ziehharmonika und Brust versteckt getragen hatte.

Der Musiker schaute sich nach allen Seiten um und ließ etwas hören, das wie ein betrunkenes Kichern klang. »*Zivijo.*« Langes Leben.

Wieder raste ein kalter Schrecken durch Jirí. Er flüsterte: »Ich hoffe, ich habe Ihnen alles gegeben, was Sie wollen.«

»Falls nicht, werden Sie von uns hören.« Die Worte des Musikers waren eine Drohung. Dann warf er den Kopf zurück, streichelte seine Ziehharmonika und entfernte sich, während er zu spielen begann und fröhlich dazu sang: »*Ein Zigeunermädel, ein goldenes Bier ...*«

Jirí hastete schnell in die entgegengesetzte Richtung davon, wobei er sich stets im tiefsten Schatten hielt. Jetzt stiegen in ihm Sorgen darüber auf, ob sein Arbeitgeber, ein großer Unternehmer, die Diebstähle bemerken würde. Er dachte über das nach, was er kopiert und gestohlen hatte, ging noch einmal all seine Schritte durch, versuchte herauszufinden, ob er irgendwelche Spuren hinterlassen hatte –

Und dann wurde er beinahe ohnmächtig vor Freude, denn ihm war eine Idee gekommen: Sie mussten jetzt hinter seinem Arbeitgeber her sein. Das war es! Das musste die Anforderung all der Dokumente und Fotos bedeuten. *Sein Arbeitgeber.* Er lächelte, und seine Lippen entblößten fast grimassenhaft braune Zähne, ein gefangenes Tier, das verzweifelt nach Hilfe Ausschau hält. Es war die einzige Möglichkeit. Seine Annahme, dass sie seinen Arbeitgeber wollten, musste einfach richtig sein.

Er hatte doch Recht, oder?

Monaco

Als er erfuhr, dass die Frau eine Suite im legendären Hôtel de Paris gemietet hatte und es sich seit drei Wochen in dem Luxus dort gut gehen ließ, wusste Jean-Claude, dass er am Ende mit ihr dorthin gehen würde.

Er hatte sie begehrt, seit er sie zum ersten Mal in Jimmy'z Nightclub gesehen hatte. Sie hatte an dem Tisch mit Blick aufs Wasser gesessen. Sie war *très belle. Magnifique.* Sie trank Champagner zu 40 Dollar das Glas und bestellte ihn großzügig für die anderen Tische und warf ihr langes goldenes Haar über ihre Schultern zurück. Ihre honigfarbene Haut schimmerte im gedämpften Licht der Tischlampe. Jedes Mal, wenn sie lachte, bogen sich ihre roten Lippen zu einem üppigen Bogen hoch, und ihre kleinen weißen Zähne wurden sichtbar. Sie lachte häufig.

»Champagner ist Monacos Nationalgetränk!«, rief sie in amerikanisch gefärbtem Französisch, als er sie über den ganzen Saal hinweg anstarrte. Sie grinste kühn. »Kommen Sie, trinken Sie mit mir!«

Er setzte sich zu ihr.

Sie erzählte ihm, ihr erster Ehemann sammle Jackson Pollock und Jasper Johns und ihrem zweiten gehöre eine Ölfirma in Louisiana. Eine Menge Öl. Sie sei geschieden, sagte sie, und 30 Jahre alt. Aber sie hatte einen perfekten Körper – ganz sanfte Kurven und lockende Hüften. In jener Nacht sah er zu, wie sie mit den Jungen aus dem Jetset tanzte, aber sie kam immer an den Tisch zurück. Zu ihm.

Er war ein Polizeiinspektor mit einem sexuellen Appetit, den keine Frau allein je hatte befriedigen können. Schließlich war das hier Monaco, wo alle reich und schön waren, wo sich die Berühmten und Berüchtigten drängten, um ihre Vermögen vor der Steuer zu verstecken und voreinander damit zu protzen wie eitle Pfaue. Hier war märchenhafter Überfluss *de rigueur,* und *amour* wurde nicht nur toleriert, sondern die Luft war gesättigt davon. Natürlich war er vorsichtig, aber er übte keine Selbstverleugnung. *C'est la vie.* Er war ein Mann und hatte die Bedürfnisse eines Mannes. Und er hatte eine besondere Schwäche für amerikanische Mädchen und ihre absolute Hemmungslosigkeit, vor allem, wenn sie zusätzlich auch noch reich und schön waren.

Sie ging ihm die ganze Woche nicht aus dem Kopf.

Schließlich machte er sich auf die Suche nach ihr. Er fand sie in einer anderen Bar, und sie behandelte ihn, als sei er ihr lange verloren geglaubter bester Freund. Sie tranken. Sie lauschten der Musik. Sie trug Diamanten und Gold und ein äußerst kurzes Designerkleid, das die Innenseiten ihrer Schenkel sehen ließ. Sie verabredeten sich für 11 Uhr am nächsten Tag.

Das ging vier Nächte lang so weiter. Die sexuelle Spannung zwischen ihnen baute sich auf, bis sie vulkanische Ausmaße angenommen hatte. Gefährlich, so, wie er es mochte.

Diese Nacht waren sie wieder im Jimmy'z. Sie trug einen rein weißen Body. In seinem Schritt pochte es.

Sobald die Musik einsetzte, sprang sie auf die Bühne. Während die Instrumente wummerten, schwang sie die Hüften und warf sich hin und her. Ihre runden Brüste wippten und schienen den dünnen Stoff ihres hautengen

Bodys zu sprengen. Sie hob die Arme hoch über ihren Kopf und schloss die Augen, während sie zu dem gnadenlosen Rhythmus tanzte.

Er stand an der Bar und atmete tief durch. Er fuhr mit dem Finger über die Innenseite seines Kragens. Glättete seinen Schnurrbart. Zog seinen Hosenbund gerade. Keine Sekunde ließ er den Blick von ihr. Er brauchte die Jagd, den elektrisierenden Kick von Beute in seinem Blick und die Gewissheit, dass er sie, die sich die Lippen befeuchtete und die Augen aufschlug und die ihn ungeniert über den ganzen gefüllten und von Juwelen glitzernden Raum hinweg anstarrte, zur Strecke bringen würde.

Die Musik verstummte. Er kehrte an den Tisch zurück, um sich zu setzen.

»Hat dir mein kleiner Tanz gefallen, *mon ami?*« Sie stellte sich neben ihn.

Sein Gesicht war ganz nah an ihrem Bauch. Er sog ihren erotischen, parfümierten Duft ein. Er konnte sie schon schmecken.

Unvermittelt erhob er sich. »Wir werden jetzt gehen.«

Sie legte den Kopf schief. »So, werden wir das?«

»*Oui.*« Er nahm ihren Arm und führte sie hinaus in die diesige Mittelmeernacht. »Ich fahre.« Er holte ihre Schlüssel aus ihrer Abendtasche, setzte sie auf den Beifahrersitz ihres Ferraris und sich hinter das Steuer. Mit Vollgas fuhr er ihn aus der Karawane von Bentleys, Rolls-Royce und Mercedes heraus, die vor dem noblen Nightclub parkten.

Ihr Lachen dröhnte, übermütig und herausfordernd.

Die Hitze in seinen Lenden brannte und pochte. Sie gingen ohne Umwege in ihr Hotel. Sobald sie ihre Luxussuite betraten, zog sie die Lippen hoch. Er griff nach ihr.

Schmollend tänzelte sie zurück. »Du Franzose –«

»Nicht Franzose. Monegasse. Komm her, Stacey. Es ist Zeit.«

»Ach, Jean-Claude –« sie griff nach dem Reißverschluss an ihrem tief ausgeschnittenen Body. »Willst du denn nicht sehen, was du bekommst?«

Fasziniert hielt er inne, und sie zog den Reißverschluss herunter. Ihr honigfarbener Körper schien, endlich befreit, förmlich aus dem Gefängnis des Stoffs zu platzen, schimmernd und darum bettelnd, geküsst zu werden, geküsst und gebissen und ... sie hatte ihre Schamgegend rasiert.

In seinem Kopf explodierte etwas. Ein Donnerschlag der Begierde überwältigte ihn. Amerikanische Frauen rasierten sich dort nicht, europäische aber sehr wohl, und die Kombination ihrer amerikanischen Hemmungslosigkeit und der alten europäischen Gepflogenheit machte ihn wild.

Steifbeinig ging er auf sie zu. Sie stieg aus ihrem Ganzkörperbody und warf ihn ihm entgegen.

Er fing ihn auf. »Stacey!«

Und dann war sie bei ihm, und ihr honigfarbenes Fleisch rieb sich an seinem Anzug. Seine Hände fuhren über ihre heiße Haut. Sein Mund verschlang sie. Er war verrückt vor Verlangen.

Sie zog den Reißverschluss an seiner Hose auf und packte sein erigiertes Glied. Er stöhnte auf.

Sie streichelte ihn und flüsterte ihm ins Ohr: »Du willst mich, Jean-Claude?«

Er packte ihre Hüften und versuchte sie hochzuheben, damit er in sie eindringen und es hinter sich bringen konnte. Nach einer kurzen Erholungspause würde er sie erneut vögeln. Und dann noch einmal. Er würde sie vögeln, bis sie sich nicht mehr daran erinnern konnte, je von jemand anderem gevögelt worden zu sein. Bis sie wund und aufgerissen wäre, aber es würde so gut sein, dass sie um mehr betteln würde. Nacht für Nacht würde er sie vögeln, bis er ihr ihre Cowgirl-Verrücktheit ausgetrieben und sie gefügig gemacht hatte, und dann konnte er sie für immer verlassen.

Er musste sie haben. Jetzt.

Sie steckte seinen Schwanz zwischen ihre heißen, feuchten Schenkel und quetschte ihn, ließ ihn in der Falle seiner Leidenschaft zappeln. »Nein, Jean-Claude. Noch nicht. Mich bekommst du nicht umsonst –«

Als die Dämmerung mit Streifen von Pink und Zitronengelb über der winterlichen Riviera einsetzte, taumelte der Polizeiinspektor aus dem Hotel, ausgelaugt und immer noch erregt. Er musste nach Hause gehen, um sich zu duschen und für die Arbeit anzuziehen.

Oben benutzte ›Stacey‹, immer noch im Bett, eine Nummer mit Anrufweiterleitung, um Georgetown in Washington DC anzurufen. Dort war es jetzt Mitternacht.

»Es ist alles in die Wege geleitet«, berichtete sie ihrem Auftraggeber auf der anderen Seite des Atlantiks. »Er hat sich genau so verhalten, wie ich es erwartet habe. Er wird mir die Polizeiberichte und all die relevanten Unterlagen heute bringen. Er glaubt, mich ansonsten heute Nacht nicht wieder zu sehen. Und er ist ganz verrückt darauf, mich heute Nacht wieder zu sehen, und morgen Nacht und –«

Die Männerstimme am anderen Ende der Leitung klang schroff und herrisch, als sie sie unterbrach. Sie konnte hören, welche Dringlichkeit sie ausstrahlte. »Bringen Sie ihn dazu, die Veränderungen gleich jetzt vorzunehmen. Die manipulierten Dokumente müssen bis heute Nachmittag in Berlin sein. Dann machen Sie ihm klar, dass er mit seinem Schweigen sein Leben erkauft. Danach fliegen Sie nach London. Ich habe schon alle Vorkehrungen getroffen. Ihr nächster Auftrag ist ein Diebstahl. Er ist sehr wichtig ...«

Nachdem ihr Auftraggeber ihr die Einzelheiten mitgeteilt hatte, streifte sie ihre blonde Perücke ab. Ihr kurzes, schwarzes Haar fiel herunter. Sie fuhr sich mit den Fingern durch das Haar, während sie in Gedanken schon bei ihrem nächsten Auftrag war – einem Diebstahl in London.

ERSTER TEIL

JULIA AUSTRIAN

1

19.58 Uhr, Freitag, 3. November
LONDON, England

Julia Austrian war blind. Ihre Blindheit war weder durch einen Geburtsfehler noch durch einen tragischen Unfall hervorgerufen worden. Es war vielmehr beinahe so, als hätte die Hand Gottes – oder vielleicht Satans – in ihr Schlafzimmer gegriffen, während sie schlief, und das Leben aus ihren Augen gepresst. Ihre Erblindung, das hatten die Ärzte ihr gesagt, hatte keine bekannte physische Ursache. Es war ein psychologisches Problem: Sie hatte tödliche Angst vor ihrem Publikum.

Sie hatte sich nie daran gewöhnt, blind zu sein. Das Sehenkönnen war eine Erinnerung, die wie ein Traum in ihr nachhallte, und sie sehnte sich inbrünstig danach, wieder sehen zu können. Deshalb log sie. Sie erzählte Reportern, dass es von Vorteil für eine Pianistin sei, blind zu sein. Sie erzählte ihrer Familie, sie sei froh darüber, weil es ihr ermögliche, sich ganz auf ihre Karriere zu konzentrieren. Sie hatte den drei Männern, die sie geliebt hatte, erzählt, dass Sex als Blinde besser sei – viel gefühlsbetonter und körperlicher.

In ihren Lügen lag eine gewisse Wahrheit.

Sie war viel unterwegs in den Vereinigten Staaten, Europa und Asien. Ihre Mutter war ihre Managerin und ihre Augen, und gemeinsam tourten sie durch die Welt der Musik, von großen Konzerthallen zu intimen Auditorien, von herrschaftlichen Rokokopalästen zu hinterwäldlerischen Konzertbühnen. Die Kritiker schwärmten von ihrer Ausdruckskraft, der Schönheit ihres Tons, der technischen Meisterschaft und ihrem Temperament – dieser schwer fassbaren Qualität, die jeder Note ihre eigene Spannung verlieh. Ihre reiche, ausgedehnte Verwandtschaft daheim hielt das Klavier für eine seltsame Wahl, um sein Geld damit zu verdienen, aber das Publikum in aller Welt liebte sie. Es war eine dieser seltsamen Wendungen im Leben: Sie gab der Seele des Publikums Nahrung und das Publikum der ihren. Doch seinetwegen war sie blind.

Ihre Mutter – Marguerite Austrian – war bei all dem ihr Fels in der Brandung. Julia war ihr einziges Kind, und sie hatten eine dieser ungewöhnlich engen Beziehungen zwischen Erwachsenen entwickelt, die dasselbe Blut in den Adern haben. Sie teilten Liebe und Verständnis miteinander sowie eine starke Unsicherheit, deren Wurzeln in der zehn Jahre zurückliegenden Familientragödie lagen. Julia konnte wegen Marguerite geradezu närrisch werden. Sie konnte Tränen der Dankbarkeit vergießen für das, was Marguerite für sie getan hatte. Sie konnte ein schlechtes Gewissen bekommen, weil Marguerite ihr eigenes leichtes, unbeschwertes Leben aufgegeben hatte, um sie zu managen.

Schließlich hätte Julia fremde Leute dafür engagieren können. Reichtum war in ihrer Familie sozusagen gottgegeben, und Julia scheute nicht davor zurück, darauf, wann immer es nötig war, zurückzugreifen. Aber ihre Mutter wies ihre Einwände stets zurück, und im Laufe der Jahre begann Julia zu begreifen, dass es dieses Leben der Arbeit und des Reisens und des Gesehenwerdens als ihre Gefährtin war, was ihre Mutter wollte.

Am Ende lief wieder alles auf die Musik hinaus. Von ihrem Vater ausgehend, der ihre Begabung erkannt und sie auf die berühmte Schule, auf die Juillard, geschickt hatte. Und von ihrer Mutter, die ihre Karriere über alle Hochs und Tiefs hinweg nicht nur möglich, sondern auch noch zu einem Vergnügen gemacht hatte – Übungen, Konzerte, Menschen, das Umherreisen, ihre nicht erlahmenden Bemühungen, so viel wie möglich für sich selbst zu tun, das Krafttraining und das Jogging, das ihre Muskeln stärkte und aufbaute, sodass sie so kraftvoll wie jeder Mann spielen konnte. Mit den Jahren war ihr Selbstbewusstsein gewachsen. Jetzt fühlte sie sich, als könne sie mit allem fertig werden.

An diesem Freitagabend hielten sie sich in der Royal Albert Hall in London für eine Vorstellung auf, die live von der BBC übertragen werden sollte. Die Luft knisterte vor Spannung, und der Duft teurer Parfüme war allgegenwärtig.

Sie brannte darauf, zu spielen. Am Rande ihres Bewusstseins nahm sie das Flüstern der Bühnenarbeiter wahr. Hinter den Kulissen wurde es ruhig. Die Zuhörer tuschelten noch leise und rückten hin und her, ruhelos wie ein gerade erst gezähmtes wildes Tier. Doch während Julia darauf wartete, hinauszugehen, galt einzig und allein der Musik ihre gesammelte Aufmerksamkeit – sie pulsierte in ihrem Hirn, und ihre Finger sehnten sich schmerzlich nach den Tasten.

Sie lächelte. Es war so weit.

»Komm, Liebes.« Die seidenweiche Stimme ihrer Mutter verriet mit kaum merklichen Anklängen ihren New Yorker Akzent.

Julia ließ den Arm ihrer Mutter los und trat auf die Bühne. Sie prägte sich vor einem Konzert immer den Weg zu dem Klavier ein, und dann ging sie allein hinaus, ohne ihren weißen Stock, ohne die Brille mit den gefärbten Gläsern und ohne jemandes hilfreich dargebotenen Arm. Im Laufe der Jahre hatte sie eine Art sechsten Sinn für die richtige Richtung entwickelt, der sie selten trog. Jeder konnte das. Blindheit war etwas Mentales – die Fähigkeit, über das nachzudenken, was du erkannt hast, ist der Schlüssel.

Was ihr nicht bewusst war, war die Tatsache, dass ihre anderen Sinne jetzt schliefen, eingelullt von den aufwallenden Noten und komplizierten Themen der Etüden, die sie spielen würde. Völlig versunken, getrieben von ihrem Bedürfnis nach dem Steinway, durchmaß sie den Bühnenbereich hinter dem Vorhang.

Und fiel hin.

Mit einem unaufhaltsamen Drang lief sie geradewegs in irgendetwas hinein, stolperte und stürzte hart in die Kulissen. Sie verlor völlig die Orientierung. Ihre rechte Hüfte und ihre Hände schmerzten. Sie schnappte nach Luft.

Schritte hasteten auf sie zu.

»Julia!« Ihre Mutter war bei ihr und richtete sie wieder auf. »Wer hat diesen Stuhl hier stehen lassen? Alle haben gehört, dass dieser Bereich absolut frei gehalten werden muss! Schafft ihn fort! Julia! Bist du in Ordnung?«

Ihre Mutter half ihr auf. Angst durchzuckte sie. Sie hatte sich zu Tode erschreckt, nicht nur wegen des Sturzes, sondern auch, weil ihr ›Gesichtssinn‹ sie im Stich gelassen hatte. Meistens war es fast so, als könne ihr Gesicht einen niedrig hängenden Ast vor ihr oder einen zu hoch gepolsterten Sessel oder einen Stuhl ›sehen‹. Ihre Stirn überzog Schweiß.

Wenn dein Leben lichtlos ist, verlierst du schnell deinen Sinn für rechts oder links, vorne oder hinten. Du lebst in einem Meer der Schwärze. Hast du einmal das Gleichgewicht verloren, verwirren sich alle Richtungen heillos, und in deinem Kopf herrscht nur noch Chaos.

Alle geschärften Sinne ließen sie im Stich. Es wurde ihr unmöglich, sich zu entscheiden, wohin sie sich als Nächstes bewegen sollte.

Sie musste sich zusammenreißen.

Mit pochendem Herzen blieb sie an Ort und Stelle stehen und machte Bestandsaufnahme. Ihre Handgelenke taten weh. Sie musste wesentlich härter auf ihnen aufgekommen sein, als sie zunächst bemerkt hatte. Die Angst schüttelte sie.

Ihre Hände.

Sie durfte sich ihre Finger, Hände oder Gelenke nicht verletzen. Das wäre das Ende ihrer Karriere als Pianistin. Sofort tastete sie sie ab.

»Du hast dich verletzt!« Das Flüstern ihrer Mutter klang ihr im Ohr wie ein Schrei.

Der Schmerz war nicht stechend. »Nichts gebrochen.« Erleichtert entspannte sie sich ein wenig.

Zu den Bühnenarbeitern und den Angestellten der Konzertveranstaltung, die sich, wie sie an ihren gedämpften, besorgten Stimmen erkennen konnte, um sie versammelt hatten, sagte sie laut: »Mir geht es gut. Danke. Wirklich. Mir geht's gut.«

Ihre Handinnenflächen waren wund. Es fühlte sich an, als hätte sie Abschürfungen erlitten. Aber sie war fest entschlossen, jetzt zu spielen, koste es, was es wolle.

Hektisch versuchte sie sich in Erinnerung zu rufen, wie ihr Terminplan für die nächsten Tage aussah. »Was steht morgen an?«, flüsterte sie ihrer Mutter zu.

»Wir fliegen nach Wien. Kein Konzert an den nächsten beiden Tagen. Warum? Es sind deine Hände, nicht wahr? Wie schlimm bist du verletzt, Julia?« Die Stimme ihrer Mutter war rau vor Sorge.

»Die Handflächen sind ein bisschen empfindlich.« Sie hatte noch einmal Glück gehabt. »Wenn ich heute Nacht gespielt habe, ruhe ich mich erst mal ein paar Tage aus.«

»Solltest du nicht lieber unverzüglich einen Arzt aufsuchen? Dich röntgen lassen?«

»Es ist doch nicht das erste Mal, Mutter. Hast du ein Aspirin in deiner Handtasche?« Das würde gegen die Entzündung und die Schwellung helfen.

Sobald ihre Mutter gegangen war, registrierte Julia das entsetzte Schweigen um sich herum. Niemandes Gesichtssinn ist perfekt, sagte sie sich, obwohl ihrer dem schon recht nahe kam. Sie hatte sich ablenken lassen durch die Musik, die sie vollständig ausgefüllt hatte. Zu Beginn ihrer Blindheit war sie ständig gegen Wände, Türrahmen und Straßenschilder gelaufen. Was die Sehenden als gegeben hinnahmen, konnte für sie noch immer zu einer Katastrophe führen. Sie konnte in einen offenen Kanalschacht fallen und sich das Genick brechen. Sie konnte einen Schritt von einem Balkon tun und 80 Stockwerke tief stürzen.

Die Gefahr war dem Blindsein inhärent, sie und die Verletzungen, die sie Körper und Ego zufügte. In ihr aber saß eine noch größere Angst. Sie versuchte diese Furcht beiseite zu schieben, aber sie war wie ein gewaltiger Schatten, der sich auf ihre Schultern gelegt hatte. Er lauerte dort, bereit, sie jederzeit unter dem Entsetzen zu begraben, niemals wieder Musik machen zu können.

Der Schweiß rann ihr übers Gesicht. Ihr Atem kam stoßweise. Um sie herum das Schweigen, besorgt, peinlich berührt. Sie durfte nicht zulassen, dass die Angst sie lähmte, durfte sich nicht von dem Geruch nachempfundener Demütigung einschüchtern lassen, der von jenen ausging, die sie nicht sehen konnte.

Irgendjemand hatte unabsichtlich einen Stuhl in ihrem Weg stehen lassen. Das war alles.

»Kannst du spielen?« Ihre Agentin, Marsha Barr, trat an ihre Seite. Beunruhigt.

»Ich finde nicht, dass sie spielen sollte.« Ihre Mutter war zurückgekommen. Sie drückte Julia zwei Aspirintabletten in die eine und dann ein Glas Wasser in die andere Hand.

»Natürlich kann ich spielen«, widersprach Julia. Sie nahm das Aspirin und spülte es mit dem Wasser herunter.

»Julia!«

»Wirklich, ich bin in Ordnung.« Sie konnte ihr Publikum nicht enttäuschen.

»Wie geht es deinen Händen jetzt?«, wollte ihre Mutter wissen.

»Ein bisschen aufgescheuert.« Julia setzte ein trockenes Lächeln auf. »Aber ich glaube nicht, dass wir zur Amputation schreiten müssen.«

Das gedämpfte Geflüster um sie herum verstummte jäh und schockiert. Und dann kicherte die Menge vor Erleichterung.

Marsha Barr lachte und tätschelte Julias Arm. »Na, das sieht ja so aus, als wäre alles wieder in Ordnung.« Sie wollte sich entfernen. »Ich werde dem Publikum sagen, dass es eine fünfzehnminütige Verspätung gibt.«

Als sie gegangen war, sagte Julias Mutter: »Ja, Amputation wäre tatsächlich ein wenig übertrieben. Stell dir nur vor, wie es die Tournee stören würde.« Sie stieß ein abgehacktes Lachen aus, aber unter dem leichten Tonfall ahnte Julia die Qualen und Befürchtungen heraus, die ihre Mutter plagten.

Neben ihrem Gesichtssinn konnte Julia für gewöhnlich Bewegungen hören und spüren. All das ging auf Propriozeptoren zurück – auf winzige Sinnesorgane, die man in Muskeln, Sehnen und weiterem subkutanen Gewebe findet, die von Sehenden jedoch weitgehend ignoriert werden. Mit den Jahren hatte sie sich beigebracht zu spüren, wie die Luft sich veränderte, wenn ein Objekt im Raum sich bewegte. Kaum hörbare Aufsetzgeräusche auf einem Teppich oder ein Gelenk knacken oder einen Magen grummeln zu hören. Die Wärme zu fühlen, wenn etwas Lebendiges sich ihr näherte.

Heute Abend war ihr Gesichtssinn so lange abgeschaltet gewesen, dass sie gegen einen Stuhl hatte laufen können. Es stimmte sie nachdenklich. Und es ängstigte sie, dass sie all ihre geschärften Sinne verlieren konnte, wie sie ihr Augenlicht verloren hatte –

Sie beruhigte und konzentrierte sich. Mit plötzlicher Vertrautheit fühlte sie, wie sich die Luft vor ihr bewegte. Ihr Herzschlag beschleunigte sich vor Erregung. Eine geheimnisvolle Kraft, die sie nie begriffen hatte, strömte aus all ihren erweiterten Poren. Und mit deren Hilfe spürte sie, wie ihre Mutter nach ihren Händen griff.

Mit einem stummen Lächeln hielt sie sie ihr hin.

Marguerites Stimme klang ein wenig ungnädig, aber auch erleichtert. »Julia! Immer, wenn du meine Bewegungen so vorausahnst, jagt mir das eine Gänsehaut über den Rücken!«

Julia lächelte. »Sind doch nur meine Propriozeptoren.«

Dann ließ sie es angespannt über sich ergehen, dass ihre Mutter ihre Hände nahm und sorgfältig Finger, Handflächen und Gelenke untersuchte.

»Ich glaube, es ist nichts Ernstes«, erklärte Marguerite schließlich, »aber ich sähe es trotzdem gern, wenn du zum Arzt gehen würdest.«

Mit anderen Worten – ihre Mutter hatte ihre eigenen Schlüsse bestätigt. Nun wollte Julia sich in sich selbst zurückziehen, sich wieder auf ihr Spiel vorbereiten. Wollte wieder gelassen, abgehoben, selbstversunken werden.

Sie sagte leichthin: »Nichts gebrochen, Doktor Mom. Das haben Sie selbst diagnostiziert. Morgen früh können Sie, wenn es mit den Fingern nicht besser geworden ist, einen Ihrer Kollegen hinzuziehen.«

»Sie sind zu gütig!«

»Ich versuche nur, kooperativ zu sein.« Mit einer weiteren Glückaufwallung hielt Julia ihrer Mutter die Wange hin.

»Verflixt, Julia! Hör sofort damit auf!« Ihre Mutter hatte tatsächlich im Begriff gestanden, sie auf die Wange zu küssen.

Julias Gesichtssinn hatte es ihr gesagt. »Ich liebe dich, Mom.« Sie kicherte.

»Ich weiß, Liebes.« Ihre Mutter seufzte und küsste sie sanft auf die dargebotene Wange. »Ich liebe dich auch.«

»Ich bin jetzt bereit zu spielen. Bring mich wieder dahin zurück, wo ich losgegangen bin, damit ich meine Schritte zählen und es nochmal versuchen kann.«

»Bist du dir sicher?«

»Ist der Stuhl weg?«, erkundigte sich Julia.

»Ja.«

»Dann bin ich mir sicher. Volle Kraft voraus!«

Selbstsicher schritt Julia durch die undurchdringliche Finsternis. Ihr langes Versace-Kleid knisterte um ihre Beine. Ein zweites Mal erfüllten Liszts Etüden sie mit ihrer überwältigenden Schönheit. Sie schien vor Musik zu schwingen, ihr Herzschlag sich den Rhythmen beinahe anzugleichen. Automatisch wurden ihre übrigen Sinne wieder schläfrig.

Als sie auf die Bühne trat, spürte sie die plötzliche Hitze der Scheinwerfer und den Ozean von Menschen auf die große Entfernung. Der Applaus war so begeistert, dass es in der Konzerthalle förmlich donnerte. Vor ihr auf der Bühne wartete ihr großartiger Steinway, nur zehn Schritte entfernt. Sie ließ ihn zu jedem Konzert einfliegen. Bei der Ankunft wurde er in die Bühnenmitte gestellt, gestimmt und nach ihren Anweisungen hergerichtet. Sie hatte an diesem Nachmittag auf ihm geprobt und ihn für gestimmt, locker und mit seinem gewohnt sonoren Klang begabt befunden. Es war eine Freude, auf ihm zu spielen.

Acht Stufen. Heute Abend würde sie ihren Zuhörern etwas sehr Europäisches präsentieren – Liszts *Etudes d'exécution transcendentale*. Jede Etüde war technisch und stilistisch völlig unterschiedlich, und zusammen waren die zwölf ein Monument der Romantik. Die Eröffnungsetüde, »Preludio«, klang durch ihren Körper, forderte sie auf, den außergewöhnlichen Zyklus zu beginnen.

Sechs Stufen. Sie war nun seit zehn Jahren blind, ihr gesamtes Berufsleben über; blind, seit sie als 18-jährige Debütantin in der Carnegie Hall gespielt hatte. Die Erkenntnis, wie schnell die Jahre vergangen waren, bestürzte sie. Ihre Welt war nicht bedrohlich und hoffnungslos; sie glitzerte, wie sie vorher geglitzert hatte, aber nun von Gerüchen, Umrissen, Geschmäckern, Texturen und – vor allem anderen – Geräuschen ... Musik.

Vier Stufen. Ihre Haut prickelte vor Erregung, ihr Herz klopfte.

Zwei Stufen. Sie war fast da. Sie wusste, dass der Flügel sich nun neben ihr befand.

Eine Stufe. Sie atmete tief durch. Sie war die Musik, und nur das zählte.

Dann erblickte sie in der völligen Dunkelheit einen Lichtschimmer.

Ein Schock. Es traf sie wie ein Blitz. Sie wäre um ein Haar gestolpert. Licht? Schon wieder? Vor zwei Nächten in Warschau war auch ein flüchtiger Lichtschimmer aufgetaucht, als sie gerade mit dem Spielen beginnen wollte. Aber das Licht war wie ein Gedanke gewesen, war fast zu schnell gekommen und verschwunden, um wahrgenommen zu werden, und danach hatte sie daran gezweifelt, dass sie es überhaupt gesehen hatte.

Dieses Licht indes blieb. Ihre Augen fühlten sich warm an. Konnte sie es glauben? In ihrer Kehle bildete sich ein Kloß, als sie fieberhaft zu hoffen begann –

Ja, es war wahr. Sie blinzelte hektisch. Die kalte, schwarze Höhle, in der sie so lange gelebt hatte, löste sich um sie herum auf. Ihr Herz klopfte vor Aufregung.

Das Licht war wunderschön. Es glühte und war so blass wie Babyhaut. Überwältigt, wie sie war, blieb sie völlig reglos stehen.

Als das Licht zunahm, schienen ihre Augen vor Leben zu leuchten. Die Welt nahm einen hellen Glanz an. Gegenstände gewannen Gestalt. Ihre Augen fühlten sich lebendig an und –

Sie konnte sehen!

Mit einer Klarheit, die ihr das Herz erhob, sah sie sofort auf ihren Steinway hinab. Seine Schönheit war elektrisierend – das exotische Muster der schwarz-weißen Tasten, der harfenförmige Deckel, der offen stand wie eine Schatztruhe. Während das Publikum in erwartungsvoller Stille wartete, glitt sie auf den Klavierschemel und fuhr mit den Fingern über die verführerische Klaviatur. Sie hatte lange darauf gewartet. Endlos.

Über alle Maßen glücklich, trank sie den Anblick des komplizierten, schönen Instruments, das ihr Leben geworden war.

Eine lange Zeitspanne verging. Sie wusste, sie musste anfangen zu spielen, aber –

Sie hungerte danach, mehr zu sehen. Sie schaute zu den Kulissen hinüber. Die Bühnentechniker beobachteten sie neugierig, im Unklaren darüber, warum sie so lange zögerte. Ihre unterschiedlichen Gestalten und Mienen erfüllten sie mit ehrfürchtigem Staunen. Als befinde sie sich auf einem großen Fest, nahm sie begeistert die stumpfe Farbe ihrer Overalls auf, die, wie die Erinnerung ihr sagte, traditionell grün war. Aber in diesem Moment auf der dunklen, neutralen Bühne erschien ihr das stumpfe Grün als die strahlendste, attraktivste Farbe, die sie je gesehen hatte.

Sie konnte sehen. Aber war es auch real? Durfte sie ihrer Wahrnehmung trauen?

Sie wandte sich dem Publikum zu, dem Wesen, das sie sowohl liebte als auch fürchtete. Flüchtig sah sie Diamanten und Gold aufblitzen, die edlen Stoffe, Seide und Samt, die glatt rasierten Männer in ihren Abendgarderoben und die aufwändig zurechtgemachten Frauen mit ihren gepflegten Frisuren. Scheu genoss sie ihre hingerissenen Mienen. Sie waren hier, um ihrer Darbietung zu lauschen.

Das Publikum wurde unruhig, begann hin und her zu rücken und zu hüsteln. Sie nahm sich zu viel Zeit. Sie spürte, wie ein frohes Lachen in ihrer Kehle aufstieg. Natürlich dachten die Leute dort, sie wäre noch immer blind. Sie konnten ja nicht wissen –

Es dürstete sie danach, weiter zu schauen, zu schauen ... sich selbst zu beweisen, dass sie ihr Augenlicht zurückerhalten hatte ... mehr und immer mehr in die winzigsten Kleinigkeiten dieser herrlichen Welt einzutauchen, die sie für immer verloren zu haben glaubte.

Doch sie rief sich zur Disziplin. Hinterher ist noch genügend Zeit, das Versäumte nachzuholen, beruhigte sie sich.

Sie hatte ihr Augenlicht wieder.

Da draußen war ein Amphitheater voller Menschen, die warteten. Stolz hob sie ihre Hände und hielt gerade lange genug inne, um ihre ganze Begeisterung für diesen kostbaren Augenblick intensiv zu spüren. Dann begann sie zu spielen, und das Leben floss aus ihren Händen.

Triumph und Freude beseelten Julia Austrian in dieser Nacht. Ihr Jubel darüber, wieder sehen zu können, verlieh ihr Kraft, und diese Kraft floss wie ein breiter, tiefer Strom in Liszts Etüden ein. Zu musizieren bedeutete für Julia vielerlei, in dieser Nacht jedoch war es auch eine Möglichkeit, ihre Träume wahr werden zu lassen.

Ihre Finger auf den Tasten waren Presslufthämmer – und sie waren Schmetterlingsflügel. Sie brachte die Noten dazu, zu tanzen und emporzusteigen und zu schreien und zu weinen und zu lachen. Sie vollführten Pirouetten und glitten schwerelos dahin. Und dann, in der vierten Etüde – »Mazeppa« –, in der die Musik einen auf einen wilden Hengst gebundenen Kosaken wiedergibt und der Fingerarbeit alles abverlangt, vergaß sie Vergangenheit und Zukunft, Sehen und Blindheit, Schmerz und Einsamkeit.

Schwitzend und leidenschaftlich floh sie in jene erhabene Welt, wo sie und die Musik in eins verschmolzen. Sie war deren zwingende Emotion, deren ganze großartige Poesie, ihr Mythos. Ob das Konzert gut oder schlecht war, zählte nicht mehr.

Ihr Spiel gewann ein Eigenleben. Die Muskeln, deren Aufbau sie mit solch unvorstellbarer Ausdauer betrieben hatte, die Fingerfertigkeit nun, ihre hart erarbeitete Siegestrophäe für Jahre des Trainings und Gewichthebens, verliehen ihr die Kraft, auf der Stufe der größten Maestros zu spielen. Als sie zu der letzten Etüde kam, No. 12 – »Schneelandschaft« –, wurde ihr in einem entlegenen Winkel ihres Bewusstseins klar, eine atemberaubende Vorstellung zu geben.

Was sie jedoch völlig in Anspruch nahm, war die Zartheit, die Sensibilität, mit der sie jetzt spielen musste, um Melodie und Tremolo-Begleitung im Gleichgewicht halten zu können. Sie verströmte ihr Herzblut in Liszts größte Etüde, in ihre herzzerreißende Verzweiflung. Sie konnte sehen, wie die Schneeflocken auf alles herniederfielen, wie sie die Welt mit einem weißen Leichentuch zudeckten, Menschen und wilde Tiere und die Gebilde der Natur, während der Wind dazu seufzte und ächzte.

Als sie die Schlussakkorde anschlug, hing die Musik fast sichtbar in der Luft. Unheimlich.

Ein atemloses Schweigen setzte ein. Dann Totenstille.

Die Zuhörer sprangen auf. Stehende Ovationen.

Sie klatschten. Sie schrien. Sie riefen Bravo. Die Beifallsstürme wollten und wollten nicht verebben.

Sie verbeugte sich, ging von der Bühne, gab eine Zugabe, kehrte zurück, verbeugte sich, spielte noch eine Zugabe. Wieder und wieder. Um schließlich auf der Bühne zu stehen, voller Demut, den Kopf gesenkt vor solch donnerndem Applaus, und fast zu vergessen, dass sie wieder sehen konnte.

2

22.32 Uhr, Freitag

»Julia! Was für ein Konzert!« Es war eine englische Stimme, die sie nicht kannte.

»*Viva! Viva Julia Austrian!*« Das war jetzt Spanisch.

In Hochstimmung verließ Julia zum letzten Mal die Bühne der Royal Albert Hall, und Glückwünsche und diese bestimmten aufgeregt forschenden Blicke, die einem künstlerischen Erfolg folgen, brachen sich überall um sie herum Bahn. Ihre Zuhörer waren begeistert, und sie war es nicht minder. Aber jetzt war es nicht mehr nur die fantastische Aufführung. Ihr Jubel über ihr wiedergewonnenes Augenlicht stellte alles andere in den Schatten.

Sie konnte sehen! Aber war die Fähigkeit auch von Dauer? Durfte sie sich dessen sicher sein?

Selbstverständlich nicht. Es konnte im Handumdrehen wieder verschwinden, wie in Warschau.

Sie konnte es niemandem erzählen. Vor all den vielen Jahren war sie außer sich vor Trauer gewesen: Sie war erwacht und hatte zum ersten Mal festgestellt, dass sie blind war. Und ihre Mutter hatte ihr eröffnet, dass ihr Vater, Jonathan, bei einem Autounfall gestorben sei. Trotzdem hatte Marguerite sich in Aktivitäten gestürzt, hatte die notwendigen Anrufe getätigt und sie von Doktor zu Doktor geschleppt, um herauszufinden, was eine so plötzliche Erblindung verursacht haben mochte. Die Ärzte hatten endlose Untersuchungen mit Julia angestellt – Ophthalmoskopie, Tonometrie, Perimetrie, Untersuchungen mit dem Augenspiegel, Fluoreszenz-Angiographie. Sie hatte eine enge persönliche Beziehung zu Maschinen entwickelt – Ultraschall, Computer-Tomographie, Kernspinresonanz-Tomographie. Aber es gab nicht den geringsten Hinweis auf ein physisches Problem.

Als ihr Onkel Creighton Redmond ihr einen der weltweit besten Psychiater empfahl, hatte sie sich zunächst geweigert, dorthin zu gehen. Marguerite war außer sich vor Wut gewesen über die Unterstellung, Julia könne ein emotionales Problem haben, welches ihre Blindheit verursacht hatte.

Doch die Zeit verging, und Verzweiflung machte sich breit, und Creightons großzügiges Angebot war alles, was ihnen noch blieb. Der Psychiater war Dr. Walter Dupuy, berühmt nicht nur in den Vereinigten Staaten, sondern auch in Europa; in Paris leitete er eine neue Klinik. Seine Honorare waren so exorbitant wie sein Ruf, aber die Austrians konnten ihn sich problemlos leisten. Also suchte Julia ihn auf. Dr. Dupuy fragte geduldig und hörte zu, bis er zu guter Letzt seine Diagnose stellte: Konversionsstörung. Er erläuterte, es handle sich hierbei um eine offizielle Diagnose der Amerikanischen Psychiatrischen Gesellschaft.

Julia war vor Publikum schon immer nervös, ja manchmal regelrecht verängstigt vor dessen eruptiver Begeisterung gewesen. An dem Abend ihrer Debütvorstellung hatte das Meer erwartungsvoller, ungeduldiger Gesichter dazu geführt, dass ihr Körper vor Angst regelrecht in Zuckungen verfallen war. Nervosität vor dem Auftritt, Lampenfieber, ja sogar Erbrechen vor jedem Konzert war unter Künstlern nichts Ungewöhnliches, aber laut Dr. Dupuy hatte ihre Angst sie noch eine Stufe weiter getrieben. In jener Nacht war sie von der Gesichtermasse und ihrem tosenden Applaus dermaßen überwältigt worden, dass sie in dem Bewusstsein, sich diesem Ungeheuer von Blicken und Stimmen für den Rest ihres Lebens gegenüberzusehen, erblindet war.

Als Dr. Dupuy ihr Erschrecken und ihre Ungläubigkeit bemerkt hatte, hatte er ihr die offizielle klinische Erklärung aus *Diagnostik und Statistisches Handbuch mentaler Störungen* vorgelesen: »... die Symptome des Individuums ... stellen eine symbolische Entscheidung eines unbewussten psychischen Konflikts dar, die den Zweck haben, die Angst herabzusetzen und den Konflikt nicht ins Bewusstsein treten zu lassen ... Die Symptome werden nicht willentlich produziert ...«

Sie hatte ihre Angst vor dem Publikum in Blindheit ›konvertiert‹. Sie war an jenem Abend ins Bett gegangen und am nächsten Morgen mit einem ›gelösten‹ Problem aufgewacht. Sie hatte es nicht absichtlich getan, und nur ihr Augenlicht war betroffen. Sie war dieselbe Person geblieben, hatte noch dieselben Talente und dieselbe Intelligenz und konnte jede körperliche Aktivität ergreifen, die ihr zusagte. Außer zu sehen.

Dr. Dupuy hatte verständnisvoll auf ihre Zweifel reagiert. Er hatte sie zu zwei Kollegen geschickt, zu einem in Wien und einem anderen nach Los Angeles. Sie hatten sie untersucht und, obwohl beide offensichtlich begierig darauf waren, einen Fehler in Dr. Dupuys Diagnose zu finden, diese bestätigt. Danach war sie regelmäßig in Dr. Dupuys Sprechstunde gegangen, hatte ihre Sitzungen um ihre Solovorträge und Konzerte herum arrangiert. Doch nach Jahren des Redens und der Medikamente, die keinerlei Fortschritt brachten, war sie zu der Auffassung gelangt, dass sie einfach weiterspielen müsse. Dann hätte sie die besten Chancen und würde darauf vertrauen, dass mit der Zeit auch die Heilung gelingen würde. Der Psychiater hatte ihr bestätigt, dass eine Rückkehr des Augenlichts jederzeit möglich sei, da ja keinerlei physischer Defekt vorlag.

Doch jetzt, da es passiert war, wollte Julia ihrer Mutter keine falschen Hoffnungen machen. Deshalb behielt sie ihre Freude für sich, kostete jeden Anblick aus und wartete, bis sie sich sicher sein konnte.

Lächelnd trug sie ihre gewohnte Brille mit den dunkel gefärbten Gläsern und begrüßte ihre Bewunderer, die sich in ihrer Garderobe drängten. Aufgeregtes Geplapper und der Duft nach teuren Parfüms und Zigarren erfüllten die Luft. Während sie mit jedem von ihnen ein paar Worte wechselte, trank ihr geheimer Blick voller Erregung Farben, Strukturen und Formen.

Gesichter. Bewegung.

Ein Kuss, hingehaucht auf eine zugewandte Wange.

Ein Lächeln, das Verständnis ausstrahlte.

Seit mehr als einem Jahrzehnt hatte Julia nichts mehr

gesehen, und die Süße von all dem – von allem, worauf sie ihren Blick auch richtete – war ein wahres Wunder für sie.

Dann durchbohrte sie wieder der Schmerz. Sie erinnerte sich, wie schnell, wie einfach in Warschau alles wieder verschwunden war.

Ein Blinzeln. Sie konnte jederzeit von neuem erblinden.

Julia ließ sich von ihrer Mutter auf den Empfang, der nach Konzerten üblich war, unter die begeisterte Zuschauermenge führen. Viele Künstler mochten diese Empfänge nicht, aber sie waren ein wichtiger Bestandteil der internationalen Musikszene, eine Gelegenheit für Musikliebhaber, die Künstler zu treffen, und für Organisatoren von Wohltätigkeitsveranstaltungen, Spenden für zukünftige Konzerte einzutreiben. Julia war mit der Zeit dahingelangt, sie zu genießen, aber ihr wundersam wiedergewonnenes Sehvermögen machte die heutige Party natürlich zu etwas ganz Besonderem.

Angehörige der oberen zehntausend, Industrielle und Berufsmusiker paradierten an ihr vorbei, um ihr ihre Glückwünsche auszusprechen –

Die Frau, die nach Van Cleef roch: »Was für eine Musik! Sind Sie einen Pakt mit dem Teufel eingegangen? Falls ja, meine Liebe, war es jedes Pfund wert!«

Der joviale Rechtsanwalt aus Kent: »Miss Austrian, kennen Sie den Unterschied zwischen einem Toyota und einer Viola?« Als sie verneinte, lachte er herzlich: »Sie können einen Toyota zum Klingen bringen!«

Während Julia lachte, sah sie, wie Marguerite sich einem Paketboten näherte, der mit einem in braunes Papier eingeschlagenen Päckchen, halb so groß wie ein Zigarrenkästchen, an einer Tür in der Nähe wartete. Gut gelaunt, den Kopf schräg gelegt, trug Marguerite ihre Louis-Vuitton-Umhängetasche. Sie unterschrieb für das Päckchen und ließ es in das Sammelsurium in ihrer großen Tasche gleiten. Er verließ den Saal, und sie stürzte sich von neuem in den Partytrubel.

Gefesselt vom Gesicht ihrer Mutter, verhielt Julia sich ganz still und verbarg ihre neu gewonnene Sehkraft hinter ihrer getönten Brille. Die kleine Gruppe trieb wieder davon, und nun erst erkannte sie mit Erstaunen, wie sehr ihre Mutter sich verändert hatte. Früher war sie eine elegante, selbstsichere Frau mit festem Kinn, attraktiven Wangenknochen und einem kühlen Blick gewesen, der sich nie in die Niederungen von Streit oder Fehlern hinabbegab. Nun jedoch war das, was ein wenig kalt und hart gewesen war, weicher, irgendwie komplexer geworden. Mitgefühl hatte sich mit der eisernen Strenge gepaart. Ihre Mutter war gealtert, hatte gelernt, war gewachsen. Liebenswerter geworden. Sensibler. Menschlicher.

Julia lächelte tief in ihrem Innern.

»Wie merkwürdig«, erzählte Marguerite ihr, »ich habe gerade ein Päckchen erhalten, das von Dad stammen könnte.« Sie klopfte auf ihre Umhängetasche und lächelte. Im Laufe der Jahre hatte sich Julias Mutter von ihrer Familie und ihrer ständigen Kontrolle distanziert, obwohl sie noch immer eine tiefe Verbundenheit mit ihrem Vater empfand, der sich in einem Pflegeheim befand. »Es trägt keinen Absender, weder Namen noch Adresse, aber der Stempel der Zustellfirma besagt, dass es aus Armonk kommt. Die Handschrift ist krakelig, also könnte sie gut von ihm stammen. Wir wollen es öffnen, sobald wir wieder im Hotel sind. Vielleicht geht es ihm ja besser.« Sie verstummte, weil sie ein gewisses Schuldgefühl verspürte. Sie war so mit Julia beschäftigt, dass sie den rapiden Verfall ihres Vaters, seinen Abstieg von Macht und robustem

Charme in Senilität, nicht mitbekommen hatte. »Amüsierst du dich, Liebes?«

Julia kicherte, unfähig, ihr Glück zu verbergen. Mit ihrer Mutter reden und sie gleichzeitig sehen zu können, war einfach wunderbar. »Ich amüsiere mich ganz *prächtig.*«

»Das freut mich.« Marguerites lapislazulifarbene Augen verengten sich. »Wie geht es deinen Händen?«

Julia hielt sie in die Höhe. »Melde gehorsamst, beide noch dran, Befinden gut. Das entzündete Gefühl ist weg. Muss durch all die Fingerübungen auf der Tastatur gekommen sein.«

Marguerite lächelte. Das hatte sie zu hören gehofft. Sie war keine Musikerin. Sie kannte sich aber gut genug aus, um sich sicher zu sein, dass kein Pianist Liszts zwölf Etüden mit ernsthaften Schmerzen spielen konnte, wenn auch nur die kleinste Sehne schwächelte. Ein gebrochener Knochen oder auch nur ein gezerrter Muskel hätten der Vorführung ein sofortiges Ende bereitet. Die Etüden waren härteste Fingerarbeit.

Marguerite, die ihre Tochter musterte, merkte, dass sie nostalgische Anwandlungen bekam. Wenn sie daran dachte, wie die Jahre vergangen waren, schien es ihr, als sei sie mit wenig Begeisterung einfach so mitgezogen worden. Und doch mochte sie ihr Leben. Wenn sie einen Wunsch frei gehabt hätte, dann den, Jonathan wiederzuhaben. Mit jeder Faser ihres Seins wünschte sie sich, er hätte seine Tochter heute Abend spielen hören können. Aber sie empfand den Verlust noch immer frisch, sah ihn noch immer im Schatten ihres Apartments und sehnte sich nach ihm in ihrem leeren Bett. Noch einmal eins ihrer langen, vertrauten Gespräche zu führen war der Himmel, nach dem es sie verlangte. Das Leben war nicht eigentlich leer, es fehlte nur an jenem lebenswichtigen Bestandteil, der alles, Großes wie Kleines, mit Freude erfüllte. Jonathan.

Sie hatte Verwandte daheim in New York – die Redmonds, eine große irisch-katholische Familie –, lebhaft, eigensinnig und manchmal streitsüchtig. Mit erschreckender Nonchalance übten sie ihre enorme Macht aus und setzten ihren ebensolchen Reichtum zu ihren Zwecken ein. Geistig und emotional hatte sie sich schon lange von ihnen entfernt, und nun war Julia, ihr einziges Kind, ihr Lebensinhalt. Dennoch würde sie ihren Platz an Julias Seite aufgeben, wenn Julia einen guten Mann finden und lieben konnte. Marguerite wünschte sich für ihre Tochter all die Befriedigung und all das Glück, das sie mit Jonathan geteilt hatte. Jeder verdiente das.

Als sie ihre Tochter jetzt eingehend betrachtete – das lange braune Haar mit den goldenen Sprenkeln, die tiefblauen Augen, die von derselben Farbe wie ihre waren, das ovale Gesicht, das viel mehr von Trauer gezeichnet war, als es hätte sein sollen –, dachte sie über die Zukunft nach und betete darum, dass Julia den Dämon, der sie mit Blindheit geschlagen hatte, irgendwann zur Ruhe bringen konnte.

Sie lächelte. »Ich habe deinen Sturz bewundert, Liebes. Vermutlich einer der graziösesten.«

»Danke. Übung macht den Meister.«

Marguerite lachte laut auf, erfreut über die Schlagfertigkeit ihrer Tochter.

Die beiden standen dort zusammen, kurzfristig in einer Seifenblase der Vertrautheit geborgen, während die Partyhektik sie umbrandete. Julia prägte sich die Erscheinung ihrer Mutter ein – die weichen Gesichtszüge, die elegante Neigung des Kopfes und die Massen des nach hinten frisierten und toupierten schwarzen Haars. Ihr Leuchtfeuer in der Nacht. Dann fiel es ihr mit tödlichem Schrecken wieder ein –

Ein Blinzeln. Ihre Sehkraft könnte sie so schnell verlassen, wie sie wiedergekommen war, und ihre Mutter könnte ein zweites Mal in der Dunkelheit verschwinden.

Ein höflicher Mann in teurer Abendkleidung, offensichtlich italienischer Abstammung, beugte sich tief über Julias Hand: Er besaß blitzende, schokoladenbraune Augen und Vermögen – nach seinem gepflegten Äußeren und seinem ausgesuchten Schmuck zu urteilen. Er taxierte sie mit einem jener unverbindlich lüsternen Blicke, die bestenfalls charmant sind und schlimmstenfalls in einer Frau den Wunsch wecken, ausgiebig und mit viel Seife zu duschen.

Aber er war ritterlich, und sie hatte den Vorteil, sehen zu können. Er hatte es auf sie abgesehen. Diese braunen, blitzenden Augen waren unverkennbar geübt darin, sich den Körper unter einem Kleid vorzustellen. Und schließlich konnte er nicht wissen, dass sie sah, was er gerade tat. Und es offensichtlich genoss.

»Bemerkenswert, *Signorina!*«, schwärmte er. »Selbst Toscanini hätte Sie sich auf seiner Bühne gewünscht.« Die Andeutung, der große Maestro Arturo Toscanini hätte sie womöglich so sehr geschätzt, dass er sie eingeladen hätte, in einem seiner Programme mitzuspielen, war ein großes Kompliment. Ihr charmanter Möchtegern-Verführer wusste das. Toscanini war ein Perfektionist gewesen, der seine Künstler gnadenlos angetrieben hatte. Er war mit den Worten gestorben, er hätte in seinem Leben keine fünf Minuten reinen Musikgenusses gehabt.

»*Grazie*«, antwortete sie ihm höflich. »Ich fühle mich geehrt.« Und dann ließ sie ihn stehen.

»Aber *Signorina* –« Er folgte ihr, nahm ihren Arm, drehte ihr Gesicht zu sich. Er roch nach irgendeinem Designer-Eau-de-Cologne. »Möchten Sie nicht ein Glas

Wein mit mir trinken? Oder einen guten Cognac? *Delizioso!* Wie ich hörte, hatten Sie einen Riesenerfolg in Warschau. Wir könnten uns unterhalten. Sie sind eine so wunderschöne Dame. So begabt. *Sensazionale!*«

Sie erstarrte. Bislang hatte sie den Abend ausnahmslos genossen, konzentriert auf ihre Musik und ihr Sehvermögen. Vergangenheit und Zukunft hatten kaum existiert. Aber als dieser gut aussehende Fremde ihr schön tat, konnte sie sich nicht mehr von seinem gierigen Blick losreißen. Seine Hand umklammerte ihren nackten Arm und tat ihr weh. Sie hatte das unangenehme Gefühl, ihre Kleidung fiele Schicht um Schicht von ihr ab. Und das alles nur, weil sie ihn sehen, ihn mit ihren Augen erfassen konnte.

Wäre sie noch blind gewesen, hätte sie sich wahrscheinlich sogar zu ihm hingezogen gefühlt. Aber ihre Augen enthüllten ihr, dass seine Avancen zu unverblümt, zu indiskret waren. Widerlich.

Und er erinnerte sie an –

Evan ... ihren Freund in Juillard – einen Geiger mit einem harten, kompakten Körper und sprühender Energie. Die magnetische Anziehungskraft seines brillanten Talents und seiner ungebremsten Begeisterung für das Leben. Evan hatte sie geliebt, und sie hatte sich von ihm anziehen lassen wie ein junges Tier von der Sonne. Sie hatte sich in seiner Bewunderung gesonnt. In dem endlosen Gerede über Musik und über die Zukunft. Über großartige Konzerte. Über seine Hände auf ihrem Körper.

Sie versuchte, die Erinnerungen beiseite zu schieben ... aber in ebendiesem Moment konnte sie seine geschickten Finger unter ihrem Kleid spüren, konnte spüren, wie sie durch bloße Berührung Flammen über ihre Haut tanzen ließen. Evan.

Ihr Atem ging schneller. Sie hatte ihn geliebt. Wann immer ihre Eltern fort gewesen waren, hatte sie ihn an den Hausbediensteten vorbei in ihr Bett gelotst. Sie entsann sich der kühlen Laken und seines heißen Körpers.

Der explosive Sex –

Sie spürte, wie ihr Herz raste.

Sie wollte nicht an ihn denken. Sie hatte ihn weggeschickt, nachdem sie erblindet war.

Weil es im Mitleid keinen Platz für Liebe oder Achtung gab. Sie konnte sein Mitleid nicht ertragen.

Evan hatte eine andere Liebe gefunden und sie geheiratet. Er sei mit ihr nach Chicago gezogen und ungewöhnlich glücklich, hatte eine gemeinsame Bekannte ihr mit einem gehässigen Lachen zu berichten gewusst.

Sie hatte sich einen anderen Mann genommen – einen netten, sanftmütigen Burschen, der sich in ihre Musik und nicht in sie verliebt hatte. Und nachdem sie auch diese Beziehung beendet hatte, hatte es noch einen dritten und letzten Mann gegeben, der sie zu einem nationalen Medienereignis mit Fernsehauftritten, Postern, T-Shirts und Filmverträgen hatte machen wollen. Die wunderschöne blinde Pianistin.

Ihr war schlecht davon geworden, und sie hatte ihn mit einem Fußtritt hinausbefördert. Sie brauchte keine Männer in ihrem Leben.

Mit fester Hand entfernte sie die Finger des Italieners von ihrem nackten Arm. »*Signore,* Sie wollen eine andere Frau. Nicht mich.«

Die lüsternen Augen bohrten sich in die ihren, zogen sie an sich, küssten sie leidenschaftlich. Er fuhr sich mit der Zunge über die Lippen, alle Ritterlichkeit war verschwunden. »Hier gibt es keine wie Sie, Julia. Ich darf Sie doch Julia nennen, nicht? Niemand ist so hinreißend, so begehrenswert, so süß.«

Sie wandte sich ab. »Nehmen Sie ein Foto. Das hält länger.«

Sie bewegte sich auf eine Gruppe anderer Musiker zu, während sie den schockierten Blick auf seinem Gesicht aus ihren Gedanken tilgte. Er war offenbar ein Mann, der daran gewöhnt war zu bekommen, was – und wen – er wollte.

Sie würde nicht dazu gehören. Erleichtert lächelte sie. Dann fiel es ihr wieder ein.

Ein Blinzeln. Ohne ihr Augenlicht wäre sie seinem doppelzüngigen Charme womöglich erlegen. Ihr Lächeln verschwand.

Es war Zeit. Noch hatte sie es vermieden, in Fensterscheiben oder Spiegel zu schauen, aber sie musste es tun. Besonders jetzt. Besonders nach diesem Italiener. Die Vergangenheit holte sie mit Riesenschritten ein.

Schweiß bildete sich auf ihrer Stirn. Sie musste herausfinden, wie sie aussah.

Es war etwas Eigentümliches mit der Vertrautheit seines eigenen Gesichts. Nicht nur die Knochen und das Fleisch, die sich als Erbe abzeichneten, sondern auch Zeit und Erfahrung hatten es geformt. Sehende Menschen nahmen so viel für gegeben, verfolgten die tägliche Veränderung in ihrem Spiegel, ohne sich darüber im Klaren zu sein, welches Glück sie hatten. Von einem Jahrzehnt zum nächsten waren ihre Gesichter ihre Gefährten, ihre ständigen Begleiter, ihnen so nah wie der Schlag ihrer Herzen.

Ihr Gesicht jedoch konnte einer Fremden gehören. Wie würde es für sie ›aussehen‹, nach so vielen Jahren? Würde sie sich selbst noch wieder erkennen?

Allein in der Toilette lief Julia zu dem großen Spiegel mit dem Goldrahmen. Ihr Herz schlug wie wild gegen ihren Brustkorb. Sie nahm ihre Brille ab, beugte sich vor und starrte in den Spiegel.

Zuerst entdeckte sie keinerlei Überraschungen. Sie hatte eine reine Haut und große, ovale Augen von der dunklen, satten Farbe des Lapislazuli. Sie berührte ihre Lippen, registrierte, wie voll und gerundet sie waren. Ihre Nase war schlank und gerade, was ihren Zügen eine perfekte Symmetrie verlieh, an die sie sich nicht mehr erinnerte. Ihr Haar war honigbraun, dicht und glänzend und fiel in Locken auf ihre Schultern. Gebannt stand sie da. Dieses Gesicht hätte gerade eine Fotosession für das Titelbild des *Cosmopolitan* hinter sich haben können. Die großen blauen Augen, die schlanke Nase, die üppigen, sexy Lippen, die vorstehenden Wangenknochen. Vorübergehend wollte es ihr scheinen, als sei sie gar nicht sie selbst, als könne diese schöne Frau dort nicht sie sein.

Aber da war noch mehr ... Mit 18, als sie erblindet war, war sie noch ungeformt gewesen, eine jungfräuliche Leinwand, die auf den Maler wartete. Nun, mit 28, war sie ein Da Vinci, voll von verborgenem Wissen und Geheimnissen. Sie erst gaben ihren perfekt gemeißelten Wangenknochen, ihrer hohen Stirn, ihren leicht geteilten vollen Lippen und ihren trügerisch offenen Augen ihre eigentliche Gestalt.

Ihr Gesicht überraschte sie. Sie entdeckte mehr Leid, als sie je zu empfinden gedacht hatte. Wie konnte sie schmerzliche Geheimnisse haben, von denen sie selbst nichts wusste? Kälteschauer huschten über ihre Haut. Erinnerungen schienen am Rande ihres Sehfeldes aufzuflackern, und im tiefsten Grund ihres Bewusstseins roch sie einen alten, strengen Geruch, den sie nicht benennen konnte. Er war ihr vertraut. Sie schauderte. Wieder musterte sie sich. Plötzlich hatte sie Angst. Aber wovor?

24.01 Uhr, Samstag

Als der Empfang zu Ende ging, führte Marguerite ihre Tochter hinaus in die klare, kalte Londoner Nacht. Ein schwarzes Taxi, einem Käfer ähnlich, sollte sie zu ihrem Hotel in Belgravia bringen. Julia legte den Kopf in den Nacken und sah mit der Erregung des neu gewonnenen Augenlichts in den Nachthimmel empor. Er war pechschwarz, ein dramatischer Baldachin, hell erleuchtet von glänzenden Sternen. Sie sog die Pracht in sich auf. Als Nächstes wandte sie ihren Blick den Straßen zu, auf denen die Autolichter und Bewegungen Streifen hinterließen. Die Lichter ließen die Schatten wie junge Aale am Rand des Gesichtsfelds hin und her flitzen unter Bäumen, Büschen und Fußgängern.

Während sie noch in diesem bemerkenswerten Abend badete, gelobte sie sich insgeheim, stets an die Vergänglichkeit des Lebens zu denken. Sie würde immer innehalten, um Sonnenuntergänge und Sonnenaufgänge, lächelnde Gesichter und all das zu genießen, worauf sie so lange hatte verzichten müssen. Das Herz wollte ihr überfließen vor Dankbarkeit.

Doch als sie das Taxi erreichten, empfand sie Gewissensbisse. Sie hatte ihr Augenlicht nun schon vier Stunden lang zurück. Sie konnte sich nicht länger vormachen, es sei womöglich eine Eintagsfliege, ein Zufall, ein übler Trick. Sie musste es ihrer Mutter erzählen.

»Mom –«

»Vorsicht mit dem Trittbrett, meine Damen.« Der Taxifahrer riss ihnen die Hintertür auf und tippte mit dem Finger an seine Mütze.

Julia ließ sich in das ledrige Aroma der Rückbank sinken, und ihre Mutter stieg nach ihr ein. Der Fahrer setzte sich hinters Lenkrad und fuhr die Scheibe zwischen Vorder- und Rücksitzen hoch. Sie waren für sich.

»Mom, lass mich dich ansehen.«

Marguerite Austrian bekam die tiefere Bedeutung von Julias Worten nicht mit.

Sie wandte sich mit einem angedeuteten Lächeln auf den Lippen ihrer Tochter zu. »Es war wieder einmal ein göttliches Konzert. Außergewöhnlich, Julia. Irgendetwas an dir hat sich verändert. Hab ein Einsehen mit mir. Ich bin alt. Ich bin unwissend. Weih mich in dein Geheimnis ein.«

»Ja, ja, vor allem bist du alt und unwissend!« Dann grinste Julia. »Ich kann sehen.«

»Was?« In der Dunkelheit wirkte das Gesicht ihrer Mutter verwirrt. »Was meinst du damit?«

»Ich kann sehen.« Julia lachte übermütig. »Das erste Mal ist es in Warschau passiert, an dem Abend, an dem ich die Bartók-Sonate gespielt habe. Und heute Nacht hat es sich wiederholt, kurz bevor ich die Etüden zu spielen begonnen habe. Ich weiß nicht, warum. Aber genau das hat der Psychiater gesagt, nicht wahr? Wenn ich mein Sehvermögen zurückerhalten würde, würde es schlagartig gehen. Genau so, wie ich blind geworden bin. Das erste Mal, als ich wieder sehen konnte – in Warschau –, ging es sofort wieder weg. Heute Nacht nicht. Ich kann *immer noch* sehen!«

Marguerite hatte es die Sprache verschlagen. Das war das einzige Geschenk gewesen, was sie zu kaufen versucht hatte und nicht hatte kaufen können. Als das Taxi auf der Suche nach einer Lücke aus der Parkbucht schoss und sich in den fließenden Verkehr einreihte, rasten die verschiedensten Empfindungen über ihr Gesicht – Entsetzen, Ungläubigkeit, Sorge. Sie hatte es schon lange aufgegeben, an Wunder zu glauben. Und trotzdem –

»Bist du sicher?« Sie zitterte vor Hoffnung. »Es ist so schwer zu glauben –«

Julia nahm ihre getönte Brille hoch. »Du trägst ein silbernes Abendkleid mit den Smaragdohrringen, die Großvater Austrian dir geschenkt hat. Dein Lippenstift hat sich verabschiedet, aber der Rest deines Make-ups sieht noch immer großartig aus. Geradewegs von Chanel. Hier. Lass mich sehen, wie spät es ist.«

Und während Marguerite sie noch anstarrte und versuchte, das alles zu verarbeiten, drehte Julia ihr Handgelenk nach oben und sah auf ihre Armbanduhr. »An die erinnere ich mich gar nicht.« Es war eine von Cartier.

Marguerites Stimme klang wie von weit her, distanziert, versuchte, all das zu ergründen und zu glauben. »Ich habe sie seit fünf oder sechs Jahren. Du hattest nie Gelegenheit, sie zu sehen.« Eine Haarsträhne fiel aus ihrem zurückgestreiften Haarband.

»Nun, es ist nach Mitternacht. Ich bin müde. Wie steht's mit dir?« Julia steckte die lose Strähne wieder in das weiche französische Haarband zurück. Ihre Finger verweilten in der Luft. Es erfüllte sie mit einer Art staunender Ehrfurcht, dass sie so etwas Elementares für ihre Mutter tun konnte, wie ihre Frisur zu richten.

Marguerite bekam große Augen. Langsam begann die Neuigkeit sich zu setzen. »Mein Gott, Kind. Ich kann es immer noch nicht fassen!« Sie umfing Julias Gesicht mit warmen Händen. Ihre Augen strahlten.

Julia flüsterte: »Es ist wundervoll, nicht wahr?«

»Weine nicht, Liebling. Sonst weine ich auch.«

Sie hielten einander fest, während das Taxi über die Pimlico Road fuhr. Dann setzten sie sich zurück und grinsten über das gemeinsam geteilte Geheimnis.

Eine Träne rollte über Marguerites Wange. Dann noch eine.

Julia musste schlucken. Sie nahm die Hand ihrer Mutter und drückte sie.

»Du konntest den ganzen Abend lang sehen?« Ihre Mutter fand ein Taschentuch in ihrer Umhängetasche. Sie tupfte sich die Augen trocken. Sie lachte. »Ich kann es nicht glauben, dass du schon stundenlang sehen kannst. Was musst du für Spaß gehabt haben!«

»Ich wollte nichts sagen, solange ich nicht wusste, ob es so bleiben würde.«

»Natürlich wird es so bleiben.« Ihre Mutter fasste sie an beiden Schultern und sah ihr mit festem, entschlossenem Blick in die Augen.

Es war, als schaue Julia in ihre eigenen Augen, in dasselbe edelsteinartige Blau. Dasselbe tiefe Gefühl, sich gegen alle Widerstände vorwärts zu bewegen ... aber nun war da auch noch der angenehme Ansporn lange ersehnter, für unmöglich gehaltener Träume.

Sie konnte sehen!

»Julia, es ist ein Unding, dass du all die Jahre blind warst«, insistierte ihre Mutter. »Du hattest ja nichts. In deinem Körper gibt es nicht einen einzigen kranken Knochen.«

Während Marguerite sprach, bekam Julia eine plötzliche Bewegung neben dem Taxi mit. Sie standen vor einer Ampel in Belgravia.

Bevor irgendjemand in dem Taxi begreifen konnte, was passierte, zertrümmerte ein Schuss das Türschloss auf Marguerites Seite. Die Kugel flog durch das Taxi und auf Julias Seite wieder hinaus, hinterließ eine Spur aufgerissenen Metalls und Stoffes. Ein heißer, metallischer Gestank erfüllte die Luft, als auch schon die Tür aufgerissen wurde.

Die Insassen des Taxis erstarrten vor Angst. Julias Herz hämmerte. Sie packte Marguerites Arm und zog sie nah an sich heran, weil die Pistole nun auf sie zeigte. Gehalten wurde sie von einem schlanken, vollkommen in Schwarz gekleideten Mann, dessen Gesicht hinter einer schwarzen Skimaske verborgen war. Als stumme Warnung für sie alle, sich nicht zu bewegen, schwang er die Waffe zu dem Taxifahrer und wieder zu ihnen zurück. Die Augen des Taxifahrers waren glasig vor Schrecken.

Mit einem Nicken nahm der Bewaffnete ihre Fügsamkeit zur Kenntnis. Dann langte er nach Marguerites Louis-Vuitton-Tasche, öffnete sie mit einer Hand und leerte den Inhalt auf das Straßenpflaster. Das flache braune Päckchen, das Marguerite im Theater in Empfang genommen hatte, fiel heraus. Er zog Marguerite die Ringe von den Fingern, riss ihr die Armbanduhr ab, hob das Päckchen auf und stopfte alles in ihre Handtasche.

Er streckte die Hand nach ihren Smaragdohrringen aus.

In Marguerite kam wieder Leben. »Nein!«, fuhr sie ihn an. Ihre Wangen röteten sich vor Zorn. »Nicht meine Ohrringe!«

Julias Blick hinter ihren getönten Gläsern erstarrte vor Entsetzen.

»Mom! Gib sie ihm!«

Der verängstigte Taxifahrer krächzte von vorne: »Geb'n Sie sie her, Ma'am!«

Aber Marguerites Gesicht hatte den entschlossenen Ausdruck angenommen, an den Julia sich noch aus ihrer Jugend erinnerte. Ihre Mutter würde die Ohrringe, ein liebes Geschenk ihres Schwiegervaters Daniel Austrian an ihrem Hochzeitstag, nicht hergeben.

Der Mann langte nach dem rechten Ohrring.

»Ich habe Nein gesagt!« Marguerite packte ihn am Handgelenk.

Julia griff rasch nach Marguerite, um sie davon abzuhalten. »Mom! Tu, was er sagt!«

Der Mann mit der Pistole schlug Julia zurück. Schmerz durchzuckte ihre Schulter und lähmte sie.

Sofort griff Marguerite, das Gesicht wutverzerrt, nach der Maske des Mannes. Mit einer schroffen Bewegung stieß er sie beiseite. Sie ließ die Maske jedoch nicht los und zog sie dem Dieb vom Kopf.

Julia erstarrte. Der Schütze war eine Frau. Eine umwerfend schöne Frau mit geschwungenen Augenbrauen, die, damit niemand es durch die Löcher der Maske sehen konnte, weder Lippenstift noch Augen-Make-up trug. Sie hatte kurzes schwarzes Haar und schwarze Augen, die sich schlagartig zu Schlitzen verengten; sie schätzte die Situation ein und traf eine Entscheidung –

Und schoss Marguerite in die Brust.

3

»Mutter!«, schrie Julia in die stille Londoner Nacht.

Die schwarz gekleidete Diebin drehte sich gekonnt um und schoss dem Fahrer in die Stirn. Blut sprudelte hervor und bespritzte das Taxi, die Wagendecke, die Sitze, Julia, die Mörderin, die Opfer. So viel Blut und Gehirnmasse, dass es alles einschließlich der Deckenlampe besudelte und durchtränkte und das Taxiinnere in eine eklige rosarote Höhle verwandelte.

Rasend vor Hass stürzte Julia sich auf die Frau. Ihre Hände schlossen sich um deren Kehle, und sie verspürte einen Moment so reinen Hasses, dass sie wusste, sie wäre fähig, zu töten.

Doch die Diebin war schnell und ungewöhnlich stark. Mit einem kräftigen Stoß rammte sie Julia die Pistole unters Kinn. Weiß glühender Schmerz explodierte in Julias Kopf. Benommen taumelte sie zurück. Sie konnte sich nicht bewegen. Mit tödlichem Entsetzen sah sie einen

Strom von Blut zwischen den Brüsten ihrer Mutter hervorquellen, der das silberne Abendkleid in ein grässliches Scharlachrot färbte. Der Fahrer war auf dem Vordersitz zusammengesunken. So, wie die Kugel seinen Hinterkopf weggerissen hatte, konnte er nur tot sein.

»Mutter!«, flehte Julia. »Halt durch!«

Die Mörderin warf Julias Börse auf die Straße, packte ihre rechte Hand und riss ihr den Alexandritring vom Finger, den ihr Großvater ihr bei der ersten Konzertaufführung geschenkt hatte. Das funkelnde Grün des Edelsteins in der Hand der Frau huschte aus dem Taxi wie ein panisches Glühwürmchen.

Julias Blick verharrte auf dem Ring.

Und bevor sie etwas dagegen tun konnte, überkam sie Übelkeit. Sie zwinkerte hektisch, versuchte mit aller Macht, die Übelkeit zu unterdrücken. Sie musste sich das Gesicht dieses Ungeheuers einprägen – die hoch geschwungenen Augenbrauen, die hohlen Wangen, das kurze, ebenholzfarbene Haar, die kalten Augen –

Schwindel ergriff sie. Sie schnappte nach Luft. Kämpfte um Kontrolle.

Doch mit erschreckender Schnelligkeit stürzte eine kalte, tintenschwarze Sturzflut von allen Seiten auf sie ein, eine Flut, die in ihrem Gefolge alles Licht auslöschte. Im Innern ihres Gehirns roch sie einen seltsamen, fast übelkeitserregenden Duft. Den Duft, den sie in der Toilette gerochen hatte, als sie endlich nach so langer Zeit ihr eigenes Gesicht betrachtet hatte –

Der Angstschrei blieb ihr in der Kehle stecken. Sie wusste, was geschah. Sie ballte ihre Fäuste, versuchte es aufzuhalten.

Ein Blinzeln. Sie war wieder blind. Das Licht – *Leben* – verschwand.

All das geschah in Sekundenschnelle. Ihre Mutter rang nach Luft. Versuchte etwas zu sagen, konnte aber nur würgen. Und wieder nach Luft schnappen.

»Mutter!«

Als die Schritte der Diebin sich in die Nacht entfernten, bewegte Julia sich schnell. Sie bekam den Ärmel vom Mantel ihrer Mutter zu fassen. Und dann ihr Gesicht. Die weiche Haut –

Und eine heiße, klebrige Flüssigkeit.

In panischem Schrecken fuhr sie über Wangen, Mund, Kinn und Hals ihrer Mutter. Blut sickerte aus dem Mund und an ihrem Hals herunter auf die Schultern. Ihre Mutter erstickte an ihrem eigenen Blut.

»Mutter! Nein!« Sie zog sie an sich und wiegte sie wie ein kleines Kind. Sie brüllte in die Nacht: »Hilfe! Ist denn hier niemand? Rufen Sie Neun-Neun-Neun! *Hilfe!*«

Der Hals ihrer Mutter schwoll an und schnürte sich wieder ein, als sei ein kleines Tier in seinem Innern gefangen. Die Geräusche und Erschütterungen vom Ringen ihrer Mutter um Luft vibrierten in Julias Knochen.

Ihre Mutter durfte nicht sterben. Das war unmöglich. Zu unerträglich, als dass man es auch nur denken konnte.

Nach diesem zauberhaften Abend, an dem sie ihr Sehvermögen wiedererhalten hatte und sie nach so vielen Jahren das Gesicht ihrer Mutter hatte sehen können, hatte sie erwartet, sich über die Veränderungen an ihr freuen, eine Zukunft *wollen*, die Augen ihrer Mutter in dem Bewusstsein aufleuchten sehen zu können, dass ihre lange Schlacht beendet war und sie gewonnen hatten.

Und jetzt, nach all dem, sollte ihre Mutter sterben? »Nein«, jammerte sie in das blutbesudelte Haar ihrer Mutter. »Nein.« Sie hob den Kopf und schrie noch einmal um Hilfe.

Ihre Mutter wurde schwächer. Julia wiegte sie auf dem Rücksitz.

Sie erinnerte sich, wie sie ein kleines Kind war. In eine weiche Decke eingewickelt, hatte ihre Mutter sie so nah bei sich gehalten, dass sie ihr Herz hatte schlagen hören. Sie erinnerte sich daran, ihr Ohr gegen die Brüste ihrer Mutter gepresst und zugehört zu haben, wie sie laut vorgelesen hatte, wie rhythmisch und musikalisch die Worte gewesen waren, die im Kehlkopf ihrer Mutter entstanden waren und durch den Fluss ihrer Adern und aus der üppigen Landschaft ihrer Poren drangen.

Sie erinnerte sich, wie sie Banana Splits geteilt hatten, an die fröhlichen Weihnachtseinkäufe bei Saks auf der Fifth Avenue und das prickelnde Gefühl, an langen Sommernachmittagen in Connecticut in ihren Badeanzügen gemeinsam durch die Rasensprenkler zu laufen. Ihre Mutter liebte maßgeschneiderte Kleider, teuren Schmuck und Zinnien, weil ihre rauen Blütenblätter in mehr Farben als jede andere Blume zu wachsen schienen.

Das alles ließ Julia gleichzeitig an ihren Vater denken, den ihre Mutter mit einer Intensität geliebt hatte, die über den Tod hinausging. Einmal hatte sie ihre Mutter einer Freundin gegenüber sagen hören: »Warum sollte ich mir wünschen, noch mal zu heiraten? Ich habe Jonathan mehr geliebt, als ich einen anderen je lieben könnte. Warum sollte ich mich mit weniger bescheiden, wenn ich so viel mehr gehabt habe?«

Sie dachte an ihren Vater ... ihre wöchentlichen Ausflüge in den Central Park, an das Schlittschuhlaufen im Rockefeller Centre, Ferien auf den Sea Islands und seine geduldige Hilfe bei ihren Hausaufgaben. Er hatte Schokoladenstreuselplätzchen, Tennis und seine Familie geliebt. Hager und gut gelaunt, war er ein Amateurmusiker gewesen, der nach Musik genauso verrückt gewesen war wie sie. Fast jeden Samstagabend hatte er sie in die Met mitgenommen. Seine Ermutigung hatte sie nach Juillard gebracht, während sein überraschender Tod sie innerlich zerrissen hatte.

In einem Leben, das auf Vorhersagbarkeit und Sicherheit aufgebaut ist, führt ein unerwartetes Unglück zu vollständigem Chaos. Zwei Unglücke richten Verwüstungen an und vernichten alles.

Ihre Erblindung und der Tod ihres Vaters in der Nacht, in der sie blind geworden war, hatten genau das bewirkt. Die Vergangenheit war eine Sammlung von Fotoalben geworden, die sie nicht mehr sehen konnte. Die Gegenwart war ein dunkler Tunnel. Und die Zukunft ließ einen daran zweifeln, ob es der Mühe wert war, weiterzumachen. Und trotz des Entsetzens und der Einsamkeit hatten sie und ihre Mutter ein neues Leben aus dem Unglück geschaffen. Gemeinsam.

Julia hörte ein Fahrzeug über die Kreuzung fahren. Davon abgesehen war es still auf den Straßen, während die Taxikabine vom Überlebenskampf ihrer Mutter erfüllt war. Marguerites Atemzüge rasselten gequält. Ihre Brust hob und senkte sich konvulsivisch. Ihr Körper bebte vor Schmerz und dem verzweifelten Kampf um Sauerstoff.

»Ich liebe dich, Mutter. Bitte versuch durchzuhalten. Hilfe ist unterwegs. Es dauert jetzt nicht mehr lange. Ehrlich, es dauert nicht mehr lange.«

Plötzlich lagen die Hände ihrer Mutter auf Julias Augen, als wüsste sie, dass Julia wieder blind war.

»Mach dir keine Sorgen.« Julia schluckte ihre Tränen herunter. »Ich kann dich sehen«, log sie. »Alles wird gut werden. Ich bringe dich in ein Krankenhaus. Ich kann sehen, dass es dir gut geht, wirklich. Es geht nur um dich. Du musst durchhalten, Mutter.«

Wieder rief sie in die Nacht. Schrie gellend um Hilfe, dass irgendjemand, irgendeiner ihnen zu Hilfe käme.

Und verfluchte sich insgeheim für ihre Blindheit, ihre Unfähigkeit, in ein Haus zu laufen und nach einem Telefon zu fragen, in eine verkehrsreiche Straße zu fahren, eine Telefonzelle zu finden, einen Feuermelder zu zerschlagen ... irgendetwas zu tun, *irgendetwas*, anstatt hier zu betteln und ohnmächtig herumsitzen und darauf warten zu müssen, dass diese menschenleere Nachbarschaft antwortete.

Ihre Mutter erschauerte. Die sanften Hände glitten von Julias Gesicht.

Außer sich vor Entsetzen, halb wahnsinnig, strich sie ihrer Mutter über das verklebte Haar. Sie küsste sie auf die Stirn. Schrie wieder um Hilfe. Ihre Kehle war heiser, und die Sekunden schienen sich wie Stunden zu dehnen. Eine Ewigkeit.

Endlich hörte sie das Wunder. Eine Stimme. Rufe.

»Es kommt Hilfe, Mutter! Jetzt dauert es nicht mehr lange!«

Plötzliche Hoffnung wallte in ihr auf. Jetzt konnte sie ihre Mutter in ein Krankenhaus bringen. Die Ärzte konnten sie bestimmt retten. Es musste doch irgendeinen Spezialisten mit begnadeten Händen und einer Menge Erfahrung in Notfallmedizin geben, der ihr Leben retten konnte.

Sie rief den rennenden Füßen zu: »Schnell! Beeilen Sie sich!«

Marguerite presste Julias Hand. Durch einen Ozean von Pein, der ihr jegliche Orientierung nahm, versuchte sie zu ihrer Tochter an die Oberfläche zu gelangen. Die Hand ihrer Tochter war kräftig. Beinahe konnte sie die Muskeln fühlen. Sie dachte an Jonathan und hoffte, sie würde ihn schnell finden, wenn sie starb. Sie war als Katholikin erzogen worden, sich aber mittlerweile nicht mehr sicher, ob es so etwas wie einen Himmel gab. Und sie sorgte sich um Julia. Darüber, was eine weitere Katastrophe in ihr bewirken würde. In der Nacht von Julias Erblindung war Jonathan bei einem Autounfall verbrannt, während sie und Julia in Arbor Knoll geschlafen hatten. Eine Tragödie folgte der anderen auf dem Fuße. Und jetzt hatte Julia, das wusste sie, ihr Augenlicht erneut verloren. Es ließ sich ganz leicht an der vertrauten Art erkennen, wie Julias Hände arbeiteten – tastend, die Aufgabe übernehmend, die ihre Augen nicht mehr leisten konnten.

Mit einem Mal durchzuckte Marguerite ein neuer Schmerz, einer, der ihr gesamtes Bewusstsein verschlang. Sie konnte nicht mehr denken. Etwas in ihrem Inneren zerriss und spaltete sich wie ein Baumstamm –

Furcht übermannte Julia. Sie berührte die schweißbedeckte Wange ihrer Mutter und konnte spüren, dass bald eine Art Krampf einsetzen würde. Dann hörte sie ein leises, unheilverheißendes *Pop*.

Schnell führte sie ihre Finger an den Mund ihrer Mutter, und eine Fontäne von Blut spritzte hervor. Heiß und bösartig stürzte es hervor, besudelte sie, wo immer sie sich berührten. Der Geruch frischen Blutes war wie kein anderer – metallen, erdig, der mächtige Geruch von Geburt und ... Tod. Ihre Mutter erlitt einen tödlichen Blutsturz.

»Schnell!«, kreischte Julia den Stimmen in höchster Panik zu. »Schnell!«

Marguerites Hand erschlaffte und fiel herunter. Völlige Dunkelheit hüllte sie ein. Der Schmerz war merkwürdigerweise fort. In einem Augenblick absoluter Klarheit wusste sie, dass ihr Leben zu Ende war. Sie war zornig. Es gab noch so viele unerledigte Dinge. Und sie wollte Julia noch einmal sagen, dass sie sie liebte. Sie bemühte sich verzweifelt, ihre Lippen zu bewegen, Worte aus ihrem Herzen zu Julias Ohren zu bringen, aber –

Ohne einen Laut sackte sie gegen Julia, und ihr Blut verlangsamte sich zu einem Rinnsal.

Julia schnappte nach Luft. Außer sich vor Angst, legte sie die Hand auf das blutige Herz ihrer Mutter. Sie konnte keinen Schlag mehr erfühlen, nicht einmal mehr ein schwaches Beben. Sie konnte es nicht glauben.

»Sag etwas zu mir, Mom«, schluchzte Julia. »Mutter! Bitte sag etwas. Mutter!«

Aber da war nur Stille.

Julia küsste die blutige Stirn ihrer Mutter. Sie schluchzte und versuchte, ihr das verfilzte Haar zu glätten. Es zu richten, damit sie gut aussehen würde, wenn ihre Retter eintrafen. Sie wusste, dass es töricht war, aber sie konnte nicht anders, denn während sie sich beschäftigte, schien es, als könne sie das Gesicht ihrer Mutter tatsächlich sehen ... die Zärtlichkeit und Liebe, die ihre Mutter ausstrahlte. Als könne sie ihre lachende Stimme hören.

Einen kurzen Moment lang war es ihr, als richte sie das Haar ihrer Mutter, weil sie sich auf dem Weg zu ihrem nächsten Konzert befanden. Nun, da sie wieder sehen konnte, hatten sie so viele Pläne ...

Weil ihre Mutter lebte –

Sie schluckte hart. Das stimmte nicht, nicht wahr? Alle waren sie tot.

Irgendetwas Zerbrechliches in ihr zersprang. Zitternd presste sie ihre Wange in das weiche Haar ihrer Mutter. »Vergiss nie, dass ich dich liebe.«

Ein Blinzeln. Sie war blind.

Ihre Mutter war tot.

Sie würde ihre Mutter nie wieder sehen.

4

Tagebucheintrag

> *Ihr glaubt, ihr könnt mir entkommen. Aber ich weiß, wo ihr steckt. Ich folge euch überallhin, genau wie Austrian und Redmond dem alten Maas gefolgt sind. Es waren mehr Reichtümer, als sie es sich je hätten träumen lassen. Trotzdem hatte Maas einen Plan für alles. Er blickte während des ganzen Wegs über die Schulter zurück, aber sie haben ihn erwischt.*
> *Maas' Reichtümer haben euch zu dem gemacht, was ihr seid, aber meine Erinnerungen werden euch vernichten.*

Zuvor – 12.14 Uhr, Freitag

In der Luft über dem Osten der Vereinigten Staaten

Die Sonne war ein orangefarbener Feuerball über den Adirondacks, als sich das Flugzeug nach fünf Tagen, die übervoll waren von Non-Stop-Wahlkämpfen, im Landeanflug auf den Kennedy-Flughafen befand. Die Augenlider des Präsidentschaftskandidaten waren schwer, und sein ganzer Körper zitterte vor Erschöpfung. Doch mit dem ersten tonlosen Klingeln, das an seiner Brust vibrierte, war er sofort hellwach und zog sein Handy aus der Halterung in seinem Anzugjackett. Das vertraute Brummen der Flugzeugmotoren drang kaum in sein Bewusstsein.

Er hieß Creighton Redmond. Der kürzlich zurückgetretene beisitzende Richter am Obersten Gerichtshof der Vereinigten Staaten war sofort konzentriert, wach und argwöhnisch. Er hatte auf einen Bericht gewartet. Er hoffte, dass er das wäre – und dass er positiv wäre.

Redmond hatte seine Ausbildung in den Schützengräben des amerikanischen Rechtswesens erhalten. Er hatte gegen einige der besten, gelehrtesten und gerissensten Anwälte der Welt gekämpft und so oft gewonnen, dass er sich allein damit einen Ruf erworben hatte. Die ganze Erfahrung – die Kontakte, die Siege, der Ruf, die seltenen, aber notwendigen Einsätze von Gewalt – zahlte sich jetzt aus. Er steckte mitten in der Schlacht seines Lebens. Bis zu den Wahlen waren es nur noch vier Tage, und er lag weit zurück. Aber er hatte einen Plan –

Er lauschte dem Bericht seines Sohnes, das Ohr an das Handy gepresst. Er war ermutigend, Gott sei Dank. »Und die beiden Päckchen des alten Mannes?«, fragte er. Das Altenheim draußen in Armonk war nachlässig gewesen, und der hochmütige alte Mann hatte sie überlistet und Auszüge aus seinen Tagebüchern verschickt. Das würde sich nicht mehr wiederholen.

Aus dem weit entfernt gelegenen Langley erwiderte Vince Redmond: »Seine Päckchen werden pünktlich ankommen. Wir werden heute beide an uns bringen, bevor sie irgendwelchen Schaden anrichten können.«

Computerisierte Logistiksysteme waren ein zweischneidiges Schwert. Auf der einen Seite machten sie es einem einfach, den Weg der Lieferung zu verfolgen. Auf der anderen Seite erwies es sich als schwierig, sie aus dem System herauszunehmen, ohne dass es auffiel. Die Päckchen in London und Langley würden bald an dem Punkt eintreffen, an dem man sie übernehmen konnte. Sie stellten ein Gefahrenpotenzial dar, waren aber unter Kontrolle.

»Und der Krankenpfleger des Alten?«, erkundigte sich der Präsidentschaftskandidat.

»Wie geplant wird seine Ermordung als Drogen-Deal behandelt, bei dem es den Verkäufer des Stoffes erwischt hat.« Die ferne Stimme kicherte lässig. Der Sicherheitschef der Privatklinik hatte das Band der Vorrichtung abgehört, die das Gespräch zwischen dem alten Mann und dem Pfleger aufgezeichnet hatte. Gleich darauf waren zwei Wachbeamte losgeschickt worden, um den Pfleger aufzuhalten. Sie waren zu spät gekommen. Er hatte die Päckchen bereits aufgegeben. Daraufhin hatten sie den Auftrag erhalten, dafür zu sorgen, dass er sich auf keinen Fall mehr an ihre Existenz erinnerte. »Wir haben Drogenspuren in der Nähe seiner Leiche platziert, und der Sheriff war froh, mal wieder etwas Unpopuläres in die Finger zu bekommen, das er wie eine Fahne vor sich herschwenken kann. Das rechtfertigt seine harte Vorgehensweise. Nächstes Jahr will er schließlich wieder gewählt werden.«

Creighton Redmond nickte erleichtert und gähnte. Die Energie, die er aus seinem kurzen Nickerchen getankt hatte, durchströmte ihn bereits. *Nur noch vier Tage bis zur Wahl.* Ein Gefühl der Hektik erfüllte zurzeit alles, was er sagte oder tat. »Und die Polizeiunterlagen, die unsere Frau in Monaco besorgt hat?«

»Sie sind heute Morgen unserem Mitarbeiter in London ausgehändigt worden. Er hat Kontakt mit dem Reporter der *Sunday Times* aufgenommen. Du erinnerst dich – der Alkoholiker, für den wir uns entschieden haben.« Wegen seines Trinkens war der Mann drauf und dran, seinen Job zu verlieren.

»Und der Reporter war erfreut?«

»Man könnte es so ausdrücken: Er hat gesabbert und ist auf den Knien gerutscht. Die Story ist so heiß, dass sie ihm mindestens sechs weitere Monate Beschäftigung einbringt.«

»Und dein Mann in der Firma? Der, der fälschlicherweise Kopien von Jirís veränderten Daten erhalten hat? Bist du sicher, dass er aus dem Spiel ist? Wir dürfen diese Information auf keinen Fall herausdringen lassen, bevor es an der Zeit ist!«

Die Stimme im fernen Virginia klang mit einem Mal hart. »Keeline ist unter Kontrolle. Um den brauchst du dir keine Sorgen zu machen. Außerdem habe ich eine verschlüsselte Botschaft nach Berlin geschickt, dass die Künstlerin, wenn sie noch einmal Kopien der Informationen an die falsche Stelle schickt, erledigt ist.«

»Ausgezeichnet.« Creighton Redmond nickte. »Sie ist lange genug dabei, um zu kapieren. Wir werden jetzt die besten – und die aus der größten Angst heraus entstandenen – Dienste von jedem ihrer Kunden bekommen.«

Die beiden Männer, Vater und Sohn, waren mächtig und scharfe Denker. Von Zeit zu Zeit erlebte ihre Beziehung gewisse Spannungen, da sich das Machtgleichgewicht zwischen ihnen verlagerte und mehr und mehr anglich. Heute jedoch lachten sie gemeinsam mit tiefen Stimmen und teilten ihre Vision von der Zukunft. Die Welt dachte, sie hätten verloren. Die Welt irrte sich.

13.14 Uhr, Freitag
WASHINGTON, DC

In einem modernen Bürogebäude in den Außenbezirken der Hauptstadt lauschten 30 junge Jobsuchende den Instruktionen eines Einstellungsgesprächsleiters des CIA. Das Gebäude war nach Wanzen abgesucht und gegen elektronisches Eindringen gesichert worden. Die jungen Leute waren hier, weil sie sich direkt bei der Firma um Stellungen als Geheimdienstagenten beworben hatten oder durch ›Detektive‹ in Unternehmen oder Universitäten angesprochen worden waren – ehemalige Agenten oder Professoren, die die Rekrutierungstelefonnummer weitergegeben hatten.

Danach hatte die Tortur begonnen: Sie hatten 16-seitige Fragebögen ausgefüllt, und Aufklärer der Firma hatten Monate damit zugebracht, die Personen nach warnenden Zeichen wie Konflikten mit dem Gesetz, Geldproblemen oder dem geringsten Hinweis darauf zu durchleuchten, dass sie feindliche Agenten sein könnten.

Den heutigen Morgen hatten die Bewerber damit zugebracht, sich drei zermürbende Stunden lang mit Intelligenztests herumzuschlagen. Jetzt befanden sie sich in Räumen mit verschiedenen Fragestellern.

Gereizt schaute der oberste Analyst, Sam Keeline, durch den Einwegspiegel, während er den beflissenen Collegeabgängern zuhörte. Sie wetteiferten hier um ein Leben, das viel zu viele fälschlicherweise für ein romantisches Abenteuer hielten:

»Hätten Sie etwas dagegen, in einem Land mit einer verlängerten Regenzeit zu leben? Einem langen und harten Winter?« *Bewerber müssen in der Lage sein, sich an die Unbilden der Arbeit eines verdeckten Ermittlers zu gewöhnen.*

»Haben Sie Probleme, nachts zu schlafen?« *Diejenigen, die unter Schlaflosigkeit leiden, werden die Spionagetätigkeit als unerträglich hohe Belastung empfinden.*

»Beschreiben Sie Ihre Eltern.« *Verwöhnte Kinder neigen dazu, zu Erwachsenen zu werden, die ihren Vorgesetzten trotzen und ihre Jobs schnell wechseln.*

Doch unterhalb dieser Ebene lagen die wahren Fragen: Wie vorsichtig ist ein Kandidat? Wie schnell ist er oder sie im Denken? Die Spionage war wie der Krieg – eine Menge Langeweile mit Spitzen absoluten Horrors. Wäre diese Person dazu befähigt, diese Situationen nicht nur zu überstehen, sondern wirklich mit Erfolg zu meistern?

Sam stakste den Korridor auf und ab, beobachtete und hörte zu. Er hatte all dem schon vor Jahren den Rücken zugewandt. Er war ein Stratege, kein Aktivist mehr. *Samuel Keeline, Dr. phil.* Und dennoch ... er musste zugeben, dass er eine seltsame Erregung verspürte, wenn er an seine ersten Jahre in der Firma dachte. Er war Agent im Außendienst – ein Spion – gewesen.

Aber angesichts der Tatsache, jetzt hier sein zu müssen, sträubten sich ihm die Haare. Er kam sich vor wie eine Stationsschwester im Krankenhaus.

Er stapfte in die Personalkantine, stopfte zwei Dollar in einen Snackautomaten und schnappte sich das Thunfisch-Sandwich, bevor es den Boden des Ausgabeschlitzes berührte. Er riss die Verpackung auf und biss kräftig hinein.

»Wir sind aber gar nicht glücklich, hm?« Das war Pinks Stimme.

Sam drehte sich um. »Du hinterlistiger Bastard! Hab' dich gar nicht die Tür öffnen hören.«

»Natürlich nicht. Gehört zum Job. Das ist der Grund, warum ihr Eierköpfe uns Gespenster nennt.« Grinsend füllte Chester ›Pink‹ Pinkerton den Türrahmen aus.

»Was zur Hölle machst du hier? Erzähl mir nicht, *du* wolltest diesen Job!«

Pink schüttelte seinen massigen Kopf. Er war von großer Statur – 1,95 m groß und beinahe 120 Kilo reine Muskelmasse. Das war eine unglückliche Größe für einen Undercover-Agenten – eine, an die man sich gut erinnerte und die es einem erschwerte, in Menschenmengen unterzutauchen. Dafür besaß er etwas anderes – die Gabe einer gewinnenden Persönlichkeit. Rasch machte er sich Freunde, bezauberte Angestellte, Sekretärinnen und Höhergestellte, sodass sie Geheimnisse ausplauderten, von denen sie schon vergessen hatten, dass sie sie überhaupt kannten. Der Einzelgänger, wie aus einem Robert-Ludlum-Roman, war nicht die einzige Art von Spion, die die Firma brauchte.

Pink sagte: »Redmond hat mir davon erzählt, dass er dich hierher versetzt hat, um diesen Kindergarten zu überwachen. Ich dachte, ich mache mir 'ne nette Zeit und schaue mir an, ob drei Tage genügen, bis du an die Decke gehst.«

Sam war Nachrichtendienstoffizier für Russland und Eurasien im Directorate of Intelligence der Firma, während Pink Außendienstagent beim Directorate of Operation war. Im Moment befand er sich zwischen zwei Aufträgen. Es kursierten Gerüchte, dass Pink etwas Illegales getan habe und möglicherweise nie wieder zu einem Einsatz geschickt werden würde.

Der Grund für Sams Anwesenheit hier lag drei Tage zurück. Er hatte sich mit seinem Boss gestritten. Der hatte angeordnet, Sams letzte sorgfältig und liebevoll erstellte Lageeinschätzung zu ändern – ›anzupassen‹, wie sein Boss es zu nennen beliebt hatte; es ging um einen fetten Fisch, einen Sexunternehmer in Prag, dessen Greifarme tief in die osteuropäische Verbrecherszene reichten. Die heikelsten Fotos und Dokumente waren von einem der untergeordneten Angestellten des Unternehmers, der insgeheim auf der Lohnliste der Firma stand, geliefert worden. Ein Kerl, dessen Deckname Jirí lautete.

Sam, der fast als Perfektionist zu bezeichnen war, hatte sich auf die Angelegenheit eingeschossen, weil eines der Fotos den Spitzenreiter der amerikanischen Präsidentschaftswahlen zeigte, Douglas Powers. Zusammen mit besagtem Unternehmer und einer seiner Sexbomben stieg er darauf in eine Limousine, während eine Gruppe kleiner Jungen vom Bordstein aus zusah. Darüber hinaus gab es Seiten aus den Hauptbüchern, die den Namen des Kandidaten in Verbindung mit Terminen, Gebühren und Prostituiertennamen enthielten. Sams Boss jedoch hatte sich dagegen entschieden, die betreffenden Seiten und das Foto in den Bericht aufzunehmen, weil sein Vater, Creighton Redmond, der andere Präsidentschaftskandidat war. Möglicherweise würde etwas durchsickern und in die Zeitungen kommen. Dann sähe es womöglich so aus, als versuche der Sohn Informationen zu lancieren, die seinem Vater helfen konnten, die Wahl zu gewinnen.

Was Sam Sorgen bereitete, war die Tatsache, dass es unliebsame Auswirkungen haben könnte, falls der Favorit, Doug Powers, tatsächlich wie erwartet zum Präsidenten gewählt würde. Erpressung des Präsidenten könnte zu irgendeinem Zeitpunkt in der Zukunft ihr hässliches Haupt erheben. Auf der anderen Seite hatte Sam irgendwie das Gefühl, dass die Dokumente gefälscht sein könnten, und genau das hatte er seinem Vorgesetzten erzählt, ohne ein Blatt vor den Mund zu nehmen.

Bei Sam hinterließ die Angelegenheit einen schalen Nachgeschmack: Nicht genug damit, dass seine Lageeinschätzung ›angepasst‹ und entschärft wurde; es wurden auch noch Daten, die man unter die Lupe hätte nehmen müssen, zu den Akten gelegt.

Es hatte schon eine Menge ähnlich gelagerter Zwischenfälle gegeben, die Sam gehörig beunruhigt hatten. Das Directorate of Intelligence war eine Hauptinformationsquelle für den Präsidenten, den Kongress und Hunderte weiterer Regierungsstellen. Falls die Analysen der Firma falsch waren, würde die gesamte amerikanische Politik aus dem Gleis geraten.

Ohne viel Diplomatie hatte Sam das seinem Boss dargelegt – Vince Redmond, dem Deputy Director of Intelligence, kurz DDI. Woraufhin Redmond explodiert war und Sam hierher beordert hatte, damit er der neue Leiter der

Einrichtung würde, die die Firma liebevoll die ›Höllenwoche‹ nannte.

Sam strich durch die Kantine, wobei er seinen Freund Pink beäugte. Sam war etwa 1,80 m groß, muskulös und auf eine saloppe Art athletisch, die Frucht der Tatsache, dass er ein eingefleischter Wochenendsportler war. Außerdem, räumte er gelegentlich vor sich selbst ein, war seine Fitness ein erfreuliches Überbleibsel aus seiner Zeit als aktiver Agent. Wenn man da draußen in den Hinterhöfen und -zimmern der weltweiten Verbrecherszene unterwegs war, zahlte es sich aus, auf einen Notfall vorbereitet zu sein.

Als Reaktion auf Pinks Äußerung knurrte Sam: »Was du erzählst ist doch Quatsch. Was machst du wirklich hier?«

Pink hatte sich eine Tasse Kaffee besorgt – seine übliche, weiß vor Milch und vermutlich auch noch vor Zucker starrend.

Er trank, und Sam beobachtete ihn argwöhnisch.

»Okay, hast mich ertappt«, gab Pink zur Antwort. »Nur um dir zu beweisen, wie sehr ich dich anbete, werde ich dir nun die Wahrheit erzählen. Ich soll dich dazu überreden, nach Langley zurückzugehen und wieder ein lieber Junge zu sein. Redmond hat es sich noch mal überlegt. Er hat das Gefühl, ihr wärt beide ganz schön in die Luft gegangen. Er macht keine Versprechungen, aber wenn du ein gehorsamer Sohn bist, tust, was man dir sagt, und nicht ausrastest, indem du dich wieder in eins deiner fruchtlosen Unterfangen stürzt, behältst du vielleicht deinen Schreibtischjob, obwohl Gott allein weiß, warum du ihn überhaupt willst.«

»*Vielleicht?*«

Pink zuckte die Achseln, und seine gewaltige Brust wogte solidarisch. »Was Besseres kriegst du nicht, Sam.

Keine Versprechen. Redmond gibt fünf Zentimeter nach, aber von dir erwartet er zehn. Man nennt das ein Arbeitgeber-Arbeitnehmer-Verhältnis.«

Sam funkelte ihn wütend an. »Bei der Sache ging es ums Prinzip, um Himmels willen.«

»Nun ...«, Pink kratzte sich am Kopf, »... da ich die Details nicht kenne, kann ich dazu nichts sagen. Für mich sieht es allerdings so aus: Wenn er und du eine Meinungsverschiedenheit habt, wird er derjenige sein, der gewinnt. Das ist noch so ein Vorteil, wenn man der Boss ist. Sieh mal, der Knabe will dich zurückhaben. Mich zu schicken ist seine Art der Entschuldigung. Das ist ein Riesenkompliment, und das auch nur, weil du einer seiner Stars bist. Sei nicht so verdammt dickköpfig, Sam. Gewähr dem armen Jungen eine Verschnaufpause.«

Sam überdachte noch einmal, was sich zwischen ihm und Vince Redmond abgespielt hatte. Seine Stimme wurde eisig. »Nein, hier stinkt etwas ganz gewaltig.«

Pink war ehrlich verwirrt, sein breites, hübsches Gesicht eine durchfurchte Landschaft. »Ich weiß nicht, was du meinst.«

Sam beugte sich vor, und sein sandfarbenes Haar fiel ihm in die Augen. Er bohrte Pink seinen Zeigefinger in die Brust, und seine Stimme wurde lauter. »Redmond wusste, dass ich mich nie mit einem ständigen Job hier in der Kinderhölle abfinden würde. Warum hat er mich also hergeschickt? Das war nicht nur wegen dieses einen Streits. Nein, der Grund ist sein Wunsch, dass ich schon mal das Fegefeuer koste. Jetzt, stellt er sich vor, bin ich kirre und mach das, was er die ganze Zeit wollte – mit dem Bohren aufhören, mich gut benehmen und ein lieber, normaler Streber werden. Dann hat er dich noch geschickt, um mir einen Tritt in den Hintern zu verpassen, falls ich es noch nicht von selbst kapiert haben sollte.«

»Das klingt clever. Ich sehe nur dein Problem nicht.«

Sam biss ein großes Stück von seinem Sandwich ab und stolzierte davon. »Was daran nicht stimmt, ist, dass dieser Bastard es mir nicht von vornherein gesagt hat. Nachdem ich mir dreizehn Jahre lang den Arsch für die Firma aufgerissen, in einem Apartment ohne Essen und ohne Möbel gelebt und an den Wochenenden mit Fremden Basketball und Baseball gespielt habe, damit ich eine Abwechslung von all den Geheimdienstspinnern kriegte, die die Welt bevölkern ... glaubt er, er könne mich mit miesen Tricks zu etwas bringen, was wahrscheinlich zu meinem eigenen Besten und zum Besten der Firma ist.«

Was Sam ebenfalls dachte, aber nicht sagte, war, dass es wahrscheinlich auch daran lag, dass Redmond es hasste, irgendjemanden zu feuern – verärgerte Ex-Mitarbeiter plauderten möglicherweise Geheimnisse aus. Was diesen Kindergartenjob perfekt machte. Er entfernte Sam aus der Informationsschleife, allerdings mit einem höheren Gehalt und einer Beförderung, in der Hoffnung, das würde sein gekränktes Ego besänftigen.

»Na ja, Sam, ich hätte mehr Mitleid mit dir, wenn ich nicht über all deine Weiber Bescheid wüsste. Sie müssten dir doch jetzt ein wenig Trost verschaffen.« Pink erwähnte die Freundin aus Ostberlin nie. Niemand tat das. Nachdem sie umgebracht worden war, hatte Sam vom Außendienst zur Nachrichtendienstanalystik daheim in Langley umgesattelt. Was eine Schande war, denn er war ein großartiger Agent gewesen.

»Darum geht es doch gar nicht –«

»Stimmt. Ich versuche nur, dass du ehrlich bleibst.« Pink schenkte Sam ein gewaltiges, gewinnendes Lächeln, eins, das 60 strahlend weiße Zähne zeigte. Es bewog Angehörige fremder Nationen dazu, Geheimnisse zu verraten, wobei ihrer Motivation natürlich mit ein paar Dollarscheinen nachgeholfen wurde. Er gluckste in sich hinein. »Sam, mein Junge, deine alten grauen Zellen sind so scharfsinnig wie eh und je. Ich denke, du hast Recht mit Redmond. Ich wünschte, ich wäre selbst drauf gekommen. Aber auf der anderen Seite: Denken ist schließlich deine Spezialität. Jedenfalls behaupten das all diese Auszeichnungen in deinem Büro. Trotzdem würde ich dir noch immer raten, auf Redmonds Angebot einzugehen.«

Sam blinzelte. Er seufzte. »Vielleicht werde ich das sogar.«

Pink grinste. Wenn Sam gewann, wurde er großzügig. »Er sagte, du sollst gleich nächsten Montag wieder anfangen, aber du könntest ihn überraschen. Dieser Job muss dir doch Übelkeit verursachen. Mach die Fliege, Sam. Vorwärts. Der verlorene Sohn kehrt ins Nest zurück. Er wird dich willkommen heißen, wenn nicht mit offenen Armen, so doch mit einem ›Wurde-auch-Zeit‹. Hey, das ist besser als überhaupt keine Begrüßung. Ich übernehme das hier für dich.«

Sam stopfte sich den letzten Rest seines Sandwichs in den Mund. »Klar. Warum nicht.«

»Deine Begeisterung lässt es mir warm um mein armes altes Herz werden.«

Zum ersten Mal lächelte Sam. Er ging zur Tür, amüsiert über sich selbst. Vince Redmond war raffiniert, und er hatte Sam vollkommen durchschaut. »Ach, Pink«, sagte er im Hinausgehen, »du bist genauso schlimm wie ich. Wir sind beide zu lange bei der Firma gewesen, um noch was anderes anzufangen. Ich mag zwar keine Freudensprünge machen, dass ich auf diese Weise zurückgehe, aber die Firma ist doch immer noch meine Heimat. Nichts von meinen selbstgerechten Beschwerden kann das ändern. Du hast Recht – Vince Redmond weiß es. Und er ist gerissen genug, um dieses Wissen zu nutzen. Er hat jetzt, was er von mir schon immer haben wollte – Unterordnung. Zumindest bis zum nächsten Mal.«

LANGLEY, Virginia

Sam pfiff, als er wieder an seinem Arbeitsplatz in dem ausgedehnten CIA-Komplex, keine 8 Meilen vom Weißen Haus entfernt, eintraf. Er hielt kurz in der Verpflegungsstelle an, um sich eine Tüte M & Ms zu besorgen, und riss sie auf. Er freute sich ganz besonders über die Blauen, seine Lieblingskugeln, von denen diese Tüte eine ungewöhnlich große Anzahl zu enthalten schien.

Sam strebte seinem Büro entgegen, während er die M & Ms Stück für Stück in den Mund steckte. Der Botenjunge schob seinen Postkarren durch die Halle. Sam schnappte sich gleich seinen Stapel und ging zu seinem Büro weiter. Er pfiff »The Star-Spangled Banner«, was ihm der Gelegenheit als angemessen erschien. Im Gehen sichtete er seine Post. Es war die übliche Korrespondenz, Broschüren und Zeitschriften von Universitätsprofessoren und anderen Koryphäen auf seinem Spezialgebiet – russischen und osteuropäischen Angelegenheiten.

Plus einem kleinen Päckchen.

Es war in braunes Papier eingeschlagen und mit Klebeband verschlossen. Da seine Neugier geweckt war, untersuchte er es genauer. Die Handschrift war spinnenartig, wie von einem Betrunkenen oder einem von Zittern geplagten Menschen. Es gab keinen Absender, aber die Briefmarke ließ wissen, dass es in Armonk, New York, aufgegeben worden war. Ursprünglich war es adressiert gewesen an:

Dr. Samuel Keeline
Central Intelligence Agency
Langley, VA

Keine Postleitzahl. Sam bemerkte, dass *Langley, VA* durchgestrichen und durch *Washington, DC 20505* in einer anderen Tinte und einer entschlosseneren Handschrift ersetzt worden war. Ohne Zweifel ein Service der US-Post.

Es bedeutete aber auch, dass das Päckchen vermutlich verspätet und vielleicht sogar eine Weile verschwunden war, da die kleine Kreuzung, die den Namen Langley trug, keine Poststelle hatte. Sam folgerte, dass es erst ins nahe McLean gewandert sein musste und von dort weiter nach Washington, wo sämtliche CIA-Post durchleuchtet wurde. Die McLean-Nebenstelle war einfach zu klein, um die CIA-Fuhren zu bewältigen. Dann war es mit dem Lastwagen auf die Langley-Entladestation geschafft worden, wo man es, selbstverständlich unter Aufsicht der CIA-Sicherheitsabteilung, erneut durchleuchtet hatte.

Sam öffnete es, und ein kleines Stück des Inhalts, das wie ein harter, gelber Stein aussah, fiel ihm in die Hand. Sam runzelte die Stirn. Er hielt es hoch in das fluoreszierende Licht der Halle. Der Stein war durchscheinend und hatte einen warmen, goldenen Schimmer. Er wog ihn nachdenklich in der Hand. Wieder untersuchte er ihn im Licht. Er war auf Hochglanz poliert worden.

Sobald er zu einem Ergebnis gekommen war, worum es sich handelte, nämlich Bernstein, schoss seine Körpertemperatur in die Höhe. Er las:

Lieber Dr. Keeline,
Sie kennen mich nicht, aber Sie werden mich kennen lernen wollen. Wir haben etwas Wesentliches gemeinsam, das Interesse für das Bernsteinzimmer.

Vielleicht wüssten Sie gerne, wo es sich befindet ...

Sams Herz hämmerte vor Aufregung. Sein Mund wurde trocken. Das berühmte Bernsteinzimmer! Er hatte gedacht, es wäre für immer aus seinem Leben verschwunden. Es war ein einzigartiger und unbezahlbarer Kunstschatz – ein glitzernder, vollkommen mit dem seltenen versteinerten Baumharz verkleideter Raum, dessen Bernstein allein von unschätzbarem Wert war. Vor mehr als einem halben Jahrhundert war es komplett von der Weltbühne verschwunden, hielt ganze Nationen in Atem und gab in Russland und Osteuropa Auftrieb zu solch haarsträubenden Geschichten wie ›dem Fluch des Bernsteinzimmers‹.

Er erreichte sein Büro und öffnete die Tür. Er konnte an nichts anderes mehr denken, als dass er sofort weiterlesen wollte. Er musste wissen, was in dem Brief und den anderen Papieren stand –

Eine Stimme knurrte: »Herr Jesus, Keeline, Sie haben es geöffnet!«

In seinem streichholzschachtelgroßen Büro stapelten sich Papiere, Bücher, Zeitungen, Zeitschriften, Kassettenbänder, gewöhnliche Fotos und lange Rollen von Satellitenfotos und bedeckten jeden freien Zentimeter. Die Stapel flossen wie die Viktoriafälle über auf den Boden – so und nicht anders wollte er es haben. Er wusste, wo sich alles befand und wo alles hingehörte.

Abgesehen davon, dass jetzt im Zentrum des wohlgeordneten Chaos Dick Urbanske saß, Vince Redmonds 50-jähriger Assistent.

»Ich nehme das an mich.« Urbanske beugte sich über den Tisch und griff nach dem Päckchen. »Ich habe darauf gewartet, verdammt. Was tun Sie hier? Sie sollen doch bei der Höllenwoche sein. Gütiger Gott, Keeline, Sie haben's schon wieder getan, und ich mache dafür nicht die Hitze verantwortlich, hören Sie?«

»Jetzt machen Sie aber mal halblang!« Sams Temperament ging mit ihm durch. »Was tun *Sie* eigentlich in meinem Büro? Seit wann schickt Redmond Leute, die meine Post abfangen sollen?«

»Nicht Ihre Post, nur dieses Päckchen.«

»Warum?«

»Was weiß ich?« Urbanske stand auf und ging auf die Tür zu, ein schmächtiger Mann mit großer Nase und grämlichem Gesichtsausdruck. »Ich muss Redmond das hier bringen.«

»Nicht Sie. *Wir.* Stellen Sie sich mal vor, Kumpel. Ich komme mit.«

5

Sam war fuchsteufelswild. Er stapfte an Dick Urbanskes Seite durch die Halle. Sein Kollege hielt das Päckchen krampfhaft an die Brust gedrückt. Nur mit äußerster Willensanstrengung hatte Sam ihm das Bernsteinstückchen überlassen und nicht nach dem Brief gelangt, um ihn zu Ende zu lesen. Er war begierig darauf, alles zu wissen, was darin stand. Jede Spekulation, jede Lüge, jedes Gerücht und jede auch noch so zweifelhafte Wahrheit. Vielleicht würde er sogar ein paar Tatsachen enthalten, und während er diese Möglichkeit in Betracht zog, stöhnte er innerlich auf. Er musste seinem Boss das Päckchen irgendwie wieder abluchsen.

Während sie Analysten, Agenten, Wissenschaftlern, Technikern und Sekretärinnen begegneten, die über den breiten Korridor hasteten, konnte er nur an das Bernsteinzimmer denken. Glänzend wie ein Traum schwebte es vor seinem geistigen Auge. Zu Hause hatte er ein altes Buch, das sein Großvater ihm geschenkt hatte, und in dem befand sich das einzige überlieferte Farbfoto dieser Schatzkammer. Mehr als 100 Kerzen erhellten darauf den Raum, spiegelten sich in der üppigen Goldoberfläche des Bernsteins und funkelten in den Spiegeln, der Vergoldung, den Mosaiken.

Sein Großvater hatte ihm erzählt, dass das Zimmer in den Strahlen der untergehenden Sonne wie von einem geheimnisvollen inneren Licht durchglüht leuchten würde. Das hatte Sam immer sehen wollen.

Nahezu zwei Jahrhunderte lang war es das Schmuckstück des Katharinenpalastes vor den Toren von St. Petersburg gewesen. Viele priesen es als das achte Weltwunder. Doch während des Zweiten Weltkriegs, im Jahr 1941, hatten die Nazis es geraubt. Sie zerlegten es und verschifften es hinter ihre Linien in die Burg von Königsberg, dem heutigen Kaliningrad. Nur vier Jahre später, in den Wirren des Kriegsendes, verschwand es. Offenbar für immer.

Sam war durch seinen Großvater – der in seiner Kindheit die Sommer vor der Russischen Revolution im Katharinenpalast, heute einem Museum, verbracht hatte – in die Geschichte und die Geschichten des Bernsteinzimmers eingeführt worden. Geistesgrößen aus aller Welt hatten demnach den unbezahlbaren Reichtum des Zimmers besichtigt. Die lebendigen Erzählungen des alten Mannes über jene lange vergangenen Tage hatten den Jungen gefesselt. Ebenso das Geheimnis um sein Verschwinden. Es musste eine spektakuläre Tat gewesen sein, denn die 4,80 m hohen Paneele wogen zusammen an die 6 Tonnen.

Für den Abtransport waren gewaltige Diesellastwagen nötig.

Sam schüttelte den Kopf. Beim Gehen musste er sich mit Gewalt in die Gegenwart zurückrufen. Er hatte einen Großteil seiner Karriere in der Forschung verbracht, und nach dem Bernsteinzimmer hatte er mehrmals ernsthaft gesucht. Ihn trieb ein unerklärliches Bedürfnis an, das Unrecht wiedergutzumachen. Er vertrat die Theorie, dass das Bernsteinzimmer noch existierte. Falls er Recht hatte, sollte die ganze Welt Zugang dazu erhalten. Aber er war nie auch nur in die Nähe einer heißen Spur gekommen. Nun hatte er ein Indiz in die gierigen Finger bekommen. Das er offensichtlich auch schon wieder loslassen sollte.

Sam betrat vor dem schwitzenden Dick Urbanske das geräumige Büro Vince Redmonds, von dessen Fenstern sich weite Blicke über die Winterlandschaft Virginias und den stahlblauen Potomac River eröffneten. Das Panorama nackter Bäume, brauner Erde und abgestorbenen Grases wirkte kahl und öde. Auch im Innern des Büros war die Atmosphäre selten wärmer. Redmonds Schreibtisch war aufgeräumt, mit in militärischer Präzision aufgeschichteten Papieren und Akten. Die Fotos in ihren passenden Ebenholzrahmen waren in zentimetergenauen Abständen auf den makellos weißen Wänden angebracht. In der Luft hing ein schwacher Duft nach teuren Zigarren, der die Aura von Macht und Autorität, die Redmond unbewusst ausströmte, verstärkte.

»Ich habe das Päckchen, Sir«, verkündete Urbanske.

»Was auch der Grund für meine Anwesenheit hier ist.« Sam bedachte seinen Vorgesetzten mit einem kühlen Blick. »Es ist an mich adressiert.«

Sie standen vor Redmonds Schreibtisch, aber Vince

Redmond, die Augenbrauen vor Überraschung hochgezogen, sah nur Sam an. Er fasste sich schnell. »Wie ich sehe, hat Pinkerton mit Ihnen gesprochen, Keeline. Ich freue mich, dass Sie sich entschlossen haben, wieder zu uns zu stoßen.« In diesen freundlichen Worten schwang ein Unterton mit, der Sam ins Gedächtnis rief, dass seine Rückkehr nach Langley auf einer stillschweigenden Übereinkunft beruhte: Er hatte zugestimmt, sich der Hierarchie zu unterwerfen.

Dann nahm Redmond seine Lesebrille ab und lächelte. »Die Vergangenheit ist vergessen. Wir fangen ganz von vorne an, hm?«

»Das würde mir sehr entgegenkommen, Sir«, antwortete Sam wahrheitsgemäß. Er kochte noch immer vor Wut, dass seine Post ohne sein Wissen und ohne seine Genehmigung beschlagnahmt worden war, und er war noch immer ganz scharf auf die Information, die sie enthielt. Doch unter den gegebenen Umständen war Diplomatie sicher eine gute Wahl.

Deshalb wahrte er einen neutralen Tonfall. »Aber da ist diese Sache mit meiner Post.«

Redmonds Blick schwenkte zu Urbanske hinüber. »Ist das das Päckchen? Geben Sie her!«

Redmond hatte ein scharf geschnittenes, gut aussehendes Gesicht und einen kräftigen Körperbau. Wie Robert Gates vor ihm war Redmond im jugendlichen Alter von 36 Jahren auf den Posten des stellvertretenden Nachrichtendienst-Direktors, des DDI, befördert worden. Seine Augen waren von einem blassen Blau, und seine Haut war so glatt, als habe er sich gerade rasiert. Er trug einen maßgeschneiderten Anzug, bei weitem zu kostspielig für sein Regierungssalär, aber er kam schließlich aus einer reichen Familie. Jedes Mal, wenn Sam das vergaß, belehrte ihn ein Blick auf die Wände des Büros eines Besseren: Überall hingen gerahmte Aufnahmen von Redmond mit ehemaligen Präsidenten und anderen Würdenträgern. Darunter war auch ein großes Foto, direkt hinter seinem Schreibtisch, auf dem er, sein Vater und der frühere Präsident Bush auf den Stufen eines holzverschalten, rustikalen Gebäudes standen, im Hintergrund ein Gewässer, das wie ein Arm des Long Island-Sundes aussah.

Das bewusst schlichte Gebäude erinnerte jeden an die einfachen Anfänge der Familie; die Männer, die dort standen, demonstrierten jedoch ihre heutige Macht.

Urbanske grinste und händigte ihm das Päckchen aus.

In der Firma, wo ständiges Understatement zum Umgangston gehörte, war die Fähigkeit, keine Emotionen zu zeigen, zu einer Kunstform entwickelt worden. So schaute Vince Redmond also lediglich auf das Päckchen hinab, das er in den Händen hielt. Seine Hände zitterten nicht, und keine Zornesröte stieg in sein glatt rasiertes Gesicht. Trotzdem spürte Sam, dass er Wut ausstrahlte wie ein heißer Ofen.

Doch als Redmond zu ihm aufsah, war seine Miene ausdruckslos. Granit. »Es ist geöffnet worden. Ich habe Ihnen doch eingeschärft, dass ich es ungeöffnet brauche, Urbanske. Sie wissen, dass es oberste Geheimhaltungsebene ist. Das ist unentschuldbar.«

Urbanske schluckte. »Es tut mir leid, Sir. Aber ich habe es nicht getan. Keeline war es. Ich habe in seinem Büro auf die Post gewartet, aber er hat es dem Boten abgenommen, bevor er sein Büro betrat. Sie hatten gesagt, Keeline wäre bei der Höllenwoche. Wie hätte ich –«

Er verstummte, weil Redmonds kalte Aufmerksamkeit sich ein anderes Ziel gesucht hatte. Er musterte Sam mit blassem, durchdringendem Blick. »Ich erwarte eine Erklärung.«

»Pink ersetzt mich bei der Höllenwoche, sodass ich

wieder an meine Arbeit zurück kann. Und jetzt erzählen Sie mir, warum Sie meine Post abfangen.«

Redmond überhörte die Frage. »Wie viel haben Sie gelesen?«

»Ein paar Sätze. Genug, um zu wissen, dass es an mich adressiert war und –«

Redmond schien sich kaum merklich zu entspannen. »Vergessen Sie sie. Sie haben gehört, dass ich Urbanske gesagt habe, es sei oberste Geheimhaltungsebene. Selbst ich darf es nicht lesen. Jetzt geht es direkt an den DCI selbst.« DCI bedeutet Director of Central Intelligence, der CIA-Direktor persönlich, der Kaiser des gesamten US-Nachrichtendienstwesens. »Ihr Wort, dass das alles ist, was Sie gelesen haben?« Sein Blick bohrte sich so tief in Sam, dass der tatsächlich einen Anflug von Gewissensbissen bekam, weil er mehr hatte lesen wollen.

»Das sagte ich doch«, antwortete Sam schroff. Er war wütend, weigerte sich aber, es zu zeigen.

Redmond sah zu Urbanske hinüber.

Urbanske nickte mit seinem kahlen Kopf, darauf bedacht, Redmonds Hitzeausstrahlung zu entgehen. »Ich wüsste nicht, wie Keeline mehr als ein paar Sätze hätte lesen können, bevor er sein Büro betrat.«

»In Ordnung. Ich akzeptiere Ihre Erklärungen. Ich will, dass Sie beide das hier vergessen. Vergessen Sie, dass wir darüber gesprochen haben. Vergessen Sie, dass Sie dieses Päckchen je gesehen oder davon gehört haben. Verstanden? Gut. Auf Wiedersehen.«

Urbanske verschwand durch die Tür. Erleichterung folgte ihm wie ein dressierter Hund.

Sam schloss die Tür und setzte sich auf den Sessel vor Redmonds Schreibtisch. »Wir müssen reden.«

Als DDI hatte Redmond die wichtige Aufgabe, die Sammlung, Auswertung und Zusammenfassung von Rohinformationen aus allen öffentlichen und geheimen Quellen sowie die Vorbereitung der täglichen Forschungs- und Nachrichtendienstberichte der Firma als auch den täglichen Lagebericht für den Präsidenten sowie kritische Langzeitanalysen zu überwachen. Redmond war vom Directorate of Operations hierher versetzt worden und bekleidete den hohen Posten erst ein Jahr. Doch er hatte sich bereits eine breite Basis der Unterstützung aufgebaut, indem er rechtzeitig und ohne Murren lieferte, was von ihm verlangt wurde.

Sams Problem mit Redmond basierte nicht darauf, wie er lieferte; es ging um die Qualität. Aber Redmond war schlau. Er wusste, dass in jeder Bürokratie glatt laufende Räder jeden gut aussehen ließen, auch wenn das Produkt nicht vom bestmöglichen Kaliber war. So ließ er also die Lageeinschätzungen und Berichte heraus und hielt Stichtage ein, als sei jeder Einzelne ein Weltcupsieg. Infolgedessen ernteten seine Leute regelmäßig Lob als erstklassige, schwer schuftende Regierungsangestellte, auf die man zählen konnte. Und falls die Analysen wirklich einmal ein wenig daneben lagen, nun, dann ging man eben wieder ans Reißbrett zurück und besorgte weitere Informationen. Und wieder rechtzeitig.

Sam hatte vor Redmond nie Probleme mit einem DDI gehabt. Im Gegenteil, sie hatten ihn offenbar alle hoch geschätzt. Sie hatten ihn oft gefördert und die Zügel locker gelassen, sodass er seinen Eingebungen und Ahnungen nachgehen konnte. Das war der Grund, warum er nun der Kopf der russischen und eurasischen Nachrichtendienstabteilung war. Warum er länger und härter arbeitete als die meisten. Und warum die Frauen in seinem Leben so wichtig – aber flüchtige Erscheinungen – waren.

Mit Vince Redmonds Eintreffen war alles anders geworden. Redmonds Philosophie stand im Begriff, das Directorate komplett umzugestalten, und vom DCI selbst bis hinunter in die unteren Ränge schien er überall Freunde zu finden. Sam dagegen, auf der anderen Seite, lief gegen eine Betonwand nach der anderen.

Die Arbeit hatte für Sam gewaltig an Spaß und Befriedigung verloren. Jetzt aber musste er, obwohl er außer sich war vor Wut, langfristig denken. Er wollte die Firma noch immer nicht verlassen.

Er musste also taktvoll vorgehen. »Die Anordnung für mein Päckchen kam vom DCI persönlich?«

»Das ist richtig«, versetzte Redmond gelassen. Und dann geschah etwas Neues. Er taute auf. »Es tut gut, Sie wieder zu sehen, Keeline. Und ich hoffe, unsere Differenzen sind nun endgültig beigelegt. Wir wollen beide nur das Beste für die Firma und für unser Land. Wir sind hier ein Team, und ich bin froh, dass Sie noch dazugehören. Ich hoffe, ich kann auf Sie zählen. Sie wissen, dass Sie auf mich zählen können.«

Sam kämpfte mit sich. Er wollte die Information über das Bernsteinzimmer noch immer. Nur mit äußerster Selbstverleugnung nahm er die Lektion aus dem Kurzausflug zur Höllenwoche an, die Redmond ihm erteilt hatte: Gegen Vince Redmond konnte er nicht gewinnen.

Deshalb versuchte er es mit Lässigkeit. »Sie haben nicht zufällig eine Ahnung, was nun mit dem Päckchen passiert? Wer es wirklich haben will?«

Redmond blieb freundlich. »Unter uns, ich denke, dass die Anweisung vom Weißen Haus selbst kommt. Wahrscheinlich irgendein Wirbel, von dem wir nie Einzelheiten erfahren werden. Zur Hölle, wenn es in meiner Macht läge, würde ich Sie einen Blick darauf werfen lassen.«

Klar, dachte Sam. *Sicher, genau wie du mich vor drei Tagen diese Information über Prostituierte und den Spitzenreiter bei den Präsidentschaftswahlen, Doug Powers, hast her-*

ausfinden lassen. »Aber warum war es an mich adressiert? Und warum jetzt? Wie kommt es, dass ich überhaupt in die Sache reingezogen werde?«

Redmonds Lächeln bröckelte. Er wurde sichtlich schmallippiger. »Geben Sie es auf, Keeline. Irgendwer hat Ihren Namen zufällig ausgesucht, und jetzt hat man es uns aus den Händen genommen. Ich lege mich nicht mit dem DCI an, und ganz bestimmt habe ich nicht vor, mich mit dem Weißen Haus anzulegen, nur um Ihre Neugier zu befriedigen. Ich muss jetzt weg. Der DCI wartet hierauf, und ich habe ihm versprochen, es ihm persönlich zu bringen. Sie sollten wieder an die Arbeit gehen.«

Er erhob sich und schritt um seinen Schreibtisch herum. Seine kräftige Gestalt bewegte sich mit linkischer Eleganz. Er öffnete die Tür.

Sam war sitzen geblieben. Er verspürte den dringenden Wunsch, Redmond das Päckchen aus der Hand zu reißen, aber er würde es nicht lange behalten können. Und er würde sich so viel Ärger mit Redmond einhandeln, dass der Job im Kindergarten dagegen wie der Haupttreffer in einer Lotterie aussehen würde.

»Jjja.« Sam stand auf. »Gute Idee. Wieder an die Arbeit gehen.«

Doch im Hinausgehen bezweifelte er stark, dass der Absender seinen Namen zufällig ausgesucht haben sollte. Sein jahrzehntelanges Interesse am Bernsteinzimmer widersprach dieser Theorie. Wer immer das Päckchen geschickt hatte, hatte vermutlich von seinen früheren Nachforschungen gewusst. Und er bezweifelte auch, dass Redmond ernsthaft an einen solchen Zufall glaubte. Nicht zu vergessen Redmonds Streit mit ihm wegen seiner Lageeinschätzung, der Redmond äußerst gelegen gekommen sein musste. Seine Strafversetzung zur Höllenwoche hätte sich als perfekte Gelegenheit für den stellvertretenden Direktor erwiesen, sich in aller Stille seines Päckchens zu bemächtigen. Nur war die Sendung falsch adressiert gewesen und deshalb verspätet eingetroffen. Zudem war Sam eben früher als erwartet nach Langley zurückgekehrt.

Natürlich konnte das alles ein Zufall sein. Vince Redmond konnte sich mit der besten Absicht irren, und alles, was er über das Päckchen gesagt hatte, konnte wahr sein. Aber Sam hatte da seine Zweifel.

Während er über die seltsame Wendung grübelte, die die Ereignisse genommen hatten, ging Sam in sein Büro zurück und griff sich die Tüte mit den M & Ms von seinem Schreibtisch. Er setzte sich, schob die Papierberge zur Seite, schüttete die Schokobonbons aus und sortierte sie nach Farben – rote, grüne, gelbe, braune und blaue.

Er reckte sich. Sein Körper fühlte sich an wie ein gigantischer Gordischer Knoten.

Er aß alle roten M & Ms, und dann aß er die grünen. Was ihn dazu brachte, über sein Geld nachzudenken. Damit war er im Verzug. Er nahm seine Brieftasche heraus und arrangierte seine Geldscheine so, wie er es gerne hatte – zuunterst die Zwanziger, darauf die Zehner, die Fünfer, und schließlich obenauf die Einer. Er vergewisserte sich noch einmal, dass die grünen Seiten überall nach oben schauten und die Oberseiten der Köpfe sich alle auf derselben Seite, der linken, befanden. Er spielte mit dem Gedanken, die Scheine auch noch nach ihren Seriennummern zu ordnen, verwarf ihn aber wieder. Dass würde heißen, den Tick zu weit zu treiben.

Jetzt fühlte er sich einigermaßen gut.

Er steckte seine Brieftasche weg und aß die braunen und gelben M & Ms. Daraufhin schaufelte er sich den Haufen blaue in die Handfläche, legte seine Füße auf den

Tisch und lehnte sich zurück. Einen nach dem anderen stopfte er seine restlichen blauen Lieblinge in den Mund, und während die Schokolade schmolz, erlaubte er sich, wieder an das Bernsteinzimmer zu denken.

War es zu guter Letzt wieder aufgetaucht? Warum hatte man ihm das Päckchen wirklich abgenommen?

Er warf einen sehnsüchtigen Blick zu seiner Sportjacke hinüber, die zusammengeknüllt in einer Ecke seines Schreibtischs zu seinen Füßen lag. Er zog es in Erwägung, sich ein paar Tage freizunehmen und nach Armonk abzuhauen, wo der Brief scheinbar herkam oder doch zumindest aufgegeben worden war.

Wer hatte ihn wohl geschickt?

Er dachte über Vince Redmond nach. Redmond wollte ihn auf der Gehaltsliste der Firma behalten, das schon, aber er wollte ihn nicht so sehr, dass er auf Dauer bereit gewesen wäre, sich mit Sams Widerspenstigkeit und seinen eigenwilligen Ratschlägen abzufinden. Sam war sich nicht sicher, was Redmond tun würde, wenn er einem direkten Befehl zuwiderhandelte. Doch er konnte sich leicht vorstellen, dass für ihn dabei nichts Gutes herauskäme. Möglicherweise etwas Schlimmeres als eine Versetzung zur Höllenwoche. Vielleicht würde Redmond ihn feuern.

Aber Sam wollte unbedingt, unbedingt mehr über das Bernsteinzimmer erfahren. Jahrzehnte hatte er auf eine solche Gelegenheit gewartet. Er wollte dem Zimmer wieder seinen angemessenen Platz im Lichte der Öffentlichkeit verschaffen. Das Bernsteinzimmer sollte wie die wundervolle Mona Lisa oder die großen ägyptischen Pyramiden oder Michelangelos bemerkenswerte Davidstatue oder Amerikas unvergesslicher Grand Canyon für jeden Mann, jede Frau, jedes Kind zugänglich sein. Alle sollten seine Schönheit und seine einzigartige Kunst bewundern können. Für Sam waren Meisterwerke der

Kunst wie die Luft, die wir alle atmen – sie sollten jedermann gehören.

Er schürzte die Lippen und bedachte alles noch einmal genau.

Er musste einen Weg finden, Redmond zu umgehen. Er wollte in der Firma bleiben.

Er aß sein letztes blaues M & M.

Und dann wusste er, was er tun musste. Redmond war ein Pedant, wenn es um die genaue Einhaltung von Befehlen ging – und genau das würde Sam tun. Er würde keinen Gedanken an das heilige Päckchen verschwenden. Er würde es aus seinem Gedächtnis streichen und Stein und Bein schwören, dass er es nie gesehen und nie von ihm gehört habe. Stattdessen würde er an einem ganz anderen Ende anfangen – bei Daniel Austrian. Er fragte sich, was der frühere Botschafter heute wohl so trieb.

Erregung strömte durch seine Adern. Er stellte seine Füße wieder auf den Boden, beugte sich vor und nahm den Telefonhörer ab. Er konnte sich ein Kichern nicht verkneifen. Unter seinen vielen Qualitäten war auch eine gewisse Hinterlist, die er, wie er zugeben musste, einfach hinreißend fand.

6

20.05 Uhr, Freitag
OYSTER BAY, New York

Der Präsidentschaftskandidat Creighton Redmond wartete auf den Anruf. Heute Morgen hatte er Wahlkampf in Chicago, dann in Detroit und anschließend in Seattle gemacht. Jetzt war er zu Hause, müde, mit den Nerven am Ende. Die Zeit schien mit Siebenmeilenstiefeln voranzuschreiten und außer Kontrolle zu geraten. Nur noch vier Tage bis zu den Wahlen. Trotzdem zwang er sich dazu, die Papiere auf seinem Schreibtisch zu bearbeiten. Dann tigerte er vor dem großen Kamin auf und ab, in dem die knisternden Flammen hochschlugen. Der Duft von brennenden Kieferscheiten erfüllte den Raum.

Redmond hatte Entscheidungen zu treffen, aber er verschob sie noch, wartete darauf, dass die Situation in London sich klärte. Es stand so viel auf dem Spiel. Alles, wofür er ein Leben lang Pläne geschmiedet hatte. Er war ein Mann mit ungeheuren Gaben und von ebensolchem Verstand, ein Mann von Bildung und Vernunft, und nie schreckte er vor der Realität zurück.

Brutale Aktionen waren hin und wieder notwendig.

Er war nur noch einen Herzschlag entfernt von allem, was er sich je erträumt hatte. Das durfte er von nichts und niemand bedrohen lassen.

Als das Telefon auf seiner privaten, sicheren Verbindung klingelte, riss er den Hörer ans Ohr. »Haben Sie das Päckchen?«

»Ja«, antwortete die Frau in London. »Aber es hat ein Problem gegeben.«

Redmond hörte zu. Wut stieg in ihm hoch. »Sie haben sie umgebracht? Sie Idiot! Wie konnten Sie das nur tun?« Schuldgefühle überkamen ihn.

»Sie hat mein Gesicht gesehen. Und der Taxifahrer auch.« Die Stimme der Frau klang gelassen, der absolute Profi. »Da Sie mir gesagt hatten, die jüngere Frau sei blind, bestand keine Notwendigkeit, sie auch zu liquidieren.«

Schockiert hielt Redmond inne, um die Alternativen abzuwägen. Marguerite war tot! Es war jetzt sinnlos, sich die Sache noch einmal zu überlegen, eine Salve an das Unrealistische. Diese Frau arbeitete schon seit Jahren für ihn, und sie hatte immer geliefert. Sie hatte die nötigen Informationen von dem Polizeiinspektor in Monaco besorgt, und sie hatte Marguerite in London das Päckchen abgenommen. Sie hatte ihren Job getan. Das wenigstens war gut.

Marguerite konnte er nicht wieder zum Leben erwecken.

Allein, wo niemand ihn sehen konnte, zuckte Redmond mit den Schultern. Zugegeben, ein höchst bedauerlicher Unfall. Es gab keine Möglichkeit, das Geschehene rückgängig zu machen. Marguerite war immer ein Störenfried gewesen, und jetzt hatte sie eben dafür bezahlt.

»Es geschah in Belgravia, wie geplant?«, vergewisserte er sich.

»Natürlich.«

»In Ordnung, ich sorge dafür, dass es dort auch endet.«

»Das können Sie?«

»Ich habe meine Kanäle. Ich erwarte, das Päckchen morgen hier zu haben.«

»Selbstverständlich.« In ihrer Stimme schwang erneut Respekt mit.

Die Verbindung war unterbrochen. Einen kurzen Augenblick saß er gedankenverloren da. Marguerites Tod hatte nichts verändert, und was für Gewissensbisse er auch verspüren mochte, sie waren nichts als Energieverschwendung. Jetzt musste er sicherstellen, dass ihre Ermordung geheim blieb. Er legte auf und sah auf seine Uhr. Hier war es jetzt kurz nach acht, was bedeutete, dass es in London Samstagmittag kurz nach eins war. Mit ein bisschen Glück brauchten sie nur eine Stunde oder noch weniger, um die Kontakte herzustellen und die Information zu faxen. Er wählte Langley an.

1.05 Uhr, Samstag
LONDON, England

Nachdem die Polizei Julias erste Aussage aufgenommen hatte, brachten sie sie zum Wagen. Sie konnte nicht aufhören zu weinen. Die Tränen schienen aus einem endlosen Quell der Trauer und des Schmerzes aufzusteigen. Immer noch hatte sie die blutige Brust ihrer Mutter mit der furchtbaren Wunde vor Augen, die niemand hätte überleben können. In ihr Gehirn eingebrannt war der Anblick des schmerzverzerrten Gesichts ihrer Mutter, als die Kugel sie in die Brust getroffen hatte, und dann das krampfhafte Nach-Luft-Schnappen.

Und da war noch mehr. Ihre Schuld. Sie durchbohrte ihr Herz mit glühenden Messern und schnürte ihr die Kehle zu. Hätte sie ihr Augenlicht nicht wieder verloren, hätte sie aus dem Taxi springen und Hilfe holen können. Sie hätte eine Notrufsäule finden können. Mit sofortiger medizinischer Versorgung hätte ihre Mutter möglicherweise überlebt.

Sie wollte nicht mehr daran denken müssen, konnte es aber nicht verhindern.

2.10 Uhr, Samstag
LONDON, England

Das Klingeln des Telefons riss Chief Superintendent Geoffrey Staffeld aus dem Tiefschlaf. Es war zwei Uhr morgens. Benommen, in Erwartung des üblichen Notfalls, rollte er sich von seiner Frau weg und griff nach dem Hörer.

»Ja, Staffeld.«

Er blieb mit geschlossenen Augen liegen und hörte zu. Nach 30 Jahren bei Scotland Yard benötigte er nur einen

Teil seines Gehirns für diese nächtlichen Überfälle. Mit ein bisschen Glück ließe das Problem sich auf einfache Weise lösen, und er konnte weiterschlafen.

Dann sprangen ihm die Augen auf. »Was haben Sie gesagt? Wer ist da? Wenn Sie glauben, Sie können –«

Die Stimme am anderen Ende der Leitung war ruhig, gebildet und hart. Ein amerikanischer Akzent, schätzte er. Ostküste. »Ich sagte, dass Sie ganz schön in Schwierigkeiten stecken, Staffeld. Vor Ihrer Haustür liegt ein Umschlag, dem Sie entnehmen können, wie tief. Machen Sie sich mit seinem Inhalt vertraut, und wenn Ihnen etwas an Ihrem Ruf, Ihrer Ehe, Ihren Kindern und Ihrer Karriere liegt, rufen Sie die Nummer auf dem Deckblatt an. Dann vernichten Sie alles. Glauben Sie mir, Sie werden anrufen wollen.«

Dann war da nur noch das Freizeichen.

Staffeld setzte sich aufrecht in dem eiskalten Schlafzimmer hin und schlug die Decke beiseite. Wütend stapfte er mit nackten Füßen über den Boden. Hinter ihm stöhnte seine Frau auf und beklagte sich im Halbschlaf, dass er die Decke nicht wieder über sie gebreitet hatte.

»Tut mir leid, altes Mädchen.« Aber er ging nicht noch einmal zurück. Bei aller Wut keimte eine böse Vorahnung in ihm auf.

Er öffnete die Haustür. Ein großer Umschlag aus Manilapapier lehnte an dem Türrahmen. Er hob ihn hoch und riss ihn auch schon auf, während er in seine warme Höhle zurückflüchtete. Er griff nach dem oben aufliegenden Blatt.

Sein Gesicht verlor jegliche Farbe. »Gottverfluchte Scheiße!«

Er schüttelte den Rest auf seinem Schreibtisch aus. Da lagen Faxe von Dokumenten in Englisch, Französisch und Tschechisch. Da lagen Faxe von verfluchten Fotos.

Alles war da, in Wort und Bild. Alles, was geheim zu halten er sich so sehr bemüht hatte. Alles, was ihn zugrunde richten konnte. Einzelheit um Einzelheit eines Teils seines Lebens, das so privat, so geheim war, dass weder seine Frau noch irgendjemand sonst hier in England – und ganz gewiss nicht Scotland Yard – auch nur einen verdammten Furz davon wusste. Monaco! Prag! Andeutungen auf andere Orte, die er während der letzten 20 Jahre auf Dienstreisen besucht hatte.

Staffeld ließ sich vorsichtig auf seinen Stuhl sinken. Das Leder war eiskalt, doch er bemerkte es gar nicht. Sein Blick wanderte über die alten Wandtäfelungen und die bleiverglasten Fenster des Herrensitzes, der in den Tagen von Walsingham, dem ersten großen Spürhund und Polizisten der Nation, errichtet worden war.

Es gab nur eine Lösung: Er musste eine Möglichkeit finden, dem allem einen Riegel vorzuschieben, sich selbst zu schützen. Nicht durch Nachgiebigkeit hatte er all die Jahre überstanden. Er war nicht zum Chief Superintendent bei Scotland Yard aufgestiegen, indem er beim ersten Anzeichen von Gefahr den Schwanz eingekniffen hatte. Viel hing davon ab, wer den Umschlag abgeschickt hatte, was er wollte und warum.

Er nahm den Hörer ab und wählte. »Turkov, halten Sie sich bereit. Hier braut sich etwas Unangenehmes zusammen –«

Auf der neuen Polizeidienststelle von Belgravia befragte die Polizei Julia, und mit stockenden Worten gab sie die Ereignisse in dem Taxi wider. Ein Arzt untersuchte ihr Kinn, wo die Mörderin sie mit der Pistole getroffen hatte, und eine Krankenschwester wusch ihr das Blut von Gesicht, Hals und Händen. Ihr blutgetränktes Abendkleid und den Mantel würde sie weiterhin tragen müssen.

Der Arzt gab ihr eine Spritze und verschrieb ein entzündungshemmendes Medikament sowie ein Muskelrelaktans. Er sagte ihr, dass das Kinn anschwellen werde, aber es werde keine bleibenden Schäden nach sich ziehen.

Seine Worte langweilten sie. Als wenn es nur ihr Kinn gewesen wäre! Was für eine Lüge: *keine bleibenden Schäden*.

Chief Superintendent Geoffrey Staffeld, der zu allem Überfluss neben Sorge und Wut auch noch mit einer Erkältung zu kämpfen hatte, traf in der Polizeidienststelle von Belgravia ein, um den Fall der beiden jüngsten Morde zu übernehmen – die an einem Londoner Taxifahrer und der Mutter einer berühmten amerikanischen Pianistin.

Die Pianistin, eine Blinde, hatte überlebt.

»Irgendwelche Anhaltspunkte, warum wir nicht über die Situation informiert wurden?«, fragte der Dienst habende Chief Inspector, als Staffeld eintrat. Er unternahm keinen Versuch, seinen Ärger darüber zu verbergen, dass ihm dieser Fall von einem ranghöheren Beamten abgenommen wurde.

»Eine international berühmte amerikanische Pianistin und zwei Morde«, versetzte Staffeld gleichmütig. »Der Assistant Commissioner und ich sind der Meinung, dass das ein wenig über Straßenschlägereien hinausgeht. Wir sollten den Fall mit Dringlichkeitsstufe Eins bearbeiten, finden Sie nicht auch? Sie machen weiter mit der Untersuchung, und ich decke den sensiblen Bereich ab.«

Staffeld war ein stämmiger, schroffer Mann Ende 50. Er wurde sehr geschätzt und hatte viele Interessen. Auch für seine Freundlichkeit Kindern gegenüber war er bekannt. Er steckte sich ein Mentholbonbon in den Mund und wünschte sich, es sei eine von seinen Players-Zigaretten. Seine Augen überflogen den Bericht über den Überfall in

Belgravia. Als er sich dem Ende näherte, zog er die Augenbrauen hoch. Wer immer ihn erpresste, würde eine hässliche Überraschung erleben –

Wie in aller Welt hatte die Blinde ihre Angreiferin sehen können?

Er schnappte sich eine Packung Papiertaschentücher und begab sich in den erst kürzlich eingerichteten Raum für Opfer, den dick gepolsterte Sessel und ein niedriger Tisch gemütlich machen sollten. Natürlich gab es auch die übliche Aufnahmeapparatur, betätigt von einer diskreten Frau in Straßenkleidung.

Zuerst erkannte Staffeld Julia Austrian kaum wieder. Heute Nacht war sie nicht die bezaubernde junge Pianistin, die er vor ein paar Jahren bei einer Aufführung erlebt hatte. Stattdessen war ihr Gesicht vom Weinen aufgedunsen, und ihre Augen waren geschwollen und rot. Sie zitterte. Unablässig ballte sie ihre Hände und löste die Fäuste wieder, als versuche sie das Geschehene zu fassen.

»Ich will Ihnen erzählen, wie die Mörderin aussah.« Das waren ihre ersten Worte. »Ich will, dass Sie sie fassen. In diesem Land haben Sie nicht mehr die Todesstrafe, nicht wahr?«

»Nein, Miss. Wir halten sie als Abschreckung für nutzlos und außerdem für ziemlich barbarisch.«

»Schade.« Ihre Stimme klang zornig.

Staffeld hatte das oft erlebt. Die sanftesten Menschen konnten zu kaltblütigen Racheengeln mutieren, wenn ein geliebter Mensch getötet worden war. In den meisten Fällen vergingen Zorn und Hass wieder. Persönlich hätte er nichts dagegen gehabt, wenn all die Mörderschweine in der Luft zappeln würden, aber die gute alte Öffentlichkeit zog es vor, nobel und ach so zivilisiert dazustehen.

Staffeld gab sich sachlich. »Wir haben Ihre Beschreibung der Mörderin, Miss Austrian. Hat man Ihnen bereits mitgeteilt, dass der Modus Operandi des Diebstahls darauf hindeutet, dass er zu einer Serie von Verbrechen gehört, die sich hier in London in den letzten drei Monaten abgespielt haben?«

»Ja. Die anderen Polizeibeamten haben das erwähnt. Das ist mir kein Trost.«

»Natürlich. Ich verstehe. Aber Sie haben dem Puzzle ein fehlendes Glied hinzugefügt, das uns sicherlich helfen wird – unsere Seriendiebin ist eine Frau. Ich danke Ihnen. Und Ihre Personenbeschreibung ist auch mustergültig, aber wie erklären Sie, dass Sie sie überhaupt gesehen haben? Ich meine, sind Sie nicht ... blind?«

»Jetzt, ja.« Ihre Hände verkrampften sich wie im Todeskampf. »Wieder.«

»Könnten Sie mir das wohl erklären?«

»Ich leide unter einer Konversionsstörung. Mein Psychiater erklärte mir, dass das manchmal Menschen widerfährt, die unter einem unbewältigten inneren Konflikt oder einem Trauma leiden. Bei manchen Menschen nimmt es die Form von Taubheit oder Starre oder chronischem Schwindel an. Bei mir ist es die Blindheit. Das Symptom – in diesem Fall meine Erblindung – wird zu einer symbolischen Lösung. Es vermindert die Angst und schirmt die Person vom wahren Konflikt ab.«

»Und Ihr Konflikt oder Trauma?« Staffeld fiel auf, dass sie erschreckt auf die Frage reagierte, so als denke sie zum ersten Mal darüber nach. Ein gehetzter Ausdruck trat in ihr Gesicht.

Die Frage hatte Julia tatsächlich überrascht, und sie dachte sofort an den Alexandritring, den die Mörderin gestohlen hatte. Es handelte sich um einen grasgrünen Stein mit roten Einsprengseln, und auf der einen Seite waren kleine Buketts von Diamanten und Saphiren eingesetzt, so arrangiert, als wüchsen glitzernde Zwerghyazinthen auf einem üppigen Rasen. Der Ring war ungewöhnlich, exquisit, ein wahres Kunstwerk. Sie liebte ihn wegen seiner Schönheit, aber mehr noch, weil sie ihren Großvater geliebt hatte. Automatisch durchlebte sie noch einmal die lange zurückliegende Nacht ihres Debütauftritts, als er ihn ihr geschenkt hatte ... das riesige, laute Publikum ... der lärmende Applaus, der das Dach der Carnegie Hall zu erschüttern und gegen die Bühne zu branden schien, auf der sie wie betäubt und gelähmt gestanden hatte ...

Sie holte tief Luft. »Ein Psychiater hat mir gesagt, es sei meine Furcht vor dem Publikum. Bei meinem Debüt tobten die Zuhörer wie wild. Sie erschienen mir wie ein Ungeheuer. Unkontrollierbar. Massiv. In der Nacht darauf erblindete ich im Schlaf.«

»Ich glaube, ich verstehe. Durch Ihre Blindheit müssen Sie das Publikum nicht mehr sehen. Bei der nächsten Aufführung konnten Sie mit Ihrer Angst umgehen.«

»Das war es, was der Psychiater sagte.«

»Heute Abend jedoch kehrte Ihr Sehvermögen spontan zurück?«

»Ja. Ich weiß nicht, warum. Er hatte mich darauf vorbereitet, dass es passieren könnte, aber nach Jahren der Blindheit hatte ich eigentlich nicht mehr damit gerechnet. Dann ging alles sehr schnell.« Noch einmal sah sie die Szene in dem Taxi vor ihrem inneren Auge. Wie die Diebin an ihrem Alexandritring gezerrt hatte, und – »Meine Gedanken trieben unaufhaltsam auf die Nacht meines Debüts und diese Angst einflößende Menge zu.« Die Trauer zerriss sie. Sie kam nicht über die Vorstellung hinweg, dass alles irgendwie ihre Schuld war ... Hätte sie ihre Sehkraft behalten, hätte sie ihre Mutter vielleicht retten können.

»*Hmmmm.* Und jetzt können Sie überhaupt nichts mehr sehen?«

Sie zwang sich dazu, mit gefasster Stimme zu antworten: »Nein.«

»Das ist schrecklich schade. Wir haben Zeichner, die eine Phantomskizze vom Gesicht der Mörderin anfertigen könnten.« Eigentlich ist es überhaupt nicht schade, für keinen von uns, dachte er. Wenn sie die Mörderin identifizieren könnte, würde sein unbekannter Erpresser, dessen war er gewiss, wollen, dass sie zum Schweigen gebracht wurde. Ermutigt schürzte er die Lippen. »Wenn ich es recht verstanden habe, hat die Mörderin nichts gesagt, sodass Sie keine Stimme gehört haben?«

»Das ist richtig.« Eine Brille mit getönten Gläsern lag auf ihrem Schoß zwischen ihren verkrampften Händen, und ihre blutunterlaufenen blauen Augen starrten geradeaus ins Leere.

»Sie stahl Ihnen und Ihrer Mutter Portemonnaies und sämtlichen Schmuck?«

»Ja.«

»Möchten Sie, dass ich Ihnen die Liste Ihrer Besitztümer vorlese, die Sie vorhin diktiert haben?«

»Nein. Ich habe dem nichts hinzuzufügen.«

»Fällt Ihnen sonst noch etwas ein, das uns helfen könnte, sie zu finden? Ein Geruch. Parfüm vielleicht?«

»Ich habe nicht das Geringste gerochen, und ich hätte es gerochen. Ich bin gut darin. Eine Person, die aufmerksam ist und einen gesunden Geruchssinn besitzt, kann zehntausend verschiedene Düfte unterscheiden. Bei Ihnen kann ich zum Beispiel Menthol riechen. Und Sie sind Raucher, oder jemand in Ihrer engen Umgebung ist es. Es hängt noch in Ihrer Kleidung.«

Staffeld zog verwundert die Augenbrauen hoch. »Sie haben Recht. Ich bin erkältet. Ich habe eine Mentholpastille genommen, bevor ich hier hereinkam. Aber eine Zigarette habe ich seit vierundzwanzig Stunden nicht mehr geraucht.« Er schob sich noch ein Mentholbonbon in den Mund. Gut. Sie konnte die Mörderin weder mit ihren Augen noch mit ihren Ohren, noch mit Hilfe ihrer Nase identifizieren. »Lassen Sie mich noch einmal klarstellen, dass ich die Ereignisse in der richtigen Reihenfolge habe. Die Täterin hat auf Ihre Mutter geschossen, nachdem diese ihr die Skimaske vom Gesicht gerissen hatte?«

Julia schluckte heftig. Ihre Schultern sackten herunter. Er nahm an, sie durchlebte den Mord noch einmal. Tränen schossen plötzlich aus ihren Augen. Er seufzte und drückte ihr Taschentücher in die Hand. Sie beugte sich vor und schluchzte, als würde ihr das Herz brechen.

Er blieb geduldig sitzen und unterdrückte seine Gereiztheit.

Als sie sich endlich die Nase putzte, war ihre Stimme schwach, aber entschlossen. »Ich darf mich nicht gehen lassen. Ich muss mich zusammenreißen.« Sie wandte ihren leeren Blick in seine Richtung. Ihre Augen waren blaues Feuer, brannten wie von einem inneren Dämon. Sie räusperte sich. »Wie lautete doch gleich Ihre Frage?«

»Die Abfolge der Ereignisse –«

»Ja, richtig. Nachdem die Mörderin auf meine Mutter gefeuert hatte, hat sie den Fahrer erschossen. Mich nicht. Warum? Glauben Sie, sie hat mich erkannt und wusste, dass ich blind bin, sodass ich sie nicht würde identifizieren können?«

Staffeld nickte versunken. Trotz ihrer Trauer hatte Julia Austrian einen scharfen Verstand. Wie Staffeld von seinem Erpresser wusste, traf ihre Vermutung zu. Er musste sie davon abbringen, zu eingehend darüber nachzudenken, was das bedeuten mochte.

»Das glauben wir zumindest. Ja«, log er. »Wir haben es mit einer Kriminellen zu tun, die etwas über Pianisten zu wissen scheint und den Musikteil liest. Wir werden noch einmal alle Fälle von Straßenraub daraufhin überprüfen, ob die anderen Opfer nach Veranstaltungskalendern in den Zeitungen oder Zeitschriften ausgesucht sein könnten.«

Er bemerkte, dass ihr Gesichtsausdruck sich veränderte. Sie hörte ihm nicht mehr zu. Aufgeregt fragte sie: »Wenn die Mörderin wüsste, dass ich sie tatsächlich gesehen habe, wäre ich in Gefahr, nicht wahr?«

»Ich fürchte, ja. Darum dürfen wir Sie auch keiner Gefahr aussetzen.«

»Und wenn wir das nicht täten?«

»Wenn wir was nicht täten?« Staffeld erschrak. Sie meinte doch nicht etwa –?

»Mich *keiner* Gefahr aussetzen!« Ihre blinden Augen sprühten Funken. »Was wäre, wenn wir die Presse darüber informieren würden, dass ich mein Sehvermögen vorübergehend wiedergewonnen und die Mörderin gesehen habe? Es die ganze Welt wissen lassen! Die Mörderin wissen lassen, dass ich sie gesehen habe, und dazu zu verkünden, dass ich mein Augenlicht noch hätte. Dass ich sie identifizieren kann und werde!«

Staffeld war so erschrocken, dass er beinahe seinen Füller fallen gelassen hätte. Tatsächlich hatte er Mühe, seinen Gesichtsausdruck unter Kontrolle zu halten; das war zwar bei dieser Frau nicht von Bedeutung, aber er wollte um Himmels willen nicht, dass die Mitarbeiterin, die das Gespräch protokollierte, irgendetwas Ungewöhnliches mitbekam. Denn die Pianistin meinte wirklich das, was er befürchtet hatte. Dass sie die Mörderin gesehen hatte, war nun, da sie ihr Augenlicht wieder verloren hatte, bedeutungslos geworden. Nach einer detaillierten Beschreibung jedoch, die in den Boulevardblättern und Zeitschriften veröffentlicht würde, könnte jemand die Täterin erkennen, und das wäre das Letzte, was der Erpresser wollte. Das Schwein würde die blinde Pianistin aus dem Weg räumen lassen, und Staffeld müsste sich darüber klar werden, wie weit genau er zu gehen bereit wäre, um das Leben, das er sich aufgebaut hatte, zu behalten.

Er musste diese junge Frau davon überzeugen, dass Schweigen der bessere Weg war. Aber sie hatte dieses entschlossen vorgereckte Kinn, und ihr ganzer Körper schien wie elektrisiert von den Möglichkeiten, die sich ihr gerade aufgetan hatten.

Sie sagte: »Sie wird mich ausfindig machen! Das muss sie einfach! Und wenn sie das tut, können Sie sie verhaften. Es ist das Risiko wert. Alles wäre das, um die Mörderin meiner Mutter zu fassen!«

Staffeld war mitgeteilt worden, sie wäre eine stille, übermäßig behütete und leicht zu lenkende junge Frau. Stattdessen erwies sie sich als alles andere als still und leicht zu lenken und war darüber hinaus mutig bis zur Tollkühnheit.

»Das darf ich nicht zulassen, Miss Austrian. Das wäre ein gewaltiger Fehler. Außer Ihnen hat niemand sie gesehen. Wenn Ihnen irgendetwas zustieße, würde das unsere Chancen auf eine Verhaftung drastisch reduzieren, ganz zu schweigen davon, dass wir dann nicht mehr in der Lage wären, sie zu überführen. Sie würde freikommen und erneut töten. Ich glaube vielmehr, dass gerade die Tatsache, dass die Mörderin nicht weiß, dass Sie sie gesehen haben, uns einen enormen Vorteil verschafft. Es wird sie zu der Annahme verleiten, sie sei außer Gefahr, und dann wird sie Fehler machen. Dann können wir sie kriegen. Wir sollten es *niemandem* erzählen, dass Sie uns eine Beschreibung der Mörderin geliefert haben.«

»Aber wie wollen Sie sie dann kriegen?«, fragte sie verärgert.

»Meine liebe junge Frau, haben Sie ein wenig Vertrauen zu uns. Wir machen das schon seit fast zwei Jahrhunderten, ja? Wir halten in Pfandhäusern und an den üblichen Orten nach Ihrem Schmuck Ausschau. Ich vermute, Sie könnten einiges davon durch Berührung identifizieren?«

»Ja. Meinen Ring. Und die Ohrringe meiner Mutter. Es sind Unikate.«

»Gut. Damit hätten wir einen Beweis, der sich zu der Mörderin zurückverfolgen lässt. Wir haben unsere Leute ausgeschickt. Sie ziehen in der Nachbarschaft, wo das Verbrechen begangen wurde, von Tür zu Tür. Die Mörderin muss irgendwie geflohen sein ... zu Fuß, mit dem Fahrrad, mit einem Auto. Wir treiben jeden auf, der zu der Zeit in der Gegend war. Dies ist ein sehr kleines Land mit einem dichtmaschigen Sicherheitsnetz, anders als die Staaten. Es ist verteufelt schwer, von hier wegzukommen, glauben Sie mir. Nein, nein. Wir kriegen die verdammte Frau, und dann ist Ihre Identifizierung von höchster Bedeutung.«

Sie schwieg, dachte über seine Wünsche nach, zweifelte aber noch.

Er spürte, dass er dicht vor einem Erfolg stand. Jetzt musste er nur zupacken. Er legte einen ernsten, aufrichtigen Tonfall in seine Stimme: »Wenn Sie uns dazu zwingen, eine Falle aufzubauen, verzetteln wir unsere Kräfte, indem wir dann auch Ihr Leben schützen müssen. Damit würden Sie nur die Ermittlungen behindern und der Mörderin womöglich zur Flucht verhelfen.«

»Ihre Methode wird ewig lange dauern, wenn sie überhaupt funktioniert.«

»Es ist die sicherste Vorgehensweise für uns. Sie wollen Resultate. Wir auch.«

Sie dachte darüber nach. Sie seufzte. »Nun gut. Ich nehme an, Ihre Argumente sind stichhaltig. Aber ich möchte eine Belohnung aussetzen. Glauben Sie, fünfhunderttausend Dollar wären genug?«

»Mehr als genug. Eine ausgezeichnete Idee.« Erleichtert stieß er den Atem aus.

Sie war wieder in ihrer eigenen Welt. »Wenn Sie sie nicht bald kriegen, komme ich zurück, und dann machen wir es auf meine Weise. Ich werde mir Leute zu meinem Schutz nehmen, falls es das ist, was Sie beunruhigt. Ich kann es mir leisten. Ich kann alles kaufen. Außer das Leben meiner Mutter.«

7

Hinter der Tür der Polizeistation von Belgravia wartete Marsha Barr ungeduldig auf Julia Austrian. Die nächtliche Luft war feucht und abgestanden, und sie bekam klaustrophobische Anwandlungen. Sie war eine Agentin, die für ihre Fähigkeit berühmt war, Terminpläne und Musiker zu orchestrieren. Heute Nacht sah sie sich einer trostlosen Aufgabe gegenüber: Sie musste mit der persönlichen Tragödie einer ihrer Künstlerinnen umgehen. Manchmal war es ein Verkehrsunfall, der es einer unmöglich machte, aufzutreten. Ein andermal war es eine ernste Erkrankung oder die Gebrechlichkeit des hohen Alters. Gelegentlich war es ihr Tod oder der Tod eines nahe stehenden Menschen.

In diesem Fall handelte es sich um jemanden, der auch ihr nahe gestanden hatte. Sie hatte seit Jahren mit Marguerite Austrian zusammengearbeitet, und sie hatte sie gemocht und respektiert. Marguerite war sowohl eine zähe Beschützerin ihrer Tochter als auch eine clevere Geschäftsfrau gewesen. Marsha bewunderte beide Qualitäten, obwohl sie insgeheim der Überzeugung war, Marguerite sei zu weit gegangen, ihr Privatleben völlig für die Karriere ihrer Tochter zu opfern.

Sie verlagerte ihr Gewicht von einem Bein auf das andere. Sie seufzte. Verspürte einen reißenden Schmerz in der Brust. Sie hasste es zu weinen und hoffte, sie würde die Nacht durchstehen, ohne es tun zu müssen. Morgen, wenn die Sonne schien und sie wieder an ihrem Schreibtisch sitzen, das Telefon bedienen und ihrer Arbeit nachgehen konnte, würde sie sich wieder besser fühlen. Oder zumindest normal.

»Mrs. Barr? Danke, dass Sie gekommen sind. Ich bin Chief Superintendent Geoffrey Staffeld.« Ein korpulenter, kräftiger Mann geleitete Julia.

»Hallo, Marsha.« Julia war kalkweiß im Gesicht, und sie sah aus, als habe sie einen wochenlangen Heulkrampf hinter sich. Ihr blaues Versace-Abendkleid, ihr Mantel und ihre Schuhe waren mit rostfarbenem, getrocknetem Blut verkrustet, unverwechselbar, furchtbar. »Haben sie es dir schon gesagt, das mit ... Mutter?«

Marsha schluckte und kämpfte gegen die Tränen an. »Es tut mir so leid, Julia. So leid.«

Julia nickte nur. Sie hatte ihre getönte Brille nicht auf, und ihre rot geränderten Augen hatten einen unheimlichen Glanz. Die ansteckende Energie, die sie für gewöhnlich ausstrahlte, war verschwunden. Aber irgendetwas schien neu hinzugekommen zu sein – eine Entschlossenheit, die Marsha nie an ihr erlebt hatte.

Der Chief Superintendent löste Julias Hand von seinem Arm und übergab sie Marsha. »Ihr Onkel hat veranlasst, dass sie morgen früh mit der Concorde nach New York fliegt. Er will, dass sie ihre Tournee abbricht. Sobald Mrs.

Austrians Leiche freigegeben wird, sollen wir ihn benachrichtigen, und er wird das Nötige für die Überführung in die Wege leiten. Noch einmal danke für Ihre Hilfe.«

Marsha nickte und sah Julia an. »Wir fahren in dein Hotel und packen deine Sachen, Liebes. Dann geht es in mein Apartment. Du darfst heute Nacht nicht allein bleiben.«

Julia hatte andere Pläne. »Zuerst müssen wir noch anderswo vorbeifahren.«

Chief Superintendent Staffeld ging in sein Büro zurück. Er schaltete die Deckenbeleuchtung ein. An der Wand neben den metallenen Aktenschränken hingen gerahmte Fotos, die ihn mit der Königin, den Premierministern Thatcher, Major und Blair, mehreren Londoner Bürgermeistern, Polizei-Commissionern, seiner Familie und Jugendgruppen zeigten. Er war offensichtlich ein allseits geschätzter, stolzer und beliebter Polizist.

Er verschloss die Tür und wählte in der eisigen Stille eine Nummer. Sein Erpresser hatte ihm versichert, telefonische Aufzeichnungen würden lediglich eine Nummer auf den Bahamas anzeigen. Die elektronische Fehlleitung war einer der Vorzüge seines neuen Auftraggebers, wer immer er sein mochte. Jedes Mal, wenn er diese Nummer wählte, trickste sie Computer, die auf dem neuesten Stand der Technik waren und Nummern zurückverfolgten und Gespräche zerhackten, aus. Niemand konnte so den anderen Teilnehmer lokalisieren oder mithören.

Als am anderen Ende der Leitung abgenommen wurde, verschwendete er keine Zeit: »Julia Austrian hat Ihre Frau gesehen. Ihre Mörderin.«

Das erschreckte Zögern verschaffte Staffeld eine gewisse Befriedigung, vor allem, da er die gute Nachricht noch zurückhielt.

Dann sprach dieselbe Stimme wie zuvor – gebildet, kultiviert. Sie gehörte einem Mann, der es gewohnt war, seinen Willen zu bekommen. »Das ist unmöglich. Sie ist blind.«

»Das sagen Sie. Nun, Sie irren sich. Aber ich habe auch eine gute Nachricht – sie hat ihr Sehvermögen schon wieder verloren.« Er wiederholte die Geschichte der Julia Austrian. »Sie ist völlig am Ende«, schloss er. »Weint schnell und viel. Sie ist ganz scharf darauf, dass wir die Mörderin fassen. Offensichtlich hat sie ihrer Mutter sehr nahe gestanden, und der Mord hat sie völlig aus der Bahn geworfen. Sie ist wütend, und sie fühlt sich schuldig. Das Schuldbewusstsein der Überlebenden, würde ich sagen. Sie hat eine Fünfhunderttausend-Dollar-Belohnung ausgesetzt, die jeden Idioten und Schwindler dazu bringen sollte, aus seinem Versteck zu kriechen und die Ermittlungen zu verlangsamen, und außerdem hat sie sich freiwillig als Köder angeboten. Trotzdem ist es mir gelungen, sie davon zu überzeugen, dass sie niemandem offenbart, dass sie die einzige Augenzeugin war.«

Nicht nötig, dem Bastard auf die Nase zu binden, dass die Pianistin wesentlich zäher war als ihr Ruf. Persönliche Tragödien konnten manche Menschen zerstören und auf das Stadium eines sabbernden Schleimklumpens zurückwerfen. Andere aber gingen gestählt daraus hervor und fanden zu einer inneren Kraft, von deren Existenz sie bis dahin nichts geahnt hatten. Für ihn sah es danach aus, als würde Julia Austrian zur letzteren Kategorie gehören. Aber das würde nur die Zeit ans Licht bringen, und dieser verfluchte Erpresser sollte das gefälligst selbst herausfinden.

»Gut«, versetzte die Stimme kühl. »Ich vermute, Sie haben dafür gesorgt, dass sie morgen in der Concorde sitzen wird?«

»Ja. Ich habe ihr gesagt, wir würden uns melden, wenn wir sie brauchen.«

»Aber man wird sie nicht mehr brauchen.« Das war ein Befehl.

Es war äußerst prekär für ihn, den Lauf einer offiziellen Ermittlung zu ändern: Konnte er ihn nicht so verlangsamen, dass alles schließlich im Sande verlief, dann konnte er ihn zumindest in eine andere Richtung lenken. Er würde Personal von der Sondierung der Tatumgebung abziehen, und er würde die Befragungen des üblichen Pfandhauspersonals verändern. Zur Not konnte er dafür sorgen, dass Papiere verlegt wurden. Oder sogar vernichtet.

Ein Teil von ihm wünschte sich, diesem amerikanischen Affen von Turkov das Genick brechen zu lassen, aber ein älterer, weniger impulsiver Teil riet ihm zur Vorsicht. Er würde eine Weile auf Zeit spielen.

»Um ehrlich zu sein«, versicherte er der Stimme, »kann ich mir im Moment nicht vorstellen, dass die Polizei die Dienste von Julia Austrian je wieder benötigen wird. Aber ihre überraschend zurückgekehrte Sehkraft hat mich dazu gezwungen, in der Vernehmung viel härter als erwartet zu arbeiten, und sie war weitaus schwieriger zu lenken –«

Die ferne Stimme war wie eine Peitsche, die sicher und einschüchternd über die gewaltige Entfernung hinweg ihr Ziel traf: »Treiben Sie es nicht zu weit, Staffeld. Wenn Sie wollen, dass Ihre schmutzigen kleinen Geheimnisse unter Verschluss bleiben, dann befolgen Sie einfach die Befehle. Denken Sie immer daran, ich tue Ihnen einen Gefallen.«

Staffeld wischte sich über die Oberlippe. »Sehr wohl. Sie werden nichts mehr von mir hören.«

»Fehlanzeige, Chief Superintendent. Ganz entschieden

eine Fehlanzeige.« In der Stimme schwang eine beiläufige Grausamkeit mit. Der Mann hinter der Stimme genoss die Macht mehr, als es gut war. »Sie sind noch nicht aus dem Schneider. Ich erwarte, dass Sie heute Nacht am Ball bleiben, aber dann werden Sie eine kleine Reise unternehmen. Richten Sie es so ein, dass Sie das Wochenende frei haben. Sie werden nach New York fliegen –«

»Jetzt aber mal halblang! Ich habe all dem zugestimmt, weil es meinen Pflichten nicht direkt zuwiderläuft. Aber ich habe Ihnen gesagt, dass Sie mich nicht zu weit treiben dürfen!« Kurzfristig spuckte Staffeld richtig große Töne. Er hatte zu viele Krisen gemeistert, um sich jetzt zu einem stammelnden Opfer erniedrigen zu lassen. Mit fester Stimme fügte er hinzu: »Haben Sie das verstanden? Seien Sie auf der Hut!«

»– als Gegenleistung deponiere ich eine Million US-Dollar für Sie auf einem Nummernkonto in Uruguay. Es wird Ihnen zur Verfügung stehen, sobald wir Ihre Hilfe nicht mehr benötigen.«

Staffeld pfiff tonlos. Aha, Zuckerbrot und Peitsche, dachte er mit einem grimmigen Lächeln. Wie oft hatte er nicht selbst diese altehrwürdige Taktik benutzt? Sie funktionierte immer – zukünftiger Reichtum erhöhte die Bereitschaft eines Menschen zu Gewalt, Betrug und Risiko.

Staffeld mochte den Geruch des Geldes, aber als er ins Telefon sprach, geschah es mit ruhiger, kühler Stimme: »Ich werde nichts tun, was meine Arbeit oder meine Familie in Gefahr bringt. Nichts.«

Die Stimme am anderen Ende knisterte vor Autorität und einer kalten Entschlossenheit, die keinen Raum für Widerspruch oder Zweifel ließ. »Nein, Staffeld. Sie verstehen noch immer nicht. Sie sind ein Erfolgsmensch. Sie haben Julia Austrian durch Obstruktion aus dem Verkehr gezogen und werden Sie nach Hause schicken. Sie werden dafür sorgen, dass es keine Spur gibt, die zu der Mörderin zurückführt. Ich bin zufrieden, weil das in der jetzigen Situation genügt. Aber Sie und ich werden noch mehr Geschäfte miteinander machen. Sie werden Anweisungen erhalten. Befolgen Sie sie. Seien Sie weder nachlässig noch zu neugierig. Sonst werden Sie nicht nur arm bleiben, sondern sterben.« Die Leitung war tot.

Da Julia darauf bestand, fuhr Marsha sie noch einmal in die Albert Hall. Die Sicherheitsbeamten dort weigerten sich zunächst, die Frauen hereinzulassen, vor allem, als sie Julias blutverkrustete Kleidung sahen. Julia überzeugte sie, ihre Angaben anhand des Programms zu überprüfen, in dem sich ihr Foto befand.

Sie musste noch einmal hineingehen, denn sie hatte die Absicht, ihr Augenlicht wiederzuerlangen.

Die beiden Männer verschwanden drinnen, und Marsha und Julia warteten in der frostigen Nacht. Die Luft roch nach Moschus und kommendem Schnee. Die Kälte stach Julia in die Wangen, und ihre Nase brannte. Einen kurzen Augenblick fragte sie sich, ob wohl die Sterne noch in all ihrer Pracht leuchten würden. Sie wünschte, sie könnte sie sehen. Sie wünschte, sie könnte ihre Mutter sehen –

Die Ereignisse der Nacht überfielen sie mit widerwärtiger Schärfe. In ihrer blicklosen Welt wiederholte sich der gemeine Mord ... das Gesicht ihrer Mutter ... das vergebliche Ringen nach Luft ... der heftige Schmerz ... der verzweifelte Todeskampf ihrer Mutter ... und ihre Unfähigkeit, sie zu retten.

Tränen brannten ihr in den Augen. Ihr Verstand wollte nur elementare Dinge begreifen. Sie zwang sich zur Konzentration. Sie hatte ein Ziel: Wenn Scotland Yard die

Mörderin fasste, musste sie in der Lage sein, sie zu identifizieren. Und wenn der Yard versagte, würde sie die Dinge selbst in die Hand nehmen.

Bis zur heutigen Nacht hatte sie einfach nur sehen wollen. Jetzt *musste* sie sehen. Aber sie durfte niemandem erzählen, dass sie Augenzeuge des Mordes gewesen war. Das hatte sie dem Chief Superintendent versprochen.

»Ich verstehe nicht, was wir hier machen.« Marsha klapperten die Zähne vor Kälte.

»Tut mir leid, Marsha. Ich weiß, dass es keinen Sinn zu ergeben scheint. Aber du und ich, wir haben so viele Jahre zusammengearbeitet, und auf diese Zusammenarbeit setze ich jetzt und bitte dich um diesen einen großen Gefallen. Bitte hilf mir einfach hierbei. Frag nicht, aus welchem Grund.«

Marshas Zähne schienen noch lauter aufeinander zu schlagen. Julia konnte Resignation aus ihrer Stimme heraushören. »Wenn du es so darstellst ... Wie könnte ich mich da weigern?«

Die Sicherheitsbeamten kamen zurück und gaben zu, dass Julia diejenige war, die sie zu sein behauptete. Sie ließen die beiden Frauen herein. Marsha ging voran, während Julia sich auf die gewohnte Art an ihrem Oberarm kurz über dem Ellbogen festhielt.

Marshas Stimme klang besorgt. »Bist du sicher, dass du das auch wirklich willst? Nach all dem, was du heute Nacht schon durchgemacht hast?«

»Es ist notwendig. Bring mich dahin, wo Mom und ich hinter den Kulissen gestanden haben, bevor ich losgegangen und gestürzt bin.«

»Ich weiß nicht, ob ich den genauen Standort noch wieder finde.«

»Keine Angst, ich kenne ihn. Bring mich so nah ran, wie du kannst.«

Dort angekommen, hörte Julia, wie Marsha einen Schritt zurück machte.

»Sonst noch etwas?« Marshas Stimme schien in der unermesslichen Leere des Amphitheaters schlafende Echos zu wecken.

»Ich will mich an den Zeitpunkt zurückversetzen, bevor ich heute Nacht zu spielen begonnen habe. Ich brauche absolute Stille.«

»Ganz wie du willst.«

Als Marsha verstummt war, schloss Julia die Augen und ließ den Blindenstock fallen. Mühelos erwachten die ersten Noten von Liszts machtvollen Etüden in ihrem Geist zum Leben. Die Musik in ihr schien zu wachsen, zu schwellen, und Ungeduld überkam sie. Sie begann blind vorwärts zu gehen, wobei sie jeden Schritt zählte. Sie stellte sich ihren Steinway vor. Sie beschwor das Rascheln und die gespannte Erwartung des Publikums. Sie konnte das Musikcrescendo hören. Es spannte ihre ohnehin bloßliegenden Nerven zum Zerreißen an und führte dazu, dass ihre Finger sehnsüchtig nach der Tastatur verlangten.

Acht, sieben. Vor ihrem geistigen Auge verstummte das Publikum in freudiger Erwartung.

Sechs, fünf. Das große Instrument wartete auf sie, so lebendig wie eine atmende Kreatur.

Vier, drei. Angst schnürte ihr die Luft ab.

Zwei ... eins. Sie sah kein Licht.

Ihre Schultern sackten herunter. Tränen schossen ihr in die Augen. Nichts. Nichts als die Dunkelheit, aber nicht die purpurne. Kalt wie die Antarktis und schrecklich hart und schwarz.

So konnte – würde – sie nicht weiterleben. Sie musste in der Lage sein, die Mörderin ihrer Mutter zu identifizieren.

Sie unterdrückte einen Aufschrei der Enttäuschung.

Verzweifelt streckte sie eine Hand in die Richtung aus, in der sie den Flügel vermutete. Er stand nicht da. Aus dem Gleichgewicht gebracht, taumelte sie vorwärts.

Sie streckte auch ihre andere Hand aus. Sie stolperte. Konnte sich kaum auf den Füßen halten. Verzweifelt krallten ihre Hände ins Leere, auf der Suche nach ihrer Freundin, ihrer Stütze, ihrem Klavier. Wieder taumelte sie vorwärts. Aber alles, was sie fand, war eisige, leere Luft. Tränen stürzten ihr aus den Augen, tropften auf den Boden.

Nichtsnichtsnichts.

Sie konnte ihr Augenlicht nicht wiederfinden. Konnte ihr Klavier nicht finden. Konnte die Mörderin nicht finden –

»Julia! Bleib stehen. Du fällst noch hin!« Marsha fasste sie um die Taille.

Mit einer heftigen Bewegung stieß Julia sie weg. »Bring mich zurück in die Kulissen!«, verlangte sie. »Ich versuche es noch einmal.«

»Nein. Du wirst jetzt mit mir in mein Apartment gehen. Du musst schlafen. Dich ausruhen. Mit dem Verlust deiner Mutter hast du einen schrecklichen Schicksalsschlag erlitten. Und morgen steht dir der lange Flug nach New York bevor. Drüben wird die Presse schon auf dich warten, um dich bei lebendigem Leib zu verschlingen. Bitte, Julia. Du musst dich schonen. Das ist doch sinnlos!«

Julia riss sich zusammen. In einem plötzlichen Geistesblitz erkannte sie, dass sie deshalb so weit von ihrem Weg abgekommen war, weil sie sich vor jeder Aufführung vollständig auf ihren Orientierungssinn verließ, um zu ihrem Flügel zu gelangen. Wie ein automatischer Pilot schien dieser Sinn zu funktionieren, ob sie ihm nun bewusst Aufmerksamkeit schenkte oder nicht. Aber

Marsha hatte wahrscheinlich nicht den genauen Punkt getroffen, von dem ihre Mutter sie losgeschickt hatte, und dann hatten ihre anderen Sinne sie im Stich gelassen. Dadurch hatte sie sich nicht korrigieren und den Steinway finden können. Wenn die Musik sie erst einmal erfüllte, blieb kaum noch Platz für irgendetwas anderes. Das war der Grund dafür, warum sie vorhin gegen den Stuhl gelaufen war. Warum sie jetzt den Flügel nicht hatte ertasten können.

Sie fuhr sich über die Augen und schüttelte den Kopf. »Bring mich in die Kulissen zurück. Und dann führ mich den Weg entlang. So kann ich meinen Orientierungssinn wiedergewinnen. Bitte, Marsha. Wenn du mir nicht hilfst, muss ich durch die Gegend stolpern, bis ich es selbst schaffe.«

Marsha zögerte. »Ich habe nur Angst, dass du dich verletzt. Dass du stürzt wie vorhin. Dir diesmal vielleicht etwas brichst. Einen Finger. Knochen in deinen Händen. Du brauchst nur einmal unglücklich zu fallen, und schon wirst du zum Krüppel und kannst nie wieder spielen.«

Julia fühlte, wie die Angst sich um sie aufzubauen begann. Ihre Mutter und ihr Vater waren beide tot. Jetzt blieb ihr nichts mehr als ihre Musik.

Aber sie konnte es sich nicht leisten, ängstlich zu sein. »Ich werde nicht hinfallen. Zeig mir einfach den Weg.«

Marsha seufzte und führte sie in die Kulissen zurück, zum Klavier und wieder zurück.

Während sie die Route zurückverfolgten, war es fast so, als prägten sich Julias Füße alles ein. Beim Gehen spürte sie die Fugen und glatten Stellen des Hartholzparketts. Ihre Ohren hörten die verschiedenen Geräusche, die ihre Füße machten – manchmal ein solides *Tonk*, dann wieder ein hohles Geräusch, meist über den Zwischenräumen. Sie lauschte den Echos, die ihre Bewegungen erzeugten, wenn sie gegen feste Gegenstände trafen – eine Wand, Requisiten, ein zurückgelassenes Podium. An einem Punkt wurden die Geräusche geschluckt, und sie erinnerte sich, dass sich dort zu ihrer Rechten ein schwerer Vorhang befand. Ihr Körpergleichgewicht veränderte sich mit der leichtesten Drehung oder wenn der Untergrund kaum merkliche Unebenheiten aufwies.

Diese Sinneserfahrung war, als benutze man einen Kugelschreiber. Wenn der Stift genügend Tinte hat, rollt die Schrift glatt über das Papier. Doch sobald der Tintennachschub zu versiegen beginnt, wird die Schrift ein wenig rauer, bis am Ende die trockene Spitze über das Papier kratzt. Die meisten Menschen glauben, die Veränderung habe schlagartig eingesetzt. Ihnen sei die Tinte von einer Sekunde auf die andere ausgegangen. Aber das entspricht nicht der Wahrheit. Der Wechsel von Tinte zu leerer Mine erfolgt nie abrupt. Es ereignet sich vielmehr eine kaum merkliche Aneinanderreihung winziger Sprünge und Raspler, die man sowohl spüren als auch hören kann. Man muss nur hellhörig genug sein. Und genau so verhält es sich mit dem Gehen. Das, was den meisten als ein ebener Weg erscheint, besitzt stets eine komplizierte Oberflächenstruktur; die Sehenden jedoch verlassen sich so ausschließlich auf ihre Augen, dass sie die anderen Zeichen am Wegesrand völlig missachten.

Nach drei Versuchen kannte Julia den Weg. Wieder zurück an ihrem Ausgangspunkt, rief sie sich Liszts große Etüden in Erinnerung. Sie kamen wie ein aufgeregter Freund, und ihre Kraft und üppige Schönheit erklangen in ihrem Innern.

Marsha ließ sie dort stehen, und Julia ging alleine los. In ihre Musik versunken, zählte sie die Schritte hinunter bis zur *Zwei*.

Und der *Eins*.

Tränen brannten ihr in den Augen. Ärgerlich wischte sie sie weg. Nicht der winzigste Lichtfleck.

Sie streckte die Hände aus. Sie spürte die kühle, glatt polierte Oberfläche ihres Instruments. Das zumindest hatte sie richtig gemacht. Aber wo blieb ihre Sehkraft? Der Schmerz durchbohrte ihr Herz wie Tausende kleiner Nadeln. Welcher freundliche Engel auch immer ihre Vision in Warschau und dann in dieser Nacht ermöglicht hatte, jetzt ließ er sie völlig im Stich. Sie wusste nicht, warum ihr Sehvermögen zweimal zurückgekehrt war. Alles, was sie ›sehen‹ konnte, war die grausame Dunkelheit. Ihre ewige Nacht war wie ein Leichentuch. Es erstickte sie.

Ihre Stimme krächzte. »Bring mich zurück, Marsha.« Sie unternahm noch vier weitere Versuche. Ihre Sehkraft kam nicht zurück. Während sie gegen die Tränen ankämpfte, erkannte sie insgeheim die bittere Wahrheit an: Sie war blind. *Blind.* Vielleicht für immer.

»Julia?« Marshas Stimme klang sanft und besorgt.

»Alles in Ordnung. Mir geht's gut. Wir können jetzt gehen.« Aber es ging ihr alles andere als gut. Julias Gedanken rasten. Irgendetwas anderes stimmte nicht ... irgendetwas passte nicht –

Marsha legte Julias Hand auf ihren Arm und führte sie schnell über die Bühne.

Während sie ihr folgte, grübelte Julia in Gedanken immer wieder über die Ereignisse dieser Nacht nach und suchte nach dem, was sie so beunruhigte. Da fielen ihr die Fragen des Chief Superintendent in Bezug auf ihre Blindheit und ihre Erklärung wieder ein, was der Psychiater ihr über die Ursprünge gesagt hatte – sie war bei ihrer Debütvorstellung von dem explosiven Publikum traumatisiert worden. Und dennoch hatte sie heute Abend, als sie das Augenlicht zurückerhalten hatte, ohne Angst auf das Publikum geschaut. Sie entsann sich, dessen Applaus und

Erwartung nicht wie ein grässliches Ungeheuer, sondern als etwas Angenehmes empfunden zu haben. Und ihr Augenlicht war ihr geblieben, als sie es weiterhin glücklich betrachtet hatte.

Was war es dann, das sie hatte wieder erblinden lassen?

Ihr kam plötzlich ein Gedanke: Wenn es nicht ihre Scheu vor dem Publikum gewesen war, dann vielleicht der grauenhafte Tod ihrer Mutter. Sie zwang sich dazu, die Ereigniskette noch einmal zu durchleben, die zu ihrer erneuten Erblindung im Taxi geführt hatte –

Ihr Blick war auf den Alexandritring gerichtet gewesen, den die Diebin ihr vom Finger gezogen hatte.

Sofort hatte sie in ihrem Gehirn den merkwürdigen Geruch wieder wahrgenommen.

Sie hatte sich an ihr Debüt erinnert. Und in diesem Augenblick, in dem sie an jene so lange zurückliegende Nacht gedacht hatte, war sie abermals in die Dunkelheit katapultiert worden.

Während ihre Mutter noch am Leben war. Während sie noch Hoffnung hatte, ihre Mutter werde am Leben bleiben.

Sie verspürte einen Schauder des Entsetzens. Der Alexandritring – das Geschenk ihres Großvaters – musste der Auslöser gewesen sein. Sein Anblick musste sie an das erinnert haben, was ihre Blindheit tatsächlich hervorgerufen hatte. Nicht der Tod ihrer Mutter. Nicht ihre Zuhörer. All die Jahre lang musste ihr Therapeut sich böse geirrt haben.

Als sie durch die Eingangstür in Londons eisige Nacht hinaustraten, gelobte sie sich, dass nichts sie aufhalten würde. Sie warf den Kopf zurück, schloss die Augen und schwor einen stummen Eid, dass sie die Mörderin ihrer Mutter hinter Schloss und Riegel bringen würde. Was immer dazu erforderlich sein würde, was immer es kosten würde, wo sie auch würde hingehen müssen, was sie auch würde tun müssen, welchen realen oder eingebildeten Gefahren sie sich dazu auch würde aussetzen müssen ... sie würde es tun, um der Frau das Handwerk zu legen, die ihre Mutter so kaltblütig ermordet hatte.

Für einen kurzen Moment stieg heiße Wut in ihr empor. Sie hätte diese Frau töten können.

Aber sie unterdrückte dieses Gefühl. Sie musste nachdenken. Planen –

Um die Mörderin zu finden, musste sie sehen können. Um sehen zu können, musste sie ihre Konversionsstörung in den Griff bekommen, und der einzige Weg, wie sie sich das vorstellen konnte, bestand darin herauszufinden, was sie so sehr traumatisiert hatte, dass sie es nicht mehr ertragen konnte, die Welt anzusehen.

8

8.30 Uhr, Samstag
OYSTER BAY, New York

Unter einem kalten, blauen Himmel traf der umfangreiche Redmond-Clan auf dem Familienanwesen ein, um Julia Austrians Schmerz zu teilen. Sie kamen in Limousinen und Sportwagen und trotzten der Journalistenphalanx, die emsig Mikrofone in jedes heruntergekurbelte Autofenster hielt. Weil sich so viele Medienleute und Neugierige vor den beeindruckenden gusseisernen Toren zusammengefunden hatten, musste die Straße teilweise durch gespanntes Plastikband abgesperrt werden. Die örtliche und die Polizei von Nassau County übernahmen die Kontrolle der Menge.

Immer mehr Presse traf ein, entlud Lieferwagen und

türmte das Aufnahmegerät auf. Letzte Nacht hatte die Nachricht von der Ermordung der Schwester des Präsidentschaftskandidaten Creighton Redmond die Nation erschüttert. Die Medien hatten vorgefertigte Titelgeschichten in petto und warteten gierig auf die für Mittag anberaumte Pressekonferenz. Sie hofften, es werde dramatisch zugehen, mit stockenden Worten und tränennassen Augen und vielleicht dem einzigen Kind der Ermordeten, der blinden Pianistin, die ihnen von ihrem Kummer erzählte. Mit ein bisschen Glück würde sie vor den Mikros zusammenbrechen.

Von der tiefer gelegenen Straße aus war das exklusive Anwesen nicht zu sehen. Es erstreckte sich über einen niedrigen Hügel oberhalb von Oyster Bay auf Long Islands teurem Nordufer, wo Wind und Sonne ständige Gesellschafter waren und die Bucht einen sich stets verändernden Hintergrund bot. Das fast 25 Hektar umfassende Anwesen bestand aus einem Herrenhaus im pseudomediterranen Stil mit zwei dazu passenden Gästehäusern, einem ebenfalls dazu passenden Kinderhaus im Größenverhältnis von einem Drittel, einem neopalladianischen Teehaus, einer zwölf Fahrzeugen Platz bietenden Garage, Tennisplätzen, Swimmingpool und Hubschrauberlandeplatz.

Der ganze Komplex strahlte Reichtum und Privilegiertheit, Gediegenheit und Sicherheit aus. Er wurde ›Arbor Knoll‹ bezeichnet, nach den großen alten Bäumen, die die Anhöhe vor der Jahrhundertwende bedeckt hatten. Sie hatten dem 50 Räume umfassenden Herrenhaus weichen müssen, das der renommierte Architekt Addison Mizner gebaut hatte.

Kurz nach dem Zweiten Weltkrieg hatte der Ahnherr der Redmond-Dynastie, Lyle Redmond, das Herrenhaus aus Marmor und Stein gekauft. Ihm war es um den repräsentativen Stil gegangen, die fast 7 Meter hohen, kathedralartigen Decken, die gigantischen Räume (das Wohnzimmer allein maß 500 Quadratmeter), die massiven Kamine, die exakt angelegten Blumengärten, den spiegelnden Teich, der das Zentrum der herrschaftlichen Auffahrt bildete ... alles, was ihm Luxus und Vergnügen bescherte, vor allem aber der Welt seinen neu gewonnenen Reichtum demonstrierte.

Im Laufe des vergangenen halben Jahrhunderts hatte sich Arbor Knoll ein wenig verändert, war gelegentlich mit dem sicheren Geschmack unerschöpflichen Reichtums auf den neusten Stand gebracht worden. Das Gebäude wurde noch immer von den Privatländereien der Familie schützend umgeben, die aber nun unter der Direktive des Secret Service standen. Er hatte das größere der beiden Gästehäuser als Kommandoposten belegt. Wenn der Präsidentschaftskandidat hier residierte, streiften an die 30 Agenten durch die Wälder, die das Anwesen auf drei Seiten umgaben, und über den Strand, der die vierte Seite rahmte. Der Secret Service in Straßenkleidung und mit Funkverbindung hielt auch Wache an den Pförtnerhäuschen des Besucher- und des Lieferanteneingangs.

Dieses protzige Anwesen mit seinem ostentativen Luxus und seiner gediegenen Geschichte war das schlagende Herz der Redmond-Familie. Die Umfragen waren im Augenblick gegen ihn, aber wenn der Kandidat Creighton Redmond sich durchsetzen sollte, würde Arbor Knoll bald auch Amerikas Herz sein.

9.30 Uhr, Samstag

Creighton Redmonds Zehn-Personen-Wahlkampfteam und ein Dutzend seiner männlichen Verwandten – allesamt Macher und treibende Kräfte in der Welt des Gesetzes und der großen Geschäfte – zogen in einer kleinen Prozession in die Bibliothek des Haupthauses. Außer Frau und Kindern ließ er seine Familie selten direkt an seinem Wahlkampf teilnehmen. Er wollte dem unvermeidlichen Vorwurf der Vetternwirtschaft gegen die Redmonds möglichst wenig Nahrung bieten. Aber heute waren die meisten ohnehin schon vor Ort, und sie hatten ihn so loyal mit Wohltätigkeitsveranstaltungen, Spenden und Schenkungen unterstützt, dass er all die, die Interesse zeigten, eingeladen hatte. Außerdem hatte er noch ein weitergehendes Motiv.

Die Bibliothek mit ihrer üppigen Walnussholztäfelung und den Ledersesseln und -sofas wirkte überaus maskulin; in dem begehbaren Kamin brannte ein Feuer. Der Duft verbrennender Holzscheite erfüllte die Luft. Das Morgenlicht strömte durch hoch oben angebrachte Fenster und spiegelte sich auf einer Wand mit ledergebundenen Büchern, die außer zum Abstauben offensichtlich nie eine Hand berührt hatte. Macht erfüllte den Raum wie ein berauschender Duft, als die Mitglieder des Wahlkampfteams und die Redmonds ihre Steh- oder Sitzplätze einnahmen; sie atmeten sie tief ein, hielten sie so lange wie möglich in ihrer Lunge und ließen sich, während sie durch ihre Adern strömte, von Hochgefühlen erfüllen.

Präsidentschaftspolitik hat, selbst wenn man sie nur aus der zweiten Reihe mitbekommt, einen süchtig machenden Charakter.

»Sie sind um einen ganzen Punkt gestiegen!« Das war Creightons Medienexperte Mario Garcia, ein dünner, sehniger Mann ohne Persönlichkeit, aber mit einem Gehirn wie ein Computer. Er sprach in den Raum hinein, seine Augen jedoch suchten unablässig die Zustimmung des Präsidentschaftskandidaten.

Vince Redmond, der älteste Sohn des designierten Kandidaten, trank seinen Cocktail aus Orangensaft und Wodka und linste zu seinem Vater hinüber. Vince war Mitte 30; mit seinem scharf geschnittenen Gesicht und schwarzen Haar war er eine jüngere Version von Creighton, ohne jedoch dessen Aura von Weisheit und das silbermelierte Haar zu besitzen. Er liebte und fürchtete seinen Vater, doch der mächtigste Antrieb, der ihn beseelte, war die Überzeugung, dass er ihn eines Tages überflügeln würde.

Als Deputy Director of Intelligence beim CIA hätte Vince seinem Vater im Wahlkampf nur geschadet, weshalb er hier in Freizeitkleidung, Flanellhosen und dickem Pendleton-Hemd auftauchte. Aus demselben Grund hielt er sich diskret im Hintergrund. George Bush war CIA-Direktor gewesen, und als er sich für seine erste Amtszeit beworben hatte, hatte eins der heißesten Wahlkampfthemen gelautet, ob ein ehemaliger Spion Präsident werden dürfe. Bushs Wahlkampfteam hatte die Aufregung zwar erfolgreich gemeistert, aber Creighton Redmond sah keinen Grund, warum er die Schlacht überhaupt ausfechten sollte. Zumal sein Sohn tatsächlich ein so genannter Spion war und im Zentrum des CIA saß.

Aus diesem Grund sprach Vince nur sehr selten in der Öffentlichkeit, aber jetzt äußerte er sich: »Meinen Sie, weil Marguerite ermordet wurde?«

»Sie sagen es«, antwortete Mario Garcia aus der anderen Ecke der Bibliothek, während er sein Klemmbrett in die Höhe hielt. »Ihr Tod verschafft uns einen so genannten Sympathiebonus. Der Mord ist das Hauptthema in den Medien.« Er wandte sich an den Kandidaten, der hinter dem massiven Walnussholzschreibtisch der Bibliothek Platz genommen hatte. »Wir haben vor zwei Stunden eine Umfrage gestartet. Das vorläufige Ergebnis besagt, dass Sie auf vierzig Prozent geklettert sind. Mit ein bisschen Glück quetschen wir mit der Pressekonferenz noch einen weiteren halben Prozentpunkt raus. Ein Mord wie dieser in der Familie geht den Wählerherzen nahe. Jeder kann mitfühlen. Das ist etwas, was sie verstehen können.«

Creighton Redmond verzog das Gesicht. »Ihr Tod war eine Tragödie.«

Die Präsidentschaftswahl hingegen war Krieg, und als seine Mannschaft den Schock von Marguerites Tod einmal überwunden hatte, hatten sie schnell zu planen begonnen, wie man ihn für ihre Zwecke ausnutzen konnte. Der gefasste, onkelhafte Ausdruck, der auf seine Wähler so beruhigend wirkte, kehrte auf sein Gesicht zurück. Von mittlerer Größe und ebensolchem Körperbau, war er um Mitte 50, mit grau meliertem Haar und einer nie erlahmenden Vitalität, die dem auf Jugendlichkeit abonnierten Wahlvolk gefiel. Er trug einen konservativen dunklen Anzug. An seiner äußeren Erscheinung war nichts Außergewöhnliches, bis er vor einem Publikum stand. Dann verwandelte sein Charisma ihn in einen Giganten.

»Es bringt Sie ihnen näher, Richter«, sagte der Medienexperte. »Mrs. Austrians Ermordung war ein furchtbarer Schicksalsschlag, und wir fühlen uns alle schrecklich deswegen. Aber wenigstens hat sie so noch ihr Gutes.«

»Ich verstehe, Mario. Danke. Sie leisten gute Arbeit.« Der Blick des ehemaligen Richters Redmond war fest, als die Sonne seines unerschütterlichen Selbstvertrauens auf den gesamten Raum fiel. Er hatte seinem Pressemann gegenüber genau den richtigen Tonfall gefunden. Vorübergehende Befriedigung durch eine Belobigung, aber nicht zu viel davon. Er hatte eine persönliche Art entwickelt, die Wertschätzung und Missbilligung zugleich ausdrückte; er lobte stets, vermittelte jedoch gleichzeitig den Eindruck, es müsse noch entschieden mehr getan werden, wolle man seinem Anspruch wirklich genügen. Für diejenigen, die über genügend Begabung, Energie und Verstand verfügten, um ganz nach oben zu streben, gleichzeitig jedoch auch an sich zweifelten, war das eine anziehende Qualität.

»Aber wir brauchen mehr als eineinhalb Prozent.« Es war der jüngere Bruder des Kandidaten, Brice, der das Offensichtliche aussprach. Ein Hauch von Verachtung lag in seiner Stimme. Jeder der Anwesenden war sich der Tatsache bewusst, dass er Politik und Politiker für eine wenig interessante Erscheinung hielt.

Sein anderer Bruder, David, ignorierte Brice' Ton. »Das stimmt. Wir brauchen eine Menge mehr«, beschwerte er sich. »Douglas Powers hat noch immer eine Fünfzehn-Prozent-Führung. Fünfundfünfzig Prozent, und es sind nur noch drei Tage bis zur Wahl. Was haben wir, um ihn von seinem hohen Ross zu stoßen? Wir wollen doch nicht wie Bob Dole anno 96 enden!«

»Was ist mit dem Vermögen, das deine Kampagne in die bezahlten Medien pumpt?«, wollte einer der Neffen wissen. »Was mit der ganzen Berichterstattung, die die freien Medien dir und deinen Themen angedeihen lassen?« Werbung wurde bezahlte Medien, Nachrichten dagegen ›freie Medien‹ genannt.

Creighton Redmond nickte und wandte sich dem Mann zu seiner Rechten zu.

Chefstratege Walt Miller sagte: »Wir drücken schon die richtigen Knöpfe.« Erschöpfung legte seine Stirn und Wangen in Falten. Eine vergessene Zigarette war bis zu seinen Knöcheln heruntergebrannt. »Steuersenkungen. Aggressive Kampagnen gegen Teenagerschwangerschaft und Drogen. Schutz des Eigentumsrechts. Mehr Waffen, um unsere Rolle als der Welt einzige Supermacht zu zementieren. Das sind die Themen, die wir uns ausgedacht haben, weil sie die Zustimmung aller Amerikaner finden.

Wir vergraulen uns damit auch nicht unsere Stammwähler, und sie ziehen. Aber die freien Medien verhalten sich verdammt neutral, und wir sind zu spät eingestiegen, um diese Wahl mit den üblichen bezahlten Medien zu kaufen. Wir waren uns nicht darüber im Klaren, wie groß der Vorsprung von Powers' Team war.«

Er sah Creighton Redmond an und setzte ein gezwungenes Lächeln auf. Creightons Augen funkelten einmal kurz auf und erteilten ihm die Erlaubnis, mit den schlechten Nachrichten fortzufahren. Der Stratege nahm einen tiefen Zug von seiner Zigarette, drückte sie aus, stieß eine Qualmwolke aus und beugte sich vor. Die Aufmerksamkeit in dem Raum konzentrierte sich auf ihn. Was die meisten befürchtet hatten, wurde nun endlich ausgesprochen.

»Doug Powers' Leute haben insgeheim ein Jahr lang Werbung auf mittelgroßen Märkten im ganzen Land gekauft. Die großen Städte haben sie außen vor gelassen, sodass wir nichts bemerkt haben. Hätten wir die Anzeigen gesehen, hätten wir mit unseren eigenen dagegen geschossen. Zur Hölle, wir waren nicht allein. Die landesweiten Medien haben es auch nicht spitzgekriegt. Jetzt wissen wir, dass sie drei-, viermal wöchentlich Fernseh- und Radiospots geschaltet und so jedes Mal etwa hundertfünfundzwanzig Millionen Amerikaner erreicht haben! Stellen Sie sich diese Größenordnung einmal vor! Sie haben diese Aktivitäten auf traditionelle Wechselwählerstaaten beschränkt, und sie konnten es tun, ohne dass wir ihnen in die Parade gefahren sind! Sie haben Millionen von Dollars ausgegeben und sich eine gewaltige Wählerbasis geschaffen, und um die Gehirnwäsche zu vervollständigen, haben sie kontinuierlich mit ihrer Werbung weitergemacht.«

Es folgte ein entsetztes Schweigen.

Irgendjemand murmelte: »Wären wir doch nur darauf gekommen!«

»Jjjja! Gehirnwäsche hört sich für mich im Augenblick ziemlich gut an«, pflichtete ihm ein anderer bei.

Seine Bemerkung erntete ein kurzes, ärgerliches Gelächter.

Erstaunt und amüsiert rappelte Brice sich aus seiner Lethargie auf und fragte: »Sie meinen, sie waren das einzige Team auf dem Feld? Wir liegen nicht nur zurück, sondern sind gar nicht erst zum Spiel angetreten?«

»Ich glaube es nicht«, knurrte der Ältere, David. »Woher wollen Sie wissen, dass die Umfragen korrekt sind? Sie könnten fehlerhaft sein.« David war CEO des Giganten Global Banking Network. Er hatte die internationale Finanzdienstleistungsgesellschaft von der Pike an aufgebaut, indem er mit einer kleinen New Yorker Bank angefangen hatte. Im Laufe der Zeit hatte er die Art von nüchternem Scharfsinn entwickelt, der selbst den Tod in eine Sache von Gewinn und Verlust verwandeln konnte. Zahlen waren seine Leidenschaft.

Der Medienexperte ließ David eine kurze Einführung in der Kunst der Umfrage zuteil werden. Er beendete seine Ausführungen mit den Worten: »Wir befragen also achthundert Wähler im ganzen Land. Wir suchen sie nach dem Zufallsprinzip, aber entsprechend dem Anteil ihres Staates bei den Wahlmännern aus. Ich weiß, es klingt verrückt, dass Umfragen mit nur achthundert Wählern genau die Meinungen von zweihundertfünfzig Millionen wiedergeben sollen, aber es ist so – mit einer Fehlerquote von drei bis vier Prozent. Es hat sich immer und immer wieder bewahrheitet.«

Brice stieß hörbar Luft aus; seine Gleichgültigkeit gegenüber der Politik und die Erschöpfung durch chronische Depressionen wurden vorübergehend von einem instinktiven Wettbewerbsgeist überwunden: »Powers' Anzeigen haben dreimal die Woche das halbe Land erreicht, und Sie haben nichts dagegen unternommen. Kein Wunder, dass wir in Schwierigkeiten stecken!«

»Was ist mit den Nachforschungen in Powers' Vergangenheit?« wollte ein anderer Neffe wissen. »Irgendwo muss es doch in seiner Vergangenheit einen dunklen Fleck geben. Man kann nicht internationaler Geschäftsmann und dann amerikanischer Senator sein, ohne irgendwo ein bisschen Dreck aufzusammeln. Affären. Prostituierte. Schmiergelder. Amtsmissbrauch. Eine poplige kleine Veruntreuung.«

»Wir haben nichts gefunden«, eröffnete ihnen der Teamchef Jack Hart. »Es hat da eine frühe Hochzeit und Scheidung gegeben, aber ohne Kinder. Er und seine Ex sind Freunde geblieben. Und jetzt hat er diese uramerikanische Familie – hübsche Ehefrau, zwei Kinder, den Hund, die Katze, Mitgliedschaft im Kirchenvorstand. Mit einem Wort: Herr Saubermann.« Hart war in Creighton Redmonds Alter, ein Klassenkamerad aus Andover-Zeiten und Studienkollege der Juristischen Fakultät von Harvard. Er trank eine steife Bloody Mary und schaute finster drein. »Wie dem auch sei, ich bezweifle, dass es helfen würde. Die vagen Gerüchte um eine Geliebte haben George Bush nicht geschadet, und Paula Jones' Behauptungen sind bei der 96er-Wahl an Clinton abgeglitten wie Scheiße an einer Ente. Die Watergate-Unterbrechung hat Nixon nicht von einer zweiten Bewerbung abgehalten, und die Iran-Contra-Affäre hat nicht verhindert, dass Bush seine erste gewonnen hat. Wenn ich mir das allgemeine Bild ansehe, entdecke ich nichts, was Douglas Powers in der kurzen Zeit, die uns noch zur Verfügung steht, stoppen könnte.« Er schaute auf seine Armbanduhr und schüttelte entmutigt den Kopf. »Weniger als zweiundsiebzig Stunden.«

In der geräumigen Bibliothek herrschte erschrockenes Schweigen. Ein Gefühl der Ausweglosigkeit breitete sich über die Anwesenden wie ein Leichentuch.

Der Wahlkampfleiter nahm einen tiefen Schluck von seiner Bloody Mary und sprach das Urteil aus, das geflüstert unter ihnen schon seit einigen Tagen die Runde machte: »Wir werden verlieren.«

In der Bibliothek brachen Gerede und Anklagen aus. Stimmen erhoben sich voller Zorn und Schuldzuweisung und Enttäuschung. Der Raum schien unter den so lange aufgestauten Emotionen zu erbeben, bis sie schließlich einen merkwürdigen Laut vernahmen. Er begann als leises Grollen und steigerte sich bald zu einem Kichern.

Grimmig, wütend, entmutigt, drehten sich alle zu dem Kandidaten hinter seinem gewaltigen Schreibtisch um. Creighton Redmond lachte.

Immer noch laut lachend erhob er sich, um seinen Blick über die Runde schweifen zu lassen – über seine Angestellten und seine Familie. Sie hatten ihm ihre Loyalität geschenkt, und viele von ihnen rieben sich seit Monaten mit 24-Stunden-Tagen für ihn auf. Und dennoch hatten sie sich jetzt in ihre Niederlage ergeben. Er hatte um ihre Verzweiflung gewusst und darum, dass sie sie herauslassen, ihre schlimmsten und tiefsten Befürchtungen aussprechen mussten. Angst gedieh im Schatten, aber im Tageslicht war sie viel weniger mächtig.

Jetzt war das Geschwür aufgestochen worden, und er musste sie dazu bringen, ihren Defätismus zu überwinden. Denn ihnen allen standen gewaltige Aufgaben bevor, von denen sie noch nichts ahnten. Er brauchte sie scharf, energisch und fanatisch ergeben. Er hatte einen Plan, und dieser Plan würde ihn ins Weiße Haus bringen. Zwar würde dieses Vorhaben ihnen wie der gesamten übrigen Welt für immer ein Geheimnis bleiben. Aber sie waren diejenigen, die ihm zum Gelingen verhelfen würden.

Er lachte noch lauter. »Seht euch doch einmal an! Armageddon ist noch weit weg. Wir werden auch nicht in unseren Stiefeln geröstet!« Er warf den Kopf zurück und lachte noch dröhnender. Seine Brüder David und Brice verfolgten seine Darbietung mit einer Empfindung, die einem Schock recht nahe kam. So hatten sie ihren Vater lachen sehen, wenn er mit derselben Verachtung für die Tatsachen des Lebens seinen Kopf mit der üppigen weißen Mähne in den Nacken geworfen und sein schallendes Gelächter angestimmt hatte.

Creighton Redmonds Faust hämmerte auf den Schreibtisch. »Ihr gebt nicht auf! Ich weiß, dass ihr nicht aufgebt! Seht euch einmal an, diese langen Gesichter. Ihr seid besser als das –«

Brice konnte fast den alten Lyle Redmond mit seinem harten Gesicht hinter diesem Schreibtisch sehen, seine leidenschaftlichen Lektionen und die Botschaft hören, dass nichts unmöglich sei, wenn ein Junge nur hart genug arbeitete und alles wagte. Und das hatten sie auch getan – alle drei Brüder.

Brice verfolgte voller Bewunderung – auch wenn er es ihm nicht abkaufte –, wie Creighton Oliver Wendell Holmes und Abraham Lincoln bemühte, um alle hier Anwesenden zu einer Fortsetzung des Kampfes anzuspornen. Mit in tiefe Falten gelegter Stirn, die Hände in ernster Pose hinter dem Rücken verschränkt, lief Creighton vor dem Schreibtisch auf und ab. Jeder im Raum lauschte gebannt, als er ihnen ins Gedächtnis rief, wie seine perfekt getimte Kandidatur Vorwahlen und Wahlversammlungen erobert hatte und wie eine unaufhaltsame Lokomotive zur entscheidenden Parteiversammlung gerollt war.

Obwohl es mehrere andere Richter des Obersten Gerichtshofs in Erwägung gezogen hatten, hatte sich im 20. Jahrhundert nur einer entschlossen, nach der Präsidentschaft zu greifen – Richter Charles Evans Hughes. Er war Woodrow Wilson 1916 nur knapp unterlegen. Das war lange her, und Creighton Redmond und seine Mannschaft würden nicht scheitern. Er hatte seinen lebenslangen Sitz im höchsten Gericht des Landes nicht aufgegeben, um zu verlieren. Das Wahlvolk dürstete nach einem unverbrauchten Regierungschef mit makelloser Weste, der sie in das neue Millenium führen würde, und er war derjenige.

Mit dröhnender Stimme schloss er: »Denkt daran, was Anwar Al Sadat gesagt hat: ›Man ist erst Realist, wenn man an Wunder glaubt.‹ Aber Wunder haben auch mit exaktem Timing und mit Hartnäckigkeit und Ausdauer zu tun. Wir haben zusammen einen weiten Weg zurückgelegt, und wir haben noch drei Tage, um die Situation herumzubiegen. Niemand weiß, was in diesen drei Tagen passieren wird, und ich für mein Teil glaube fest daran, *dass* etwas passieren wird. Wenn wir jetzt aufgeben, sind wir nicht mehr in der Lage, Nutzen aus glücklichen Zufällen zu ziehen. Wir müssen weiterkämpfen. Bis zur letzten Minute dürfen wir nicht nachlassen. Denkt daran, was es für das Land und für eure Zukunft bedeutet, wenn wir diese Wahlen gewinnen!« Er hielt inne, um seine Arme zu einer umfassenden Umarmung auszubreiten, die sie alle symbolisch an seine Brust zu drücken schien. »Für unser aller Zukunft. Wir *können* unsere Ideen verwirklichen, und wir *werden* davon profitieren. Niedrige Steuern. Offene Märkte. Weniger Regierung. Strikt verfassungsmäßige Auslegung des Gesetzes –«

Eine Welle des Optimismus fegte durch den Raum. Die Männer begannen zu applaudieren und zu jubeln. Diejenigen, die gesessen hatten, sprangen auf. Ihnen war wieder eingefallen, worum es bei dieser Wahl ging. Es ging um sie ... um sie und ihre Zukunft. Schultern strafften, Pulsschläge beschleunigten sich. Creighton Redmond war *ihr* Präsident. Der Mann, der höher stand als alle anderen. Er würde sie ins Weiße Haus führen, und sie würden auf jeder Stufe des Kampfes dorthin an seiner Seite stehen.

9

Siegesgewissheit ließ die Atmosphäre in der Bibliothek vibrieren. Creighton beabsichtigte, diesen Zustand aufrechtzuerhalten. Er ergriff die Gelegenheit, die Begeisterung zu verstärken, indem er seine Medienmannschaft den Werbeendspurt erläutern ließ – aggressiv und, da waren sich alle einig, über die Maßen wirkungsvoll.

Sein Werbeagent gab einen Überblick über Creightons morgige Tour durch Kalifornien, auf der der Kandidat zahllose Blitzauftritte absolvieren würde. Sie zielte darauf ab, maximale Pressepräsenz zu erreichen, während sie gleichzeitig die Wähler dieses kritischen Staates auf seine Seite ziehen sollte. Creighton würde noch heute Nacht nach Westen fliegen. Die den ganzen Tag andauernde Sonntagsveranstaltung wäre familienorientiert, mit seinen beiden jüngeren Kindern und mehreren ihrer Cousins, die sich bei jedem Halt auf der Ladeklappe des Wahlkampfzugs hinter ihm zeigen würden. Arthur Friedman, sein Kandidat für die Vizepräsidentschaft, der sich auf einer Stippvisite durch den Süden befand, würde sich Creighton dann am Ende der Tour in Los Angeles anschließen.

Um die morgendliche Versammlung mit einem weiteren Impuls zu beenden, forderte Creighton schließlich seinen Wahlkampfleiter dazu auf, den Übergangsplan zu erläutern, der sie alle an die Macht bringen würde. Die Gruppe lächelte beim Zuhören. Mit festen Stimmen redeten sie über das Weiße Haus. Ihre Ängste und Zweifel hatten sich im Licht dessen, was nun weitaus realer erschien, in Luft aufgelöst: Ihr Mann verdiente den Sieg. Er war der Beste. Da er sie ausgewählt hatte, waren sie die Besten. Sie mussten nichts anderes tun, als dafür zu sorgen, dass die Wahlen diese fundamentale Wahrheit auch widergaben.

Brice Redmond beobachtete alles von seinem Platz an der Wand aus. Die quälende Lethargie, die sein ständiger Begleiter war, war durch die Erregung des Wahlkampftreffens gemildert worden, und ein amüsiertes Lächeln stand in seinem Gesicht. Er hatte sich lichtendes rotes Haar, intelligente blaue Augen und einen Mund, der urplötzlich zu einer harten Linie versteinern konnte.

Er ähnelte keinem der beiden anderen Brüder mit ihrem irisch-dunklen Haar, das rapide ergraute, ihren braunen Augen, dem habichtartigen Gesichtsschnitt und den breiten Schultern. Er war gute 15 Zentimeter größer als sie und bekleidet mit Levis-Jeans, blauem Arbeitshemd und einem grauen Jackett mit Fischgrätenmuster. Sie – Creighton und David – trugen teure Anzüge und der mittäglichen Pressekonferenz angemessene Seidenkrawatten.

Als die Versammlung sich auflöste, blieb er zurück. Tief in Brice' Innerem tobte ein heftiger emotionaler Aufruhr. Die Ermordung Marguerites, ihrer einzigen Schwester, hatte ihn hart getroffen. Er, der jüngste Sprössling, war etwa Mitte 40. Marguerite war nur zwei Jahre älter gewesen. Einst hatten sie sich sehr nahe gestanden. Ihr Tod hatte ihn nicht nur deshalb schockiert, weil er sie liebte, sondern auch, weil seine eigene Sterblichkeit damit eine mehr als akademische Angelegenheit geworden war.

Von den vier Kindern ihrer Eltern waren er und Marguerite die Rebellen gewesen, während Creighton und

David den Pfad verfolgt hatten, den ihr Vater für sie vorgesehen hatte – Creighton in der Jurisprudenz, David im Bankwesen. Jede Familie brauche Juristen und Banker, hatte Lyle erklärt. Ärzte seien im Gegensatz dazu nur Leute, die man sich mietete. Kein Arzt erwarb sich ein ernst zu nehmendes Vermögen, indem er innerhalb legaler Grenzen seinen Beruf ausübte. Schlimmer als Lehrer, Wissenschaftler, sonstige Akademiker und alle möglichen Künstler. Lyle hatte in diesem Punkt nicht mit sich reden lassen.

Nichtsdestotrotz war Brice seinen eigenen Weg gegangen. Vor 25 Jahren hatte er die Zukunft gesehen – Computer. Sein Vater und seine Brüder hatten ihn für verrückt erklärt. Voller Abscheu vor ihnen hatte er seinen schmalen Erbfonds geleert, ein traumhaftes Team junger Computerköpfe zusammengestellt und eine Software-Firma gegründet. Binnen zwei Jahren hatte er schwarze Zahlen geschrieben, binnen fünf Jahren war er in die Hardware-Produktion eingestiegen.

Heute wetteiferte seine Firma, Redmond Systems, mit Microsoft und IBM, und er hatte so viel Geld gemacht, dass er nicht mehr wusste, was er damit anfangen sollte. Unglücklicherweise hatte er auch seine Lebenslust verloren. Redmond Systems brauchte jetzt Manager und keine waghalsige Unternehmerpersönlichkeit. Es deprimierte ihn. Er sehnte sich nach einer neuen Herausforderung, die es ihm wert erscheinen ließe, sich morgens aus dem Bett zu erheben.

»Arme Marguerite.« Creighton Redmond nickte düster, als er, sein Sohn Vince und David die Bibliothek verließen. »Eine furchtbare Art zu sterben. Was für eine Tragödie. Wir werden sie alle vermissen. Kommst du, Brice?«

Brice stieß sich mit einer schroffen Bewegung von der Wand ab. »›Wir werden sie vermissen? Was für eine Tragödie?‹ Ist das alles? Weißt du, du kannst ein verdammt kalter Fisch sein, Creighton. Unsere einzige Schwester! Tot? *Ermordet*, um Gottes willen.«

»Fluche nicht«, tadelte ihn David scherzend, »du weißt nie, ob der Kardinal zuhört!«

Creighton verlieh seiner Stimme einen ernsthaften Ton. »Verzeih, Brice. Ich habe den Kontakt mit Marguerite verloren, als sie sich so eingehend mit der Förderung von Julias Karriere beschäftigte, aber das ist keine Entschuldigung. Ich habe mich unglücklich ausgedrückt. Marguerites Tod ist ein großer Verlust, und ich *werde* sie schrecklich vermissen. Das werden wir alle, dessen bin ich gewiss. Du allerdings am meisten. Vielleicht ziehst du es vor, nicht mit uns in den Pub zu gehen.«

»Ein Drink wird mir wahrscheinlich gut tun.«

David lockerte seine Krawatte. »Das unterschreibe ich gerne.«

So schnell versöhnt, wie sie sich gestritten hatten, gingen die Brüder zur Tür.

Creighton musterte Brice. »Hast du zufällig ein wenig abgenommen, kleiner Bruder?«

»Ein wenig. Dachte, es sei an der Zeit.« Es war eine ganze Menge – 15 Kilo. Die Pfunde waren zusammen mit seinem Appetit verschwunden. Depressionen hatten diese Wirkung, hatte Brice gehört.

Creighton lächelte. »Du langweilst dich. Das ist alles, was mit dir los ist. Komm schon, im Pub reden wir weiter. Du stößt zu uns, Sohn?«

Vince hatte respektvoll zugehört, wie üblich aber wenig gesagt. »Ich ruf' besser noch mal im Büro an. Ich lass' den Pub sausen und treffe dich wie verabredet in der Klause, Dad.«

Creighton nickte. »Ich werde da sein.«

Vince zog eine Zigarre heraus und kehrte in die Bibliothek zurück, wo ein Telefon mit blinkenden Lampen auf dem Schreibtisch stand. Die Brüder schritten Schulter an Schulter durch die Halle, die beiden kleineren Männer in ihren Saville-Row-Anzügen und Brice in seinen Jeans und seinem gemusterten Jackett. Alle drei strahlten dieselbe Aura von Macht und Schicksalshaftigkeit aus. Sie klebte an ihnen wie ein unverwechselbarer Geruch.

»Wie lange dauert es noch bis zu Julias Ankunft?«, erkundigte sich David.

Creighton sah auf seine Rolex. »Sie kommt um neun Uhr zwanzig mit der Concorde auf dem Kennedy-Flughafen an. Zwei meiner Agenten holen sie da ab. Sie werden sie direkt am Flugzeug in Empfang nehmen und ohne Umwege hierher fahren, damit sie dem ganzen Medienrummel entgeht.« Die Presse würde sie nicht interviewen können, weil sie sicher hinter den verspiegelten Scheiben einer Familienlimousine versteckt wäre.

»Kein Wunder, dass du so ein Fan vom Secret Service bist.« David kicherte. »Wie praktisch.«

Ölgemälde im Wert von mehreren Millionen Dollar schmückten die Wände des Korridors und der Räume, die sie durchschritten. Museumsreife Statuen und Vasen standen auf Tischen und in Nischen. Und überall waren Blumen – große und kleine Arrangements von einer Vielzahl von Freunden und anderen Sympathisanten.

Im Foyer und den langen Fluren spielten und lärmten Kinder, und als die drei Männer an dem breiten Bogen vorbeikamen, der sich zum Wohnbereich öffnete, sahen sie dort die Erwachsenen versammelt – Familie, enge Freunde und Reverend Monsignore Jerome O'Connell, Pater Fechtman, Schwester Ann Margaret und Schwester Mary Alice, alle Mitglieder der örtlichen Kirchengemeinde. Umgeben von weiblichen Verwandten saß Creightons Frau Alexis auf einem hohen Sofa in der Nähe des Eingangsbogens. Ihr ordentlich frisiertes graues Haar war mit Hilfe von Massen von Haarspray zu einem Mannequin-Helm aufgetürmt, und ihre manikürten Finger schlossen sich um eine Tasse Kaffee, die mit an Sicherheit grenzender Wahrscheinlichkeit mit ihrem gewohnten Schuss Bourbon versetzt war.

Alexis gab Anekdoten über ihre letzten Beutezüge bei Mittagessen, Wohltätigkeitsveranstaltungen, in Krankenhäusern und Schulen zum Besten. Sie zeigte auf ihre Ferragamo-Pumps. »Diese Schuhe, meine Damen, haben mehr Meilen auf dem Buckel als irgendein Auto, das Sie je Ihr Eigen genannt haben!«

Die Brüder durchquerten die Halle weiter in Richtung des Westflügels und gingen die drei Stufen in den Pub des Anwesens hinunter, wo ein Barkeeper in weißem Jackett hinter der hohen Mahagonibar stand und bereits glänzende Gläser polierte. Wände, Decke und Boden des Pubs bestanden aus Stein, der wirkte, als sei er schon Jahrhunderte alt. In Wirklichkeit hatte die Firma des Architekten den Stein zu Beginn des 20. Jahrhunderts gegossen und doppeltkohlensaures Natrium zu der Kalkstein-und-Zement-Mischung hinzugegeben, um die Macken und Furchen zu erzeugen, die ein ehrwürdigeres Alter vortäuschten. Die Täuschung war gelungen, sodass die Besucher beinahe englisches Moos riechen und im Augenwinkel eine Ritterrüstung funkeln sehen konnten ...

Außen vor den aus kleinteiligen Scheiben zusammengesetzten Fenstern stand ein Agent des Secret Service unter einer Eiche und überwachte das Gelände. Er trug eine Pilotenbrille und einen wachsamen Gesichtsausdruck zur Schau.

David starrte zu ihm hinaus, und Brice verfolgte das Ganze und erkannte, dass die Redmonds trotz all ihres Reichtums und all ihrer Privilegien in Ehrfurcht vor der

Tatsache erstarrten, einen Präsidentschaftskandidaten in ihren Reihen zu haben. Sie schienen selbst die Luft um Creighton herum aufgewertet zu finden, und über seine ... und ihre ... Zukunft schien, wie ein Hermelinmantel, eine fast königliche Aura zu fallen. Der Secret Service gab dabei die Rolle der Palastwache, die jede auch noch so kleine Einzelheit, selbst die angelieferten Waren, im Namen der Sicherheit inspizierte. Wenn Creighton auf Wahlkampftour war, machten die Agenten ganze Hoteletagen eine Woche im Voraus dicht. Wo immer er sich aufhielt, das Oval Office rief ihn wie auch seinen Gegenkandidaten täglich an, um sie über die neueste Situation auf dem Laufenden zu halten.

Für Menschen, die sich am Rande von so viel Ehrerbietung bewegten, lag der Schluss nahe, die Nation schätze ihre Präsidentschaft mehr als alles andere. Selbst ein Multimillionär konnte sich eine so abgehobene Stellung nicht erkaufen. Man musste sie sich verdienen. An dem, was Creighton erreicht hatte, war etwas dran, was selbst Brice, wie er zugeben musste, bewunderte.

Die Brüder bestellten Bloody Marys. Sobald die Drinks serviert wurden, bat David den Barkeeper zu gehen. Er hatte Geschäftliches zu besprechen.

Die Tür schloss sich, und David begann: »Ich habe über die Treuhandvermögen nachgedacht, die Mom uns vermacht hat. Ich werde darauf bestehen, dass Julia die Kontrolle über das von Marguerite an uns zurückgibt. Marguerite hat nie etwas damit angestellt. Ihr gefiel nur einfach die Vorstellung, es tun zu können, wenn ihr danach gewesen wäre. Wie biestig sie sein konnte!« Er trank seine Bloody Mary und warf einen Blick zu seinem jüngeren Bruder hinüber. »Versteh mich nicht falsch, Brice. Mir wird sie genauso fehlen wie allen anderen. Als Kinder hatten wir 'ne Menge Spaß. Du warst verdammt noch mal zu jung, um zu wissen, dass sie auch ihre Fehler hatte.«

»Haben wir das nicht alle?«, versetzte Brice in kühlem Tonfall. David würde sich nie ändern. Bei ihm drehte sich eben alles ums Geld.

»Julia dürfte dir keine Probleme bereiten«, warf Creighton hastig ein, um einem weiteren verärgerten Kommentar von Brice zuvorzukommen. Er schien sich aus dem gedämpften Zustand zu befreien, der ihn die letzten Monate beherrscht hatte. »Ihr liegt einzig und allein an ihrem Klavier. Ich nehme an, diese Absonderlichkeit hat sie von Jonathan. Der alte Dan Austrian liebte seine ›Kultur‹, aber für ein Leben als Geschäftsmann hat er Jonathan verdorben. Es ist sinnvoll, dass wir ihr Geld für sie verwalten. Außerdem beabsichtige ich, sie so lange hier zu behalten, bis sie sich wieder zurechtfindet. Marguerite hat sie zu einem unselbstständigen Kleinkind gemacht, indem sie alles für sie erledigt hat. Es wird gefährlich sein, sie allein leben zu lassen. Wahrscheinlich fällt sie eine Treppe hinunter und bricht sich den Hals. Und sie wäre bestimmt ein gefundenes Fressen für jeden Schwindler in der Stadt.«

»Noch ein Todesfall könnte dir in den Umfragen schaden«, erklärte David auf seine halb ironische Art. »Zu viele Katastrophen, und ein Kandidat wirkt schwach. Als wenn er das Unglück anziehen würde.«

»Verbindlichsten Dank.« Creighton verdrehte die Augen. »Das muntert mich jetzt ungemein auf.«

»Das mache ich doch gerne. Ein kleiner Sonnenstrahl in der Finsternis.«

Aber Creighton wusste, dass David Recht hatte. Indem er Julia hier behielt, hoffte er weitere Probleme von vornherein zu vermeiden, da das nächste, anders als Marguerites Tod, sich gegen ihn auswirken konnte. Die beiden Brüder tauschten ein Lächeln aus. Man verstand sich.

David stellte sein Glas ab, und seine Stimme wurde hart. »Angenommen, du gewinnst. Dann musst du sofort ein Gesetz erlassen, um der Familie zu helfen. Mein Gott, diese Grundsteuer, die uns ins Haus steht, wenn der Alte den Abgang macht! Clintons Grundbesitzgesetz hat nicht einmal an der Oberfläche gekratzt. Auf jeden von uns wird mindestens eine Achthundert-Millionen Dollar-Zahlung an den IRS zukommen.«

Creightons Miene verfinsterte sich. »Ich weiß. Es steht ganz oben auf meiner Prioritätenliste. Senator Beaver stellt einen Gesetzesentwurf zusammen ...«

Brice hatte mit mäßigem Interesse zugehört. Nun jedoch, als Creighton seine Pläne preisgab und im Detail die anderen Gesetze aufzählte, die er zu verabschieden gedachte, fiel Brice auf, dass Creighton redete, als *wüsste* er, dass er gewinnen würde. Die Gewissheit drückte sich in der selbstsicheren Körpersprache und in seiner bis ins kleinste Detail ausgefeilten Taktik aus. Creighton war ein Pragmatiker. Das hatte er am Obersten Gerichtshof und auf den blutigen Schlachtfeldern von Vietnam bewiesen –

»Creighton?«

Creighton runzelte ungnädig die Stirn. »Was ist, Brice? Gefällt dir schon wieder etwas nicht?«

Brice beugte sich vor, und sämtliche Haare an seinen Armen stellten sich auf. Kalte Angst lief ihm über den Rücken, als sei er wieder das kleine Kind, das seine älteren Brüder in einen der vielen Besenschränke des Herrenhauses gesperrt hatten. »Dein Umfragemensch hat uns gerade gesagt, du könntest die Wahlen unmöglich gewinnen.« Er schwieg, forschte in den dunklen Augen seines Bruders nach der Wahrheit. »Das war nicht nur so eine leere Anfeuerungsrede, die du dem Fußvolk in der Bibliothek gehalten hast, nicht wahr? Du hast einen Weg gefunden!« Stolz auf seinen Bruder wallte plötzlich in ihm auf. »Du Hurensohn! Wie wirst du es anstellen? Los, sag's uns schon!«

Creighton gluckste in sich hinein. »Es gibt gewisse Dinge, kleiner Bruder, die ihr besser nicht wisst. Richtig, David?«

David knurrte: »Mir will er es auch nicht sagen, Brice. Das Arschloch behält seinen Plan für sich. Wenn er es hinbiegt, wird es *die* politische Überraschung des neuen Jahrhunderts werden.« Er lächelte. »Und ich wette, er schafft es.«

Sie unterhielten sich noch eine halbe Stunde in dem gemütlichen Pub. Creighton wich keinen Millimeter von seiner amüsierten Weigerung ab, irgendwelche todsicheren Kehrtwendungspläne zu offenbaren, die er möglicherweise hatte. Tatsächlich gab er nicht einmal zu, dass er überhaupt welche hatte. Jedes Mal, wenn Creighton verstummte, versuchte David den Älteren auf seine übliche zynische, halb scherzhafte Art zu provozieren.

Während Brice ihr altbewährtes Zusammenspiel verfolgte, begann er eine merkwürdige Ruhelosigkeit zu verspüren. Er beobachtete seine Brüder und wunderte sich über deren Verhalten. Zusammen mit Marguerite, ihrer einzigen Schwester, waren sie auf diesem Anwesen aufgewachsen, hatten seine Wälder durchstreift und waren in seiner Bucht gesegelt. Dies war der Ort, an den sie ihre eigenen Kinder und Enkel brachten. Dies war der Ort, an dem ihre Mutter nach Brice' Geburt gestorben war. Wo sie als Kinder der eisernen Faust ihres Vaters zu entkommen versucht hatten, sich dann mit ihr abgefunden und sich ihre eigene Machtposition und ihr eigenes Vermögen aufgebaut hatten.

Ihr Vater war der Mittelpunkt ihrer Kindheit gewesen,

der Angelpunkt, um den ihre Welt sich gedreht hatte. Er war für sie Gott und Dämon zugleich gewesen, und der psychologische Abdruck, den er auf ihnen hinterlassen hatte, war nicht minder stark als jedes genetische Material.

Vielleicht lag es an der Tatsache, wieder zu Hause zu sein, oder an Creightons Gebaren, das dem ihres Vaters so ähnlich war. Doch in diesem Moment, als die Kindheitserinnerungen Brice überfluteten, verspürte er wie einen Stich die lange vergessen geglaubte Furcht vor dem alten Lyle. Es war eine irrationale Anwandlung, und er schob sie rasch beiseite.

Schließlich hatte ihr Vater keine Kontrolle mehr über sie. Sie hatten sich seines Vermögens und seiner Macht bemächtigt. Sie waren dazu gezwungen gewesen. Er war völlig verrückt geworden.

Der Umschwung war ganz langsam gekommen. Zuerst hatte Lyle Bäume in Auschwitz gestiftet. Dann war es ein Gebäude für die Friedensuniversität in San José, Costa Rica, sowie einige deftige Bargeldschenkungen an »Weltverbesserer«-Organisationen wie die Atomzeitalter-Friedensstiftung. Was sie endgültig dazu gezwungen hatte, etwas zu unternehmen, war die Redmond-Stiftung zur Konfliktbewältigung. Lyle stand im Begriff, die letzten Dokumente zu unterzeichnen, die die Hälfte ihres Vermögens – an die zehn Milliarden Dollar – für deren Gründung aussetzte, als ein Angestellter es Creighton zugetragen hatte. Es wäre nach der Eli Lilly and Company Foundation mit ihren fast 12 Milliarden Dollar die zweitgrößte Privatstiftung der Welt geworden – und es war ein Vorbote dafür, wie auch der Rest ihres Erbes – ihr Geld – verpulvert werden würde.

Der Alte hatte alles über Bord geworfen, woran sich zu halten er sie gelehrt hatte.

Da ihnen keine Wahl geblieben war, hatten die Brüder gehandelt. David hatte in aller Stille einen Arzt aufgetan, der den alten Mann mit Drogen voll gepumpt und dann die Alzheimer-Krankheit diagnostiziert hatte. Creighton hatte dafür gesorgt, dass der Fall vor einen freundlich gesonnenen Richter gelangte, der das erwünschte Urteil gesprochen hatte – Unzurechnungsfähigkeit. Als Marguerite einmal kurz in der Stadt war, hatten sie ihr den Bericht des Arztes gezeigt, und unter Drogen war der alte Mann genauso desorientiert gewesen, wie es in dem Gutachten hieß. Selbst sie hatte zustimmen müssen. Brice hatte den Kauf der Privatklinik in Westchester County in die Wege geleitet. Und dann hatten sie ihren Vater weggeschlossen.

Aufgrund eines atavistischen Überlebenstriebes hatte Brice gewusst, dass diese Maßnahme notwendig gewesen war. Alles, was er war, alles, was er je geglaubt hatte, alles, wofür er sein Leben lang gearbeitet hatte, hätte auf dem Spiel gestanden, wenn er seinen Vater bei seiner unverantwortlichen Verschleuderung des Familienvermögens unterstützt hätte.

Doch als er jetzt seinen Brüdern zuhörte, empfand er einen Augenblick lang tiefste Beunruhigung. Doch dann sagte er sich entschlossen, dass niemand mehr Angst vor dem alten Mann zu haben brauchte. Nicht einmal seine Erinnerung.

10

9.30 Uhr, Samstag
WESTCHESTER COUNTY, New York

Lyle Redmond war 85 Jahre alt, schwach, müde und bis über beide Ohren mit Drogen voll gepumpt. Er lag in seinem schmalen Bett in dem Pflegeheim und spürte seinem Herzschlag nach. Er konnte fast hören, wie darin Worte hervorblubberten, die die Vergangenheit erklärten und seine Schuld zu tilgen versuchten. Den ganzen grauen Samstagmorgen lang lauschte er dem Schlag seines Herzens und wusste, dass er erneut versagt hatte. Wusste, dass er sich einen anderen Weg ausdenken musste, um seinen Söhnen Einhalt zu gebieten und sein großartiges Vorhaben zum Abschluss zu bringen. Aber was dann? Hatte es überhaupt irgendeinen Sinn?

Es gab nur eine Lösung. Er musste aus diesem Höllenloch herauskommen.

Das Problem bestand darin, dass sein letzter Plan durchkreuzt worden war. Und er hatte noch keine Gelegenheit gehabt, sich einen neuen auszudenken.

Zu Beginn dieser Woche war es zur Krise gekommen, als der Sicherheitschef, John Reilly, ihm eröffnet hatte, dass sein Lieblingspfleger bei einem aufgeflogenen Drogen-Deal ums Leben gekommen sei: »Er war ein Freizeit-Dealer. Ist in eine Messerstecherei mit einem seiner Kunden geraten. Sie haben ihn in einer Gasse gefunden, in Stücke geschnitten. Tot. Schlimme Sache das. Ich weiß, Sie mochten ihn.«

Der alte Mann bekam einen gehörigen Schrecken – und Angst. »Scheiße!«, brüllte er. »Sie haben den Jungen umgebracht!«

»Sie fantasieren, Mr. Redmond.« Reillys Worte waren

höflich. »Sie sind nur ein armer, kranker alter Mann, der halluziniert.« Er hatte ein Gesicht wie ein roher Hamburger und blasse, schmale Augen. Wie die ganze Belegschaft stand er auf der Gehaltsliste von Lyle Redmonds Söhnen.

Um ihn zu bestrafen, injizierte einer der Ärzte dem alten Mann Pentobarbital. Während das Gift durch seine Adern tobte, nahm ein Trio sein Zimmer auseinander. Trotz seiner Benommenheit begriff er sofort: Sie hatten herausgefunden, dass er den Jungen bestochen hatte, jeweils ein Päckchen an seine Tochter in London und diesen neugierigen CIA-Burschen in Langley aufzugeben.

Sie rissen die Fotos von den Wänden und die Papprückseiten aus den Rahmen. Sie zerschlitzten die Möbel. Überall flog Polsterwatte herum. Sie leerten die Schubladen der Kommoden. Den Wandschrank. Das Medizinschränkchen. Wie die Schweine durchschnüffelten sie seine Kleidung und seine Besitztümer. Es gab nichts, was sie nicht berührten, untersuchten, zerrissen oder beschmutzten. Schändeten.

Er erschrak darüber, dass es ihn aufbrachte. Dass er noch immer an diesen wenigen, unwichtigen Besitztümern hing. Das war wohl ein Zeichen, dass er wirklich alt war. Und er fühlte sich für den Tod dieses Jungen verantwortlich. Furcht quälte ihn auch. Er wusste, wonach sie suchten.

Als sie mit der Siegesbeute abzogen – seinen Tagebüchern und Diamanten –, stöhnte er auf. Ein ganzes Jahr lang hatte er an seiner Geschichte gearbeitet. Seine Tagebücher waren die einzige Möglichkeit, dieser lausigen Privatklinik zu entfliehen, und die Diamanten waren seine letzte Machtquelle. Er hatte sie und ein Stück Bernstein hinter der Metallabdeckung des Lüftungsrohrs versteckt. Als die Männer triumphierend aufkrähten, wurden ihm die Augen feucht, und seine Kehle war wie zugeschnürt.

Da ging seine Zukunft dahin. Er fühlte sich so hoffnungslos, dass er, hätte Gott es ihm in diesem Augenblick angeboten, gerne gestorben wäre.

Aber Gott machte kein solches Angebot. Der alte Mann lebte weiter in dem schmerzlichen Bewusstsein seiner Ohnmacht, durch das Pentobarbital und die Fehler, die er gemacht hatte, an sein Bett genagelt wie Christus ans Kreuz.

Im Laufe der Woche behielt das medizinische Personal ihn unter strenger Beobachtung. Er schien wie in einem Meer von Gülle zu treiben. Wenn er bei Sinnen war, konzentrierte er seine Gedanken auf seine Tochter Marguerite. Er liebte sie mit jeder Faser seines giftigen Wesens. Sie war der einzige Lichtpunkt in seinem Leben, und auch wenn ihre Brüder sie durch üble Tricks zu der fälschlichen Annahme verleitet hatten, er sei senil, besuchte sie ihn doch immer, wenn sie im Lande war. Stundenlang pflegte sie an seinem Bett zu sitzen, während er in seinem Drogenwahn tobte. Ihre Brüder sorgten dafür, dass die Familie ihn nur so zu Gesicht bekam. Die schmerzliche Sehnsucht nach ihr plagte ihn noch Tage nach ihren Besuchen.

Mittlerweile konnte sie das Päckchen schon erhalten haben. Just in diesem Augenblick kämpfte sie womöglich mit ihren Brüdern, um ihn herauszubekommen. Vielleicht überprüfte ja auch der CIA-Mann bereits die Informationen aus seiner Sendung. Vielleicht war er auf dem Weg, ihn zu retten und alles wieder ins Lot zu bringen.

Wo blieben sie? Warum kamen sie nicht?

Drei Tage später stellten die Ärzte ihn auf Phenobarbital um. Wenn es sich auch um eine weniger lebensbedrohliche Droge handelte, so war sie doch ebenfalls mit einem hohen Risiko verbunden. Gaben sie ihm zu viel, würde seine Atmung flacher werden und am Ende ganz aussetzen. Er wusste, seine Söhne wollten ihn nicht sterben lassen, jedenfalls noch nicht. Nicht, weil sie irgendetwas für ihn empfunden hätten. Da gab er sich keinen Illusionen hin. Aber den Regeln für gute Geschäfte, die er ihnen beigebracht hatte, – und dem US-Steuersystem – zufolge war er lebendig mehr wert für sie als tot. So hatten sie also angeordnet, ihn ständig unter Drogen zu halten, ihm aber nie so viel zu geben, dass er starb.

Gestern hatte der Arzt die Drogen schon wieder ausgetauscht, diesmal gegen das weniger gefährliche Chlorpromazin. Sie hatten ihm für den Anfang 25 Milligramm injiziert, eine Stunde später hatten sie ihm dann noch einmal dieselbe Dosis verabreicht. Es handelte sich um kleine Mengen, denn zu viel gleich zu Beginn konnte einen Herzstillstand verursachen.

Bald würden sie die Dosis steigern. Aber er kannte sich aus mit Drogen. Er hatte sich unter Aufbietung seiner letzten Kräfte dazu gezwungen, genau zuzuhören, wenn die Ärzte Anordnungen erteilten. Er wusste, wie viel sie in ihn pumpten. Er spielte den Unterwürfigen. Medikamentierte Fügsamkeit. Das hatte sie in Sicherheit gewogen, und das Arschloch von einem Arzt hatte seine Meinung geändert und das Chlorpromazin reduziert.

Jetzt war es Samstagmorgen. Die Woche über, während er komplett ruhig gestellt war, hatte irgendjemand sein Zimmer angestrichen, gesäubert und wieder aufgeräumt – weiße Wände, Vorhänge mit fröhlichem Druckmuster, Hartholzparkett, Flickenteppiche, adrette neue Möbel und riesige Fenster voll vom trüben grauen Schein des kalten Novemberhimmels. Das Zimmer roch nach Zitronenwachs.

Darüber hinaus hatten sie zwei Überwachungskameras in den Ecken gegenüber seinem Bett installiert. Das sagte ihm mehr, als er eigentlich wissen wollte. Da sie ihn nicht aus der Privatklinik weggeschafft hatten, machten sie sich offenbar keine Sorgen, die Polizei könne kommen und seinen Zustand überprüfen. Was auch bedeutete, dass sie die Päckchen irgendwie in die Hand bekommen hatten. Vielleicht hatten sie sie dem Krankenpfleger abgenommen, bevor er sie aufgeben konnte. Oder Marguerite und Sam Keeline, den CIA-Burschen, unter falschen Angaben dazu gebracht, sie ihnen auszuhändigen.

Die schwache Hoffnung, die den alten Mann am Leben gehalten hatte, löste sich in nichts auf. Er hatte verloren. Es machte ihn krank und zornig. Aber gleichzeitig empfand er eine so tiefe Trauer, dass sie ihn völlig lähmte. Er atmete, aber sein Leben war vorbei.

Ein Wust weißen Haars umgab sein wächsernes Gesicht wie eine Löwenmähne. Schwach lag er in seinem Bett, die Laken schützend bis ans Kinn gezogen. Er war einmal ein massiger Mann mit Stiernacken und breitem Brustkorb gewesen, aber das gehörte der Vergangenheit an. Unter seiner Decke wirkte er wie geschrumpft, so als habe man ihn so lange ausgepresst, bis er nur noch ein Schatten seiner selbst war. Das Radio neben ihm war gerade auf die Lautstärke gestellt, dass es ein leises, beruhigendes Summen von sich gab. Dösend lauschte er seiner Lieblingsmusik – hauptsächlich Gershwin-Melodien aus den 30er und 40er Jahren. Sie entführten ihn in eine Zeit der Sicherheit, als das Leben noch vor ihm lag.

Nachrichten kamen, und er hörte den Namen ›Marguerite Austrian‹. Er erstarrte. Als der Nachrichtensprecher die Meldung der Associated Press verlas, traf es ihn wie ein Schlag.

Marguerite war tot. In London erschossen.

Die Kehle schnürte sich ihm zu. Sein Herz schien in

tausend Stücke zu zerspringen. Tränen stürzten ihm aus den Augen. Er stieß ein so tiefes und angstvolles Heulen aus, dass John Reilly und die Hälfte seiner Muskelmänner in das Zimmer stürzten.

Zwei Stunden später saß er in einem Rollstuhl in der Eingangshalle. Sie hatten gewollt, dass er in seinem Zimmer mit den mechanischen Wachvorrichtungen in kompletter Isolation blieb. Aber er war wie eine offene Wunde und drohte damit, sich selbst eine tödliche Dosis zu injizieren. Er würde sich eigenhändig ersticken, sagte er ihnen. Sich aufhängen. In seinem Alter konnten sie ihn nicht ewig mit ihren höllischen Drogen betäuben, weil ihn das in absehbarer Zeit umbringen würde. Und er wusste, dass ihre Befehle lauteten, ihn am Leben zu erhalten.

Sie wechselten besorgte Blicke. John Reilly erlaubte einem von ihnen, ihn aus dem Zimmer hinauszuschieben, wie er es verlangt hatte.

»Er wird kommen«, wiederholte der alte Mann, während er die gläserne Doppeltür im Blick behielt, die sich auf die ziegelsteingepflasterte Auffahrt öffnete. Vielleicht bestand auch die klitzekleine Möglichkeit, dass einer seiner Enkel ebenfalls mitkäme, um ihn zu trösten, aber das bezweifelte er. Sie hatten völlig falsche Vorstellungen von ihm. Er dachte an Julia, Marguerites Tochter, und seine Lippen verzogen sich beinahe zu einem Lächeln. Sie war immer mit Marguerite gekommen.

Die Eingangshalle war mit Plüschsofas und -sesseln in Grau- und Pastellrosatönen ausgestattet. Er hatte die kitschigen Farben immer gehasst.

John Reilly zuckte die Achseln. »Wie Sie wollen.« Er nahm in einem Sessel der Eingangshalle Platz und vertiefte sich in einen *Playboy*. Gelegentlich sah er auf, um sich zu vergewissern, dass der alte Mann noch da war und lebte. Nachdem er die Zeitschrift durchgeblättert hatte, entfernte er sich, offensichtlich gelangweilt.

Der alte Mann versuchte die Tränen zurückzudrängen, die ihm aus den Augen flossen. Ein Teil von ihm vermochte einfach nicht zu glauben, dass seine Tochter tot war. Ein anderer Teil erkannte, dass es unvermeidlich gewesen war.

Und dass es seine Schuld war. Indem er Marguerite in die Sache hineingezogen hatte, hatte er ihr Todesurteil gesprochen.

Er versuchte den baseballgroßen Klumpen in seinem Hals herunterzuschlucken. Einen kurzen Moment konnte er sie als kleines Mädchen sehen, fühlen, wie sie an seinem Hosenbein zupfte, sehen, wie sie ihm ihre kleinen Ärmchen entgegenstreckte, um auf den Arm genommen zu werden. Sie hatte immer so gut gerochen. Wie Talkumpuder. Sie hatte Spaghetti geliebt. Mit ihren winzigen Fingern hatte sie eine Nudel gegriffen, das kleine Gesicht ganz feierlich vor Konzentration, und sie in ihren süßen Mund gestopft. Er konnte es nicht glauben, das dieses kleine Mädchen tot sein sollte.

Dass er sie getötet haben sollte. Trauer und Schuldgefühle zerrissen ihn.

Mit zitternder Hand fuhr er sich über die Augen. Er zwang sich dazu, nach draußen zu schauen. Einer der Wachleute kam auf seiner regelmäßigen Runde vorbei. Seine Söhne hatten die Klinik mit Sicherheitssystemen zugepflastert – nicht so sehr, um Eindringlinge abzuwehren, sondern vielmehr, um ihn hier zu halten. Der bloße Gedanke machte ihn wütend.

Die Wut aber war ein Freund fürs Leben. Vertraut, tröstlich. Er entspannte sich ein wenig. Fühlte sich wieder ein bisschen mehr wie der Alte. Er hatte gewusst, dass er irgendwann seine Schwäche überwinden würde.

Es war unvermeidlich. Er glaubte nicht eine Minute lang, dass es ein einfacher, aus dem Ruder gelaufener Raubüberfall gewesen war, der mit dem Mord an Marguerite geendet hatte. Er hatte im Gefühl, wer dahinter stecken musste.

Als der zerbeulte VW-Bus in die Auffahrt einbog, rollte Lyle seinen Rollstuhl abrupt auf die Automatiktür zu. Aus allen Richtungen stürzte sich Personal auf ihn, was bewies, wie wichtig er war und wie nervös sie seinetwegen waren. John Reilly tauchte aus dem Nichts auf. Lyle hatte ihn unterschätzt. Wo immer Reilly hingegangen war, er hatte ihn weiterhin scharf im Auge behalten.

Reilly stoppte Lyles Rollen in Richtung Eingangstür. »Wohin wollen Sie, Sir?« Sein Gesicht war völlig ausdruckslos.

»Zum Bordstein, Arschloch. Bringen Sie mich runter.«

Der Sicherheitschef blickte durch die Glastüren nach draußen zu den kahlen Bäumen und Büschen, ließ seine Blicke zum Pförtnerhaus schweifen, wo jeder, der kam oder ging, mit Monitoren überwacht wurde, zur Auffahrt, die bis auf den sich nähernden Bus leer war, und zum Parkplatz zur Rechten, auf dem die Belegschaft ihre Fahrzeuge abstellte. Zwei andere Insassen dieses so genannten Seniorenheims waren auf ›Spaziergängen‹ in ihren Rollstühlen unterwegs, geschoben von ihren Pflegern. Abgesehen von ihnen und ein paar Spatzen, die in dem braunen Gras herumpickten, gab es draußen keine andere Bewegung.

»Vor zehn Jahren hätte ich Sie noch auf meine eigene Gehaltsliste gesetzt, Reilly«, knurrte Lyle. »Wegen Ihrer angeborenen Talente hätte ich Sie reich gemacht. Wie kamen meine Söhne darauf, Sie auf diese Müllkippe in diesem gottverdammten Kaff abzuladen?«

»Sie können hier auf ihn warten.« Reilly hielt den Rollstuhl kurz vor der Tür an.

Er entschloss sich, Reilly mit Geduld zu ertragen. »Mir auch recht. Wie dem auch sei, er ist hier. Aber ich warne Sie. Er und ich werden einen unserer Spaziergänge machen. Ich muss hier raus. Er ist der Einzige, der mich wenigstens ab und zu noch besuchen kommt. Ihr macht mich alle wahnsinnig.«

Just in dem Moment hielt der Bus vor dem Pflegeheim an, und die Fahrertür ging auf. Ein Ordensbruder sprang auf die kreisförmige Auffahrt. Er trug ein bodenlanges Mönchshabit mit Kapuze und einer dünnen, gedrehten Kordel um die Taille. Während er mit schroffen Bewegungen die Auffahrt überquerte und die Treppe hinaufschritt, schlug der braune Wollstoff um seine Beine. Er war etwa Mitte 60, vielleicht 20 Jahre jünger als der alte Mann. Auffallend waren die Tränensäcke unter den Augen. Er strahlte Freundlichkeit und Besorgnis aus.

Sobald der Bruder Lyle erblickte, lächelte er. Lyle fühlte, wie etwas Altes und Schmerzliches in seinem Innern schmolz. Lyle war Katholik – im Glauben getauft und aufgezogen, genau wie seine Eltern, Kinder und Enkel. Trotz der Tatsache, dass er nur selten zur Messe ging und einem Gott, über den er seit seinen Messdienertagen nicht viel länger als fünf Minuten am Stück nachgedacht hatte, kaum mehr als Lippenbekenntnisse darbrachte, war die Kirche so sehr ein Teil von ihm wie eins seiner Glieder. Er würde ihr nie den Rücken kehren. Dazu wäre er gar nicht imstande gewesen. Außerdem mochte tatsächlich etwas an all dem dran sein, und nur ein Idiot sicherte sich nicht nach allen Seiten ab.

Nun, da er das vertraute Gesicht des Priesters sah und seinen energischen Gang beobachtete, wurde er sich darüber klar, dass er auf Pater Michaels Freundschaft zählte wie auf kaum etwas anderes. Er spürte, wie ihm Tränen der Dankbarkeit in die Augen stiegen. Marguerites Ermordung überflutete ihn wie ein kalter Strom aus Traurigkeit und bitterer Reue. Einen kurzen Augenblick dachte er an seinen eigenen Tod und das, was dann geschehen würde. Er hatte keine Lust, in einem schwarzen Loch von Nichts oder, wie er als Katholik befürchten musste, in der Hölle zu landen. Marguerite würde er dort nicht treffen, und seine geliebte Frau Mary auch nicht.

Die Türen des Pflegeheims schwangen auf, und der Pater trat ein. »Mein herzliches Beileid wegen des Todes Ihrer Tochter. Es tut mir so leid. Ich bin sofort gekommen, als ich es gehört habe. Sie wussten doch, dass ich kommen würde, nicht wahr?«

Der alte Mann erwiderte mit fester Stimme: »Da können Sie Ihren süßen Arsch drauf verwetten.«

11

9.30 Uhr, Samstag
Kennedy International Airport

Das Lüftungssystem der Concorde summte, und die Luft roch ein wenig feucht, als sei sie zu lange in Umlauf gewesen. Der Flug von London war gnädig kurz gewesen, und Julia, erschöpft vom vielen Weinen, hatte den größten Teil verschlafen.

Als der Jet auf dem Kennedy-Flughafen landete, begann ihr Verstand wieder seine Arbeit aufzunehmen. Der Schmerz über den Tod ihrer Mutter war noch da, pochte weiterhin, stumpfte aber ab. Sie fühlte keinen Frieden, aber er ließ ihr wieder ein wenig mehr Raum. Sie musste sich einen Plan machen, und sie musste sich dem stellen, was in Arbor Knoll auf sie zukommen würde.

Die Erkenntnis hatte sie wie ein Blitz getroffen, als der

schlanke Jet stehen geblieben war. Der Steward hatte sich zu ihr heruntergebeugt, um ihr mitzuteilen, dass sie auf der Rollbahn anhielten und eine Gangway zur Tür geschoben würde. Sie war der einzige Passagier, dem es gestattet war, von Bord zu gehen, bevor das Flugzeug am Terminal anlegte.

»Zwei Agenten des Secret Service erwarten Sie.« Er half ihr auf. Er klang ängstlich, als bestehe die Gefahr, dass Julia ein Undercover-Killer oder ein Gangster war.

Aber sie wusste, was sie für den Secret Service darstellte. Sie setzte ein gezwungenes Lächeln auf. »Das muss wegen meines Onkels sein. Er bewirbt sich um die Präsidentschaft.«

Er führte sie zu der offenen Türklappe. »Wie aufregend! Welcher der Kandidaten ist es?«

»Creighton Redmond.«

Julia stieg die Gangway hinunter, und in ihr wuchs der Ärger. Es war kalt. Die schwache Sonne hinterließ kaum Wärme auf ihrem Gesicht. Und jetzt musste sie ihrer hochgestellten Familie gegenübertreten. Nur selten war sie dazu gezwungen gewesen, seitdem sie begonnen hatte, unter den Fittichen ihrer Mutter auf Tournee zu gehen. Sie freute sich nicht gerade darauf, und doch konnte die Macht, die damit einherging, eine Redmond zu sein, ihr bei ihrer Suche nach der Mörderin nutzen.

Als sie auf das Rollfeld trat, richtete ein Mann zu ihrer Rechten das Wort an sie: »Bitte kommen Sie mit uns, Ms. Austrian. Ich bin Agent Firestone. Wir bringen Sie nach Arbor Knoll.« Er berührte ihre Hand, und sie hielt sich an seinem Arm kurz oberhalb des Ellbogens fest. Er hatte ganz offensichtlich Instruktionen erhalten, wie man mit ihrer Blindheit umzugehen hatte. Creighton dachte wirklich an alles.

Der Agent verfiel in höflichen Smalltalk, während er sie

zur Limousine führte, und sie war ihrerseits höflich. Er und sein Partner waren absolute Profis. Sie war dankbar für die Sicherheit und Bequemlichkeit, die sie ihr boten. Aber trotzdem –

An den Redmonds gab es viel, was man bewundern und genießen konnte. Sie waren die einzige Familie, die ihr jetzt noch blieb, und sie liebte sie. Ihre Mutter hatte wegen des ungeschriebenen Familiengesetzes, das Individuum dem großen Ganzen unterzuordnen, die Nähe ihrer Brüder gemieden. Aus ihrer Kindheit erinnerte Julia sich an erbitterte Kämpfe zwischen Marguerite und ihren Brüdern. Jonathan, Julias Vater, hatte dabei entweder wie ein Jo-Jo zwischen ihnen in der Falle gesessen oder war mit kaltem, wutverzerrtem Gesicht an der Peripherie auf und ab getigert. Als Folge dieser ewigen Streitereien hatte Marguerite sich von ihrer Familie distanziert, selbst von ihrem Vater, und sie hatten sich ihrerseits zurückgezogen.

Aber jetzt hatte sich alles geändert. Creighton übernahm bereits das Kommando. Er war nett, aber wenn sie dies als Präzedenzfall durchgehen ließ, riskierte sie, sich in der umwerfenden, aber auch erstickenden Gastfreundschaft der Redmonds – oder ihrer Kontrolle – zu verlieren. Sie musste die Redmonds benutzen, durfte sich jedoch nicht von ihnen benutzen lassen. Wenn sie Recht hatte und ihre Blindheit durch irgendein Trauma verursacht war, das sie in der Nacht ihres Debüts erlitten hatte, dann waren sie vielleicht in der Lage, ihr weiterzuhelfen. Und mit ihrem Augenlicht hatte sie eine weit größere Chance, die Mörderin ihrer Mutter zu finden. Zum wiederholten Male überkam sie der Schmerz über ihre jähe Erblindung in dem Taxi. Hätte sie doch nur sehen können ...

Als die Limousine nach Nordosten in Richtung Oyster

Bay raste, kämpfte Julia den Schmerz zurück. Sie fand ein Handy auf dem Rücksitz. Sie tätigte Anrufe. Sie war reich, und Geld konnte eine Menge Probleme lösen.

11 Uhr, Samstag
WESTCHESTER COUNTY, New York

Die Sonne trat vor einen trüben Himmel, und unschlüssiges Sonnenlicht versuchte die kalte Außenluft zu erwärmen. Die Parkanlagen des Pflegeheims hüllten sich in herbstliches Grau, der Rasen war braun, die Bäume hatten fast ihr gesamtes Laub verloren. Der Pater schob Lyle Redmond in seinem Rollstuhl über einen der Wege. Sie sprachen über Marguerite. Er versuchte ihn zu trösten. Lyle war ganz von ihrer Präsenz durchdrungen. Die schmerzenden Stiche bei jedem Rumpeln des Rollstuhls waren Erinnerungen an die Grausamkeit ihres Todes ... und seine Verantwortung dafür.

Mit feuchten Augen lotste er den Besucher zu seinem Lieblingsplätzchen unter der alten Platane. Plötzlich kam ihm ein Gedanke: Vielleicht hatte der Baum oben in den Ästen Abhörvorrichtungen. Möglicherweise hatte John Reilly auf diese Weise von den beiden Päckchen erfahren, die er dem Krankenpfleger übergeben hatte.

»Bringen Sie mich dahin.« Mit herrischer Stimme wies er mit dem Kinn auf einen anderen Flecken, neben dem Teich. Dort gab es keine Zweige über ihren Köpfen, das Pflegeheim lag unterhalb der Anhöhe und somit außer Sicht, und in der Nähe war niemand, der sie hätte belauschen können.

Pater Michael hielt mit dem Rollstuhl neben einem Granitbrocken. Ein einsamer wilder Erpel schwamm auf dem spiegelglatten Teich. Der Bruder stellte die Bremsen des Rollstuhls fest und setzte sich auf den Stein, sodass er von Angesicht zu Angesicht dem alten Mann gegenübersaß. Er war nun seit über 40 Jahren bei Mutter Kirche und ein scharfer Beobachter der menschlichen Natur geworden. In gewisser Weise kannte er Lyle Redmond besser, als dieser sich selbst zu kennen glaubte. Bei einem anderen Schäflein aus seiner Herde hätte er jetzt vorgeschlagen, gemeinsam zu beten, aber Lyle wäre dazu noch nicht bereit.

Lyle seufzte. »Ich habe Fehler begangen.«

»Ich bin ein guter Zuhörer«, sagte der Priester. »Vielleicht ist es an der Zeit, dass Sie mir alles erzählen.« Er hatte einen kaum merklichen deutschen Akzent.

Lyle erforschte Pater Michaels gütiges Gesicht. Es war rund, mit ausgeprägten Hängebäckchen, und die Tränensäcke unter seinen Augen waren von einem blassen Blau. Er hatte eine mächtige Adlernase und sich lichtendes graues Haar. Seine Züge drückten Kraft und Stärke aus, empfand Lyle, als läge unter der fleischigen Oberfläche gehärteter Stahl. Ihm gefiel es, dass der Priester nicht irgend so ein dummer Weltverbesserer mit beschränkter Perspektive war.

Er beugte sich vor und ergriff das Wort. Seine Stimme war leise und vertraulich, wie im Beichtstuhl. »Mein Partner Dan Austrian hat sich vor zwei Jahrzehnten mit einer halben Milliarde Dollar aus dem Geschäft zurückgezogen. Er hatte entschieden, er hätte jetzt genug Zaster und es wäre an der Zeit, seinen Beitrag zur Gesellschaft zu leisten. Also machte er Karriere als Philanthrop und Botschafter.« Er stockte, schämte sich. »Ich aber dachte mir, scheiß was drauf. Geld kann man nie genug haben. Ich schuftete also weiter, bis ich vierzig mal so viel wert war wie Dans kleiner Spargroschen. Dann wurde mir eines Tages bewusst, dass ich mich nicht besonders gut fühlte.

Wissen Sie, die Luft war einfach raus, der alte Motor wollte nicht mehr so recht.«

Der Priester verstand. »Die Qualen und Beschwerden des Alters.«

Lyle nickte mit seinem weißen Schopf. »Also schaute ich mich um und versuchte herauszufinden, was ich von sechzig Jahren unaufhörlicher Plackerei eigentlich hatte. Drei Antworten: ein Vermögen, das größer war, als Midas es sich je erträumt hätte; drei Söhne, die mich aus tiefstem Herzen hassten –«, er hielt inne, schluckte und gab die Wahrheit zu, »– und die Bürde einer schweren Schuld.«

Der Ordensbruder sah dem alten Mann in die wässrigen blauen Augen und erblickte den Mann, der ein anderer zu sein versuchte. Nie zuvor hatte Lyle so viel von sich preisgegeben. »Aus diesem Grund haben Sie auch versucht, Ihre Stiftung zu gründen?«

»Jaaa.« Er schloss die Augen. Vielleicht war es das letzte Jahr in diesem Loch von einem Höllenheim. Wahrscheinlich war es Marguerites furchtbarer Tod und sein Anteil daran. Er wusste nicht genau, warum, aber als er seine Augen wieder öffnete und weitersprach, kam eine harte, lange unterdrückte Wahrheit heraus: »Ich habe versucht, mir meinen Frieden auf die übliche Art zu erkaufen – Wohltätigkeit. Ich sah die Ted Turners und Bill Gates dieser Welt dasselbe tun, und da dachte ich mir, warum nicht? Mach der Menschheit Stiftungen, je größer, desto besser. Das entspricht ganz meinem Stil. Genau wie Ted und Bill habe ich nie beabsichtigt, alles bis auf den letzten Penny wegzugeben, auch wenn meine Jungs das befürchtet haben. So blöd war ich nicht. Ich hatte mir ausgemalt, wenn ich die Hälfte von allem, was ich besaß, in meine Stiftung steckte, wäre das eine ganze Menge; so könnte ich wieder gutmachen, was ich einer Menge Leute abgejagt hatte, ohne das in Gefahr zu bringen, was von meinem persönlichen Vermögen noch übrig war.«

»Sie meinen, dass Ihr Geld so in Ruhe weiterwachsen konnte.«

Lyle nickte düster. »Ich wäre noch immer reich wie Krösus gewesen. Aber damals sah es mir nach einer todsicheren Art aus, gleichzeitig auch meine Schuld zu tilgen. Dann fand ich etwas heraus, womit ich nie gerechnet hatte. Es gefiel mir wirklich, den Menschen zu helfen. Ich sah mich um, und wo immer mein Blick hinfiel, sah ich Leid und Not. Ich versuchte, die Stiftung richtig schnell zustande zu bringen, so dass sie auch einiges Gute bewirken würde. Aber ich war so verdammt beschäftigt damit, dass ich einen fundamentalen Grundsatz im Geschäftsleben und im Krieg vergaß. Ich achtete nicht mehr auf meine Rückendeckung.« Er schnaubte verächtlich. »Meine Jungs bekamen es mit der Angst zu tun, sie würden ihr ›angestammtes Erbe‹ verlieren. Also inszenierten sie einen ›Staatsstreich‹ und fanden ein Gericht, das mich entmündigen ließ. *Bumm.* Da ging mein Geld dahin. Meine Häuser. Meine Autos und meine Familie und –« Seine Stimme brach.

»Und dann haben sie Sie hierher geschafft. Damit sie sich sicher fühlen konnten.«

Der alte Mann blieb ganz ruhig. »Jjja. Sie haben noch immer Angst vor mir.«

Pater Michael musterte ihn und musste an seine eigene Vergangenheit denken. Ihm war nicht die Gnade des leichten Glaubens zuteil geworden. Vor zehn Jahren hatte er trotz seines franziskanischen Ordensgelübdes eine Glaubenskrise durchgemacht, an der er fast zerbrochen wäre. In seinem Herzen hatte er sich mit Mordgedanken getragen. Aber durch Gottes Gnade, die Geduld seiner Mitbrüder und unermüdliches Gebet war er aus dieser

Krise mit dem leidenschaftlichen Glauben hervorgegangen, dass es einen Gott gab und dass er gerecht und gut war. Lyle Redmond wusste das nicht, aber sie hatten eine Menge gemeinsam.

Auf diese Weise hatte er sich den Wegen des heiligen Franz von Assisi neu verschrieben, für den nichts wichtiger gewesen war als die Errettung der Seelen. Schließlich hatte Jesus sich erlaubt, für die Liebe aller Seelen, der guten wie der schlechten, am Kreuz zu sterben. Heute suchte Pater Michael also die schlimmsten und verstocktesten Sünder auf. Mit Ruths Sanftmut und Hiobs Duldsamkeit arbeitete er daran, sie zu retten und gleichzeitig den Zweifel zum Schweigen zu bringen, er sei einer solch lebenswichtigen Aufgabe nicht gewachsen und nicht würdig. Lyle Redmond war ein übler Sünder gewesen, einer der schlimmsten, denen der Priester je begegnet war. Das war der Grund, warum er Lyles hartnäckigster Besucher geworden war.

Lächelnd beugte er sich vor. »Es tut gut, diese Wahrheiten von Ihnen zu hören. Aber es scheint mir, dass es einen besonderen Grund gibt, warum Sie mir das alles gerade jetzt erzählen.«

»Sie haben Recht.« Lyles Blick wirkte überraschend verschlossen. »Reden wir über die Hölle.«

Genauso, wie er ein altmodischer Katholik war, war Pater Michael ein altmodischer Priester. Deshalb rechnete Lyle damit, dass er von ihm die geradlinigen Worte zu hören bekommen würde, an die er sich noch aus seiner Kindheit erinnerte. »Ich kenne den Katechismus noch. Ich erinnere mich an: ›Das Leben ist süß, aber bitter ist der Tod.‹ Also erinnern Sie mich schon daran, was mich nach meinem Tod erwartet.« All das musste doch irgendeinen Sinn haben.

Pater Michael betrachtete den alten Mann eingehend,

die weiße Haarmähne, das breite, knochige Gesicht mit der papiernen Haut. Als sie das Pflegeheim verlassen hatten, hatte der Körper des alten Mannes unter seinem schweren Mantel und der Decke völlig eingesunken gewirkt, aber jetzt umgab ihn ein Knistern wie von neu gewonnener Kraft. Seine Hände lagen nackt auf der Decke und zuckten, als erwachten sie aus einem langen Schlaf. Die einst so breiten Schultern strafften sich und schienen ihre alte Stärke wiederzugewinnen, und der Körper schien vor neuen Muskeln zu pulsieren.

Lyle hatte den Ordensmann aus dem Konzept gebracht, aber der wollte die Gelegenheit nicht verstreichen lassen. »Warum der Tod so fürchterlich ist? Weil die Seele den Körper verlassen muss. Die Kirche lehrt, dass Körper und Seele füreinander geschaffen wurden, dass sie so miteinander verschmolzen sind, dass es abwegig, unmöglich wäre, sie zu trennen. Und dann weiß auch der Körper, dass er, sobald die Seele ihn verlassen hat, zu Staub zerfallen wird, während die Seele, falls sie nicht tapfer genug war, Gottes Gnade zu suchen und die Hilfen anzunehmen, die Er unseren Seelen anbietet ... nun, diese Seele wird zur Hölle fahren.«

Der alte Mann hörte aufmerksam zu. Eines der besten Dinge an der katholischen Kirche war, dass sie klare Antworten gab. Schwarz und weiß. Nicht dieses laue New-age-Gelaber. »Was widerfährt einer Seele, die in die Hölle kommt? Wie sieht sie aus?«

»In Matthäus fünfundzwanzig, Vers einundvierzig sagt Jesus zu den Verderbten: ›Gehet von mir, ihr Verfluchten, in das ewige Feuer, das bereitet ist dem Teufel und seinen Engeln.‹« Pater Michaels Stimme sank zu einem vertraulichen Flüstern herab. Er liebte die Schilderung dieses Erlösungskampfes, weil das Ziel rein und die Belohnung ewig war. »In ihren Offenbarungen sagt die heilige Bridget: ›Die Hitze des Höllenfeuers jedoch ist so groß, wäre die ganze Welt in Flammen gehüllt, wäre die Hitze des Brandes doch nichts im Vergleich zu ihm.‹ Und in Markus neun, Vers dreiundvierzig und vierundvierzig sagt Jesus: ›So dich aber deine Hand ärgert, so haue sie ab. Es ist besser, dass du ein Krüppel zum Leben eingehest, denn dass du zwo Hände habest, und fahrest in die Hölle, in das ewige Feuer, da ihr Wurm nicht stirbt und ihr Feuer nicht verlöscht.‹«

Der alte Mann nickte. Er lehnte sich vor, das Gesicht in die Hände geschmiegt, als konzentriere er sich. »›Bestelle dein Haus, denn du wirst sterben und nicht lebendig bleiben.‹«

»Jesaja achtundreißig eins«, murmelte der Bruder. »Demut ist der einzige Weg, zum Frieden zu gelangen, mein Sohn. Du leidest, weil deine Seele in Gefahr ist, die Ewigkeit in der Hölle zu verbringen.«

Der alte Mann hob den Kopf. »Sagen Sie mir, was ich tun muss, um in den Himmel zu gelangen.«

»Möchten Sie denn wirklich in den Himmel kommen?«

Der alte Mann räumte aufrichtig ein: »Ich möchte einfach nicht in die Hölle. Das macht mir fürchterliche Angst.« Er schaute hoch. »Und Mary und Marguerite werden nicht da sein.«

Der Bruder unterdrückte ein Lächeln. »Ich vermute, selbst Gott würde das als einen Schritt in die richtige Richtung werten. Aber ich weiß nicht, ob Sie beherzt genug sind, um zu tun, was Gott für eine Ewigkeit der Seligkeit und des Lichts mit seinen Engeln verlangt.«

Der alte Mann schien sich aufrechter hinzusetzen, und wieder beschlich Pater Michael das Gefühl, er sei kräftiger, als er seine Umwelt denken ließ.

Lyle knurrte: »Ich habe gegen die Tyrannen der Wall Street gekämpft, gegen die beschissenen Imperatoren im

Weißen Haus und die dümmsten New Yorker Bürokraten, und ich habe gewonnen. Wenn ich den Entschluss gefasst habe, es zu tun, glauben Sie verflucht noch mal besser, dass ich es auch tue!«

»Sie werden mit dem Fluchen aufhören müssen.«

Der alte Mann blinzelte. »Ich versuche es. Was noch?«

»Ihre Sünden bereuen. Rückhaltlos beichten. Aufrichtige Besserung geloben. Alles aus der Vergangenheit in Ordnung bringen, was Sie in Ordnung bringen können. Und so sündenfrei leben, dass Sie, wenn Sie in der nächsten Minute sterben, Ihrem Schöpfer mit reinem Gewissen gegenübertreten können. Sie dürfen keine Sünde ohne Wiedergutmachung lassen.«

Der alte Mann schluckte. »Sie verlangen verdammt viel, zur Hölle.« Er merkte, dass er schon wieder geflucht hatte. »Entschuldigung.«

Pater Michael setzte sich zurück. »Es ist Ihre Entscheidung. Möchten Sie auch etwas über den Himmel hören?«

»Ich habe noch an der Hölle zu schlucken.« Blicklos starrte der alte Mann über die winterkahlen Grünanlagen der Privatklinik. Der kalte Tag ließ seine Knochen anscheinend nicht so stark schmerzen wie sonst. Er ließ den Blick schweifen. Entdeckte niemanden. Eine Idee begann in seinem Kopf Gestalt anzunehmen. »Helfen Sie mir.« Er rappelte sich hoch.

Erstaunt stützte der Priester ihn am Arm und half ihm auf.

»Letzte Woche bin ich schon wieder richtig gut gelaufen, bevor sie mich mit ihren verdammten ... 'tschuldigung ... Drogen voll gepumpt haben. Mal sehen, wie es jetzt klappt.« Er tat einen zögernden Schritt. Nach ein paar Schritten war er in der Lage, langsam allein zu gehen. »Kommen Sie, Pater Michael. Lassen Sie uns einen kleinen Spaziergang unternehmen.«

Den Bruder an seiner Seite, schritt Lyle den ebenen Pfad oberhalb des Teichs entlang. Seine Schritte gewannen zunehmend an Sicherheit. »Ich verstehe das mit dem Beichten und der Reue und Buße. Aber welche Garantien kriege ich, dass ich nicht trotz allem in die Hölle komme?«

»Das ist kein Vertragsabschluss.« Der Bruder lächelte. »Der Allmächtige schließt keine Geschäfte ab und gibt keine Garantien. Keiner von uns ... nicht einmal der Papst ... kann sich sicher sein, dass er genügend Buße getan hat, um die göttliche Verzeihung zu erlangen. Aber Gott ist auch gnädig und großzügig, und Er wird dein Herz mit Liebe prüfen. Sprich mit Ihm in deinen Gebeten.«

»Ich weiß nicht mehr, wie«, gab der alte Mann zu. Kurzfristig überkam ihn die angenehme Erinnerung, wie man ihn genannt hatte: Lyle Redmond der Große, der Midas von Real Estate und Entwickler des Jahrhunderts. Hätte Lyle Redmond der Große den Nacken gebeugt und Litaneien an einen Gott heruntergeleiert, den er nicht sehen konnte, an den er seit mehr als einem halben Jahrhundert nicht mehr glaubte?

Pater Michael sagte: »Zuerst musst du die beiden Hindernisse fürs Gebet aus deinem Geist verbannen – Sünde und Sorge. Dann musst du dir selbst Zeit geben. Sei geduldig. Es ist ein Dialog, aber es muss auch ein Gebet darum sein, dass Gottes Pläne sich erfüllen. Wenn sie dir zusagen, wirst du jubeln, wenn nicht, wirst du Trost finden.«

Lyle warf dem Pater einen flüchtigen Blick zu. Da war etwas in seinem Tonfall. »Sie haben selbst Ihre Zweifel gehabt, nicht wahr?«

Das gütige Gesicht des Gegenübers wurde traurig. »Ja. Es war eine schwarze Zeit für mich. Ich litt. Ich trug Hass in meinem Herzen, und ich hatte Gott verloren. Er war die ganze Zeit da, aber ich dachte, ich könnte ihn nicht finden. Es ist wahr, dass viele von uns durch die Wildnis wandern müssen, bevor wir unseren Weg finden können.« Er lächelte über ein Eichhörnchen, das über den Rasen zu einer entfernten Kiefer flitzte. Der braune Pelz des Tiers war schon ganz flauschig geworden für den Winter. Das Fell glänzte dicht und seidig in der schwachen Sonne. »Wir sind alle Gottes Geschöpfe, eine Verherrlichung von Ihm und Seiner Güte, und daraus schöpfe ich enorme Freude.«

Da seine Söhne seinen ersten Fluchtplan vereitelt hatten, hatte Lyle sich unter großer Mühe einen anderen Weg ausgedacht. Nun, da Marguerite tot war, schien er wichtiger denn je zu sein. Und dann war da noch Creighton. Creighton könnte tatsächlich der nächste Präsident der Vereinigten Staaten werden. Und das durfte Lyle nicht zulassen.

Die Zukunft geriet außer Kontrolle. Es war höchste Zeit, dass er sich seiner Verantwortung stellte. Außerdem knisterten die Flammen spuckenden Höllenfeuer verdammt nah.

Unablässig nachdenkend, musterte er den Pater, während sie gemeinsam umherspazierten. Vielleicht war der Priester ja die Antwort auf mehrere Fragen. Ein Plan begann in seinem verschlagenen Gehirn Gestalt anzunehmen.

Pater Michael drehte sich in seiner braunen Ordenstracht um, dass der lange Rock ihm um die Knöchel wirbelte. Seine grauen Augenbrauen schossen in die Höhe. »Gibt es da noch etwas, was Sie mir erzählen möchten? Vielleicht sind Sie bereit, die Beichte abzulegen.«

In dem Augenblick traf Lyle seine Entscheidung. »Noch nicht, Pater Michael. Aber bald. Zuerst haben wir noch etwas anderes zu erledigen. Sie und ich. Ich weiß, Sie wollen mir dabei helfen, meine Seele zu retten, und deshalb werde ich Sie ins Vertrauen ziehen.« Sein blasses, zerfurchtes Gesicht nahm einen harten Ausdruck an. »Ich will aus diesem gottverdammten Gefängnis ausbrechen. Und Sie werden mir dabei helfen.«

12

11.05 Uhr, Samstag
OYSTER BAY, New York

Wo der Wald eine kleine Biegung machte, außer Sichtweite von Arbor Knoll und den anderen Gebäuden, stand das holzverkleidete Blockhaus, das Lyle Redmond für sich und als Symbol der Familie gebaut hatte. In den späteren Jahren hatte er das Haus nicht nur zum Arbeiten und als Rückzugsort benutzt. Es war auch ständige Erinnerung für seine Familie und die Welt an die bescheidenen Verhältnisse, aus denen er stammte: aus New Yorks berüchtigtem Stadtteil Hell's Kitchen. Auf den Treppen dieser Klause hatte Creighton seine Kandidatur für die Präsidentschaft verkündet.

Während er diesem Gebäude entgegenstrebte, schaute Creighton sich abwesend um. Wintervögel zwitscherten, und aus der Ferne drang gedämpft das Rauschen der schäumenden Bucht herüber. Bewusst nahm er jedoch nur wahr, dass keine Regenwolken am Himmel waren. Zwei Tage lang hatte drohend ein Unwetter über dem Nordufer gehangen, hatte die salzige Luft eiskalt und turbulent gemacht und das Meer aufgewühlt. Aber an diesem Samstagmorgen war der Himmel klar und sonnig und von steinblauer Farbe.

Das war gut so. Er musste noch die Pressekonferenz abhalten, die er außerhalb des Haupttors angesetzt hatte. Vor dem Anwesen lauerten die meisten Medienvertreter ohnehin schon. Regen könnte es erforderlich machen, das Ereignis nach drinnen zu verlegen, wo sie Julia möglicherweise in die Enge treiben konnten. Und das wollte er unbedingt vermeiden. Er bewegte sich schnell, wollte alles rasch hinter sich bringen. Er spürte den enormen Zeitdruck. Nur noch drei Tage bis zu den Wahlen.

Creighton nickte dem Secret-Service-Agenten zu, der vorübergehend aus dem Wald auftauchte. Ein Gewehr im Arm wie ein Baby, überprüfte der Mann die Umgebung, bevor er wieder in den Schatten verschwand. Als er die Klause erreichte, verspürte Creighton eine Aufwallung von Besitzerstolz. Dann durchschritt er den Zaun aus Gusseisen, der dafür sorgte, dass keine Kinder in diesen Schlupfwinkel eindrangen. Er verschloss das Tor und trat energisch in das Blockhaus ein.

In der Familie kursierten viele Geschichten über dieses Gebäude außerhalb jeden gesellschaftlichen Zwangs. Als junger Mann hatte er einmal mitbekommen, wie einer der Geschäftsfreunde seines Vaters diesen mit den alten Stahlbaronen verglichen hatte. Erdrückt von Reichtum und Verantwortung, hatten sie sich bukolische Einsiedeleien geschaffen, in denen sie sich zwischen ihren Raubzügen in der Welt des Kapitalismus erholen konnten. Vielleicht hatte der Mann Recht gehabt, denn dies war Lyle Redmonds privates Refugium gewesen, wohin er gekommen war, um harte geschäftliche Entscheidungen zu treffen, Firmenberichte in Ruhe zu lesen oder auch nur allein dazusitzen und dem Sonnenuntergang zuzusehen, während er einen Cognac trank, die besten kubanischen Zigarren rauchte und den stillen Geräuschen der Natur lauschte.

Präsidenten von Eisenhower bis Clinton hatten Arbor

Knoll besucht, und jeder von ihnen wurde zu einem Drink und einem ungestörten Gespräch in diesen Schlupfwinkel eingeladen. Lyle ließ dann immer ein Foto von sich mit ihnen auf der Treppe davor schießen, manchmal mit seinen Söhnen und Enkeln. Hin und wieder waren diese Fotos in Zeitungen und Magazinen oder auch im Fernsehen erschienen.

Hier, in dieser Zufluchtsstätte, hatte er sich auch manchmal, wie gemunkelt wurde, mit Frauen getroffen. Creighton hatte nie einen eindeutigen Beweis dafür entdeckt. Aber er entsann sich, dass das Personal hinter vorgehaltener Hand geflüstert hatte, wie der alte Mann in makellosem Anzug und Krawatte hier ankam und Stunden später zerknittert und mit Lippenstift am Revers wieder zurückging. Doch die Klause hatte kein Bett, und das schmale Sofa war kaum der Stoff, aus dem Romanzen gewebt sind. Außerdem hatte niemand jemals eine Frau das Anwesen betreten sehen, deren Besuch nicht einen harmlosen Grund gehabt hätte.

Als Creighton die Klause betrat, sah er, dass Vince schon da war. Sein Sohn wartete in Lyles Lieblingssessel aus weichem, buttercremefarbenem Leder. Im Laufe der Jahre, während derer es den massigen Körper des jetzt alten Mannes hatte tragen müssen, war es zu einem hellen Braun nachgedunkelt. Vince las das *Forbes Magazine* und rauchte eine Camel Light 100. Sie hatten viel zu entscheiden, und alles war von höchster Wichtigkeit.

Sobald Vince seinen Vater erblickte, legte er die Zeitschrift auf den Tisch neben sich. »Also, was hältst du wirklich von Marguerites Tod?«

Creighton schloss die Tür. Sein beherrschtes, habichtähnliches Gesicht nahm rasch einen Ausdruck gezwungener Melancholie an. »Unglücklich, aber, wie ich fürchte, notwendig. Marguerite hat unsere Frau gesehen. Und du kennst Marguerite. Sie hätte die Höllenhunde auf sie gehetzt, bis sie sie dingfest gemacht hätte.« Er ließ sich in den ledernen Kapitänssessel neben dem Sitz seines Sohnes sinken. »Marguerite gab kein Pardon. Ihr Tod ist eines der weniger erfreulichen Ereignisse in meinem Leben. Auf der anderen Seite, denk nur mal, welchen Schaden sie hätte anrichten können, wenn sie das Päckchen gelesen hätte! Das ganze Geld wäre an Dad zurückgefallen, und er hätte es in alle Winde zerstreut. Einschließlich unseres Erbes.«

Vince schlug die Beine übereinander, und seine beigefarbenen Baumwollhosen knitterten modisch. Er zog an seiner Zigarette. Es gab einen kleinen Teil in seinem Innern, der sich über den Mord gefreut hatte. Nichts ging über Familiendramen. Die voyeuristischen Qualitäten der Angelegenheit interessierten ihn. »Du hast Recht. Dasselbe habe ich auch gedacht. Aber als ich heute Morgen den Anruf bekam, hat es mich ganz schön umgehauen –«

»Tut mir leid, dass ich nicht selbst anrufen konnte. Deine Mutter wollte dich und die anderen Kinder benachrichtigen. Da durfte ich keine Ausnahme zulassen.« Er kam zum Kern der Sache. »Wo ist Dads Päckchen? Bist du sicher, dass Keeline es nicht gelesen hat? Es könnte uns zugrunde richten.«

Als Creighton seinem Bruder David von dem Päckchen des arroganten alten Mannes berichtet hatte, hatte der einen Anfall bekommen. »Ich hab' dir doch gesagt, wir hätten den alten Bastard gleich umbringen sollen! Ich geb' einen Scheiß darauf, dass er unser Vater ist. Vergiss es, Creighton. Er ist eine Gefahr für uns. Diese Privatklinik ist nicht sicher.« Creighton aber hatte ihm entgegengehalten, wie auch damals schon, als sie ihn hatten entmündigen lassen: »Wenn du ihn tot haben willst, tu es! Aber du musst dann die Erbschaftssteuer für uns alle zahlen.« David war viel zu sehr in das Geld verliebt, als dass er es getan hätte, und so hatte Creighton lediglich angeordnet, dass die Sicherheitsvorkehrungen in dem Pflegeheim verschärft wurden. John Reilly und seine Mannschaft da oben waren gewarnt: Wenn der alte Lyle noch einmal Amok laufen sollte, würden sie ihren Job und wer weiß was noch verlieren.

Vince holte das braune Papierpäckchen hervor, das er Sam Keeline abgenommen hatte, und händigte es seinem Vater aus. »Alles unter Kontrolle. Keeline hat zu viel Angst davor, seinen Job zu verlieren, als dass er uns ernsthaft Ärger bereiten würde.«

»Bist du dir sicher? War er nicht mal einer der Top-Agenten der Firma?«

»Das ist lange her. Die Position hat er verloren, nachdem seine Freundin in Ostberlin getötet wurde. Seitdem hat er sich in der Schreibtisch-Analyse verbuddelt. Er hat Angst vor den ganz großen Dingern. Um den muss man sich keine Gedanken mehr machen.« Vince hielt inne. »Bringt Maya Stern uns das Päckchen, das an Marguerite gegangen war?«

»Ja. Du wirst Vereinbarungen treffen müssen, dass sie es heute Nachmittag hier abliefert.« Creighton lockerte seine Krawatte und öffnete den Kragen. Vor seinem Sohn ließ er seine Maske fallen. Seine Augen nahmen einen ausdruckslosen und harten Blick an. »Und die Story, die du in der *Sunday Times* in London platziert hast?«

»Sie wird morgen früh erscheinen.« Vince strahlte Zufriedenheit aus. Genauso, wie er eine gut geölte Bürokratie schätzte, die rechtzeitig lieferte, schätzte er einen gut ausgeführten Plan. »Ihr Reporter hat Quellen im Ausland und hier angezapft, und bestimmte Dinge sind schon durchgesickert. Ich weiß, dass sich in diesem Augenblick, während wir uns unterhalten, die *Washington Post* und die

Los Angeles Times dafür interessieren, was bedeutet, dass andere US-Medien vermutlich auch schon die Spur aufgenommen haben. Die Zeitdifferenz sollte genügen, dass unsere Zeitungen hier es noch in ihren Morgenausgaben bringen können. Amerika wird vorbereitet sein, wenn Staffeld morgen Nachmittag seine Bombe platzen lässt.« Chief Superintendent Staffeld von Scotland Yard würde unfreiwillig den Achsnagel abgeben, der ihrem Plan, die Präsidentschaft doch noch zu gewinnen, zum Erfolg verhelfen würde.

Creighton kicherte in sich hinein. »Morgen gerät die Wahlkampfscheiße richtig in den Ventilator!«

»Deine Telefone werden heiß klingeln, aber jetzt ist dein Team darauf eingestellt. Du hast sie astrein vorbereitet. Sie werden sich nicht halb von Sinnen und aus reiner Verzweiflung darauf stürzen, Doug Powers' Namen in den Schmutz zu ziehen. Das wird dich umso großherziger dastehen lassen. Ein Mann von echtem Präsidentenformat! Und wenn ein internationaler Polizist von Staffelds Bedeutung die Enthüllungen über Powers bestätigt, kannst du einen erdrutschartigen Sieg verbuchen.«

Creighton lief ein Schauer der Erregung über den Rücken. Er schaute durch die Fensterflucht hinaus, die nach Westen ging. Er inhalierte die Gerüche aus den duftenden Wäldern, die das Haus umgaben. So lange er sich erinnern konnte, hatte er dieses luftige Gebäude haben wollen, weil sein Besitz für seinen Vater so wichtig war. Es war noch immer von Lyles Persönlichkeit durchdrungen. Es besaß eine Grundfläche von annähernd 1000 Quadratmetern, und seine Wände erhoben sich bis zu einer Höhe von beinahe 7 Metern, ein Gigant – wie der Ehrgeiz des alten Mannes. Kein Wunder, dass es zum Familiensymbol geworden war.

Creighton hatte es unverändert belassen: den überdimensionalen, buttercremefarbenen Sessel, in dem Vince jetzt saß. Das dazu passende buttercremefarbene Sofa. Den schlichten Schreibtisch mit seinem Feuchthaltebehälter für Zigarren, in den Edelsteine eingelegt waren. Das hölzerne Sideboard mit der glänzenden Glasplatte obenauf. Der Halbkreis aus ledernen Kapitänsstühlen – er saß auf dem, der Vince am nächsten stand. Er hätte darauf bestehen können, dass Vince den Ehrenplatz räumte, aber Creighton brüstete sich gern damit, besser als sein Vater zu sein. Der Stuhl war nur ein unbedeutendes Symbol. Was wirklich zählte, war die Macht. Das erinnerte ihn an die bevorstehende Ankunft eines potenziellen Problems – Julia.

»Wir müssen Julia hier behalten«, ließ er seinen Sohn wissen. »Einmal hat sie ihr Augenlicht wiedergewonnen. Wir dürfen nicht zulassen, dass sich das wiederholt. Wahrscheinlich würde sie nichts gegen unsere Frau unternehmen, aber nur ein Narr lässt es darauf ankommen.«

»Glaubst du, sie könnte ihre Sehkraft zurückerlangen?«

»Das jedenfalls hat Dr. Dupuy mir erzählt. Ich habe ihn in Paris angerufen. Er sagte, es könne in ihrem instabilen Zustand tatsächlich immer und immer wieder geschehen, bis sie ihr Augenlicht permanent wiedererlangt. Auf der anderen Seite könnte es sich bei dem Zwischenfall in London auch um eine Sackgasse handeln. Aber wir dürfen kein Risiko eingehen.«

Vince nickte. Er drückte seine Zigarette in dem Aschenbecher auf dem Schreibtisch aus. Er war der wichtigste und engste Ratgeber seines Vaters. Sie verstanden und vertrauten einander. Wenn sein Vater die Wahlen gewann, würde Vince zum Direktor der CIA, zum DCI, ernannt werden – als einer der Jüngsten, die je dieses einflussreiche Amt innegehabt hatten. Er verfügte über alle erforderlichen Referenzen und Erfahrungen und würde die Anhörungen zur Ernennungsbestätigung mit Bravour bestehen.

Als DCI hätte er einen unmittelbareren Zugang zum Oval Office als selbst Bill Casey bei Ronald Reagan. Gemeinsam würden er und sein Vater im Namen der Vereinigten Staaten auf jede Wahl, auf jeden Technologiesprung, auf jede gewaltsame Auseinandersetzung, jeden Mord und Krieg im Ausland reagieren. Sie wären immer auf dem Laufenden über die internen Vorgänge in den Außenministerien der Welt. Sie würden die Ängste und Absichten der Führer dieses Erdballs kennen. Und sie wären in der Lage, schnell zum Wohle der Nation zu handeln.

»Julia dürfte dir keine Probleme bereiten. Sie wird erleichtert sein, bleiben zu dürfen.« Vince zögerte. Den ganzen Morgen lang hatte er sich darüber den Kopf zerbrochen, wie wichtig er für Creighton eigentlich wirklich war. Er hatte seine Wut über den Inhalt des Briefes, der von seinem Großvater an Sam Keeline adressiert in dem Päckchen gelegen hatte, mühsam bezähmt. Doch seine scharf gemeißelten, attraktiven Züge blieben völlig ruhig und beherrscht, und seine Stimme klang ausdruckslos, als er sagte: »Ich wusste gar nicht, dass wir das Bernsteinzimmer haben. Wo ist es?«

Creighton musterte seinen Sohn im Thron seines Vaters. Vince konnte jeden hinters Licht führen, sogar seine Mutter – aber nicht ihn. Sie glichen sich zu sehr. Er hörte die Verärgerung und Enttäuschung heraus, die sein Sohn zu verbergen versuchte. In mildem Ton antwortete er: »Du hast also Großvaters Päckchen gelesen.«

Vince explodierte: »Natürlich habe ich das! Wie sonst hätte ich wohl von dem Bernsteinzimmer erfahren sollen? Du hast ja nie ein gottverdammtes Wort darüber verloren!«

Creighton beugte sich mit ernster Miene vor. Im Geiste überprüfte er seine Körperhaltung und stellte sicher, dass seine Mimik und Gestik nichts als das Vertrauen und die Entspanntheit rückhaltloser Aufrichtigkeit ausdrückten.

»Junge«, sagte er, »als ich in deinem Alter war, habe ich auch nur Gerüchte darüber gekannt. Ich weiß nicht, was du gelesen hast, aber ich kann dir versichern: wenn das Bernsteinzimmer noch existiert – ich habe es nicht. Und ich vermag mir nicht vorzustellen, dass Dad es vor mir hätte geheim halten können. Vor Jahren habe ich einmal zufällig ein Gespräch zwischen ihm und Dan Austrian mitangehört. Dad hätte es nie zugegeben – du weißt ja, was für ein verschwiegener Bastard er ist –, aber nach dem, was sie gesagt haben, könnte Dan Austrian der Einzige sein, der das Zimmer möglicherweise besessen hat. Aber das war's auch. Ich habe nie mehr etwas darüber gehört.«

»Warum hat der alte Mann dann geschrieben, dass er es hätte?«

»Um Aufmerksamkeit zu erregen. Er lebt nicht freiwillig in der Privatklinik. Das wissen wir beide. Er will, dass irgendjemand ihn ›befreit‹, und er würde alles, wirklich alles sagen, um da rauszukommen. Dann wird er versuchen, wieder Verfügungsgewalt über sein Geld zu bekommen.«

Vince nickte bedächtig. »Er wird es jedem hergelaufenen blutenden Herzen in den Rachen schieben. Er würde alles behaupten, um da wegzukommen.«

Creighton lächelte. Vince war ein guter Sohn, und in den meisten Dingen vertraute er ihm. »Steht sonst noch was auf unserer Liste?«

»Mir fällt nichts mehr ein. Halt mich auf dem Laufenden, wo du dich aufhältst. Ich mache es genauso. Du fliegst heute Nacht noch nach Kalifornien?«

»Richtig. Morgen ist Blitzstop-Tag.« Er schaute auf seine Rolex. »Lass uns gehen. Julia sollte mittlerweile hier sein. Ich bin froh, dass wir sie jetzt unter Kontrolle haben.«

13

Julias ovales Gesicht war angespannt, als die Luxuslimousine in Arbor Knoll vorfuhr. Ihre vollen Lippen fühlten sich so trocken wie Pergament an, und ihre Augen brannten vor Verlangen, wieder sehen zu können. Sie schloss sie und lehnte ihre Stirn gegen das kühle Glas der Fensterscheibe. Ihr langes Haar fiel nach vorne, und sie schob es sich hinter die Ohren, um es aus dem Gesicht herauszuhalten. Sie bereitete sich darauf vor, den Redmonds gegenüberzutreten.

Von dem Zeitpunkt an, als sie in London aufgewacht war, hatte Mozarts *Requiem* sie ganz und gar erfüllt; mit all seiner Feierlichkeit hallte es durch ihre Körperzellen, ein schmerzliches Echo auf den Verlust ihrer Mutter. In Juillard hatte sie gelernt, dass das Requiem 1849 auf der Beerdigung des großen Pianisten Chopin in Paris, wo er – viel zu jung – gestorben war, gespielt worden war. Auch ihre Mutter war zu jung gestorben.

Die leidenschaftliche Musik hob ihre Stimmung, als sie in Arbor Knoll aus der Limousine stieg. Hier hoffte sie herauszufinden, was sie in der Nacht ihres Debüts traumatisiert hatte. Den Grund für ihre Blindheit zu entdecken, damit sie die Mörderin ihrer Mutter mit eigenen Augen identifizieren und ihrer gerechten Strafe zuführen konnte. Das immer wieder auftretende Verlangen, die Frau eigenhändig zu töten, versuchte sie zu verdrängen.

Ihre Familie umringte sie unter Beileidsbezeugungen. Vor ihrem geistigen Auge stellte sie sich alle vor, diesen gut aussehenden Clan. Alle waren sie hier – Onkel, Ehefrauen, Cousins und Cousinen. Eine Horde von dynamischen, energischen Menschen, die eine genetische Abstammung sowie die Überzeugung teilten, dies sei ihr rechtmäßiger Platz im Leben. Jeder für sich waren sie intelligent und lustig.

Auf der Negativseite stand, dass sie auch egoistisch, herrschsüchtig und so zielgerichtet sein konnten, dass sie auf brutale Weise unsensibel waren. Dies jedoch war eine der Gelegenheiten, bei der ihre besten Züge zum Vorschein kamen – das Bewusstsein, ein gemeinsames Ziel und eine gemeinsame Vergangenheit zu teilen, die Überzeugung, dass, wenn einem von ihnen ein Leid geschehen war, alle verletzt waren, und ehrliche Zuneigung.

Die Redmonds scharten sich um eine der Ihren, um Julia. Sie war gerührt.

»Es tut mir ja so leid«, sagte eine ihrer Cousinen. »Was für ein furchtbarer Verlust!«

»Es ist so schrecklich, Julia«, sagte eine andere.

Immer und immer wieder sprachen sie ihr das Beileid aus, als sie zu dem Herrenhaus mit seinen Gerüchen nach kühlem Marmor und altem Holz und warmen Pasteten aus der Küche auf der Rückseite zurückgingen. Und nach Blumen. Überall roch sie die zur Beerdigung geschickten Blumen.

Sie dankte ihnen und ließ sie wissen, dass auch sie schrecklich traurig sei. Sie wollten erfahren, was passiert war. Während sie über die beiden Morde berichtete, fühlte sie, dass ihre Wut, die ohnehin sehr dicht unter der Oberfläche geschwelt hatte, wieder aufflammte. Auch die Angehörigen entrüsteten sich, und ihr Verständnis schenkte ihr einen Augenblick des Friedens.

Der Gemeindepriester stellte sich ihr vor. Obwohl Julia nicht katholisch war, war ihre Mutter es doch gewesen. Ein dicker Kloß bildete sich in Julias Hals, als der Priester ihr sagte, was für eine feine Frau ihre Mutter gewesen sei. Er lud sie ein, in der Kirche vorbeizuschauen, wann immer sie wolle.

Creightons Frau bot ihr ein spätes Frühstück an.

»Noch nicht«, lehnte Julia ab. Sie hätte nichts herunterbekommen. »Aber danke.« Sie musste sich an die Arbeit machen: »Erinnerst du dich noch an die Nacht meines Debüts, Alexis?«

»Die werde ich nie vergessen, Liebling«, antwortete Alexis mit sanfter Stimme. Sie nahm Julias Hand. »Warum?«

»Gab es da irgendetwas Ungewöhnliches? Etwas, das mich sehr hätte aufregen können?«

Alexis Redmond hatte noch immer einen leichten Südstaatenakzent, ein Überbleibsel ihrer Herkunft aus Georgia. »Schätzchen, es war eine fantastische Nacht. Vorher warst du ein bisschen nervös, und dann war das Publikum aufgeregter, als es für dich gut war. Daran erinnere ich mich noch. Später kam es dann natürlich zu dem tragischen Autounfall deines Vaters, während wir alle schliefen. Bis zu diesem Zeitpunkt war es ein sehr erfolgreicher Abend.« Sie verstummte nachdenklich. »Glaubst du nicht, es ist langsam an der Zeit, dass du aufhörst, dich wegen deines Publikums zu grämen? Du hast doch mit deiner Blindheit hart genug dafür bezahlt –«

Enttäuscht dankte Julia Alexis und ging zwischen ihren Cousins und Cousinen hin und her. Warum glaubten so viele Menschen, dass sie nur genügend Willensstärke aufbringen müsse, um wieder gesund zu werden? Körperlich war ja nach ärztlicher Einschätzung alles in Ordnung.

Aber sie schob diesen nicht enden wollenden Kleinkrieg beiseite und fuhr fort, ihre Cousins und Cousinen nach jener besagten Nacht auszufragen. Sie erinnerten sich an die Musik und die anschließende Party in Arbor Knoll, trugen aber nichts Neues bei. Mehreren schien die Frage Unbehagen zu bereiten, wahrscheinlich, weil an diesem Abend ein anderer tragischer Todesfall in der Familie eingetreten war – der ihres Vaters.

»Wenn es irgendetwas gibt, was ich tun kann, Julia, ruf mich bitte an.« Das war ihr Cousin Matt. Sie erkannte ihn an seiner Stimme und erinnerte sich an einen schroffen, wohlhabenden jungen Mann, der früh ergraut war. Er war Davids Sohn, ein Wall-Street-Anwalt, der sich um einen Sitz im US-Senat für New York bewarb. Er ergriff ihre Hand und drückte sie.

Sie bekundete ihm mit gedämpfter Stimme ihre Dankbarkeit.

Ihr Onkel David trat neben sie. »Es sieht so aus, als hätte Matt den New Yorker Sitz in der Tasche, Julia. Dann haben wir Creighton als Präsidenten und Matt als Senator. Nicht schlecht für eine Familie, die gerade erst in die Politik gegangen ist.« Er kicherte voller Stolz. Natürlich war die Familie viele Jahre lang eine einflussreiche Kraft in der Staats- und Landespolitik gewesen, aber für gewöhnlich nicht in der Öffentlichkeit.

Julia antwortete: »Ich hatte gedacht, ihr macht euch Sorgen wegen des Gegenspielers, gegen den Matt antreten musste. Er ist doch sehr populär –«

»Und völlig aus dem Rennen.« David lachte. »Sieht so aus, als hätte er ein Millionen-Angebot bekommen, Vorstandsvorsitzender eines Arzneimittelkonzerns in San Diego zu werden. Er kriegt jede Menge Aktienoptionen und einen Fallschirm aus Platin. Wenn er die Wiederwahl gewinnt, ist der Deal natürlich vom Tisch. Sein Ringen um eine Entscheidung hat ihn so abgelenkt, dass er keinen besonders überzeugenden Wahlkampf hingelegt hat. Matt sticht ihn mühelos aus.«

»Danke, Dad.« Matts Stimme bebte vor unterdrückter Heiterkeit.

»Du steckst dahinter, David?«, erkundigte sich Julia, obwohl sie die Antwort bereits kannte. Die Familie bekam stets, was sie wollte. Geld allein stellte noch keine Macht dar. Das, was man damit anstellte, war das Entscheidende. »Du hast deine Beziehungen spielen lassen?«

Sie konnte Davids innere Befriedigung hören. »Wir haben vor kurzem die Schulden des Unternehmens zu einem für den Konzern sehr vorteilhaften Zinssatz übernommen. Meinen Vorschlag bezüglich eines neuen Vorstandsvorsitzenden haben sie sich dort mit Freuden angehört, zumal der Senator wirklich qualifiziert war.«

Julia jedoch wusste, dass David auch etwas anderes gefunden hätte, um den Senator zu bestechen, falls dieser auf dem pharmazeutischen Sektor nicht ›qualifiziert‹ gewesen wäre. Sie staunte immer über den kühnen Gebrauch, den die Redmonds von ihrem Geld machten, aber für die Familie war es ein Geschäft wie jedes andere.

Ihr Onkel Creighton gesellte sich zu ihnen. Seine Stimme klang freundlich und besorgt. »Du musst müde sein, Julia. Komm mit ins Arbeitszimmer, wo es ruhig ist. Wir sollten uns über die Zukunft unterhalten. David? Willst du uns Gesellschaft leisten? Brice wartet schon.«

Er nahm Julias Hand, legte sie auf seinen Arm und führte sie hinaus.

Als sie durch die Tür trat, blieb Julia stehen. Sie konnte das vertraute Rechteck aus Sonnenlicht zu ihrer Rechten spüren, das ihr sagte, wo sie sich befand. Spontan ließ sie Creightons Arm los. »Lass mich.« Wie Stahl angezogen von einem musikalischen Magneten, schritt sie auf den großen Steinway zu. Vielleicht würde ja ein Wunder geschehen –

Aber nein. Die Dunkelheit blieb, der schwarze Vorhang um sie drückte schmerzhaft. Kurzfristig war ihr, als werde das immer so sein. Sie schob ihre Enttäuschung beiseite und konzentrierte sich auf den Flügel. Obwohl außer ihr niemand in der Familie spielte, sorgte die Haushälterin dafür, dass er regelmäßig gestimmt wurde.

Ihr Knie stieß an den Schemel. Sie setzte sich.

»Julia?«, fragte Creighton. »Bist du dir sicher, dass du dem gewachsen bist?«

»Ich weiß deine Sorge zu schätzen. Das ist lieb von dir.« Sie konnte spüren, wie ihre drei Onkel zögerten und stehen blieben. Und dann wusste sie, was sie spielen würde. Das perfekte Stück. Es würde ihnen mehr über ihre Mutter erzählen, als sie es jemals konnte.

Ihre Finger flogen über die Tasten, und die langgliedrige Eröffnung von Chopins atmosphärischem Nocturne in b-Moll durchflutete den Raum. Stille Kraft und Zärtlichkeit leuchteten in der Musik auf. Rasch erfolgte der Übergang in den Mittelteil mit seinen spritzigen, chromatischen Noten, seiner aufwändigen Phrasierung und dem lebhaften Charme. Da konnte sie ihre Mutter klar sehen, das hoch gereckte Kinn, die sprühenden Augen und die natürliche Art, die jeden dazu brachte, sich in ihrer Gegenwart wohlzufühlen.

Während Julia weiterspielte, nahm sie an den Rändern ihres Bewusstseins wahr, dass leise murmelnde Menschen in das Zimmer strömten. Und dann, am Ende, sah sie den Tod. Den Tod ihrer Mutter. Die Noten schwangen sich empor, voll von Leidenschaft, Trauer, Liebe und der Unbezähmbarkeit des menschlichen Geistes. Des Geistes ihrer Mutter. Das Nocturne verwandelte die Tragödie sowohl in Tod als auch in Geburt, Yin und Yang, die Gänze der menschlichen Erfahrung. In Leben.

Als ihre Hände in ihrem Schoß zur Ruhe kamen, merkte sie, wie ein Gefühl des Friedens sich über sie senkte.

Im Arbeitszimmer setzte ein atemloses Schweigen ein. Wieder spürte sie die Wärme der Sonne.

»Das war nett, Julia«, erklärte Creighton. »Ganz reizend.«

»Ja, fantastisch«, fügte Brice hinzu.

Sie drehte sich um. Sofort wusste sie, dass der Raum voller Menschen war. Sie blinzelte erstaunt. Wie –? Dann fiel ihr das vage Gefühl ein, andere seien während ihres Spiels in das Zimmer geströmt.

Sie unterdrückte die plötzliche Furchtaufwallung, als ihr klar wurde, dass sie ihre anderen Sinne einmal mehr ignoriert hatte. Sie konnte sich den Luxus, vollständig in ihrer Musik zu versinken, nicht mehr leisten. Sie musste die Mörderin ihrer Mutter finden, und das bedeutete, sie musste jede Fähigkeit nutzen, die sie besaß. Immer.

Sie setzte ein Lächeln auf, als ihre Familie sie beglückwünschte und ihr für das improvisierte Konzert dankte, und verließ das Klavier völlig verwirrt. Warum hatte sie ausgerechnet diesen heiklen Moment zum Spielen gewählt, in dem sich alle versammelt hatten, um ihrer Trauer Ausdruck zu verleihen?

»Sehr hübsch, Julia«, gab David zu verstehen. »Aber nimm jetzt meinen Arm. Wir wollen uns da drüben hinsetzen. Wir haben etwas zu besprechen.«

Während sie Platz nahmen, schloss Brice die Tür. Sie erkundigten sich nach Marguerites letzten Tagen, der Tournee und nach London. Sie redeten mit einem Gleichmut, der Julia in Erstaunen versetzte. Selbst Brice, dessen einzelgängerischer Hang ihn in einen Wirtschaftssektor geführt hatte, den die anderen nicht billigten, schien nicht zu bemerken, dass das Nocturne ein Tribut an ihre Mutter gewesen war. Sie blieben unberührt von Julias musikalischer Sprache. Für sie hätte es genauso gut Griechisch oder Serbisch oder Marsianisch sein können.

Ernüchtert fragte sie sie: »Erzählt mir, was in der Nacht meines Debüts geschah.«

»Was?« Sie hörte die Überraschung in Creightons Stimme.

»Ich bin mir nicht sicher, ob ich dich richtig verstanden habe«, meinte David.

»Ihr wart alle drei da, nicht wahr?«, insistierte sie. »Ich begann um acht Uhr. Um zehn war das Programm zu Ende. Was geschah dann?«

Creighton räusperte sich. In höchstrichterlichem Tonfall begann er bedächtig: »Natürlich, meine Liebe. Nun, da waren all diese Leute, die hinter die Bühne kamen. Nachdem du sie begrüßt hattest, sind wir nach draußen zu den Limousinen gegangen, erinnerst du dich? Dann sind wir hierher gefahren. Haben gefeiert. Ein spätes Abendessen eingenommen. Champagner. Niemand von uns hatte gewusst, dass du so begabt warst –«

»Doch nur, weil sie nie die Gelegenheit hatte, ein richtiges Konzert zu geben«, berichtigte ihn David.

Nur, weil keiner von euch sich je die Mühe gemacht hatte, zu einem der Kleineren zu kommen, dachte Julia bei sich. Die Redmonds liebten Sieger in großem Stil. Jetzt ›liebten‹ sie sie, obwohl sie nicht verstanden, was sie tat. Da sie in der Musik keinerlei Nutzen für sich entdecken konnten, war es ihnen völlig gleich, wer sie war.

Creighton fügte hinzu: »Ich glaube, Daniel Austrian hat dir ein Geschenk gemacht. Das tat er stets bei solchen Anlässen. Einen Ring. Einen der Ringe seiner Frau –«

»Den Alexandrit«, pflichtete David ihm bei. »Ist heute wahrscheinlich hunderttausend wert.«

Creighton fuhr fort: »– wir blieben noch hier. Am nächsten Morgen erfuhren wir natürlich von der doppelten Tragödie – deiner Erblindung und Jonathans Autounfall und Tod.«

Julia nickte. Ihre Kehle brannte, weil sie das plötzliche Bedürfnis zu weinen verspürte. Sie kämpfte gegen die Tränen. »Gab es in jener Nacht einen Kampf oder einen Streit?«

»Einen Kampf?« Creightons Stimme drückte Überraschung aus. Dann ließ er sich einen Augenblick Zeit zum Nachdenken. Als er weitersprach, klang seine Stimme bedächtig und wohl überlegt. »Es gab keinen Kampf. Alle haben sich prächtig amüsiert, wie ich bereits sagte. Anregende Gespräche. Essen und Getränke, gut wie immer.«

Sie spürte irgendetwas Merkwürdiges an ihrem ältesten Onkel. Sie hatte gelernt, die kleinsten Nuancen aus dem Tonfall der Sprecher herauszufiltern, Pausen und Verstummen zu hören, auf die Wortwahl zu achten. Manchmal waren die Worte die schlichte Wahrheit, aber manchmal waren sie es auch nicht, obwohl sie nicht notwendigerweise eine bewusste Lüge sein mussten. Dies war eine der Gelegenheiten, bei denen sie ihr Augenlicht besonders schmerzlich vermisste. Denn in seinem Gesicht hätte sie möglicherweise etwas gesehen, das ihr verraten hätte, was er wirklich meinte. Sie erinnerte sich an den italienischen Don Juan in London, dessen Doppelzüngigkeit sie möglicherweise genarrt hätte, wenn sie nicht hätte sehen können.

Sie hörte, wie David mit den Fingerspitzen auf die Armlehnen seines Sessels trommelte. »Vielleicht denkst du auch manchmal an den Tod von Jonathan, deinem Vater. Erinnerst du dich, Julia? Er hatte Daniel, deinen Großvater, nach Southampton gefahren und war gegen vier ...

fünf Uhr morgens allein auf dem Rückweg nach Arbor Knoll, als es passierte. Schrecklich.«

Brice beeilte sich, ihm zuzustimmen. »Lass es damit gut sein. Du hast genug Tragödien erlitten. Warum willst du dich überhaupt daran erinnern?«

»Und du solltest auch noch nicht wieder in die Stadt zurückgehen«, setzte Creighton in einem Tonfall hinzu, der an die Vernunft appellierte. »Ich habe angeordnet, dass man deinen Steinway hierher bringt, sodass du üben kannst. Der Secret Service hat das große Cottage in Beschlag genommen. Du kannst also das kleine haben. Wir werden das Klavier für dich dort hineinstellen. Du kannst aber auch eine der Suiten hier im großen Haus haben.« Großmütig fügte er hinzu: »Du kannst bleiben, wo immer du willst. Ein Nein als Antwort werden wir aber nicht akzeptieren.« Sie konnte das charmante Lächeln in seiner Stimme hören. »Du brauchst Menschen, die sich um dich kümmern. Meinst du doch auch, David, nicht wahr?«

»Absolut«, stimmte David ihm zu.

Brice meldete sich zu Wort. »Hier bist du in Sicherheit, Julia. Du hast Gesellschaft. Und du hast Menschen, die dir helfen, dich zurechtzufinden.«

Aber sie hatte keinen, der ihr half, sich an die Ereignisse in der Nacht ihres Debüts zu erinnern. Oder die ihr halfen, ihr Augenlicht auf eine andere Weise wiederzugewinnen – wenn es denn überhaupt eine gab. In Gedanken sah sie wieder das freudestrahlende Gesicht ihrer Mutter, als ihr klar geworden war, dass Julia wieder sehen konnte. Dann sah sie die Angreiferin abdrücken. Wie ihre Mutter in den Rücksitz geschleudert wurde. Die grauenhaften Blutfontänen. Die herzzerreißenden Gurgellaute, als ihre Mutter versuchte, Luft zu bekommen, um stattdessen an ihrem eigenen Blut zu ersticken.

Ihre Mutter war unter entsetzlichen Schmerzen und in dem Bewusstsein gestorben, dass es keine Rettung für sie gab. Und Julia hatte ihr nicht helfen können, weil sie wieder erblindet war. Sie musste ihr Sehvermögen zurückerlangen, um die Mörderin ihrer Mutter überführen zu können.

Sie dachte an das weitläufige Apartment in der Park Avenue – wie die Zimmer vor Leere hallen würden. Erst ihr Vater, dann ihre Mutter. Beide tot. Ohne Brüder oder Schwestern, ohne Ehemann und Kinder, war sie allein bis auf die Redmonds. Und Orion Grapolis. Orion war ein Psychologe, der in ihrem Apartmenthaus wohnte. Wann immer sie und ihre Mutter in der Stadt waren, kamen er und seine Frau zu einem Drink und langen Gesprächen vorbei. Sie mochte ihn sehr. Er hatte ihr seine therapeutische Methode beschrieben – er nannte sie Hypnotherapie. Sie hatte schon in Erwägung gezogen, ihn wegen ihrer Konversionsstörung zu Rate zu ziehen. Vielleicht konnte er ihr ja helfen. Anfangs hatte sie einen guten Psychiater gehabt, und später hatte sie den Glauben an jeden Arzt verloren. Aber jetzt –?

Vielleicht sollte sie einmal mit ihm reden. Je mehr sie darüber nachdachte, desto besser erschien ihr die Idee. Orion hatte stets angedeutet, dass er glaube, ihr helfen zu können. Das war ein weiterer Grund, um in ihr Apartment zurückzukehren.

Wie dem auch sei, sie hegte nicht die Absicht, in Arbor Knoll zu bleiben. Seit ihres Vaters Tod und ihrer eigenen Erblindung hatte sie sich hier nicht mehr wohl gefühlt. Das würde sie ihren Verwandten natürlich nicht sagen, und sie würde ihnen auch nicht sagen, dass sie Augenzeugin des Mordes an ihrer Mutter geworden war. Ebenfalls verlor sie kein Wort darüber, dass ihr gesamtes Interesse sich darauf konzentrierte, das Sehvermögen zurückzubekommen; nur so konnte sie die Mörderin hinter Schloss und Riegel bringen.

Stattdessen erklärte sie: »Ich muss mich dem Apartment stellen. Ich muss lernen, auf mich selbst aufzupassen. Nebenbei bemerkt, ich habe deine Anordnung rückgängig gemacht, Creighton. Der Steinway geht in unsere ... meine Wohnung.« Reich zu sein hatte viele Vorteile. So wie ihre Onkel konnte auch sie sich mit Geld die Befolgung ihrer Wünsche erkaufen. Sie empfand einen Augenblick tiefster Befriedigung.

Das überraschte Schweigen schien in dem Zimmer gleichsam nachzuhallen.

»Du hast meine Anordnung widerrufen?«, sagte Creighton in beherrschtem Tonfall, obwohl Überraschung und Zorn in seiner Stimme mitschwangen. »Wie interessant. Das war unklug, Julia. Du musst uns wirklich die Entscheidungen treffen lassen. Ich habe schon den Anwalt der Familie kontaktiert und ihn gebeten, das Testament fertig zu machen. Er wird es gerichtlich bestätigen lassen, damit du dein Erbe antreten kannst. Du bist dir dessen vielleicht nicht bewusst, aber du bekommst alles. Das ganze Vermögen der Austrians. Jeden einzelnen Penny. Plus Marguerites Vermögen natürlich –«

»Ist 'n ganz schöner Batzen Geld, obwohl es zweifellos mehr wäre, wenn Dan sich nicht so früh aus dem Geschäft zurückgezogen hätte«, unterbrach David ihn. Er war kaum in der Lage, seine Verärgerung über das unverantwortliche Finanzgebaren von Daniel Austrian aus seiner Stimme zu verbannen. »Mehr als fünfhundert Millionen Dollar, wenn ich mich recht erinnere. Und das natürlich, nachdem das Finanzamt seinen Teil bekommen hat –«

»Danke«, gab Julia zurück. »Ich bin euch dankbar für alles, was ihr für mich tun wollt. Aber ich werde mein

Leben jetzt selbst in die Hand nehmen. Ich bleibe noch ein paar Stunden hier. Aber heute Nachmittag verlasse ich euch wieder. Natürlich komme ich zur Totenwache und zur Beerdigung zurück. Ich habe Scotland Yard angewiesen, mich und nicht euch zu benachrichtigen, wenn sie Mutter freigeben.« Sie legte eine Pause ein. »In den Straßen um das Apartment finde ich mich zurecht, und sonst nehme ich mir eben ein Taxi. Es gibt Mittel und Wege. Ich werde herausfinden, welche, und schon zurechtkommen. Natürlich muss ich einen Manager anstellen. Und zu guter Letzt werde ich wieder auf Tournee gehen.« Nie hatte sie eine andere Managerin als ihre Mutter gehabt.

Brice murmelte: »Alles Gute, Julia.« Er verstand ihr Bedürfnis, die Arbeit wieder aufzunehmen, nur zu gut.

Creighton hingegen war wie gelähmt durch ihre unvermutete Selbstständigkeit. »Schlimm genug, dass wir Marguerite verloren haben. Denk doch auch mal an uns!« Er zog seinen Stuhl heran, um sie näher in Augenschein zu nehmen. Er übersah die zarten Züge, die feine Nase, die sinnlichen Lippen. Was er suchte, war ein Hinweis darauf, was in ihrem Kopf vor sich ging. »Denk daran, wie wir uns fühlen. Wir wollen sicher sein, dass es dir gut geht. Wenn du hier bei uns bist, können wir sicher sein, dass du in Ordnung bist.« Er verlieh seiner Stimme ein sanftes Timbre. »Du darfst nicht so selbstsüchtig sein, Julia. Nun, da Marguerite von uns gegangen ist, müssen wir ihre Aufgabe übernehmen.«

»Ich rate dir, mir wieder die Verfügungsgewalt über Marguerites Trustvermögen zu übertragen«, setzte David hinzu. »Dann brauchst du dir wenigstens darüber keine Gedanken mehr zu machen. Marguerite hat sowieso nie etwas damit angestellt. Und natürlich werde ich auch dein Erbe für dich verwalten.«

Julia antwortete ruhig: »Ich werde es mir überlegen.« Es wurde ihr eng um die Brust. Ein klaustrophobisches Gefühl überkam sie, als sei sie selbst in der Redmond-Gleichung völlig inexistent. Sie hegte die feste Absicht, die Verfügungsgewalt über ihr Trustvermögen und ihr Erbe eigenhändig auszuüben, aber diese Bombe würde sie erst später platzen lassen.

Creighton sah Julia noch immer unverwandt an. Bis zum heutigen Tag war sie ihm bei den wenigen Gelegenheiten, bei denen er ihr Aufmerksamkeit geschenkt hatte, von einer süßen, aufgeregten Unschuld erfüllt erschienen. Die war nun verschwunden. Dagegen entdeckte er stählerne Entschlossenheit. Wie immer saß sie sehr aufrecht. Aber sie trug ihre getönte Brille nicht, und ihre blauen Augen schienen Feuer zu sprühen. Ihre Hände lagen in ihrem Schoß wie gespannte Federn, bereit, sich zu den Fäusten eines Kämpfers zu ballen. Er verspürte ein plötzliches Gefühl von Gefahr, ahnte, dass sie es als Unruhestifterin mit ihrer Mutter würde aufnehmen können. Sie vielleicht sogar in den Schatten stellen konnte.

Julia wechselte das Thema: »Geht es Großvater Redmond wieder gut genug, um an der Beisetzung teilzunehmen?«

»Ich fürchte, nein«, äußerte Creighton im Tonfall des Bedauerns. »Im Gegenteil, bei ihm ist eine deutliche Verschlechterung eingetreten. Er scheint allerdings begriffen zu haben, dass deine Mutter gestorben ist, und das hat ihn sehr aufgeregt.«

Sie runzelte die Stirn. »Sie meinte, er hätte ihr möglicherweise ein Päckchen geschickt. Aber das war in ihrer Umhängetasche, und die hat die Mörderin zusammen mit allem anderen mitgenommen.«

Creightons Brust verengte sich vor Überraschung. Ruhig, ganz der Anwalt, der seinen Klienten befragt, erkundigte er sich: »Das klingt, als seiest du dir nicht sicher, dass es von Dad stammte.«

»Mutter hielt es für möglich. Sie sagte, es käme aus Armonk, und die Schrift sei zittrig. Aber es trug keinen Absender. Die Vorstellung, es gehe ihm wieder gut genug, um zu schreiben, versetzte sie in freudige Erregung.«

Creighton entspannte sich. Er kannte die Antwort schon, stellte die Frage aber trotzdem: »Sie hat es also nicht geöffnet?«

»Nein.« Julia biss sich auf die Unterlippe. »Dazu hatte sie keine Gelegenheit mehr.«

Was bedeutete, dass Julia nichts wusste. Sie hatte sich verändert. Mehr denn je wollte er sie hier behalten. Er legte seiner Stimme einen warmen Klang bei. »Julia, bleib wenigstens bis zur Beerdigung bei uns. Das sollte nur wenige Tage dauern. Ich rufe deinen alten Psychiater an. Er hat dir damals geholfen, und ich bin sicher, er kann dir auch jetzt helfen. Nachdem du mit ihm gesprochen hast, können wir noch einmal darüber diskutieren, was du als Nächstes tun solltest.«

Ihre Stimme war fest. »Ich gehe nach Hause, Creighton.« Es war keine Antwort, es war eine Erklärung.

»Julia –«, setzte er an.

»Nein. Ich schätze deine Gastfreundschaft, aber nein. Ich fahre heute Nachmittag.« Ihre Miene war starr, ihr Entschluss stand fest.

Erschreckt verstummte er. Sie hatten keine Zeit, sie unter Drogen zu setzen und zu zwingen, das zu tun, was er wollte, so wie er das Problem mit seinem Vater gehandhabt hatte. Sie hatte sich radikal verändert, was bedeutete, dass er sich sofort eine andere Lösung einfallen lassen musste. Sie hatte das Gesicht der Mörderin gesehen, und falls sie je ihr Augenlicht wiedergewinnen sollte ...

Innerlich raste er vor Wut. Er hatte eine Wahl zu gewinnen, und das Letzte, was er jetzt brauchte, war, sich mit einer verwöhnten jungen Frau herumzuärgern, die mehr Sturheit als gesunden Menschenverstand besaß. Er durchforschte sein enzyklopädisches Gedächtnis. Es musste einen anderen Weg geben, um zu verhindern, dass sie ihm in die Quere kam und seine Pläne durcheinander brachte. Unvermittelt wurde ihm bewusst, dass David und Brice ihn anstarrten. Sie ahnten offenbar, dass hier mehr auf dem Spiel stand als nur eine halsstarrige Nichte, die sich in Gefahr bringen mochte, wenn sie allein nach Hause zurückkehrte.

Er zuckte die Schultern und verdrehte die Augen zur Decke. Sie lächelten und nickten.

Was konnte er tun?

Dann kam ihm eine Idee. Eine Lösung. Eine kühne und möglicherweise riskante Lösung, aber als er einen Blick zu seiner Nichte hinüberwarf, wusste er, dass ihm keine andere Wahl blieb.

Mit Hilfe seiner gewohnten Selbstbeherrschung behielt er den warmherzig-besorgten Tonfall in seiner Stimme bei. »Nun gut, wenn es so wichtig für dich ist, nach Hause zu kommen, werden wir dir dabei helfen. Ich gebe dir einen Chauffeur samt Wagen mit, und wir besorgen dir eine persönliche Begleiterin, jemanden, der immer bei dir ist und dir bei Aufträgen, geschäftlichen Dingen, Kleidung usw. helfen kann. Rufst du bitte den Begleitservice im Dorf an, Brice?«

»Mit Freuden.«

»Gut«, ließ Creighton ihn wissen. »Das wird deine Mannschaft für den Übergang sein, Julia. Wenn du soweit bist, dass du alleine zurechtkommst, kannst du sie wieder zurückschicken.«

Julia zögerte. Sie dachte an ihre Kleider. Sie hatte sich nie die Mühe gemacht, sie in Braille beschriften zu lassen.

Viele von ihnen hatte sie sich bezüglich Farbe, Muster und Stil eingeprägt. Aber die Gefahr, dass sie am Ende nicht zueinander passende Kleidungsstücke und Schuhe anzog, blieb bestehen. Dann war da noch die Küche. Auch dort war nichts markiert. Sie wäre nicht imstande, etwas so Grundlegendes wie eine Dose Erbsen und eine Dose Suppe voneinander zu unterscheiden. Sie hatte eine vollständige Personalbelegschaft, die das Apartment führen könnte – eine Köchin, zwei Mädchen und einen Chauffeur, der auch als Hausmeister fungierte. Doch sie alle befanden sich in Southampton, um das Anwesen dort für den Winter vorzubereiten.

Also bedankte sie sich bei Creighton. »Ich schicke Chauffeur und Wagen zurück, sobald ich daheim bin, aber eine Gesellschafterin dürfte nützlich sein. Ich behalte sie ein paar Tage bei mir, um zu sehen, ob sie meinen Anforderungen entspricht.«

14

Tagebucheintrag

> *Ich erinnere mich noch daran, als sie Maas töteten. Sein Blut sah unwirklich aus, wie rote Farbe, die man auf eine weiße Wand gesprüht hat. Seine Hände zitterten auf seinem Bauch, als er versuchte, seinen Mantel drüberzuziehen, um die Kugellöcher und das Blut zu verstecken, als könne er so beweisen, dass alles ein Irrtum wäre.*
> *Bauchwunden sind das Grausamste, was man sich vorstellen kann. Er litt. Aber das war ihnen egal. Die Habgier beherrschte all ihre Gedanken.*

12.06 Uhr, Samstag
OYSTER BAY, New York

Jeden Zollbreit der Präsidentschaftskandidat, nahm Creighton Redmond gegenüber einer Mauer von modernsten Kommunikationsausrüstungen seinen Platz ein. In seinem Rücken hatte er das gusseiserne Tor von Arbor Knoll. Ein Wald von Mikrofonen ragte vor seiner Brust auf. Aufnahmegeräte surrten. Und permanent klickten die Auslöser, während er eine ergreifende Rede über die bewundernswürdigen Qualitäten seiner Schwester Marguerite Austrian sowie die Tragödie ihres gewaltsamen Todes hielt. Tränen schimmerten in seinen Augenwinkeln, und seine Stimme brach.

Die Kameras fingen alles ein. Die Reporter, die ihm ihren Respekt erwiesen, indem sie nicht ganz so laut brüllten wie üblich, fragten ihn nach der Beisetzung, den Umfragen und dem Zeitpunkt, wann er sich dem Wahlkampfteam wieder anschließen würde, da es schließlich nur noch drei Tage bis zu dem entscheidenden Datum seien. Sie wollten, dass auch Julia ein paar Worte sagte, aber sie hatte Creighton bereits mitgeteilt, dass sie lediglich an seiner Seite stehen würde. Noch keine Interviews. Also schirmte er sie vor Fragen ab, beschützerisch und seinen Pflichten als Präsident nachkommend, bis zum bitteren Ende.

Im Anschluss an die Pressekonferenz durchschritten sie ein Seitentor und begaben sich zurück zum Herrenhaus, das von der Straße nicht einsehbar war. Bei ihm waren Julia, David, Brice und ein Dutzend anderer Familienmitglieder. Ihnen folgte das Wahlkampfteam, das die Köpfe zusammensteckte und die letzten Minuten auswertete. Er hörte ihre übereinstimmende Meinung, dass er fantastisch gewesen sei und bei den Wählern eine

Menge Stimmen gutgemacht haben musste. Sie waren wieder im täglichen Trott. Sie planten und analysierten, wie sie den Mord auf der abschließenden Blitz-Stop-Tour durch Kalifornien am morgigen Tag am besten ausschlachten könnten.

Auf der anderen Seite der Anhöhe wartete Vince diskret und außer Sichtweite. In seinen lässigen Flanellhosen und dem Pendleton-Hemd rauchte er eine seiner Camel Lights. Creighton verließ die anderen, um sich zu ihm zu gesellen. Vince warf die Zigarette weg und trat sie mit dem Absatz seines Stiefels in dem abgestorbenen Gras aus. Sie strebten nördlich am Haus vorbei auf die Klippen oberhalb der Bucht zu, wo sie sich unterhalten konnten, ohne dass jemand zuhörte. Zwei Secret-Service-Agenten, die ihre Runden drehten, kreuzten ihren Weg.

Nachdem die Agenten außer Sichtweite waren, begann Creighton zu fluchen. »Verdammt! Hast du gesehen, wie Julia sich verändert hat? Das gefällt mir ganz und gar nicht!«

Vince nickte. »Ich dachte, sie würde völlig die Fassung verlieren. Besonders bei der Pressekonferenz.«

»Ich auch.«

Während sie darüber grübelten, was das zu bedeuten hatte, wanderten Creighton und Vince Seite an Seite weiter, bis sie das Meer erreichten. Seine weite, blaugrüne Fläche grollte, versuchte sich nach dem rauen Sturm der letzten paar Tage zu beruhigen. Vince mochte die kühle Salzluft, mochte die eisige Kälte, von der er eine Gänsehaut bekam, und mochte besonders die Gefahr, die wegen des heraufziehenden Winters in der Luft lag. Ein Teil von ihm glaubte, dass er selbst größer war als ›Es‹, was immer ›Es‹ sein mochte – Gott oder die Natur. Der Gedanke war tief, aber unverrückbar in ihm verankert, eine Kraft, mit der andere rechnen mussten und die ihm auch eine Menge Erfolge beschert hatte.

Vater und Sohn wandten sich nach links, um dem an- und absteigenden Klippenkamm zu folgen. Sie gingen noch einmal jedes Detail ihres Plans durch, der das ›Wunder‹ des Sieges über Douglas Powers zuwege bringen würde. Alles war vorbereitet. Sie hatten nur ein Problem – Julia. Zuvor hatte Creighton Vince von seiner Idee berichtet, wie er sie unter Kontrolle zu bekommen gedachte, da sie sich nun einmal geweigert hatte, in Arbor Knoll zu bleiben. Vince hatte die entsprechenden Vorkehrungen getroffen. Nun setzte er seinen Vater davon in Kenntnis, und der nickte zufrieden.

Schließlich sprach Vince aus, was sie beide wussten: »Wir sollten uns wieder auf den Rückweg machen.«

»Glaubst du, Stern ist schon hier?«

Vince zog seine Rolex zu Rate. »Sie kommt jeden Moment.«

Ganz bewusst hatte er Maya Stern angewiesen, in dieser Stunde zu kommen. Die Presse würde noch damit beschäftigt sein, ihren neuen Storys Einzelheiten hinzuzufügen, und der Secret Service war durch die Pressekonferenz und die Lawine von Sympathiebekundungen und Blumen, die in Arbor Knoll eintrafen, abgelenkt und zermürbt. Sie hatten Stern nur einer Routineüberprüfung unterzogen; danach verfügte sie über ausgezeichnete gefälschte Zeugnisse.

Creightons Stimme knisterte vor Gereiztheit. »Muss ich sie treffen?«

Maya Stern, ihr Killer, machte selbst ihn nervös. Ganz gleich, wie kurz die Leine war, ihre Art von methodischer Gewalt verursachte diese Wirkung. Falsch angefasst, konnte sie hochgehen wie eine Bombe. Was es ihm ermöglichte, mit ihr zu arbeiten, war ihre Ergebenheit ihm gegenüber. Unwissentlich hatte er ihr vor einigen Jahren einen immensen Gefallen getan. Das Urteil auf Todesstrafe für ihren Bruder wegen bewaffneten Raubes und Mordes war vor den Obersten Gerichtshof gekommen. Grund dafür war die Frage, ob der Richter des Falles das Recht gehabt hatte, einen fragwürdigen Beweis vom Verfahren auszuschließen. Dem zufolge wäre ihr Bruder nicht am Tatort gewesen. Die Richter des Obersten Gerichtshofs waren geteilter Meinung gewesen. Es hatte eine heiße Debatte gegeben. Aufgrund seiner Entscheidung war der Fall an den ursprünglichen Gerichtshof zurücküberstellt worden. Mayas Bruder hatte einen neuen Prozess bekommen und war freigesprochen worden.

Maya Stern war kurze Zeit später zu ihm gekommen und hatte ihm gedankt. Sie hatte ihm gesagt, sie sei unendlich dankbar für sein mutiges und unpopuläres Votum. Dann hatte sie ihm eröffnet, dass sie als Auftragskillerin für den CIA arbeite, und hatte ihm ihre privaten Dienste für alles angeboten, was er erledigt haben wollte. Er könne stets auf ihre Loyalität zählen. Er hatte sofort die Vorteile einer solchen Dienstleistung in der Welt der Geschäfte und der Politik erkannt. Seitdem hatte sie immer, wenn er ihrer bedurfte, ohne zu fragen geliefert.

»Ich glaube, es wäre klug, wenn du sie träfest«, erwiderte Vince düster auf Creightons Frage.

»Sie hätte dir das Päckchen geben können. Warum will sie mich sehen?«

»Du weißt doch, was sie für dich empfindet. Es ist fast so etwas wie Liebe, Dad, und ich schätze, du steigst beständig in ihrer Achtung. Du hast sie mächtig beeindruckt, als du ihr gesagt hast, du hättest Möglichkeiten, um die polizeiliche Untersuchung in London zu beeinflussen.«

Creighton warf ihm einen Seitenblick zu, und sein Profil glich mehr denn je einem Raubvogel. »Der Umgang mit ihr ist, als schleppe man eine geladene Automatikwaffe mit kaputter Sicherung mit sich herum.«

»Aber sie ist *deine* Automatik. Du setzt sie auf ihr Ziel an. Sie verehrt dich.«

Creighton verzog das Gesicht. »Ich glaube, der einzige Mensch, der ihr außer sich selbst je etwas bedeutet hat, ist dieser verrückte Bruder von ihr.«

Vince nickte. »Aber es ist gut, dass sie hier ist. Ich werde ihr den neuen Auftrag geben.«

Sein Vater seufzte. »Dann wollen wir es mal hinter uns bringen.«

Er durfte sich nicht drücken. Er brauchte Stern. Besonders jetzt.

Nachdem der Eiserne Vorhang gefallen war und die amerikanische Öffentlichkeit Kürzungen im Verteidigungs- und Nachrichtendienst-Etat gefordert hatte, passte die Firma sich an und nahm den langsamen Prozess der Veränderung in Angriff. Vorbei die schönen Tage in den 80er Jahren, als DCI Bill Casey nach Gutdünken Kriege vom Zaun brechen und Applaus für ›Siege‹ in Nicaragua und Grenada einstreichen konnte. Die Führungsspitze der Firma wurde ausgetauscht, und ein frischer Wind wehte durch die Flure von Langley. Dieser frische Wind beförderte auch ein paar Langzeitspione und Teamchefs an die Luft. Manche gingen freiwillig. Sie blickten in die Zukunft und wussten, die Firma würde nie mehr die alte sein.

Maya Stern, 35 Jahre alt, hatte das auch erkannt. Für ihre ›Säuberungs‹-Talente berüchtigt, war sie während des größten Teils der Umwälzungen bei der Firma gewesen. Mit Hilfe von plastischer Chirurgie, Steroiden und Ausdauertraining konnte sie es in puncto Stärke und Schönheit mit jeder 20-Jährigen aufnehmen. Der Firma jedoch lag nicht länger an ihr. Das Killer-Programm, in dem sie arbeitete, hatte offiziell in den 70ern geendet und war dann heimlich über die 80er hinweg fortgesetzt worden. In den frühen 90ern ließ die Firma es endgültig fallen, und es war aus damit ... das jedenfalls hatte ihr Chef ihr mitgeteilt.

Sie wusste, dass es eine Lüge war, aber er hatte sie in den regulären Nachrichtenaußendienst versetzt. Obwohl sie ihre neue Arbeit gut erledigte, füllte sie sie nicht aus, was sie nervös machte. Sie hatte keine Ahnung, warum sie diese schmutzigen Jobs vermisste, doch nach einer Weile hatte sie sich schlicht damit abgefunden, dass sie ebenso Teil ihrer selbst waren wie ihre DNA. Dafür ausgebildet, völlig unsichtbar zu werden, hatte sie sich vor vier Jahren in den ›Ruhestand‹ zurückgezogen, ohne Anzeichen für ihre Unzufriedenheit erkennen zu lassen.

Noch während sie bei der Firma gewesen war, hatte sie heimlich die gelegentlichen Nebenjobs für Creighton und indirekt für seine Familie erledigt. Jetzt bot sie ihm ihre Vollzeitdienste an. Creighton nahm sie in seine Gefolgschaft auf. Es war die beste Art, sie unter Kontrolle zu halten. Sie hatte zwar in der Vergangenheit nie zu der Vermutung Anlass gegeben, sie wolle ihn erpressen, aber er war ein vorsichtiger Mann, der keine unnötigen Risiken einging. Deshalb bezahlte er sie, und sie bekam das Gefühl, ein vertrauenswürdiges, wenn auch geheim gehaltenes Mitglied seiner Mannschaft zu sein.

Heute traf sie in Arbor Knoll als Fahrerin eines Floristenlieferwagens ein, der mit Blumen für die Redmond-Familie voll gestopft war. Alle stammten von Einzelpersonen, die es gar nicht gab. Die Kappe tief ins Gesicht gezogen und mit einem dick wattierten weißen Overall bekleidet, stieg sie vor dem Pförtnerhäuschen an der Landstraße aus ihrem Lieferwagen. Der Secret Service durchsuchte den Wagen. Sie nahmen alles unter die Lupe. Sie benutzten einen Handscanner, um die gestempelte Post auf dem Beifahrersitz zu überprüfen. Sie öffneten sogar ihr Roastbeef-Sandwich, das in das Papier eines Delikatessenladens verpackt war und oben auf der Post lag. Und dann sagten sie ihr, sie könne passieren.

Sie folgte der gewundenen Straße, die zum Hintereingang des Herrenhauses führte. Von mehreren zurückliegenden Besuchen her kannte sie die Anlage. Ihr Herz schlug schneller, als sie Creighton Redmond aus der Lücke zwischen dem kleinen Gästecottage und dem Haupthaus auf sich zukommen sah. Er wirkte schlank und elegant in seinem dunklen, seitlich geschlitzten Anzug, ein Mann, der Macht und Selbstsicherheit ausstrahlte. Ein Mann, den man respektieren musste. Er hatte sein Jackett nicht zugeknöpft. Sein Sohn ging ein paar Schritte hinter ihm, gekleidet in Freizeithosen, Flanellhemd und Stiefel. Er war bei der Firma viel weniger wichtig.

Obwohl ihre Lippen plötzlich trocken wurden, widerstand sie der Versuchung, sie zu befeuchten. Manche Dinge waren unverzeihlich; andere konnte man nie wieder gutmachen. In ihren Augen kam Creighton Redmond einem Gott so nah, wie ihre nichtexistente Religiosität es zuließ.

Sie sprang aus dem Lieferwagen, öffnete die seitliche Ladeluke und stellte ein Blumengebinde auf die Einfahrt. Als Creighton sich näherte, verschwand sie wieder in dem Wagen und bereitete zwei weitere Gestecke vor. Endlich war er bei ihr. Einer der allgegenwärtigen Secret-Service-Agenten tauchte plötzlich aus dem Nichts auf, aber Creighton winkte ihn zurück.

»Noch mehr Blumen?«, fragte er herzlich.

Er war ihr so nah, dass Maya die Glätte seiner Rasur erkennen konnte. »Ja, Sir.« Sie ließ ihre Stimme rau und männlich klingen. »Tut mir leid wegen des Todesfalls in der Familie, Sir.« Das war für den Fall, dass der sich zurückziehende Agent sie noch hören konnte.

Sie holte ein weiteres Gesteck von der Ladefläche und hielt es in die Höhe. Indem sie das protzige Arrangement und ihren Körper als Deckung benutzte, zog sie das Päckchen heraus, das sie Marguerite Austrian abgenommen hatte. Jetzt steckte es in einem glänzenden weißen Umschlag und war an Canton, Ohio, adressiert. Als der Secret Service es mit seinem Scanner untersucht hatte, hatte er nur ein Blatt gefalteten Papiers in ihm gesehen. Mit einem freundlichen Lächeln ließ Creighton den Blick über den leeren Hof mit seinen niedrigen Backsteinmauern und den dunkelgrünen Wacholderbüschen schweifen. Seine Familie und sein Wahlkampfteam waren drinnen beim Mittagessen und hielten das Personal auf Trab. Der Secret Service achtete mehr auf etwaige Gefahren von außen als auf ihn.

Er beugte sich hinüber, um die Blumen in Augenschein zu nehmen, sein Jackett fiel auf, und das Päckchen verschwand in der Innentasche. »Sehr hübsch«, äußerte er mit lauter Stimme. Er richtete sich auf, knöpfte sein Jackett zu und senkte seine Stimme. »Sie haben uns ein Riesenproblem bereitet, indem Sie Marguerite umgebracht haben.«

Sie wiederholte, was sie ihm schon am Telefon gesagt hatte. »Sie hat mein Gesicht gesehen. Sie hätte mich wiedererkannt.«

»Wir hätten Sie untertauchen lassen, hätten Ihnen alles gegeben, was Sie gebraucht hätten. Sie hätten sich aus dem Geschäft zurückziehen können.«

»Ich muss arbeiten. Das hätten Sie mir nicht geben können.« Stern hatte den klaren Blick derer, die mit sich selbst vollkommen im Reinen sind. Sie war ohne jegliche

Schuldgefühle durchs Leben gegangen. Für sie war das Unglück eines anderen nur eine abstrakte Idee. Ihre Bedürfnisse diktierten ihre Handlungen, und das höchste Gefühl, das sie empfand, wenn sie Schmerz sah, war Triumph und Lust. Der gewaltsame Tod von Marguerite Austrian schimmerte noch beinahe orgastisch vor ihren Augen.

Creighton verstand ihre Geringschätzung. Ihr Bedürfnis zu arbeiten war einer der Gründe, warum sie so nützlich war. Vor nur wenigen Tagen hatte sie die heikle Aufgabe erledigt, Polizeiunterlagen in Monaco zu besorgen und zu fälschen. Sie hatte den Polizeiinspektor beobachtet und seine sexuelle Schwäche erkannt. Darauf hatte sie sich neu erschaffen, um seinen Fantasien zu entsprechen. Innerhalb von drei Wochen hatte sie bekommen, was Creighton und seine Leute brauchten, und sie hatte dafür gesorgt, dass der Inspektor nicht das Geringste dagegen würde unternehmen können. Sie anzuzeigen wäre gleichbedeutend damit, sich selbst anzuzeigen, seinen Ruf als Polizist zu ruinieren und seine Arbeit zu verlieren. Verhielt er sich ruhig, behielt er alles, einschließlich seiner Freiheit, um in den Bars von Monaco weiterer sexueller Beute nachzustellen.

Creighton sagte leise: »Ich habe einen neuen Job für Sie. Seien Sie um vierzehn Uhr fünfundvierzig wieder hier.«

Nun war es an Vince. »Ich habe alles arrangiert –« Er teilte ihr mit, was sie von ihr wollten. Es war ein kühner Plan, und nur Stern – mit ihrem immensen Erfahrungsschatz von Rollenspiel und Verkleidungen und ihrer persönlichen Kenntnis von Julia – konnte ihm zum Erfolg verhelfen.

Unter der weißen Kappe, die ihr Gesicht beschattete, funkelten Sterns Augen auf. Eine Strähne ihres dicken, schwarzen Haars wurde über ihren Ohren sichtbar. »Hinterlassen Sie den Namen am Lieferanteneingang. Wo hole ich mir die Ausweise ab?«

Während Vince ihre Fragen beantwortete, beobachtete Creighton sie. Ungeduldig wartete er darauf, dass sie endlich damit herausrücken würde, warum sie darauf bestanden hatte, ihn persönlich zu treffen. Obwohl er sie brauchte, obwohl sie ihm so offenkundig ergeben war, bereitete sie ihm ein unerkärliches Unbehagen. Und dieses Unbehagen ärgerte ihn.

Sobald Vince ausgesprochen hatte, fragte er: »Gibt es noch etwas?«

Das war ihr Auftritt. Sie senkte den Kopf, fühlte sich plötzlich unbeholfen. »Ich wollte Ihnen nur gratulieren.« Sie fuhr sich mit dem Finger über ihre Stirn unter dem Mützenschirm und wischte sich den Schweiß ab. »Ich habe mich in die Wahllisten eintragen lassen, als Sie nominiert wurden. Ich werde am Dienstag für Sie stimmen.«

Sie hob den Blick, und Creighton entdeckte in ihren schwarzen Augen eine fast hündische Ergebenheit. Die dunklen Ovale waren sehr groß und strahlten eine nahezu unschuldige Naivität aus. Sie existierte nur für sich selbst. Sie interessierte sich für niemanden sonst. Er hatte sie nicht dafür bezahlt, zu wählen. Er hatte sie nicht einmal um ihre Stimme gebeten. Er hatte nie einen Gedanken daran verschwendet. Wählen, sich in Wahllisten einschreiben zu lassen, so schien ihm, waren Dinge, die ihr völlig fern lagen. Aber irgendwie hatte die Tragweite seiner Nominierung zum Präsidentschaftskandidaten ihren Egoismus durchbrochen. Sie hatte sich überlegt, was sie tun könnte, um ihre Ergebenheit für ihn zu demonstrieren. Tagelang hatte sie nach der richtigen Geste gesucht und sich zu guter Letzt für dieses Geschenk entschieden, um ihm ihre Lehnstreue über jeden Zweifel hinaus zu beweisen.

»Ich danke Ihnen.« Seine Stimme klang aufrichtig, seine Worte waren gemessen. Dann sagte er, was sie, wie er sehr wohl wusste, hören wollte: »Es wird mir helfen. Aber mehr als das berührt es mich.«

Sie lächelte und zog sich zurück. Der Wortwechsel war genau richtig. Sie wusste, dass er verstand und ihre Entscheidung billigte. Sie verschwand im Innern des Lieferwagens, um ihre Arbeit zu tun. Creighton schien es beinahe so, als folge ihr eine Wolke aus Finsternis und Gewalt.

Die nächsten paar Stunden erfüllten Gespräche und Gelächter den blumenübersäten Wohnraum, und Julia lächelte angesichts der Verbundenheit unter den Familienangehörigen. Creighton hatte fünf Kinder im Alter von 12 bis 37; David hatte drei von Anfang 20 bis Ende 30; und Brice hatte vier – zwei Twens und zwei Teenager, die bei seiner geschiedenen Frau lebten. Die Cousins hatten bislang 22 Enkel für die Söhne von Lyle Redmond produziert, und alle waren anwesend.

Julia holte sich ein Sandwich vom Mittagstisch, denn die Vernunft sagte ihr, sie müsse etwas zu sich nehmen. Ein Sandwich war dabei einfacher zu essen als irgendeines der anderen Gerichte, das jemand ihr erst in mundgerechte Happen zerschneiden müsste. Der Lilienduft war betörend. Wohin sie sich auch bewegte, sie konnte die Totenblumen riechen.

Sie plauderte mit den Cousins und Cousinen über Hochzeiten, Brautgeschenke und Babys. Sie unterhielten sich über Karrieren, Häuser, die sie kaufen wollten, das Familienanwesen in Palm Beach, die Redmond-Ranch in Montana, Skiurlaube in Österreich und Reisen auf die Antillen, nach Paris und Mallorca, um einmal alles hier hinter sich zu lassen. Sie sprachen über die Kunstgegenstände, die sie erwarben, aber ihre Beweggründe kündeten meist weniger vom Drang nach Schönheit als von dem Bedürfnis, sich eine solide Geldanlage zu verschaffen. Manchmal erwähnten sie den alten Lyle Redmond und dass er verrückter sei denn je.

Schließlich, gegen halb vier, strömte die Familie in den Hof, wo eine Limousine wartete. Der Chauffeur stand neben der hinteren Tür. Die schwache Tageswärme floh bereits das Land, und die Sonne hing dunstig und niedrig im Westen. Die kurzen Tage des Winters hatten begonnen.

Julia hatte sich tief in ihrem langen Kaschmirmantel vergraben. Sie konnte hören, wie jemand Koffer in den Kofferraum lud. Ohne rechten Anlass fragte sie sich, welche Farbe ihr Mantel wohl habe. Dann erinnerte sie sich, wie sie ihn mit ihrer Mutter bei Saks auf der Fifth Avenue gekauft hatte. Das siebte Stockwerk. Die Gerüche und das Rascheln neuer Stoffe. Ihre Mutter hatte gelacht und Snapple-Eistee mit Barry Rosenberg getrunken, während sie die Mäntel anprobiert hatte. Das Gelächter perlte in der Luft.

Schlagartig überwältigte sie ihr Kummer. Wie in rasanten Videoeinstellungen sah sie das sterbende Gesicht ihrer Mutter ... hörte das Geräusch, das die Füße der Mörderin machten, als sie in die Nacht davonlief ... roch den Gestank des heißen Bluts. Schuldgefühle wegen ihrer Blindheit marterten sie erneut.

Sie zwang sich in die Gegenwart zurück und erlaubte Creighton, sie zu der Limousine zu führen. Als sie anhielten, sagte er: »Das ist Norma Kinsley, Julia. Brice hat im Dorf angerufen, und der Begleitservice hat sie geschickt. Sie ist deine neue Gesellschafterin. Sie wird für dich kochen und Briefe schreiben und dir bei der Auswahl deiner Kleidung helfen. Ich denke, du wirst zufrieden mit ihr sein. Eure Koffer sind im Kofferraum. Sie bleibt bei dir, so lange du es wünschst.«

Julia konnte Parfüm riechen. »Hallo, Norma. Was haben Sie für ein Parfüm aufgelegt? Es riecht gut.«

»Das ist Magie Noire.« Die Frau hatte eine leise, angenehme Stimme. »Ich freue mich, Ihnen Gesellschaft leisten zu dürfen, Ms. Austrian.«

Julia durchforschte ihr Gedächtnis nach dem Namen des Parfüms. »Bitte nennen Sie mich Julia.«

»Danke. Sind Sie bereit zu gehen, Julia?« Norma nahm Julias Hand.

Julia lächelte. »Ich bin nur blind. Ganz so viel müssen Sie mir nicht helfen. Hier, ich zeige es Ihnen.« Sie fuhr mit der Hand am Mantelärmel der Frau hinauf und umfasste den Arm kurz oberhalb des Ellbogens. Sie staunte über den dicken, harten Muskel. Norma trainierte offenbar mit großem Ehrgeiz. »Sie gehen vor, und ich folge Ihnen. Wenn wir die Wagentür erreichen, legen Sie meine Hand oben drauf. So kann ich die Öffnung schnell finden und abschätzen, wie groß sie ist und wo sich der Sitz befindet. Dann steige ich selbstständig ein.«

»Ich verstehe.« Norma brachte sie zu dem Wagen und führte Julias Hand vorsichtig zur Oberkante der geöffneten Tür.

In ihrer undurchdringlichen Dunkelheit kletterte Julia auf den Rücksitz. »Setzen Sie sich neben mich, ja?« Die Frau ließ sie an eine Katze denken – eine Katze mit aufgestelltem Schwanz und glatten, rhythmischen Bewegungen, die ihre gestählten Muskeln zum Schwellen brachten ... »Da wir eine Menge Zeit miteinander verbringen werden, sollten wir uns wohl ein bisschen besser kennen lernen. Haben Sie einmal Leistungssport betrieben?«

»O ja, die verschiedensten Disziplinen.«

Julia musste entscheiden, ob sie mit dieser Fremden zusammenarbeiten konnte. Sie hörte, wie sie um das Auto herum zur anderen Seite ging und einstieg. Der Chauffeur ließ den Motor an, und während die Familie zurück ins warme Heim hastete, schnurrte die große Limousine den Hügel hinunter.

Julia sog das Parfüm der Frau ein. Es war ansprechend. »Erzählen Sie mir, wie Sie aussehen, damit ich mir ein Bild von Ihnen machen kann.«

»Ich weiß nicht, wie –«

Julia lächelte. Manchen Menschen fiel es schwer, sich selbst zu beschreiben. »Ich helfe Ihnen. Ich weiß, dass Sie ein bisschen größer sind als ich. Etwas über einen Meter fünfundsiebzig, würde ich schätzen, ausgehend von vorhin, als wir vor dem Auto nebeneinander standen. Sie sind athletisch und schlank, und Sie sind vermutlich attraktiv. Reizlose Frauen benutzen selten so exotische Parfüme. Haben Sie ein rundes Gesicht, ein längliches, herzförmiges? Welche Farbe haben Ihre Haare und Augen?«

Maya Stern lachte leicht. Sie sah zu dem Chauffeur hinüber und registrierte, dass die Zwischenscheibe hochgekurbelt war. Er würde es nicht mitbekommen, wenn sie die fiktive ›Norma‹ als jemanden beschreiben würde, die nichts mit ihr gemein hatte. »Mit meiner Größe haben Sie sich nicht getäuscht. Ich habe hellbraunes Haar und blaue Augen. Mein Gesicht ist eher rund. Ich war Tänzerin und Zehnkämpferin und trainiere noch heute fanatisch. Ich trage leuchtend roten Nagellack. Hilft Ihnen das weiter?«

Julia gefiel das mit dem Nagellack. Es verriet guten Geschmack und Eleganz. »Erzählen Sie mir von den anderen Jobs, die Sie gemacht haben.«

Während sie sich unterhielten, schielte Maya Stern erneut zu dem Chauffeur hinüber. Falls er die Lüge über ihre Haarfarbe, ihre Gesichtsform oder den Nagellack mitbekommen hatte, ließ er es sich jedenfalls nicht anmerken. Sie durfte Julia nicht sagen, wie sie wirklich aussah. Sonst könnte sie sie womöglich nach der Beschreibung als die Mörderin ihrer Mutter identifizieren. Während die Limousine die Meilen auf Long Island fraß, erschuf sie sich eine Karriere, um ihre neue Arbeitgeberin zu unterhalten. Es fiel ihr nicht schwer – sie hatte in ihrem Berufsleben mehr Tarnidentitäten angenommen als die meisten Schauspieler Rollen, und sie hatte jede Einzelne voll und ganz gelebt, weil weniger bedeutet hätte, den Tod herauszufordern.

Als der Wagen den Queens-Midtown-Tunnel verließ und die Stadt erreichte, setzte Maya Stern ein kühles Lächeln auf. Befriedigt, dass der Auftrag sich gut anließ, fuhr sie sich mit den Fingern durch ihr kurzes schwarzes Haar. Sie musterte die blinde Frau, dachte über ihre Befehle nach und verspürte Bedauern. Sie hatte nie einen blinden Menschen umgebracht. Sie fragte sich, ob die Erfahrung irgendwie anders wäre. Aber solange Julia Austrian blind blieb, würde sie auch am Leben bleiben.

15

10.00 Uhr, Samstag
LANGLEY, Virginia

Sam Keeline stand einer der schlimmsten Enttäuschungen seines Lebens gegenüber. Er *musste* das Bernsteinzimmer einfach finden. Er und Pink Pinkerton trainierten in dem Gymnastikraum des alten Flügels im Hauptquartier der Firma. In ihren weißen Anzügen mit schwarzen Gürteln gingen sie bedächtig die grundlegenden Karatetechniken durch – boxen, schlagen, treten und blocken.

Sam versuchte, seine Erregung und Enttäuschung bezüglich des Bernsteinzimmers außen vor zu halten. Er stellte sich aus acht Richtungen kommende Angreifer vor und trat hart zu, sprang und versetzte, ohne dabei aus der Balance zu geraten, seinem unsichtbaren Widersacher einen wilden Schwinger mit der Rückseite der Faust.

Vor seinem geistigen Auge sah Sam, wie sein Gegner nach hinten geschleudert wurde und zu Boden fiel, sich wand und um Gnade bettelte –

»Sam! Wen versuchst du denn gerade umzubringen?« Pink, der mit den rituellen Übungen der *kata* fertig war, verbeugte sich zum Abschluss feierlich vor dem Universum.

Sie waren allein im Keller. Wäre es ein Wochentag gewesen, hätten sie sich den Platz mit der üblichen Taekwondo-Rotte teilen müssen, die während der Pausen hier auftauchte. Sam beendete seine *kata* mit einem Schritt nach vorn. Auch er verbeugte sich, und die Rohre über ihren Köpfen gurgelten und knackten.

Sam, der ihrem Konzert lauschte, sagte: »Das ist ja, als wenn man in einem Magen mit akuter Diarrhö arbeitet.« Wieder rappelten die Rohre, und Schuppen beiger Farbe rieselten auf sie herunter.

Pink warf seinem Freund, der nie zu den Ausgeglichensten gehört hatte, einen Blick von der Seite zu. Nur die geheimdienstliche Arbeit und Frauen – bitte nur im Plural – waren für ihn von Interesse. Sam musste man nur einen dicken Stapel mit Berichten zum Analysieren und Zergliedern geben, und er schwebte im siebten Himmel. Heute allerdings nicht. Allein die Tatsache, dass Sam sich letzte Nacht von seiner neuen Freundin, wer immer sie sein mochte, getrennt hatte, um ein Bier mit ihm zu trinken, hatte Pink in Erstaunen versetzt. Dass er wieder seine lebenslange Liebesaffäre mit dem Bernsteinzimmer aufgebracht und dann auch noch zugestimmt hatte, heute

Morgen eine *kata* zu absolvieren, sagte Pink, dass in Sams merkwürdigem Kopf etwas Bedeutsames vorging.

Sam war für gewöhnlich ein verschlossener Bastard. Aber das war Pink schließlich auch.

»Heute Morgen auch kein Glück gehabt?«, erkundigte sich Pink, als sie den Duschraum betraten.

»*Nada.* Alles, was ich herausgefunden habe, ist, dass Botschafter Daniel Austrian aufgrund eines Herzanfalls und in hohem Alter gestorben ist und sein einziger Sohn, Jonathan Austrian, der Investor war, bei einem Autounfall umgekommen ist. Tote Männer, Sackgassen. Ich habe ihre Alma Mater und alle Universitäten in New York und DC überprüft. Es hat mich Stunden gekostet, aber keine hat die Unterlagen von einem der beiden.«

»Was ist mit ihren Witwen? Und Kindern?«

»Daniels Witwe ist schon lange tot, und Jonathans ist irgendwo auf Konzerttournee mit ihrer Tochter, einer Pianistin. Einziges Kind. Julia Austrian. Schon von ihr gehört?«

Sie zogen sich aus und stellten die Duschen an.

Pink musste nicht lange nachdenken. »Nö. Konzertpianistinnen sind nicht mein Ding. Dieser ganze altmodische Klassikkram. Schrecklich langweilig. Nein, danke.«

Sams sandfarbenes Haar klebte ihm am Schädel, und seine Haut glänzte vor Schweiß nach dem Training. Er schwieg und vermittelte den Eindruck, nachzudenken. Oder mit Macht zu vermeiden, dass Pink seine nächste Frage stellte.

Pink sagte: »Du kennst sie, nicht wahr? Diese Julia Austrian –«

»Hab' sie ein paar Mal spielen hören«, räumte Sam ein. Außerdem besaß er sämtliche ihrer CD-Aufnahmen. »Sie ist ziemlich gut. Sehr gut, um die Wahrheit zu sagen. Sie spielt mit einer Menge Kraft und Intensität. Schwer zu glauben, dass sie die Enkelin eines Grundbesitz-Moguls ist. Man sollte meinen, sie wäre als Geschäftsfrau geendet. Oder hätte es sich im Jetset bequem gemacht.«

»Hast du eine Untersuchung über diese Frau angestellt?«

»Das nun nicht gerade. Aber ihre Musik geht einem unter die Haut.«

Während sie sich duschten und wieder anzogen, machte Sam sich unablässig Gedanken, warum um alles in der Welt er zum Empfänger des Päckchens aus Armonk auserkoren worden war. Davon hatte er Pink nichts erzählt. Trotzdem, sein Kollege hatte miterlebt, wie er nun schon seit Jahren nach dem Bernsteinzimmer suchte. Deshalb, dachte sich Sam, kann ich jetzt ruhig ein bisschen jammern, so als habe ich meine besessenen Nachforschungen wieder aufgenommen.

Er hatte zurzeit wirklich einigen Anlass zum Klagen. Wahrscheinlich wäre es am besten, die ganze Sache zu vergessen. Er erwog, hoch in sein Büro zu gehen, um an einigen Berichten zu arbeiten und wieder mal etwas vom Tisch zu bekommen. Das würde seinem Gewissen gut tun. Aber er war nicht mit dem Herzen bei der Sache.

Sam schaute seinen Freund an. »Mittagessen?«

»Hört sich gut an.« Pink tätschelte seine harte, flache Körpermitte. »Ich bin am Verhungern.«

MCLEAN, Virginia

Sam und Pink einigten sich auf eine Trattoria im nahen McLean, wo sie an der schummrigen Bar Platz nahmen und Ale und Pizza mit Tomaten und Anschovis bestellten. Es roch nach Bier und Erdnüssen und der Trägheit von Samstagnachmittagen. Im Fernsehen lief ein Endlosband der CNN-Nachrichtenschlagzeilen, die als Füllsel dienten, bis es Zeit war, zum nächsten College-Football-Spiel umzuschalten.

»Glaubst du, wir werden jemals in Pension gehen?« Pink knabberte an einer Hand voll Salznüsse.

»Wir sind noch ein bisschen zu jung, um über Pensionierung zu reden, oder?« Sam wusste, dass Pink ruhelos und unglücklich war. Er war für eine verpatzte Operation in Brüssel verantwortlich gewesen, woraufhin Langley ihn auf unbestimmte Dauer zu einer ›Auszeit‹ heimgeholt hatte. Aber der Außendienst war die einzige Art von Arbeit, die Pink wollte.

»Na ja, vielleicht. Irgend so ein Broker hat mich am Haken. Er erzählt mir die ganze Zeit, ich soll Investmentfonds für Anleihen und Aktien mit niedrigem Kapitalwert kaufen. Er sagt, ich sei älter, als ich glaube.« Pinks breites Gesicht verzog sich plötzlich griesgrämig. »Jesus, wenn er Arzt gewesen wäre, hätte ich gedacht, er bereitet mich auf eine tödliche Diagnose vor – ›Sie haben noch zwei Monate‹. Und meine arme Schwester und die Nichten werden keinen Penny erben, weil ich ein Verschwender bin und es nie geschafft habe, das wenige, was ich je gespart habe, für mehr als zweieinhalb Prozent anzulegen.« Pink mochte die Familie seiner Schwester und hatte stets leise Gewissensbisse, weil er sie so selten besuchte.

Sam unterdrückte ein Lächeln. »Also für mich siehst du noch ganz lebendig aus. Meiner Ansicht nach hast du noch genügend Zeit, um dich zu bessern.«

Pink hatte krumm und schief über seinem New-Castle-Ale gehockt. Jetzt straffte sich sein Körper. »Ich habe mich nie besser gefühlt. Gesundheitlich geht es mir prächtig. Jesus, Pensionierung. Eine Rente vom Staat. Sozialversicherung. Eine Farm in der nördlichen Provinz von New York, wo du dir im Winter die Eier abfrierst und im Sommer bei lebendigem Leib von den Mücken aufgefressen wirst!«

»Du wärst wohl lieber mit einem Auftrag in der Sahara? Oder in Sibirien.«

»Das ist verflucht richtig.«

»Sie haben da ähnliche Klimaprobleme, Pink. Brandheiße Sommer. Und eiskalte Winter.«

Pink warf ihm einen gereizten Blick zu. »Du weißt doch, was ich meine.«

Sam trank sein Ale. Er musterte seinen Freund. Ihm fiel ein leicht gehetzter Ausdruck in den Augen auf. »Du musst zurück in den Außendienst. Ein Auftrag. Du wirst noch des Wahnsinns fette Beute. Wirst noch damit anfangen, Zoos zu besuchen und darüber zu reden, in die Crystal-City-Metro-Haltestelle zu ziehen, nur damit du so tun kannst, als würdest du etwas Exotisches tun!«

Pink nickte. »Ich sitze in der Vorhölle.«

Sam fuhr fort, seinen Freund zu betrachten, und erkannte, wie mies es ihm wirklich ging. Pink hatte nun schon seit sechs Monaten keinen Auftrag mehr gehabt, und in Langley kursierten Gerüchte, dass er sich bei seinem letzten etwas so Illegales hatte zuschulden kommen lassen, dass er möglicherweise nie mehr einen bekommen würde. Wenn Sam Zeit hätte, würde er sich darum kümmern. Vielleicht konnte er irgendetwas tun, um Pink zu helfen.

»Ja«, stimmte Sam ihm zu. »Vorhölle ist die perfekte Beschreibung für den Ort, an dem du dich gerade befindest. In der katholischen Theologie liegt die Vorhölle gleich neben der Hölle. Sie ist für all die da, die nicht zu ewigen Höllenqualen verdammt, aber auch aus dem Himmel verbannt worden sind.«

»Das bin ich!« Pink seufzte und nahm einen tiefen Schluck. Sein Gesicht schien förmlich in das Glas zu sinken. Dann erstarrte er, den Blick unverwandt auf den Fernsehbildschirm über der Bar gerichtet.

Sam drehte sich um. Er hörte den CNN-Journalisten Wolf Blitzer sagen: »... Julia Austrian ...«

Sam sprang von seinem Hocker, rannte um die Bar herum und stellte den Ton lauter. Blitzer berichtete von einer Pressekonferenz mit dem Präsidentschaftskandidaten Creighton Redmond, dessen Schwester kurz nach Mitternacht in London erschossen worden sei. Die Tochter der Toten, Julia Austrian, sowie weitere – neureiche – Familienmitglieder hatten sich vor dem Tor des Familiensitzes bei Oyster Bay in einem schützenden Halbkreis um den nominierten Kandidaten geschart.

Sam verfolgte, wie Creighton Redmond Amerika sein Herz öffnete und die Trauer seiner Familie und seinen Dank für all die Beileidskarten und Blumen kund tat.

Immer wenn die junge Frau mit der aschfahlen Gesichtsfarbe auf dem Schirm erschien, studierte Sam sie genau. Ihre Augen waren bemerkenswert klar und blau. Aus irgendeinem Grund trug sie ihre getönte Brille nicht. Sie war reizend und schlank und wirkte unter ihrem voluminösen Mantel verwundbar. Ihr goldbraunes Haar, vom Wind zerzaust, wehte ihr ums Gesicht. Sie schien diese öffentliche Zurschaustellung würdevollen Leids recht gut zu ertragen, aber ihr fein geschnittenes Gesicht war starr, als würde es sie eiserne Willensanstrengung kosten, sich zusammenzureißen. Trotz allem war sie wunderschön, von jener klassischen Eleganz, die ein Haute-Couture-Magazin zieren konnte. Abgesehen von ihrem Mund. Die Lippen waren voll, aufreizend. Köstlich und sexy.

Dann fiel es ihm wie Schuppen von den Augen: Sie war nicht nur Daniel Austrians Enkelin, sie war eine Redmond – die Cousine von Vince, der das Päckchen konfisziert hatte, das Sam Informationen über das Bernsteinzimmer versprochen hatte.

Sam musterte die junge Frau noch schärfer. Vielleicht hatte sie ihren Großvater ja über das Bernsteinzimmer reden hören. Da sie Daniel Austrians einziger lebender Nachkomme war, konnte sie gut all seine Papiere geerbt haben. Es war also durchaus möglich, dass zwischen den kleinen Ohren dieses reizenden Kopfes genau die Information saß, die Sam brauchte. Sein Puls beschleunigte sich. In Ermangelung des Päckchens war sie für ihn das, was einem ersten Anhaltspunkt am nächsten kam.

Sam schlang das Mittagessen herunter. Die Geschwindigkeit verursachte Pink Bauchschmerzen, aber Sam würde sich davon nicht abbringen lassen. Als Sam schließlich für beide bezahlte, beschwerte sich Pink: »Ich nehme an, das bedeutet, dass du dein Wochenende ernsthaft damit vergeuden wirst, Julia Austrian zu überprüfen.«

»Das könnte eine gelungene Abwechslung sein. Schließlich ist sie wieder im Lande.«

»Jjja. Und sie wird überglücklich sein, dich zu sehen. Hast du noch nie etwas davon gehört, dass man die Privatsphäre von Menschen respektiert, besonders nach einem Todesfall in der Familie?«

Kurzfristig verspürte Sam so etwas wie Gewissensbisse. Er strebte zum Ausgang. »Ich werde taktvoll sein.«

»Klar. Sicher.« Pink schlenderte gemächlich hinter ihm her. »Na ja, ich hatte schon gehofft, dich heute zum Abendessen überreden zu können. Morgen ein bisschen Basketball. Vielleicht ein Film. So ein Action-Reißer –« Abrupt blieb er stehen und starrte zum Fernseher zurück. »Hey! Diese Julia Austrian ist heiß!« Er feixte. »Du lässt ja nicht zu, dass deine Gonaden dir deine Urteilskraft vernebeln, nicht wahr? Ist es wirklich das Bernsteinzimmer, hinter dem du her bist, oder nur eine weitere schicke Braut?«

»Denk mal zur Abwechslung mit was anderem als mit deinem Schwanz, Pink!«

»Es geht nicht um meinen Schwanz, Blödmann. Es geht um die Gegenwart. Und die Vergangenheit. Denkst du, ich wüsste nicht, was dein Problem ist? Ich erinnere mich auch noch an Irini Baum. Hör auf, so zu tun, als wenn es nie passiert wäre.« Seine Stimme wurde weicher. »Weißt du, eines Tages musst du über ihren Tod hinwegkommen. Es war nicht deine Schuld.«

»Ja sicher, ach, zur Hölle!« Sam stürmte aus der Trattoria. Plötzlich überflutete ihn eine Woge von Reue und Schuld, gefolgt von rasendem Schmerz ...

Schöne Irini ... Ihr lockiges rotes Haar und lachendes Gesicht, der Duft ihrer Brüste und wie sie beim Sex am ganzen Körper errötete. Sie hatte ein sanftes Wesen, aber einen beinharten Willen gehabt, und er hatte sie verzweifelt geliebt.

1988 hatte er sie ›umgedreht‹ – sie überzeugt, für den CIA gegen ihre früheren Auftraggeber zu spionieren, Ostdeutschlands gefürchteten Geheimdienst, die Stasi. Ein Jahr später, 1989, als die Mauer gefallen war, hatten Stasi-Offiziere sich in ihrem bunkerähnlichen Hauptquartier in Ostberlin verbarrikadiert, um Dokumente zu vernichten, die sie inkriminieren konnten ... und für den Westen lebenswichtig waren. Schließlich war die Herrschaft der Kommunisten in der Sowjetunion noch ungebrochen, und damals hatte niemand voraussagen können, dass der ganze Ostblock binnen weniger Monate in Myriaden kleiner, schwacher Länder zerfallen und der Kalte Krieg mit einem leisen Wimmern enden würde.

Irini war mit ihm in Westberlin gewesen, als die Nachricht vom Fall der Mauer sie erreicht hatte. Sie wollte sofort ins Stasi-Hauptquartier nach Ostberlin aufbrechen, um Akten für den CIA zu retten ... für ihn. Er hatte an jenem Abend ein entscheidendes Treffen auf dem Ku'damm mit einem großen KGB-Mann, der auf der Schwelle zum Überlaufen stand. Er hatte ihr gesagt, sie solle auf ihn warten. Sie würden zusammen gehen. Er hatte gedacht, er hätte sie überzeugt.

Sie musste zu dem Entschluss gekommen sein, dass sie es alleine tun musste. Oder sie hatte ihn nicht mit hineinziehen wollen: Der Osten war ihr Problem, ihr Fachgebiet.

In seiner Abwesenheit schlüpfte sie über die Grenze, betrat die Stasi-Bastion in der Normannenstraße, füllte zwei Aktentaschen mit Dokumenten und lief draußen just in dem Moment, als die Gewalt ausbrach, einem wütenden Mob in die Hände. Sie wurde mehrfach vergewaltigt, mit sechs Schüssen ermordet, und ihre teilweise verbrannte Leiche wurde später in einer Gasse in der Nähe gefunden. Er wusste das alles, weil ein Augenzeuge es ihm eine Woche später erzählt hatte.

Die Schuldgefühle drohten ihn zu zerreißen. Ihr liebliches Gesicht verfolgte ihn, und sein Leid und seine Wut über das, was sie so sinnlos erduldet hatte, waren endlos. Nie würde er darüber hinwegkommen. Nie wieder lieben, weil er sie so sicher getötet hatte, als hätte er sie mitten ins Herz geschossen.

Die kalte Luft draußen vor der Trattoria war wie ein Schlag ins Gesicht. Mit äußerster Willensanstrengung kehrte Sam in die Gegenwart zurück. Er beruhigte sich und konzentrierte sich auf seinen ruhelosen Freund. Es lag auf der Hand, dass Pinks Gedanken um seine Schwester Valerie kreisten.

»Warum gehst du nicht einfach Valerie besuchen?«, schlug Sam vor. »Du hast sowieso ein schlechtes Gewissen, weil du sie und die Mädchen so lange nicht gesehen hast. Außerdem hast du dann etwas zu tun. Du müsstest dich nicht das ganze Wochenende langweilen und deinen Freunden auf die Nerven fallen.«

»Lieber würde ich in den Sudan fliegen. Libanon. Syrien –«

»Pink!«

Pink schürzte die Lippen. Er verzog die Mundwinkel erst nach links, dann nach rechts. Widerstrebend nickte er. Sein unbefriedigter Tatendrang hatte ihn furchtbar nervös gemacht. »Okay. Ist vielleicht 'ne gute Idee.«

»Du rufst Valerie also an?« Sam hielt auf seinen burgunderroten Dodge Durango zu.

»Gott, was du doch für ein herrschsüchtiges Arschloch bist! Jaaa. Ich rufe an.«

ALEXANDRIA, Virginia

Sam wohnte in einem alten Apartmenthaus aus Backstein in Alexandria, außerhalb der Umgehungsstraße, die sich wie ein Ring um das Stadtzentrum schloss. Es hatte nicht so viele Annehmlichkeiten – Swimmingpool, Fitnessraum, Concierge – wie die modernen Hochhäuser anderswo im Innern des Kreises, die er sich problemlos hätte leisten können. Aber er mochte die Gemütlichkeit und das Flair eines Gebäudes, das schon längere Zeit bewohnt war. Das war der Grund, warum er sich hier in einer Seitenstraße der King Street in der Nähe der Altstadt eingemietet hatte. Er stellte den Wagen auf seinem Parkplatz auf der Rückseite des Gebäudes ab und stürmte die Treppen hoch, wobei er automatisch auf Russisch zählte – *adéen, dva, tree, chitírye, pyát, shest, syém.* Sieben Stufen. Wie die sieben Hügel Roms. Oder die sieben Todsünden.

Drinnen ging er am Treppenhaus vorbei, weil er in Eile war. Obwohl das Gebäude alt war, besaß es einen brandneuen Aufzug. Er war schnell. Er stieg im achten Stock aus und schloss die Tür zu seinem Apartment auf.

Es war genauso, wie er es Pink beschrieben hatte – wenig Möbel und keinerlei Esswaren. Seinen Freunden war es immer mehr wie eine Zwischenstation als wie ein Heim erschienen, als sei Sam nicht nur nicht richtig eingezogen, sondern hege auch nicht die Absicht, länger zu bleiben. Trotzdem wohnte er nun schon seit nahezu einem Jahrzehnt hier. Die Frauen kamen und gingen, ohne irgendwelche dauerhaften Änderungen in seinem Leben zu bewirken.

Im Wohnzimmer vor dem Fenster hatte er einen Schreibtisch und einen neuen Pentium-Computer stehen. Ein Niagarafall aus Zeitschriften, Büchern und Papieren ergoss sich vom Schreibtisch herunter auf den Boden. Das Apartment roch sauber und frisch nach Zitrusaromen und Putzmitteln. Seine Zugehfrau war am Morgen da gewesen. Sofa und Sessel waren abgesaugt, Fernseher und Stereoanlage abgestaubt und sein Bett neu bezogen. Bei ihm war es unordentlich, aber sauber. Seine Zugehfrau, eine langmütige und stets verzeihende Person, sorgte dafür.

Sobald er die Tür verschlossen hatte, ging er aus purer Gewohnheit durch seine geräumigen vier Zimmer, um sich zu vergewissern, dass niemand ihm auflauerte und nichts Gefährliches in seiner Wohnung platziert worden war. Diese minimalen Sicherheitsvorkehrungen waren Überbleibsel aus seiner Zeit im Directorate of Operations: Ein vorsichtiger Spion hatte bessere Chancen, ein lebendiger Spion zu bleiben.

Zu guter Letzt fühlte Sam sich einigermaßen sicher. Er setzte sich an seinen Computer. Doch er hielt inne, sowie er die Hand ausgestreckt hatte, um ihn anzustellen. Die Last von Irinis schrecklicher Ermordung überwältigte ihn plötzlich wie ein brennender Strom aus Verlust und Schuld. Er versuchte, nie daran zu denken. Nie an sie zu denken. Aber Pink hatte ihn daran erinnert, und nun sehnte er sich mit all dem Schmerz und all der Lust einer verlorenen großen Liebe nach Irini. Und da waren auch Schuldgefühle. Verzweifelt wollte er die Uhr zurückdrehen, damit er eine zweite Chance bekäme. Er wusste, er hätte sie retten können, wäre er nur dabei gewesen.

Sein Kopf sank vornüber in seine Hände. Er grub sich die Fingernägel in die Kopfhaut. Das Herz tat ihm weh. Er vermisste sie.

Schließlich richtete er sich wieder auf. Er wandte sich seinem Rechner zu, initialisierte sein Modem und gab ihm den Befehl, sich in den großen Hauptcomputer in Langley einzuschalten. Er lehnte sich zurück, während er die Initialisierungssequenzen auf dem Monitor verfolgte. Schließlich wurde er nach seiner Zugangsberechtigung gefragt. Er gab sie ein, und innerhalb von Sekunden stand er mit Langley in Verbindung.

Er seufzte. Seine Gedanken wurden klarer, und er fühlte sich wieder normal. Er kam zu der Erkenntnis, dass es nichts so Angenehmes wie einen Computer mit einer umfassenden Datenbank gebe. Langley verfügte über so viele Informationen, dass sie neun Riesenarchive mit jeweils sechstausend Bändern füllten, in denen Millionen Megabytes an Informationen lagerten. Nirvana.

Aber es gab auch die andere Seite – Datenmissbrauch. Nach Watergate und anderen Skandalen interner Spionage war es Langley aufgrund einer Durchführungsverordnung von 1981 verboten, nachrichtendienstliche Informationen über US-Bürger zu sammeln oder in Umlauf zu bringen, abgesehen von Spezialfällen wie Terrorismus oder Bedrohung der nationalen Sicherheit. Die Verordnung änderte natürlich nichts am Zugang der Behörde zu Informationen, die überall zugänglich waren.

So bekam Sam, indem er sich in den Rechner von Telefongesellschaften einklinkte, Adresse und Telefonnummer des Redmond-Anwesens in Oyster Bay sowie von Julia Austrians Wohnung in New York heraus, obwohl beide nicht in den offiziellen Telefonbüchern verzeichnet waren. Dann durchforstete er Zeitungen, Zeitschriften und andere Online-Adressen nach persönlichen Informationen über sie. Er las Berichte neueren Datums, Interviews, Kritiken und ihren Werdegang, lud alles herunter und druckte es aus. Sie war eine sehr aktive Pianistin, die an die 60 Konzerte pro Jahr gab. Als sie gerade mal 20 Jahre alt war, hatte sie den Van-Cliburn-Musikwettbewerb gewonnen. Sie hatte mit Orchestern von New York über Tokio bis Moskau gespielt. Hatte nie geheiratet, hatte keine Kinder, keinen Lebensgefährten und führte, soweit er das beurteilen konnte, das, was andere ein einsames Leben nennen würden. Das gefiel ihm an ihr.

Jetzt musste er noch herausfinden, wo sie sich im Moment aufhielt. Er überlegte hin und her. Dann kam ihm eine Idee. Er nahm den Hörer ab und wählte.

Er setzte ein Lächeln auf. »Emilie! Schön, dich mal wieder zu sprechen. Wie geht's meiner Lieblings-Ex?«

»O nein!« Ein Stoßseufzer, Erkennen. »Sam? Das bist doch nicht etwa du? Ich fasse es nicht. Was ist das? Ein Anruf aus dem Jenseits?«

Er lehnte sich in seinem Stuhl zurück. Leise Schuldgefühle stiegen in ihm hoch, aber nur ganz leise. Schließlich hatte sie ihm den Laufpass gegeben. »Nein. Aus Alexandria. Du erinnerst dich doch noch an Alexandria? Es war Sommer, und du hast deine Unterwäsche in meinem Kühlschrank aufbewahrt.«

»Nur, weil du dich geweigert hast, eine Klimaanlage zu installieren. Du Idiot! Hab' ich dir nicht erzählt, dass die Sommer hier so heiß und schlimm sind, dass Europäer eine Härtezulage bekommen, weil Washington als Tropenmission gilt?«

»Emilies geheime Unterwäsche«, sinnierte er. »Ausgesprochen hübsch. All diese Spitze und das ganze durchsichtige Zeug!«

»Bittest du mich um eine Verabredung, Sam? Oder ein konspiratives Treffen?«

Er blinzelte, zog es in Erwägung. »Wenn ich es täte, würdest du Ja sagen?«

»Ich weiß nicht. Warum versuchst du's nicht einfach?« In ihrer Stimme schwang ein amüsierter, neckischer Ton mit.

Er grinste. Dachte über sie beide nach. Sie war anstrengend gewesen. Er hatte wirklich erleichtert aufgeatmet, als sie ihren Bademantel, ihre Zahnbürste, ihre Fernsehzeitschrift, ihre Teetasse und ihre Unterwäsche genommen hatte und nach Georgetown zurückgekehrt war. Sie hatte ihn zu sehr gemocht. Sprach immer wieder von Heirat. Dem Fest, das er mit Irini geplant hatte, das er jetzt aber nie mehr veranstalten würde.

Ihm kam eine Idee, wie sie zu packen wäre: »Emilie, willst du mich heiraten?«

»Gütiger Gott, Sam! Ich glaube dir kein Wort.« Doch ein leiser, sehnsüchtiger Unterton schwang in ihrer Stimme mit.

»Weil ich nämlich meinen Job geschmissen und entschieden habe, mich für den Rest meines Lebens von dir aushalten zu lassen. Ich weiß, wie sehr du es liebst, deine Zeitarbeitagentur zu führen. Die Freuden mit deinen erbosten Kunden, mürrischen Angestellten, den endlosen Geschäftszeiten und natürlich diesen Buchhalter, der dein Geld veruntreut hat. Ich dachte mir, ich gebe dir einfach noch einen guten Grund, weshalb du alles weiterführen solltest – damit du mich auf die Weise unterstützen kannst, an die ich mich gern gewöhnen werde –«

»Sam! Hör auf damit! Verdammt! Halt den Mund!« Sie

seufzte. Kicherte. »In Ordnung, du aufgeblasener Kerl. Was willst du?«

»Einen winzigen Gefallen. Und natürlich würde ich unendlich tief in deiner Schuld stehen.«

»Da hast du verdammt Recht, das wirst du!«

Er war sich nicht ganz sicher, ob ihr Tonfall ihm gefiel, aber er machte weiter. »Wenn ich mich recht entsinne, hast du ein boomendes Geschäft damit gemacht, Zeitarbeitskräfte an die Republikaner und Demokraten zu vermitteln; schließlich haben wir ja Wahlkampf. Hast du zufällig irgendjemand in das Redmond-Team platziert?«

»Und wenn dem so wäre?«

»Nur eine klitzekleine Frage. Wo wird Julia Austrian sich heute Nacht aufhalten? Geht sie heim nach Manhattan? Bleibt sie in Oyster Bay? Fährt sie zu dem Austrian-Anwesen in Southampton? Oder zieht sie bei einem aus der Redmond-Sippe ein?«

Sie lachte. »Jetzt bist du also hinter Julia Austrian her? Meinetwegen. Na ja, ich glaube, das ergibt einen Sinn. Sie ist schön, und sie sollte dich problemlos aushalten können, wenn du es darauf abgesehen hast.«

Er verkniff sich eine Retourkutsche. »Ich werde nie jemand anderen als dich bitten, mich zu heiraten.«

»Wenn das kein Versprechen ist! Ich schätze, ich sollte dir helfen, da du dich anscheinend in sie verguckt hast. Jedenfalls hörst du dann auf, mich anzurufen und mir wieder Hoffnungen zu machen.«

»Danke, Emilie. Du bist eine gute Samariterin. Und viel großherziger als der in der Bibel. Das meine ich jetzt völlig ernst.«

Während Sam darauf wartete, dass Emilie wegen der Information zurückrief, druckte er eine Liste mit Adressen und Telefonnummern von Julia Austrians Verwandten aus. Er warf Anziehsachen in einen kleinen Reisekoffer. Dann nahm er das Buch zur Hand, das sein Großvater ihm geschenkt hatte. Es war in Russisch geschrieben, der Titel lautete übersetzt: *Schätze, die vermutlich aus der Burg von Königsberg gestohlen wurden.* Er konnte der Versuchung nicht widerstehen, schlug es auf und blätterte durch die Seiten, bewunderte die Farbfotografien. Hinreißende Schmuckstücke und Kunstwerke, die am Ende des Zweiten Weltkrieges in Kaliningrad, dem früheren Königsberg entweder vernichtet oder geraubt worden waren, waren abgebildet.

Ganz am Anfang des Buches befand sich ein Foto des Bernsteinzimmers. Er erfreute sich am Anblick des goldenen Schatzes. Licht schimmerte in den Zehntausenden von Bernsteinstücken, manche groß, andere winzig klein und zu atemberaubenden Mosaiken zusammengesetzt. Der spektakuläre Raum vermittelte den Eindruck von unfassbarer Pracht und Schönheit, und doch war es nur Bernstein. Künstlerische Kreativität, Natur und Kunstfertigkeit kamen hier zum Ausdruck, was seinen Wert in Sams Augen noch steigerte.

Das Telefon läutete, und Sam griff eilig nach dem Hörer.

»Ich erwarte hierfür eine Einladung zum Abendessen«, verkündete Emilie gleich, ohne sich mit Namen zu melden.

»Was du willst. Du kannst auch wieder meinen Kühlschrank als Stauraum benutzen.«

»Das wäre ein festeres Engagement, als ich im Sinn hatte.«

»Ich verstehe.« Das tat er wirklich. Engagement war jetzt etwas, das er für seine Nachforschungen reserviert hatte. »Was hast du herausbekommen?«

»Deine kleine Freundin fährt nach Hause. Zurück in die große Stadt. Weißt du, wo sie wohnt? Denn das konnte ich nicht herausfinden. Sie steht nicht im Telefonbuch.«

Sams Pulsschlag beschleunigte sich. Er hatte die Information, die er brauchte. Im Geiste war er schon aus der Tür. »Danke, Emilie. Abendessen, wann immer du willst.«

»Sam –«

Er hatte schon aufgelegt, heftete die Ausdrucke über die Austrians zusammen und schob sie in eine Aktenmappe. Er ging in sein Schlafzimmer und schloss den Koffer. Die ganze Situation weckte ein seltsames Gefühl in ihm. Reglos blieb er stehen, überlegte. Das Bernsteinzimmer war nun schon seit so vielen Jahrzehnten verschollen, dass es mehr Mythos als Realität war. Sein Wert war nicht mit Geld zu messen. Es gab einen Grund dafür, dass er das Päckchen aus Armonk ausgerechnet *jetzt* erhalten hatte. Das seltsame Gefühl steigerte sich zu Unbehagen.

Kein Anlass, Risiken einzugehen. Er nahm gefälschte Ausweise aus der Schublade, trat an den Wandschrank und holte den Schulterhalfter heraus. Er öffnete den Kasten, in dem er seine 9-mm-Browning aufbewahrte. Rasch überprüfte er die Waffe und wog sie in der Hand. Dachte ein paar Sekunden nach. Dann lud er sie.

Wieder hielt er inne. Verstieß er gegen Vince Redmonds Anordnungen?

Eigentlich nicht. Er würde sich Armonk nicht einmal ansatzweise nähern.

Falls er das Bernsteinzimmer fand und der Öffentlichkeit zurückgab, wäre er der absolute Held. Und Vince Redmond würde nichts anderes übrig bleiben, als ihm den kleinen Regelverstoß zu verzeihen.

Optimistisch zog Sam seine Lederjacke mit der schmalen Taille an – die Pistole war gut darunter zu verbergen.

Er griff sich zusätzliche Munition, seinen Koffer und die Aktenmappe. Je nach Verkehrslage würde er vier bis fünf Stunden mit dem Auto nach New York City brauchen. Zuerst musste er allerdings bei seiner Bank vorbeifahren und Bargeld aus dem Automaten ziehen. Als er die Tür hinter sich zuschloss, pfiff er wieder. Diesmal war es *New York, New York*.

16

17.06 Uhr, Samstag
NEW YORK City

Der November in New York war eine Zeit des entschlossenen Aufbruchs. Die brütende Augusthitze war vorbei. Die Schule hatte wieder angefangen. Und die Vorweihnachtszeit, in der die Stadt sich festlich mit Immergrün und roten Girlanden und strahlenden Kerzen schmücken würde, lag sozusagen um die Ecke. November war die Zeit, um sich darauf einzurichten, und die kühle Luft war erfüllt von Blicken warmer und freundlicher Menschlichkeit. Während die Abendschatten sich von den Wolkenkratzern über historische Monumente und Mietshäuser legten, hastete die große Stadt heim in überheizte Apartments und zu Plänen für Samstagnacht.

Während die Limousine durch die Stadt kreuzte, verkündete Julia: »Wir sind bald zu Hause.«

Sie fühlte sich jetzt ruhiger. Norma war die ganze Fahrt über eine angenehme und unterhaltsame Gesellschaft gewesen. Der Begleitservice, der sie geschickt hatte, war für seine fundierten Hintergrundrecherchen und seine qualifizierten Mitarbeiter bekannt. Norma konnte sich gut als längerfristige Begleiterin empfehlen.

Maya Stern in ihrer Rolle als Norma stimmte ihr zu. »Am Anfang des nächsten Häuserblocks müsste es sein.«

Julia nickte. Ihre Schätzung für die Dauer der Fahrt vom Tunnel bis hierher stimmte exakt. Sie schloss ihre Augen und nahm durch die halb heruntergekurbelten Scheiben den durchdringenden Geruch heißer Motoren wahr. Taxihupen blökten. Ein paar Blocks entfernt heulte eine Krankenwagensirene. Stimmen redeten, riefen und lachten. Gelegentlich drangen Musikfetzen aus Bars und Restaurants herüber, wenn Türen sich öffneten und wieder schlossen. Und all diese Geräusche warfen Echos gegen große und kleine Gebäude; der ohrenbetäubende Krach, gefangen in den Betonschluchten der Großstadt, konnte nur durch Lücken entfliehen, nur um an einem anderen Punkt des Zementlabyrinths wieder eingefangen zu werden.

Sie liebte Manhattan. Als die Limousine ihre Fahrt verlangsamte, fand sie sich in den wellenförmigen, lauten, gegeneinander brandenden und sich vermischenden Schallwogen gefangen. Sie schufen ein permanentes, vitales Hintergrundsummen, das den Geräuschen im Innern des Körpers ähneln musste – dem Strömen des Bluts, dem Rauschen der Lunge, dem Schlagen des Herzens, diesem regelmäßigen, verlässlichen Zapfenstreich, der Leben bedeutete –

Die Kehle schnürte sich ihr zu. Sie musste wieder an den Tod ihrer Mutter denken – die Geräusche und Vibrationen, die der schreckliche Todeskampf hervorgebracht hatte. Sie versuchte zu schlucken. Wieder zuckte der Mord wie eine Peitsche durch ihren Kopf. Würde sie je mit der Erinnerung leben können? Mit dem Wissen, dass es nicht an ihr gewesen war, es zu verhindern? Würde sie je hinnehmen können, dass sie nie wieder die Stimme ihrer Mutter hörte?

Sie bemühte sich, tief durchzuatmen, ihre Trauer und ihre Wut im Zaum zu halten. Bald würde sie wieder daheim sein, wo jedes Möbelstück, jeder Geruch, jeder Raum noch die Gegenwart ihrer Mutter atmen würde. Sie zwang sich dazu, den lauten Lebensäußerungen der Stadt zu lauschen. In ihrer Gleichmäßigkeit waren sie ungeheuer beruhigend. Sie musste sich wappnen.

Die Limousine wurde langsamer, und Julias Aufmerksamkeit wandte sich zu ihrer eigenen Erleichterung wieder dem zu, was sie sich vorgenommen hatte. Dem Anruf, den sie würde machen müssen.

Die Maisonette der Austrians erstreckte sich über die ersten beiden Etagen eines zwölfstöckigen Gebäudes mit Marmorfassade an der Ecke Park Avenue und 72. Straße. In der Nähe von Central Park und Frick Collection gelegen, wies die stattliche Grande Dame zur Straßenfront hin eine Markise in Himmelblau auf sowie einen Türsteher in dazu passender Livree mit weißen Handschuhen. Es war ein teurer Stadtteil, wo die Nachbarschaft aus Leuten wie dem Hollywoodproduzenten Doug Cramer, den Filmemachern Alan und Hannah Pakula und dem Autor Bill Buckley mit Ehefrau Patricia bestand.

Innen hallte das Apartment vor Leere. Zögernd durchschritt Julia die Räume. Erst im zweiten Zimmer bemerkte sie, dass Norma ihr folgte. Zuerst war sie leicht schockiert. Die Frau konnte sich fast lautlos bewegen, und nur Julias geschärfte Sinne hatten sie wahrzunehmen vermocht. Dann lächelte sie. Norma benahm sich nur wie eine besorgte Katzenmutter. Irgendwann würde sie ein Wörtchen bezüglich übereifriger Pflichterfüllung mit ihr reden müssen. Norma erklären, dass sie die vertrauten Gerüche riechen und die tickenden Uhren hören musste, das Rauschen der Heizung, das leise Aufsetzen ihrer Füße auf den alten Orientteppichen oder das Klackern ihrer Absätze auf dem Parkettboden. Sie musste im Vorbeigehen die Möbel berühren, im Rahmen der Tür zu ihrem heimischen Fitnessraum stehen bleiben, in dem ihre Nautilus-Ausrüstung und das Laufband standen.

In dem immensen Wohnbereich betastete sie hin und wieder eine Lampe oder eine Vase. Sie strich über die Rodin-Skulptur am Fuße der Wendeltreppe. Während sie ihre Finger langsam über die Skulptur gleiten ließ, konnte sie sie vor ihrem geistigen Auge sehen – den hageren, muskulösen Körper, die kraftvollen Hände und Füße. In ihrer Fantasie waren seine Grate und Rundungen nicht bloß kalte Bronze, sondern dynamische Adern und Fleisch, eingefangen im Augenblick des perfekten Tanzes. Erstarrt in vibrierender Lebendigkeit – genauso, wie sie ihre Mutter in Erinnerung behalten wollte.

Sie stieg die Wendeltreppe hinauf. Auf ihrem oberen Absatz war ein schmaler Teppichstreifen auf dem Parkett befestigt. Es zeigte ihr, wo sie sich befand, sodass sie in ihrer Blindheit keinen Fehler beging und die Treppe hinunterfiel.

Vor allem musste sie in der Tür zum Schlafzimmer ihrer Mutter stehen bleiben.

Sie erstarrte und hielt sich am Türrahmen fest –

In ihrem lichtlosen Tunnel fühlte sie sich zuerst schwach. Dann verloren. Ihre Augen füllten sich mit Tränen. Erinnerungen überfluteten sie wie ein Tsunami aus Schmerz und Wut. Und dann hörte sie die Stimme ihrer Mutter an der Frisierkommode plaudern. Sie sah sie ihr langes dunkles Haar zu einem eleganten französischen Knoten zurückschlingen. Zärtlich beobachtete sie, wie ihre Mutter lächelte. Es zerriss ihr schier das Herz.

»Orion, hallo. Hier spricht Julia Austrian –« Julia saß am Schreibtisch ihrer Mutter in dem Büro unten, das das Foyer der Maisonette bildete. Sie hatte einen Karton mit Papiertaschentüchern auf dem Schoß und Entschlossenheit in der Stimme. Sie hatte Norma die Nummer nachsehen lassen, dann aber selbst die Tasten des Telefons gedrückt, das sowohl in Braille und als auch mit normalen Ziffern beschriftet war. Jetzt sagten ihr ihre Propriozeptoren, dass Norma sich noch immer in der Tür herumdrückte.

»Julia. Meine liebe Freundin. Ich habe die schreckliche Neuigkeit schon gehört. Es tut mir ... uns ... ja so leid.« Der Psychologe Orion Grapolis wohnte mit seiner Frau Edda seit fünf Jahren im vierten Stock. Er und Julia hatten sich von Anfang an gemocht. »Arme Marguerite. Wie furchtbar, dass sie uns verlassen hat. Ermordet. Wie kommst du damit zurecht?«

»Ich schaffe es, danke. Aber es ist etwas passiert, wofür ich deinen Rat ... deine Hilfe brauche. Kann ich hochkommen und dich sehen?«

Orion zauderte kurz. Sie hörte Bedauern aus seiner Stimme heraus. »Tut mir leid, liebe Julia. Nichts würde ich lieber tun, als mich in dieser schwierigen Zeit mit dir zu unterhalten, aber wir fahren in Urlaub. Um die Wahrheit zu sagen, das Taxi, das uns abholt, müsste schon auf dem Weg sein. Edda hat mir alles verboten, außer nach Palm Beach zu fahren.« Er hatte eine tiefe Stimme, dröhnend und irgendwie liebevoll.

Julia war verzweifelt. Sie musste unbedingt herausfinden, was am Tag ihres Debüts geschehen war, das ihre Blindheit verursacht hatte. »Eine Minute noch bitte, ja?« Sie hob ihr Kinn an. »Norma, bitte gehen Sie und schließen Sie die Tür. Ich möchte allein sein.« Sie hörte ein Zögern, als wolle Norma Einwände erheben. »Wirklich, Norma, ich bin in Ordnung. Ich muss nur für mich sein.«

Die Tür schloss sich mit einem leisen Klicken, und der Duft von Normas Magie Noire begann sich zu verflüchtigen.

Julia fragte in den Hörer: »Kann man einen blinden Menschen hypnotisieren?«

»Selbstverständlich. Warum nicht? Nötig ist dazu die Bereitschaft, sich zu entspannen und fallen zu lassen. Und natürlich Vertrauen. Hattest du geglaubt, du könntest nicht hypnotisiert werden, weil du blind bist?«

»Um ehrlich zu sein, ja.« Ihr früherer Psychiater hatte ihr vor langer Zeit erzählt, Hypnose sei nur etwas für die Sehenden, und sie hatte an alte Filme und goldene Uhren gedacht, die vor den Augen eines Patienten hin und her pendelten. Die Hypnose musste in den letzten sieben Jahren Fortschritte gemacht haben.

Orion klang plötzlich eilig. »Ich muss gehen. Edda ruft mich schon ungeduldig. Bitte verzeih, dass ich dir nicht sofort meine Hilfe anbieten kann –«

Sie musste ihn überzeugen. Einer spontanen Eingebung zufolge drehte sie sich mit dem Rücken zur Tür – für den Fall, dass Normas Fürsorge sie zum Lauschen verleitet haben sollte. Sie beugte sich vor, bildete mit der Hand eine Schallmuschel über dem Hörer und flüsterte: »In London habe ich meine Sehkraft zurückerlangt!«

Sie hörte ein scharfes Einatmen. »Tatsächlich? Du kannst jetzt sehen? Wie wundervoll! Ich freue mich ja so für dich –«

»Nein! Ich kann nicht sehen! Aber ich muss es können. Es ist von höchster Wichtigkeit! *Ich muss sofort wieder sehen können!* Bitte! Bitte hilf mir herauszufinden, was meine Blindheit verursacht hat, damit ich mich dem stellen und mein Augenlicht wiedererlangen kann!«

Schweigen am anderen Ende. Sie konnte seinen inneren Kampf fast hören – Neugier und der Wunsch, einer

Freundin zu helfen; auf der anderen Seite eine Ehefrau, die einen längst überfälligen Urlaub einforderte.

Dann sprach sie die Worte aus, die sie bis jetzt vermieden hatte, die sie sich nie auszusprechen gelobt hatte. Doch jetzt wusste sie, wie sie ihn überzeugen und sich dennoch ein reines Gewissen bewahren konnte: »Orion, ich stelle dich offiziell als meinen Therapeuten an. Dann kannst du nicht mehr weitererzählen, was ich dir anvertraue.« Bevor er etwas einwenden konnte, fuhr sie hastig fort: »Ich habe gesehen, wie Mom ermordet wurde. Ich bin die einzige Augenzeugin. Ich muss sofort mein Augenlicht zurückgewinnen!«

»Du hast den Mörder gesehen?« Seine Stimme sank vor lauter Schrecken zu einem Flüstern herab. »Wer weiß es?«

»Nur Scotland Yard. Und du. Bitte. Besteht denn gar keine Möglichkeit, dass du deine Reise um ein paar Stunden verschiebst? Ich bezahle alles –«

»Julia.« Er wirkte gekränkt. »Ich will deine Millionen nicht. Wenn ich es tue, dann tue ich es, weil du in Not bist. Und weil ich Psychologe bin.«

Wieder eine Pause. Sie sagte nichts, spürte sie doch, dass jetzt der Zeitpunkt gekommen war, ihn nicht weiter zu drängen.

»Ich weiß zwar nicht, was wir erreichen können«, sagte er endlich, »aber ich gebe dir den Abend. Du klingst so, als seiest du bereit, mit Erfolg an dir zu arbeiten. Edda wird es nicht gefallen, dass ich die Reise bis morgen verschiebe. Vielleicht kannst du uns nach unserer Rückkehr zum Ausgleich dafür ein kleines Konzert in unserem Wohnzimmer schenken. Nur für Edda und mich. Ganz romantisch. Ich werde sie bitten, all ihre Riesenkerzen anzuzünden, und wir werden eine gute Flasche Pinot Noir öffnen. Wäre das annehmbar für dich?«

»Orion! Wie kann ich dir danken? Ich bin sofort oben.«

»Gib mir noch fünf Minuten. Zuerst muss ich Edda überzeugen, sich nicht von mir scheiden zu lassen.«

17

Julia, alle ihre Sinne auf Hindernisse um sie herum ausgerichtet, stürzte durch das Büro ihrer Mutter und öffnete die Tür. Verärgert erspürte sie Norma rechts von sich und bemerkte einen Hauch ihres Parfüms. Sie wandte sich ihrer neuen Gesellschafterin zu. »Ich werde mich jetzt ein wenig frisch machen, Norma. Dann brauche ich Sie, dass Sie mich nach oben zum Apartment eines Freundes bringen.«

»Sind Sie nicht müde?« Maya ließ ihre Stimme um Julia besorgt klingen.

»In der Tat, das bin ich.«

»Dann sollten Sie hier bleiben. Sie können sich ausruhen. Ich bin sicher, Sie haben letzte Nacht kaum geschlafen. Ich mache Ihnen etwas zu essen. Sie wollen doch gar nicht ausgehen.«

Wieder tauchte das Bild der Katze in Julias Gedanken auf. Diesmal waren es aber nicht allein die gleitenden, athletischen Bewegungen, sondern die Vorstellung einer Katze auf einem Stein, die über ihre auf dem Rasen umhertollenden Jungen wachte. Lauernd.

Plötzlich überfiel sie eine gereizte Stimmung. »Ich weiß Ihre Sorge zu schätzen. Aber Sie sind nicht dafür verantwortlich, mich vor mir selbst zu schützen. Ich erwarte von Ihnen, dass Sie mir bei dem helfen, worum ich Sie bitte. Sonst nichts.« Sie zögerte, hörte das Schnippische in ihrer Stimme. »Tut mir leid. Ich bin nicht nur müde, ich bin auch gereizt. Aber ich werde meinen Freund besuchen. Wenn ich mir das Gesicht gewaschen habe, können Sie mich nach oben bringen.«

In ihrem Rücken klingelte das Telefon. Sie wandte sich zu ihm um, aber Norma – die flinke, leichtfüßige Katze – huschte an ihr vorbei, um abzuheben.

17.32 Uhr, Samstag
NEW-JERSEY-Schnellstraße

Sam Keeline fuhr gerade in das Industriegebiet von New Jersey hinein, wo Ölraffinerien wie winterharte Pflanzen aus der Landschaft sprossen und die daraus resultierende Umweltverschmutzung so hingenommen wurde wie der Einzug des nächsten Winters. Er holte die in Washington verlorene Zeit auf, hatte Julia Austrian aber noch immer nicht über sein Autotelefon erreichen können. Zuerst hatte niemand abgenommen, dann war der Anschluss besetzt gewesen.

Er roch Schwefel. Seine Nase begann zu brennen. Es war Nacht und zu dunkel, um den Smog zu sehen, aber er wusste, dass er da draußen war. Während sein Wagen auf der Überholspur dahinraste, konzentrierte er sich darauf, Julia Austrian zu erreichen. Die Fragen türmten sich in seinem Kopf auf wie ein Kartenhaus. Er drückte den Wiederwahlknopf an seinem Autotelefon. Sein Herzschlag beschleunigte sich, als er diesmal durchkam.

»Bei Austrian.« Die Stimme der Frau klang völlig anders, als er sich Julia Austrian vorgestellt hatte. Sie war neutral, als sei die Person, zu der sie gehörte, untergetaucht oder auf Eis gelegt.

Er entschloss sich, das Risiko einzugehen. Wenn er

nach ›Julia Austrian‹ fragte, würde die Sprecherin vermutlich erraten, dass er die berühmte Pianistin gar nicht kannte, und sich weigern, ihn überhaupt mit ihr sprechen zu lassen.

Also sagte er: »Kann ich Julia bitte sprechen?« Dann kam ihm eine Idee. »Ich bin ein alter Freund ihres Großvaters Daniel Austrian.« Nicht ganz wahr, aber auch keine reine Lüge.

»Sie kommen zu spät. Gerade verlässt sie die Wohnung –«

Im Hintergrund fragte eine Frauenstimme, wer am Apparat sei.

Er fuhr fort: »Sagen Sie ihr, ich werde sie nicht lange aufhalten. Aber ich denke, ihrem Großvater hätte es gefallen, wenn ich sie besuche.« Das war jetzt eine faustdicke Lüge. »Mir passt es jederzeit, heute Abend oder morgen. Wann es ihr recht ist. Aber heute Abend wäre mir am angenehmsten.«

Widerwillig wiederholte die Frau die Nachricht für Julia. Und dann vernahm er die Antwort, die er sich erhofft hatte. Sein Herz schlug ihm vor lauter Aufregung bis zum Hals.

»Miss Austrian sagt, sie wird Sie heute Abend um neunzehn Uhr empfangen«, richtete die Frau ihm aus. »Ist Ihnen das recht?«

Das war es.

17.40 Uhr, Samstag
NEW YORK City

Julia war ganz auf ihren Besuch bei Orion Grapolis konzentriert, aber aus irgendeinem nicht festzumachenden Grund fühlte sie sich unbehaglich. Sie war nervös, und sie fühlte sich illoyal. Sie hatte einen ausgezeichneten Psychiater gehabt, der drei Jahre lang mit ihr gearbeitet hatte. Geduldig hatte er versucht, ihr dabei zu helfen, die Angst vor den Zuhörern zu überwinden, damit sie wieder sehen lernte. Aber seine Diagnose musste falsch gewesen sein. Sie sagte sich, dass es hier nicht um Loyalität ginge. Es ging darum, jemanden zu finden, der ihr helfen konnte.

Während sie Norma durch die Eingangshalle des Gebäudes folgte, beschrieb sie die handgeschnitzten Simse und Verzierungen, den glatten italienischen Marmor, in einem Muster aus schwarz-weißen Rechtecken verlegt, und die hauchzarten Scheiben der Bleiverglasung. Die Bilder drängten sich ihr auf, ohne dass sie nachdenken musste.

Als sie den Fahrstuhl betraten, fragte Norma: »Wie können Sie sich nur an all das erinnern?«

»Ich sehe Bilder in meinem Kopf. Fast wie Fotos. So merke ich mir auch meine Musik – ich *sehe* im wahrsten Sinne des Wortes die Noten auf ihren Linien, auch wenn ich das Stück möglicherweise nie vor Augen gehabt habe.«

»Sie haben ein ungewöhnliches Gedächtnis.«

Sie stiegen im vierten Stock aus. Julia sagte: »Wir wollen zum Apartment 4A.«

Sie konnte auch den Grundriss von Orions Wohnung ›sehen‹ – drei Schlafzimmer, vier Bäder, Wohnzimmer, Esszimmer, Küche und Behandlungsraum. Als Orion und Edda Grapolis eingezogen waren, hatten sie eine zusätzliche Tür von der Diele zu Orions Behandlungszimmer durchbrechen lassen. Seine Patienten konnten dadurch anonym kommen und gehen, ohne die Wohnung betreten zu müssen.

»Soll ich klingeln«, fragte Norma, »oder möchten Sie das selbst tun?« Sie blieb stehen, und Julia wusste aufgrund der wenigen Schritte, die sie zurückgelegt hatten, dass sie vor dem Apartment stehen mussten.

»Zwanzig Schritte weiter gibt es noch eine Tür«, klärte Julia sie auf. »In der Nähe des Fensters. Sie führt in das Behandlungszimmer, es steht aber nichts dran –«

Norma führte sie weiter und hielt erneut inne. Julia fand die Tür und klopfte.

Die Tür öffnete sich sofort, und Orion Grapolis' Stimme dröhnte: »Julia! Es tut gut, dich zu sehen! Komm herein, komm herein. Wer ist deine Begleiterin?«

Julia war seit sieben Jahren nicht mehr im Behandlungszimmer eines Therapeuten gewesen. Ihr Magen krampfte sich zusammen, und sie verspürte das Bedürfnis wegzulaufen, auch wenn sie nicht wusste, warum. Stattdessen machte sie es sich in einem großen, gemütlichen Armlehnsessel bequem. Nach der letzten Sitzung bei ihrem Therapeuten war sie davon überzeugt gewesen, ein Psychiater könne nicht mehr für sie tun als sie selbst. Jetzt jedoch brauchte sie jede Abkürzung, die sie finden konnte, und das schloss den Versuch bei Orion Grapolis ein. Sie gab ihm und sich eine Chance, ihr mit seiner Hypnotherapie zu helfen.

»Du hast also jetzt eine Gesellschafterin.« Er entfernte sich von ihr, um ihr gegenüber Platz zu nehmen – in etwa drei Metern Entfernung, wie sie seiner Stimme entnahm. »Norma, ja? Sie schien sich Sorgen um dich zu machen.«

Julia kicherte. »Sie muss gedacht haben, mir würde hier drinnen etwas Schreckliches zustoßen. Sie war wirklich der Überzeugung, bleiben zu müssen, nicht wahr?« Sie mochte die ruhige, professionelle Ausstrahlung des Raumes. »Ich wette, jetzt geht sie unten in meinem Apartment auf und ab und ringt die Hände.«

»Sie weiß nicht, dass du in London vorübergehend wieder sehen konntest?«

Julia schüttelte den Kopf. »Ich habe es ernst gemeint, als ich dir sagte, dass du – außer Scotland Yard – der Einzige bist, der weiß, dass ich Augenzeugin von Mutters Ermordung gewesen bin.«

»Du musst sehr traurig sein«, erklärte Orion. »Aber ich habe den Eindruck, du bist auch zornig.«

Sie zögerte. Dann platzte es aus ihr heraus: »Wenn ich mein Sehvermögen nicht wieder verloren hätte, hätte ich ihr vielleicht helfen können. Vielleicht hätte Mom gar nicht sterben müssen –« Sie verspürte ein schmerzhaftes Stechen in der Brust.

Orion musterte sie sorgfältig und gab ihre Worte wieder. »Du fühlst dich schuldig.«

»Ja.« Ihre Stimme klang gequält. »Warum bin ich wieder erblindet? Und wo wir schon mal dabei sind, warum habe ich mein Augenlicht überhaupt wiedererlangt?« Sie erzählte ihm von den kurzen Lichtblicken in Warschau, dann, wie ihre Sehkraft in London zurückgekommen und geblieben war, bis ihr Blick auf den Alexandritring ihres Großvaters gefallen war. »Kannst du mir das erklären? Es war doch gewiss nicht bloß ein Wunder oder Hexerei, dass ich wieder sehen konnte –«

Orion Grapolis war ein eher kleiner Bär von einem Mann, mit einem mächtigen Schnurrbart und einem großen Herzen. Außerdem verfügte er über einen messerscharfen Verstand, was ihn in Verbindung mit seiner angeborenen Liebenswürdigkeit dazu geführt hatte, dass er nicht nur ein mitfühlender Mensch, sondern auch ein außergewöhnlicher Therapeut geworden war. Er war erleichtert, dass er Edda davon hatte überzeugen können, ihren Urlaub zu verschieben, auch wenn er dafür später schwer würde büßen müssen. Nach einer Weile würde sie sich jedoch beruhigen und mit ihm darüber lachen, dass er sich schon wieder von einem interessanten Fall hatte ablenken lassen. Was jedoch niemand ganz zu begreifen schien, war die Tatsache, dass sein Wunsch zu helfen für ihn zwingender war als das intellektuelle Stimulans einer anspruchsvollen Psychotherapie.

»Ich will deine Frage mit einer Gegenfrage beantworten«, sagte er. »Erzähl mir, wie du dich in den Tagen und Wochen vor dem Tod deiner Mutter gefühlt hast. Würdest du sagen, dass dein Selbstvertrauen gewachsen war?«

Sie zögerte, überlegte. Es war eine gute Tournee gewesen. Bis London hatte sie 14 Konzerte in 12 Städten gegeben. Jedes war sehr gut gelaufen, ja mehr als das ... »Es ist komisch, dass du das fragst, weil ich mich kurz vor der Abreise nach London so gefühlt habe, als könnte ich mit allem fertig werden.« Sie unterbrach sich. »Jetzt, wo ich darüber nachdenke, glaube ich, dass mein Selbstvertrauen über die letzten Jahre hinweg kontinuierlich bis zu diesem Punkt gewachsen ist. So habe ich mich auch in Warschau gefühlt.«

Er nickte. »Das passt. Und wie fühlst du dich, kurz bevor du zu spielen anfängst?«

Sie lächelte. »Wundervoll. Als würde ich gleich abheben und fliegen. Als wenn alles in der Welt richtig wäre und ich genau das tue, wozu ich geboren wurde. Klingt das vernünftig?«

»Absolut vernünftig, liebe Julia. Und das ist auch der Grund, warum deine Sehkraft zurückkehrte, kurz bevor du in Warschau und in London zu spielen anfingst. Dein Selbstvertrauen erreichte einen Höhepunkt. Du warst nicht nur im Einklang mit dir selbst, sondern absolut glücklich mit deinem Leben. Das bedeutet, du hattest ein Stadium erreicht, in dem dein psychisches Wohlbefinden stärker wurde als deine Konversionsstörung. Mit einfachen Worten, du hast dich selbst geheilt.«

Sie holte tief Luft und ließ seine Worte auf sich wirken. »Ist es die Zeit, die das bewirkt?«

»Nicht unbedingt. Du hast im warmen Bad der Liebe deiner Mutter gelebt. Du bist einer Arbeit nachgegangen, die dich ausgefüllt hat. Und du hast nicht mehr gegen deine Blindheit angekämpft. Stimmt das?«

Sie nickte leidenschaftlich. »Genau! Ich erinnere mich noch, gedacht zu haben, dass meine Welt von Anblicken, Gerüchen, Texturen und Musik funkelte, obwohl ich blind war!« Sie hielt inne. »Aber was ist mit dem Ring meines Großvaters? Glaubst du, ich liege richtig mit der Annahme, dass er der Auslöser für die Rückkehr meiner Blindheit war?«

»Das kann ich nicht mit Sicherheit entscheiden, aber wir wollen sehen, was wir heute Abend zusammen herausfinden können.«

Sie hatte gehofft, eine Art Garantie von ihm zu erhalten. »Sag mir, was wir tun werden.«

Er setzte sich in seinem Stuhl zurecht, machte es sich bequem für den Zeitraum, den Julia zu arbeiten bereit wäre. »Bei der natürlichen Hypnotherapie bin ich nur so eine Art Führer, der dir einen Weg zeigt, den du irgendwann auch von selbst beschreiten würdest. Ich verhelfe dir lediglich dazu, dass du früher, wie man sagen könnte, losgaloppierst. Andere Therapieformen ermutigen den Patienten dazu, sich erst in Abhängigkeit des Therapeuten zu begeben und dann Selbstständigkeit aufzubauen. Die natürliche Hypnose gründet sich mehr auf Zusammenarbeit zwischen Patient und Therapeut. Wir halten die Methode für nicht invasiv. Eine Methode gegenseitigen Respekts. Du und ich, wir werden zusammenarbeiten. Als Partner.« Er musterte sie. In dem übergroßen Sessel wirkte sie winzig klein. Er hatte ihn angeschafft, weil er bestimmten Patienten ein Gefühl der Geborgenheit vermitteln würde, das Gefühl, im Mutterschoß geborgen zu sein.

Ihre Stimme klang plötzlich angespannt. »Ich glaube, dass in der Nacht meiner Debütvorstellung irgendetwas passiert ist, was dazu geführt hat, dass ich am nächsten Morgen blind aufgewacht bin. Es muss mehr als die Wirkung des Publikums gewesen sein. Keiner meiner Verwandten erinnert sich an irgendetwas. Ich muss wissen, was damals passiert ist. Ich würde es gerne jetzt herausfinden. Du hast gesagt, mit der natürlichen Hypnose kann es sehr schnell gehen –«

Er erwiderte: »Das stimmt. Wenn der Patient kurz vor einem Durchbruch steht, können große Fortschritte erzielt werden. Da du zweimal spontan dein Augenlicht wiedererlangt hast, würde ich sagen, dass du bereit dafür bist. Vielleicht für einen gewaltigen Schritt. Aber wir wissen nicht, von welcher Art dieser Fortschritt sein wird. Um ehrlich zu sein wissen wir nicht, ob hier heute Nacht überhaupt etwas stattfinden wird. Du darfst dich nicht unter Druck setzen. Wenn nicht heute, dann wirst du irgendwann später dorthin kommen, wo du als Nächstes hinkommen musst.«

»Ich verstehe.« Doch die Härte in ihrem ovalen Gesicht sprach eine andere Sprache. Ihr goldbraunes Haar umhüllte sie wie eine Wolke, und einen unbedachten Moment lang erschien sie ihm wie der Engel, den seine Mutter daheim in Athen immer auf die Spitze des Christbaums gesetzt hatte.

»Lass uns anfangen.« Seine Stimme wurde sanfter. »Mach es dir so bequem wie möglich. Mach dir bewusst, dass dies eine Zeit der Entspannung ist, dass nichts so wichtig ist wie die Tatsache, dass du völlig entspannt bist. Lass dich in den Sessel sinken und entspanne dich –«

»Warte.« Sie war irritiert. »Ich dachte, du würdest mich hypnotisieren. Mich in Trance versetzen.« Wieder kamen ihr die alten Filme in den Sinn, in denen man in unheimlich düsteren Räumen goldene Uhren vor den Augen von Patienten – und zukünftigen Opfern – hatte auf und ab schwingen sehen. Sie grinste, denn ihr ging auf, dass sie eine schlechte Meinung von der Hypnose hatte. Kein Wunder, dass sie es bis jetzt nicht ausprobiert hatte. Plötzlich fühlte sie sich unbehaglich. Vielleicht war es ein Fehler, hergekommen zu sein.

Er lächelte insgeheim. »Manchmal meinen die Leute, dass Hypnose nur das ist, wenn ein Hypnotiseur ein ›Subjekt‹ in ›Schlaf‹ versetzt und ihm etwas ›einflüstert‹. Oder der Hypnotiseur befiehlt der Person, in flackerndes Kerzenlicht zu schauen, und dann erklärt er, ihre Augenlider würden schwer, ganz schwer, ihr ganzer Körper würde müde, ganz müde, und dann ist der arme Gimpel auch schon eingeschlafen und fängt an, zu gackern wie ein Huhn.« Er kicherte vor sich hin. »Aber solche Methoden sind überflüssig. Schaden womöglich sogar. Die natürliche Hypnotherapie basiert auf der simplen Tatsache der Entspannung. So behältst du dein Bewusstsein und kannst aktiv mitarbeiten, und ich bin kein Svengali, der dir sagt, was du zu denken oder zu fühlen hast.«

Während ihre Gesichtsmuskeln sich entspannten, wurde ihr klar, dass sie nicht nur Angst davor hatte, was sie über sich selbst herausfinden würde, sondern auch schlicht davor, in diesem Raum zu sein.

Er fuhr fort: »Ich bin der Überzeugung, dass die natürliche Hypnotherapie eine viel wirkungsvollere Vorgehensweise ist, da wir mit dem arbeiten, was bereits in dir ist. Alles kommt aus dir selbst – was auch immer es sein mag, das du dir ansehen und worüber du sprechen musst. Ganz besonders der Wille, etwas zu ändern. Gemeinsam werden wir uns auf das faszinierende Terrain Julia Austrian begeben. Du kannst dich sicher fühlen, weil ich nichts sagen und tun werde, um mich in das, was du bist, einzumischen. Ich werde dir keine Gedanken aufzwingen.

So. Wir beginnen jetzt mit ein paar grundlegenden Entspannungsübungen und einer Einladung an dich, dich darauf einzulassen. Es ist ganz einfach. Du kannst es später auch allein für dich machen. Sollen wir jetzt loslegen?«

Maya Sterns Gesicht war beherrscht, aber innerlich raste sie unten, im ersten Stock des Gebäudes vor Wut. Julia Austrian ließ sich nicht so leicht manipulieren, wie man sie hatte glauben lassen. Sie stand in der todschicken Maisonette der Austrians, stützte sich mit den Knöcheln auf den Schreibtisch und schaute wütend auf das Telefon hinunter. Sie hatte die Nummer des geheimen, mit einer raffinierten Zerhackvorrichtung versehenen Anschlusses gewählt, der elektronisch um die Welt lief und schließlich Creighton Redmonds Handy zum Klingeln brachte.

Aber er hatte nicht abgenommen. Er trug das Handy direkt am Herzen in seinem Jackett, den Ton stets abgeschaltet. Er spürte lediglich die Vibrationen, und wenn er sich in einer Situation befand, in der antworten zu können meinte, würde er sich melden.

Sie kochte innerlich. Mit steifen Schritten stolzierte sie durch das Zimmer und bedachte die Preise, Zertifikate und Statuen, die das klavierspielerische Können dieses Austrian-Weibes bezeugten, mit wütenden Blicken. Am liebsten hätte sie alles kurz und klein geschlagen. Sie nahm den Hörer ab und drückte die Wiederwahltaste.

Während Orion Grapolis auf sie einredete, fand Julia sich auf dem stillen See seiner beruhigenden Stimme gleiten. Mit plötzlicher Hellsichtigkeit erkannte sie, dass sie ihm instinktiv immer vertraut hatte und dass das ein weiterer Grund dafür war, aus dem sie hierher gekommen war.

Seine Stimme war eine Einladung. »Fühl dich so frei, dich so weit zu entspannen, wie es dir möglich ist. Die Bequemlichkeit deines Sessels und die Stille dieses Raums zu genießen. Nimm deine Atmung bewusst wahr, und wenn du bereit bist, konzentriere dich auf das Ausatmen ...«

Er sprach weiter, und seine Stimme wurde leiser und noch beruhigender, eine Verkörperung seiner Aufforderung, sich zu entspannen. Er beobachtete sie genau und schätzte ihre Reaktionen ab. Auf der grundlegendsten Ebene war es das Ziel eines Therapeuten, dem Patienten dazu zu verhelfen, Verhalten, Bewusstsein und sensorische Reaktionen zu ändern. Seinen Erfahrungshorizont zu erweitern und ihm neue Wege des Denkens, Empfindens und Verhaltens zu eröffnen. Wenn es funktionierte – und für gewöhnlich funktionierte es, wenn der Patient bei der Stange blieb –, wurde Orion selbst in eine andere Dimension versetzt, in der die Menschlichkeit ihr Potenzial und ihre Hoffnung erwies. Das war wichtig für Orion.

»Nun fühlt sich jeder Teil deines Körpers, jeder Muskel warm und entspannt an«, fuhr er fort. »Genieße das Gefühl von Frieden und Stille in deinem Innern ...« Abermals verlangsamte er das Tempo seiner Worte. Seine heisere, einschmeichelnde Stimme war kaum mehr als ein Flüstern. »Genieße deine innere Stärke. Mit ihr kannst du das Zentrum der Schwerkraft finden. Vielleicht liegt es in deinem Solarplexus. ... Fühle diese Mitte in dir ... Sie ist unzerstörbar ... rein ... uranfänglich ... deine ganz persönliche Mitte.«

Während er weitermurmelte, sah er, wie ihre Augen sich schlossen und ihre Schultern in die Polsterung des großen Sessels sanken. Hypnose war Kommunikation. Zu guter Letzt würde er sie bitten, spontan ihr Verhalten zu ändern. Aber da niemand gleichzeitig spontan reagieren und Anweisungen befolgen konnte, lief die Hypnose letztendlich auf ein Paradoxon hinaus.

Um diesen inhärenten Widerspruch zu überbrücken, hatte er sie gebeten, etwas Freiwilliges zu tun – sich eine bequeme Sitzposition zu suchen und zu entspannen. Der zweite Schritt bestand darin, sie zu bitten, mit einem unfreiwilligen – oder spontanen – Verhalten zu reagieren. Aber er wusste nicht, wann oder was das sein würde. Oder ob es funktionieren würde. Dieser Teil war die große Unbekannte, und wie immer würde er sich auf sein Einfühlungsvermögen und sein Können verlassen müssen.

Mit ein wenig Glück und der Wahl des richtigen Augenblicks konnte seine Suggestion die Antwort hervorlocken, die sie suchte – was ihre Erblindung bewirkt hatte.

Er sagte: »... Du ruhst nun in deiner Mitte. Genieße es. Mit diesem inneren Fokus beginnst du jetzt, deinen Körper abzusuchen. Wessen bist du dir bewusst?« Er tippte auf ihre Augen. Ihre Blindheit war die prägende Erfahrung eines Großteils ihres Lebens gewesen.

»Ich spüre meinen Finger!« Ihre linke Hand umfasste den Ringfinger ihrer rechten.

»*Hmmm*. Verweile bei dieser Empfindung.«

»An ihm habe ich den Ring von Großvater Austrian getragen. Den, den die Mörderin geraubt hat. Ich kann es genau spüren, wo er gesessen hat.« Sie ließ die Muskeln ihrer Hand spielen und massierte den Finger.

Er sah, wie sie das Gesicht verzog. »Dabei zu bleiben ist eine tapfere und aufrechte Tat.«

Sie schwieg. »Meine Augen brennen.« Sie blinzelte, rieb sich noch immer ihren linken Finger.

»Es ist gut, diese Dinge herauszufinden.« Er beobachtete ihr verzerrtes, engelsgleiches Gesicht. Der Schmerz stieg auf wie aus tiefen Erdspalten.

»Sobald du ›gut‹ gesagt hast, hat mein Finger aufgehört, wehzutun.«

»Aha. Gut zu wissen.« Indem er noch einmal ›gut‹ sagte, hoffte er, sie auf der Spur dessen zu halten, was ihr Körper ihr zu sagen versuchte.

»Jetzt pocht er wieder.«

»Du machst das sehr gut.«

»Immer, wenn du ›gut‹ sagst, verändert sich der Schmerz in meinem Finger.« Sie zitterte, während sie über diese Empfindungen sprach. Über ihre Augen hingegen sagte sie nichts.

Er fuhr fort, ihr zuzuhören und ihre Worte und Empfindungen für sie zu wiederholen. Zum Schluss wurde klar, dass sie in einem großen Konflikt gefangen saß – hin und her gerissen zwischen dem mächtigen Drang wegzulaufen und dem nicht minder mächtigen Wunsch, zu bleiben und irgendeinen lebenswichtigen inneren Kampf auszufechten.

Er hatte noch immer keine Ahnung, wie dieser Kampf aussah, aber nach den Maßgaben der natürlichen Hypnotherapie musste er das auch gar nicht. Wenn Menschen ein Symptom aufwiesen, hieß das per definitionem, dass sie sich nicht selbst helfen konnten. Dieses Verhalten war unfreiwillig. Und Julia Austrian focht nun unfreiwillig ihren inneren Krieg aus; sie konnte nicht mehr alleine herausfinden und litt furchtbare Qualen, wenn sie beschrieb, wie die Emotionen sie zerrissen.

Sie konnte nicht weglaufen. Und sie konnte sich dem unbekannten Ungeheuer nicht stellen.

»Mir bricht das Herz.« Ihre Stimme, gepresst und angsterfüllt, stockte.

Endlich verstand er, was sie zu sagen versuchte. »Da ist Schmerz in deinem Herzen.«

Sie biss sich auf die Unterlippe. »Ja.«

Er zwang sich, gleichmäßig zu atmen, ruhig zu bleiben, sich seine Erregung nicht anmerken zu lassen – dies konnte ein entscheidender Moment sein. Er wollte sie schon bitten, spontan ihr Verhalten zu ändern –

Und sagte: »In deinem Herzen ist das Wort ›und‹.«

Wenn sie wusste, dass sie dem, was sie quälte, ins Gesicht blicken *und* gleichzeitig weglaufen konnte, konnte sie die innere Botschaft ändern, die sie lähmte. Es mochte nur eine kleine Veränderung sein, die aber wie das Bohren eines Lochs in einen Deich gewaltige Konsequenzen nach sich ziehen konnte.

»Was?« Plötzlich war sie auf der Hut. Sie konnte nicht glauben, dass sie ihn richtig verstanden hatte. Ihr Körper versteifte sich, als erwarte sie einen Schlag.

Er beobachtete sie. Sie schien zwischen Vergangenheit und Gegenwart zu schweben, erstarrt in ihrer Unfähigkeit, sich loszureißen. Er musste ihr helfen.

Er wiederholte sanft: »In deinem Herzen ist das Wort ›und‹.«

Ihre Augenbrauen zuckten in die Höhe. »Was bedeutet das?«

Er sagte: »Dein Herz pumpt das Blut durch deinen ganzen Körper, nicht nur durch ein paar Teile. Es sucht sich keine bestimmte Seite aus. Deine rechte Hirnhälfte vor deiner linken. Den rechten Fuß vor dem linken. Ob du bleibst oder wegrennst. Dein Herz umfasst alles.«

Er verstummte, hoffte. Die Anspannung in Julias Gesicht schien brüchig zu werden. Würde diese kleine Suggestion ihren Zweck erreichen? Konnte sie zu etwas Bedeutendem heranreifen? Konnte sie ihre Einstellung ändern und begreifen, dass beide Empfindungen legitim und sogar gut waren?

Sie schwieg. Sie hatte einen merkwürdigen Ausdruck im Gesicht, als sei sie in die Ferne gereist und komme erst jetzt nach Hause zurück. Mit einem Mal atmete sie tief durch und nickte. In ihrer Stimme lag ein ehrfürchtiges Staunen, als sie entgegnete: »Wer ich bin, hängt nicht von einer einzigen Entscheidung ab.« Als sei ihr eine große Last von den Schultern genommen, lächelte sie. Sie konnte weglaufen. Sie konnte bleiben und kämpfen. Sie konnte tun, was immer nötig wäre. Alles durfte sein.

Orion Grapolis strahlte. Das waren die Momente, für die er lebte. Sie schienen so unbedeutend und klein zu sein, aber sie waren das erste Loch in dem Damm. Während er sie forschend betrachtete, drängte er sie sanft weiter. »Beides entspricht der Wahrheit – du willst dieses Rätsel lösen, und du willst ihm entfliehen. Der Konflikt hat dir eine Menge Angst bereitet. Aber auch wenn er wehtut, ist Schmerz gut, weil er funktional ist. Aus dem Fehlen von Schmerz entstehen Probleme. Denk nur an Leprakranke. Der Grund dafür, dass sie sich so leicht verletzen, ist der, dass sie kein Schmerzempfinden mehr haben. Deshalb akzeptiert dein Herz den Schmerz so bereitwillig wie die Freude –«

Während er sie weiter bestärkte und beruhigte und ihr alles erklärte, konnte sie weitere kaum merkliche Veränderungen in ihrem Innern ausmachen. Sie schoben einander an, bis sie zuletzt etwas von titanischen Ausmaßen in Bewegung zu setzen schienen. Sie hatte herausfinden wollen, was ihre Blindheit verursacht hatte, hatte aber noch kaum an die Nacht ihres Debüts gerührt ...

Nun, da dieser seltsame imaginäre Duft, den sie schon früher gerochen hatte, ihren Kopf ausfüllte, fühlte sie sich frei ... und zum Reden getrieben.

Sie öffnete ihren Mund und fing zu sprechen an, ohne zu wissen, was als Nächstes geschehen würde. Es war ein Gefühl, als sei eine Barrikade in die Luft geflogen. Erinnerungen überfluteten sie – ihre Vorführung in der Carnegie

Hall, die anschließende Familienfeier in Arbor Knoll, die ruhelose Energie ihres Vaters und ihr Großvater, der ihr den Alexandritring zum Geschenk machte, während die Familie zusah und applaudierte. Die Bilder waren so klar, als ereigne sich alles just in diesem Moment: die Feier, die Unterhaltung, das Essen, die Getränke, die Familienrituale. Ihre Worte ließen den Abend wie in einem Film noch einmal abspulen, nur dass ihre Gefühle von Verwirrung und Zorn, die sich für gewöhnlich mit ihm verbanden, verflogen waren.

Sie sagte: »Das Nächste, woran ich mich erinnere, ist, blind aufzuwachen. Aber ich weiß nicht, was den Wunsch in mir geweckt hat, nie wieder sehen zu wollen.«

»Ja.«

Er saß ganz still da, wagte nicht, etwas zu sagen. Julia ihm gegenüber schwieg. Seine Erregung für sie wuchs. Ihr Körper war völlig regungslos, als sei er auf eine andere Ebene transportiert worden. Diese Reaktion hatte er schon oft gesehen: Sie hatte irgendetwas in ihrem Innern geheilt. Bei seiner Arbeit gab es viele Geheimnisse, aber am meisten von allen schätzte er das erste Aufschimmern der Wahrheit. Es war eine Geburt, wenn das Alte und Erschöpfte starb und das Neue in die Welt trat, atmend und Feuer spuckend. Er konnte nicht vorhersagen, was der Wandel beinhaltete oder wohin er führen würde, aber er wusste, sie hatte sich verändert.

Julia war tief in sich selbst versunken, empfand allmählich einen eigenartigen inneren Frieden und inneres Selbstvertrauen. Sie war sich bewusst, dass etwas fehlte. Es fühlte sich an wie eine verrostete Bremse, die schon seit Jahren angezogen gewesen war. Nun war die Bremse gelöst, und –

Sie schnappte nach Luft. Ein Schleier schien von ihrem geistigen Auge zu fallen. Etwas erwachte zum Leben. Eine ungeheure Erregung durchflutete sie, weil plötzlich so viel einen Sinn ergab –

Physisch funktionierte ihre Sehkraft sehr wohl.

Es war nur ihr Verstand, der sich zu sehen weigerte.

Zuerst hatte sie dem Publikum die Schuld gegeben. Dann hatte sie gemeint, herausfinden zu müssen, was wirklich in der Nacht ihres Debüts vorgefallen war.

Die Wahrheit jedoch war ... sie musste gar nicht wissen, was ihre Blindheit verursacht hatte ...

Sie musste gar nichts wissen ...

Musste nicht ...

Ihr Puls raste. Durch ihren Kopf wirbelte der seltsame Geruch. In ihrem Innern ächzten Granitblöcke und verschoben sich. Ihre Augen fühlten sich warm an, flüssig, und eine bittersüße Lust durchwogte sie, als ...

Sie hielt den Atem an, in der Hoffnung –

Ein greller Lichtstrahl verfestigte sich in ihrem Blickhorizont, und ihre Augen begannen plötzlich zu zittern.

Ihr Herz hämmerte. Sie hielt noch immer den Atem an, während das leuchtende Glühen sich in einem warmen, schimmernden Nebel um sie sammelte. Die Erregung machte sie schwindlig. Der Kosmos war voller Licht. Sie musste nicht wissen, warum oder wie, weil –

Sie sehen konnte!

Scharf sog sie den Atem ein. Sie sah Umrisse ... einen Schreibtisch, Stühle, einen niedrigen Tisch und einen untersetzten Mann mit Schnurrbart und Bauch, der mit dem freundlichsten Ausdruck, den sie je gesehen hatte, zu ihr herüberschaute.

Ihre Kehle war wie ausgetrocknet. Sie fuhr sich mit der Zunge über die Lippen. Sie lächelte. Orions wachem Gesichtsausdruck konnte sie entnehmen, dass er wusste, dass etwas Außergewöhnliches geschehen war.

»Ja?«, erkundigte er sich erwartungsvoll.

»Ich kann sehen«, flüsterte sie. Dann rief sie aus tiefstem Herzen: *»Ich kann sehen!«* Sie sprang auf und stürzte auf ihn zu.

Ihre Augen nahmen gierig seinen silbergrauen Schnurrbart in sich auf, seine rosigen Wangen, sein weißes Hemd mit dem kleinen blauen Karomuster, seine erstaunten blauen Augen. Er erhob sich, und sie schlang die Arme um ihn.

Tränen strömten ihr über die Wangen.

Er umarmte sie und spürte ihr Herz wie das eines gerade befreiten Vögelchens gegen seine Brust hüpfen. »Ach, Julia. Ich bin ja so froh für dich! So irrsinnig froh.« In seiner Kehle bildete sich ein Kloß. Er tätschelte ihren Rücken.

Strahlend löste sie sich von ihm. »Ich musste gar nicht herausfinden, warum ich blind war, nicht wahr?«

»Offenbar nicht. Manchmal ist es so. Das Symptom wird ausgelagert.«

»Oh, Orion! Ich wusste ja gar nicht, wie hübsch du bist!« Sie betrachtete sein breites Gesicht mit der kühnen Adlernase. Und dann ließ sie ihren Blick durch das Behandlungszimmer mit den freundlichen Farben und der geschmackvollen Einrichtung im Queen-Anne-Stil schweifen. »Ich hatte vergessen, wie fröhlich die Welt ist. Ich habe so viel verpasst!«

Lächelnd wandte sie sich ihm wieder zu. Er wartete geduldig, fragte sich, was sie wohl als Nächstes tun würde.

Sie legte ihren Kopf zur Seite, und ihr Blick glitt über sein Gesicht. Sie musterte ihn mit einer solchen Intensität und Liebe, dass er das Gefühl bekam, er werde ihrem Gedächtnis für immer einverleibt. Gleichzeitig durchbohrte ihn ein Widerhall ihrer schmerzlichen Einsamkeit und Verlassenheit und traf ihn bis ins Mark.

Dann überraschte sie ihn. Sie legte beide Hände auf seine Wangen. »Das tun Leute, die sehen können, doch immer«, murmelte sie. »Erst gucken sie, dann berühren sie etwas. Ich habe gerade gehandelt wie jemand, der sehen kann.«

Von neuem durchströmte sie die Freude. Nun konnte sie die Mörderin ihrer Mutter finden. Rasch unterdrückte sie das Verlangen, sie zu töten.

18

Schatten durchdrangen die Maisonette im ersten Stock des eleganten Manhattan-Gebäudes. Im Büro brannte nur die Schreibtischlampe. Maya Stern legte das Telefon auf, knipste das Licht aus und ging ins Foyer. Sie schnappte sich ihren Koffer und nahm ihn schnell in die Gästetoilette mit. Sie hatte neue Befehle von Creighton Redmond erhalten.

Der Geruchssinn der Blinden war zu gut ausgeprägt. Gefährlich. Die Killerin wusch ihr Parfüm ab. Vor dem Spiegel zog sie die .38 Smith & Wesson aus dem Segeltuch-Pistolenhalfter in ihrem Kreuz, einer Spezialanfertigung. Die Seriennummer der Waffe war ausgebrannt. Niemand konnte ihren Ursprung ermitteln.

Sie trug jetzt einen strengen grauen Hosenanzug mit einer schwarzen Seidenbluse und flache, schwarze Hush Puppies. Ihre Kleidung war attraktiv und konservativ, aber, noch wichtiger, sie konnte sich unbehindert in ihr bewegen. Ihr Make-up passte zu ihrem schlichten, maßgeschneiderten Outfit – ein neutraler rosafarbener Lippenstift und dunkler Kajallidstrich.

Sie sah sich selbst nicht in der Kategorie schön oder hässlich. Wie ein Schauspieler dachte sie von ihrem Körper als einem Instrument, einem Werkzeug, und so kleidete sie ihn, machte ihn zurecht und entwarf ihn für jede Rolle neu. Das machte ihr Spaß. Für den Auftrag als Julia Austrians Gesellschafterin hatte sie ein schlichtes und ein ganz klein wenig sprödes Äußeres gewählt.

Sie öffnete ihren Koffer, nahm den Schalldämpfer heraus und schraubte ihn auf die .38. Sie überprüfte den Ladestreifen der Pistole. Lud sie. Ersetzte den Ladestreifen, legte an und fand auf der Stelle das Gleichgewicht. Ein träumerisches Lächeln erschien auf ihrem Gesicht.

Sie steckte die Pistole wieder in das Halfter. Sie holte eine zweite .38 aus ihrem Koffer und überprüfte auch deren Ladestreifen. Unter der Hose trug sie als Teil ihrer Ersatzkluft schwarze Leggings. Sie befestigte ein leichtes Segeltuchhalfter an ihrem Bein, wo es unter ihrer Hose verborgen war. Ließ die zweite .38 in das Halfter gleiten.

Dann steckte sie die abgeschnittenen Enden von zwei Babyflaschenaufsätzen in ihre Jackentasche.

Zuletzt holte sie ihr Dietrich-Set hervor. Jeder Gegenstand war mit Gummi eingefasst, um lästiges Klimpern zu vermeiden. Auch das ließ sie in ihre Jackentasche gleiten.

Jetzt war sie bereit, die Blinde unter die Lupe zu nehmen. Creighton Redmond wollte wissen, was im Behandlungszimmer des Therapeuten vor sich ging.

Sie machte auf dem Absatz kehrt, trabte durchs Foyer und nach draußen zum Gebäudeaufzug. Hinter der Glastür sah sie den Portier mit seiner himmelblauen Livree. Im Aufzug liebkoste sie den Knopf für den vierten Stock. Drückte ihn voller Vorfreude.

Orion Grapolis' geräumiges Behandlungszimmer schien zu klein, um Julias Glück zu fasen. *Sie konnte sehen.* Jetzt war wieder alles möglich. Doch während sie sein freundliches Gesicht in sich aufnahm, war sie in Gedanken bereits mit etwas viel Wichtigerem beschäftigt – dem Tod ihrer Mutter. Der Schmerz schien ihr die Brust zusammenzupressen. Sie konnte sehen, ihre Mutter jedoch blieb tot. Und immer noch war alles ihre Schuld. Sie musste jetzt zurück nach London fliegen. Sie würde mit Scotland Yard zusammenarbeiten – ob sie das wollten oder nicht. Sie hatte die finanziellen Mittel, sich zu besorgen, was sie wollte, und sie würde einen Weg finden, sich mit Geld Zugang zu den polizeilichen Ermittlungen zu beschaffen.

»Wo gehst du hin?« Erstaunt drehte Orion Grapolis sich um, als Julia auf die Tür des Behandlungszimmers zustürmte.

»Ich muss den Chief Superintendent anrufen – den Mann, der in London Mutters Tod untersucht. Und dann muss ich ein Taxi zum Kennedy-Flughafen bekommen –«

Orion gluckste in sich hinein. »So viel so schnell. Setz dich. Bitte. Du hast mir bis hierhin vertraut, bitte vertrau mir auch weiter. Setz dich wieder hin, Julia!«

Sie runzelte die Stirn. »Du verstehst das nicht –«

»Ach, meine liebe Julia, ich glaube, ich verstehe dich sehr gut. Du bist wie ein Frosch auf der Herdplatte. Immer bereit zum Absprung. Aber das Problem ist, dass du von nun an alle Herdplatten meiden wirst, ob sie nun kochend heiß oder kühl wie ein Herbsttag sind. Du musst zwischen heiß und kalt unterscheiden lernen – zwischen Wirklichkeit und Einbildung, zwischen dem, was du kannst, und dem, was du nicht kannst.«

Betroffen sank Julia wieder in ihren Sessel. Orions Augen leuchteten, als habe er gerade sein Lieblingsgeburtstagsgeschenk erhalten. Er faltete seine Hände über seinem gewaltigen Bauch und verknotete versonnen seine Finger. Er strahlte Wärme und Mitgefühl aus, und Julia hatte den Eindruck, er habe nicht einen unehrlichen Knochen in seinem rundlichen Körper. Kein Wunder, dass Edda ihn anbetete und die Geplagten und Verlorenen Schlange standen, um seine Patienten werden zu dürfen.

Sie aber konnte es sich jetzt nicht leisten, mehr Zeit mit Gesprächen zu verlieren. In London hatte sie die Neuigkeit vor ihrer Mutter geheim gehalten, hatte ihr die Freude vorenthalten, Anteil an ihrem wiedergewonnenen Augenlicht zu nehmen ... bis es fast zu spät war. Und dann hatte sie bei ihrer Rettung versagt. Sie musste die Mörderin ihrer Mutter finden.

Sie zwang sich, mit ruhiger Stimme zu sprechen: »Was willst du mir sagen, Orion?«

»Zuerst: Es ist sinnlos, dass du dir Vorwürfe machst, weil du das Leben deiner Mutter nicht retten konntest. Du hattest keine Kontrolle darüber, ob du sehen konntest oder nicht.« Er hob die Schultern. »Ich weiß, ich weiß. Du glaubst, du verstehst es. Trotzdem haben wir noch keine Kristallkugel für deine Zukunft –«

»Orion!«

Er schüttelte den Kopf. »Bitte. Hör mich an. Zunächst, Konversionsstörungen sind schon seit langer Zeit in unterschiedlicher Ausprägung bekannt. Im Ersten Weltkrieg gab es eine Reihe von Fällen, wir nannten das Bombenneurose. Und im Zweiten Weltkrieg nannten wir es Kriegsneurose. In Vietnam und nach der Aktion Wüstensturm posttraumatisches Syndrom. Egal, wie wir es nennen, jedenfalls verlieren in jedem Krieg ein paar Soldaten die Beherrschung über ihre Beine oder Augen oder Ohren, ohne dass eine reale Verwundung vorliegt. Und dennoch können sie sich nicht bewegen, können nicht hören oder sehen, oder vielleicht sind auch ihre ›Nerven‹ zur Hölle geschossen, und sie zittern die ganze Zeit. Manche von ihnen genesen wieder. Ein paar wenige nicht. Es kommt auch im zivilen Leben vor. Menschen – meistens junge Frauen – können plötzlich nicht mehr sprechen oder gehen oder, wie in deinem Fall, sehen. Alles ist gut dokumentiert –«

»Und?«, drängelte sie ungeduldig.

»Das sind Erscheinungsformen deiner Konversionsstörung. Einst bezeichnete man es als Konversions*hysterie*, aber mit dem Ausdruck ›Hysterie‹ verbinden sich solche Vorurteile und Missverständnisse, dass die Amerikanische Psychiatrische Gesellschaft sich entschlossen hat, den Begriff ›Konversionsstörung‹ zu verwenden. Wie dem auch sei, das Leiden ist bereits seit einer geraumen Weile bekannt. Tatsächlich behandelt das Ayurwedik in Indien es seit zweitausend Jahren, indem man mit Arzneistoffen versetzte Milch über die Stirn des Patienten gießt. Hier, im westlichen Kulturkreis, ist die Hypnose seit den Tagen von Freud die bevorzugte Behandlungsmethode, aber selbst die schlägt nicht immer an.«

»Orion, es tut mir leid, aber worauf willst du hinaus?«

»Der Verstand ist ein komplexes Instrument, viel zu hoch entwickelt, selbst für unsere besten Wissenschaftler und Apparaturen. Aber bestimmte Dinge wissen wir schon. Zum Beispiel wissen wir, dass eine Konversionsstörung ein psychiatrischer Zustand ist, in dem aus einem psychischen Konflikt oder Bedürfnis heraus eine körperliche Dysfunktion entsteht.«

»Das ist mir bekannt –«

Dann meinte sie ein Geräusch zu hören. Es war so leise, dass es genauso gut nicht existieren konnte. Es war mehr wie ein Atemhauch in ihrem Nacken. Ihre gut trainierten Ohren meinten es zu hören. Aber sie irrte sich sicher. Sie drehte sich nicht um, um zu der Tür zu schauen, die sich vom Behandlungszimmer auf den Flur öffnete.

Orions Gesicht nahm einen grimmig entschlossenen Ausdruck an. Er wusste, dass alle, die an dieser Störung litten, die Unfähigkeit gemein hatten, irgendeine Seelen fressende Verzweiflung zu artikulieren – ja, manchmal sich auch nur bewusst an sie zu erinnern. »Ich muss dich warnen – ich kann dir nicht garantieren, dass du deine Sehkraft behalten wirst. Wir können die Vermutung wagen, dass du sie wiedererlangt hast, weil du bereit bist, dich dem zu stellen, was deine Blindheit ursprünglich ausgelöst hat. Solange du nicht bereit bist, das Trauma aufzudecken und dich ihm zu stellen – und es handelt sich zweifellos um etwas Schwerwiegendes und Erschreckendes –, besteht ein beträchtliches Risiko. Denn du kannst, wenn etwas wie dein Ring dich daran erinnert, einen Rückschlag erleiden und erneut erblinden. Es muss nicht dazu kommen. Aber die Möglichkeit besteht. Manchmal kehrt ein Symptom zurück. In dem Falle versuche dich an diese Hypnosestunde zu erinnern. Ich habe dir gesagt, dass du es auch alleine tun kannst, und das ist die Wahrheit. Ich kann dich nicht gehen lassen, bevor du das nicht begriffen hast.«

Das Ohr am Türspalt, lauschte Maya Stern der Warnung des Arztes, die für sie nicht von Interesse war. Stattdessen war ihre gesamte Aufmerksamkeit auf das konzentriert, was er davor gesagt hatte: *Ich kann dir nicht garantieren, dass du deine Sehkraft behalten wirst.* Die Neuigkeit ließ sie wie angewurzelt stehen bleiben.

Das Austrian-Weib konnte wieder sehen.

Lautlos zog sie den Dietrich aus dem Schloss und ließ ihn wieder in ihre Tasche gleiten. Mit sicheren Bewegungen zog sie ihre Smith & Wesson aus dem Rückenhalfter. Sie fühlte, wie ihr Herzschlag sich verlangsamte. Erregung und Lust durchfluteten sie.

Orion sagte: »In zwei Wochen bin ich wieder zurück, und dann musst du mich noch einmal aufsuchen. Wir werden weiterarbeiten, bis du das Trauma, das deine Blindheit verursacht hat, dingfest machen kannst.«

Julia entgegnete: »Danke, Orion. Wie kann ich dir je sagen, wie viel mir das, was du für mich getan hast, bedeutet?«

»Dieses Lächeln von dir genügt mir.« Er legte den Kopf schräg, und sein breites Gesicht verzog sich zu einem Grinsen. »Dafür mache ich mir schließlich die ganze Arbeit ...«

Diesmal war Julia sich sicher. Ihre Ohren sagten ihr, dass sie etwas gehört hatte. Und da war noch mehr ... da war der schwache Geruch von Normas Parfüm. Er war kaum wahrnehmbar, aber sie hatte den Geruch in der Limousine und in der Maisonette oft genug aufgenommen, dass er sich in ihrem Hirnstamm unauslöschlich eingebrannt hatte. Sie drehte sich herum, wütend, dass Norma ihr hinterherspionierte. Norma war offensichtlich durchgedreht. War ausgerastet und meinte, ihre hilflose neue Schutzbefohlene behüten zu müssen –

»Norma!«, sagte Julia in tadelndem Tonfall und starrte auf den Türspalt. Sie erschrak.

»Julia? Was ist denn?«, wollte Orion wissen.

Das Gesicht in dem Türspalt war das Gesicht der Mörderin ihrer Mutter: die gewölbten Augenbrauen, das kurze schwarze Haar, die hohlen Wangen und die schwarzen, granitenen Augen, die sich schnell zu Schlitzen verengten, die Situation abwogen. Auf der Stelle explodierten in Julias Kopf Wut, Trauer und Schuldgefühle. Alles, was in den vergangenen 24 Stunden vorgefallen war ... der brutale Tod ihrer Mutter, der abermalige Verlust ihres Augenlichts, das tief sitzende Schuldgefühl, dass sie für den Tod ihrer Mutter verantwortlich sei ... all das schmolz zu einem Blitz gewalttätigen Zorns zusammen. Ihre Hände wollten sich um den Hals der Frau legen und zudrücken, bis sich nichts mehr regte. Bis die Mörderin so tot war wie ihre Mutter.

Julias Stimme gellte: *»Ich bringe dich um!«* Sie sprang auf.

Dann entdeckte sie die Waffe, die aus dem Türspalt auf sie zielte.

»Nein!«, rief Julia. »Nicht!« Sie ließ sich auf den Teppich hinter dem großen Sessel fallen. »Orion –!«

Es gab ein leises *Twack*. Auf dem Boden drehte sie sich blitzschnell um und sah, wie die erste Kugel ins Herz des Psychologen traf. Die zweite folgte umgehend, durchschlug das Blut und das zerfetzte Gewebe der ersten Wunde.

Orion schnappte nach Luft. Es fühlte sich an, als sei ihm ein Lastwagen gegen die Brust gefahren. Schmerz durchzuckte sein Gehirn. Blut sprudelte hervor und floss seinen Bauch hinunter. In diesem Augenblick öffnete sich die Tür hinter Orion.

Es war Edda Grapolis, Orions Frau. »Julia! Warum schreist du Orion an? Deine Stunde ist beinahe zu Ende. Was geht hier vor? *Orion!«* Edda sah seinen zusammengesackten Körper. Sie sah Julia, die sich, auf dem Boden kauernd, versteckte. Sie kreischte los.

Für Julia war es fast so, als werde sie noch einmal Zeuge der Ermordung ihrer Mutter: das Staunen auf Orions mitfühlendem Gesicht. Der Schmerz, der seine Züge verzerrte. Die Hände, die sich zu einer flehenden Geste erhoben. Dann auf seine blutige Brust zurückfielen und schlaff in seinen Schoß glitten. Irgendein primitiver Teil in ihr wusste, dass auch er tot war. Die Angst machte sie fast wahnsinnig. Der heiße, metallische Gestank seines Bluts verpestete die Luft. *Ermordet!*

Und sie würde die Nächste sein.

Bevor auch nur ein weiterer Sekundenbruchteil verging, stürzte sie durch die Tür in das angrenzende Apartment der Grapolis'. Während Eddas schrille Schreie sie begleiteten, rannte Julia durch die Eingangshalle auf die Treppe zu. *O mein Gott! Sie war schuld an Orions Tod!*

Sie unterdrückte den schier überwältigenden Drang, zurückzugehen, alles zu erklären, Edda und Orion beizustehen, die Killerin zu bekämpfen. Sie zwang sich, weiterzulaufen.

All das geschah binnen weniger Sekunden. Als die Ehefrau sich vor den toten Psychologen kniete und zu schluchzen begann, hielt Maya Stern in der schmalen Türöffnung inne. Ihre Befehle lauteten, dass sie es wie einen Unfall aussehen lassen sollte, falls sie die Austrian töten müsste. Zumindest sollte sie die Einzelheiten so arrangieren, dass nicht die geringste Spur zu Creighton Redmond zurückführte.

Wenn sie sie hier tötete, musste sie auch die andere Frau, Grapolis' Frau, töten. Der Fall würde Schlagzeilen machen. Es würde eine polizeiliche Untersuchung geben. Sie würden Verdächtige benötigen –

Edda Grapolis streckte ihre zitternden, von Altersflecken übersäten Hände vor sich aus, als seien es Zauberhände, die das Blut und den Tod ungeschehen machen und ihr ihren geliebten Orion zurückbringen könnten. »Julia!«, flüsterte sie, um dann zu schreien: »Was hast du getan, Julia? O mein Gott!«

Maya hegte keinen Zweifel, dass sie imstande wäre, Julia Austrian zu stellen und zu töten. Die Austrian war eine blutige Amateurin. Sie konnte nie schnell oder weit genug weglaufen, um ihr zu entkommen. Es war lediglich eine Frage der Zeit. Aber jetzt konnte sie den Druck auf die Austrian erhöhen und Orion Grapolis' Ermordung jemand anderem in die Schuhe schieben. Die Witwe des Toten hatte sie da auf eine Idee gebracht.

Maya wischte rasch ihre Fingerabdrücke von der verstummten .38 und ließ sie über den kurzflorigen Teppich gleiten. Mit einem kleinen Ruck kam sie neben dem Sessel, in dem Julia Austrian gesessen hatte, zu liegen.

Sie lächelte, schloss die Tür und zog ihre Ersatzpistole aus dem Beinhalfter. Maya lief ans Ende des Flures, riss die Tür zum Notausgang auf, raste die Feuertreppe hinunter und stürzte in die kalte Stadtnacht hinaus. Sie entdeckte die Austrian sofort.

Ihr hellbraunes Haar wehte im Wind, während sie in südlicher Richtung über die Park Avenue lief. Julia trug Segeltuchschuhe und einen weißen Blazer, der fast so hell leuchtete wie die Neonlampen der Straßenbeleuchtung. Sie hatte kein Transportmittel. Kein Geld und keine Kreditkarten bei sich. Keine Waffen, um sich zu verteidigen. Nicht mal Münzen, um einen Anruf zu tätigen.

Maya lächelte wieder und sprintete los. Die Austrian war so gut wie tot.

ZWEITER TEIL

SAM KEELINE

19

19.02 Uhr, Samstag
NEW YORK City

Auf der Suche nach einem Parkplatz im Schatten der Nacht fuhr Sam Keeline in nördlicher Richtung über die Park Avenue. Er hatte kaum Augen für die großartigen Apartmenthäuser, die diese exklusive Wohngegend bestimmten, oder für die in kleinen Grüppchen über die Bürgersteige hastenden Fußgänger. Er war voll und ganz auf sein Treffen mit Julia Austrian konzentriert.

Als er auf das aus rötlichem Granit bestehende Gebäude der Asiengesellschaft zufuhr, dachte er mit quälender Sehnsucht an das Bernsteinzimmer. Nach dem Krieg hatte es eine Menge Gerüchte gegeben –

Eins besagte, SS-Offiziere hätten sowjetische Kriegsgefangene gezwungen, das Bernsteinzimmer zu verstecken, und sie anschließend erschossen. Ein anderes besagte, die SS habe es durch einen Tunnel bis Berlin geschafft, den ganzen Weg von Königsberg aus – völlig unglaubwürdig, aber ein gutes Beispiel für die blühende Fantasie im Umfeld dieses Wunderwerks der Kunst. Andere meinten, der Burgverwalter habe es irgendwo außerhalb von Königsberg versteckt und die Sowjets dann glauben gemacht, es sei vernichtet worden. Und weil GIs jede Menge Beute mit nach Hause gebracht hatten, gab es eine Version, die besagte, dass die Deutschen es in einem ihrer Salzbergwerke, in Grasleben oder Merkers, eingelagert hätten. Dort hätten GIs es entdeckt und heimlich in die Staaten verschifft. Eine letzte Version behauptete, sowjetische Offiziere hätten es gefunden und insgeheim in die Katakomben des Kreml verbracht, wo sich seine Spur verlor.

Und dann wanderten Sams Gedanken zu dem Bernstein selbst, den mehreren Hundert Quadratmetern dieses kostbaren Materials. Er war kein religiöser Mensch, formulierte aber trotzdem in einem kurzen Stoßgebet, Julia Austrian möge etwas über das Bernsteinzimmer wissen. Sie wohnte in einem der Gebäude, keine zwei Blocks entfernt.

Sollte sie nicht freiwillig mit dem herausrücken, was sie wusste, so war sein Entschluss, würde er es auf andere Weise aus ihr herausbekommen. Offenbar war sie zu reich, um bestechlich zu sein. Aber vielleicht konnte er sie überrumpeln. Oder einschüchtern. Außerdem bestand immer die entfernte Möglichkeit, dass sie sich vernünftigen Gründen nicht verschließen würde. Aber das bezweifelte er. Die Reichen waren meist zu sehr daran gewöhnt, ihren Willen zu bekommen, als dass logische Überlegungen zu ihrem täglichen Brot gehörten. Er reinigte seine Gedanken gerade von allen Vorurteilen und bereitete sich darauf vor, die Einwände zu entkräften, die Julia Austrian seiner Meinung nach vorbringen konnte, als er um ein Haar einen erstaunlichen Anblick verpasst hätte –

Er fuhr langsamer. Zuerst glaubte er, sich schlicht getäuscht zu haben. Nach dem flüchtigen Blick, den er erhascht hatte, ähnelte die Frau Julia Austrian – langes, goldbraunes Haar, schlanker Körperbau. Aber sie rannte die Park Avenue hinunter, als sei ihr ein MIG-Kampfflugzeug auf den Fersen. Die Art und Weise, wie sie Hindernissen und Leuten auswich, sagte ihm zudem, dass sie imstande sein musste, zu sehen. Mit jahrelang trainierten Sinnen prägte er sich in Windeseile ihr Gesicht ein – die großen Augen, die feine Nase, das hoheitsvolle Profil. Ihre vollen, rosigen Lippen waren leicht geöffnet, ihre dunkelbraunen Augenbrauen zu einem perfekten Bogen hochgezogen, der tödlichen Schrecken und Zorn ausdrückte. Wie eine Verrückte preschte sie immer wieder auf die Straße, um ein Taxi anzuhalten.

Das konnte nicht Julia Austrian sein. Sie war schließlich blind.

Aber er erinnerte sich daran, heute Morgen bei seinen Recherchen gelesen zu haben, dass sie Gewichte stemmte und ein regelmäßiger Gast in den Fitnessstudios der Luxushotels rund um den Globus war, in denen sie gerade abstieg ... Das alles war Bestandteil ihrer professionellen Lebensweise und sollte ihr die Muskeln und die Kraft verleihen, großen, schwierigen Werken wie Rachmaninoffs 3. Klavierkonzert zu einem mächtigen Klang zu verhelfen.

Aber wer jagte sie? Und warum?

Dann entdeckte er ihren Verfolger – eine schwarzhaarige Frau in einem dunkelgrauen Hosenanzug. Sie verschmolz fast mit der Stadtkulisse, so unauffällig war ihre Kleidung im Schatten der Nacht. Aber ihre Schnelligkeit verriet sie. Weiße Lichtlinien schienen an ihren Fersen zu haften, als sie sich geschickt zwischen den Fußgängern hindurch schlängelte.

Bei dem Tempo, mit dem sie sich bewegte, würde sie Julia bald eingeholt haben –

Entsetzen und Wut trieben Julia an, als sie der Frau zu entkommen versuchte, die ihre Mutter umgebracht hatte. Die Orion umgebracht hatte. Die jetzt sie umbringen wollte. Ihr Magen verkrampfte sich zu einem harten Knoten. Ihre Schläfen pochten vor Furcht.

Lauf. Lauf.

Schneller. Schneller.

Und der Kopf dröhnte ihr, so verwirrend waren all die Eindrücke. Es gab so viel zu sehen.

Sie war so lange blind gewesen, dass die üblichen Filter, mit denen die Gehirne sehender Menschen Reize sortieren, bei ihr durch ständige Unterforderung nur schwach ausgebildet waren.

Beeil dich! Du musst schneller laufen!

Zu viele Verkehrsschilder. Hupende Taxis. Gehetzte Gesichter.

Bordsteine. Dahinhastende Füße. Betonbalkone. Straßenlaternen. Quengelnde Kinder. Hunde an der Leine zum abendlichen Gassigehen. Ärgerliche Erwachsene, die ihr hinterherschimpften, weil sie sie auf ihrer panischen Flucht vor der Killerin gerammt hatte.

Ich kann nicht anhalten, um ein Taxi zu stoppen. Zeit, diesen Plan aufzugeben. Hab' sowieso kein Geld.

Schneller! Schneller!

Sie hatte sich so nach der Welt der Augen gesehnt. Jetzt blieb ihr keine Zeit, um sich an sie zu gewöhnen.

Es war zu viel Veränderung auf einmal. In ihrem Kopf wurde es immer chaotischer. In dem traditionsreichen Konzertsaal oder vorhin in Orions Behandlungszimmer waren die Unterschiede ihr nicht so aufgefallen ... *Orion ist tot.* Ihre Füße trugen sie weiter, und sie verbannte Orions gewaltsamen Tod aus ihren Gedanken. Damit durfte sie sich jetzt nicht belasten. Jetzt musste sie nur dafür sorgen, dass ihre Füße immer weiter rannten.

Sie legte noch einmal Tempo zu. Ihre Lunge brannte. Und wohin sie auch sah, wurde sie von lähmendem Wandel überfallen. Sie saß in den Kleidern und den seltsamen Frisuren und selbst in einigen der Gebäude, obwohl sich in diesem Bezirk der Park Avenue die meisten Bauten lediglich durch ihre langweilige Gleichförmigkeit auszeichneten. Darüber musste sie beinahe lachen – Stabilität.

In einem Geistesblitz erinnerte sie sich an das letzte Mal, als sie 740 Park Avenue gesehen hatte – es war von

Gerüsten und Baunetzen verhüllt gewesen. Es handelte sich um eines von Manhattans beeindruckendsten Gebäuden, und sie entsann sich noch deutlich, wie dunkel und trist es ausgesehen hatte, bevor es eingerüstet worden war. Jetzt war seine kohlegeschwärzte Kalksteinverkleidung gesäubert und zu einem hellen viktorianischen Grau geworden. Leuchtend ragte der Prachtbau vor ihr auf, wo sie sich nur an Schmutz und Gerüste erinnerte.

Nicht stehen bleiben. Nicht nachdenken. Rennen. Rennen. Rennen.

Sie musste sich daran gewöhnen. An alles. Sofort.

Ihr Schweiß rann in Strömen an ihrem Körper hinunter. Sie warf einen Blick zurück über ihre Schulter. Die Mörderin holte auf. Todesangst hämmerte durch ihre Adern. Sie würde erschossen werden.

Ohne anzuhalten, stürzte Julia sich bei roter Ampel über die Siebzigste. Hupen schrillten. Bremsen quietschten. Im Zickzack wand sie sich zwischen den Autos hindurch.

»Blöde Kuh!«, schrie der Fahrer eines Pickups hinter ihr her.

»Fick dich, du dumme Ziege!«, schimpfte jemand anderes.

Aber sie hatte es geschafft. Mit gedrosselter Geschwindigkeit lief sie ostwärts über die Lexington Avenue.

»Julia Austrian!«, rief ein Mann von der Straße ihr zu.

Sie drehte sich nicht einmal um. Sie konzentrierte sich ganz auf ihre Füße.

Rennen. Rennen. Rennen. Atmen!

Ihre Muskeln begannen vor Belastung zu zittern. Sie wurde langsamer. Sie würde es nicht schaffen –

»Julia Austrian!«

Sie überhörte die Stimme. Sah sich aber um. Eigentlich konnte sie es sich nicht leisten, aber sie musste es wissen.

Sie verspürte einen leichten Hoffnungsschimmer, denn die Killerin musste bei der Überquerung der Straße Zeit verloren haben.

»Julia Austrian! Ich bin Sam Keeline. Ich habe angerufen, erinnern Sie sich?«

Sam starrte ihr hinterher. Jetzt gab es keinen Zweifel mehr. Sie war es, und plötzlich schaute sie ihn über die Schulter hinweg an. Er vergaß zu atmen, als er sie genau in Augenschein nahm. Ihr Gesicht war schweißüberströmt, was aber die Schönheit ihrer feinen Züge und den sinnlichen Mund nur noch unterstrich. Ihr langes Haar war ein üppiges Gewirr aus goldenen Locken und Wellen. Sie hatte einen flachen Bauch und hoch angesetzte Brüste, und sie bewegte sich mit einer fließenden Eleganz, die ihn an Sandstrände, warme Sonne und Sex denken ließ.

Als sie sich umdrehte, sah Julia einen burgunderroten, jeepähnlichen Wagen hinter sich her rasen, und der Kerl hinter dem Lenkrad beugte sich mit ernstem Gesicht zum heruntergekurbelten Fenster des Beifahrersitzes hinüber. Er hatte sandfarbenes Haar und eine tiefe Falte zwischen den Augenbrauen. Ein Fremder. Aber dann sah sie in seine Augen. Sie waren grau und tief in den Höhlen liegend und schienen ganz in dem aufzugehen, was er gerade tat. In seinen Zügen entdeckte sie einen unbewussten, wilden Magnetismus. Ein gefährliches Gesicht.

Sie hörte ihn wieder rufen: »Sam Keeline, erinnern Sie sich!« Er hielt irgendeine Art von Ausweis vor das Fenster. »CIA. Steigen Sie ein! Ich helfe Ihnen.«

Ihr helfen? Oh ja. Bestimmt! Wie passend. Der CIA eilte zu ihrer Rettung. Sonst noch was?

Ihn traf ein ungläubiger Blick. Sie verbannte ihn aus ihren Gedanken. Hastete weiter in Richtung der Lex. Der Sauerstoff zerriss ihr die Lunge. Wie lange konnte sie noch weiterlaufen? Sie war zwar trainiert, aber langsam dämmerte ihr, dass sie nicht in der Lage wäre, dieses brutale Rennen zu gewinnen.

Sam trat aufs Gas, um mit ihr Schritt zu halten. Julia trug eine Matrosenhose und einen weißen Blazer, der jedes Mal, wenn sie aus dem Schatten dieser adretten Stadthäuser, Erkerfenster und gusseisernen Zäune in der schmalen Straße trat, wie ein Leuchtfeuer aufschien.

Inzwischen holte ihre Verfolgerin wieder auf. Die Schwarzhaarige hatte mehrmals mit der Pistole gezielt, aber immer hatte das Gewühl auf den Bürgersteigen sie bisher davon abgehalten, zu schießen. Die beiden Frauen prallten auf ihrem verrückten Rennen gegen Menschen, schoben sie beiseite, woben eine zickzackförmige Gasse zwischen sich und zogen eine Spur von Verwünschungen hinter sich her.

Sam schäumte innerlich, während er sich bemühte, sich einen Überblick über die Situation zu verschaffen. Dann kam es zu einem jener Augenblicke, in denen sich voneinander unabhängige Ereignisse zu einem Ergebnis zusammenfügen: Die Mehrheit der Fußgänger räumte die Mitte des Gehwegs, um vor Gebäuden oder Wagen stehen zu bleiben, und gab eine Schneise frei, als habe Gottes Hand das Rote Meer geteilt.

Die Verfolgerin hatte endlich freies Schussfeld. Sie brachte ihre Pistole in Anschlag und zielte.

Julias Rücken vor ihr gab mit seinem weißen Blazer ein perfektes Ziel ab.

Sam reagierte automatisch. Er konnte es nicht zulassen, dass dieser Frau etwas geschah. Er wollte das Bernsteinzimmer, und die Austrian-Tochter wusste eventuell etwas darüber. Als die Menge sich teilte, riss er das Lenkrad nach rechts und fuhr den Durango mit dem Vorderrad über die Bordsteinkante.

Fußgänger kreischten auf und spritzten auseinander. Ein Lieferjunge auf einem Fahrrad musste jäh in die Bremsen steigen und vollführte einen Salto über seine Lenkstange; seine Pizzabox flog drei Meter weit.

Julia warf einen erstaunten Blick hinter sich. In Sekundenschnelle erkannte sie, was geschehen war, und sah ihre vielleicht einzige Chance zur Flucht. Sie sprang auf das Fahrrad des Lieferjungen und strampelte die Siebzigste hinunter. Ihr Atem in der Nacht bildete kleine, weiße Wölkchen.

Auf der Straße brach mittlerweile neuer Lärm aus. Räder quietschten. Hupen ertönten. Benommen rappelte der Fahrradfahrer sich auf und schickte wilde Flüche hinter Julia her, die Geschwindigkeit aufnahm und um die Ecke zur Lexington Avenue bog.

»Ziehen Sie diesen Blazer aus!«, brüllte Sam ihrem leuchtenden Rücken noch hinterher, als sie auch schon um die Ecke verschwand.

Die Verfolgerin schien kaum aus dem Tritt gekommen zu sein. Als Sam aus dem Durango sprang, machte sie einen Satz und rollte sich wie ein Profi über die Motorhaube ab. Dabei begegneten sich ihre Augen für Bruchteile von Sekunden, und Sam sah ein Erkennen in ihren kalten, ausdruckslosen Augen aufblitzen. Obwohl der Augenblick kaum einen Lidschlag dauerte, hatte auch Sam einen Geistesblitz – er kannte sie von irgendwoher.

Er versuchte, das Gesicht, die versteinerten Augen, das kurze schwarze Haar einzuordnen. Wo immer er sie gesehen hatte – bei der Gelegenheit waren ihre Haare nicht schwarz und kurz gewesen. Sie hatte ein hartes Gesicht. Es war, als lägen diese viel zu perfekten Züge über einem Gletscher. Die Wangenknochen standen hervor, mit verführerischen Höhlungen darunter. An der Art, wie sie sich bewegte, konnte er ablesen, dass sie einen gut gebauten

Körper hatte. Aber sie hatte sich so ausstaffiert, dass sie schlicht und unscheinbar wirkte, und ihre Kleidung war weit und unmodern. Er hatte eine Frau vor sich, die daran gewöhnt war, die Welt zu täuschen. Kannte er sie daher? War er ihr irgendwann während seiner Außendienstjahre bei der Firma begegnet?

Im Augenwinkel bekam er mit, wie jemand sein Handy herausriss. Die Zeiten, als die New Yorker passiv, blind und unempfindlich gegenüber Gewalt waren, waren vorbei.

Er konnte seine Knarre ziehen. Er konnte die Frau töten. Aber warum war sie hinter Julia her? Sam wollte mehr erfahren.

Als sie leichtfüßig auf der anderen Seite des Durango landete, sausten seine beiden Fäuste mit einer halbkreisförmigen Bewegung in einem *hasami-zuki*-Scherenschlag auf beide Seiten ihres Körpers hinunter.

Mit überraschender Kraft blockte sie den Angriff mit ihren Unterarmen ab, duckte sich und brachte ihre Pistole in Anschlag, den Finger am Abzug.

Er stand ihr im Weg. Sie hatte vor, ihn zu töten.

Um sie herum blieben die Leute vor Schreck gelähmt stehen.

Mit einem harten Handkantenschlag traf er ihr Handgelenk. Ihre Pistole schlidderte über den Bürgersteig. »Wer sind Sie? Was wollen Sie von Julia Austrian?«

Sie beugte den Oberkörper zurück und brachte einen messerscharfen *yoko-fumikiri*–Tritt gegen seine Brust an.

Er wich gerade noch rechtzeitig aus, um nicht die volle Wucht des Tritts abzubekommen. Er packte ihren Fuß und drehte ihn herum. Und sie fiel zu Boden.

Plötzlich zerriss das Gellen von Sirenen die Luft. Polizeiwagen.

»Haltet ihn auf!«, schrie eine Frau in der Menge.

»Seht nur, was er mit ihr macht!«, kreischte eine andere auf.

»Hey, Arschloch!«

Der aufgebrachte Mob drängte sich beschützend zwischen ihn und die Frau. Er stemmte sich gegen die Menge, bahnte sich mit seinen Ellbogen einen Weg.

Die Frau jedoch hob ihre Waffe auf und rannte auch schon weg. Sie ließ die Pistole unverdächtig herunterhängen.

»Haltet ihn! Lasst ihn nicht entkommen!«

Hände zerrten an seiner Kleidung, versuchten seine Schultern zu packen.

Er schlug zurück und riss sich los, hielt verzweifelt nach Julia Austrian Ausschau.

Julia wollte es scheinen, als würde ihre Lunge bersten. Aber sie konnte nicht anhalten. Sie wusste, wohin sie sich wenden musste, und sie würde verdammt noch mal alles dafür tun, um dorthin zu gelangen. Irgendjemand würde ihr für Norma – oder wie immer deren wahrer Name lauten mochte – Rede und Antwort stehen müssen.

Es war nicht nur die Angst vor der Mörderin, die sie antrieb, während sie durch den dichten Verkehr radelte. Jetzt war ihr klar geworden, dass der Tod ihrer Mutter kein simpler Raubüberfall gewesen sein konnte – nicht, wenn die Mörderin sie den ganzen Weg bis in die Vereinigten Staaten verfolgt und sich die Mühe gemacht hatte, sich als ihre Gesellschafterin bei ihr einzuschleichen.

Solange die Mörderin im Glauben gewesen war, sie wäre blind, hatte eigentlich kein Grund bestanden, sie zur Strecke zu bringen. Aber falls die Frau wusste, dass Julia sie gesehen hatte, und befürchtete, von ihr identifiziert zu werden, warum hatte sie sie dann nicht bei der erstbesten Gelegenheit, gleich in der Maisonette, erschossen?

Furcht, Zorn und heillose Verwirrung verliehen Julias Füßen Kraft, als sie wie eine Wahnsinnige in die Pedale trat. Vor sich konnte sie die umgekehrten silbernen Blütenblätter auf der Spitze des stählernen Chrysler-Gebäudes aufragen sehen.

Das ergab keinen Sinn. Woher hatte die Killerin gewusst, dass sie eine Gesellschafterin suchte? Wie hatte sie von dem lokalen Begleitservice erfahren?

Schwitzend wich Julia den Autos aus. Sie fuhr in südlicher Richtung über die Lex. Sie kam an dem Spielzeugwarenladen vorbei, der nun eine Zoohandlung war. Radelte an der riesigen Dalton-Buchhandlung vorbei, in die ein Hallmark-Geschäft eingezogen war. Veränderung. Überall lauerte diese verwirrende Veränderung.

Nasenringe. Lippenringe. Tattoos. Knallbunt gefärbte Haare. Schmale Schultern. Eine seltsame Kleidermode.

Aber nichts von alledem zählte.

Sie war am Rande der Erschöpfung. Kämpfte gegen ihre Desorientierung an. Kämpfte um ihr Leben. Sie wollte sich auf den Bürgersteig sinken lassen, ihre Wange gegen den kalten Beton pressen ...

Schneller. Schneller. Schneller.

Die einzige lebende Verbindung zu der Mörderin, die sie sich vorstellen konnte, war ihr Onkel Brice. Er war derjenige gewesen, der den Begleitservice im nahen Dorf angerufen hatte. Der ihre ›Gesellschafterin‹ eingestellt hatte.

Und dann sah sie es – den U-Bahn-Eingang an der Achtundsechzigsten. Die Hunter-College-Haltestelle. Keuchend gestattete sie sich einen Blick zurück.

Hinter ihr stürmte Maya Stern den Bürgersteig herab. Julias weißes Jackett hatte wie eine Signallampe gewirkt, dem Stern mühelos hatte folgen können. Sie schwitzte, lächelte kaum merklich, genoss die Kraft, die durch ihre Muskeln floss – und die Vorfreude auf das Töten. Weil sie aufholte. Julia hatte Zeit dabei verloren, sich durch den Verkehr zu schlängeln, wohingegen Stern den Bürgersteig fast frei von Fußgängern angetroffen hatte.

Voller Schrecken erkannte Julia, wie nah die Killerin schon war, ein grauer Schatten in dem trüben Licht. Sie ließ das Fahrrad fallen und stürzte die nächstbesten Treppen hinunter. Die U-Bahn hatte sich auch verändert. Sie war jetzt sauberer. Auf den gefliesten Wänden befanden sich nur wenige Graffiti. Und die Passagiere steckten Plastikkarten in Schlitze, damit sie die Drehkreuze passieren konnten. Was bedeutete, dass die U-Bahn mittlerweile voll automatisiert war.

Egal. Veränderung zählte nicht.

Nicht stehen bleiben! Rennen!

Sie brauchte kein Geld. *Ich weiß, wie man das hier macht.* Schließlich war sie New Yorkerin.

Sie presste sich so dicht hinter einem Mann in einem langen Mantel in die Schlange, dass sie sein Aftershave – Old Spice – riechen konnte. Ein einfahrender Zug aus den Außenbezirken rumorte tief unten. Das Drehkreuz schlug um und rastete wieder ein. Der Mann sah sich um, verärgert, dass sie sich für sein Geld durchgemogelt hatte, aber irgendetwas in ihrem Gesicht musste ihn davon überzeugt haben, nicht zu meckern. Er machte den Mund wieder zu und trat gewandt aus den Metallarmen heraus und zur Seite, um sie vorbei zu lassen.

Sie zwängte sich an ihm vorbei und hastete die Stufen zum Bahnsteig hinunter, von dem aus die Außenbezirksbahn abfuhr. Sie krachte in Menschen hinein. Sie fluchten und schubsten sie. Gerüche drängten sich ihr auf. Jahrzehnte von Schimmel, Urin und Chlorbleiche.

Sie erreichte den unteren Treppenabsatz, wo sich eine Lücke in der Menge auftat. Der Weg zum Zug war frei. Hoffnung erfüllte sie. Und dann pfiff eine Kugel an ihrem Ohr vorbei –

Sam Keeline fuhr den Durango mit quietschenden Reifen in eine Ladezone auf der 68. Straße, sprang hinaus und sah gerade noch beide Frauen in der U-Bahn verschwinden. Mit rasendem Herzen flitzte er hinter ihnen her.

Die Schützin hatte vor den Drehkreuzen oben auf den Treppen angehalten, wo sie Julia Austrians wachsweißes Jackett ausgemacht hatte. Sie hatte sich gegen eine Wand gelehnt, gezielt und in einem dieser flüssigen Bewegungsabläufe gefeuert, der Sam restlos davon überzeugt hatte, wie gut sie ausgebildet war. Ein Opfer zu stellen und zu erledigen war für sie offenbar zu ihrer zweiten Natur geworden.

Der Schuss zerriss die Luft wie ein Donnerschlag. Aber Julia Austrian hatte sich geduckt, als stehe ihr Adrenalin in Flammen, und der Schuss hatte sie verfehlt. Jetzt lief sie über den Bahnsteig, als würde ihr der Speichel der Höllenhunde schon auf die Fersen triefen. Die anderen Passagiere schienen nicht recht zu wissen, von wo der Schuss gekommen war. Sie gerieten in Panik, wobei die meisten zum Ausgang zurückrannten, während einige wenige zum entgegengesetzten Ende des Bahnsteigs hasteten.

Während unaufhaltsam Menschen an ihm vorbeiströmten, bahnte Sam sich einen Weg die Treppe hinunter. Dann erhielt die Möchtegern-Mörderin Gelegenheit zu einem zweiten Schuss.

Er vernahm einen gellenden Schrei. Irgendjemand da unten war getroffen worden.

Julia?

Als der Zug die Station verließ, setzte die Schützin sich wieder in Bewegung, warf sich der Menge entgegen, die zu flüchten versuchte. Ihr Ziel war der Bahnsteig unten, und Sam zwängte sich hinter ihr her durch die Leute.

Nichts lässt sich mit einer in Panik geratenen Menge vergleichen. Angst ist eine ansteckende Krankheit. Sie übernimmt Gehirn und Nervensystem, schaltet den gesunden Menschenverstand aus und gestattet dem Betroffenen nur durch die Flucht Erleichterung. Sam spürte es in seinen Eingeweiden – den übelkeitserregenden Drang, kehrtzumachen und sich in Sicherheit zu bringen, nach oben auf die Straße, diese Austrian zu vergessen, das Bernsteinzimmer zu vergessen. Irini zu vergessen ... *Niemals.*

Er dachte nicht gern darüber nach, aber seine Seele dürstete nach Wiedergutmachung. Nun, da er wusste, er konnte etwas ändern, vielleicht ein Leben retten, blühte der Wunsch nach tätiger Buße wieder auf. Er wollte Irini retten. Julia retten. Er wollte sich wieder ins Gesicht schauen können.

Er rammte die Schützin, zielte mit der Schulter auf ihre Körpermitte. Wurde abrupt gestoppt, beeindruckt von der Solidität ihres Körpers. Er schleuderte sie mit dem Rücken gegen die Wand.

Sie reagierte mit der Wildheit einer tollwütigen Katze, versetzte ihm mit dem Ellbogen einen Hieb gegen das Kinn, der ihn halb betäubte, und richtete dann ihre .38 auf ihn. Wie in Zeitlupe sah er, wie ihr Finger um den Abzug weiß wurde und sich krümmte.

Er duckte sich weg. Der Schuss war so nah, dass er die Haut an seiner rechten Schläfe versengte. Sein Kopf schien zu bersten von dem ohrenbetäubenden Krach.

Er brauchte nur wenige Sekunden, um sich neu zu orientieren, aber sie war schon fort. Ein biegsames Gespenst, das sich durch die Menschentraube schlängelte, die jetzt noch panischer reagierte als zuvor und mit aller Macht auf die Straße drängte.

Er sah einen Mann in Jeans und mit Kunstpelz gefütterter Jeansjacke auf dem Bahnsteig liegen. Er hatte eine Beinwunde. Ein paar Passagiere knieten neben ihm. Das bedeutete, dass Julia Austrian nicht getroffen worden war. Sie hatte es in den Zug geschafft.

Sam hastete zurück zur Treppe. Der nächste Zug fuhr ein. Als die Türen aufglitten, strömte eine neue Menschenmenge heraus und erfüllte den Bahnsteig mit dem Geruch nach nasser Wolle und Müdigkeit. Sam bahnte sich einen Weg durch die Massen und hielt Ausschau nach der schwarzhaarigen Schützin. Verflucht! Wohin war sie nur verschwunden?

20

19.42 Uhr, Samstag

Maya Stern saß in der Falle. Sie hatte Julia in den ersten Zug springen und die Türen zugehen sehen. Es hatte keinen Sinn, den nächsten Zug zu nehmen, weil sie nicht wusste, wo die Pianistin aussteigen würde. Jetzt musste sie aus der U-Bahn heraus und umgehend Creighton Redmond informieren.

Sie hatte versagt. Die Einsicht ließ ihren Magensäurepegel steigen und machte sie reizbar.

Aber sie unterdrückte solch nutzlose Emotionen. Rief sich stattdessen ihre lange Kette von Erfolgen ins Gedächtnis: den Vorstandsvorsitzenden des Getränkekonzerns mit Sitz in den USA, vermutlich von Terroristen auf einer Geschäftsreise nach Ecuador getötet. Die unbequeme Gattin des Geschäftsführers eines internationalen Bankenkonsortiums, die man nach einem Badeunfall ertrunken in einem Swimmingpool in New Mexico fand. Politische Gegner, Geschäftskonkurrenten, zu stark belastete Schuldner, lästige Ex-Geliebte ... alle waren sie durch ihre Hand gestorben. Sie hatte die Zielpersonen mit der Leichtigkeit ausgeschaltet, die ihr die jahrelange Erfahrung verlieh. Und war angemessen entlohnt worden. Sie hatte sich sein Vertrauen verdient.

Deshalb machte sie sich nun mit ihrer gewohnten Kaltblütigkeit in der Flut der nach Hause eilenden Fahrgäste unsichtbar, die zu den Ausgängen strömte. Sie hatte den Mann aus der Firma erkannt, der sich Sam Keeline nannte. Es war vor Jahren in Berlin gewesen, aber damals hatte er einen anderen Namen gehabt. Der Art, wie er gekämpft hatte – genauso unbarmherzig wie sie, ohne Rücksicht darauf, dass sie eine Frau war –, konnte sie entnehmen, dass er sich nicht mit Nettigkeiten aufhalten würde. Er bedeutete Ärger.

Und er war nicht ihr einziges Problem. Schlimmer noch, die U-Bahn würde bald abgeriegelt werden. Die New Yorker Polizei würde jeden über die Schüsse befragen, die den Mann am Bein verletzt hatten.

Keeline musste irgendwo hinter ihr auf dem Bahnsteig sein, aber in dem Durcheinander der aufgeregten Passagiere konnte er sie immer noch einholen. Sie musste hier schnell wegkommen, doch sie musste auch unauffällig bleiben. Als sie die Drehkreuze erreicht hatte, durchschritt sie diese nicht, sondern machte kehrt und stemmte sich gegen die Menge, die von der anderen Seite des Bahnsteigs herausdrängte.

Ihre Bewegungen waren unauffällig und effektiv. Zuerst verschmierte sie das Make-up auf ihren Augen, bis sie rauchig braun umrandet waren. Dann verteilte sie noch ein bisschen davon auf ihren Wangen, um sich ein schmuddeliges Aussehen zu geben. Sie holte die abgeschnittenen Babyflaschenstöpsel aus der Tasche und schob sie sich in die Nasenlöcher, sodass ihre Nase voller wurde. Dann ließ sie ihren Unterkiefer herabsacken und schob ihn einen halben Zentimeter vor. Jetzt sah sie dumm und verschlagen aus. Maya war sich über ihre Wirkung genau im Klaren, weil diese eine ihrer zahlreichen Verkleidungen war, die sie an die Spitze ihres Metiers katapultiert hatten. Jetzt würde nicht einmal ihr eigener Bruder sie wieder erkennen.

Als Nächstes zog sie die Jacke ihres grauen, konservativen Hosenanzugs aus, drehte das Futter nach außen und zog sie wieder an. Jetzt zeigte sie ein von oben bis unten bekleckertes Khaki-Grün. In der hin und her wogenden Menge verborgen, zog sie die von der Taille bis zum Saum reichenden Reißverschlüsse an beiden Seiten ihrer Hose herunter; zerrissene schwarze Leggings kamen zum Vorschein. Sie zog eine dünne, schäbige Strickmütze aus dem Futter der Hose und ließ die Hosenteile auf den Bahnsteig fallen. Sie würden schon bald so zertrampelt sein, dass nur noch Lumpen übrig blieben. Sie stopfte ihr schwarzes Haar unter die Mütze.

Damit war ihre Verwandlung perfekt. Sie war ein Straßenmädchen – schmutzig und reizlos in ihrer schmierigen Khaki-Jacke, den löchrigen Leggings und der unförmigen Mütze. Nur eine mehr aus der Masse jener Unsichtbaren, die jede Metropole dieser Welt bevölkerten.

Sie ließ sich wieder von der sich zerstreuenden Menge treiben und stieg die Stufen zu den Drehkreuzen hinauf. Mit ein bisschen Glück wäre dieser Keeline ohnehin schon hinaus auf die Straße und würde dort nach ihr suchen. Sie schaute sich eingehend um und vergewisserte sich, dass niemand sie zu neugierig musterte. Zufrieden mit dem, was sie sah, ließ sie sich von der Menge die Treppe hochspülen. Die frische Nachtluft zog die Menge wie ein Magnet an. Sie entspannte sich. Keine Polizei in Sicht.

Und dann entdeckte sie ihn – Keeline. Er stand oben auf der Treppe und inspizierte mit wachem Blick jedes Gesicht, das sich zeigte. Er hatte etwas an sich, was sie nervös machte. Es war nicht allein die Tatsache, dass er nicht – fälschlicherweise – von ihrer körperlichen Unterlegenheit ausging. Es war mehr, dass er den Eindruck vermittelte, er sei leicht aus dem Gleichgewicht geraten. Sie war darauf gedrillt, blitzartig jede Situation einzuschätzen und bei der Erledigung eines Auftrags schnelle Entscheidungen zu treffen. In die menschliche Empfindungswelt jedoch hatte sie wenig Einblick. Deshalb fiel ihr dazu nichts anderes ein, als dass er unberechenbar und daher gefährlich sei.

Falls er ihr noch einmal in die Quere kommen würde, würde sie ihn töten.

Schnell senkte sie den Kopf und ging ein wenig in die Knie, um sich in der Menge, die sich nun die Treppe hinauf bewegte, kleiner zu machen.

Sie konnte beinahe Keelines forschenden Blick auf sich spüren. Aus dem Augenwinkel konnte sie ihn ausgezeichnet beobachten. Als sie an ihm vorbeikam, warf sie ihm einen verstohlenen Blick durch die Wimpern zu. Er stand da und schaute sie direkt an, mit einem verwirrten Ausdruck im Gesicht. Ein ungewohnter Schuss von Angst durchzuckte sie. Rasch steigerte sie die Veränderungen in ihrem Gesicht, schob das Kinn noch ein paar Millimeter mehr vor und pumpte die Wangenmuskeln so auf, dass sie fast flach waren. Hielt den Kopf gesenkt. Demütig.

Er runzelte die Stirn. Sie ging weiter. Schließlich konnte sie ihn nicht mehr sehen. In ihrem Nacken prickelte es, sie verspürte ein Gefühl drohender Gefahr.

Würde er sie verfolgen? Es wäre merkwürdig, ihn vor so vielen Leuten erledigen zu müssen. Sie ließ ihre Finger unter ihre Jacke zu dem Stilett gleiten, das im Taillengummi ihrer Leggings steckte. Sie ließ ihren Kopf noch tiefer sinken, drehte ihn ein wenig und erhaschte einen flüchtigen Blick auf ihn.

Er stand noch immer da, beachtete sie aber nicht mehr. Stattdessen musterte er mit besorgter Miene die letzten Pendler, die die Station verließen.

Ihre Hand ließ das Stilett wieder los. Die Muskeln um ihren Mund verzogen sich zu einem seltenen Ausdruck. Sie lächelte.

18.42 Uhr Zentrale Standardzeit, Samstag
Im Luftraum über dem Mittleren Westen

Die Motoren des Jets verursachten ein leises Summen, das leicht im Präsidentschaftskandidaten Creighton Redmond nachvibrierte und ihm jenen inneren Frieden schenkte, den selbst der zynischste Politiker und der ausgelaugteste Vertreter verstand: Unterwegs war alles möglich.

Aber es hielt nicht lange an. Ein Gefühl akuter Dringlichkeit überfiel Creighton wie ein Eishauch. Nur noch drei Tage bis zur Wahl, und es gab noch immer so viel zu tun – und so viel, was schief gehen konnte.

Er setzte sich auf die vordere Kante seines Sitzes und schaute aus dem Fenster. Der luxuriöse Wahlkampfjet flog gen Westen, auf der Jagd nach der Sonne und den kalifornischen Wählerstimmen. Morgen würde es ein langer, anstrengender Tag mit unzähligen Kurzstopps kreuz und quer durch diesen kritischen Staat geben. Seine Frau und zwei der jüngeren Kinder befanden sich an Bord, abgesondert in seinem Privatquartier im hinteren Teil der Maschine. Sie versuchte wahrscheinlich ein Nickerchen zu machen, die Stöpsel fest in die Ohren gesteckt, während die Kinder ihre langweiligen elektronischen Spiele spielten. Alle drei waren notwendige Schaufensterdekorationen für den morgigen Tag. Nach vorne hin wurden die Stimmen seines Stabs durch die Tür gedämpft. Sie besprachen ihre Strategie, sahen sich die jüngsten TV-Werbespots an und feilten an den Reden für morgen.

Dann lächelte Creighton. Er rief sich ins Gedächtnis, dass seine geheimen Pläne sich sogar noch besser anließen, als er gehofft hatte. Man konnte Vince nur dazu beglückwünschen, dass er seine Stellung in der Firma mit solcher Geschicklichkeit nutzte. Er hatte es sich verdient, nächster Direktor des Nachrichtendienstes zu werden. Es gab viele Präzendenzfälle dafür, dass jemand aus den Reihen der Firma selbst an die Spitze befördert worden war, und die traditionelle Flitterwochenperiode unmittelbar nach der Wahl eines neuen Präsidenten sollte die Zustimmung des Senats zu einer bloßen Formalität machen.

Je mehr Redmond darüber nachdachte, desto ungefährdeter schien ihm sein Sieg. Alles lief so gut, dass sich sogar der einzige kleine Schönheitsfehler – Marguerites Tod – zu seinen Gunsten ausgewirkt hatte.

Während sich der Sternenhimmel über dem Mittleren Westen vor den Flugzeugfenstern ausbreitete, schloss er die dicke Informationskladde, die er soeben studiert hatte. Sie setzte ihn in die Lage, über Kaliforniens drängendste Probleme zu diskutieren – Argumente bezüglich der Schließung der Militärbasen, der Holzernte und des Naturschutzes auf Bundesebene wurden ihm darin gegeben. Sein Verstand war mit trockenen Gesetzestexten und zusammengetragenen Meinungen, obskuren Zitaten und dicken Gerichtsakten geschliffen worden. Für ihn waren die Informationskladden, die seine politischen Experten für ihn anlegten, so leicht zu lesen wie ein Roman. Sein Gehirn stellte in seinen Augen einen Vermögenswert dar – einen, den man ständig ölen und gebrauchen musste.

»Ich habe die Zahlen, Richter.« Mario Garcia, sein Medienexperte, stapfte durch den Flugzeuggang auf ihn zu.

»Wurde auch Zeit.«

»Jawohl, Sir.« Mario ließ sich auf den Sitz gegenüber fallen. Die Persönlichkeit dieses sehnigen Mannes – falls er denn überhaupt eine besaß – wurde vollständig von seiner Faszination für Statistiken beherrscht.

»Wie stehen die Voraussagen heute Abend?«

»Nach Ihrer Pressekonferenz heute Nachmittag sind Sie noch einen halben Punkt hochgeklettert.«

Das war eine positive Neuigkeit. »Gut.«

»Aber Powers hat eine Stunde nach Ihnen seine eigene Pressekonferenz abgehalten«, fuhr Mario fort. »Die Abendnachrichten haben Auszüge aus seiner wie aus Ihrer Rede gebracht –«

»Und?«

Mario seufzte. »Powers kam als mitfühlend und besorgt rüber. Er hat Ihnen und Ihrer Familie öffentlich sein Beileid ausgesprochen. Er hat aufrichtig gewirkt, und er hatte seine ganze Familie um sich versammelt, um zu verdeutlichen, dass sich das ganze Land um einen seiner Söhne schart. Für Sie –«

»Wie lautet die gottverdammte letzte Zeile?«

»Sie haben den halben Punkt wieder verloren, den Sie heute Nachmittag gut gemacht haben.«

»Verflucht!«

»Doug Powers ist eben der ›Natürliche‹, Richter.«

Creighton nickte und zog eine Grimasse. »Er hat diese Wirkung, ja, genau wie Reagan und Clinton.«

»Ja, Richter. Das stimmt. Es ist eine verfluchte Schande.« Marios schmales Gesicht wirkte mürrisch. »Ich weiß nicht, was wir dagegen unternehmen sollen. Heute ist Samstag, also sollten wir vielleicht am Montag einen Gedenkgottesdienst für Mrs. Austrian in Sankt Patrick's abhalten?« Seine fahlen Augen begannen bei der Aussicht auf die fotogene Kathedrale neogotischen Stils zu leuchten. Ihre lange Geschichte von Titelseiten-Hochzeiten und -Beerdigungen stand ihm vor Augen. »Ihre Leiche würden wir dafür gar nicht brauchen. Wir könnten die üblichen Chorknaben mit den Engelsgesichtern und den Kardinal in seinem Prunkornat nehmen. Sie könnten am Altar stehen und präsidentenhaft wirken, während Sie die Gedächtnisrede halten. Dann könnten wir Julia dazu bringen, irgendetwas Herzzerreißendes auf der Orgel zu spielen, sodass kein Auge trocken bleibt.« Seine Stimme klang immer aufgeregter. »Wenn wir es richtig anstellen ... Sie wissen schon, eine richtig gute Show hinlegen, wären wir von Bangor bis San Diego auf den Titelseiten. Alle Fernsehsender würden es bringen. Jeder Amerikaner mit einer Schwester oder einer Tante würde sich die Augen aus dem Kopf heulen. Sie erhalten möglicherweise einen Sympathiebonus, der Sie weitere fünf Punkte nach oben katapultiert!«

Creighton blinzelte. Seine angenehmen Züge zeigten den gewohnt weisen Ausdruck. Sein grau meliertes Haar schimmerte in dem Licht der Leselampe über seinem Kopf. Er verschränkte seine Finger über dem Zwerchfell und dachte über den Vorschlag nach.

Schließlich sagte er: »Das ist eine gute Idee, aber wir liegen zu weit hinten. Wir dümpeln um die vierzig Prozent, was bedeutet, dass ein Anstieg um fünf Prozent keine Garantie für einen Sieg darstellt, und Ihre Umfragen haben sowieso einen Fehlerquotienten von drei bis vier

Prozent. Wir benötigen mindestens einen Anstieg um fünfzehn Prozent, um einen Sieg zu garantieren. Außerdem würde Powers es nur wieder auf irgendeine Art konterkarieren. Würde wahrscheinlich zusammen mit seiner gottverdammten Familie und seinem Wahlkampfteam mit den Saubermanngesichtern beim Gedenkgottesdienst auftauchen. Er würde sich auf die Stufen von Sankt Pat stellen und noch so eine Erklärung zu meiner Unterstützung abgeben; wie sie in Gedanken alle bei mir wären in meinem Leid. Und alles um ihn herum würde tränennasse Augen bekommen. Die Wähler würden seine Großherzigkeit und seine Fähigkeit bewundern, jeden für mich einzunehmen. Vielleicht kann er meine Gewinne nicht vollständig neutralisieren, aber doch genug, um weiter unangefochten in Führung zu bleiben.«

Der Medienexperte nickte müde. »Ja, Sir. Genau das wird passieren. Ich hatte gehofft, das hier wäre das Wunder, von dem Sie gesprochen haben. Dieses Zitat von Sadat –«

»›Man ist erst Realist, wenn man an Wunder glaubt.‹«

»Genau das.«

Creighton neigte nicht zu impulsiven Gesten. Im Gegenteil, sie verstießen gegen alles, woran er glaubte. Als er also nun seine Hand ausstreckte, um Mario Garcias Arm zu tätscheln, geschah es aus kühler Berechnung. Dem Medienmenschen sollte das Gefühl vermittelt werden, er befinde sich im Zentrum jener auserwählten Schar von Eingeweihten, die als Einzige wussten, was gut war für dieses Land.

»Geben Sie nicht auf, alter Freund«, raunte Creighton ihm mit einem verständnisvollen Lächeln zu. »Wer weiß, was noch passieren wird, um uns zu helfen? Halten Sie Augen und Ohren offen und lassen Sie es mich auf der Stelle wissen, wenn Ihnen etwas auffällt.«

»Jawohl, Sir. Danke, Richter.« Mario nickte voller Ernst, aber seine Augen strahlten, weil sein Führer ihm das Vertrauen ausgesprochen hatte.

Während Creighton ihm nachsah, dachte er erneut über seinen Plan nach. Powers' Erholung in den Umfragen war ein Grund mehr, der dafür sprach. Er und Vince hatten mit äußerster Sorgfalt eine Reihe von vernichtenden Enthüllungen konstruiert, die Powers' Wahlkampf reif für den Müll machen würde – ohne jede Chance, sich noch einmal neu zu formieren, etwas auszugleichen oder sich in so kurzer Zeit zu erholen. Es waren jetzt nur noch drei Tage, bis die Wahllokale am Dienstag öffneten.

Das Handy an seiner Brust vibrierte, und Creighton holte es hervor. Auch dies war mit einer Vorrichtung versehen, die es unmöglich machte, Anrufe zurückzuverfolgen. Der Signalton flitzte um den ganzen Globus wie ein unmöglich einzufangender Tischtennisball.

Seine Stimme war gedämpft. »Ja?«

Er hörte zu, wie Maya Stern ihm von den Ereignissen seit ihrem Besuch im Behandlungszimmer des Psychologen im vierten Stock berichtete. Sein Magen schien ein Stück herunterzusacken. Es wurde ihm eng um die Brust. Sie hatte unabsichtlich den Therapeuten umgebracht.

»Julia kann wieder sehen?«, fuhr er sie an. »Und sie hat Sie wieder erkannt?«

Erst schwieg sie. »Ja, Sir.«

Insgeheim stöhnte er auf. Die Neuigkeit war nicht nur schlimm, sie konnte sich als verheerend erweisen.

»Aber es gibt auch eine gute Nachricht. Ich bin in das Gebäude zurückgekehrt«, setzte sie hinzu. »Grapolis' Witwe war völlig hysterisch. Sie sagt, sie hätte Julia Austrian schreien hören, sie würde den Therapeuten umbringen. Die Polizei hat die Waffe in der Nähe des Sessels gefunden, in dem Julia gesessen hat – wo ich sie deponiert habe. Sie fahnden also jetzt nach ihr. Sie haben noch kein Motiv, aber sie glauben, Julia sei es gewesen.«

Creighton begann sich zu entspannen. »Gut. Das werden wir noch ausbauen müssen.«

Sie zögerte.

Creighton hörte es. »Was noch?«, fragte er.

»Da war ein Mann, der versuchte, ihr zu helfen. Er sagte, er käme von der Firma und heiße Sam Keeline.« Sie erzählte ihm nicht, dass sie Keeline von einer früheren Operation der Firma kannte und dass er sie genauso gut hätte wieder erkennen können. Creighton würde sie sonst möglicherweise von dem Job abziehen, und sie wollte Keeline und Julia haben. Sie gehörten ihr.

Creighton war verblüfft. Dann wütend. Sam Keeline? Vince hatte doch gesagt, dass er sich um Keeline gekümmert hätte. Verdammt!

»Wollen Sie, dass ich Vince kontaktiere?«, erkundigte sich Stern.

Creighton runzelte die Stirn, während sein Verstand die neue Situation rasch abschätzte. »Darum kümmere ich mich. Wir können es so hinbiegen, dass sie Julia, wenn sie sie fassen, für uns in Eins Police Plaza festhalten. Der New Yorker Polizei wird das nicht gefallen. Aber der Commissioner schuldet mir einen Gefallen, und Vince wird ihm jede Menge Munition geben, um sie vollständig abzuschotten und dann sofort dort rauszubekommen.« Er hielt inne und konnte förmlich spüren, wie die Sorge an seinen Eingeweiden zu nagen begann. »Aber es wäre verdammt noch mal viel besser, wenn Sie sie als Erste aufspüren würden.«

»Was schlagen Sie vor, wo ich mit der Suche anfangen soll?«

Er erfasste schnell das Problem. Julia hatte die Mörderin ihrer Mutter wieder erkannt und floh nun nach Norden über die Achtundsechzigste. Er blinzelte mit den Lidern, während er nachdachte und die Situation analysierte. Und dann wusste er es: Sie wollte zu Brice' Haus.

Brice würde ihm helfen müssen. Aber Brice würde Einwände erheben. Das tat er immer. Das lag nicht nur in seiner Natur, sondern auch daran, dass er Marguerite viel lieber gehabt hatte als Creighton oder David und ihren Tod aufrichtig bedauerte. Creighton würde sich noch einige Gedanken über Brice machen müssen, aber er wusste, dass es einen Weg geben würde. Trotz allem lebte die Familie nach dem Gesetz von Tokugawas Faust – gemeinsam war man stark. Das hatte ihnen ihr Vater eingebläut, und zu guter Letzt war das der Grund dafür gewesen, warum sie ihn hatten besiegen können.

Er teilte Stern mit, wo sie Julia finden konnte. »Stellen Sie sie und töten Sie sie.« Seine Stimme klang hart. Seine ganze Zukunft konnte davon abhängen, dass Stern Julia als erste fand. »Aber um Himmels willen – lassen Sie es wie einen Unfall aussehen!« Und dann lächelte er. »Nein, warten Sie. Mir fällt da etwas viel Effektvolleres ein, etwas, das ein Motiv dafür liefern wird, warum sie Orion Grapolis erschossen hat ...«

21

20.15 Uhr, Samstag
NEW YORK City

Brice Redmond lebte in einem herrschaftlichen Haus aus Marmor und Kalkstein in der Nähe des Central Parks, im Herzen von New Yorks Upper Eastside. Hier befanden sich einige der begehrtesten Adressen der Nation sowie eine Konzentration von Reichtum, die selbst Bill Gates neidisch gemacht hätte. Das renommierte Guggenheim-

Museum lag ganz in der Nähe, ebenso Sankt David's, wohin betuchte weiße Protestanten ihre Kinder zur Schule zu schicken pflegten. Die Privatclubs in der Gegend hatten derart strenge und geheimbündlerische Aufnahmekriterien, dass niemand so genau wusste, wie sie überhaupt aussahen.

Trotz seines Hangs zum Außenseitertum brauchte Brice diese hochelegante Umgebung zum Leben. Er genoss das Stirnrunzeln all jener, die seine dicke Harley Davidson mit ihrem lauten Auspufftopf missbilligten. Er liebte es, ihnen seine abgewetzten Jeans, Tony Lama-Cowboystiefel und blauen Flanellhemden unter die Nase zu halten. Hinzu kamen seine durch und durch indiskreten Affären sowie die Tatsache, dass er die meisten seiner Nachbarn nach Belieben hätte kaufen und verkaufen können.

Wenn man reich geboren und durch eigene Kraft noch reicher geworden ist, kann es ein kleines, aber dankbares Vergnügen sein, den sozialen Ketzer zu geben. Mit seiner boomenden Computerfirma Redmond Systems und ihren Milliarden-Dollar-Gewinnen pro Jahr konnte Brice es sich leisten, Spaß am Missfallen seiner Nachbarn über seine kleinen Privatvergnügen zu empfinden. Und das tat er denn auch.

Nun aber saß er allein in seinem edlen Bau und starrte in die große Höhle des Kamins, in der orangefarbene und bläuliche Flammen knisterten und züngelten. An der gegenüberliegenden Wand hing ein wandgroßer Picasso. Hohe Fenster aus facettiertem Glas schauten über einen in dieser übervölkerten Stadt seltenen Luxus – einen riesigen Garten. Ein Geruch nach Holzrauch und Reichtum erfüllte den Raum, und Brice litt unter einer Depression.

Das Familientreffen heute Morgen in Arbor Knoll hatte ihm vor Augen geführt, wie sehr er sich langweilte. Seine

Leidenschaft für Redmond Systems war erloschen. Er war ein Unternehmer, kein sich abplackender Managertyp. So wie Revolutionäre selten gute Staatsoberhäupter abgeben, können risikofreudige Unternehmer sich meist nicht mit der alltäglichen Routine abfinden, eine fluktuierende Firma einfach nur zu leiten. Genau das jedoch verlangte Redmond Systems jetzt von ihm, um auch im 21. Jahrhundert ganz oben mitzumischen. Er war klug genug gewesen, das zu erkennen, sich zurückzuziehen und einer handverlesenen Gruppe der besten Manager die Verantwortung zu übergeben.

Jetzt hatte er nichts mehr zu tun als zu spielen.

Heute Morgen hatte er den Blick über seine Brüder, Söhne, Töchter, Neffen und Nichten schweifen lassen und hatte selbst über seinen Neid gestaunt. Sie führten ein erfülltes Leben. Ein interessantes Leben. Nun, da er eingehend darüber nachdachte, erkannte er die Veränderungen des letzten Jahres, die auf die Tiefe seines Elends hinwiesen: Er hatte 30 Pfund von seinen üblichen gesunden 220 verloren. Er litt unter chronischer Schlaflosigkeit. Und seine Ehe war letztendlich gescheitert. Nicht wegen seiner ständigen Affären, sondern weil seine Frau seine Depressionen nicht mehr ertragen konnte.

Das Telefon klingelte, und er sah es mit wenig Neugier an. Heutzutage meldete sich niemand mehr wegen aufregender Geschäftsvorschläge. Aber das Klingeln war hartnäckig. Er nahm den Hörer ab.

»Bist du allein?« Creighton schaute aus dem Flugzeugfenster hinaus, und sein Blick blieb an der flachen Winterlandschaft von Nebraska mit ihren braunen Bewässerungskreisen und der silbrigen, hauchdünnen Schneedecke haften. Für denjenigen im Flugzeug, der zufällig vorbeikam, würde es wie ein ganz normaler Anruf aussehen, obwohl es alles andere als das war. Er rief von seinem Geheimtelefon aus an. Er brauchte Brice' Hilfe. Schnell.

»Unglücklicherweise, ja.« Brice' Tonfall war müde und schwerfällig.

»Die Familie hat ein Problem. Wir brauchen dich auf unserer Seite.«

Brice seufzte. »Natürlich bin ich auf eurer Seite. Warum sollte –«

Creighton schnitt ihm das Wort ab. »Erinnerst du dich noch an das letzte Mal, als ich Tokugawas Faust beschworen habe?« Er musste vorsichtig zu dem kommen, was er von Brice wollte, und der erste Schritt dorthin bestand darin, dass Brice etwas anerkannte: Die Familie war das Wichtigste in dieser Welt –

Brice in dem Riesenbau seiner Luxusvilla setzte sich abrupt auf. Tokugawas Faust war das Symbol seines Vaters für die absolut harten Familienentscheidungen. Der alte Lyle pflegte die Geschichte stets mit dröhnender Stimme und blitzenden Augen zum Besten zu geben. Um seine Ausführungen zu untermalen, hatte er wild mit den Händen herumgefuchtelt, wenn er das Japan des späten 16. Jahrhunderts für sie heraufbeschworen hatte. Gewaltige Adelsfehden hatten die Kriegerinsel an den Rand des Abgrunds geführt. Diese lange, blutige Periode war bekannt unter dem Namen ›Zeitalter des Landes im Krieg‹. Ehrwürdige religiöse Schreine waren zerstört worden. Die Bauern hatten nicht mehr säen und ernten können. Der Reichtum der Städte war für Kriegsmaterial geopfert worden. Das Volk hungerte, und die Nation lebte in Anarchie. Wenn China angegriffen hätte, wäre Japan gefallen.

Tokugawa Ieyasu, rücksichtslos und intelligent, hatte sich umgesehen. Die Überlieferung will es, dass er das Land und seine einander bekämpfenden Feudalherren mit einer Hand verglich. Allein war jeder Finger – jeder

Kriegsherr – schwach. Aber wenn sie zusammenarbeiteten, konnten die Finger eine mächtige Faust bilden. So brachte er ein Bündnis von Feudalherren zustande, das in der historischen Schlacht von Sekigahara im Jahre 1600 die Herrschaft über die Insel gewann. Die Nation war vereint. Tokugawa wurde Shogun. Seine Nachkommen regierten 265 Jahre lang, und keine fremde Macht gewann je auch nur ein Scharmützel auf japanischem Boden. Tokugawas mächtige Faust hatte Japan – und seiner Familie – unangefochtene Macht beschert.

»Das letzte Mal war, als wir Dads wahnsinnige Pläne gestoppt und ihn in das Hochsicherheitsaltenheim gesteckt haben«, antwortete Brice ohne Zögern auf die Frage. »So etwas möchte ich nie wieder tun müssen, und ich bezweifle noch immer, dass es wirklich notwendig gewesen ist.«

Creighton ließ seine Stimme scharf und schroff klingen: »Es ist absolut notwendig gewesen, und das weißt du ebenso gut wie David und ich. Wir würden heute alle von der Fürsorge leben, wenn nicht noch schlimmer – und das willst auch *du* nicht, egal, für wie ›anders‹ du dich hältst.«

Brice wurde langsam böse, wusste er doch, wie sehr sein Hang zum Unkonventionellen Creighton immer gestört hatte. Aber er zwang sich, in ruhigem Tonfall zu antworten: »Wir spielen also den großen Bruder, ja? Dann muss es ja wirklich schlimm sein!«

»Noch schlimmer«, eröffnete Creighton ihm. »Julia war nicht ehrlich zu uns. In London hat sie spontan ihr Augenlicht wiedererlangt. Sie hat mit eigenen Augen mitangesehen, wie ihre Mutter ermordet wurde.«

Brice war verwirrt. »Das ist ja großartig! Dann kann sie Marguerites Mörder identifizieren.«

Nun war es an der Zeit für Creighton zu enthüllen, was

wirklich geschehen war. Er musste es schnell tun, ohne Brice Zeit zu geben, allzu lange bei den Details zu verweilen. Brice musste zu der Überzeugung gelangen, ihm wäre genauso geschadet worden, falls Marguerite den Inhalt des Päckchens gelesen hätte.

»Nein, das ist überhaupt nicht großartig, Brice«, widersprach Creighton. »Du würdest sicher nicht wollen, dass sie den Mörder identifiziert, weil der Mörder für mich arbeitete. Oder genauer gesagt: für *uns*.« Creighton hörte, wie Brice am anderen Ende der Leitung schockiert nach Luft schnappte. Er beeilte sich, die tröstliche Nachricht direkt hinterherzuschicken. »Ich hatte mit dem tatsächlichen Mord nichts zu tun. Die von mir beauftragte Frau hat selbstständig und gegen meine Befehle gehandelt. Es sollte einen simplen Straßenraub geben, sonst nichts. Es lief auf furchtbare Weise schief, und ich bin ganz krank deswegen. Aber nicht ich, sondern Dad war der Auslöser von all dem.« Er berichtete seinem jüngeren Bruder von den beiden Päckchen, die der alte Mann an Marguerite und Sam Keeline geschickt hatte. »Vince hat die Sendung an Keeline abgefangen, und ich habe meine Agentin losgeschickt, um das Päckchen von Marguerite zu besorgen. Aber Marguerite hat sich gewehrt. Sie hat meiner Frau die Maske vom Gesicht gerissen, und die hat instinktiv auf den Verlust ihrer Anonymität reagiert. Sie hat Marguerite erschossen.«

Brice war völlig aufgewühlt. Erinnerungen an Marguerite stürzten durch seine Gedanken. In ihrer Kindheit hatte der alte Mann oft irgendwelche Bediensteten ausgeschickt, um Brice zu finden, damit er ihn für irgendeine Frechheit bestrafen konnte. Brice war immer zu Marguerite gerannt. Sie hatte ihn versteckt. Hatte versucht, ihn zu beschützen. Und manchmal war ihr das sogar gelungen. Er war ihr stets dankbar dafür gewesen. Aber jetzt schlug sein Herz immer schneller vor wachsender Furcht.

Creighton hatte sie ermordet. Der Gedanke setzte sich in seiner Kehle fest wie ein Glassplitter. Es machte keinen Unterschied, dass die Mörderin den Abzug betätigt hatte. Creighton hatte die ganze schmutzige Angelegenheit in Gang gesetzt. Brice hatte schon jahrelang gemutmaßt, dass Creighton über Muskeln jenseits der üblichen Familienverbindungen verfügte, die sich auf Gefallen und Geheimnisse gründeten, die der Familie über andere bekannt waren. Creightons andere Hilfsmittel hatten Brice nicht interessiert. Brice hatte sie nie gebraucht.

»Ich weiß, was du jetzt denkst«, fuhr Creighton mit sanfter Stimme fort. Nun war ein wenig Zartgefühl angebracht. Bis jetzt hatte er alles richtig gemacht. Er hatte die Schuld dafür auf sich genommen, aber nun musste er Brice in die Richtung lenken, wo die wahre Verantwortlichkeit lag. Das würde Brice einen zwingenden Grund zur Zusammenarbeit geben. »Du gibst mir die Schuld. Natürlich tust du das. Ich gebe mir ja auch selbst die Schuld. Wegen Marguerites Tod hättest du wahrscheinlich nichts dagegen, wenn meine Kandidatur den Bach runtergehen würde. Aber glaub mir, ihr Tod war das Letzte, was ich wollte. Und jetzt hat er zu einer Situation geführt, die leicht explosiv werden kann. Die außer Kontrolle geraten kann. Sie könnte uns alle vernichten. Wenn du irgendjemandem die Verantwortung dafür geben willst, dann gib sie dem alten Mann. Diese verdammten Tagebücher von ihm hätten der ganzen Welt alles über seine ... und unsere ... finsteren Machenschaften verraten.«

Eine stählerne Faust schien sich um Brice' Herz zu schließen und zuzudrücken. Die jähe Furcht war wie ein Eimer kaltes Wasser, der sein Entsetzen und seine Wut über das, was Creighton getan hatte, auslöschte. »Jesus!

Wie zur Hölle konnte der alte Mann ein Tagebuch führen? Wer zur Hölle bewacht ihn denn in diesem verdammten Pflegeheim? Gibt es etwa noch mehr Päckchen?«

Creighton lächelte. Brice' Sinn für seine eigenen Interessen war geweckt. »Nein, und es wird auch keine weiteren geben. Dafür habe ich gesorgt, für uns alle. Unser Problem heißt jetzt Julia. Sie hat vor einer Stunde meine Agentin erkannt, als diese versuchte, sie zu eliminieren.« Ohne Atempause erzählte er Brice, wie er Maya Stern gegen Norma Kinsley ausgetauscht hatte und wie Stern unbeabsichtigt Orion Grapolis getötet hatte. »Julia hat sich als genauso große Gefahr erwiesen wie der alte Mann. Nun, wo sie sehen kann, kann sie bei der Polizei unsere Agentin identifizieren. Oder sie findet selbst heraus, dass ›Norma‹ in Wahrheit eine ehemalige CIA-Agentin namens Maya Stern ist, wer sie geschickt hat und warum. Das wäre das Ende der Karrieren, für die wir alle so hart gearbeitet haben.«

Brice verstand, was Creighton wirklich sagen wollte. »Eine Mordanklage würde deine Chancen auf die Präsidentschaft nicht gerade erhöhen.«

Creighton konterte blitzschnell: »Wir können Marguerite nicht wieder lebendig machen, so gern ich es täte.« Das war die wahre Basis seiner Argumentation. Jetzt war es Zeit, Brice' Gedanken wieder auf das anstehende Problem zurückzulenken. »Wir müssen uns überlegen, wie wir das, was wir haben, schützen können.«

Brice fühlte sich plötzlich bleischwer in den Gliedern. Er wusste, er war nach herkömmlichem Verständnis kein guter Mensch, aber er hatte sich stets damit gebrüstet, rücksichtslos ehrlich sich selbst gegenüber zu sein. Für ihn war das ein viel höher stehender Wert. Um Redmond Systems aufzubauen, hatte er intrigiert, gelogen, feindliche Übernahmen erzwungen, Bestechungsgelder gezahlt, um an Informationen über die Konkurrenz zu kommen, und wüst die Preise unterboten, und er hatte nie etwas davon bereut. Im Gegenteil, er war stolz auf seine Fähigkeit gewesen, so viel gegen so große Widerstände erreicht zu haben.

Nun, da der erste Schock über Creightons Enthüllungen nachzulassen begann, erinnerte er sich an den Hinweis auf Tokugawas Faust. Es lag auf der Hand, dass Creighton ihn brauchte. »Warum erzählst du mir das alles ausgerechnet jetzt?«

»Weil es sehr gut möglich ist, dass Julia, die Polizei auf den Fersen, auf dem Weg zu dir ist. Sie wird dir ein paar Fragen stellen wollen. Du musst sie für uns aufhalten. Aber übergib sie nicht der Polizei. Stern wird auch bald auftauchen. Sie wird es zu Ende bringen.«

»Zu Ende bringen?« Natürlich, das war die logische Folge von allem, was Creighton ihm erzählt hatte. »Lass uns das jetzt klarstellen: Du meinst, sie wird sie umbringen.« Er mochte Julia. Sie war anders, wie er. Sie und Marguerite waren ihren eigenen Weg gegangen, wie er. Marguerite hatte der Familie die Stirn geboten, genau wie er.

»Uns bleibt keine andere Wahl.«

Brice gab sich noch nicht geschlagen. »Man hat immer die Wahl.«

In seinem Flugzeug hoch über dem Mittelwesten lächelte Creighton. Brice reagierte genau so, wie er es sich erhofft hatte. »Nicht, wenn ich Präsident bin, und ich werde Präsident sein.«

»Wie?«

Creighton erläuterte den Plan, den er und Vince ins Werk gesetzt hatten. Morgen früh würden die Enthüllungen über die amerikanische Öffentlichkeit hereinplatzen und sich mit fortgesetzten Steigerungen bis Montag hinziehen, dem Tag vor den Wahlen. Während er sprach, konnte er spüren, dass er Brice' ungeteilte Aufmerksamkeit besaß. Er wusste, dass der Widerstand seines Bruders bröckelte. »Der Plan ist perfekt. Er wird mich zum Präsidenten machen und der Familie die Möglichkeiten eröffnen, von denen wir immer geträumt haben.«

Brice sagte nichts. Er wusste, dass Creightons Voraussage eintreffen würde – wenn Julia seine Machenschaften nicht aufdeckte. *Wenn* er nicht zuließ, dass sie das tat. Aber er hatte ein ungutes Gefühl im Magen. Julia zu töten wäre ein Schritt ins Unbekannte, eine Tat, die er nie wieder gutmachen konnte.

Er hatte nie zu Mord greifen müssen.

Als Creighton zum Ende kam, vibrierte seine Stimme vor Wärme und familiärer Zuneigung. Er brauchte Brice' Engagement und spürte instinktiv, dass nun der richtige Zeitpunkt gekommen war, ihn darum zu bitten. »So steht es also, Brice«, sagte er nur. »Ich zähle auf dich, dass du mir und der Familie mit Julia hilfst.«

Brice dachte an den Morgen, als Creighton seinen Stab und seine Familie in der Bibliothek von Arbor Knoll versammelt hatte. Wie Creighton sein Charisma und seine Logik dazu benutzt hatte, die Gruppe aus trüber Verzweiflung zu optimistischen Hochrufen mitzureißen. Brice hatte schon immer Creightons Geschick bewundert, eine Begegnung nach seinen Bedürfnissen zu gestalten. Und nichts anderes tat Creighton im Augenblick – er manipulierte ihn. Aber auf der anderen Seite betrachtete Brice sich als ihm ebenbürtig, vielleicht sogar überlegen, wenn es darum ging, seinen Willen durchzusetzen.

Mit einem Gefühl primitiven Besitzerstolzes ließ Brice den Blick durch seinen Edelbau schweifen – über den gewaltigen Kamin, den großen Picasso und die Designerunikate von Möbelstücken. Er empfand die Größe und

Schönheit und Kostbarkeit seiner Prunkvilla nicht einfach als Belohnung für sein Streben, sondern als sein angestammtes Recht. Andere in der Familie mochten sich durch Creightons Nähe zur Präsidentschaft verführen lassen, er nicht. Obwohl die Herrschaft von Tokugawas Faust in seiner Familie unangefochten war, wusste Brice, dass er verdammt noch mal tun konnte, was ihm gefiel.

Trotzdem schadete es ja nichts, zu fragen. »Und was kriege ich dafür?«

Creightons Gesicht verzog sich zu einem Grinsen. Seine freie Hand ruhte auf der Informationskladde in seinem Schoß. Zwischen ihren Deckeln lag das Rezept, die Wähler von Kalifornien zu bezirzen, ja mehr als das, es war ein Text über die Macht – ihren Nutzen und ihren Lohn. Brice' unverfängliche Frage hatte ihm gezeigt, dass er gewonnen hatte, denn er wusste, dass Brice' jahrelange Depression nur ein Ausdruck seines verzweifelten Bedürfnisses nach einer aufregenden Aufgabe war.

»Ich hätte dich gerne in meiner Regierungsmannschaft«, eröffnete er seinem jüngeren Bruder. »Da du dich aus dem Geschäft zurückgezogen hast, hast du ja Zeit. Wie wär's mit einer Ernennung zum Leiter einer der präsidialen Kommissionen? Da wäre Gesundheit. Oder Bildung. Oder vielleicht möchtest du auch gern einer Behörde wie der FEMA vorstehen.« Die FEMA war für Hilfesendungen in Katastrophengebiete zuständig. »Könnte irgendetwas davon dich reizen?«

Brice' sommersprossiges Gesicht wurde starr. Julia war umgehend vergessen. Er erinnerte sich an seine Langeweile, daran, wer er war. Creighton bot ihm viel zu wenig an. »Beleidige mich nicht, großer Bruder«, versetzte er kühl. »Etwas in deinem Kabinett darf es schon sein.«

»Im Kabinett? Du hast doch gar keine Regierungserfahrung!«

Brice hatte sich in Verhandlungen begeben, also reagierte er automatisch. Die Sturheit machte seine Worte so hart wie Zement zwischen Steinblöcken. »Handelsminister. Wenn ich tun soll, was du von mir willst, erwarte ich, dass du mir das *Handels*ministerium gibst.«

Der Handel erregte Brice. Redmond Systems zu einem Wirtschaftsgiganten aufzubauen war nichts verglichen mit den Möglichkeiten dieses hohen Kabinettpostens. Von dort würde er einen weiten, internationalen Bogen schlagen können, würde Staatsoberhäupter, Wirtschaftsbosse und Militärmächte rund um die ganze Welt dazu bringen, dem amerikanischen Wirtschaftsmarkt und seiner Kraft Aufmerksamkeit zu schenken ... und ihm. Das konnte sich als eine enorme Herausforderung erweisen. Er würde die ganze Welt zwingen, den Vereinigten Staaten das zu geben, was sie brauchten, um ihre wirtschaftliche Überlegenheit zu wahren und auszubauen.

Creighton entgegnete: »Es besteht nicht die geringste Chance, dass –«

»Quatsch, Creighton! Ich weiß genau, wie viel das, was du von mir verlangst, wert ist. Wenn ich es tue, wirst du mich zum Handelsminister ernennen müssen. Und jammer nicht von wegen Nepotismus. Wenn Jack Kennedy seinen Bruder Bobby zu seinem verdammten Justizminister ernennen konnte, dann kannst du mir auch das Handelsministerium geben. Ich bin einer der führenden Geschäftsmänner des Landes. Frag das *Forbes Magazine*. Wenn Bill Gates oder Lee Iacocca oder Ted Turner oder Sandy Weill von Travelers Group es wollten, könntest du ihnen nicht schnell genug die Ärsche küssen. Ich bin genauso qualifiziert wie sie, vielleicht sogar noch mehr, und das weißt du auch verdammt gut.«

Ein kurzes Schweigen trat ein. Creighton war wie gelähmt. Aber Brice hatte Recht. »Ich denk' drüber nach.«

Brice lächelte. »Zu spät. Ich muss nur meinen Mund aufmachen, und du verlierst die Wahl. Du wirst wegen Mordes angeklagt. Tokugawas Faust gilt nicht nur für mich. Wir müssen zusammenhalten. Und das schließt eine faire Entlohnung für geleistete Dienste ein.«

Wut überkam Creighton, aber auch widerwilliger Respekt. Schließlich waren sie beide Redmonds. Und wenn er es sich recht überlegte, machte die Wahl des Handelsministeriums Sinn. Genau so, wie Brice gegen faule Aristokraten und Geldsnobs rebellierte, würde er sich auch gegen die Wirtschaftsführer der Welt zur Wehr setzen, die frech versuchten, die US-Wirtschaft zu übertölpeln, zu bestechen oder mit Gewalt in die Knie zu zwingen.

Und gleichzeitig würde er die unorthodoxen Methoden, die Redmond Systems so erfolgreich gemacht hatten, im Handelsministerium zur Anwendung bringen. In Brice hätten die Vereinigten Staaten einen wilden Nahkämpfer, der vor nichts Halt machen würde, um Vorteile für die Unternehmen und Wirtschaftsbosse der Nation herauszuschlagen. Und mit dem Senat sollte er in der Flitterwochenperiode nach der Wahl mit dieser Ernennung nicht mehr Schwierigkeiten haben als mit Vince.

»Du bittest um nichts, was unter deinen Qualifikationen liegt«, antwortete er schließlich ruhig. »Also, warum sollte ich mich sträuben? Geld wird erst zu Macht, wenn man weiß, wie man es richtig einsetzt.«

Unter den Eigenschaften, die Creighton so erfolgreich gemacht hatten, war auch seine Fähigkeit zu wissen, wann er nachgeben musste. Er kicherte. »Das Handelsministerium gehört dir.« Erheiterung schwang in seinen Worten mit. »Du wirst einen verdammt guten Job machen!«

Auch Brice lachte. »Da hast du verflucht Recht!« Dann sprach er die Worte aus, die, wie er nur zu gut wusste,

Creighton mit Entsetzen erfüllen würden, aber er empfand kein Mitleid: »Falls ich mich entschließe, dir den Gefallen zu tun.«

»Was?«, brüllte Creighton ins Telefon.

»Bescheiß mich nicht, Creighton. Wir wissen beide, was das Entscheidende ist: Ob ich dir dabei helfe, Julia umzubringen – oder nicht.« Er zögerte. »Tokugawas Faust hin, Tokugawas Faust her, ich muss darüber nachdenken.« Er knallte den Hörer auf die Gabel.

22

Mit flatternder schwarzer Lederjacke rannte Sam Keeline nach unten und suchte die U-Bahn-Station ein letztes Mal ab, fand aber keine Spur, weder von Julia Austrian noch von der Frau, die sie gejagt hatte. Auch Julias Leiche hatte er nicht entdeckt, und darüber verspürte er eine Erleichterung, die weit über das hinausging, was er für eine gewöhnliche Fremde empfunden hätte. An dieser Frau war etwas, was ihn in dem Augenblick, wo sie einander in die Augen geschaut hatten, gepackt hatte. Wie ... Nein, nicht wie Irini. Das nie mehr.

Er hastete zu seinem Durango zurück, der glücklicherweise noch nicht abgeschleppt war und sogar ohne Strafzettel in der absoluten Halteverbotszone stand. Auf direktem Weg fuhr er zum Apartmenthaus der Austrians auf der Park Avenue.

Er brachte den Wagen zum Stehen und parkte. *Und jetzt?* Polizeiautos reihten sich vor dem Gebäude auf. Scharlachfarben blinkten ihre Alarmleuchten in der finsteren Nacht. Ein kleiner Haufen bibbernder Schaulustiger drängte sich unter einer Straßenlaterne zusammen. Reporter hatten sich eingefunden, und als er ausstieg, um mit ihnen zu reden, kreuzten die Aufnahmewagen der Fernsehsender auf, um den Wagenpark zu vervollständigen, der die Straße mittlerweile völlig blockierte.

Die Neuigkeiten waren schlecht: Ein allseits geachteter Psychologe namens Orion Grapolis war ermordet worden, und gefahndet wurde nach Julia Austrian. Die Polizei wollte nicht bestätigen, dass sie als Verdächtige behandelt wurde, aber Sam wusste Bescheid. Polizisten waren überall auf der Welt gleich. Er konnte es aus ihren ausdruckslosen Augen und dem harten Tonfall herauslesen. Sie meinten, Julia hätte den Psychologen umgebracht.

Das verblüffte ihn. Was ging hier vor? Julia hatte keine kriminelle Vorgeschichte, jedenfalls ging nichts dergleichen aus dem Recherchematerial hervor, das er über sie zusammengestellt hatte. Aber auf der anderen Seite: Wer konnte da heutzutage schon ganz sicher sein?

Zu viele Mörder stellten sich am Ende als der ehemals beliebte Nachbar von nebenan heraus.

Verwirrt und voller Sorge kehrte er zu seinem Durango zurück, holte die Aktenmappe über Julia Austrian hervor und begann zu lesen. Er studierte seine Informationen, versuchte sich vorzustellen, wohin sie sich als Nächstes wenden würde. Was sie tun würde. Die Zeit wurde langsam knapp. Julia Austrian befand sich in tödlicher Gefahr. Dann fiel sein Blick auf einen Namen – Brice Redmond – und dessen Adresse.

Als die Türglocke klingelte, dringlich und ungeduldig, wusste Brice, dass es niemand anders als Julia sein konnte. Angsterfüllt tigerte er auf und ab, wartete. Vor ihm lag eine Entscheidung, die er nur äußerst ungern traf. Er hörte, wie der Butler die Tür öffnete, und in einem Strom kalter Luft stürmte eine zitternde und wütende Julia in seinen geheiligten Bau.

»Deine Norma Kinsley, oder wie immer ihr wahrer Name lauten mag, hat Mom getötet! Jetzt hat sie Orion Grapolis umgebracht! Warum? Woher hast du sie, Brice?«

Er stand regungslos da. Irgendetwas in ihm drängte danach, ihr alles zu erzählen, was er wusste. Aber er brachte es nicht übers Herz. Er wollte das Handelsministerium! Trotzdem –

Er musste sie hinhalten – nicht nur zu Creightons, sondern auch zu seinem eigenen Wohl.

Er brauchte Zeit zum Nachdenken. »Norma? Ich verstehe nicht. Wie konnte sie –«

Julia war von der U-Bahn-Haltestelle auf der Achtundsechzigsten ohne Halt hierhergerannt, und die Anklagen strömten unkontrolliert aus ihr heraus. Genauso waren ihre Gedanken während ihrer Sitzung bei Orion aus ihr herausgeflutet, als sie sich den Abend ihres Debüts in allen Einzelheiten vor Augen gerufen hatte. Es war, als sei ein Damm in ihrem Innern gebrochen. Sobald irgendeine Empfindung in ihrem Bauch Gestalt annahm, sprudelte sie unzensiert aus ihrem Mund heraus.

»Irgendjemand hat diese ›Norma‹ geschickt, um mich auszuspionieren, alles zu beobachten, was ich tue. Wo hast du sie her? Von wem? Sag's mir!« Vor Wut zitternd, fühlte sie kaum die Wärme, die von dem Feuer in dem übergroßen Kamin neben ihr ausging. »Ich kann wieder sehen, dank der Hypnose des armen Orion, und ich will zur Hölle noch mal wissen, was hier gespielt wird!«

Unschuldiger Protest überzog Brice' verdutztes Gesicht. »Die Gesellschafterin, die wir angestellt haben, hat deine Mutter umgebracht? Ich verstehe nicht. Wie ist das möglich? Mrs. Roberts von dem Begleitservice im Dorf hat mir die Namen und den Werdegang von drei Frauen gegeben.

Ich habe eine ausgesucht. Die Roberts ist immer zuverlässig gewesen. Sie –« Er unterbrach sich und schaute in Julias zorniges Gesicht. »Du kannst sehen? Julia, wie das? Was ... seit wann?«

Sie musterte ihn genau – das sich lichtende rote Haar, die Sommersprossen, den erstaunten und gekränkten Gesichtsausdruck. Sie war müde bis auf die Knochen, und plötzlich fror sie wieder ganz entsetzlich. Ihr dünner Blazer hatte keinen Schutz gegen die bitterkalte Novembernacht geboten. Sie stellte sich vor das große Feuer und hielt ihre Hände davor, versuchte sich aufzuwärmen, während sie noch einmal über alles nachdachte. Log Brice? Warum sollte er lügen? Warum sollte er die Mörderin ihrer Mutter losschicken, um auch sie zu töten?

Sie war lange Zeit blind gewesen, und sie stammte aus einer reichen Familie. Eine der Auswirkungen davon war die Tatsache gewesen, dass man sich die ganze Zeit gut um sie gekümmert und ihr fast alles abgenommen hatte. Jetzt hatte sie keinen Cent in der Tasche, eine erbarmungslose Killerin war ihr auf den Fersen, und sie wusste nicht mehr, wem sie noch trauen konnte. Sie vermisste den schützenden Mantel des Reichtums, der viele Probleme so einfach und schnell gelöst hatte. Wieder durchfuhr sie ein Zittern. Mit einem innerlichen Zusammenzucken fragte sie sich, ob es ihr ernst damit war, als sie diesem mörderischen Weib in Orions Behandlungszimmer angedroht hatte, sie werde sie töten.

»Es ist wunderbar, dass du wieder sehen kannst«, fuhr Brice ganz aufgeregt fort, aber als sie nicht antwortete und weiter bewegungslos vor dem Feuer stehen blieb und ihn anstarrte, wurde er ernst. »Ich sehe, du willst nicht über dein wiedergewonnenes Augenlicht sprechen, Wunder oder nicht. Du willst wissen, wer die Mörderin geschickt hat. Aber du weißt bereits genauso viel wie ich. Ich glaube, es war verdammt anständig von der Roberts, uns so prompt jemanden zu schicken, aber irgendetwas ist da oberfaul. Die Mörderin muss sich irgendwie eingeschmuggelt haben. Vielleicht rufen wir besser die Polizei an.« *Er musste sich endlich entscheiden –*

»Das ist keine schlechte Idee.« Mit einem Mal fühlte sie sich eigenartig bedrückt. Warum war sie so misstrauisch? Brice würde ihr doch nichts Böses wollen.

Als Brice hinter seinem Schreibtisch Platz nahm, sah er auf seine Hand hinunter. Sie ließ nicht das geringste Zittern erkennen, als er sie langsam auf den Hörer senkte. Er legte den Kopf zur Seite und betrachtete Julia, die, umrahmt von der Kaminöffnung, im Raum stand. Vor dem Licht des Feuers im Hintergrund schimmerten ihre braunen Haare golden. Die Arme hielt sie vor der Brust verschränkt. Ihre Körperhaltung drückte Sorge und äußerste Wut aus. Ihr Gesicht war schweißüberströmt, und diese bemerkenswert blauen Augen sprühten Feuer. Von ihrem Äußeren her kam sie ganz auf die Austrians. Er hatte sie nie schön gefunden, aber in diesem Augenblick, gleichsam in Feuer gehüllt, erschien sie ihm ausgesprochen attraktiv... und plötzlich fremd und gefährlich.

Sein Pulsschlag verlangsamte sich, als er sie betrachtete: ein wahrer Drachen. Anklagend und sich mit großer Selbstverständlichkeit in fremde Angelegenheiten einmischend. In keiner Weise eine Redmond.

Eine Außenseiterin.

»Nein«, unterbrach sie ihn abrupt, »nicht die Polizei. Ich muss nachdenken. Ich –«

Brice nickte. »Vielleicht hast du Recht. Creighton kann jetzt keinen Skandal gebrauchen. Ich sag' dir was. Ich ruf' ihn jetzt an. Wir sollten ihn um Rat fragen. Ja, das wird das Beste sein. Creighton kann uns sagen, was in dieser

Situation zu tun ist. Schließlich hat er seine Karriere in der Justiz begonnen. Er hat Beziehungen bei der Polizei.«

Auf der anderen Seite, er konnte ihr auch die Wahrheit sagen –

Doch als er den Hörer aufnahm, fiel sein Blick auf die Schreibtischplatte. Eine weite, leere Fläche. Kein einziges Dokument darauf. So war sein Leben im vergangenen Jahr gewesen. Sterbenslangweilig. Tot. Eine unersättliche Gier nach der Erregung einer großen Herausforderung erfasste ihn. Es stimmte, dass der Mensch diese Welt allein betrat und auch allein wieder verließ, doch solange er lebte, brauchte er wenigstens den Trost der Arbeit. Das – und nicht etwa menschliche Gesellschaft – war die einzige Verbindung zur Welt, die er benötigte.

Sein Herz raste. In diesem Moment brauchte Creighton ihn verzweifelt. Morgen wäre es zu spät.

Brice' Leben konnte sich von heute auf morgen ändern. Sein Schreibtisch könnte wieder von Papieren überfließen, er würde wieder dieses Kribbeln des Neuen und Großartigen verspüren. Wenn er tat, worum Creighton ihn gebeten hatte.

Die Situation begann ihm auf eine neue Art sinnvoll zu erscheinen. Am Ende lief es nicht nur auf Tokugawas Faust und Familiensolidarität hinaus, sondern auf Julia ... oder ihn.

Julias Leben ... gegen seine Zukunft.

Er überlegte. Er traf die Entscheidung keineswegs leichten Herzens.

»Creighton?« Sie zögerte. Sich ganz auf sich selbst zu verlassen war möglicherweise nicht der richtige Weg gewesen, aber ... konnte sie Creighton trauen? Die Gesellschafterin war seine Idee gewesen. Wurde sie etwa langsam verrückt, weil sie so misstrauisch war? »Vielleicht ist das eine gute Idee –«

Julia drehte sich um. Und war sofort wieder auf der Hut.

Sie schaute aus dem Fenster hinaus. Eine Bewegung im Garten hatte ihre Aufmerksamkeit geweckt. Dann läutete die Türglocke. Mit einem unbehaglichen Gefühl ging sie in die Eingangshalle. Der Butler hastete beflissen an ihr vorbei. Durch die Glasscheiben der Vordertür entdeckte sie die schwarz-blaue Uniform eines New Yorker Polizeibeamten. Mit einer ruckhaften Kopfbewegung sah sie aus dem Fenster. Die dunklen Schatten, die sich im Garten regten, waren ebenfalls Polizisten. Wachsam verlagerte sie ihr Gewicht.

Warum waren sie hier? Brice hatte sie nicht gerufen. Und warum schlichen sie im Garten herum, versuchten sie einzukreisen ...

Was konnten sie nur von ihr wollen? ... Sie! Es musste um Orions Ermordung gehen. Sie hatte damit gedroht, Orions Mörderin zu töten, aber Edda hatte womöglich gedacht, sie hätte Orion damit gemeint! *Julia! Was hast du getan? Julia! O mein Gott!*

Es lief ihr kalt den Rücken hinunter, als sie Eddas Stimme in ihrer Erinnerung wieder hörte. Vielleicht war die Polizei hier, um sie zu verhaften. Sie durfte jedenfalls kein Risiko eingehen.

Etwas in ihr veränderte sich. Es stimmte, dass sie verhätschelt und beschützt worden war, aber sie war nicht schwach. Und sie war keine Närrin. Sie hatte keinen Beweis und keinen Zeugen für ihre Behauptung, dass diese falsche Norma den Therapeuten umgebracht hatte.

Ohne ein Wort eilte sie zurück durch das Haus.

»Julia!« Brice' wütendes Brüllen folgte ihr wie das eines erbosten Liebhabers. »Was machst du? Bist du verrückt? Komm zurück! *Julia!*«

Seine Füße stampften hinter ihr her. Es waren die letzten Geräusche, die sie hörte, bevor sie die Küchentreppe hinunter in den Keller stürmte und die Tür hinter sich verschloss.

Maya Stern wartete im tiefen Schatten. Ihr Puls ging gleichmäßig, und ein Kribbeln kontrollierter Erregung machte sich in ihrem Magen bemerkbar. Sie trug noch immer ihre Obdachlosenverkleidung – ihre Nasenlöcher waren durch die abgeschnittenen Babyschnuller erweitert, ihre Haare unter der hässlichen Mütze verborgen. Ihre .38 hielt sie unter den Arm geklemmt, damit die Scheinwerfer eines vorbeifahrenden Fahrzeugs das Metall nicht aufblitzen ließen und die Aufmerksamkeit auf sie gelenkt würde.

Sie hatte einen anonymen Anruf bei der Polizei getätigt, wie Creighton Redmond es ihr aufgetragen hatte. Hatte ihnen gesagt, es wäre möglich, dass Julia Austrian hierher kommen würde, um ihren Lieblingsonkel um Hilfe zu bitten. Sie hatten sie aufgescheucht.

Aber sie würde die Frau zuerst kriegen. Töten.

Oben in dem stinkfeinen Bau war die Tür zum Foyer geschlossen, während die Crème de la Crème der New Yorker Polizei wie ein Rudel gut trainierter Jagdhunde dem Moment entgegenfieberte, in dem sie den Besitzer mit ihren Fragen bombardieren konnte. Sobald er Julia in den Keller seiner Villa hatte fliehen sehen, war Brice hierher zurückgekehrt.

Mit rotem Kopf und hämmerndem Herzen erledigte er den ersten Anruf, den Creighton ihm aufgetragen hatte. Den bei einer stummen Maya Stern. Brice bedauerte Julias Situation, hatte jedoch schon früh gelernt, seine eigenen Verluste möglichst gering zu halten. Rasch beschrieb er dem schweigenden Telefon, wo Julia auf die Straße hinauskommen würde.

Sein zweiter Anruf galt Creighton selbst. »Sie ist hergekommen, genau wie du gesagt hast. Sie versucht herauszufinden, wer Stern geschickt hat. Nach ihrem Gesichtsausdruck zu schließen, würde ich sagen, dass sie gefährlich ist.«

»Und du hältst sie hin?«

»Nein, sie hat mich überrascht und ist getürmt, als sie die Polizei im Garten gesehen hat. Sie hat sich in den Keller geflüchtet. Wer hätte gedacht, dass sie die Geistesgegenwart besitzt, sich an diesen alten Ausgang zu erinnern? Sehr clever.« Dann kicherte Brice, und jetzt klang er genau wie sein älterer Bruder. »Deine Frau erwartet sie. Julia rennt direkt in das Netz der schwarzen Witwe.«

Im trüben Licht einer einzigen nackten Glühbirne an der Decke rannte Julia durch den Keller. Als Kind hatte sie hier unten mit Brice' Söhnen gespielt. Für Kinder gab es nichts Gruseligeres und Spannenderes als ein großes, dunkles Kellergewölbe mit seinen gigantischen Weberknechten und den schweren Gerüchen nach Staub und Kohle. In vielen der Räume stapelten sich höchst interessante Kisten. Jeden Tag waren in einem von ihnen Wäschestapel aufgehäuft worden, die zum Waschen und Bügeln außer Haus gegeben wurden. Und immer konnte man eine Katze dabei überraschen, wie sie Mäuse über den Backsteinboden jagte.

All das fiel ihr nun wieder ein – die glückliche Zeit der Spiele. Sie bekam Gewissensbisse, weil sie Brice gegenüber so misstrauisch war. Dann tat sie es mit einem Schulterzucken ab. Wenn sie ihm Unrecht tat, konnte sie sich später entschuldigen.

Sie schob die Tür zur alten Waschküche auf. Ein Quietschen. Sie erstarrte, fürchtete, jemand könnte das Geräusch gehört haben. Die Tür war seit Jahren nicht mehr benutzt worden. Ihre Angeln waren völlig verrostet. Draußen ließ der Wind das trockene Laub auf der Straße rascheln. Sie schloss die Augen, um besser hören zu können. Ihr war, als wäre sie wieder blind, und kurzfristig griff eine tödliche Angst nach ihrem Herzen.

Aber sie unterdrückte die Furcht. Wieder im dunklen Keller der Blindheit, konzentrierte sie sich, und all ihre geschärften Sinne erwachten. Sie vernahm weder Schritte noch sonstige Geräusche, die sie zu der Annahme veranlasst hätten, die Polizei wüsste von der einzigen Tür auf dieser Seite des Anwesens.

Sie streckte ihren Kopf hinaus und schaute sich rasch um.

Die Seitenstraße mündete nach rechts und links in andere Straßen. Zur Rechten befand sich die Frontseite der Villa. Im Augenblick war die Seitenstraße in beide Richtungen leer. Sie wollte schon nach draußen gehen, als ihr die Warnung des CIA-Mannes wieder einfiel. *Werden Sie diesen Blazer los!*

Sie sah an sich hinunter und erkannte, wie hell er in der schwarzen Nacht leuchtete. Sie zog ihn aus und warf ihn hinter sich in den Keller. Dann trat sie ins Freie und sprintete nach links, in den Schutz der Straße auf der Rückseite des Anwesens.

23

Die Kälte schnitt durch Julias dünne Bluse, als sie die in tiefem Schatten liegende Gasse entlangflitzte. Gegenüber der Villa erhoben sich zwei hohe Apartmenthäuser. Blätter raschelten unter ihren Füßen. In der Luft hingen der scharfe Geruch nach Asphalt und die trübe Feuchtigkeit des nahenden Winters. Vor ihr rollten Autos über die Straße. Sie entdeckte weder Polizeistreifen noch uniformierte Beamte. Während sie weiterlief, schickte sie ein stummes Stoßgebet gen Himmel, sie möchten in Haus und Garten beschäftigt sein. Und dass ihr noch genügend Zeit zur Flucht bliebe –

Ängstlich warf sie einen Blick über ihre Schulter. Die Seitenstraße blieb leer.

Mit leichten Schritten hastete sie vorwärts. All die Jahre des Trainings auf Treträdern und Laufbändern hatten ihr einen leichtfüßigen Rhythmus verschafft, in den sie jetzt ohne nachzudenken verfiel. Zu ihrer Linken endete die Fassade der Villa, und die hohe Mauer, die das Gewächshaus umgab, schloss sich an. Tote Weinreben rankten sich geisterhaft und skelettgleich an den Steinen empor; nur ein paar wenige spröde Blätter klammerten sich noch fest und hofften gegen alle Vernunft, am Leben zu bleiben.

Als sie sich der Mündung der Seitenstraße näherte, wurde sie keuchend langsamer. Das Blut rauschte in ihren Ohren. Sie kontrollierte ihren Puls, beruhigte sich. Verfiel in Schritt. Sie wollte keine Aufmerksamkeit erregen. Erneut wandte sie sich der Frage zu, wie die Mörderin es geschafft hatte, sich als ihre Gesellschafterin einzuführen. Lautete ihr Name wirklich ›Norma Kinsley‹? Die Mörderin musste erfahren haben, dass sie selbst die Ermordung ihrer Mutter mit angesehen hatte. Einen anderen Grund, weshalb sie ihr den weiten Weg von London nach New York gefolgt sein sollte, konnte Julia sich nicht vorstellen.

Julia musste wieder nach Oyster Bay zurück. Musste mit Mrs. Roberts und dem Begleitservice sprechen –

Just in dem Moment, als sie das dachte, hörte sie etwas Merkwürdiges ... oder spürte es.

Ein Geräusch. Vielleicht eine Bewegung. Links von ihr,

neben dem Mauerüberhang, wo die dicken Weinranken einen Schatten warfen, der so tief und schwarz –

Und sie roch es. Es war ein kaum merklicher Hauch in der würzigen Nachtluft. Normas Parfüm.

Entsetzen packte sie. Nur fünf Meter weiter wartete die Straße mit ihrem Versprechen von Sicherheit. Als habe sie einen Stoß von hinten erhalten, sprang sie mit pochendem Herzen vorwärts, rannte mit dem Rest von Energie, der ihr noch verblieb, auf den Schutz der Autos und der Straße zu.

Maya Stern ließ die Austrian geduldig näher kommen. Ihr Finger sehnte sich fast schmerzlich danach, den Abzug ihrer .38 zu betätigen. Doch sie hatte gesehen, wie ihr Opfer eine abrupte Bewegung machte, und sie wusste, dass Julia ihre Anwesenheit irgendwie erahnt hatte.

Stern sprang aus ihrem Versteck, als die junge Frau an ihr vorbeipreschte. Insgeheim fluchte sie. Es wäre so einfach gewesen, ihr eine Kugel zwischen die Augen zu setzen, sobald sie ihrer ansichtig geworden war. Nun war es komplizierter geworden, da sie Julia erst kriegen, ihr dann die Waffe gegen die Schläfe halten und abdrücken musste. Sie würde die Frau fallen lassen und ihr die unmarkierte .38 in die Hand legen. So lauteten Creightons Anweisungen. Und sie tat immer genau das, was Creighton wollte.

Julia entdeckte die Killerin im Augenwinkel. *Dem Himmel sei Dank, dass ich sehen kann!* Furcht packte sie. Sie legte noch einmal Tempo zu, aber –

Sterns Schulter rammte sie im Rücken.

Die Wucht des Aufpralls ließ weiße Lichtervorhänge vor Julias Augen tanzen. Sie schnappte nach Luft und taumelte vorwärts, schlidderte auf ihren Händen über die Straße, als bestehe die aus Eis und nicht den vom Zahn der Zeit angenagten Pflastersteinen, die ihr die Handflächen aufrissen. *Meine Hände! Wenn ich mich nun so verletze, dass ich meine Hände nicht mehr gebrauchen kann?*

Sie rappelte sich auf, aber die Killerin schlang einen muskulösen Arm um ihre Brust und riss sie zurück. Jäh bohrte sich der eiskalte Stahl eines Pistolenlaufs in ihre Schläfe –

Sam Keeline patrouillierte mit seinem Durango durch die Straßen im Umkreis von Brice Redmonds Villa. Zwei Streifenwagen parkten davor, sodass er annahm, das richtige Haus gefunden zu haben. Oder zumindest dasselbe, das die Polizei für den derzeitigen Aufenthaltsort von Julia Austrian hielt. Er hatte seine Pistole herausgenommen und, nur für alle Fälle, in die Kuhle zwischen den beiden Vordersitzen gelegt.

Er kurvte wohl ein halbes Dutzend Mal um den Block. Redmonds stattliches altes Anwesen beanspruchte die Hälfte davon. Apartmenthäuser der oberen Klasse nahmen den Rest ein. Einige wenige Fußgänger waren auf der Straße, um ihre Hunde auszuführen, Taxis zu stoppen und in ihren Wintermänteln für ihre Samstagabend-Verabredungen in nahe gelegene Restaurants zu huschen.

Tief in seinem Innern überfielen Sam böse Vorahnungen. In was schlidderte er hier hinein? Vielleicht sollte er aufhören. Möglich, dass seine Gonaden, wie Pink es befürchtete, seinen Verstand überlistet hatten. Es stimmte, dass er seit seiner Rückkehr nach Langley endlose Frauengeschichten gehabt hatte – er brauchte das, eine Quelle von menschlichem Trost und angenehmem Sex ohne den Schmerz der Liebe.

Falls Julia eine Mörderin war, was musste er sich in ihre bevorstehende Verhaftung einmischen?

Er entschloss sich zu einer allerletzten Runde. Er drehte das Lenkrad herum, fuhr 30 Meter, und dann ergriff ihn rasende Wut. Seine Scheinwerfer erfassten zwei Frauen kurz hinter der Straßeneinmündung, erstarrt in einem tödlichen Ringen. Die eine von ihnen war Julia, das schöne Gesicht zu einer Maske des Entsetzens und Zorns verzerrt. Wieder packte ihn diese charismatische Ausstrahlung, die sie an sich hatte.

Und die andere Frau – jetzt fiel es ihm wieder ein. Diese da hatte er beobachtet, wie sie die U-Bahn verlassen hatte. Aber mit ihrem verunstalteten Gesicht und der verwahrlosten Kleidung hatte er sie für eine der Obdachlosen der Stadt gehalten. Es gab nicht nur eine Frau, die hinter Julia her war, es gab zwei!

Im gleichen Moment, in dem er all das in sich aufnahm, registrierte er die gegen die Schläfe der Austrian gepresste Waffe. Beide Frauen hatten die Köpfe in die Richtung seines Wagens gewandt, als er angehalten hatte. Das Licht der Scheinwerfer seines Autos wurde von ihren Augenpaaren reflektiert wie von Spiegeln.

Sie waren vorübergehend geblendet. Er musste etwas unternehmen, bevor die Frau den Abzug durchziehen konnte. Wie ein eisiger Hauch überfiel ihn seine Vergangenheit, gemahnte ihn an sein Versagen. An Irinis grässlichen Tod. Er schob alles beiseite. Trat aufs Gaspedal und raste vorwärts, mit dem Spoiler direkt auf die beiden Frauen zu.

In der einen Sekunde hatte Julia sich noch gewehrt, hatte versucht, sich loszureißen. In der nächsten lag sie auch schon flach auf dem Rücken, alle Luft aus der Lunge gepresst. Ein riesiges rotes Auto wuchs rechts von ihr in den Himmel. Die Motorhitze brachte die Luft zum Dampfen. Aber Julia konnte sich nicht rühren. Sie keuchte vor Schrecken. Eine Pistole zielte auf ihr Gesicht, der kalte Lauf nur wenige Zentimeter von ihrem Mund entfernt. Instinktiv versuchte sie sich wegzuducken, in dem kalten Kopfsteinpflaster zu versinken. Ihre Hände brannten und taten weh, aber sie spürte den Schmerz kaum, so sehr war sie auf die Mörderin und ihre Waffe konzentriert.

Ein paar Sekunden lang hatte Julia sie nicht wiedererkannt. Ihr Gesicht war schmutzig und unsymmetrisch, die Nase zu breit für die übrigen Züge. Aber die Augen waren dieselben – schwarzer Granit, abschätzend. Die Augen der Mörderin ihrer Mutter. Und dann war da noch der schwache Parfümgeruch.

Warum schoss sie nicht? »Wer sind Sie? Woher wussten Sie, dass ich hier war?«

Die Finger der Killerin schienen am Abzug zu zögern. Rasende Wut strahlte von ihr aus. Einen kurzen Moment lang schien sie vor Frustration fast zu zittern. Die Tür des großen Wagens schwang krachend auf. Trotz des Geräuschs wankte der Blick der Mörderin keinen Augenblick.

Ihre Stimme war leise, beherrscht. »Das nächste Mal bist du tot. Verlass dich drauf.«

Sam Keeline sprang aus dem Durango, dessen Motor noch lief. Er hechtete um das Auto herum. Julia rappelte sich hoch. Sie lebte, erkannte er mit augenblicklicher Erleichterung. Er wollte wissen, ob sie verletzt war, aber zuerst –

Wer war die andere Frau? Er stürzte um sein Auto herum zur anderen Seite. Enttäuscht musste er feststellen, dass sie den Block entlangsprintete und bereits zu viel Vorsprung hatte, als dass er sie hätte einholen können.

Er beobachtete sie. Sie lief genau wie die Frau, die Julia Austrian über Park und Lex gejagt hatte. Sie hatte dieselben rhythmischen Bewegungen, dieselbe muskulöse Behändigkeit. Er nickte. Und begriff: Es war eine Verkleidung. Es gab also gar keine zwei Frauen, die es auf Julia abgesehen hatten. Es war eine einzige, überaus gerissen, durchtrainiert. Und es war offensichtlich, dass sie versucht hatte, die Pianistin zu entführen ... oder zu töten.

Sam verharrte noch ein paar kurze Augenblicke auf der Straße, regungslos, und überlegte, was das alles bedeuten mochte. Dann drehte er sich gerade rechtzeitig um, um mitzubekommen, wie der schlanke Körper von Julia sich auf den Fahrersitz des Durango hievte. Ihre Hüften in der dunklen Hose wirkten schmal und aufreizend. Seine Gonaden waren wirklich sein klügster Körperteil. In aller Ruhe zog sie die Fahrertür zu.

Der Motor lief noch. Sie versuchte, seinen Wagen zu stehlen!

Wutentbrannt stürmte er zur Fahrertür. Im Innern konnte er sie hektisch nach dem Mechanismus suchen sehen, mit dem man die elektrische Handbremse löste. Sie drückte alle möglichen Knöpfe und sah sich suchend um, biss sich vor Konzentration mit ihren kleinen weißen Zähnen auf die Unterlippe. Er packte den Türgriff und zog. Sie hielt von innen dagegen, und an dem abrupten Klicken hörte er, dass die Türsperren einrasteten.

Er funkelte sie erbost an. »Machen Sie auf! Ich will Ihnen helfen!«

Sie ignorierte ihn. Sie hatte den Blick gesenkt, inspizierte den Schalthebel. Ihr goldenes Haar fiel über ihr Gesicht wie eine zerzauste Wolke. Er war von ihrem Tun gefesselt, und das ärgerte ihn ungeheuer. Sie versuchte den Schalthebel in den ersten Gang zu schieben, aber ihr Fuß trat dabei nicht auf die Kupplung. Berührte sie nicht einmal. Ein schrilles, hohes Knirschen drang unter der Motorhaube hervor.

Sie wusste nicht, wie man ein Auto mit Gangschaltung fuhr.

Voller Sorge um seinen Wagen hämmerte er gegen die Scheibe. »Verdammt! Hören Sie auf damit!«

Sie stieß den Schalthebel mit Gewalt in den nächsten Gang. Das Auto ruckte nach vorne. Sie hatte den Motor abgewürgt. Er roch den eindeutigen Gestank von überhitzten Teilen.

Sam stöhnte. »Sie ruinieren meinen Wagen! Entriegeln Sie diese Tür. Wovor haben Sie Angst? Ich habe Ihnen soeben das Leben gerettet, verflucht noch mal!«

Sie sah ihn an. In ihren blauen Augen lag Furcht, aber auch noch etwas anderes. Wut und Entschlossenheit, entschied er. Und das war vermutlich auch gut so. Vielleicht hatte sie das die letzten beiden Stunden am Leben gehalten.

»Wer sind Sie?«, verlangte sie durch das geschlossene Fenster zu wissen.

»Keeline!«, schrie er zurück. »CIA. Das habe ich Ihnen doch schon auf der Siebzigsten gesagt!« Er wusste, dass sie sich an ihn erinnerte, weil ihre Augenlider zuckten, aber sie war noch nicht bereit, klein beizugeben.

»Was wollen Sie?«

»Dass Sie unsere Verabredung einhalten –« Und dann erstarrte er. »Cops«, murmelte er durch die Fensterscheibe.

Ihr Kopf wirbelte herum. Ein blau-weißer Streifenwagen hielt am Straßenrand. Zwei uniformierte Polizeibeamte sprangen heraus. Sie legten ihre Hände auf die Pistolen, die in ihrem Gürtelhalfter steckten. Mit grimmiger Miene schritten sie auf den abgewürgten Durango zu.

24

Sam warf einen flüchtigen Blick zu Julia hinüber. Sie hatte ihren Kopf über den Vordersitz gebeugt, als suche sie etwas in ihrer Tasche. Nur, dass sie keine Tasche besaß. Sam konnte sehen, wie ihre Schultern unter der dünnen Seidenbluse bebten. Sie fror, hatte Angst und verbarg ihr Gesicht. Er verspürte eine Aufwallung von Mitleid mit ihr.

Er seufzte. Hoffte, er würde später nicht bereuen, was er im Begriff stand zu tun.

Er machte auf dem Absatz kehrt, setzte ein gewinnendes Lächeln auf und ging zielstrebig auf die beiden näher kommenden Beamten zu. »Kann ich Ihnen behilflich sein?«

Der Jüngere der beiden antwortete: »Das wollten wir Sie auch gerade fragen.« Sein glatt rasiertes Gesicht hatte einen ernsten Ausdruck, als habe er gerade die Polizeischule absolviert und als sei das Leben als Vertreter des Gesetzes, für den Augenblick jedenfalls, für ihn der Himmel auf Erden. Seine Stimmmodulation zeugte von einer guten Ausbildung: Wir sind hier nicht zum Vergnügen, besagte sie. »Was geht hier vor?«

Sam beschleunigte seinen Schritt. Je weiter vom Durango entfernt er sie traf, desto besser würde er mit ihnen fertig werden. Im Gehen schätzte er die Männer rasch ein. Er musste sich eine Geschichte für die beiden ausdenken, und es musste eine gute Geschichte sein. Zur Hölle, nach all dem Wahnsinn heute Nacht konnte er genauso gut eine Versetzung bei der Firma beantragen – wieder in den Außendienst gehen.

»Ich weiß Ihre Fürsorge zu schätzen, Officer«, begann er.

Die drei trafen sich etwa zwei Meter von dem Durango und Julia Austrian entfernt.

Sam lächelte, während er gleichzeitig einen verlegenen Ausdruck über sein Gesicht gleiten ließ. Er wusste, dass sein sandfarbenes Haar ihm in die Stirn fiel und er nach der Verfolgung der Frau mit der Waffe zerzaust wirken musste. Jetzt hoffte er, sein erschöpftes Aussehen würde seinen Worten zusätzliche Glaubwürdigkeit verleihen.

Wieder lächelte er. »Tut mir leid. Die Frau Gemahlin und ich ... nun, um offen zu sein ... sie ist schwanger. Und Sie wissen ja, wie Schwangere so sind. Ihr wurde übel, deshalb habe ich angehalten, damit sie frische Luft bekam. Dann hat sie sich über mich aufgeregt. Sind Sie verheiratet? Oder Sie?« Er schaute den zweiten Polizisten an, der gut 15 Jahre älter als der andere war und so aussah, als könne er gut und gerne drei Ehen hinter sich haben. Sein verlebtes Gesicht trug die Spuren von zu vielen üblen Fällen, zu viel Alkohol und üblen Frauen.

Mit ein bisschen Glück hatte Sam sich da eine Geschichte zusammenfabuliert, die mit ihren Vorurteilen übereinstimmte.

Aber der ältere Polizist gab kein Pardon. »Wer sind Sie, Sir?«

Erleichtert zog Sam seinen Personalausweis hervor. »Sam Keeline, CIA. Meine Frau und ich sind fürs Wochenende heraufgekommen. Um ehrlich zu sein, wir sind von DC durchgefahren, nachdem wir den Nachwuchs bei ihrer Mutter gelassen haben. Sie wissen schon, um das neue Baby zu feiern, das unterwegs ist.« Er seufzte. »War ’ne lange Nacht. Und ich hab’ noch acht Monate davon vor mir!«

Der jüngere Beamte nahm Sams Ausweis, überprüfte ihn und reichte ihn kommentarlos an seinen Partner weiter. Sam wusste, dies war einer der Momente, wo es gut war, ein relativ hochrangiges Mitglied der Central Intelligence Agency zu sein.

»Sie können mein Autokennzeichen überprüfen«, schlug Sam vor.

Der ältere Cop warf ihm einen frostigen Blick zu. »Ach wirklich?«

»Verzeihung«, murmelte Sam. »Ich schätze, ich bin ein bisschen durch den Wind. Ich versuche nicht, Ihnen zu sagen, wie Sie Ihren Job tun sollen, sondern nur, dass das da mein Wagen und das da drin meine Frau ist.« Jetzt, wo er seine Autorität ausgespielt und Julia miteinbezogen hatte, war es an der Zeit, ein wenig zu pokern. Er runzelte die Stirn. Er ließ einen Hauch von Härte in seinem Tonfall anklingen. »Und ich sehe nicht den geringsten Sinn darin, warum ich noch länger hier draußen herumstehen und mir den Arsch abfrieren sollte. Sie macht mir genug Kummer. Außer natürlich, die Herren möchten uns mit auf die Wache nehmen?«

Er hatte sie gezwungen, Farbe zu bekennen. Jetzt wartete er – und hoffte.

In dem Augenblick, als der jüngere Beamte dem älteren einen fragenden Blick zuwarf, ertönte hinter ihnen das Summen des Funkgeräts im Streifenwagen.

Der Jüngere trottete zurück, um zu antworten. Sam konnte die Botschaft hören. »Julia Austrian hat die Fliege gemacht. Schwärmt aus und findet sie. Alle Einheiten ...«

Der ältere Cop warf dem jüngeren einen müden Blick zu.

»Hört sich an, als hättet ihr Jungs was zu tun«, meinte Sam. »Na, was wollen Sie machen? Brauchen Sie uns wirklich noch?«

Der Ältere schürzte die Lippen, den Blick unverwandt auf Sams Dienstausweis gerichtet. »Hier steht, dass Sie von der CIA sind. Schätze, das sollte uns reichen.« Er gab ihm das Papier zurück, mit den Gedanken schon Millionen Meilen weit weg. »Danke, Keeline. Sorry, wenn wir Sie belästigt haben sollten. Genießen Sie Ihren Aufenthalt hier. Lass uns fahren.«

Manchmal hat man einfach Glück. Sam tat einen tiefen Seufzer. Er fühlte sich, als hätte er gerade ausgesprochen großes Glück gehabt.

Er steckte den Ausweis wieder in seine Tasche, und die beiden Männer sprangen in ihren Streifenwagen. Während sie davonfuhren, blieb er noch auf der Straße stehen, kalten Schweiß auf der Stirn. Dann grinste er. Nach dieser Bewährungsprobe wäre es das reinste Zuckerschlecken, mit Julia Austrian fertig zu werden.

Sam pfiff wieder »New York, New York« vor sich hin, als er zu seinem Wagen zurückging. Er konnte sehen, dass Julia Austrian auf den Beifahrersitz gerutscht war. Es überraschte ihn nicht, dass die Fahrertür sich öffnen ließ, als er den Türgriff betätigte. Lediglich ein Anflug bescheidener Dankbarkeit überkam ihn, dass sie sich endlich dazu durchgerungen hatte, zu kooperieren.

Er stieg ein, knipste die Innenbeleuchtung aus, sodass niemand ihr Gesicht sehen konnte, und knallte die Tür zu.

»Sie hatten einen ereignisreichen Abend«, bemerkte er, als er den Wagen startete. »Ich wüsste gern mehr davon. Alles. Bitte seien Sie so frei, mich mit allen Einzelheiten zu langweilen.«

Mit einem aufrichtigen Lächeln im Gesicht wandte er sich ihr zu. Das Lächeln verging ihm rasch. Er sah in den Lauf seiner eigenen 9-mm-Browning.

»Wir fahren nach Oyster Bay«, befahl sie ihm. »Fahren Sie los!«

Sam fühlte, wie sich seine Nackenhaare sträubten.

Auch über Kanonen wusste sie nicht Bescheid. Er konnte es an der Unbeholfenheit sehen, mit der sie die Waffe hielt. Aber sie war klug genug, sie mit beiden Händen zu umfassen, und ihr Finger lag entschlossen am Abzug. Er musterte ihr Gesicht. Sie hatte definitiv das Zeug zu einer Schönheitskönigin. Im Blick jedoch, mit dem sie ihn ansah, lag die reinste *La Femme Nikita.* Eigenartigerweise gefiel ihm das auch.

Alles, außer dem Part mit der Waffe, die auf ihn zeigte.

Er stieß einen leisen Pfiff aus. »Sie sind erfinderisch, das muss ich Ihnen lassen.«

Und er war ein Idiot. Er hatte seine Browning in der Ablage zwischen den beiden Vordersitzen liegen lassen. *Was für ein blödsinniger Fehler!* Er war entschieden zu lange nicht mehr im Einsatz gewesen.

»Oyster Bay«, wiederholte sie. »Fahren Sie! *Sofort!*«

Sie sah genau aus wie auf den Fotos in seiner Mappe, wie sie da im Halbschatten saß – das ovale Gesicht, die hohe Stirn, die weit auseinander stehenden Augen und der üppige, sexy Mund. Die Augen waren bemerkenswert. Sie waren von einem tiefen Blau, der Farbe von Wedgewood-Porzellan ... nein, berichtigte er sich, Lapislazuli. Und während er ihre Porzellanhaut und ihre Erschöpfung registrierte, merkte er, wie seine Gedanken sich wieder dem Sex zuwendeten –

Vielleicht war sie aber auch nur irgendein fremdartiges Wesen von einem anderen Stern, denn sie fuhr ihn an: »Legen Sie den Rückwärtsgang ein! Machen Sie, dass wir hier wegkommen!«

»Sie haben da ein durchschlagendes Argument.« Er legte die Hände um das Lenkrad seines Geländewagens. Abrupt riss er sie wieder zurück und schaute seine Handflächen und Finger an. Sie waren feucht, und selbst in dem schwachen Licht konnte er sehen, dass es sich um frisches Blut handelte. Kurz zuvor hatte sie ihre Hände auf dem Lenkrad gehabt.

»Ihre Hände«, sagte er. »Sie bluten!«

Während die möglichen Konsequenzen ihrer Verletzungen ihm durch den Kopf rasten, hörte er in Gedanken eine seiner Lieblings-CDs: ihre kraftvolle Einspielung von Beethovens durchgeistigten *Eroica-Variationen, op. 35*. Das Thema stammte aus Beethovens *Prometheus*-Ballett, das im Finale seiner *Eroica-Sinfonie* noch einmal aufgenommen wurde. Sam liebte die Variationen, und besonders bewunderte er ihren Bass-Einsatz.

Ihre Stimme klang hart. Sie schaute nicht einmal auf ihre Hände hinunter, die höllisch wehtun mussten. Die Waffe, die auf ihn zielte, hielten sie indes verdammt sicher.

Sie sagte: »Das zählt jetzt nicht. Fahren Sie!«

Er starrte sie an. »Außerdem frieren Sie.« Sie zitterte, und das nicht nur, weil sie Angst hatte. Er drehte die Heizung an. Dann setzte er seinen Geländewagen in die Straße zurück und hielt auf den Central Park zu. Er kam zu dem Ergebnis, dass ihre Hände vermutlich nicht dauerhaft verstümmelt waren, wenn sie die Pistole noch halten konnte. Jedenfalls hoffte er das.

»Cops!«, zischte er. »Drehen Sie Ihren Kopf weg!«

Doch sie schaute zu dem Streifenwagen hinüber. Er hielt an der vor ihnen liegenden Kreuzung und wartete darauf, dass die Ampel auf Grün schaltete. Als sie den Wagen auch gesehen hatte, tat sie, worum er sie bat. Sie schaute nach Süden, sodass man vom Polizeiwagen aus nur den Hinterkopf mit ihrem hellbraunen Haar sehen konnte.

Sam zwang sich dazu, gleichmäßig zu atmen, während er über die Kreuzung fuhr.

»Folgen sie uns?« Ihre Stimme war ein heiseres Flüstern.

»Nein.« Seine Brust zog sich vor Angst zusammen. »Aber ich sehe einen zweiten Streifenwagen. Er nähert sich uns von links. Offenbar funktioniert dieser Aufruf an alle Einheiten ziemlich gut. Legen Sie sich auf den Boden!«

Sie rutschte in den Fußraum hinunter, richtete die Pistole jedoch weiterhin auf ihn. »Erzählen Sie mir, was sie tun.«

»Suchen.«

Er bremste vor einer roten Ampel. Ein nervöser Tatendrang überkam ihn. Er machte sich Sorgen um sie. Und um sich selbst. Wenn man sie in seiner Obhut entdeckte, würde er von seinem Chef dafür nicht gerade eine Verdienstmedaille bekommen. Bei Grün fuhr er langsam an, sodass der Polizeiwagen sie überholen konnte.

»Was ist?«, wollte sie wissen.

»Sie sind an uns vorbeigefahren.«

»Kann ich wieder hochkommen?«

Sein Puls beschleunigte sich. »Nein. An der nächsten Kreuzung steht schon wieder eine Streife. Sie sind heiße Ware, meine Dame. So heiß, dass wir uns beide Verbrennungen dritten Grades zuziehen können.«

Sie wirkte erschrocken. Er lenkte den Durango nach Süden auf die Fifth Avenue.

»Wie wär's, wenn Sie diese Kanone 'runternähmen?«, schlug er vor.

»Noch nicht.«

»Wann dann?«

Sie antwortete nicht, und ihr Schönheitsköniginnengesicht war stahlhart.

Er schaute sie an. »Darf ich Sie noch einmal daran erinnern, dass ich nicht Ihr Feind bin? Ich habe Ihnen das *Leben* gerettet. Bis jetzt *dreimal*. Haben Sie das kapiert? Falls Sie vorhaben, ein wenig höflich zu sein, könnten Sie damit anfangen, mir zu danken. Und sich dann ein anderes Spielzeug als meine Kanone suchen.«

Sam blickte gerade rechtzeitig zu ihr hinunter, um einen Hauch von Unsicherheit über ihr Gesicht gleiten zu sehen. Dann nahmen ihre Züge wieder den gewohnt unerbittlichen Ausdruck an. Sie mochte nicht die Fähigkeiten von *La Femme Nikita* haben, das Gebaren hatte sie. Sie fürchtete sich, hatte aber auch vor, sich bis zum Letzten gegen alle anderen zu verteidigen. Selbst gegen ihn.

»Im Moment«, erklärte sie bedächtig, »sind Ihre Aktionen nicht unbedingt dazu angetan, mich zu überzeugen.«

»O Mann!«, stöhnte er. Die Browning zielte noch immer direkt auf sein Herz. »Dann haben Sie diesen Typ vielleicht wirklich umgebracht!«

»Orion! *Nein!*« Sie sah entsetzt aus. Ihre blauen Augen verengten sich in dem Dämmerlicht. »Wie kommen Sie denn darauf?«

»Ich bin zurück zu Ihrem Apartment gefahren. Habe mit ein paar Cops geredet. Sie schienen großes Interesse an Ihnen und Ihrem neuen Aufenthaltsort zu haben. Und – ich weiß nicht, ob Sie es hören konnten – das Funkgerät von den beiden vorhin gab einen ›An-alle-Einheiten-Aufruf‹ Ihretwegen durch. Für mich sieht das so aus, als wären Sie ihre Hauptverdächtige.«

Sie schwieg.

»Da ist noch ein Streifenwagen«, flüsterte er scharf. »Gütiger Gott! Die New Yorker Polizei tut heute Nacht wirklich etwas für ihr Geld!«

»Wo ist er?«

Er teilte ihr mit, dass der Wagen ebenfalls an der Kreuzung gehalten habe. Als er ihn überholte, sah er, dass die Blinklichter eingeschaltet waren. Während er in seinen Rückspiegel schaute, bedrängte er sie: »Kommen Sie schon! Versuchen Sie's mal! Machen Sie mich schlau. Es ist ungefährlich. Schließlich sind Sie diejenige mit der Kanone. Zum Beispiel: Wie kommt es, dass Sie plötzlich wieder sehen können?«

Julia versuchte, eine Entscheidung zu treffen. Er hatte Recht – ihre Hände taten höllisch weh. Sie hatte sie sich aufgeschürft, als der Angriff der Mörderin sie umgeworfen hatte. Doch die Finger ließen sich noch bewegen. Die Handflächen brannten und stachen, aber sie meinte nicht wesentlich schlimmer dran zu sein als nach dem Sturz letzte Nacht in London. Sie hoffte es zumindest.

Sie hielt den Atem an. Das war erst letzte Nacht gewesen ... Und seitdem war so viel passiert – ihr Augenlicht, die Ermordung ihrer Mutter, dieselbe brutale Frau, die auch sie umzubringen versucht hatte, und jetzt schwärmte auch noch die New Yorker Polizei in voller Einsatzstärke aus, um sie zu verhaften.

Sie konnte keine Zeit an ein paar unbedeutende Kratzer verschwenden. Julia hielt ihren Blick unverwandt auf diesen Fremden gerichtet. Diesen Sam Keeline, CIA, in seiner weiten Lederjacke mit der schmalen Taille und dem zerzausten blonden Haar. Die Falte zwischen seinen Augenbrauen hatte sich vertieft, und sein Kinn schien irgendetwas zwischen Beton und Granit zu sein. Er hatte ein ausgesprochen hübsches Kinn, und den grobknochigen Schnitt seines Gesichts mochte sie auch. Wirklich, unter anderen Umständen hätte sie es genossen, ihn einfach nur anzuschauen. Und er hatte Recht, er *hatte* ihr das Leben gerettet –

Aber Norma hatte ihr ja angeblich auch nur helfen wollen, indem sie ihre Gesellschafterin geworden war. Sie durfte ... würde ... ihm nicht vertrauen.

Sie bat um weitere Informationen hinsichtlich des Polizeiautos, das sich hinter ihnen auf der Fünften befand.

»Sie sind einen halben Block hinter uns«, teilte er ihr mit.

»Versuchen sie uns einzuholen?«

»Sie passen sich dem Verkehrsfluss an. Jetzt, wo wir südlich Ihres Apartments sind, wechsle ich auf die Park. Mal sehen, ob sie uns folgen.«

Sie versuchte zu schlucken. Als sie abbogen, war ihre Kehle wie zugeschnürt, als halte eine Faust der Angst sie ständig gepackt. »Folgen sie uns?«

Endlich stieß er erleichtert die Luft aus. »Nein.«

»Gut.« Sie ließ die Erleichterung einen Moment in sich einsickern. »Okay. Sie zuerst. Erzählen Sie mir, was Sie wissen. Wie Sie bereits feststellten, bin ich diejenige mit der Kanone.«

Er hatte nichts zu verlieren. »Schon mal vom Bernsteinzimmer gehört?«

»Ich glaube nicht. Wieso?«

Er löste seinen Blick lange genug von der Fahrbahn, um ihr Gesicht zu mustern. Er las darin nichts, was ihn an ihrer Aussage hätte zweifeln lassen. Also erzählte er ihr mit vor Erregung pochenden Nerven von seinem Großvater in Baltimore, der ihn mit Geschichten über die unglaublichen Wandvertäfelungen des Kabinetts unterhalten hatte. Dass sie wie ein Puzzle aus dem zerbrechlichsten, feinsten Bernstein – viele der Stückchen waren kaum einen Zentimeter dick – zusammengesetzt seien. Er registrierte, dass sie ihm, allerdings ohne sonderliches Interesse, zuhörte.

Um die Dramatik seiner Erzählung zu steigern, legte er eine kurze Pause ein. »Dann verschwand das Bernsteinzimmer von der Bildfläche. Einfach so. Schien sich in Luft aufgelöst haben. Niemand hat es seitdem zu Gesicht bekommen.«

Sie strahlte Ungläubigkeit aus. »Das ist doch unmöglich! Dafür war es zu groß. Zu berühmt. Zu schwer zu verstecken.«

Ihre Leidenschaftlichkeit gefiel ihm. »Das reizt die Fantasie, nicht wahr?«

»Sie glauben, es existiert noch, oder?«

»Ja.«

»Aber ich verstehe nicht, was das mit mir zu tun haben soll!«

Sam nickte. Wenn er sich in Bezug auf Daniel Austrian nicht irrte, bestand zwischen ihr und dem Bernsteinzimmer eine Verbindung, die ihr entweder nicht bewusst war oder die sie nicht preisgeben wollte.

Jetzt war es an ihm, etwas zu sagen. Er fragte: »Warum ist diese Killerin hinter Ihnen her?«

Sie schwieg. Dann platzte es aus ihr heraus: »Sie ist diejenige, die meine Mutter ermordet hat.«

Sam war überrascht. »Woher wissen Sie das?«

»Ich habe es mit angesehen.« Es schien kein Grund mehr zu bestehen, um zu verbergen, dass sie Augenzeugin des Mordes geworden war, nicht nach dem, was bei Orion geschehen war. Brice hatte der Polizei wahrscheinlich schon erzählt, dass sie nicht mehr blind war, und behauptet, sie hätte Orion nicht getötet. Aber Orions Frau Edda war dort gewesen, und Edda hatte gehört, wie sie jemandem angedroht hatte, ihn zu töten. Das war eine Zeugenaussage, die man erst einmal erschüttern musste. Julia konnte sich einen Rechtsanwalt für 1000 Dollar die Stunde nehmen, und der würde sie vermutlich binnen weniger Tage aus dem Gefängnis herauspauken. Aber in der Zwischenzeit würde die wahre Mörderin untertauchen. Danach wäre es noch schwerer als jetzt, sie aufzuspüren.

»Was meinen Sie damit«, verlangte Sam zu wissen, »wenn Sie sagen, Sie seien Augenzeugin des Mordes gewesen?«

»Genau das, was ich gesagt habe. Ich habe mit angesehen, wie sie sowohl den Taxifahrer als auch meine Mutter erschossen hat.« Sie zögerte, und der Todeskampf ihrer Mutter und ihre Schuldgefühle zerrissen ihr das Herz. »Ich konnte es nicht verhindern. Ich habe es versucht, aber ich kam zu spät. Ich verlor meine Sehkraft erneut.«

Sam schüttelte den Kopf. »Ich glaube nicht, dass Sie richtig begreifen, Julia. Das hier ist nicht Ihre Liga. Was auch immer hier vorgeht, die Frau, mit der Sie es zu tun haben, ist ein Profi. Eine Berufskillerin. Sie können es an ihrer Schulterhaltung erkennen. Keine Frau bewegt sich so.«

Sie war plötzlich auf der Hut. »Was reden Sie da?«

Sam beschrieb die Sparsamkeit in ihren Bewegungen, ihre Stärke, ihre Kampffähigkeiten, ihre geschickte Verkleidung und die Sicherheit ihrer Entscheidungen. »Sie ist ein ausgebildeter Profi mit großer Erfahrung. Sie weiß, was sie tut, weil sie es bereits Hunderte von Malen getan hat. Um ehrlich zu sein, ich denke, sie kennt mich von irgendwoher, und ich sollte sie auch kennen. Es will mir nur einfach nicht einfallen, wo oder wann oder welchen Namen sie damals benutzt hat. Haben Sie das begriffen?« Er verstummte, damit sie die Neuigkeit verarbeiten konnte. »Irgendjemand hat eine Berufskillerin auf Sie und Ihre Mutter angesetzt.«

Sie war entsetzt. »Sie ist keine gewöhnliche Diebin?«

»Sie ist verdammt noch mal zu gut, um irgendwas Gewöhnliches zu sein.«

Julias Atem wurde flach. Ein eiserner Ring legte sich um ihre Brust. »Wenn es kein einfacher Raubüberfall war, was war es dann?«

»*Das* müssen *Sie* mir erzählen.«

25

Tagebucheintrag

Ich habe gerade meine ältesten Tagebucheintragungen noch einmal durchgelesen und schäme mich meines Hasses. Aus diesem Grund habe ich zu schreiben begonnen – ich wollte euch beide töten. Es schien mir die einzig gerechte Lösung zu sein. Was ihr getan hattet, war schlecht, und ich war unlösbar an die Vergangenheit gekettet.
Aber es muss einen anderen Weg geben, um das vielfache Unrecht wieder gutzumachen. Ich werde darum beten.

17.45 Uhr Pazifische Standardzeit, Samstag

Im Luftraum über dem Westen der Vereinigten Staaten

Das hellviolette Licht der Nacht hing über den schneebedeckten Rocky Mountains, als das Flugzeug nach Sacramento und zu einem weiteren Wahlkampfabend und -tag flog. Besorgt und abgelenkt wegen Julia, hörte Creighton seinem Stabschef Jack Hart zu, der ihm die schlechte Nachricht über die Vorsiegesparty am Montagabend beibrachte. Sie sollte in Arbor Knoll steigen und würde Gelegenheit bieten, sich in die Schlagzeilen zu bringen. Das Wahlkampfteam hatte gehofft, glamouröse Fotos davon würden auf den Titelseiten der Zeitungen erscheinen und den ganzen Wahltag über, jetzt nur noch weniger als zwei Tage entfernt, auf CNN gesendet werden.

»Wir erhalten Beileidsbekundungen von jedem, der zählt.« Hart ließ sich erschöpft auf den Platz gegenüber von Creighton fallen. »Die Gouverneure von New York, Massachusetts, Virginia und Pennsylvania. Der Sprecher des Abgeordnetenhauses. Die Vorstände der großen Unternehmen.« Er leierte mit monotoner Stimme Namen herunter. »Aber keiner der Megastars ist bereit, aus Hollywood auszufliegen. Sogar die Schützlinge des Kardinals –«

Creightons Miene war finster, aber nicht, weil er sich wegen der Wahl Sorgen gemacht hätte. Was ihm keine Ruhe ließ, war die Frage, ob Maya Stern sich um Julia gekümmert hatte. »Sie tun Ihr Bestes, Jack. Lassen Sie es mich nur wissen, falls sie es sich anders überlegen sollten – die Tür steht jederzeit offen.«

»Es ist nicht so, dass sie nicht wollen, dass wir gewinnen.«

»Ich weiß. Sie glauben nur nicht, dass wir es packen. Trocknen die Spendengelder auch langsam aus?«

»Lassen Sie es mich so ausdrücken: Versprochene Gelder sind zu einem Rinnsal zusammengeschmolzen, und neue Spender haben sich in den Äther verflüchtigt.«

Creighton gluckste in sich hinein. Jack sah ihn verdutzt an.

»Den Sieger lieben sie alle«, erklärte Creighton. »Aber wenn sie meinen, du bist ein Verlierer, könntest du genauso gut Tollwut haben.« Er zuckte mit den Achseln. »Ruhen Sie sich ein wenig aus, alter Freund. Wir landen bald in Sacramento.«

»Vielleicht gönne ich mir ein kleines Nickerchen.« Jack stand auf. Der Jet geriet in eine plötzliche Luftturbulenz, und er griff nach der Rückenlehne, um nicht das Gleichgewicht zu verlieren. »Ich hoffe nur, dieses Wunder, von dem Sie gesprochen haben, ereignet sich bald. Verdammt, wir haben nicht mehr viel Zeit.«

Jack Harts Miene hatte einen so hoffnungslosen Ausdruck; er glaubte ganz offensichtlich nicht, *irgendetwas* könne sie jetzt noch retten.

Creighton las es ihm von seinem langen Gesicht ab, und sein Lächeln wurde daraufhin nur breiter. »Machen Sie dieses Nickerchen!«

»Jawohl, Sir.«

Als Hart sich nach vorne in die Stabskabine begab, klingelte Creightons Handy. Auf der Stelle legte sich seine Stirn in Falten, während er Maya Sterns Bericht über ihr Versagen lauschte. Wut, gefolgt von einem umgehenden Rückschlag von Unruhe, überkam ihn.

»Ich werde nach Oyster Bay kommen und dort auf Julia warten«, erläuterte Maya. Brice zufolge wollte Julia herausbekommen, wie sie sie gefunden hatte. Von daher erschien es nur logisch, dass sie sich als Nächstes an den Begleitservice in Oyster Bay wenden würde. »Aber wenn die Polizei sie vorher erwischt –«

»Falls es dazu kommt, habe ich Leute im Gesetzesapparat, denen sie sie überstellen werden. Dann haben wir jede Zeit der Welt, Sie zu holen.«

»Sie gehört mir!« Sie klang mit einem Mal äußerst energisch.

Creighton hörte die Mischung aus Wut und Enttäuschung aus ihrer Stimme heraus. Er brauchte nicht nur Sterns absolute Ergebenheit, sondern auch ihre Fähigkeit, zielgerichtet und beherrscht zu agieren. Obwohl ihr Scheitern ihn mit Wut erfüllte, sagte er ruhig: »Niemand kann jede Situation unter Kontrolle halten. Das nächste Mal kriegen Sie sie. Wenn sie in Oyster Bay auftaucht, wissen Sie, was Sie zu tun haben.« Er legte eine Pause ein. »Was ist mit Keeline? Er könnte mit ihr nach Oyster Bay kommen oder auch nicht. Wenn sie sich trennen, müssen wir in Erfahrung bringen, worauf Keeline es abgesehen hat. Nicht einmal Sie können an zwei Orten gleichzeitig sein.«

Maya schwieg. »Dann brauche ich mehr Leute. Ich werde Kontakt zu den Hausmeistern aufnehmen.«

Nach 1980 hatte die CIA ihr Killer-Programm heruntergefahren, und ein hoher Prozentteil von Berufsmördern hatte wie Maya Stern die Organisation verlassen. Andere in den Ruhestand getretene Agenten hatten vor Jahren einen Club gegründet, um sich regelmäßig zu treffen, gemeinsam zu trinken und Erinnerungen über Firmengeheimnisse, über die sie mit niemandem sonst reden durften, austauschen zu können. Die Killer jedoch hatten wenig Interesse an gemeinsamen Gesprächen, und so hatten sie ihren eigenen Club gegründet. Sie nannten sich »Hausmeister«, Firmenjargon für ihren Beruf – sie säuberten und räumten auf. Mehrheitlich schweigsame, einzelgängerische Menschen, stand ihnen der Sinn nicht nach Clubtreffen, und sie hielten auch nie eines ab. Sie blieben vielmehr aus einem einzigen Grund in Kontakt – um sich gegenseitig über Jobs auf dem offenen Markt auf dem Laufenden zu halten.

»Mir wäre es lieber, Sie würden für jeden außer für mich und Vince unsichtbar bleiben. Ich lasse Vince die entsprechenden Dinge in die Wege leiten. Rufen Sie ihn in fünfzehn Minuten an. Besprechen Sie mit ihm, was ich erledigt haben will, und dann sagen Sie ihm, wen Sie wollen. Wir brauchen Unterstützung für Sie, denn wir müssen drei Orte im Auge behalten: Oyster Bay, Keelines Wohnung in DC und das Polizeihauptquartier hier.«

»Ich führe sie?«

»Sie und Vince.« Mit Ausnahme von Stern hatte er zwischen sich und die hin und wieder erforderlichen Gewalttaten stets Mittelsmänner eingeschaltet. Die Hausmeister würden gut bezahlt werden, würden jedoch nie erfahren, woher das Geld stammte. Es würde sie auch nicht interessieren.

»Also gut.« Sie legte auf.

Auf Creightons Stirn hatte sich ein dünner Schweißfilm gebildet. Er zog ein Seidentaschentuch heraus und tupfte ihn ab. Maya bereitete ihm noch immer Unbehagen.

Er rief seinen Sohn Vince daheim in Georgetown an. Die Neuigkeit über Sam Keeline erschütterte Vince. Creighton hatte ihn bereits dafür kritisiert, und nun, mit dem gedämpften Summen der Triebwerke im Hintergrund, berichtete Creighton ihm über Sterns Scheitern. »Wir müssen davon ausgehen, dass die Situation außer Kontrolle geraten ist.« Der Zorn schwelte dicht unter der Oberfläche seiner gefassten Worte.

»Stimmt.«

»Kontaktiere Dr. Dupuy noch einmal. Sag ihm, wir bräuchten eine öffentliche Erklärung von ihm. Auch von diesen beiden anderen, die er hinzugezogen hat. Er hat seit Jahren nichts mehr für sein Geld getan. Es wird Zeit, dass er für seinen ganzen Südufer-Grundbesitz bezahlt, den wir ihm finanziert haben, ganz zu schweigen von dieser Klinik in Paris.«

Sie besprachen, wen sie sonst noch gebrauchen konnten.

Zu guter Letzt nickte Creighton zufrieden. »Das gefällt mir. Arrangiere das.«

»Und Sam Keeline? Ich habe darüber nachgedacht und bin zu dem Ergebnis gekommen, dass er wieder hinter dem Bernsteinzimmer her sein muss. Er muss genug von Großvaters Päckchen gelesen haben, um sich einzubilden, dass irgendein Austrian oder Redmond etwas darüber wissen muss. Vor Jahren hat er Dan Austrian deswegen befragt. Vielleicht ist er zu der Ansicht gelangt, Dan könne Julia etwas erzählt haben. Das würde erklären, warum er eine Verabredung mit ihr getroffen und ihr dann später geholfen hat. Zu schade, dass er nicht zehn Minuten später aufgekreuzt ist! Er hätte sie glatt verpasst.«

»Aber er ist nicht zehn Minuten später aufgekreuzt, und jetzt ist er eine potenzielle Gefahr. Wir müssen ihn aufspüren und aus dem Weg räumen. Sprich mit David. Keeline hat möglicherweise Konten bei einer oder mehreren von Davids Banken. Mit ein bisschen Glück hat er Bank- oder Kreditkarten. Wir müssen alles genau nachhalten.« Obwohl David nichts von Creightons Plänen wusste, war er ein treuer Unterstützer seiner Präsidentschaftsambitionen.

Vince in seinem Arbeitszimmer in Georgetown nickte. Sein flinker Verstand tüftelte Strategien aus, wie man das Beste aus ihrer Lage machen konnte. »Gleich nach diesem Gespräch besorge ich Namen und Adressen von Keelines Verwandten und Freunden in Langley.«

»Einverstanden. Vielleicht bleibt er bei Julia, um Informationen zu erhalten. Wenn wir Keeline zur Strecke bringen, haben wir vielleicht auch Julia. Bis dahin müssen wir auch Reilly im Pflegeheim Bescheid geben für den Fall, dass Julia oder Keeline dort auftauchen.« Creighton verstummte. »Wir brauchen mehr Leute, um alle Orte des Geschehens zu überwachen und Stern zu unterstützen. Stern hat die Hausmeister vorgeschlagen, und ich stimme ihr zu. Aber ich möchte, dass du sie kontaktierst und dir eine Geschichte ausdenkst, die den Wahlkampf außen vor lässt.«

Vince dachte kurz nach. »Wir erzählen ihnen, Keeline würde Amok laufen. Er würde einer Mörderin helfen, sich der staatlichen Autorität zu entziehen, und sei ein großes Sicherheitsrisiko geworden. Wenn er verhaftet wird und die Öffentlichkeit auch nur die Hälfte von dem erfährt, was er weiß –«

»Hast du mir nicht mal erzählt, dass damals in Ostberlin eine Frau umgekommen ist?«

»Irini Baum. Sie gehörte zur Stasi, aber Keeline hat sie umgedreht und sich in sie verliebt. Wenn Keeline darüber spricht, gefährdet er Agenten, die wir noch im Feld haben.«

Creighton lächelte kalt. »Finde ihn, Vince. Und finde ihn schnell. Wenn er anschließend umkommt, ist auch die Firma besser dran.«

20.45 Uhr Östliche Standardzeit, Samstag
NEW YORK City

Sam und Julia steckten im dichten Verkehr fest. Der Fahrzeugstrom wälzte sich Stoßstange an Stoßstange vorwärts, und Sam war sich nur allzu sehr der wunderschönen Frau bewusst, die neben ihm saß. Er verspürte einen merkwürdigen Anfall von Beschützerinstinkt, gefolgt von einer sofortigen Trotzreaktion: Er wollte sich nie wieder für irgendjemand verantwortlich fühlen.

Er wusste, dass sie die Ereignisse der letzten 24 Stunden und deren Bedeutung zu verstehen versuchte. Ihr fein geschnittenes Gesicht wirkte wie verwüstet, als seien diese Geschehnisse zu grässlich, als dass man darüber nachdenken, oder zu unmöglich, als dass man darüber sprechen konnte. Aber Sam musste alles wissen. Fehler oder nicht, er half ihr bereits, und die einzige Möglichkeit, das auch weiterhin zu tun – und dadurch herauszufinden, ob Daniel Austrian ihr etwas über das Bernsteinzimmer erzählt hatte –, bestand darin, dass sie Vertrauen zu ihm fasste.

Nicht dass er ihr rückhaltlos traute.

Vier Wagen hinter ihnen stand ein weiteres Polizeiauto, das aber keine Anstalten unternahm, sie zu überholen. Sam begann schon zu glauben, die Mörderin habe ihn vielleicht doch nicht wieder erkannt. Er hoffte, dass niemand sonst ihn mit Julia in Verbindung bringen würde, sodass sie in Sicherheit wären, solange sie sich nicht zeigte. Er würde der Polizei keinen Grund geben, sie anzuhalten.

Deshalb griff er, als sie jetzt im Stau standen, nach seiner Browning.

Sie brüllte: »Halt! Ich schieße!«

»Nicht mit dieser Waffe.«

Rasch zielte sie ein Stück von ihm weg, richtete die Pistole auf den Fahrzeugboden neben seinen Füßen und drückte ab. Sie versuchte, ihm Angst einzujagen, nicht, ihn zu töten.

Es gab keinen Knall. Sie drückte noch einmal ab. Wieder nichts.

Er nahm ihr die Waffe ab. »Sie mögen nicht wegen Ihrer Hände jammern, aber sie sind schwach. Ansonsten hätten sie mehr Widerstand geleistet.«

Sie langte nach dem Türgriff.

»Sehen Sie!« Er hielt ihr die Pistole ins Gesicht. »Das ist die Sicherung. Sie ist eingeschaltet. Sie konnten weder mich noch sonst jemanden damit erschießen.« Er löste die Sicherung. »Jetzt können Sie mich umbringen. Wenn Sie möchten.«

Sie starrte ihn mit diesen großen Augen an, randvoll mit Empörung und Wut. Es gefiel ihm, dass sie eine leidenschaftliche Frau war, und wenn die Umstände anders gewesen wären, hätte er mit Vergnügen herauszufinden versucht, wie leidenschaftlich genau. Aber nicht jetzt. Nein, was er von ihr brauchte, waren Informationen. Dann würde er entscheiden, ob er ihr weiter helfen würde, eine Entscheidung, die durch den Sog der Ereignisse ganz in den Hintergrund getreten war.

Er drehte die Browning herum und bot sie ihr mit dem

Griff voran höflich an. »Wollen Sie mich noch immer umbringen? Die Waffe ist jetzt entsichert. Aber denken Sie daran, dass ich möglicherweise Ihr einziger Freund bin. Was auch geschehen ist ... was Sie auch getan oder nicht getan haben mögen ... ich weiß es nicht. Aber ich bin bereit, Ihnen zuzuhören und vielleicht zu helfen. Haben Sie noch bessere Angebote?«

Julia funkelte Sam Keelines Pistole wutentbrannt an. Zorn erfüllte sie, während sie da auf dem Boden hockte. Sie wollte ihm die Waffe aus der Hand reißen und ihm die Brust voll Blei pumpen. Sie wollte die Frau erschießen, die ihre Mutter und Orion ermordet hatte. Sie wollte Brice töten, weil er zugelassen hatte, dass Norma Gesellschafterin bei ihr wurde.

Sie wollte –

Sie spürte, wie diese Woge der Gewalttätigkeit sie überflutete, als sei sie ein völlig anderer Mensch. Ein Ungeheuer. Sie kannte sich selbst nicht mehr. Konnte es nicht fassen, dass sie in den letzten 24 Stunden häufiger als in den ganzen 28 Jahren ihres bisherigen Lebens mit dem Gedanken gespielt hatte, Menschen umzubringen. Was geschah da mit ihr? Was wurde aus ihr?

Und dann fiel ihr der schreckliche Todeskampf ihrer Mutter wieder ein. Ihre unbeschreiblichen Qualen. Dachte an Orions entsetzten Gesichtsausdruck und das Blut, das über seine Brust gelaufen war. Erinnerte sich an den Schrecken, der sie bis ins Mark traf, als sie einen Pistolenlauf gegen die Schläfe gepresst bekommen hatte. Und an ihr Schuldgefühl, dass sie ihre Mutter, hätte sie nur ihr Augenlicht behalten, möglicherweise hätte retten können. All das andere wäre vielleicht gar nicht passiert.

In ihren Kopf schien eine große Stille einzukehren. Ihr

Herzschlag verlangsamte sich. Sie kannte die Antwort. Sie wurde zu dem, was sie sein musste.

Sie ergriff die Pistole. »Danke. Ich halte sie für Sie fest.« Weil ihre Hände weiter brannten und pochten, redete sie sich selbst ein, dass sie nicht schlimm verletzt war.

Sams Brauen schossen in die Höhe, als sie die Waffe auf ihre Knie legte. Sie hatte seine großmütige Geste ausgenutzt. Die Waffe zeigte halb auf ihn, stellte noch immer eine Bedrohung dar. Sie hatte sie haben wollen, und die Botschaft lautete, sie würde sie benutzen, wenn sie sie zu brauchen glaubte, und auf keinen seiner dummen Tricks mehr hereinfallen. So viel zu seiner Schönheitskönigin-Analyse. Sie war definitiv *La Femme Nikita,* wenn auch ohne deren Ausbildung und Fähigkeiten. Und irgendwie brachte das eine Saite in seinem Innern zum Klingen, die lange Zeit keine seiner vielen Frauen hatte anstoßen können. Eine Saite, die er nicht brauchen konnte. Was er brauchte, war seine Kanone.

Sie wusste so wenig über Waffen, dass sie möglicherweise auf eine simple Lüge hereinfallen würde. »Seien Sie nicht blöd. Wenn wir durch ein richtiges Schlagloch fahren, kann die Pistole losgehen; womöglich stirbt jemand. Zum Beispiel ich.«

Sie überlegte. »Dann sehen Sie zu, dass Sie um die Schlaglöcher herumfahren.«

Seine Bewunderung wuchs, aber er ließ es sich nicht anmerken. »Klasse!«

In wütendem Schweigen fuhren sie weiter, vereint aufgrund der Umstände, nicht aus freiem Willen.

Julia in ihrer unbequemen Kauerstellung im Fußraum musste feststellen, dass ihr Blick von Keelines Gesicht gefesselt wurde. Es war ausdrucksstark, mit hervorstehenden Knochen, attraktiv. Es strahlte Selbstbewusstsein aus.

Seine grauen Augen hatten einen unverwandten, beunruhigenden Blick. Sein sandfarbenes Haar war zerzaust, und seine Hände umfassten das Lenkrad mit lässiger Kraft. Alles an ihm strahlte eine raubtierhafte Anziehungskraft aus, und insgeheim musste sie über sich den Kopf schütteln. Das war weder der richtige Ort noch der richtige Zeitpunkt, um ... daran zu denken.

Sie schob diesen Gedanken beiseite. »Warum sind Sie heute Nacht hergekommen? Was wollten Sie mir über Großvater Austrian und das Bernsteinzimmer sagen?«

Er beobachtete den stockenden Verkehr. »Gestern war ein Päckchen für mich in der Post. Das Päckchen war voll von zusammengefalteten Papieren. Es war an mich adressiert, aber ich konnte nur ganz wenig davon lesen, bevor es mir wieder abgenommen wurde. Es gab darin Andeutungen, dass das Zimmer noch existierte und dass der Absender wusste, wo es sich befand –«

Julia war plötzlich hellwach. »Sie haben gestern ein Päckchen erhalten? Freitag? Beschreiben Sie es.«

»Nichts Besonderes. Braunes Papier und Klebeband. Etwa halb so groß wie eine Zigarrenkiste. Es war in Armonk aufgegeben.«

Ihre Stimme klang angespannt. »Wo ist es jetzt?«

Er war sich darüber im Klaren, dass er ihr das besser nicht sagen würde. Er hatte den Befehl bekommen, den Mund zu halten. Aber die Situation, in der sie sich befand, stank gewaltig, und ihre Familie schien einen nicht unbedeutenden Anteil daran zu haben. Er musste ihre Reaktion auf das testen, was er ihr zu sagen hatte. »Bei meinem Chef. Vince Redmond.«

Sie ließ sich zurückfallen. Die Pistole rutschte auf ihren Schoß. Sie fuhr sich mit der Zunge über die Lippen. »Mein Cousin. Creightons Sohn. Das hatte ich befürchtet.« Die Neuigkeit wirkte auf sie wie ein Schlag mit dem Hammer.

»Was Sie jetzt auch denken mögen«, meinte Sam, »ich wüsste es gerne.«

Sie blieb auf dem Boden des Durango, die Pistole auf ihren angezogenen Knien, und sagte nichts. Schließlich hob sie den Blick. »Mister Keeline, ich beabsichtige, die Frau, die meine Mutter umgebracht hat, zu finden und zu stoppen. Das sollten Sie wissen. Das war vor nicht mehr als vierundzwanzig Stunden. Heute Abend hat sie Orion Grapolis ermordet, einen Psychologen, der in meinem Apartmenthaus wohnte – einen wundervollen, mitfühlenden Mann, der mir gerade dazu verholfen hatte, meine Sehkraft zurückzuerlangen. Jetzt jedoch ist alles sehr viel komplizierter, als ich gedacht hatte. Ich weiß nicht genau, *was* hier mit mir passiert.«

Sie sah ihm in die Augen. Sagte sich, sie sei verrückt, ihm all diese Informationen zu geben. Wenn sie im Verlauf des letzten Tages etwas gelernt hatte, dann dies: höchste Vorsicht walten zu lassen, wen sie für ihren Freund hielt. Aber auf der anderen Seite hatte er ihr dreimal das Leben gerettet und ihr gerade von dem Päckchen und ihrem Cousin erzählt. Hinzu kam, dass sie seine Waffe auf ihn richtete – geladen und entsichert.

Zu diesem Zeitpunkt konnte sie nichts Gefährliches daran erkennen. Deshalb erklärte sie in gleichmütigem Tonfall: »Meine Mutter hat gestern Nacht ein Päckchen erhalten. Es war in braunes Packpapier und Klebeband eingeschlagen, und es war ebenfalls in Armonk aufgegeben. Sie hat es in ihre Handtasche gesteckt, und als wir überfallen wurden, hat die Killerin es zusammen mit allem anderen gestohlen.«

Jetzt war es heraus. Sein Herz hämmerte wie wild. »Die Frau hatte es auf das Päckchen abgesehen.«

»Genau das denke ich auch. Der Schmuckraub sollte als Ablenkungsmanöver dienen.«

»Auch das Päckchen Ihrer Mutter könnte dem Bernsteinzimmer gegolten haben.«

Julia runzelte die Stirn. »Das ergibt keinen Sinn. Meine Mutter und ich standen uns sehr nah. Hätte sie irgendetwas über das Bernsteinzimmer gewusst, hätte sie es mir bei dieser Gelegenheit erzählt. Aber ich habe nie etwas davon gehört, weder von ihr noch von sonst jemandem.« Sie sah zu ihm hoch, plötzlich von Misstrauen durchdrungen. »In Wirklichkeit habe ich ja lediglich Ihr Wort, dass dieses Zimmer, falls es überhaupt existiert, mit all dem zu tun hat. Vielleicht gibt es noch etwas anderes in Verbindung mit diesem Päckchen, was Sie mir verschweigen.«

»Ich weiß nicht, ob sonst noch etwas in dem Brief des Päckchens stand. Falls ich es wüsste, wäre ich vermutlich nicht hier«, gab er ihr zu verstehen. »Was das Bernsteinzimmer betrifft, so haben Sie das Wort des russischen Volkes. In den letzten Jahren haben Kunsthandwerker und Restauratoren im Katharinenpalast versucht, das Zimmer anhand von alten Fotos und Zeichnungen neu zu erschaffen. Vor nicht allzu langer Zeit gab es hier im Naturkundemuseum eine Ausstellung. Einige von ihnen saßen in einem Raum und arbeiteten an den Paneelen. Es wurde in der *Times* darüber berichtet.« Im gleichen Moment hätte er sich dafür ohrfeigen können. Natürlich hatte sie das nicht mitbekommen. Sie war ja blind gewesen.

Julia bemerkte sein peinliches Verstummen und reagierte gereizt. »Blinde ›lesen‹ durchaus, Mister Keeline. Wir gehen ins Kino, in die Oper, in Kunstausstellungen und sogar ins Ballett. Wir haben vermutlich von der Musik und den Dialogen und anderen Geräuschen mehr als Sehende, und wenn wir auch noch eine freundliche Person dabei haben, die uns die Dinge beschreibt, ist das ein zusätzlicher Vorteil.«

»Entschuldigung.« Im Verkehr tat sich eine Lücke auf, und er gab Gas und bog zum Lincoln-Tunnel ab.

Sie bemerkte, dass er den Durango in Richtung Westen lenkte. Nicht nach Osten.

Sie war wütend. »Ich habe Ihnen doch gesagt, Sie sollen zur Oyster Bay fahren!«

»Schlechte Idee. Die Polizei ... vielleicht auch Ihre Mörderin ... dürften genau dort auf Sie warten. Wie, glauben Sie eigentlich, haben die wohl herausbekommen, dass Sie zu Ihrem Onkel Brice gelaufen sind?«

Ihr Gesicht im Schatten des Fußraums wirkte blass. »Wie?«

»Ich weiß nicht, aber ich mache mir so meine Gedanken. Ich hatte gehofft, Sie könnten mir auch diese Frage beantworten.«

Sie sprach mit lauter und selbstbewusster Stimme, fühlte sich innerlich aber ganz zittrig aufgrund der unangenehmen Möglichkeiten, die sich mit seiner Frage auftaten. »Woher wussten *Sie* denn, wo Sie mich finden konnten?«, konterte sie.

»Ich habe Schlussfolgerungen gezogen«, erwiderte er nur. »Ich hatte Recherchen über Sie angestellt, die die Namen und Adressen von engen Freunden und Verwandten enthielten. Als Sie also mit der U-Bahn in Richtung Norden fuhren, habe ich nach dem in geografischer Hinsicht nächsten Verwandten oder Freund gesucht. Und das war Brice Redmond.«

»Vielleicht haben die Polizei und die Killerin es auf dieselbe Weise herausbekommen.«

»Vielleicht.« Aber er war nicht überzeugt. Dann entdeckte er einen Laden, der die ganze Nacht über offen hatte. Wunderbarerweise gab es sogar einen Parkplatz in der Nähe. Er parkte ein.

»Was tun Sie da?«

»Verbandszeug kaufen. Bin gleich wieder da.« Er stellte den Motor ab und zog den Zündschlüssel heraus. Vor der Waffe, die noch immer auf ihren Knien lag, zeigte er nicht die geringste Angst.

Sie wusste, dass er Recht hatte. Wenn er nicht unverhohlene Anstalten machte, ihr zu schaden, würde sie nicht schießen. Ihr Blick folgte den Schlüsseln.

»Vergessen Sie's«, beschied er sie. »Wenn Sie irgendwohin in Manhattan fahren, jetzt, wo die Cops nach Ihnen fahnden, enden Sie in der Arrestzelle. Nebenbei bemerkt, Sie wissen offenbar nicht, wie man eine ganz normale Gangschaltung bedient. Ich bin sofort wieder da.«

Und fort war er. Sie fühlte sich auf dem Wagenboden wie in einem Käfig. Ein Gefühl äußerster Verlassenheit überwältigte sie. Sie wusste nicht genau zu sagen, was diese Empfindung ausgelöst hatte, hatte aber das unbehagliche Gefühl, dass sein Weggang damit zu tun haben könnte. Sofort verbannte sie den Gedanken. Es mochte ja sein, dass er nett war und ihr geholfen hatte, aber sie kannte ihn doch überhaupt nicht.

Und was machte er wirklich in dem Supermarkt?

Sam fand schnell ein öffentliches Telefon. Er rief die Auskunft von Port Washington an und erkundigte sich nach der Nummer von Pinks Schwester in Long Island.

Pink ging an den Apparat, gereizt wie immer. »Wie hast du mich gefunden?«

»Was glaubst du denn, wie ich dich gefunden habe?«, gab Sam zurück.

Am anderen Ende der Leitung erklang Pinks Kichern. Der direkteste Weg war natürlich die Telefonauskunft. Es sei denn, Sam befände sich in Langley, wo er Einsicht in die Personalakten gehabt hätte. Aber das bezweifelte Pink stark. »Was gibt's?« In der Küche hörte Pink seine

Schwester und die Mädchen den Abwasch erledigen. Sie lachten.

»Ich brauche deinen messerscharfen Verstand und deine unermessliche Erfahrung, um eine Dame zu identifizieren.«

»Hey! Wo hast du denn deine Dame getroffen?«

»Lass es mich so ausdrücken: Ich bin in sie hineingerannt. Mir war, als würde ich sie von irgendwoher kennen, und sie kannte mich auch. Mir fällt nur nicht ein, woher. Ich glaube jedoch, dass du sie auch kennst.«

Das weckte erneut Pinks Misstrauen. »Warum?«

»Darauf komme ich noch zurück. Hör erst mal nur zu. Sie ist um die Mitte dreißig, würde ich schätzen, und –«, er fuhr fort, die Frau zu beschreiben, die Julia Austrian Norma genannt hatte. Dabei bezog er sich darauf, wie sie bei ihrer ersten Begegnung ausgesehen hatte, nicht in ihrer Verkleidung. Dann holte er einmal tief Luft. Pink würde durchdrehen. »Sie wird in der Firma gewesen sein. Vermutlich ein Spezial-Job. Sie arbeitet allein. Sie –«

»Heilige Hölle, Sam! Was machst du da? Bist du von allen guten Geistern verlassen? Du gehörst zur Aufklärung, um Gottes willen, nicht zum Außendienst. Weiß Vince Redmond –?«

Sam senkte die Stimme. »Verdammt, Pink, halt mir keine Predigten! Ich brauche die Information. Du hast viel enger als ich und noch in jüngster Zeit mit diesen Leuten zusammengearbeitet. Also, wer ist sie? Sie ist hart, tüchtig und kalt wie Eis. Bringt das irgendwas bei dir zum Klingeln?«

Pink sagte einen Augenblick lang gar nichts. Schließlich seufzte er. »Vor acht Jahren, Prag. Dann in Guatemala. Einer von den Hauptleuten, der auf unserer Gehaltsliste stand, dachte, das gäbe ihm die Erlaubnis, seine Feinde reihenweise hinrichten zu lassen. Einer von ihnen war DEA. Wir mussten ihn eliminieren. Deine Frau hört sich verflucht nach einer von den Hausmeistern an, die den Job erledigt hat – Maya Stern. Ich glaube nicht, dass ich mich irre. Solche wie sie gibt es nicht allzu viele in der Firma. Zumindest keine Frauen.«

Dann fiel es Sam wieder ein. Berlin! Vor elf oder zwölf Jahren. Stern. Einmal hatte er sie auf einem Briefing gesehen. Jemand wie sie vergaß man nicht so leicht. Schön, aber ein Blick in ihre Augen sagte einem, dass jeder weitere Gedanke eine ganz schlechte Idee war. »Wo steckt sie jetzt, Pink?«

»Keine Ahnung. Vor vier Jahren hat sie den Dienst quittiert und ist verschwunden. Wenn du in irgendeiner Sache steckst, mit der sie etwas zu tun hat, und Redmond oder der DCI wissen nichts davon –«

»Danke, altes Scheusal. Ich stehe in deiner Schuld, und ich melde mich.«

Er hängte ein und ging das kaufen, was er hatte kaufen wollen.

Julia befand sich noch genau dort, wo er sie zurückgelassen hatte. Er ließ sich wieder auf den Fahrersitz fallen und stellte eine Tüte neben sie.

»Vorräte«, erklärte er. »Ich habe ein bisschen weiße Farbe und einen Pinsel besorgt, um die Ziffern auf meinem Nummernschild zu verändern, nur für den Fall, dass jemand am Ende doch auf die Idee kommt, mich mit Ihnen in Verbindung zu bringen. Und außerdem habe ich es satt, mir Sorgen wegen Ihrer Hände zu machen. Also habe ich ein paar Antibiotikatücher und -salbe mitgebracht. Und Mull und Binden. Tun Sie etwas gegen Ihre Verletzungen.« Er ließ das Päckchen neben sie fallen, schnappte sich Farbe und Pinsel und wollte sich gerade abwenden, als er sich erneut in den Lauf seiner eigenen Browning blicken fand.

Ihre blauen Augen waren hart und zornig. »Wen haben Sie vorhin angerufen? Los, sagen Sie's mir!«

Sam schaute erst die Waffe, dann sie an. »Schätze, ich hätte damit rechnen sollen, dass Sie mir gefolgt sind. Das war verdammt idiotisch von Ihnen, den Wagen zu verlassen!«

»Der Anruf. Oder ich schieße.«

»Sie können doch nicht mal ein Auto mit Gangschaltung fahren«, versetzte Sam. »Und wenn Sie mich gelassen hätten, hätte ich es Ihnen auch erzählt. Es war für Sie, verdammt.«

»Sagen Sie's mir!« Ihre Hände um die Waffe begannen vor Wut zu zittern.

Sams Eingeweide krampften sich beim Anblick der Waffe zusammen. »Vorhin in der Siebzigsten Straße, als ich Ihre ›Norma‹ mit dem Durango blockiert habe, konnten wir einen eingehenden Blick aufeinander werfen. Ich spürte, dass sie mich wiedererkannte, und ich erinnerte mich auch vage an sie. Ich wusste nicht mehr, von wo oder wann es war, aber es war in der Firma gewesen. Also hab ich meinen Kumpel Pink angerufen, weil es schon lange her ist, dass ich an Operationen teilgenommen habe oder mit nassen Jobs zu tun hatte. Ich habe ihm Ihre ›Norma‹ beschrieben. Er hat sie sofort identifiziert. Sie heißt Maya Stern. Sie war eine Berufskillerin der Firma. Vor vier Jahren hat sie den Dienst quittiert und ist verschwunden.«

Julia starrte ihn an. Sie wollte ihm glauben. Aber –

Sam bemühte sich um einen ruhigen Tonfall. »Sehen Sie, ich habe Ihnen keinen Anlass gegeben, mir zu misstrauen. Alles, was ich bis jetzt getan habe, hat Ihnen weitergeholfen. Ich sage die Wahrheit. Die Frau, die Sie umzubringen versucht, ist eine ehemalige CIA-Killerin mit Namen Maya Stern.« Dann streckte er die Hand nach ihr aus. »Glauben Sie mir, oder lassen Sie's bleiben, aber wir müssen Ihre Hände verbinden. Meinetwegen können Sie die Waffe weiter festhalten. Ich nehme mir eine Hand nach der anderen vor.«

Etwas Schmerzliches und Sprödes in ihrem Innern schien sich zu lockern, als sie ihn beim Hantieren mit Antibiotikatüchern, -salbe, Mull und Verbandszeug aus der Tüte auf dem Sitz beobachtete. Seine Finger waren lang und kräftig und strahlten so etwas wie Autorität aus. Die Berührung seiner Hände, als er die Wunden auf ihren Händen säuberte und verarztete, schien ihre Haut zu wärmen. Es bereitete ihr ein unbehagliches Gefühl, und dennoch musste sie sich eingestehen, dass sie es mochte. Dass sie sogar wollte, dass er sie noch einmal berührte.

Wütend auf sich selbst, unterdrückte sie ihre Gefühle und versuchte hinter seine grauen, verführerischen Augen zu blicken. Er war ein professioneller Spion gewesen, war es womöglich noch. Konnte sie ihm trauen? Sie wollte es gerne, weil er Recht hatte. Sie brauchte Hilfe. Sie konnte sein Auto nicht fahren. Sie hatte nicht mal eine Scheckkarte bei sich. Ohne den gewohnt leichten Zugang zu ihrem Geld fühlte sie sich ohnmächtig – schutzlos.

Seine Stimme war sanft. »Ich wette, Ihre Hände tun höllisch weh. Alle diese Nervenenden. Ich weiß, was Sie machen, Julia. Sie sind eine außergewöhnliche Konzertpianistin. Es muss Ihnen tödliche Angst bereiten, sich die Hände so zu verletzen.« Er lächelte sie an, und der Atem schien ihm zu stocken. Er wollte sie nur immer weiter anschauen, diese seltsame Mischung aus Verletzlichkeit und Stärke. »Wissen Sie, ich lüge nicht. Warum sollte ich? Der einzige Grund, weswegen ich Sie aufgesucht habe, war das Bernsteinzimmer. Was den Rest anbelangt, so weiß ich nicht mehr als Sie.«

»Arbeiten Sie gern für den CIA?«, fragte sie.

»Ja, sehr. Ich finde meine Arbeit sinnvoll. Das ist etwas, woran ich glaube – die Ziele von Langley. Die Vereinigten Staaten brauchen einen Nachrichtendienst, und ich schmeichle mir gern mit der Vorstellung, meinen Teil dazu beizutragen.«

»Wohin wollen Sie mich bringen?«

»Zu meiner Wohnung in Alexandria. Wegen Maya Stern und der Polizei müssen wir Sie aus Manhattan herausschaffen. In meiner Wohnung sind Sie in Sicherheit. Dann können wir entscheiden, was wir dann weiter tun.«

Er wickelte Verbandszeug um den Mull und setzte sich zurück. Sie spürte die plötzliche Abwesenheit seiner Berührung.

Aber daran durfte sie nicht denken. Sie dachte über seinen Plan nach. In ihre Maisonette konnte sie nicht zurück. In Manhattan war sie nicht mehr sicher. Nach Arbor Knoll konnte sie auch nicht. Sie hasste die Vorstellung ... aber ihr Cousin Vince und ihr Onkel Brice mochten ihren Teil an den Geschehnissen haben. Oyster Bay konnte auch gefährlich sein. Sie hatte immer noch die Kanone, und falls Keeline log, hatte sie es immerhin nur mit einer Person zu tun.

»In Ordnung«, erklärte sie sich schließlich einverstanden. »Aber nur ein Trick, eine falsche Bewegung, und ich schieße. Ich mag nicht viel über Waffen wissen, aber ich beabsichtige, Ihnen so nah zu bleiben, dass das nichts ausmacht.«

»Fein.« Sam grinste sie an. »Ich schätze, was Besseres könnte ich mir gar nicht erhoffen! Bleiben Sie unten.«

Sofort richtete sich die Browning auf ihn. »Wo gehen Sie hin?«

»Das Nummernschild umpinseln. Für den Fall, dass irgendjemand sich den Staat oder die Nummer gemerkt hat.«

Er war fort, bevor sie sich bewegen konnte. Sie richtete sich auf und betete darum, dass in diesem Augenblick kein Polizist vorbeikam. Sie sah seinen Kopf hinter dem Wagen verschwinden. Sah zu, wie er beim Arbeiten auf- und wieder abtauchte.

Dann war er wieder da. Er steckte Farbe und den nassen Pinsel in die Papiertüte zurück und schob sie mit dem Fuß unter den Sitz. »Muss ja keiner wissen, dass ich das Werk des Staates Virginia ein wenig gefälscht habe.«

Sam ließ den Motor an und machte Anstalten zum Ausparken. Als sie an der nächsten Kreuzung anhielten, sah er sie noch einmal prüfend an. Sie war wie ein Schatten ihrer selbst dort im Fußraum des Beifahrersitzes, aber er hatte die Erfahrung gemacht, dass der Eindruck, den Frauen wie sie erweckten, oft trog. Sie war stark und in ausgezeichneter körperlicher Verfassung. Sie war schlau. Und sie war entschlossener, sich einer Situation zu stellen, die weit über ihre Möglichkeiten hinausging, als er sich je hätte träumen lassen.

»Ich treffe eine Abmachung mit Ihnen«, schlug er vor. »Ich erzähle Ihnen alles, was ich weiß, wenn Sie mir alles sagen, was Sie wissen. Da ich mein Wissen über das Bernsteinzimmer und Vince Redmond bereits preisgegeben habe, erscheint es mir nur fair, dass jetzt Sie an der Reihe sind. Dann dürfen Sie mir wieder Fragen stellen, und ich werde Sie Ihnen sogar beantworten.«

Er legte den ersten Gang ein, gab Gas und fädelte den Durango in den Verkehr ein. Während sie nach Westen in Richtung Tunnel fuhren, berichtete sie ihm, woran sie sich erinnerte. Beim Reden bewegte sie ihre Knie, um die Waffe zu verdecken. Dann ließ sie eine verbundene Hand nach unten gleiten und sicherte die Browning wieder.

26

21.20 Uhr, Samstag
WESTCHESTER COUNTY, New York

Lyle Redmond saß am Fenster und starrte blicklos zu den kalten Sternen hinaus, die silbrig über den nachtverhangenen Hügeln von Westchester funkelten. Er war nervös und bekümmert. Seitdem der Priester ihn am späten Abend verlassen hatte, hatte der alte Mann Pläne geschmiedet. Er musste zugeben, dass er sich ängstigte. Er konnte nicht einschätzen, wie weit er seine Söhne treiben durfte. Wenn er bei einer Flucht aus diesem Gefängnis ertappt wurde, gelangten sie am Ende möglicherweise doch zu dem Entschluss, dass er ein zu großes Risiko war, wenn man ihn am Leben ließ.

Trotzdem, er musste es versuchen.

Hinter ihm dudelte sein Radio »Night and Day«, einen von Cole Porters Hits aus den 30er Jahren. Die schmelzende Musik ließ ihn an die Liebe denken, rief ihm in Erinnerung, wie sehr er Marguerite angebetet hatte. Sie war ein süßes kleines Mädchen gewesen, aber selbst als sie älter geworden war und ihm die Stirn geboten hatte, hatte seine Liebe zu ihr nicht abgenommen. Er hatte sie nie zurechtzustutzen versucht wie seine Söhne. Komischerweise hatte er sie dafür, dass sie gegen ihn rebelliert hatte, nur noch mehr geliebt. Keiner der Jungen, nicht einmal dieser selbst ernannte ›Rebell‹ Brice, hatte den Mut besessen, ihn so aufzubringen, wie Marguerite es getan hatte.

Natürlich nur, bis er in dieses Alter gekommen war und sie einen jungen Richter davon hatten überzeugen können, dass er senil geworden sei.

Das Kinn in die Hand geschmiegt, lehnte er sich müde auf die Armlehne, während er hinaus in die Nacht starrte. Als seine Frau gestorben war, war Marguerite das einzig wichtige weibliche Wesen in seinem Leben geworden. Nun gut, es hatte da diese Frauen in Oyster Bay gegeben, die zu treffen er sich fortgestohlen hatte. Doch er hatte einen geheimen Eingang zu seinem Reich gehabt, sodass niemand mit Sicherheit sagen konnte, dass sie überhaupt existierten. Das hätte nur das Gedächtnis an seine Frau herabgewürdigt.

Manchmal hatte er zu viel getrunken und war mit verräterischen Spuren – Lippenstift, Parfümflecken auf seinen Hemden – in das Herrenhaus zurückgekommen, aber keins seiner Kinder und keiner vom Personal hatte ihn je in flagranti ertappt. Dafür war sein Geheimgang einfach zu gut.

Dann hatte es da die Damen der Gesellschaft in der Stadt gegeben. Nicht für Sex hatte er sie gebraucht, sondern für die großen Feste, die Daniel Austrian geschmissen hatte, sowie für die wirklich wichtigen Geschäftsfeiern. Aber diese Frauen aus der Glitzerwelt der High Society hatten keinen nachhaltigen Eindruck bei ihm hinterlassen, sodass er sich an die Namen der meisten schon nicht mehr erinnerte. Keine hatte je Mary, seiner Frau, oder später Marguerite das Wasser reichen können.

Die Erinnerung ließ ihn aufseufzen. Er sah auf die Uhr. Er musste sich in Bewegung setzen. Es war fast halb zehn.

Er wuchtete sich aus seinem Sessel hoch, schaltete das Radio aus und zog sich seinen Bademantel über. Um morgen Abend zusammen mit Pater Michael von hier auszubrechen, musste er noch zwei wichtige Schlüssel stehlen. Und der günstigste Zeitpunkt dazu war jetzt. Das Personal war müde und weniger wachsam, und im Werkraum, in dem stets ein Schlüsselset verschlossen aufbewahrt wurde, würde die Samstagabend-Unterhaltung toben.

Sein Herz schlug in nervösem Takt gegen seinen Brustkorb. Er schlüpfte mit seinen knochigen Füßen in die Pantoffeln und schlurfte in die Halle hinunter. Der gewaltige weiße Haarschopf umstand seinen Kopf wie ein Kranz, beleuchtet von dem fluoreszierenden Licht.

»Fühlen wir uns heute besser, Sir?« Sicherheitschef John Reilly tauchte dort auf, wo sich die Halle zu dem weiträumigen Foyer öffnete. Seine Miene war indifferent wie immer, aber seine Augen verrieten äußerste Wachsamkeit. Reilly überwachte ihn unablässig, lauerte ihm ständig auf.

Die Erkenntnis versetzte Lyle einen Stich in der Magengrube. Kurzfristig wollte es ihm unmöglich erscheinen, sich der Schlüssel zu bemächtigen. Er raffte all seine Selbstbeherrschung zusammen und entgegnete: »Ich fühle mich so gut, wie man sich unter diesen Umständen fühlen kann.« Er hegte nicht die Absicht, dem von seinen Söhnen bezahlten Sheriff zu verraten, dass er sich besser fühlte, als sie dachten.

»Ein kleiner Spaziergang? Ich begleite Sie.« Reilly löste sich von der Wand.

Lyle funkelte ihn zornig an. »Ich gehe in den Werkraum, Wärter. Wollen Sie mir dabei zusehen, wie ich Blumensträußchen male?«

»Wenn Ihnen das Vergnügen bereitet, Sir.«

Lyle hätte das Arschloch am liebsten in den Magen geboxt, doch stattdessen zuckte er einfach nur mit den Schultern. »Sie müssen es aber verdammt nötig haben.«

Das Letzte, was er gebrauchen konnte, war Reillys Gesellschaft. Reilly vergrößerte die Gefahr für sein Vorhaben.

Noch nervöser als vorher setzte er seinen schlurfenden Gang durch die Halle fort. Reilly passte sich seinem Tempo an. Der Mann war hager, schob aber einen Wanst von der Größe eines Medizinballs vor sich her. Zu viel Sauferei und Trägheit, schätzte Lyle. Was allerdings nichts an seiner Gefährlichkeit änderte. Seit das Personal zu Beginn der Woche seine Tagebücher gefunden hatte, trug Reilly eine Pistole an seiner Hüfte. Auch heute Nacht hing sie dort, eine stumme Drohung.

Sie kamen am Fernsehraum vorbei, wo ein Kinofilm lief. Der Geruch von Popcorn drang heraus. Lyle hasste das Popcorn hier. Die Idioten in der Küche machten es ohne Salz und Butter. Es war, als äße man knusprige Pappe.

Dann schien ein winziger Hoffnungsfunke in seinem Herzen zu explodieren. Vor ihm lag das Nirwana. Am Ende des Flurs befand sich eine Tür mit einer großen Glasscheibe, die nach draußen führte. Durch das Glas konnte er den Personalparkplatz und dahinter den hohen Stacheldrahtzaun samt Tor sehen. Die Tür und das Tor im Zaun wurden immer verschlossen gehalten.

Aber ein Schlüsselsatz für beide wurde in dem nahe gelegenen Werkraum aufbewahrt.

Das war sein Ziel. Er benötigte diese beiden Schlüssel dringend, weil sich hinter dem Zaun eine Straße befand, die durch den Wald führte und sich an einem halben Dutzend großer Wohnhäuser vorbeischlängelte, die auf 40 000 qm großen Parzellen standen. Er wusste alles über die Straße, weil er das Land selbst erschlossen und vor 30 Jahren einen Batzen Geld damit verdient hatte.

Diese Straße bedeutete Freiheit.

Im Werkraum hatte die Weltverbesserin Mrs. Langer

Pastell- und Wasserfarben ausgeben lassen. Einige der älteren Frauen hatten diese Woche Erntedank-Gedichte verfasst, und heute Abend ließ die Gesellschafterin sie ihre Worte mit Farbe und dem törichten Kichern längst verstrichener Jugend ausschmücken.

Lyle nahm all seinen Mut zusammen und betrat den Raum. Mit einem einzigen Blick nahm er ihn in sich auf. Kleine Rinnsale von Angstschweiß rannen ihm unter dem Heim-Bademantel über den Körper.

Hinter ihm erklang Reillys Stimme: »Mrs. Langer, ich muss mit Ihnen sprechen.«

Mrs. Langer drehte sich um und ging in die Halle hinaus. Lyle sah, wie sie die Stirn krauste und ihn unverwandt ansah. Reilly schärfte ihr offenbar gerade ein, unbedingt zu verhindern, dass er wieder Papier in sein Zimmer schaffte, um Tagebuch zu schreiben. Das kümmerte Lyle zunächst nicht, bis sie ihr Gespräch beendeten und Reilly noch immer nicht fortging. Wie ein Wachtposten verharrte der Sicherheitschef an der Tür, lehnte mit verschränkten Armen an dem Pfosten.

Mrs. Langer trat auf Lyle zu. »Ach, Mr. Redmond. Schön, Sie hin und wieder einmal zu sehen.«

»Danke, Mrs. Langer. Wirklich, vielen Dank.« Er grinste, um zu zeigen, dass er nichts Böses im Schilde führte und nur ein unschuldiges Opfer der Umstände war. »Schätze, ich könnte mich ein bisschen in Ölmalerei versuchen, wenn ich verspreche, nichts mehr von Ihrem kostbaren Papier zu stibitzen?«

Ihre grauen Augen weiteten sich vor Verlegenheit. »Natürlich. Ich bin gleich wieder da.«

Er schluckte. Jetzt galt es. »Ich helfe Ihnen.«

Er folgte ihr, als sie auf den Schrank mit den Farbvorräten zuging, der ebenfalls stets verschlossen gehalten wurde. Sie hatte ihn schon seit Monaten zu überreden versucht, irgendeine Beschäftigung wie das Malen auszuüben. Doch das war nicht der Grund, aus dem er sich ihren Bitten nun scheinbar fügte. Der einzige Grund waren die Schlüssel in dem Schrank.

Jetzt musste er sie irgendwie ablenken. Er setzte sein charmantestes Lächeln auf. Bebend vor Furcht stellte er sich neben Mrs. Langer, als sie den Wandschrank aufschloss und die Tür öffnete. In den Fächern im Innern lagen säuberlich gestapelt Leinwand, Farben, Pinsel und andere Utensilien. Sofort hatte er das Objekt seiner Begierde erspäht: Der Schlüsselring hing an einem Nagel in der Seitenwand rechts von ihm.

»Was hätten Sie denn gerne, Mr. Redmond?«, erkundigte sie sich.

Er beruhigte sein klopfendes Herz. »Ich werde die Mona Lisa malen. Ich brauche dazu nicht einmal ein Foto von ihr.« Er tippte sich mit dem Zeigefinger an die Schläfe. »Alles hier drinnen verstaut. An der war was dran. Und dieses rätselhafte Lächeln. Dafür brauche ich Öl.«

»Das klingt nach einem lohnenden Ziel.«

Er konnte Reillys brennenden Blick auf seinem Rücken fast körperlich spüren. Aber er musste weitermachen. Blanke Furcht ergriff ihn, fast umgehend gefolgt von jener kühlen Gelassenheit, die ihn durch mehr Geschäftskrisen gebracht hatte, als er noch in Erinnerung hatte.

»Lassen Sie nur. Ich kann das machen«, bot er an. Mit der Hüfte schob er sie ein Stückchen von der Schranköffnung weg.

Sie drehte sich zu ihm um. »Wirklich, Mr. Redmond. Sie sollten das nicht tun. Ihnen ist es in letzter Zeit gar nicht gut gegangen. Setzen Sie sich hin und –«

Während sie noch redete, griff er rasch an ihr vorbei ins Innere des Schrankes und hantierte unbeholfen herum, während er die Utensilien einsammelte. Unbeholfenheit vorzuspielen bereitete ihm keine Schwierigkeit, denn vor Anspannung zitterte er wie Espenlaub. Doch alles verlief nach Plan.

»Mr. Redmond. Sie sollten wirklich nicht –«

»Entschuldigen Sie ...« Dann tat er es. Um die Ablenkung perfekt zu machen, ließ er die Pinsel fallen. Die hölzernen Griffe fielen scheppernd auf den Schrankboden. Er bückte sich nach ihnen, wobei er eine Dose umwarf. Der ätzende Gestank von Terpentin erfüllte den Raum.

Mrs. Langer bekam einen Wutanfall. »Hören Sie auf! Mr. Redmond! Bitte hören Sie sofort damit auf!«

Er ließ zu, dass sie ihn nach rechts wegdrückte. Das war der Moment, den er herbeigesehnt hatte. Der Puls an seinen Schläfen pochte vor Angst. Als ihr Körper sich in den Schrank zwängte, blockierte sie die Öffnung und Reillys Blickfeld. Gleichzeitig war sie vollends damit beschäftigt, hektisch das Terpentin von einem Brett in Augenhöhe abzutupfen.

Lyle wagte es nicht, nachzusehen, was Reilly gerade tat. In einem Akt puren Gottvertrauens griff er nach rechts, nahm den Schlüsselring von dem Nagel und ließ ihn in die Tasche seines Bademantels gleiten.

Und wartete. Voller Angst. Hatte Reilly ihn beobachtet?

Als kein Zuruf erfolgte, drehte er sich um. Er atmete viel zu schnell. Sah, dass Reilly sich von der Tür entfernt hatte und mit misstrauisch gerunzelter Stirn auf ihn zuhastete.

»Was geht hier vor?«, verlangte er zu wissen. Er spähte in den Schrank, wo Mrs. Langer aufräumte und verärgert vor sich hin brabbelte.

Lyle zuckte die Schultern und trat von dem Wandschrank weg. »Tut mir leid, Reilly. Ich schätze, ich hab 'ne kleine Schweinerei angerichtet.« Seine Arterien pulsierten von der heißen Erregung des Erfolgs. Die Schlüssel in seiner Tasche bildeten eine nette kleine Ausbuchtung in seiner Hand. »Kommen Sie mit rüber und leisten Sie mir ein bisschen Gesellschaft, während ich male.«

Aber Reilly ignorierte ihn. Voller Entsetzen verfolgte Lyle, wie Reilly an ihm vorbeiging und sich in den Wandschrank beugte. Während Mrs. Langer unverdrossen weiterputzte, inspizierte er die Borde. Der Sicherheitschef besaß zwar keine Bildung, aber eine Art Bauernschläue. Wenn er nur lange genug hinschaute, würde ihm auffallen, dass der Schlüsselring fehlte.

Lyle fühlte Panik in sich aufsteigen. Am liebsten hätte er seinen Kopf in Reillys Rücken gerammt und ihn gegen die Regalbretter geschmettert. Ihm seine Kanone entrissen und ins Knie geschossen. Ihm die Scheiße aus dem Leib geprügelt –

Denk nach!, ermahnte er sich. Es musste einen Weg geben, Reilly von diesem verfluchten Wandschrank wegzubekommen.

Und dann hatte er es. Er würde genau das tun, was man von ihm erwartete. Schließlich hatte Reilly selbst gesagt, dass er ein kranker alter Mann sei.

Lyle begann zu stöhnen. »Reilly. Ich fühle mich nicht wohl.«

Er schloss die Augen und brach zusammen, sackte zu Boden wie ein schlaffer Sack.

Reglos blieb er auf dem Linoleumboden liegen und hörte, wie Reillys Füße kehrtmachten und sich ihm näherten.

»Mr. Redmond!« Reillys Stimme klang mit einem Mal besorgt. »Rufen Sie die Krankenstation, Mrs. Langer. Mr. Redmond, können Sie mich hören?«

Als Reilly sich neben ihn hockte und über ihn beugte, musste Lyle insgeheim lächeln. Genau wie in alten Zeiten hatte er seine Zukunft im wörtlichen wie im übertragenen

Sinn in seiner Tasche. Seine Söhne nahmen sich besser in Acht. Lyle Redmond war wieder da. Und nach dem morgigen Abend würden sie es alle wissen.

27

21.46 Uhr, Samstag
Kurz vor der New-Jersey-Schnellstraße

Spannung machte sich in dem Dodge Durango breit, der sich noch immer in New York befand. Sam hielt nach der Polizei Ausschau, und Julia kauerte auf dem Boden. Der hektische Strom des für sie nicht sichtbaren Verkehrs legte ihre Nerven bloß. Dann vernahm sie einen plötzlichen Wechsel in der Geräuschkulisse: Die Luft klang hohl. Sie fuhren durch den Lincoln-Tunnel, der tief unter dem Hudson River hindurch in den Staat New Jersey führte. Verkrampft und wund, wie sie war, machte Julia Anstalten aufzustehen.

Sam legte ihr eine Hand auf die Schulter. »Warten Sie noch, bis wir auf der Schnellstraße sind. Es ist nur eine vage Vermutung, aber die New Yorker Polizei könnte die Staatenpolizei alarmiert haben, damit diese ihre Leute an den Mauthäuschen postiert. Wir müssen immerhin anhalten, um unser Ticket aus dem Automaten zu ziehen, und wenn Sie neben mir sitzen und die hingucken –«

»Schon verstanden.« So viel Polizei, die nach ihr fahndete! Je weiter sie sich von Manhattan entfernten, desto besser. »Haben Sie einen Mantel im Wagen, den ich mir überwerfen könnte?«

»Eine Decke. Kommen Sie dran?«

Er wechselte auf die rechte Fahrspur, die die Auffahrt auf die Schnellstraße, die schnellste Route für sie, bildete.

Sie kraxelte über den Sitz und griff sich eine karierte Decke. Glücklicherweise war der Grundton dunkelgrün und würde mit dem Schatten verschmelzen. Sie ließ sich auf den Boden zurücksinken. Ihre Handflächen unter dem Mull, den er über ihre Wunden gelegt hatte, pochten. Sie versuchte, sich zu entspannen.

Sam sah flüchtig zu ihr hinüber, als sie ihren alten Platz wieder einnahm. Kurzfristig warf eine Straßenlaterne ein wenig Licht auf ihr Gesicht, zeigte ihre blauen Augen und den vollen roten Mund und den tiefen Kummer. Sofort richtete er seinen Blick wieder auf den Verkehr. Er dachte, wie sehr sie innerlich aufgewühlt sein und welche Angst sie empfinden musste. Er besaß die leidenschaftslose Fähigkeit, menschliche Bedürfnisse zu analysieren, als seien sie Möbelstücke in einer Fabrik. Aber es war eine Tatsache, die das Leben schrieb: Wenn Julia Erfolg haben wollte, musste sie sich an Angst und Anspannung gewöhnen. Wenn sie überleben wollte.

»Erzählen Sie mir mehr über diese Konversionsstörung.« Er wollte ihr etwas anderes als die augenblickliche Gefahr geben, worauf sie sich konzentrieren konnte.

Sie breitete die Decke über ihre Knie. »Eine Konversionsstörung ist so etwas wie die Sprache des Körpers, eine Ausdrucksmöglichkeit für Menschen, die irgendeine Art von Trauma unterdrückt haben. Ich bin davon offenbar so weit genesen, dass ich wieder sehen kann, ohne mich jedoch genau daran zu erinnern, was vorgefallen ist.« Dann fiel ihr Orions Warnung wieder ein. »Aber Orion hat mir gesagt, bis ich nicht herausfinde, was sie ursprünglich verursacht hat, besteht die Gefahr, dass ich erneut erblinde. Offensichtlich ist der Auslöser für mich der Ring, den mein Großvater mir zur Feier meines Debüts gab. Das ist auch der Grund, warum ich der Überzeugung bin, dass es in dieser Nacht passiert ist: das, was meine Konversionsstörung hervorgerufen hat.«

Seine Stirn legte sich in Falten, und wieder fiel ihr die tiefe Furche zwischen seinen Augenbrauen auf. Sie mochte die harten Flächen seines Gesichts und die blonden Stoppeln, die um das Kinn herum durch die Haut stachen.

Er sagte: »Ich erinnere mich, neunzehndreiundneunzig oder so von einem ähnlichen Vorfall in Japan gelesen zu haben. Die Presse lancierte heftige Kritik gegen die Kaiserin. Offenbar als Folge davon verlor sie ihre Stimme und konnte drei Monate lang nicht mehr sprechen.« Er verstummte, um zu überlegen. Dann fiel ihm alles wieder ein: »Die offizielle Pressestelle des Kaiserhauses formulierte es so: ›Es besteht die Möglichkeit, dass eine Person, die starke Emotionen durchlebt, ein Symptom entwickelt, wodurch die betreffende Person vorübergehend kein Wort mehr hervorbringen kann.‹«

Julia nickte mitfühlend. »Ja, die besteht allerdings. Arme Frau. Hört sich wie eine Konversionsstörung an. Ihnen ist sicher aufgefallen, dass sie dem Ganzen keinen Namen gegeben haben.«

»Stimmt. Was glauben Sie, warum?«

»Das Stigma. Krankheiten im mentalen Bereich wirken immer noch anrüchig. Das ist einer der Gründe, warum die Amerikanische Psychiatrische Gesellschaft das, woran ich leide, nicht mehr Konversionshysterie nennt. *Hysterie* ist so ein belastetes Wort. Heutzutage will niemand mehr hysterisch genannt werden, obgleich es einmal als völlig legitime Bezeichnung für Neurosen verwendet wurde und nichts von dem negativen Beiklang besaß, der dem Wort in der Umgangssprache anhaftet.«

»Sie kriegen also sozusagen den doppelten Hammer«, unterbrach Sam sie. »Sie waren nicht nur blind, sondern ich wette auch, die Leute haben manchmal gedacht, Sie hätten eigentlich gar nichts. Eine körperliche Krankheit wird ernst genommen, aber eine psychische gilt als, na ja ...«

»Eingebildet.«

Er sah zu ihr hinüber. »Ich wollte sagen, ›verrückt‹.«

Sie lächelte schwach. Der Wagen ruckte, und ihr Bein stieß an die Browning 9mm. Müde betastete sie sie mit den Fingerspitzen und war froh, dass sie die Waffe wieder gesichert hatte.

Plötzlich sagte Sam: »Ich weiß, dass Sie sie wieder gesichert haben.«

»Wie –«

»Ich habe Sie dabei beobachtet. Sie dachten, ich wäre voll und ganz mit dem Verkehr beschäftigt, aber vor Jahren habe ich die Kunst gelernt, mehrere Dinge gleichzeitig zu tun.«

Sie war wieder auf der Hut. »Wie sieht Ihre Arbeit in der Firma genau aus, Keeline?«

Aber Sam spähte angestrengt durch die Windschutzscheibe. »Wir sind da. Unser Mauthäuschen steht direkt vor uns.«

Sie zwang sich zum Atmen. Zog die Decke über den Kopf und presste sich auf den Boden. Faltete die Hände vor dem Herzen und verbannte den pochenden Schmerz aus ihren Gedanken. »Bin ich ganz drunter?«, erkundigte sie sich.

Er warf einen kurzen Blick auf das Versteck. »Sieht gut aus.« Er musterte die Umgebung. Die Fahrzeuge wurden langsamer, die roten Bremsleuchten gingen an. Abgehackte Verkehrsgeräusche erfüllten die Nacht. Fahrzeugschlangen wälzten sich zu den automatischen Ticketausgaben. Keine Wagen von der Staatenpolizei oder Streifenpolizisten. Nichts Außergewöhnliches.

»Was ist?« Julias Stimme klang gedämpft.

Sam stieß einen tiefen Seufzer aus. »Fürs Erste keine Gefahr.« Er zog ein Ticket aus dem Automaten und fädelte sich auf die New-Jersey-Schnellstraße ein.

Müde und dankbar kletterte Julia auf den Beifahrersitz. Sie schaute sich um und spürte, wie sich ein kurzfristiges Gefühl der Sicherheit in ihr ausbreitete. Bevor sie ihr Augenlicht verloren hatte, war sie viel durch Europa und Asien gereist. Jetzt, wo sie nach draußen schaute, war ihr klar, dass dies nur Amerika, ihre Heimat sein konnte. Die Schnellstraßen waren so typisch amerikanisch, und die von New Jersey war vielleicht die Amerikanischste von allen: Unvernünftige Fahrer zahlten hohe Strafen für Autos, die auf dieser geradesten, längsten und berüchtigtesten Schnellstraße des Kontinents unerlaubte Abgasmengen in den Äther bliesen. Ja wirklich, jeder Fahrer, der beim Anblick eines Polizeiwagens nicht in die Bremsen stieg, parkte entweder schon oder war tot.

Während Sam den Wagen in südwestliche Richtung nach Newark und schließlich Alexandria lenkte, legte Julia die Pistole in ihren Schoß. Sie bemerkte, dass die Decke nach Parfüm roch, und stopfte sie sie sich in den Rücken. Sie vergrub ihre Nase darin. Das war kein Rasierwasser.

Chanel N° 5. Sie zog die Augenbrauen hoch. Ein klassischer Duft, beliebt bei First Ladys und Filmstars. »Nehmen Sie das regelmäßig?«

Sam zuckte nicht mit der Wimper. »Klar. Ich bade immer darin.«

Sie legte sich die Decke um die Schultern. Er war also verheiratet. Oder hatte eine Freundin. Mit Schrecken stellte sie fest, dass sie einen Stich der Eifersucht empfand.

Sam fuhr sie durch den Industriegürtel von New Jersey

mit seinen Ölraffinerien und dem beißenden Schwefelgestank. Lange Zeit sagte keiner von beiden etwas, da sie die Schnellstraße genau beobachteten und intensiv nach Streifenwagen oder anderen Autos Ausschau hielten, die sich möglicherweise für sie interessierten. Schließlich erzählte sie ihm von dem Raubüberfall und den grauenhaften Morden an ihrer Mutter und dem Taxifahrer in London, von ihrer Übereinkunft mit dem Chief Superintendent, das, was sie gesehen hatte, für sich zu behalten. Sie sprach von ihrer Hypnosesitzung bei Orion Grapolis und seinem tragischen Tod, und wie die Killerin, Maya Stern, sich als ihre Gesellschafterin bei ihr eingeschlichen hatte.

Als sie sich der Grenze zu Pennsylvania näherten, meinte sie: »Womit wir wieder in der Gegenwart wären. Bei den beiden Päckchen, die Sie und Mom bekommen haben und die uns zu verbinden scheinen. Als Sie vor ein paar Stunden anriefen, um einen Termin mit mir auszumachen, haben Sie gesagt, Großvater Austrian hätte es gern gesehen, wenn wir uns treffen würden. Was ist daran wahr?«

Er hatte eine bestimmte Art, seinen Kopf ganz gerade zu halten, als schaue er der Welt unverwandt ins Gesicht. Aber jetzt neigte er den Kopf leicht zur Seite, setzte ein trockenes Lächeln auf und sagte: »Zeit für die Beichte.«

Sie runzelte die Stirn. »Heraus damit.«

»Ich glaube, Daniel Austrian wusste etwas über das Bernsteinzimmer. Ich habe vor einem Dutzend Jahren, als ich auf neue Informationen gestoßen war, mit ihm darüber gesprochen. Ich hatte gehofft, er würde mir vielleicht weiterhelfen, aber sein Tod hat diese Hoffnung endgültig zerstreut.«

»Sind Sie sicher, dass Sie meinen Großvater von der *Austrian*- und nicht von der Redmond-Seite meinen?«

Sam blinzelte, und in seine tief liegenden grauen Augen trat plötzlich ein misstrauischer Ausdruck. »Wieso?«

»Weil mein Redmond-Großvater in einem Pflegeheim auf dem Land irgendwo zwischen Armonk und Mount Kisco lebt. Als meine Mutter das Päckchen zu Gesicht bekam – die Handschrift und den Poststempel –, meinte sie, es könne von ihm stammen.«

Sam schüttelte den Kopf. »Über den Redmond-Zweig Ihrer Familie weiß ich so gut wie nichts. Vielleicht sollten wir mit ihm reden.«

Julia seufzte traurig. »Mein Großvater ist senil. Im vergangenen Jahr haben wir ihn drei- oder viermal besucht, aber er hat uns nie erkannt. Er war immer ein so energiegeladener Mann gewesen. Mom behauptete, zu seiner Zeit sei er ein richtiger Aufrührer gewesen. In den Jahren, als ich ihn kannte, konnte er ungeheuer charmant, aber auch so freimütig sein, dass es seine Söhne, also meine Onkel, stets auf die Palme brachte. Aber zu mir und Mom war er immer wunderbar. Dann hat er Alzheimer bekommen. Als Mom und ich ihn in dem Pflegeheim besucht haben, hat er nur vor sich hin gebrabbelt und ist dann eingeschlafen. Wenn ich bedenke, wie geschwächt er war, glaube ich wirklich, Mom muss sich geirrt haben; aber sie meinte, er hätte sich wieder erholt. Ich vermag mir nicht vorzustellen, dass er meinen Spielplan herausbekommen und die Päckchen dann an die Albert Hall oder an Sie in der Firma adressiert hat.«

Sam war enttäuscht. »Schade. Es schien irgendwie logisch zu sein.«

»Lassen Sie uns zu mir zurückkommen. Sie sagten, vor etwa zwölf Jahren seien Sie mit meinem Großvater Austrian an einen toten Punkt gelangt. Er hatte Ihnen bezüglich des Bernsteinzimmers nichts zu sagen. Warum haben Sie sich dann die Mühe gemacht, herzufahren und mich zu treffen?«

Sam wechselte die Spur und fuhr vorsichtig und dem Verkehrsfluss angepasst auf die mittlere Fahrbahn. »Als das Päckchen eintraf, fiel er mir wieder ein; so nah wie mit ihm war ich der Lösung des Rätsels noch nie vorher gekommen, und seinen Beteuerungen, er wisse nichts vom Bernsteinzimmer, habe ich nie ganz geglaubt. Als ich hörte, dass er gestorben sei, habe ich nach weiteren Familienmitgliedern geforscht. Und bin auf Sie gekommen. Ich wollte Ihnen meine Geschichte erzählen. Sehen, ob Ihnen dazu irgendetwas einfällt. Sie könnten ja beispielsweise über seine Papiere verfügen. Oder er hat vielleicht irgendwann einmal eine Bemerkung fallen lassen, die damals für Sie keinen Sinn ergeben hat, Ihnen jetzt, nachdem ich Ihnen gesagt habe, was ich suche, aber in einem neuen Licht erscheint.«

»Mutter hat ... hatte seine Papiere. Es waren gar nicht mal viele. Er lebte ganz in der Gegenwart und bewahrte aus der Vergangenheit nicht viel auf. Ich entsinne mich noch, dass sie sie durchgelesen hat, aber sie hat nie etwas von dem Bernsteinzimmer erwähnt.«

Erregung packte ihn. »Wo befinden sie sich jetzt?«

»Sie sagte, sie sähe keinen Anlass dafür, sie aufzubewahren. Ein paar Jahre nach seinem Tod hat sie sie weggeworfen.«

Er zog eine Grimasse. »Was ist mit den Papieren Ihres Vaters?«

»Die hatte Mutter auch. Aber trotzdem, sie würde gewusst haben, was er wusste, und ich vermutlich auch.« Ihre Stimme stockte. »Wir standen uns sehr nah.«

»Ich verstehe.« Sam guckte flüchtig zu ihr hinüber. Jetzt konnte er noch andere Dinge in ihrem ovalen Gesicht erkennen. Vorher hatte er Wut, Entschlossenheit und Angst darin gelesen. Jetzt sah er auch einen alten, tief sitzenden Kummer. Irgendetwas war ihr widerfahren, und nicht erst in den letzten 24 Stunden.

»Warum hat mein Vetter Vince Ihrer Meinung nach Ihr Päckchen an sich genommen?« Mit einer verbundenen Hand schob sie sich das goldbraune Haar aus dem Gesicht.

»Jetzt haben Sie mich. Er hat nie etwas Ungesetzmäßiges getan, hat nie auch nur den geringsten Anlass zu der Vermutung gegeben, er könne irgendetwas anderes als der Firma treu ergeben sein – ich muss also annehmen, dass er es tatsächlich für den Direktor beschlagnahmt hat und dass es jetzt auf dem Weg ins Weiße Haus ist.«

Sie überlegte. »Wenn Vince es für die US-Regierung beschlagnahmt hat, warum hat Maya Stern es dann meiner Mutter abgenommen? Für sich selbst? Für irgendjemand anders?«

Seine grauen Augen sprühten vor Aufregung. »Das bringt einen ins Grübeln, nicht wahr? Ja wirklich, es könnte zu der Annahme verleiten, dass irgendjemand ... nach über einem halben Jahrhundert der Gerüchte, offiziellen Dementis und endlosen Untersuchungen ... der Welt mitzuteilen versucht, dass er – oder sie – etwas über den Verbleib des Bernsteinzimmers weiß.«

Sein hübsches, kraftvolles Gesicht strahlte pure Faszination aus. Sie fühlte, dass sie selbst von seiner beinah magischen Suche angezogen wurde. Sie beugte sich vor. »Sie haben gesagt, das Bernsteinzimmer wäre zum letzten Mal in dieser deutschen Stadt gesehen worden – Königsberg. Doch dann hat sich das gesamte Zimmer in Luft aufgelöst. Offenbar meinen Sie zu wissen, was passiert ist. Erzählen Sie es mir!«

Die Augen auf den Verkehr gerichtet, begann er zu reden. Die Worte strömten ihm über die Lippen wie jemandem, der drauf und dran ist, den größten Lottogewinn aller Zeiten einzustreichen. »Gegen Ende des Zweiten Weltkriegs geschahen in Europa merkwürdige, beinahe übernatürliche Dinge, die wir wohl nie restlos aufklären können. Der Diebstahl des Bernsteinzimmers ereignete sich vermutlich in dieser Atmosphäre, auch wenn er die Tat eines Wahnsinnigen gewesen sein muss. Aber es gab einen Mann, der die Macht, die Gier und die Verbindungen hatte, um den Coup in die Wege zu leiten ...«

1945, Europa

Es war früh im Januar, und der Schnee glitzerte im Mondlicht kalt und weiß auf den zerbombten Überresten der Königsberger Burg. Seit zwei Jahren war das Bernsteinzimmer hier ausgestellt gewesen, der ganze Stolz der Nazi-Ostfront. Nun aber sah die Zukunft düster aus. Die Bomben der Alliierten hatten die Stadt fast vollständig in Schutt und Asche gelegt. Dennoch hatten die mächtigen Gewölbe unter der Burg die Lattenkisten geschützt, die die goldenen Paneele des Bernsteinzimmers enthielten.

Nach Mitternacht, als die erschöpften Bewohner schliefen, gruben sich spezielle Minier-Kommandos der SS durch die brüchig gewordenen, 800 Jahre alten Mauern der Burg, bis sie auf die Kellergewölbe stießen. Unbemerkt entfernten sie 29 Lattenkisten und tauschten sie gegen 29 andere, identisch aussehende, aber mit Schrott gefüllte Kisten aus, damit diese dasselbe Gewicht aufwiesen. Darüber hinaus verschleppten sie Gemäldekisten, Schmuck – einiges aus dem Besitz der ehemaligen russischen Zaren – und andere Schätze. Sie schafften den Schutt zurück in die Burg, luden die Kisten auf Lastwagen und fuhren sie zu einer verdunkelten Eisenbahnlinie, wo sie sie in versiegelten Güterwaggons verstauten.

Während die zerbeulte Zugmaschine aufgeheizt wurde, malten die Kommandoeinheiten das rot-schwarze SS-Emblem auf jede der Kisten und auf die Seite eines jeden Güterwaggons. Dann fügten sie den Namen hinzu, der für eine zügige Passage auf allen noch von Deutschland kontrollierten Schienenwegen sorgte: *Himmler.*

Der Name, der jedermann hinter den Nazi-Linien mit Entsetzen erfüllte, war Heinrich Himmler doch der ›Reichsführer SS‹, Chef der Gestapo und verantwortlich für die Konzentrations- und Vernichtungslager der Nazis. Inoffiziell war er auch einer der hochrangigsten Kunstdiebe, dessen Vorliebe vor allem den alten deutschen Meistern galt. Wie Hitler und Göring konfiszierte er mehr kostbare Kunstwerke aus ganz Europa, als er überhaupt in seiner Wohnung aufhängen konnte. In einer Schweizer Bank hatte er bereits ein geheimes Beutedepot angelegt, so umfangreich, dass es unter dem Namen ›Himmler-Schatz‹ bekannt war – alles war ungarischen Juden gestohlen worden.

Der Zug fuhr ebenfalls in die Schweiz. Im Verlaufe des Krieges hatten Nazis sowohl privat als auch im Regierungsauftrag Milliarden Dollar in gestohlenem Gold und Bargeld als auch Beutekunst im Wert von umgerechnet 2,5 Milliarden Dollar in das kleine, vorgeblich neutrale Land geschafft. Die Bankiers dort hüteten es, investierten, verkauften, wuschen es und verschoben es zu guter Letzt auf Bankkonten in aller Welt, wo es für ihre neuen Besitzer bereitstehen sollte.

Zu diesem Zeitpunkt hatte sich der Führer bereits in einem Bunker unter Berlin verkrochen. Hätte er von dem Diebstahl erfahren, hätte er Himmler aber gleichwohl noch hinrichten lassen.

Also schützte Himmler sich selbst. Er beorderte seine SS-Kommandos an die sowjetische Front zurück, wo ganze Kompanien in blutigen Schlachten gegen die Russen ausradiert wurden. Aber da waren noch Kisten in den Burgverliesen. Das Glück war mit Himmler, vielleicht war es aber auch nur seine legendäre gute Planung. Im Februar oder März wurden die entsprechenden Behältnisse herausgeholt und auf Lastwagen verladen. Der Diebstahl flog nicht etwa auf, aber die Kisten verschwanden einfach. Irgendjemand stahl sie, konnte den Diebstahl jedoch danach nicht aufdecken, ohne sich selbst bloßzustellen. Was die offizielle Geschichtsschreibung anging, trat das Bernsteinzimmer hiermit von der Bühne ab und ward nicht mehr gesehen.

Um Königsberg zur Kapitulation zu zwingen, bombardierte das erbarmungslose Kommando der Dritten Weißrussischen Front die Stadt und stürmte sie am 10. April. Damit war Himmlers Plan endgültig aufgegangen: Seine Beute befand sich sicher in Zürich. Alle Augenzeugen waren tot. Und nun war es offiziell, dass das Bernsteinzimmer verschollen war. Er hatte an alles gedacht. Das glaubte er zumindest.

Mitte Mai war der Führer tot, Deutschland hatte kapituliert, und Heinrich Himmler floh zusammen mit anderen Flüchtlingen in Richtung Alpen. Er war der meistgesuchte Mann Europas. Also verkleidete er sich als Feldwebel der Geheimen Feldpolizei. Die Alliierten indes setzten die Geheime Feldpolizei auf ihre Schwarze Liste und gaben den Befehl aus, jeden vom Feldwebel aufwärts zu verhaften.

Es geschah an einem grünen, warmen Frühlingstag, dass die Briten Himmler fassten. Sie hatten keinerlei Beweise, dass er etwas anderes als derjenige war, als den seine gefälschten Papiere ihn ausgaben. Trotzdem blieben sie misstrauisch. Zwei Tage später, am 23. Mai, brachten sie ihn in eine Verhörzentrale. Mittags gab er seine wahre Identität zu. *»Ich bin der Reichsführer SS Himmler.«*

Bis zur Nacht, als er einer eingehenden Leibesvisitation und einem scharfen Verhör unterzogen wurde, riss er Witze. In einem Loch, das er sich in einen Backenzahn rechts unten in seinem Mund hatte bohren lassen, hatte er eine Zyanid-Kapsel versteckt. Kurz vor elf Uhr nachts zerbiss Heinrich Himmler – Fürst der Finsternis der ›Herrenrasse‹, ehemals ein arbeitsloser Hühnerbauer – die Giftkapsel. Fünfzehn Minuten später war er tot.

Nun lebte niemand mehr, der noch von der Existenz des Bernsteinzimmers gewusst hätte.

Als sein Züricher Bankier Sylvester Maas vom Selbstmord Himmlers erfuhr, musste er eine Entscheidung bezüglich der Kistenlieferung fällen, in die er nie hineingesehen hatte. Sie ruhte, säuberlich gestapelt neben anderen anonymen Kisten und Kästen namenloser Depotinhaber, in den Kellergewölben seiner Bank.

Und in Europa herrschte die nackte Gier. Mehr als ein halbes Jahrhundert später, im Jahr 1997, schrieb eine Genfer Zeitung, dass sich in dieser Ära »Bankiers, Rechtsanwälte und Treuhänder auf gesetzwidrige Weise in den Besitz von Vermögenswerten brachten, die ihren rechtmäßigen Besitzern gestohlen worden waren.« Viele deutsche Soldaten und ehemalige Nazi-Offiziere trugen alles nach Hause, dessen sie habhaft werden konnten. Auch alliierte Soldaten waren nicht immun gegen die Versuchung. Unter den größten Funden befanden sich 1000 Jahre alte Handschriften und Kunstwerke, die unter dem Namen ›Quedlinburger Domschatz‹ bekannt waren. Kurz nachdem GIs sie entdeckten, verschwanden die Schätze. Sie tauchten erst in den 90er Jahren wieder auf, nachdem der US-Offizier, der sie gestohlen hatte, gestorben war und seine texanischen Verwandten versuchten, sie zu verkaufen.

Es war eine Zeit außerhalb normaler Maßstäbe, in der der verbrecherische Drang der Nazis, die Welt zu ›germanisieren‹, ganze Kulturen ausgelöscht hatte. Niemals war die Kunst in der Politik eine so mächtige Waffe gewesen. Es war eine Zeit des Zynismus und der Habgier und eherner Selbstgefälligkeit. Als Folge davon wurden unzählige Kunstwerke gestohlen oder gingen unwiederbringlich verloren, und auch heute noch befindet sich vieles in geheimen Privatsammlungen.

In dieser Atmosphäre war es denn auch kein Wunder, dass Sylvester Maas, der sich selbst für einen Ehrenmann hielt, eine von Himmlers Kisten öffnete und, als er ein Paneel des Bernsteinzimmers erblickte, schwach vor Gier wurde. Es war nicht nur die unvergleichliche Schönheit und das Geheimnis dieses einzigartigen Stückes, die ihn ergriffen, es waren auch die Zeiten.

Sofort begann er Pläne zu schmieden, wie er das behalten konnte, was Himmler geraubt hatte.

28

0.44 Uhr, Sonntag
George Washington Memorial Parkway, Washington, DC

»Wie viel davon können Sie beweisen?«, verlangte Julia zu wissen.

Sam war mit seinem Durango soeben von Washingtons schneller Umgehung auf den George Washington Memorial Parkway abgebogen. Der Wochenendverkehr nahm allmählich ab. Julias Gedanken waren, während sie in südlicher Richtung fuhren, vollständig von der Geschichte des Bernsteinzimmers in Anspruch genommen. Es schien, als habe es in der gesamten Weltgeschichte nie ein anderes Kunstwerk gegeben, das ihm an Umfang und Schönheit gleichkam. Sie konnte nachvollziehen, warum Sam so fasziniert davon war und von dem Wunsch getrieben wurde herauszufinden, ob es noch existierte.

»Wir haben eine Menge Informationen«, versicherte Sam ihr. »Wir wissen, dass nach dem Krieg der Kurator der Königsberger Burg – Doktor Alfred Rohde – und ein sowjetischer Professor – Professor Alexander Brusov – nur halb verbrannte Fragmente und große Kupferscharniere in dem Gewölbe fanden, in dem das Kabinett eingelagert worden war. Wir wissen, dass Himmler für seine langen Finger berüchtigt war, wenn es um große Kunst ging. Da das Zimmer um 1700 in Preußen entstanden war, passte es perfekt zu seiner Vorliebe für die früheren deutschen Kunstepochen. Wir wissen, dass die Schweizer Bankiers ein sich selbst bereichernder Haufen waren, die die Alliierten mit Bestechungsgeldern und unter Drohungen dahinbrachten, von der umfassenden Untersuchung Abstand zu nehmen, die während des Krieges ursprünglich geplant war.«

»Mir widerstrebt es noch immer, glauben zu müssen, dass die Schweizer Bankiers wirklich so übel waren. Sie standen doch im Ruf besonderer Integrität.«

Der Potomac River zu ihrer Linken war ein schwarzes, glänzendes Band, und dahinter breitete sich Washington DC wie ein Ozean schimmernder Lichter aus. Julia und Sam waren erschöpft, und auch wenn sie New York entkommen waren, fühlten sie sich doch noch immer nicht sicher. Während des Gesprächs hatten sie ständig ein Auge auf Fahrzeuge, die mit ihnen Schritt hielten oder zu dicht auffuhren.

»Nach den jüngsten Enthüllungen«, widersprach

Sam, »haben sie endgültig verspielt. Verdammt, es hat sich herausgestellt, dass die Schweiz wusste, dass die Nazi-Zentralbank pleite war und dass die gewaltigen Goldströme, die in die Schweizer Banken flossen, gestohlenes Gut waren. Es sieht so aus, als hätten die Banken sich auf den Standpunkt gestellt, die Nazis hätten das Recht gehabt, nach Belieben über die Vermögenswerte der eroberten Nationen zu verfügen. Selbst wenn man zu ihren Gunsten diese Argumentation als rechtlich korrekt annimmt, waren die Schweizer sich dennoch die ganze Zeit darüber im Klaren, dass ein Großteil des Vermögens Privatpersonen, insbesondere Juden, abgenommen worden war.«

Sie schwieg, musste das alles verarbeiten. Dann fragte sie: »Wenn Professor Brusov und Doktor Rohde die verkohlten Überreste und Scharniere in den Ruinen der Burg gefunden haben und die Sowjetunion erklärt hat, das Bernsteinzimmer sei ein Raub der Flammen geworden, dann können Sie auch nicht mit Sicherheit behaupten, dass es noch existiert.«

»Vielleicht nicht mit absoluter Sicherheit. Aber mit ziemlicher.« Sams Gesicht in dem dunklen Auto strahlte Überzeugungskraft aus. »Sehen Sie, Bernstein ist weder ein Halbedelstein noch ein Mineral. Es ist nur versteinertes Baumharz, was bedeutet, dass es vollständig organisch ist. Und das wiederum bedeutet, es ist nicht besonders hitzeresistent. Bei hundert Grad zersetzt Bernstein sich. Bei dreihundert zerfällt es tatsächlich, wird zähflüssig. Und bei der Temperatur einer Bombendetonation der damaligen Zeit – wir sprechen von annähernd tausend Grad – verpufft es schlicht zu nichts. Wird gasförmig.«

»Es löst sich in Luft auf.«

»Genau. Aber Glas tut das nicht. Glas schmilzt zu Klecksen zusammen und überdauert.«

»Aha!« Sie nickte. »Sie haben gesagt, in dem Zimmer hätten sich auch verspiegelte Pilaster befunden –«

»Sie sind auf der richtigen Spur.« Seine Stimme klang gepresst vor Anspannung. »Weder der Burgkurator noch der sowjetische Historiker haben Bernstein gefunden. Das wäre noch logisch, weil eine Brandbombe die Burg und das Kellergewölbe zerstört hat. Von dem Bernstein wäre nicht das Geringste mehr übrig geblieben, wenn die Kisten und Bernsteinpaneele verbrannt wären. Aber sie haben auch keine geschmolzenen Glastropfen gefunden. Niente. Null.«

Sie war beeindruckt von seiner Logik und Detailversessenheit. »Was bedeutet: da es keine Reste von Glas oder Spiegeln gab, gibt es auch keinen ernst zu nehmenden Beweis für die Vernichtung des Zimmers.«

»Genau.« Er nickte heftig. »Selbst wenn jemand den Schutt der Burg vor Eintreffen der Sowjets durchsucht hätte, warum hätte er sich die Mühe machen sollen, geschmolzene Glastropfen verschwinden zu lassen? Nein, es gab kein geschmolzenes Glas, weil das Bernsteinzimmer zum Zeitpunkt der Detonation gar nicht mehr da war. Irgendjemand hatte es beiseite geschafft, wie Gerüchte vor Ort es nahe legen.«

»Aber Sie sind der Meinung, Heinrich Himmler sei derjenige, der das Bernsteinzimmer tatsächlich geraubt hat.« Julia spürte seine Erregung, als wäre es ihre eigene.

»In Anbetracht der Zeiten war er wirklich der Einzige, der die Macht, die Mittel und ein Interesse daran hatte, es wegzuschaffen. Außer natürlich Hitler selbst, aber zu dem Zeitpunkt hatte Hitler den bei ihm ohnehin schwach ausgeprägten Bezug zur Realität längst verloren. Er schmiedete in diesem Bunker unter Berlin Pläne, wie er sich selbst und das Deutsche Reich retten könne.«

Julia dachte über seine Argumente nach. »Sie behaupten also, dieser Schweizer Bankier ... Sylvester Maas ... habe die Paneele und den übrigen Schatz an sich genommen. Wenn Ihnen das so viel bedeutet, warum fliegen Sie nicht einfach nach Zürich und befragen ihn oder seine Familie? Ich vermute, er dürfte jetzt ziemlich alt sein, könnte aber noch am Leben sein.«

Sams gut aussehendes Gesicht versteinerte zu grimmigen Flächen und Winkeln. »Daran habe ich vor zwölf Jahren auch gedacht, aber Maas wurde kaum einen Monat nach Kriegsende ermordet. Seine Frau starb Anfang der achtziger Jahre, bevor ich die Verbindung zwischen ihm und Himmler aufgedeckt hatte. Sehen Sie, Mitte der Achtziger wurde ich nach Berlin versetzt. Zu der Zeit habe ich den Hauptteil meiner Nachforschungen angestellt und meine Theorie über das, was ich den Zweiten Himmler-Schatz nenne, aufgestellt. Als ich nach Zürich kam, war Maas schon lange tot, und seine Bank stritt ab, irgendetwas über Heinrich Himmler zu wissen. Ich trieb allerdings einen pensionierten Gesellschafter auf, der zugab, Himmler sei Maas' dickster Kunde gewesen. Himmlers Rechnung war an einen gewissen Roger Bauer gerichtet. Himmlers Unterschrift befand sich auf der Überweisung, der Gesellschafter aber hatte sie immer für gefälscht gehalten.«

»Und Sie glauben, es war der Bankier, Maas, der sie gefälscht hat?«

»Das erscheint mir logisch.« Sam lenkte den Durango in Richtung Südwesten und bog auf den Shirley Memorial Highway ab, der nach Alexandria führte, wo er wohnte.

»Was ist mit Maas' Erben?«

»Er hatte drei Töchter, die im Laufe der Jahre aus unterschiedlichen Gründen gestorben sind. Einen Sohn hat es auch gegeben. Aber der ist verschwunden.« Sam zögerte. Er wusste, bei Julia befand er sich auf unsicherem

Terrain. Er wusste nicht, wie wichtig ihr ihre Familie war. Außerdem musste er noch herausfinden, was sie wusste. »Eine interessante Sache habe ich allerdings entdeckt ... Als die Züricher Polizei den Mord an Maas untersuchte, haben sie einen jungen Captain der US-Armee als Zeugen befragt. Sein Name lautete Daniel Austrian.«

»Das ist die Verbindung? Mein Großvater?«

»Der Nämliche.«

1.22 Uhr, Sonntag
ALEXANDRIA, Virginia

Sam wohnte in einem hohen Backsteinhaus in einer Seitenstraße der King Street, in der Nähe der historischen Altstadt von Alexandria. Wenige Häuserblocks von seiner Wohnung entfernt standen Gebäude aus dem 18. Jahrhundert, in denen viele der Gründerväter dieses Landes eingekauft, gegessen und gebetet hatten. Die lockere Atmosphäre und der Sinn für Geschichte, die in der Altstadt herrschten, hatten ihn angezogen. Doch während er auf sein Apartmenthaus zufuhr, fand er sich aufmerksam die mitternächtliche Straße mit ihren schlafenden Eichen und Platanen absuchen. Ihre mächtigen, kahlen Zweige knackten und schwankten in den heftigen Windböen.

»Was hat mein Großvater Austrian Ihnen erzählt?« Julias blaue Augen hatten sich in dem düsteren Inneren des Durango verengt.

»Er war zum damaligen Zeitpunkt amerikanischer Botschafter in den Niederlanden und gab vor, keine Zeit zu haben. Ich suchte ihn in der Botschaft auf. Bevor er mich hinauskomplimentierte, meinte er, in jenen Tagen hätten in Zürich viele Gerüchte kursiert. Außerdem hätte Maas einen schlechten Ruf gehabt. Ihr Großvater behauptete, das alles zu wissen, weil er gegen Kriegsende nahe der deutsch-schweizerischen Grenze stationiert gewesen sei. Wussten Sie das?«

»Ich erinnere mich vage.«

Sam nickte. »Er sagte, er kenne Maas nicht, und es wäre purer Zufall gewesen, dass er zur Zeit von Maas' Ermordung zum Urlaub in Zürich gewesen sei. Er sagte, es hätte sich halt zufällig so ergeben, dass er sich etwa eine Stunde, bevor der Bankier ermordet wurde, in derselben Bar aufgehalten hätte.«

»Vermutlich hatte er Recht mit dieser Behauptung. Wäre mehr daran gewesen, hätte die Polizei ihn doch wohl festgehalten.«

»Nicht unbedingt. Denken Sie an die Zeiten. Selbst in der Schweiz war Gewalt noch ein ziemliches Problem. Menschen in ganz Europa und der Sowjetunion hungerten, und viele hatten kein Dach über dem Kopf. Sie schlüpften über die Grenze in die Schweiz – das reichste Land weit und breit –, um dort zu überleben. Folgerichtig gab es eine Menge Gewalt, und die Polizei hatte alle Hände voll zu tun.«

Ihre Stimme wurde um zehn Grad kälter. Trotz aller Empörung verspürte sie einen Stich von Furcht. »Wenn Sie behaupten, dass mein Großvater diesen Roger Bauer gekannt hat –«

»Er behauptete das Gegenteil. Aber ich würde gerne herausfinden, ob er mehr wusste als das, was er mir oder der Schweizer Polizei gesagt hat.«

Julia fühlte, wie eine alte Sorge ihr das Herz schwer machte. »Mein Großvater war ein Philanthrop. Wussten Sie das? Er hat jede Menge wundervoller Institutionen unterstützt. Museen. Das Sinfonieorchester. Das Kennedy Center.«

»Woher hatte er sein Geld?«

Ihre Kehle war wie ausgedörrt. »Geerbt. Die Austrians sind eine Familie mit langer Tradition in New York. Er erhielt seine Ausbildung in Andover und Harvard, genau wie mein Vater. Nach dem Krieg begegnete er meinem anderen Großvater – Lyle Redmond. Großvater Austrian unterstützte ihre Partnerschaft finanziell. Sie haben Küste auf, Küste ab weite Landstriche erschlossen und Einkaufs- und Gewerbezentren gebaut.«

Sie näherten sich der Einfahrt, die auf die Rückseite seines Apartmenthauses führte. Sam bog in die Zufahrt ein. »Aber Daniel Austrian hat sich aus dem Geschäft zurückgezogen, während Ihr Redmond-Großvater weiter drin geblieben ist?«

»Ja, so war es. Großvater Austrian meinte, er habe genug Geld verdient, und es sei jetzt an der Zeit, Gutes damit zu tun.« Sie löste den Blick von den Gebäuden auf beiden Seiten der Einfahrt. »Sie wissen mehr über ihn, als Sie mir sagen.« Ihre Augen sprühten blaues Feuer, und dann fragte sie ihn erneut: »Was genau *tun* Sie in der Firma?«

Er ließ den Durango auf dem Parkplatz ausrollen. »Ich erkläre Ihnen alles. Hier wohne ich. Wir bestellen uns etwas zu essen, und dann erzähle ich Ihnen, was ich tue und was ich sonst noch weiß. Wann haben Sie das letzte Mal etwas gegessen?«

Überrascht von dem Gedanken, stellte sie fest, dass in ihrem Magen tatsächlich ein Gefühl schmerzhafter Leere herrschte. »Ich schätze, ein Sandwich zum Mittagessen.«

Er runzelte die Stirn. »Das ist über zwölf Stunden her! Sie brauchen was in den Magen.« Er schaute betont auf die Browning 9mm in ihrem Schoß. »Sind Sie bereit, sie mir zurückzugeben? Ohne sie fühle ich mich nackt.«

Sie hatte einen dieser Momente, in denen das Durcheinander des Lebens sich mit einem Mal zu etwas Sinnvollem zusammenfügt. Sie begann ihm zu vertrauen, und das nicht nur aus Notwendigkeit, sondern weil er sich wirklich für ihre Situation zu interessieren schien, für ihre Hände, ihre Erblindung, die Tatsache, ob sie etwas gegessen hatte. Aber sie hatte mittlerweile gelernt, dass man Vertrauen besser erst nach eingehender Überlegung schenkte, und einem Teil von ihr widerstrebte es vollkommen, ihm seine Kanone zurückzugeben.

»Vielleicht morgen«, antwortete sie.

»Wenn Sie sich dann sicherer fühlen ... in Ordnung.« Ihn schauderte plötzlich, und nicht wegen der Kälte. *Warte auf mich, Irini. Versuch es nicht allein durchzuziehen.* Warum hatte sie nicht auf ihn gehört? Irini.

Sie bemerkte, wie sein Gesicht ganz leer wurde, als sei er in eine andere Zeit, an einen anderen Ort gereist. Aber sie konnte nicht hinter die Maske auf seinem Gesicht dringen.

Er schüttelte den Kopf, schob die Vision beiseite. »Fertig?«

Sie verließen das Auto. Sie presste die Pistole an ihre Bluse und zitterte in der Kälte. Über ihren Köpfen wogten die Äste, geisterhafte Netze vor dem sternenübersäten schwarzen Himmel. Der Mond stand in einem 45-Grad-Winkel strahlend hell über dem Horizont und warf lange, dunkle Schatten über den vollen Parkplatz. Ein eisiger Wind trug ihnen den durchdringenden Geruch nasser Rinde zu.

»Es ist kalt hier draußen. Ziehen Sie das über, Julia.« Sam zog seine Jacke aus und legte sie ihr über die Schultern.

»Danke.« Sie zog sie enger um sich.

Sie eilten auf den Hintereingang des Gebäudes zu, Sam voraus. Julia bewegte sich vorsichtig, um nicht an die auf beiden Seiten eng parkenden Fahrzeuge zu stoßen, und während sie das tat, überfiel sie jäh das Gefühl, was es geheißen hatte, blind zu sein. Wie unmöglich diese einfache Verrichtung damals gewesen wäre – den Stoßstangen und Kotflügeln auszuweichen, die nur Zentimeter von ihren Hüften entfernt waren. Wie zeitaufreibend und vermutlich vergeblich es letzten Endes gewesen wäre, sich, selbst mit Hilfe ihrer Propriozeptoren und ihrer Ersatzsinne, den kürzesten Weg durch diese Wagen zu bahnen. Es gab eben ein paar Dinge, die Blinde ohne Unterstützung nicht tun konnten, und sich rasch und sicher zwischen geparkten Fahrzeugen hindurchzuschlängeln war eins davon.

Als sie sich dem Apartmenthaus näherten, spürte sie, wie die winterliche Luft nur noch matt gegen ihre Wangen blies. Der böige Wind hatte sich gelegt. Sie zog Sams Lederjacke dicht über die Pistole.

Sam schritt neben ihr her. Er hatte einen lockeren, schlaksigen Gang, der seine Präsenz ankündigte, gleichzeitig aber auch jederzeit bereit zu sein schien, Gefahr abzuwenden. Das gefiel ihr an ihm. Ohne ihre Sehkraft wäre ihr eine Menge von dem entgangen, was sie an ihm mochte.

Während sie noch darüber nachdachte, wie anders jetzt alles für sie geworden war, wurden ihre Blicke von dem Schatten angezogen, der sich um das Apartmenthaus zu einem undurchdringlichen schwarzen Kordon verdichtete.

Aus irgendeinem Grund erinnerten sie das Gebäude und der dunkle Parkplatz an die Seitengasse hinter Brice' Villa, wo Maya Stern sich im Schatten des Efeus, der die Gartenmauer überwucherte, versteckt hatte. Warum hatte sie Stern nicht früher erspürt? Möglicherweise hatte sie, wie sie es vor jedem Konzert tat, ihre geschärften Zusatzsinne bewusst ausgeschaltet. Schließlich hatte sie furchtbare Angst gehabt und war vollkommen auf ihre Flucht konzentriert gewesen.

Warum hatte sie ausgerechnet jetzt daran gedacht?

Abrupt konzentrierte sie sich auf ihren Gesichtssinn. Auf ihre Propriozeptoren. Auf Gerüche und Texturen und Geräusche –

Es war, als erweiterten sich ihre Blutgefäße, und ein geschärftes Bewusstsein durchströmte sie. Sie verspürte eine kleine Explosion von Freude und Selbstvertrauen und ... Informationen schossen ihr durch den Kopf, von denen allerdings keine bedeutsam zu sein schien, außer –

Auf ihren Wangen spürte sie einen kaum merklichen Wärmehauch. Wie ein Periskop versuchte ihr Gesicht, seine Quelle auszumachen. Sie befanden sich wenig mehr als drei Meter vom Eingang des Gebäudes entfernt. Menschen waren in der Lage, Temperaturschwankungen von nicht mehr als zwei Zehntel Grad wahrzunehmen, und ihr Ersatz-Gesichtssinn sprang normalerweise vor dieser Drei-Meter-Marge an, aber –

Ihre Propriozeptoren schrien förmlich auf –

Es war Körperwärme, zwei Leute, aber so dicht am Boden, dass sie –

Keine zwei Meter von dem Gebäude entfernt erstarrte sie und packte Keelines Arm. Verwirrt drehte er sich um.

Bevor er etwas sagen konnte, flüsterte sie ihm leise und um Ruhe bemüht zu: »Gibt es hier hinten Treppen zu einem Kellereingang?«

»Ja. Drüben links.«

»Dann wartet da jemand.«

Sam zögerte nicht. Mit einem Arm riss er sie zu Boden und warf sich über sie, als auch schon zwei schattenhafte Gestalten aus dem Souterrain des Gebäudes auftauchten und auf sie zustürzten.

29

»Keeline!« Julias Stimme unter ihm klang erstickt und wütend. Sein Herz schlug an ihrer Brust, und sie fühlte, wie sich eine Wärme in ihrem Körper ausbreitete, die nichts mit ihrer Entrüstung darüber zu tun hatte, so rüde umgerissen worden zu sein.

Er sagte nichts. Sein Gesicht verhärtete sich. Zwei Dinge geschahen gleichzeitig: Er riss ihr die Browning aus der Hand, und Kugeln schlugen neben ihnen ein, die Asphalt und Schmutz in harten, eisigen Stückchen umherspritzen ließen.

Eine Männerstimme befahl: »Keeline! Keine Bewegung. Wir –«

Behände rollte Sam sich von Julia hinunter, zielte und schoss. Einmal. Ein zweites Mal. Je einen Schuss für jeden Angreifer, weil er aller Voraussicht nach keine zweite Chance bekommen würde.

Die beiden Schatten erstarrten mitten in der Bewegung, als seien sie gegen eine unsichtbare Wand gelaufen. Wie in Zeitlupe wurden sie in die Höhe und nach hinten geschleudert, eine groteske Parodie von Schwimmern, die zu einem Rückwärtssalto ansetzten. Nur dass diese Saltos an Spannkraft verloren, bevor sie abgeschlossen werden konnten. Wie Schlenkerpuppen schlugen die beiden Schatten auf den Rasenstreifen hinter dem Gebäude auf.

Sam sprang auf, den Blick hart, die Atmung schnell und flach. Er spreizte die Beine, das eine Bein ein Stück vor dem anderen. Hielt die Browning mit ausgestreckten Armen vor sich, auf die beiden reglosen Gestalten auf dem Rasen gerichtet. Adrenalin durchpulste ihn. Seine Reflexe waren also noch vorhanden. Ihm war nach Jubeln zumute.

Julia verfolgte all das vom Boden aus, entsetzt und mit einem üblen Gefühl im Magen. Keeline war so angespannt, dass er zitterte. Seine vorgestreckte Pistole glich den Fängen eines vorzeitlichen Raubtiers. Er sah aus, als könne er im nächsten Moment den Kopf in den Nacken legen und seinen Triumph in die Nacht hinaus heulen. Eine Woge der Gewalt ging von ihm aus, und einen kurzen Augenblick verspürte sie Furcht.

Dann entspannte sich seine Schulter ein bisschen. Vorsichtig näherte er sich den am Boden liegenden Angreifern. Er glich einem Steppentier – verstohlen, selbstbewusst –, und Julia fragte sich, wie das derselbe Mensch sein konnte wie der freundliche Mann, der ihre Hände versorgt und verbunden hatte. Der ihr seine Jacke um die Schultern gelegt hatte, damit sie nicht so fror.

Während Sam sich, immer auf der Hut, den beiden niedergestürzten Angreifern und ihren Pistolen näherte, musste er daran denken, wie hoch er stets seine Fähigkeit zum blitzschnellen Handeln eingeschätzt hatte. Wie stolz er auf seine Karate- und Waffenkünste gewesen war. Aber all das war mit Irini und seinem fatalen Versäumnis, im entscheidenden Augenblick nicht bei ihr gewesen zu sein, gestorben. Als er auf der 70. Straße mit Maya Stern gekämpft hatte, war er noch langsam und zögerlich gewesen und hatte zugelassen, dass sie ihn mental und physisch ausgespielt hatte.

Jetzt jedoch war offensichtlich geworden, dass all seine alten Reflexe und sein ganzes Training wieder aktiviert waren, denn er wusste, wogegen er kämpfte – Maya Stern. Jeder dieser beiden Angreifer hätte Maya Stern sein können, und das bedeutete, dass Bruchteile von Sekunden darüber entschieden, wer am Leben bleiben und wer sterben würde. Und die letztere Möglichkeit hatte er weder für sich noch für Julia Austrian eingeplant.

Warum also hatten diese beiden sie verfehlt? Warum hatten sie gezögert?

Er kniete sich neben sie. Sie trugen dieselbe Kluft – hautenge schwarze Jeans, schwarze Rollkragenpullover und schwarze Jacken aus einem superleichten Hightech-Material zur erhöhten Geschwindigkeit und Unsichtbarkeit. Und wieder erkannte er den einen von ihnen – ein weiterer ehemaliger Killer der Firma. Er hatte ein breites Gesicht, eine lange slawische Nase und einen schwarzen Stoppelbart, der an den Wangenkanten nach oben in die schwarze, wie mit der Kreissäge geschnittene Frisur überging.

Die nächtliche Kälte drang durch Sams Hemd, als er sich neben die beiden Killer kniete, aber er schenkte dem keine Beachtung. Unter dem schwarzen Rollkragen des Mannes, den er kannte, klaffte eine hässliche Wunde. Eine kleine weiße Dampfwolke stand wie eine Erscheinung über dem heißen Blut. Auch dieser Mann war damals in Berlin gewesen und hatte gegen die Stasi gearbeitet. Aber jetzt entdeckte Sam nicht die geringste Lebensregung in seinem breiten Gesicht – nicht ein Muskel, der gezuckt hätte, nicht eine auch nur leise pochende Ader. Trotzdem wusste er, dass die Killer der Firma Experten darin waren, sich tot zu stellen.

Mit der einen Hand drückte Sam den Pistolenlauf in die Nasenlöcher des Mannes, mit der anderen tastete er nach seiner Halsschlagader.

»Lebt er noch?« Julia ragte über ihm auf. Der metallische Gestank frischen Bluts versetzte sie zurück nach London, in das Taxi, in dem ihre Mutter gelitten hatte und gestorben war. Das Herz schien ihr zu stocken, aber sie schob die furchtbaren Erinnerungen beiseite. Stattdessen musterte sie die beiden am Boden liegenden Männer und sah bestürzt hoch, als Licht hinter den Fenstern von Sams Apartmenthaus über ihnen anging.

»Gehen Sie zurück ins Auto!« Sam konnte keinen Puls ertasten. »Er ist tot.«

Er bewegte sich zu dem anderen Mann. Wie der Erste hatte er eine blutende, klaffende Wunde, diesmal über dem Herzen. Auch er hatte einen Stoppelbart, doch war seiner mit Grau durchsetzt. Seine dunklen Augen starrten mit leerem Blick in den Himmel. Über seiner linken Wange verlief eine lange Messernarbe.

»Was ist mit dem anderen?« Julia stand wieder über ihm, aber diesmal hatte sie die Pistole des ersten Killers unter Sams Jacke versteckt. Sie hatte auf der Erde gelegen, und sie hatte sie aufgehoben, als Keeline weggegangen war. Der Lauf war noch heiß von den abgefeuerten Kugeln.

Sam knurrte: »Er ist auch tot. Ich treffe noch genauso gut wie früher.« Seine Stimme hatte einen bitteren Unterton. Zehn Jahre lang hatte er versucht, Berlin, Irini und die Notwendigkeit von Feldoperationen zu vergessen. Er war des Todes überdrüssig, ihm war schlecht. Er wollte keine Tötungsmaschine sein. Er –

Julias Stimme klang anklagend. »Sie haben ihnen nicht die geringste Chance gelassen!«

Er sprang auf, als habe sie ihm einen elektrischen Schock versetzt. »Eine Chance? Welche Chance wollten sie mir denn geben? Sie umzubringen? Uns beide umzubringen?« Er packte sie am Arm und zog sie zum Durango auf dem Parkplatz zurück.

Sie versuchte sich seinem Griff zu entwinden. »Sie wollten mit uns reden. Ich habe einen von ihnen sagen hören, dass –«

»Reden? Hören Sie mir gut zu, Julia! Ich kennen einen von ihnen. Er ist – war – ein bezahlter Killer der Firma. Genau wie Maya Stern. Als die Firma ihr Assassinenprogramm offiziell beendete, haben viele von ihnen den

Dienst quittiert. Einige von ihnen haben sich zusammengeschlossen und ›die Hausmeister‹ genannt. Aber das ist kein Club zum gemütlichen Beisammensein. Sie sind allesamt Ausgestoßene und Soziopathen, und sie haben sich nur ›privatisiert‹, um weiterarbeiten zu können. Sie bieten ihre Dienste jedem an, der ihren Preis zahlen kann.«

Als sie sich dem Durango näherten, versuchte sie sich erneut loszureißen. »Aber ich habe gehört, wie einer von ihnen Ihren Namen gerufen hat.«

»Das habe ich auch, aber das war wahrscheinlich nur eine List, um mich verwundbar zu machen. Die Hausmeister töten so sicher, wie eine heiße Klinge durch Schnee schneidet. Alle Hausmeister sind Techniker – Mechaniker – im tödlichsten Sinn des Wortes, und solange noch ein Funke von Bewusstsein in ihnen schlägt, werden sie auf Händen, Füßen oder ihren Bäuchen kriechen, um zu töten und ihren Auftrag auszuführen. Darüber hinaus werden sie von einer Blutgier getrieben, die ich nie habe verstehen können, ganz gleich, was Sie jetzt denken mögen.«

Sie erreichten den Durango, und Sam lockerte seinen Griff. Ihr Arm tat weh, wo er sie festgehalten hatte, aber sie wollte ihm auf keinen Fall die Genugtuung geben zu sehen, dass sie sich die schmerzende Stelle rieb. »Wenn sie solche Profis sind, warum haben sie dann nicht sofort geschossen? Warum haben sie sich angreifbar gemacht, indem sie aus dem Schatten getreten sind? Für mich klingt das nicht so, als wenn sie uns hätten töten wollen!«

Seine Stimme klang gepresst. »Okay, wenn Sie mich schon anklagen, dann vergessen Sie bitte auch das nicht: Wenn sie Profis waren, warum haben ihre ersten Schüsse uns dann aus so kurzer Entfernung verfehlt, auch wenn sie rannten und wir am Boden lagen?«

»Das möchte ich auch wissen. Vielleicht haben Sie sie

grundlos getötet. Wie konnten Sie sie nur so einfach erschießen, ohne genau zu wissen, dass sie uns ermorden wollten?«

»Für Sie hat das also *einfach* ausgesehen?« Besorgnis erfüllte ihn, während er die Umgebung nach weiteren potenziellen Gefahren absuchte. Rasch schloss er die Tür des Durango auf.

Mit schlechtem Gewissen dachte Julia daran, wie erpicht sie in London darauf gewesen war, die Frau zu töten, die soeben ihrer Mutter das Leben genommen hatte. Sie hätte sie mit bloßen Händen erwürgen wollen. Bis sie keine Luft mehr bekam und lila im Gesicht wurde. Sie wollte ihre schroffe Anschuldigung zurücknehmen, aber Sam redete schon weiter.

Er riss die Beifahrertür auf. »Ich weiß auch nicht genau, warum sie danebengeschossen oder warum sie nicht aus dem Hinterhalt heraus zugeschlagen haben. Wo wir schon einmal dabei sind, ich weiß übrigens auch nicht, warum Maya Stern Sie nicht in der Seitenstraße erschossen hat, bevor ich eintraf. Als ich um die Ecke bog, hätte sie noch genügend Zeit gehabt, aber stattdessen hat sie nur Drohungen gegen Sie ausgestoßen und ist dann geflohen. Den Grund dafür kenne ich nicht, aber ich weiß eins: Was immer die Hausmeister tun, hat Sinn und Zweck. Also sagt mir die Logik, dass ihr Auftraggeber zumindest einen von uns lebendig haben will. Steigen Sie ein!«

Sie setzte sich in das Auto, die beruhigende Pistole unter dem Taillengummi von Sams Jacke verborgen. Er lief um den Wagen herum und stieg auf der Fahrerseite ein.

Als er die Tür schloss, sagte sie: »Wir hätten sie durchsuchen sollen. Uns ihre Führerscheine nehmen. Vielleicht hätten wir irgendeinen Anhaltspunkt gefunden, wer sie geschickt hat.«

»Das hätte überhaupt nichts genützt.« Er startete den Wagen. »Bei den Hausmeistern hat niemand einen realen Namen, eine reale Beschäftigung, ein reales Leben. Wenn sie Familien haben, so herrscht strikte Trennung zu ihrer Arbeit. Keinerlei Verbindung. Wenn sie Ausweise bei sich haben, so sind sie gefälscht. Wenn sie lange genug dabei sind, haben sie fast vergessen, wer sie ursprünglich waren. Jeder Einzelne von ihnen hat ungefähr hundert Menschen erfolgreich liquidiert.« Er atmete scharf aus. »Über eins müssen wir uns im Klaren sein: *Ich musste sie töten, solange ich die Gelegenheit dazu hatte.«*

Seine Worte hallten in ihrem Kopf nach. »Wollen Sie damit sagen, dass sie *beide* Hausmeister waren?«

In der Ferne schrillten Polizeisirenen, die sich rasch näherten. Sam legte den Gang ein und schoss davon. »Es muss so sein. Keiner von ihnen arbeitet mit jemand Organisationsfremdem zusammen.«

Unvermittelt ging direkt vor ihnen eine weitere Polizeisirene an. Ein zweiter Streifenwagen näherte sich. Dann ein Dritter. Sie kreisten sie ein.

»Halten Sie sich fest.«

Sam riss das Lenkrad herum und raste mit rutschenden Reifen aus dem Parkplatz heraus, die Straße entlang und in eine düstere Nebenstraße. Er lauschte, wendete dann und ließ den großen Wagen in die dunklen Nebenstraßen von Alexandria eintauchen, weg von den Polizeisirenen. Er warf einen flüchtigen Blick zu Julia hinüber, die völlig in sich versunken dasaß und versuchte, mit dem neuen Leben zurechtzukommen, das sich ihr so unvermittelt aufgedrängt hatte. Die zu begreifen versuchte, was passiert war und was noch passieren würde. Ihr reizendes Gesicht war verkniffen, und ihre ebenmäßigen weißen Zähne nagten an ihrer Unterlippe.

Insgeheim nickte er grimmig. Sie wusste nicht, wem sie

vertrauen konnte. Aber sie war stark, und wenn sie nicht den Kopf verlor, wenn sie nicht ihr Selbstvertrauen verlor, hatte sie vielleicht eine Chance.

Da kam ihm eine Idee. »Ich glaube, Sie haben Recht. Sie wollten mit uns reden. Uns fürs Erste zumindest nur gefangen nehmen und nicht töten. Für gewöhnlich würde keiner der Hausmeister einen solchen Job annehmen. Das bedeutet, man hat ihnen ein Vermögen dafür bezahlt, und sie müssen großen Respekt vor ihrem Auftraggeber haben. Ich denke, sie hatten vor, uns drinnen zu fassen, aber Sie haben sie zu früh entdeckt. Woher haben Sie gewusst, dass sie dort steckten? Ich habe verdammt gar nichts in diesem Schatten gesehen oder gehört.«

Erleichtert löste sie ihre Gedanken von all diesen Todesfällen. Sie erzählte ihm von ihrem Gesichtssinn und ihren Propriozeptoren. »Ich nenne es ›Anders-Sehen‹.«

»Das ist bemerkenswert!«

»Die Fähigkeit hat jeder, aber die meisten Menschen entwickeln sie nicht, weil die Augen ihnen mehr Informationen vermitteln als alle anderen Sinne zusammen.« In der Dunkelheit des geräumigen Wagens versuchte sie ihre Furcht zum Verstummen zu bringen. In diesem Moment hatte seine Gegenwart nichts Beruhigendes. Im Gegenteil, er wirkte auf sie wie eine Bedrohung. Insgeheim schüttelte sie den Kopf. Führte sich unerbittlich vor Augen, dass er ihr – vorausgesetzt, es stimmte, was er gesagt hatte – schon wieder das Leben gerettet hatte. »Wenn sie alle Hausmeister sind, muss ihr unbekannter Auftraggeber jemand mit den entsprechenden Beziehungen und dem dazugehörigen Geld sein, damit alles zusammenkommt«, überlegte sie laut. »Jemand so Mächtiges und Eingeweihtes, dass er – oder sie – auf eine der geheimsten Organisationen bezahlter Killer in der Welt zurückgreifen kann.«

»Denken Sie an jemand Bestimmtes?«

Das tat sie allerdings – die Redmonds –, aber sie wollte es einfach nicht glauben. Welches Motiv sollten sie denn haben?

Schnell wechselte sie das Thema. »Wohin fahren wir jetzt?«

Er lenkte den Durango auf eine Rampe, die auf den Shirley Memorial Highway in Richtung Norden führte. »Eigentlich hatte ich vor, Sie bei einem Freund von mir zu verstecken. Er ist nach Long Island gefahren, seine Schwester besuchen. Ich habe seine Wohnungsschlüssel. Aber wenn die Hausmeister mein Apartment ausfindig machen konnten, überwachen sie vermutlich auch meine Verwandten und Freunde.« Er sah sie mit ernster Miene an. »Und Ihre Freunde und Verwandten vermutlich auch. Das bedeutet, weder bei uns noch bei Ihnen ist es sicher für uns.«

Sie seufzte nervös, spürte den Druck der Pistole an ihrer Taille. »Sieht so aus, als hätten wir nur uns.«

Und dann sah sie ihn an. Und er sie.

Durch die Dunkelheit im Innern des Wagens schauten sie einander in die Augen. Es war ein unbewusster Moment, in dem beide ihre Schutzschilde heruntergefahren hatten, und eine Welle widerwilligen Einverständnisses ging zwischen ihnen einher. Ihr Herzschlag schien sich zu beschleunigen. Ihre Blicke verhakten sich ineinander, und plötzlich spürte sie, wie ihr die Röte des Verlangens ins Gesicht stieg.

Leise fragte er: »Haben Sie etwas dagegen?« Ihm wurde klar, dass *er* nichts dagegen hatte. Er mochte diese schöne Pianistin und ihr verwundetes Herz. Er bewunderte Menschen, die für das kämpften, woran sie glaubten, entgegen allen Widerständen und ohne rechten Grund für die Annahme, sie könnten gewinnen. Außerdem gab es da noch denjenigen Teil in ihm, der zugeben musste, dass er sie mehr als nur ein wenig begehrenswert fand.

»Nein. Ich schätze, ich habe nichts dagegen.«

Sie hatte eine merkwürdige Vorahnung in Bezug auf ihn – dass seine Komplexität ihr Probleme bereiten würde. Aber im Augenblick kümmerte sie das nicht. Im Augenblick war er der einzige Fels in einem schwarzen, aufgewühlten Meer der Gewalt, und er schien sowohl dieses Meer als auch Intelligenz zu verkörpern, todbringendes Können und Freundlichkeit. Am Ende fand sie diese seltsame Mischung nicht nur gefährlich, sondern auch interessant. Und wie dem auch sei, sie hatte sowieso niemand anderen.

Sie wiegte die gestohlene Pistole im Innern seiner Jacke. »Ich denke, wir könnten in einem Motel unterkriechen. Haben Sie Geld?« Der Gedanke, mit ihm in ein Motel zu gehen, ließ wieder dieses warme Gefühl in ihrem Bauch entstehen. Sie fühlte sich beinah nackt.

»Die Erbin ist mittellos? Nun gut, ich habe Geld, aber ich möchte nicht an der üblichen Route zwischen hier und New York absteigen. Der New Yorker Polizei oder den Leuten, die die Hausmeister angeheuert haben, bereitet es keine Schwierigkeiten, die Hotels und Motels überprüfen zu lassen.«

»Wohin können wir denn noch?«

»Ich hab' da so eine Idee. Erinnern Sie sich noch daran, wie ich Ihnen erzählt habe, dass mein russischer Großvater derjenige war, der mein Interesse für das Bernsteinzimmer geweckt hat? Meine Mutter hat sein altes Theater in Baltimore geerbt. Sie ist da aufgewachsen. Da werden wir hinfahren.«

2.45 Uhr, Sonntag
BALTIMORE, Maryland

Erschöpft fuhren Sam und Julia auf dem Highway 395 am Geschäftsviertel von Baltimore mit seinen dunklen Türmen aus Glas, Ziegeln und Beton vorbei, die verkündeten, wie erfolgreich der unternehmerische Puls der Stadt schlug. Über der gezackten Linie der Wolkenkratzer waren graue Wolken am sternklaren Nachthimmel aufgezogen. Julia hatte das Gefühl, dass ihnen die Zeit knapp wurde. Es machte sie nervös. Sie fragte sich, wo wohl Maya Stern steckte. Was sie gerade tat und was ihren Auftraggebern durch den Kopf ging.

Mit ruhiger Stimme erläuterte Sam: »Das ist Ostbaltimore. Diese Gebäude von der Jahrhundertwende waren einmal Gewerkschaftshäuser, Lager und Warenhäuser. Die Reihenhäuser, die Sie sehen, waren Ausbeuterbetriebe und Mietshäuser.«

Schäbige Gebäude und zerbrochene Straßenlaternen tauchten die Straße in ein dämmriges Licht. Graffiti besudelten die Mauern, der Abfall war vom Wind auf die Gullis geweht worden. Schnapsflaschen steckten in ihnen fest, die so aussahen, als lägen sie schon seit Jahren dort.

»Hier also hat Ihr Großvater gewohnt, als er aus der Sowjetunion eingewandert ist?«, fragte sie.

Sam bog von der Lombard Street ab. »Damals hieß es noch Russland, und er floh vor den Bolschewiken. Dies hier war das Russenviertel – Juden, Weißrussen und ein paar Italiener. Die meisten schufteten in der Textilindustrie.«

»Glauben Sie, hier sind wir in Sicherheit?« Die heruntergekommene Straße schien nur noch mehr Gewalt zu verheißen.

»Die Firma besitzt keinerlei Informationen über die Verbindung zwischen mir und diesem Ort. Niemand weiß davon. Seit meinen Collegezeiten, bevor mein Großvater starb, habe ich niemand mehr hierhin mitgebracht.«

Er hielt den Durango an und beugte sich über sie, um aus dem Fenster am Beifahrersitz ein dreistöckiges Gebäude im Neo-Rokokostil mit einer großen Markise anzusehen. Die Glasvitrinen, in denen einst Kinoplakate gehangen hatten, waren verbrettert, und das Kartenhäuschen hatte man mit Sperrholzplatten zugenagelt.

»Das ist es«, erklärte er.

Julia begutachtete das alte Lichtspielhaus. »Es muss mal eine richtige Sehenswürdigkeit gewesen sein.«

Er lächelte und nickte. »Hier wurden hauptsächlich Filme in russischer Sprache gezeigt. Mein Großvater hat es mit dem Erlös von zwei aus dem Land geschmuggelten Edelsteinen gebaut. Das war alles, was er vom Familienvermögen hatte retten können, aber er hat sich nie beklagt, und er hat nie zurückgeschaut. ›Amerika ist das Land der *unbegrenzten* Möglichkeiten‹, pflegte er zu sagen, und danach hat er auch gelebt.«

Als er sich über sie beugte, erfüllte sein würziger Duft ihren Kopf. Sein schlanker, muskulöser Körper befand sich ganz dicht über ihrem. Sie wurde sich bewusst, dass sie ihn anstarrte, die ausgeprägte Nase und die tief liegenden grauen Augen. Das hellblonde Haar, das zerzaust und sehr attraktiv war. Sie wandte ihren Blick ab und zwang sich, das Kino genau zu betrachten. In dem Moment entdeckte sie den Namen über der Markise – »Das Romanow-Theater«.

»Er war ein Romanow?«

»Ein Vetter des letzten Zaren. Seine Sommer hat er immer im Katharinenpalast vor den Toren von Sankt Petersburg verbracht. Damals hat er sich in das Bernsteinzimmer verliebt, und aus diesem Grund hat er auch alles an mich weitergegeben. Als er starb, hat er das Kino meiner Mutter vermacht. Aber sie und mein Vater hatten sich für den Ruhestand schon nach Sarasota zurückgezogen. Also ist Florida ihre ständige Adresse, und das bedeutet, dass es diejenige ist, die in den Akten der Firma über mich auftaucht.«

Er fuhr den Durango in die Seitenstraße. Mülleimer türmten sich neben der Einfahrt auf. Er hielt vor einer Doppelgarage an und sprang hinaus. Sam öffnete das Vorhängeschloss, zog mühelos die Holzflügel des Tors auf und fuhr den Wagen in die finstere Garagenhöhle. Drinnen stand ein Chevrolet aus den frühen 80er Jahren, der mit der Schnauze zur Straße geparkt war.

»Das ist das alte Auto meiner Eltern«, erklärte er ihr. »Solange es läuft, können sie hierher fliegen, ohne sich die Mühe machen zu müssen, einen Mietwagen zu nehmen. Sie sorgen dafür, dass der vordere Teil des Kinos bewohnbar bleibt, mit Wasseranschluss und Elektrizität. Das Apartment liegt oben.« Er lächelte leicht. »Für gewöhnlich ist die Kühltruhe immer voll.«

Als sie ausstiegen, ließ er das Licht des Durango brennen. Sie war müde bis auf die Knochen, und an dem angespannten Ausdruck auf seinem Gesicht konnte sie ablesen, dass es ihm nicht anders ging. Sein Schritt jedoch war schnell und energisch, als sie ihm durch die düstere Garage zu einem Durchgang folgte, der aussah, als führe er in das Kino. Er fand den Schalter neben der Tür, knipste ihn an, und mehrere Glühlampen mit niedrigen Wattzahlen im Bereich der Garage gingen an.

»Wir haben es geschafft.« Er sah auf sie hinunter und grinste mit einer Erleichterung, die sie anrührte. Dann schossen seine hellen Augenbrauen in die Höhe. Ihre Jacke war aufgesprungen, und in ihren verbundenen Händen entdeckte er – »Hölle und Verdammnis! Wo haben Sie die denn her?«

Trotz des dumpfen Schmerzes in ihren Händen hielt sie die Waffe fest umklammert. »Sie hat einem der Hausmeister gehört. Ich werde sie behalten. Sparen Sie sich die Mühe, es mir auszureden!«

»Sie sind verrückt, Julia! Sie haben nicht die mindeste Ahnung von Waffen. Sie erschießen sich noch selbst damit. Geben Sie her!«

Sie schüttelte den Kopf. Ihre blauen Augen sprühten Eis und Feuer. »Ich weiß zu schätzen, was Sie für mich getan haben, aber sie haben meine Mutter und Orion umgebracht, und sie versuchen, mich und wahrscheinlich auch Sie umzubringen. Ich will verdammt sein, wenn ich wie die Prinzessin aus dem Märchen herumsitze und darauf warte, dass mein Beschützer auftaucht. Ich will schießen lernen. Sie werden es mir beibringen. Und wenn Sie sich weigern, gehe ich nach draußen und klopfe so lange an irgendwelche Türen, bis ich jemanden finde.«

»Auch eine Möglichkeit, sich umzubringen! Wissen Sie, das hier ist ein ziemlich mieses Viertel von Baltimore.«

»Hier. Dort. Ist doch egal. Was immer notwendig ist, ich werde es tun.«

Er musterte sie. Runzelte die Stirn. Sie machte keine Witze. »Okay, behalten Sie sie. Aber jetzt habe ich Hunger. Können wir wenigstens etwas essen und uns ausruhen, bevor wir hinausgehen, um uns mit dem Feind zu schießen?«

»Das klingt vernünftig«, antwortete sie mit trotziger Miene.

Er zuckte mit den Achseln, und sie folgte ihm durch

den Durchgang in das alte Lichtspielhaus. Tief in ihrem Innern musste sie lächeln. Sie würde lernen, wie man mit einer Pistole umging. Sie würde die Mörderin ihrer Mutter zur Strecke bringen. Und sie würde herausfinden, wer tatsächlich hinter dem Mord an ihrer Mutter steckte. Sie hoffte, er würde bei ihr bleiben und ihr helfen, aber wenn er das nicht tat, würde sie dennoch tun, was nötig war. Mit ihrem wiedergewonnenen Augenlicht und einer Kanone war alles möglich.

Julia war sich Sams Präsenz nur allzu deutlich bewusst, seines großen, hageren Körpers, der gesammelten Kraft, die sein muskulöses Gesicht ausstrahlte, und der Männlichkeit seiner Bewegungen, als er das Licht anmachte und sie durch das prunkvolle Foyer des alten Kinos nach oben in das hübsche Apartment führte. Hier hatten seine Großeltern ihre Kinder großgezogen. Sie stellte fest, dass sie jede Bewegung von ihm mit den Augen verschlang, und versuchte herauszufinden, was ihn so attraktiv für sie machte.

Er ging mit ihr durch das Wohnzimmer und brachte sie in die Küche, wo er zwei tiefgefrorene Hühnchen-Fertiggerichte in die Mikrowelle stopfte.

Beim Essen fragte sie: »Sind alle im CIA so wie Sie und Vince?«

Seine Gabel war auf dem Weg in den Mund. Er runzelte die Stirn. »Jetzt haben Sie mich aber kalt erwischt. Was meinen Sie damit?«

»Sie verbreiten dieses Flair von zurückgehaltenen Geheimnissen. Dinge, die Sie wissen, aber nicht preisgeben dürfen oder wollen. Oder vielleicht doch.«

Er kicherte. »So wirke ich auf Sie? Ich habe nie darüber nachgedacht. Ich bin wahrscheinlich schon zu lange dabei, um darin etwas Ungewöhnliches zu sehen.«

»Sie sind ungewöhnlich. Glauben Sie's mir. Nun, auch in meinem Geschäft haben wir unsere irren Typen –«

»Sie meinen unter Konzertpianisten?«

Sie nickte. »Unter allen Ausübenden klassischer Musik. Nehmen Sie nur Juillard, wo ich studiert habe. Jeder dort hatte seine kleinen Ticks. Ich entsinne mich noch an ein Mädchen, das ihre Unterwäsche immer verkehrt herum trug, weil sie glaubte, das würde ihr bei Aufführungen Glück bringen. Einige der Jungen versuchten es mit Drogen, ließen es aber bald wieder bleiben. Sie meinten, man wäre so aufgedreht, dass man am Ende die Noten nicht mehr trifft. Ein anderes Mädchen hat in Juillard mit Auszeichnung bestanden, ihr Debüt im Kennedy gegeben – und ist am nächsten Tag heim nach Omaha gefahren, um ihrem Vater in seinem Schlachtereibetrieb zur Hand zu gehen. Sie sagte, sie könne keinen einzigen Tag mehr in diesem Sodom und Gomorrha verbringen.« Sie zuckte die Achseln und grinste. »Vielleicht hatte sie Recht. Sehen Sie nur, wohin es mich gebracht hat, dabei zu bleiben.«

Er beobachtete sie mit einem amüsierten Funkeln in den grauen Augen. »Wenn Sie mich für seltsam halten, bedenken Sie bitte, womit die meisten Außendienstagenten ihre Zeit verbringen – bei Cocktailpartys, in einsamen Parks und allerlei öffentlichen Toiletten, wo sie nur darauf warten, irgendwelche Informationen von irgendwelchen Informanten aufzupicken.«

»Öffentliche Toiletten? Sie scherzen!«

»Das ist mein voller Ernst. Und dieses Land vergeudet ein Vermögen damit, ihnen genau das beizubringen.«

Sie lachten und beendeten ihr spätes Abendessen. Er ließ sie auch jetzt nicht aus den Augen. Ihr wurde bewusst, dass auch sie ihn weiterhin beobachtete, als er ihr das Schlafzimmer zeigte, wo sie sich hinlegen konnte. Sie standen in der offenen Tür, und ihr Blick glitt über den nett eingerichteten Raum, über die Patchworkdecke auf dem Bett und die sonnengelb gestrichenen Wände.

»Danke«, sagte sie nur.

Sams Herz pochte in seinem Brustkorb. Er schaute in ihre blauen Augen und war sich so sicher, sie zu wollen, wie er es selten in seinem Leben gewesen war. Er wollte diese verführerischen Lippen verschlingen, sein Gesicht in ihrem goldbraunen Haar vergraben, ihren Körper von Kopf bis Fuß an seinem spüren. Er wollte schon die Hand nach ihr ausstrecken, fühlte aber sofort, dass sich etwas in ihm verkrampfte.

Mit einem Mal war er wieder auf dem Sprung, als habe sich eine alte Tür aus der Vergangenheit hinter ihm geschlossen. Seine Liebe zu Irini schien ihn zu überwältigen, unverzüglich gefolgt von Schuldgefühlen. Aber diesmal hatte er nicht nur deshalb Schuldgefühle, weil er sie nicht gerettet hatte, sondern weil seine Gefühle für Julia ihm wie Untreue an Irini erschienen.

Er wandte den Blick ab und sagte brüsk: »Keine Ursache. Gute Nacht.« Und ließ sie stehen.

Ihr Herz hämmerte, als er in dem Schlafzimmer nebenan verschwand. Widersprüchliche Empfindungen durchzuckten sie. Jeder so gut aussehende, attraktive Mann musste eine Freundin haben. Die Spur von einer dieser möglichen Frauen hatte sie an der Decke in dem Durango gefunden. Sie presste ihre verbundenen Hände gegen ihre brennenden Wangen. Er musste seine Freundin wirklich lieben.

Sie wollte Sam haben, und es war schon lange her, dass sie ein so tief gehendes Verlangen nach einem Mann verspürt hatte. Als sie den Raum betrat, traf sie die vernünftige Entscheidung, dass sie ihn sich aus dem Kopf schlagen musste. Er half ihr, mehr nicht. Sie musste alles nicht noch komplizierter machen, indem sie sich verliebte. Das war bei ihr ohnehin nie gut ausgegangen. Sie hatte nur ein Ziel – Maya Stern zu finden und zu stoppen. Mit zugeschnürter Kehle schloss sie die Tür hinter sich und zwang ihr pflichtvergessenes Herz, sich zu benehmen.

30

Tagebucheintrag

> *Ihr müsst das mit Sylvester Maas verstehen. Er war leitender Angestellter in einer Bank in der Bahnhofsstraße in Zürich. Die Niederlassung befindet sich noch an Ort und Stelle, ein imposantes Gebäude mit einer Marmorfassade. Er war nicht nur Bankier, sondern auch ein allseits geachteter Politiker. Er lebte nur für seine Arbeit.*
>
> *Er schlief in seinem einfachen Heim im nördlichen Teil der Stadt. Er aß zu Hause. Hatte seine Kleidung zu Hause. Und sprach zu Hause mit seiner Frau, seinen Töchtern und seinem Sohn. Aber manchmal ging er in eine Bar im Geschäftsviertel, in deren Nähe er sich eine Geliebte hielt. Er liebte sie, und sie hatten ein gemeinsames Kind, eine Tochter, die im Winter 1943 an Grippe starb. Danach war seine Geliebte nie mehr dieselbe wie früher.*
>
> *Sie fand einen neuen Mann, und Maas kehrte mit Tränen in den Augen in den Schoß seiner Familie zurück. Er war schwach geworden und hatte gesündigt. Er gab sich selbst die Schuld am Tode seines Kindes. Er bat seine Familie um Verzeihung, und sein Flehen war so aufrichtig, dass sie ihn am Ende wieder aufnahmen, weil sie nie aufgehört hatten, ihn zu lieben.*

7 Uhr, Sonntag
LONDON, England

Um exakt sieben Uhr an einem kalten, nebligen Sonntagmorgen stolzierte Chief Superintendent Geoffrey Staffeld in sein Arbeitszimmer und schmiss die *Sunday Times* auf den offenen Rollpult-Schreibtisch. Wie von dem Erpresser befohlen, hatte er sie sich in seinem Zeitschriftenladen besorgt. Jetzt nahm er hinter dem Schreibtisch Platz und zündete sich eine seiner Player Specials an. Er nahm einen tiefen Lungenzug und schlug die verdammte Zeitung auf. Ein Schlüssel fiel ihm in die Hand.

Bevor er ihn näher in Augenschein nehmen konnte, fiel ihm die Schlagzeile auf der Titelseite auf. Die kühnen Worte schienen ihm förmlich ins Auge zu springen:

Powers, Favorit der US-Präsidentschaftswahlen, gesetzwidriger Sexaffären verdächtigt

In den Vereinigten Staaten gilt als unumstößlicher Grundsatz, dass nur Politiker mit einer absolut sauberen Vergangenheit das Präsidentenamt anzustreben wagen. Die amerikanische Öffentlichkeit verlangt dies, und seit den Tagen von Gary Harts gescheitertem Wahlkampf hat die US-Presse Wachhund-Dienste abgestellt, um diese Sauberkeit zu gewährleisten.

Wenn unwiderlegbare Beweise für ein Verhalten vorliegen, das im sittenstrengen Amerika nicht nur als unmoralisch, sondern darüber hinaus als ungesetzlich gelten muss, was geschieht dann mit einem Kandidaten, der damit in Verbindung gebracht wird und doch in allen Umfragen so weit vorne liegt, dass sein Sieg sicher scheint?

Diese Zeitung hatte in Prag und Monaco Dokumente

entdeckt, die angeblich zeigten, dass Douglas Powers, führender US-Präsidentschaftskandidat, über die beiden letzten Jahrzehnte hinweg Reisen nach Europa unternommen hatte, um insgeheim ein sybaritisches Leben mit teuren Prostituierten, Ménages à trois und Orgien zu führen ...

Staffeld wurde es eng um die Brust, während er den Artikel las. Er studierte die reproduzierten Dokumente. Mehrere davon waren Polizeiberichte aus Monaco aus den Jahren 1977 bis 1980 und beschrieben einen Vorfall von Gruppensex, der außer Kontrolle geraten und an die Öffentlichkeit gedrungen war. Nackte Männer und Frauen hatten am Strand kopuliert. Kinder waren zwischen ihnen umhergelaufen, der Grund dafür, dass man die Polizei gerufen hatte. Denn selbst im freizügigen Monaco jener Tage war das keine Lappalie gewesen. Im Amerika von heute wäre die Beteiligung allerdings gleichbedeutend mit politischem Selbstmord.

Der zweite Kopiensatz stammte aus den Firmenbüchern eines Prager Geschäftsmanns, der in dem Artikel als ein sattsam bekannter Sexmogul mit Verbindungen zur russischen Mafia identifiziert wurde. Die Auszüge zeigten Douglas Powers Namen neben Terminen, Rechnungsbeträgen und den Mädchen, die er in den Jahren 1990 bis 1998 bezahlt hatte – manchmal eins, ein andermal zwei zusammen.

Staffeld bekam es mit der Angst zu tun, die auf der Stelle von Wut fortgespült wurde. Er sprang auf, stopfte den Schlüssel in seine Hosentasche und stapfte durch das Haus in die warme Landhausküche, in der seine Frau am Herd stand und Rühreier zubereitete. Es roch nach Weizentoast, brutzelnder Butter und gutem englischem Tee.

Calla brauchte nur einen Blick auf ihn zu werfen, und

schon fuhren ihre Augenbrauen in dem geröteten Gesicht nach oben.

»Ich weiß, dass Sonntag ist«, knurrte er. »Du wirst ohne mich in die Kirche gehen müssen.« Trotz seiner anderweitigen körperlichen Bedürfnisse war er ihrer nie überdrüssig geworden. Sie war die perfekte Ehefrau. Er war ein vierschrötiger Typ und sah recht gewöhnlich aus, verfügte über keine verwandtschaftlichen Beziehungen und hatte eine schroffe Art, die auf manch einen verletzend wirkte. Sie war schlank, mit weicher, schöner Haut und einer hoheitsvollen Kopfhaltung, die zu verstehen gab, dass sie den besseren Kreisen angehörte. Ihr Vater war anglikanischer Priester gewesen, und sie war in Gemeinden aufgewachsen, wo Aristokraten, Gebildete und Reiche täglichen Umgang mit der Pfarrersfamilie pflegten. Sie war diejenige, die Staffelds Aufstieg bei Scotland Yard gesellschaftlich geebnet hatte. Er hatte die Fälle gelöst, aber sie hatte dafür gesorgt, dass die richtigen Leute davon erfuhren.

Calla trug einen eng anliegenden Strickanzug und eine rüschenbesetzte Schürze. Sie schaute ihn verärgert an. Sie hatte diese plötzlichen sonntäglichen Ausflüge auf die Polizeistation schon zu oft erlebt, hasste sie aber immer noch.

Als wäre er eine Fliegenklatsche, schlug sie den Bratenwender auf den Herd. »Geoff!«

Geoffrey Staffeld schnappte sich seinen Mantel. »Tschüs, altes Mädchen. Bleib mir treu!« Und riss seine Wagentür auf.

23.47 Uhr, Samstag
SACRAMENTO, Kalifornien

In Sacramento war es fast Mitternacht, und der Präsidentschaftskandidat Creighton Redmond plauderte mit einem weiteren in der endlosen Reihe von Politikern und Lobbyisten. Er hatte sich vorgenommen, zur Abwechslung einmal früh zu Bett zu gehen. Der Wahlkampf näherte sich einer offenkundigen Niederlage, und er spielte die Rolle des fairen Verlierers, der es nicht mehr nötig hatte, noch einen Anruf zu tätigen, noch eine neue Taktik zu kreieren, noch ein neues Thema aufzuwerfen. Es war jetzt fast Sonntag, und die Wahl stieg am Dienstag – kaum mehr als zwei Tage bis dahin.

Er unterdrückte seine Erregung und das Gefühl von Hektik, das ihn beherrschte. Er schüttelte die Hand des Senators und übersah seinen forschenden Blick. Wie jedermann sonst dachte der Senator, er werde verlieren. »Es war mir immer ein Vergnügen, Sie zu treffen«, sagte Creighton mit seiner gewohnten Warmherzigkeit. »Ich erwarte Sie auf der Vorsiegesparty am Montag in Arbor Knoll. Der eine oder andere von der Presse wird auch da sein. Wollen sehen, dass wir einen guten Start für den Wahltag kriegen.«

Der Gesichtsausdruck des Senators wurde leer, aber Creighton las Wachsamkeit hinter der Maske. Wie so viele seiner so genannten Anhänger wollte der Senator Abstand zu einem präsumtiven Verlierer gewinnen. »Ich wäre wirklich gerne gekommen, Richter.« Er räusperte sich und wandte sich zum Gehen. »Ganz ehrlich. Aber ich fürchte, ich werde in Sacramento bleiben müssen. Wichtige Angelegenheiten vor Ort, Sie verstehen. Sie können auf meine Stimme zählen.«

Insgeheim grinste Creighton. Als der Senator und seine

beiden Adjutanten zum Aufzug enteilten, nickte er den Agenten vom Secret Service zu, die auf dem Plüschteppich in der Hotelhalle Wache standen. Respektvoll erwiderten sie sein Nicken. Mit einem erneuten Energieausbruch kehrte Creighton in seine Präsidentensuite zurück, schloss die Tür und ging zur Bar. Er goss sich ein weiteres Glas des 85er-Dom-Perignon ein. Nahm sich ein Crostino mit Steinpilzschnitzen vom Beistelltisch.

Dann schlenderte er zu den vom Fußboden bis zur Decke reichenden Fenstern, hinter denen die kalifornische Nacht lag. Er logierte im obersten Stock dieses Luxushotels und hatte einen herrlichen Panoramablick von hier oben. Im Zentrum erhob sich die golden angestrahlte Kuppel des Kapitols über der lichterfunkelnden Stadt. Er dachte an all die Städte, in die der Wahlkampf ihn geführt hatte. All die Städte und Farmen und entlegenen Dörfer auf dem Lande. In seiner Seele verspürte er einen so tiefen Hunger, dass es ihn fast erschrak. Alles hatte er für diese Städte und für Amerika geopfert – er hatte tapfer in Vietnam gekämpft, seine Karriere am Obersten Gerichtshof aufgegeben, und jetzt nahm er das hohe Risiko auf sich, seine Pläne mit Hilfe von Gewalt zwei weitere Tage lang zu schützen, damit er die Präsidentschaft gewann.

Von Kindesbeinen an hatte er damit gerechnet, einmal Präsident zu werden. Es war das einzige Ziel, das sein Vater gewollt, aber nie angestrebt hatte. Jetzt lag es so nah, dass er es wie einen Vogel dicht über seiner ausgestreckten Hand flattern fühlen konnte – schön, scheu und landebereit. Der Senator war ein Narr. Creighton würde seinen Verrat nicht vergessen.

Er lächelte, während er sein Crostino aß und seinen Champagner trank. Als sein Handy vibrierte, schluckte er den letzten Bissen herunter und zog es hervor.

Seine Stimme klang aufgeräumt. »Gibt's was Neues?«

»Ja, aber nichts Gutes.« Es war sein Sohn Vince.

Creighton zwang sich zur Ruhe. »In Ordnung. Erzähl!«

In Georgetown, Washington DC war es fast drei Uhr nachts, und Vince war müde und entmutigt. Er nahm tiefe Schlucke von seinem Whisky. »Die beiden Hausmeister, die wir vor Keelines Wohnung postiert hatten, sind tot. Erschossen. Eine Kugel für jeden. Ins Herz.«

Creighton stellte sein Champagnerglas ab. »Hat Sam Keeline sie getötet?«

»Es muss jemand mit ganz außerordentlichen Fähigkeiten gewesen sein, der die beiden gestoppt hat.«

Creighton erhob die Stimme. »Du hast mir doch gesagt, Keeline hätte für so etwas nicht mehr die Nerven.«

»Das haben die Persönlichkeitstests der Firma auch ergeben. Sie haben ihn dauernd im Visier gehabt, seit seine Ex-Stasi-Geliebte neunzehnneunzig umgekommen war. Ich weiß das, weil ich die Akte eingehend studiert habe. In den letzten vierundzwanzig Stunden muss irgendetwas passiert sein, das ihn total verändert hat.«

»Es muss Dads Päckchen gewesen sein. Es hat ihm neue Hoffnung gegeben, das Bernsteinzimmer zu finden.«

»Oder es ist Julia«, gab Vince zu bedenken. »Bitte vergiss nicht, er hat sich immer die Schuld am Tod seiner Freundin gegeben. Vielleicht wittert er jetzt seine Chance, etwas wiedergutzumachen.«

Creighton setzte nachdenklich hinzu: »Julia zu retten würde ihn also selbst retten.«

»So ungefähr.«

Creighton blickte nach draußen über die glitzernde Stadt. »Warum auch immer, er stellt jetzt eine Gefahr für uns dar. Stern hätte sie beide in dieser Seitengasse neben Brice' Villa töten sollen. Dann wären wir jetzt wesentlich besser dran.«

»Sie hat nur deine Befehle befolgt, Dad. Die beiden

Hausmeister hatten dieselben Befehle – Julia gefangen zu nehmen, sie irgendwo anders hinzubringen und es wie Selbstmord aussehen zu lassen. Das war womöglich ihr Todesurteil. Deinen Plan zu befolgen hat sie so gehemmt und langsam gemacht, dass sie selbst verwundbar wurden.«

Creighton seufzte. Vince hatte vermutlich Recht, aber jetzt ließ sich ohnehin nichts mehr ändern. Er wollte keine weiteren Mordopfer in der Familie. Julias Tod musste wie vereinbart über die Bühne gehen. »Aller Voraussicht nach werden sie jetzt nicht nach Oyster Bay kommen, weil sie wissen, wie gefährlich das für sie wäre. Zieh Maya Stern von da ab und ersetze sie durch einen anderen Hausmeister. Ich möchte Stern frei zum Handeln und in zentraler Position in New York haben, damit wir sie einsetzen können, sobald wir die beiden aufgespürt haben. Ich nehme an, du lässt Keelines Freunde und Verwandte überwachen.«

»Natürlich.«

»Was ist mit der Polizei?«

»Unsere Leute dort halten uns auf dem Laufenden. Die New Yorker Polizei fahndet immer noch im ganzen Staat nach Julia. Über Keeline wissen sie nicht Bescheid. Die beiden Hausmeister in Alexandria hatten ausgezeichnet gefälschte Pässe bei sich, die sie als litauische Extremisten auswiesen. Die Cops von Virginia haben keine Verdächtigen für diesen Mord, also ist es ein unabgeschlossener Fall. Und die Untersuchungen werden zu nichts führen, ihre wahre Identität ist zu gut getarnt.«

Creighton nickte. »Gut. Es wird nicht auf uns zurückfallen, hält aber den Druck auf Julia und Keeline aufrecht. Sonst noch was?«

»Noch mehr schlechte Nachrichten. Ich habe noch immer keine Kreditkartennummern vom lieben Onkel David, weil er nicht kooperieren will. Das ist der zweite Grund für meinen Anruf. Er hat mir gerade telefonisch eröffnet, er habe die ganze Nacht mit den ›ethischen Implikationen‹ gerungen. Und er ist zu dem Schluss gelangt, dass er sich, wenn er uns hilft, möglicherweise an einem Machtmissbrauch beteiligt.«

Heftige Wut durchzuckte Creighton. »Der Bastard! Er will doch nur herausfinden, wie dringend wir ihn brauchen, um dann seinen Preis hochzuschrauben!«

»Das war auch mein Gedanke. Ich hab' ihm gesagt, ich werde die Information weitergeben.«

Creighton fluchte erneut, musste aber gleichzeitig lächeln. Dieser Hundesohn von David war genauso schlecht wie er. Na ja, am Ende gab es noch immer Tokugawas Faust. »Ich kümmere mich um ihn. Du haust dich jetzt ein wenig aufs Ohr. Du wirst es brauchen, wenn unsere Staffeld-Bombe in ein paar Stunden bei den New Yorker Medien einschlägt.«

Vince im fernen Georgetown lächelte. »Es wird mir ein Vergnügen sein, Dad. Ich wünschte, ich könnte Powers' Gesicht sehen, wenn er es im Fernsehen sieht.«

Creighton kicherte. »Gute Nacht, mein Sohn.« Er brach die Verbindung ab, und sein Lächeln verbreiterte sich zu einem lauten Lachen, als er sein einsames Champagnerglas hob und sich selbst zuprostete.

3.05 Uhr, Sonntag
NEW YORK City

David Redmond stand vor der Fensterfront seines schnieken Penthouses hoch über der Wall Street und sah hinaus. Von hier aus regierte er ein Finanzimperium, das Europa, Asien, Südamerika und Afrika umschloss. Doch zu dieser Tageszeit schlief die Stadt unter ihm, und sein Blickwinkel hatte sich deutlich verengt. Er wartete darauf, dass das Telefon klingelte.

Als es so weit war, hob er sofort ab. »Creighton? Was hat dich so lange aufgehalten?« In Davids Stimme lag nicht der geringste Hauch von Müdigkeit.

Creighton kicherte. Offensichtlich hatte David auf seinen Anruf gewartet. Er und David verstanden einander. Sie hatten so viele Jahre in enger Gemeinschaft gelebt, dass bestimmte Persönlichkeitsbereiche von ihnen kaum noch zu unterscheiden waren. Geld – seine Anlagen, Investitionen, Kontrolle und sein Wert – vereinte sie wie ein unlöslicher Klebstoff. Sie hatten immer gewusst, dass sie Brüder nicht nur im Blut, sondern auch in der Fähigkeit waren, seinen Wert zu schätzen.

»Guten Morgen, David«, sagte Creighton am anderen Ende. »Es geht doch nichts darüber, deine fröhliche Stimme zu hören. Wenn ich es recht verstanden habe, wolltest du etwas von mir.«

David lachte. »Nein, Creighton. *Du* willst etwas von *mir*. Es hat mit dieser exklusiven finanziellen Information über einen gewissen Samuel Keeline zu tun. Ich will gar nicht wissen, warum. Meine Eier sagen mir, dass es eine schlechte Idee wäre, es wissen zu wollen. Aber trotzdem erwarte ich eine Gegenleistung und vollkommene Anonymität.«

Creighton schürzte die Lippen. David vermochte ihn noch immer zu überraschen. Er hatte damit gerechnet, ihm seinen Plan darlegen zu müssen, wie Brice es verlangt hatte. »Deine Identität ist sakrosankt. Darauf kannst du dich verlassen. Aber ich habe den Verdacht, dass du bereits einen Preis für deine Dienste festgesetzt hast?«

»In der Tat.« Die Stimme des Bankiers dröhnte vor Zufriedenheit. »Ich will, dass du mich in den Rat der Notenbank berufst.«

Creighton war wie vor den Kopf gestoßen. Die Notenbank war so etwas wie ein mächtiger vierter Pfeiler der US-Regierung – eine Gruppe unabhängiger nationaler Politikmacher, frei von den üblichen Einschränkungen durch Bankprüfungen und Bilanzen. Die zentrale Notenbank gab Geld heraus, legte den Zinssatz zwischen den Banken fest, handelte selbstständig, wenn die Inflation überhand zu nehmen drohte, und agierte als Bankier sowohl für die Bankengemeinschaft als auch für die Bundesregierung. Als er Brice das Handelsministerium gegeben hatte, war das in der Hoffnung geschehen, ungeschoren davonzukommen, da es einen Präzedenzfall gab: John F. Kennedy hatte seinen Bruder Robert zu seinem Justizminister ernannt. Und das mit Vince wäre eine interne Beförderung. Hinzu kam, dass sowohl Brice als auch Vince für ihre Aufgabe jeweils qualifiziert waren.

Wenn Creighton jedoch einem zweiten Bruder ein solch heikles Amt zuschob, konnte es in Presse und Öffentlichkeit womöglich zu heftigen Vorwürfen der Vetternwirtschaft kommen. Selbst während der so genannten Flitterwochen, die die meisten neu gewählten Präsidenten mit dem Kongress durchlebten, konnte das zu einem Aufruhr führen, groß genug, um seine Fähigkeit, Stimmen für seine Gesetzesvorlagen zu sammeln, entscheidend zu beeinträchtigen.

Mit aufrichtigem Bedauern versetzte Creighton: »David, ich sehe nicht, wie ich das tun könnte –«

»Ich weiß, ich weiß«, unterbrach ihn David. »Du machst dir Sorgen wegen des möglichen Vorwurfs der Vetternwirtschaft. Ich habe eine Lösung. Warte ein Jahr damit. Brice hat mir gesagt, du hättest ihm das Handelsministerium versprochen. Das gibt dir, Brice und Vince Zeit, euch zu bewähren. Wenn ihr drei so gut seid, wie ich denke, dürfte die Erhebung eines weiteren Redmond in Amt und Würden zu diesem Zeitpunkt kaum mehr als ein paar hoch gezogene Augenbrauen verursachen. Und wenn es dich nervös macht, denk nur an die Dulles-Brüder.« In den 50er Jahren hatte Allen Dulles den CIA geleitet, während John Foster Dulles auf dem heißen Stuhl des Außenministers gesessen hatte.

Creighton ließ vorsichtige Zustimmung anklingen. »Aber sie waren beide immens beliebt.«

»Das stimmt. Hätte es einen dritten und vierten Dulles gegeben, der sich um ein hochrangiges öffentliches Amt beworben hätte, wäre die Öffentlichkeit in Verzücken geraten.« Er verstummte, ließ Creighton Zeit, sich an seinen Kompromissvorschlag zu gewöhnen. Dann rückte er damit heraus, worauf er es tatsächlich abgesehen hatte: »Natürlich erwarte ich als Ausgleich für den Aufschub, dass du mich im kommenden Jahr zum Notenbankchef ernennst. Alan Greenspan war es lange genug. Zeit für frisches Blut und frische Ideen. Ohne allzu unbescheiden zu erscheinen, darf ich mich wohl rühmen, das alles zu bieten.«

Creighton Redmond seufzte. Er entfernte sich von den hohen Fenstern des Hotelzimmers in Sacramento und ließ sich auf ein Damastsofa fallen. Erst Brice im Handelsministerium und jetzt David als Notenbankchef. Er lächelte erneut. Wenn er die Ernennungen durchsetzen konnte, würde die Tatsache, sie offiziell an Bord zu haben, seine Arbeit maßgeblich erleichtern. Und wundern musste er sich über Davids Ehrgeiz nun wirklich nicht. Es gab jede Menge Präzedenzfälle, und überdies war auch David außerordentlich befähigt für die hohe Aufgabe.

Das dachte er, sagen aber hörte ihn David: »Bist du denn bereit, Global aufzugeben?«

»Drake macht gewaltige Fortschritte.« Drake war Davids ältester Sohn. »In einem Jahr ist er so weit, meine

Position zu übernehmen. Ich bin bereit, alles aufzugeben. Schließlich ist es nur ein Unternehmen, wenn auch ein zugegebenermaßen höchst einflussreiches.« Das war eine gelinde Untertreibung. »Aber bei der Notenbank wäre mein Betätigungsfeld unvergleichlich größer. Ich würde die Finanzpolitik der Wirtschaftsweltmacht lenken. Wir wissen beide, dass ich verdammt gut darin wäre, und es gibt keinen Grund, mich mit weniger zu bescheiden – vor allem, wenn man bedenkt, was ich dafür aufgebe.«

Creighton nickte. »Nun denn. Klingt sinnvoll, was du sagst.« Und, was noch wichtiger war, David wusste, wie er ihm die Bedingungen schmackhaft machen konnte.

»Dann haben wir uns also geeinigt«, schloss David befriedigt. »Ich telefoniere sofort nach unten, um zu sehen, was der Dienst habende Computerguru über Keeline auf Lager hat. Es kann ein paar Stunden dauern, weil einige unserer Datenbanken in den verschiedenen Gesellschaften nicht miteinander vernetzt sind. Dann rufe ich Vince an und gebe ihm die Information.«

Creighton begann sich endlich zu entspannen. Er räkelte sich auf dem Sofa. »Wie ist das Polizeiverhör heute Abend gelaufen?«

»Kein Problem. Ich habe unser Bedauern über Julias Tat ausgedrückt, dann habe ich Dorothy und die Kinder angerufen und ihnen mitgeteilt, was Julia offenbar getan hat. Ich habe eine Presseerklärung von uns allen herausgegeben. Trotzdem hat das Telefon bis zwei Uhr nachts ununterbrochen geklingelt; irgendwelche neugierigen Reporter waren dran. Was zur Hölle ist nur mit Julia los? Hat sie diesen Psychologen wirklich umgebracht?«

»Sieht so aus«, erklärte Creighton ihm vorsichtig. »Auf alle Fälle ist es nötig, dass wir uns so weit wie möglich von ihr distanzieren.«

»Es ist ganz hilfreich, dass sie nicht ›Redmond‹ heißt.«

Und dann hörte Creighton seine Frau aus der Schlafzimmertür im Hintergrund rufen: »Creighton, du Idiot! Bist du noch immer auf? Das war deine letzte Gelegenheit, mal wieder eine Nacht zu schlafen. Morgen früh um sechs haben wir das Frühstück mit der Partei!«

Er setzte sich auf dem Sofa auf und verabschiedete sich von David. »Wir haben eine Abmachung?«

Jeder von ihnen wusste, dass keine Notwendigkeit bestand, die Sache weiter zu erörtern. Nichts konnte die beiden von ihrer mündlichen Vereinbarung abbringen. Die Redmonds stritten gemeinsam.

»Eine Abmachung.«

Die Brüder hängten auf. Creighton schlenderte in sein Schlafzimmer, während sich auf der anderen Seite des schicken Wohnzimmers seine Frau in ihrs zurückzog.

7.57 Uhr, Sonntag
LONDON, England

Das neue Gebäude aus Backstein, das die Polizei von Belgravia beherbergte, hatte drei stuckverzierte Türme, die Chief Superintendent Geoffrey Staffeld über den feuchten, winterlichen Bäumen aufsteigen sah, als er sich ihm durch den Morgennebel näherte. Wütend und ängstlich fuhr er am Hofeingang und der Grenzmauer zur Buckingham Palace Road vorbei, um seinen Wagen dann in das unterirdische Parkhaus zu lenken.

Seine Wut entwich wie Luft aus einem Ballon und ließ nichts als kalte Entschlossenheit übrig. Von seinem Büro rief er seine Lieblingscomputerzauberin Victoria Allen im Kommunikationskomplex an. Er hatte es so eingerichtet, dass sie an diesem Morgen Dienst hatte.

»Möchten Sie den Anruf jetzt zurückverfolgen?«, wollte sie wissen.

»Ja, sofort. Sind Sie so weit?«

Als sie ihm grünes Licht gab, legte er auf, zählte bis zehn und wählte. Wenn irgendjemand den Telefonanschluss seines Erpressers ausfindig machen konnte, dann Allen. Sie hatte eine beinahe mystische Beziehung zu Computern und Telekommunikationseinrichtungen. Für ihn war das alles Unfug, aber die jüngere Generation war mit Gigabytes, Hardware und Computersprachen großgeworden ... Begriffe, die er oft nicht einmal in einem Lexikon nachschlagen konnte.

Mit ein bisschen Glück würde sie ihm eine Adresse verschaffen. Dann würde er seinen Erpresser ausfindig machen, dem Schwein die Eier abschneiden, sie ihm in sein verfluchtes Maul stopfen und ihm die Kehle von einem Ohr zum anderen aufschlitzen.

Es klingelte nur einmal. »Sie haben die Story gelesen?« Es war dieselbe Stimme – kultiviert, gebildet und stets auf der Hut.

Eisig erwiderte Staffeld: »Ich habe sie gelesen.«

»Selbstverständlich sind Sie ein intimer Kenner dieses schmutzigen Geschäfts –«

Staffeld spürte, wie seine Erregung wuchs. »Ich weiß nicht, wovon Sie sprechen.«

Die Stimme ließ ein leises Kichern hören. »Sie haben für heute Morgen eine Reservierung in der Concorde. Sie müssen sich beeilen, um sie zu bekommen. Außerdem haben Sie eine Hotelreservierung in New York City. Der Schlüssel, der sich in der Zeitung befand, passt zu einem Schließfach in Heathrow. Sie finden darin eine Aktentasche vor, in der sich Ihre Hotelbestätigung, zusätzliche Dokumente, die Sie brauchen werden, sowie die Namen freundlich gesonnener Journalisten befinden. Rufen Sie

sie vom Flugzeug aus an, und beraumen Sie eine Pressekonferenz ein. Die Einzelheiten sind erläutert. Es steht auch darin, was genau Sie den Journalisten zu sagen haben. Prägen Sie es sich im Flugzeug ein, dann vernichten Sie die Unterlagen. Danach ist es Ihnen überlassen, wie Sie mit der Presse umgehen. Wenn Sie hinreichend überzeugend sind, fahren Sie als reicher Mann nach Europa zurück.«

Staffeld stopfte sich eine Zigarette in den Mund und zündete sie an. Er musste den Bastard so lange wie möglich an der Strippe halten.

»Und falls ich das nicht tue?«, fragte er.

Die Stimme besaß den kalten Klang der Gleichgültigkeit: Es war unwichtig, ob Staffeld lebte oder starb. »Wenn Sie versuchen, mich zu ködern, Chief Superintendent, so wird das nicht funktionieren. Sie haben Ihre Anweisungen. Sie wissen, was es Sie kostet, wenn Sie versagen.« Und die Verbindung war unterbrochen.

Das Ende kam so unvermittelt, dass es Staffeld überraschte. Er sah auf seine Uhr. Gottverflucht!

Schweißperlen standen ihm auf der Stirn. Er rannte in den Kommunikationskomplex hinunter. Die neue Belgravia-Polizeistation war erst vor wenigen Jahren – 1993 – fertiggestellt worden, und jedermann war stolz auf ihre messerscharfe Computer-, Kommunikations- und Informationstechnologie.

Als er in Victoria Allens winziges Kämmerchen rauschte, sah sie von ihrem Computermonitor auf und nahm sich den Kopfhörer von den Ohren. Die Locken ihres aschbraunen Haars fielen in ihre ursprüngliche Position zurück. Sie hatte dunkelgrüne Augen und ein fröhliches Naturell.

Jetzt jedoch setzte sie eine frustrierte Grimasse auf. »Tut mir leid, Sir.«

»Nichts?« Er hatte damit gerechnet, dass sie ihm wenigstens irgendeinen Anhaltspunkt liefern würde. *Irgendeinen* Anhaltspunkt.

»Die elektronische Irreführung war einfach zu kompliziert und weitläufig. Er war nicht lange genug dran. Ich bin nicht einmal ansatzweise dazu gekommen, das Gespräch zu dechiffrieren.«

Staffeld scherte sich nicht um das Gespräch. »Was können Sie mir sagen?«

»Ich konnte keine genaue Adresse herausbekommen, aber der Ursprung des Anrufs scheint im Gebiet von Washington DC zu liegen. Hilft Ihnen das weiter?«

»Ich hoffe es.« Mit einem raschen Dankeswort machte er auf dem Absatz kehrt und stürmte hinaus. Er musste nach Hause, um zu packen, und dann zum Internationalen Flughafen von Heathrow.

31

9.46 Uhr, Sonntag
BALTIMORE, Maryland

Sam war schon vor zehn wieder auf den Beinen. Vor lauter Sorge hatte er unruhig und schlecht geschlafen. Wach zu sein war besser. Im Licht des Tages unternahm er den Versuch, irgendeinen Sinn in all die Ereignisse der vergangenen Tage zu bringen. Es handelte sich nicht nur um das Bernsteinzimmer; da war sehr viel mehr, was sich seiner Kenntnis im Augenblick noch entzog.

Er ging zu dem Durango in die Garage und holte seinen Koffer und das russische Buch über die Schätze, die einst in der Königsberger Burg eingelagert gewesen waren. Vom Flur aus lauschte er an Julias Schlafzimmertür. Nichts.

Lautlos öffnete er die Tür. Sie schlief in ihrem Bett, das Gesicht war rosig und lieblich, ihre leuchtenden Augen geschlossen und die sexy Lippen zu einem leichten Lächeln verzogen. Er unterdrückte die heiße Erregung, die ihn durchflutete. Darauf würde er sich nicht mehr einlassen. Nie wieder.

Er schüttelte den Kopf und tapste ins Wohnzimmer. Da sie sich noch nicht rührte, konnte er auch schon mal alleine weitermachen. Kein Grund, sie zu wecken. Das war der erste richtige Schlaf, den sie seit 48 Stunden bekam.

Noch einmal wählte er die Nummer von Pinks Schwester auf Long Island. Port Washington lag nicht weit von Oyster Bay entfernt.

»Was, schon wieder?«, grummelte Pink. »Wenigstens hat Stern dich noch nicht aus dem Weg geräumt.« Pink konnte hören, wie seine Schwester das Frühstück zubereitete, während die Mädchen im Hintergrund giggelten. Der verführerische Duft von Buchweizenpfannkuchen kitzelte ihm in der Nase.

»Pink, hör mir zu. Wirst du von irgendjemandem beschattet? Überwacht irgendjemand das Haus deiner Schwester?«

»Nicht dass ich wüsste. Warum?«

Gut, dachte Sam. Wenn die Hausmeister um das Grundstück schleichen würden, hätte Pink es gemerkt. »Ich weiß, dass du dich langweilst, also hab' ich mir gedacht, ein bisschen Außendienst würde dir gut tun. Kannst du nach Oyster Bay rüberfahren und etwas für mich nachsehen?« Er gab Pink den Namen des Begleitservice aus dem Dorf. »Ich möchte, dass du alles über eine Frau namens Norma Kinsley in Erfahrung bringst. Sie ist eine Gesellschafterin, die der Service gelegentlich vermittelt –«

»Ist das nicht die Augenzeugin, von der die Polizei

sprach?«, unterbrach ihn Pink. »Ich habe heute Morgen in der *Times* gelesen, was diese Julia Austrian, für die du dich mal interessiert hast, angestellt hat. Hat ihren Seelenklempner erschossen.«

Sam war völlig verblüfft. Aber dann wurde ihm klar, dass es ihn eigentlich nicht hätte überraschen sollen. Pink hatte gewusst, dass Sam Julia zu überprüfen begonnen hatte. »Sie war es nicht. Und ›Norma Kinsley‹ ist der Name, unter dem Maya Stern sich bei Julia eingeschlichen hat. Ich brauche jede Information, die du besorgen kannst.«

»Jetzt ist es also schon ›Julia‹? Sam, lass die Finger davon! Sie ist Vince Redmonds Cousi –«

»Ich weiß, wer sie ist, und ich weiß, wer Maya Stern ist. Außerdem hatte ich eine nette kleine Begegnung mit zwei Hausmeistern. Lässt das bei dir etwas klingeln?«

»Und ob! Das alles geht dich doch überhaupt nichts an. Diese Julia Austrian –«

»Kannst du mir die Informationen über Norma Kinsley besorgen, Pink? Ja oder nein?«

Er schwieg. »Die Leute, die mich deiner Meinung nach möglicherweise beschatten, sind das auch Hausmeister?«

»Vermutlich.«

»Und sie beschatten das Haus meiner Schwester? Sie und die Mädchen?«

»Pink, wenn du nicht willst –«

»Ich hoffe, das ist wirklich wichtig, Sam. Wie dem auch sei, heute ist Sonntag. Nur für den Fall, dass dir das entgangen sein sollte.«

»Seit wann hindert dich so ein unbedeutendes Problem daran, einen Job zu erledigen? Nebenbei bemerkt, die Reichen kennen keinen Sonntag, wenn sie etwas wollen. Die Agentur wird offen haben.«

Pink trat ans Fenster und schaute in dem Moment nach

draußen, als ein unverfänglich wirkender Ford Escort vom Bordstein losfuhr. Ihm wurde eng um die Brust. Er beobachtete den Escort, bis er außer Sicht verschwand. »Ich weiß nicht, Sam. Nach dem zu urteilen, was ich über Julia gelesen habe, könntest du tiefer in der Sache stecken, als dir lieb ist. Könnte es sein, dass du es mit dieser Bernsteinzimmergeschichte zu weit treibst?«

Sam runzelte die Stirn. Was war los mit Pink? Sam kam zu dem Ergebnis, dass es mit seinem ständigen Bestreben zu tun hatte, wieder in den Außendienst zurückzukehren. »Sieh mal, Pink, du schuldest mir noch 'was. Erinnerst du dich an Odessa?« In den Tagen, als der Eiserne Vorhang noch dicht zugezogen war, hatten die Kommunisten Pink in der ukrainischen Hafenstadt am Schwarzen Meer um ein Haar geschnappt. Sam jedoch hatte ihn herausgeholt und ihm so das Leben gerettet. »Du schuldest mir 'was Großes. Ich bitte dich um einen lausigen kleinen Gefallen, aber es muss sofort sein.«

Pink schloss die Augen. Er schuldete Sam etwas. Die Frage war nur, wie viel. Er zuckte die Achseln. »In Ordnung, Arschloch. Unter welcher Telefonnummer bist du zu erreichen? Falls ich mich entschließe, es zu tun, lasse ich es dich wissen, wenn ich was gefunden habe. Aber zuerst werden wir hier frühstücken.«

Sam lächelte. »Du bist ein echter Kumpel, Pink. Ich werde dich in meine Gebete einschließen.«

Julia wachte mit einem Ruck auf. Ihre Augen brannten wie Feuer. Furcht hämmerte auf sie ein. Warum brannten ihre Augen so? In ihrer schläfrigen Benommenheit meinte sie einen kurzen Augenblick lang, wieder erblindet zu sein.

Aber nein ... das Licht schimmerte hellrosa durch ihre geschlossenen Augenlider. Wenn das Licht sie störte, musste sie logischerweise auch sehen können. Sie versuchte die Lider zu heben, aber ein greller Sonnenstrahl schickte ihr einen stechenden Schmerz direkt ins Gehirn. Blinzelnd betrachtete sie das kleine Schlafzimmer; es war in helles Licht, das durch das Fenster fiel, getaucht. Die Lichtverhältnisse waren extrem. Die vorigen Male hatte sie ihre Sehkraft immer nachts wiedererlangt. Dies hier war das erste Mal, dass sie im Sonnenschein sehen konnte, und der Unterschied zwischen Kunst- und Tageslicht war atemberaubend. Und schmerzhaft.

Sie schützte ihre Augen mit den verbundenen Händen, und die kühle Dämmerung löschte das Feuer. Aber als sie mit den Handballen ihr Kinn berührte, durchzuckte sie dort ein stechender Schmerz. Auch die Handflächen schmerzten. Sie seufzte. Das geschundene Fleisch musste im Schlaf steif geworden sein.

Auf einmal erinnerte sie sich daran, wie die Mörderin ihr den Hieb gegen das Kinn versetzt hatte. Kurz bevor sie ihre Mutter erschossen hatte. War das erst Freitagnacht gewesen? Vor nicht mehr als zwei Tagen? Der Schmerz des furchtbaren Verlustes, vertraut mittlerweile, überflutete sie und schien ihr das Herz zerreißen zu wollen.

Julia biss sich auf die Lippe, um die Tränen zurückzudrängen. Sie nahm allen Mut zusammen und ließ die Hände von den Augen sinken. Das Licht schien wieder durch die Lider, die Augen aber taten so weniger weh. Sie musste sich daran gewöhnen. Jetzt musste sie sie nur noch öffnen und offen halten –

»Frühstück?« Das war Sams fröhliche Stimme.

Sofort schoss ihr die Erinnerung durch den Kopf: an seinen würzigen Duft, den Druck seines harten Körpers, als er sie in Alexandria auf den Boden gepresst hatte, und die elektrisierende Anziehungskraft, die er ausgestrahlt hatte, als er gestern Nacht im Türrahmen dieses Zimmers gestanden hatte.

»Essenszeit«, verkündete er. Es klopfte, und dann öffnete die Tür sich einen Spaltbreit. Er lugte um die Ecke. »Was? Noch nicht auf? Kommen Sie, Julia. Stehen Sie schon auf, damit wir den Tag planen können. Im Bad hängt ein Morgenmantel von mir.«

Sie starrte ihn an. Sein Gesicht war sauber rasiert, was sein quadratisches Kinn und die Klarheit seiner grauen Augen unterstrich. Sein strohblondes Haar war ordentlich zurückgekämmt, was seine hohe Stirn hervorhob. Sein Gesicht jedoch war ausdruckslos. Was immer in der letzten Nacht zwischen ihnen geschehen war, war vorbei, verkündete seine coole Miene. Es war fast, als sei ein Licht erloschen. Oder ein Ofen.

Ihre Enttäuschung hielt nur wenige Sekunden an. Nun gut, sagte sie sich. Sie konnte sich ohnehin keine Ablenkung erlauben. Sie hatte nur ein Ziel – Maya Stern.

Ihre Hände, ihr Kinn und ihre Augen fühlten sich besser an, als sie und Sam an einem Tisch mit glasierter Oberfläche in der Essecke des Theaterapartments ihr Frühstück einnahmen. Sie stellte fest, dass sie ständig auf der Hut war, mit geschärften Sinnen auf mögliche Gefahren achtete, obwohl alles in diesem stillen Apartment in Baltimore ruhig und sicher zu sein schien. Für sie jedoch waren Ruhe und Sicherheit nicht mehr die Realität.

Über ihnen hingen glasgerahmte amerikanische und russische Kinoplakate aus den 20er Jahren mit Joan Crawford, Rudolpho Valentino, Clara Bow und einem Heer von ihr unbekannten Schauspielern, die die russischsprachigen Filme illustrierten. Sam war einkaufen gegangen und hatte Milch, Bananen und frischen Orangensaft besorgt. Hafermehl simmerte auf dem Herd. Er hatte zwei Sonntagsausgaben der *New York Times* gekauft, bestand aber darauf, dass sie erst aufaß, bevor sie sie aufschlug.

Um ihm seinen Willen zu lassen, schnibbelte sie Bananenscheiben über ihre Schale mit heißem Porridge. Fast ehrfürchtig bestaunte sie ihre Fähigkeit, etwas identifizieren, schneiden und anrichten zu können, ohne jemand um Hilfe bitten oder fragen zu müssen. Ihre verbundenen Hände schienen gut und ohne sonderliche Schmerzen zu funktionieren. Sie schüttete sich selbst Saft ein und verschlang den guten Hafermehlbrei, während sie den Blick durch die altmodische Küche schweifen ließ. Gierig nahm sie die Farben in sich auf – das gelbe Linoleum, den weiß emaillierten Herd, die weiß-gelben Kacheln, die die Wand zur Hälfte bedeckten. Den grünen Küchenstuhl, die weißen Schränke. Die Farben waren schlicht, und ihre Namen klangen langweilig, wenn sie sie sich vorsagte; in Wirklichkeit jedoch war es ein Regenbogen von Farbschattierungen.

»Wussten Sie, dass das menschliche Auge zweihunderttausend Farbnuancen unterscheiden kann?«, fragte sie Sam.

Amüsiert schaute er von seinem Haferbrei hoch. Die Schultern locker gegen die hohe Rückenlehne seines Küchenstuhls gelehnt, wirkte er völlig entspannt. Die Furche zwischen seinen Augenbrauen war nicht mehr so steil. Jeder Zoll seines Körpers drückte aus, dass er es hier für absolut sicher für sie hielt. Doch das war eine Täuschung: In seinen Augen lag eine leidenschaftliche, wilde Wachsamkeit.

»Nein«, gestand er. »Das wusste ich nicht. Woher wissen Sie es?«

»Ich habe jede Menge absurder Informationsfetzen in meinem Gehirn gespeichert. Als ich blind wurde, erschien es mir wichtig, das, was mit mir geschah, intellektuell zu verarbeiten. Das, was ich verloren hatte.«

»Sie sind also Autodidaktin.«

»Was?«

»Autodidaktin. Sie haben sich alles selbst angeeignet. Eine gute Methode. Spart einem 'ne Menge langweiliger Lektionen.«

»Sind Sie eigentlich je ernst?«

»Nicht, wenn ich es vermeiden kann.« Er lächelte breit.

Sie erwiderte sein Lächeln. »Sie haben mir noch immer nicht erzählt, was Sie bei der Firma machen.«

Sam beschrieb seine Arbeit im Directorate of Intelligence detailliert, aber ohne eins der Staatsgeheimnisse zu enthüllen, die er in seinem ordentlichen Gehirn gespeichert hatte. »Es geht also hauptsächlich um Analysen. Aus denen ziehe ich Schlüsse, verfasse Berichte, mache Vorschläge und schieße sie nach oben.«

»Ins Weiße Haus?«

»Da enden sie manchmal«, gab er zu.

»Klingt ja interessant, all diese Berichte und Papiere«, sagte Julia ohne rechte Überzeugung. »Aber Sie benehmen sich nicht so, als wenn Sie Ihr Lebtag hinter einem Schreibtisch gesessen hätten. Wie lange sind Sie schon nicht mehr im ›Außendienst‹, wie Sie es nennen, und wie kommt es, dass Sie sich noch so gut an alles erinnern?«

»Ich war vier Jahre lang im Directorate of Operations«, fuhr er beiläufig fort. »Darum war ich auch in Westberlin stationiert und in Europa, sodass ich eigenständig Recherchen wegen des Bernsteinzimmers anstellen konnte.«

»Und wann sind Sie zur Aufklärung gewechselt?«

»Vor etwa neun Jahren. Direkt im Anschluss an Berlin.« Sechs Monate, nachdem Irini vergewaltigt und ermordet worden war und er genug Gewalt für sein ganzes Leben gesehen hatte. Das hatte er jedenfalls geglaubt.

Aber er würde ihr nichts über Irini erzählen. Das ging allein ihn etwas an.

Sie dachte über das nach, was er ihr mitgeteilt hatte. »Das hört sich für mich so an, als würden Sie wirklich nicht in den Außendienst gehören, ganz gleich, wie gut Sie waren. Diese ganze sorgfältige Recherche über Himmler und das Bernsteinzimmer und was Sie heute in der Aufklärung leisten ... Ich wette, Sie sind unter all diesem Machogehabe ein richtiger Gelehrter.«

Er lächelte. »Schuldig im Sinne der Anklage, Euer Ehren. Spezialgebiet Osteuropa und Russland.«

Sie nickte, auch wenn er alles ins Lustige zu ziehen versuchte. Etwas Ähnliches hatte sie die ganze Zeit über geahnt. Ein Wissenschaftler und Killer wider Willen. Was für eine Mischung! Ihr Bild von ihm begann sich zu runden. Kein Wunder, dass sie ihn kompliziert fand.

Er räumte das Geschirr ab. »Jetzt sehen Sie sich besser die schlechte Neuigkeit in der *Times* an.«

Die Neuigkeit war wirklich schlecht. Julias Kehle schnürte sich zusammen, als sie ihr Foto auf der Titelseite sah. Der dazugehörige Artikel lieferte die ›Fakten‹: Orion Grapolis, Dr. phil., ein renommierter Psychologe, war samstags gegen 20 Uhr in seinem Apartment auf New Yorks Upper Eastside erschossen worden. Die Tatverdächtige war eine neue Patientin – die ehemals blinde Konzertpianistin Julia Austrian. Die Polizei hatte eine Pistole neben dem Sessel gefunden, in dem sie gesessen hatte, und die Witwe hatte behauptet, sie habe gehört, wie Julia wütend gedroht habe, ihren Mann zu erschießen.

Der Verfasser des Artikels erging sich im Weiteren in Spekulationen darüber, wie Julias Status als Hauptverdächtige sich auf die bereits im Abwind befindliche Kandidatur ihres Onkels Creighton Redmond für die amerikanische Präsidentschaft auswirken mochte. Es folgten Auszüge einer Presseerklärung von Creighton, in denen er sagte, er und die Redmond-Familie liebten Julia Austrian, würden sie aber inständig beschwören, sich der Polizei zu stellen.

Julia verspürte eine Woge der Erleichterung, als sie das las. In diesem Augenblick wollte Creighton ihr als ein Anker im Sturm erscheinen. Sie sollte ihn anrufen. Er war heute auf einer Blitztour durch Kalifornien, aber über Arbor Knoll könnte sie ihn bestimmt erreichen.

Vielleicht konnte Creighton ihr wirklich, wie Brice gesagt hatte, aus dem Schlamassel –

Doch dann las sie weiter. Ihre Stimme bebte, als sie sagte: »Hören Sie sich das an:

Redmonds von seinem Pressebüro herausgegebene Erklärung lässt verlauten, die Familie mache sich größte Sorgen um Julia. ›Sie befindet sich nun schon seit Jahren in einem psychisch labilen Zustand‹, heißt es dort. ›Wir glauben, dass die tragische Ermordung ihrer Mutter Freitagnacht in London der Auslöser für ihre Verzweiflungstat gewesen sein muss. Das ist die einzige Erklärung, die uns plausibel erscheint, denn im Grunde ist sie ein guter und anständiger Mensch!‹

Sam runzelte die Stirn. »Was ist dran an diesem ›psychisch labilen Zustand‹?«

Der Schock, den Creightons unverblümte Lüge bei ihr bewirkte, raubte ihr den Atem. Sie war nie psychisch labil gewesen. Aufgebracht, ja. Verzweifelt, gewiss. Aber nie am Rande des Wahnsinns. Hastig überflog sie den nächsten Abschnitt. Grimmig informierte sie Sam: »Es kommt noch schlimmer:

Julias früherer Psychiater, Dr. med. Walter Dupuy, der psychiatrische Kliniken in New York und Paris leitet, hat sie nach ihrer ersten Erblindung drei Jahre lang behandelt.

Dupuys Erklärung bestätigt, dass die Diagnose auf Konversionshysterie lautet und dass Hysteriker häufig gefährlich werden.

In einem telefonischen Interview erläuterte Dupuy: ›Natürlich darf ich mich nicht darüber auslassen, was in unseren Sitzungen vorfiel. Sie standen und stehen unter absolutem ärztlichem Schweigegebot. Aber man darf sagen, dass Julia nun seit mindestens einem Jahrzehnt emotional unausgeglichen ist. Sie ist eine Hysterikerin.‹

Eine Hysterikerin.« Julia war wie vor den Kopf gestoßen. »Sie haben das Tabuwort benutzt, das die Familie seit Jahren wie ein heißes Eisen gescheut hat. Sie wissen verdammt genau, dass es *Konversionsstörung* heißt, Außenstehenden haben sie aber immer erzählt, meine Blindheit hätte körperliche Gründe. Sie wollten die Stigmatisierung verhindern ... die Vorurteile, die einen treffen, wenn es um mentale Krankheiten geht. Und just in diesem Augenblick – nur um sicherzustellen, dass es mich auch richtig trifft – nennt Dupuy mich *gefährlich*!« Die Entrüstung raubte ihr die Stimme, und eine brennende Röte stieg ihr in die Wangen. »Dieser Bastard von Dupuy!« knurrte sie. »Und Creighton auch! Warum? Es ergibt keinen Sinn!«

»Nehmen Sie es mir nicht übel«, meldete Sam sich leise zu Wort, »denn ich weiß, dass die Redmonds Ihnen wichtig sind. Aber ich habe soeben die Auszüge von sämtlichen Erklärungen Ihres Onkels gelesen. Lassen Sie es sich gesagt sein, Ihr Empfinden in Bezug auf die Familie beruht nicht auf Gegenseitigkeit. Die haben Sie der Meute vorgeworfen.«

Sie schloss die Augen. Riss sie wieder auf. »Jetzt hat die Polizei nicht nur die Waffe und die Gelegenheit, mich als Mörderin Orions anzuklagen. Jetzt haben sie das fehlende Glied, um eine Anklage hieb- und stichfest zu machen – ein *Motiv.* Und das Motiv ist, dass ich verrückt geworden bin. Der Mord an Orion soll mir in die Schuhe geschoben werden. Das kann kein Fehler oder böser Zufall mehr sein. Dahinter steckt Absicht!«

32

Völlig aufgewühlt las Julia alles, was in der Zeitung stand. Sam hatte Recht. Creighton, David und Brice hatten als Häupter ihres jeweiligen Familienzweigs eigene Erklärungen herausgegeben, deren Tenor derselbe war: Seit Jahren sei ihr Verhalten unberechenbar, irrational und emotional unausgeglichen, ja manchmal sogar aggressiv gewesen; die Familie habe ihren Zustand vor Freunden und der Öffentlichkeit geheim gehalten in der Hoffnung, sie werde sich wieder zu Dr. Dupuy in Behandlung begeben. Nun bereuten sie ihr Schweigen zutiefst. Sie beschworen sie inständig, sich der Polizei zu stellen, sodass nicht noch jemand zu Schaden käme.

Ihr stockte der Atem angesichts dieser unvorstellbaren Lügen und des Verrats, und doch –

Sam stand am Küchentisch und goss Kaffee ein. Er bekam den merkwürdigen Ausdruck in ihrem Gesicht mit – plötzliche Einsicht und blankes Entsetzen. »Was nun?«

Sie sagte, was sie dachte: »Warum liegt ihnen daran, dass es so aussieht, als hätte ich Orion getötet? Ich habe Brice doch unmissverständlich erklärt, dass es die Frau aus London war. Auch, dass sie diejenige war, die meine

Mutter umgebracht hat. Davon findet sich hier kein Wort!«

»Vielleicht glauben sie wirklich an das, was sie da gesagt haben.« Er brachte ihr einen Becher an den Tisch. »Dass Orions Tod und die Beschuldigungen gegen Sie in ein Muster passen, dass sie vielleicht schon seit Jahren in Ihnen gesehen haben. Sie kennen die alte Weisheit – Realität ist das, was man sehen will.« Er setzte sich ihr gegenüber hin, die Hände um den Kaffeebecher gelegt.

Doch das glaubte sie keineswegs, und nach Sams Gesichtsausdruck zu schließen, glaubte er es genauso wenig.

Sie sagte: »Zuerst nimmt mein Cousin Ihnen das Päckchen im CIA-Hauptquartier ab. Dann muss ich feststellen, dass mein eigener Psychiater – den Onkel Creighton mir besorgt hat – Lügen über mich verbreitet. Brice teilt der Polizei nicht mit, wer meine Mutter und Orion wirklich ermordet hat, und irgendwoher weiß Stern, dass sie vor seiner Villa auf mich warten muss. Überdies hat irgendjemand Mächtiger die Hausmeister gedungen und uns auf den Hals gehetzt. Wahrscheinlich steckt der auch hinter dem Tod meiner Mutter, da Stern ja ebenso zu den Hausmeistern gehört und das Päckchen meiner Mutter geraubt hat. Und jetzt haben all meine Onkel mich nicht nur im Stich gelassen, sondern stellen es auch noch so hin, als hätte ich Orion auf dem Gewissen!« Sie legte eine Pause ein und ließ das Ganze sich setzen wie einen Kältenebel in einer warmen Küche.

»Sie wollen also sagen, dass Sie glauben, Ihr Cousin und Ihre Onkel seien für all das verantwortlich.«

Ihre Stimme klang beherrscht. »Wo ich auch hingucke, finde ich jemanden aus meiner Familie, der in diese Sache verwickelt ist. Ich vermute, dass es einen Zusammenhang mit dem Bernsteinzimmer geben könnte, verstehe den

Grund aber noch immer nicht. Was verlangt einen solchen Einsatz, dass sie dafür meine Mutter töten und sich gegen mich wenden würden?«

»Vielleicht habe ich die Antwort«, erwiderte er zögernd.

»Schon in Ordnung. Heraus damit.«

Er faltete die *Times* wieder auseinander und zeigte auf die Titelseite. »Lesen Sie das.«

In einer Exklusivgeschichte enthüllt die Londoner *Sunday Times* heute Morgen, dass der führende Präsidentschaftskandidat Douglas Powers ein Doppelleben geführt hat, er bezahlte für Sex mit Callgirls in Monaco und Prag ...

Sie runzelte die Stirn. »Was hat das mit der Ermordung meiner Mutter zu tun?«

Wieder hatte er dieses charmante, entspannte Aussehen, die Muskeln gefährlich träge, aber seine grauen Augen hatten sich verfinstert. »Ich habe mit Vince gestritten, weil er mir manchmal nicht gründlich genug war.« Er trommelte mit dem Zeigefinger auf den Artikel. »Weil wir hierüber unterschiedlicher Meinung waren, hat er mir gedroht, mich aus der Analyseabteilung zu versetzen. Sehen Sie, ich bekam einen Haufen unausgegorener Daten aus Prag, darunter auch das Hauptbuch eines Burschen mit dem Codenamen Jirí. Es gab darin ein Foto von Powers, wie er mit einem Pornounternehmer und einer Edelnutte in eine Limousine steigt, während ein paar Kinder vom Bürgersteig aus zusehen. Ich hatte das Gefühl, das Foto könnte gefälscht sein. Ich wollte der Sache auf den Grund gehen, weil Powers der führende Kandidat ist, aber Vince befahl mir, es zu den Akten zu legen. Er fürchtete den Eindruck zu erwecken, die Firma mische sich in die Politik ein, weil sein Vater der Gegenkandidat ist, ganz gleich, was wir gefunden zu haben meinten.«

»Vince hat Ihnen also weitere Nachforschungen untersagt?«

»So ist es.«

In bedrücktem Schweigen sahen sie sich über den Tisch hinweg an.

Sie stieß leise den Atem aus. »Sie versuchen Douglas Powers' Ruf zu ruinieren, damit Creighton gewinnt.«

»So sehe ich es auch. Erinnert mich an Watergate. In den letzten beiden Jahrhunderten hatten wir massenweise Gesetzesverstöße und Wahlbetrug. Wenn ich richtig liege, wäre dies nicht das erste Mal, dass ein Politiker die Nation hinters Licht zu führen versucht. Aber es sieht so aus, als könne dies der größte und abscheulichste Wahlbetrug aller Zeiten sein.«

»Vielleicht sind die Beschuldigungen gegen Powers wahr, und Creighton und Vince wollen nur sicherstellen, dass sie auf möglichst glaubwürdige Weise an die Öffentlichkeit gelangen. Was ich nicht verzeihlicher fände, Gott behüte. Aber es wäre ein gutes Stück weniger verabscheuenswert.«

Sams Augen blitzten. »Aber ist es nicht interessant, dass Vince dafür gesorgt hat, dass ich den Prager Informationen nicht nachgehen konnte, und dass er zudem derjenige war, der mir das Päckchen stibitzt hat?«

»Womit wir wieder beim Bernsteinzimmer wären«, setzte Julia hinzu. »Wir scheinen es hier mit drei verschiedenen Aspekten zu tun zu haben. Nummer eins: die Päckchen, Nummer zwei: das Bernsteinzimmer, und Nummer drei: Creightons Wahl. Gibt es eine Verbindung zwischen den dreien? Falls Sie Recht haben und die Wahl den hohen Einsatz wert ist, der Creighton und meine anderen Onkel dazu treibt, mir das anzutun ... die Verbindung sehe ich noch immer nicht.«

»Es ist ein Mosaik, und all die verschiedenen Farben greifen auf irgendeine Weise ineinander ...«

Schweigend saßen sie da und versuchten, im Kopf die Teile des Puzzles zusammenzufügen.

Schließlich bemerkte Sam: »Ich wette, der DCI hat nicht den blassesten Schimmer, was hier vor sich geht. Falls er Bescheid wüsste, könnte nicht einmal der Name Redmond Vince retten.«

»Was ist der DCI?«

»Das bedeutet ›Director of Central Intelligence‹. Er ist der Leiter aller US-Geheimdienste. Vince' direkter Vorgesetzter. Vielleicht weiß er auch von dem Päckchen, aber sicher nicht von dem Prager Informanten.« Sam schüttelte den Kopf. »Wir könnten uns ein wenig Unterstützung verschaffen. Er ist derjenige, mit dem wir sprechen müssen. Er wohnt in Silver Spring. Das ist nicht weit von hier –«

»Sie gehen nirgendwohin.«

Verblüfft sah er sie an.

»Sie müssen mir noch immer zeigen, wie man eine Kanone benutzt«, sagte sie.

Sie duschte schnell und zog ihre Kleider vom Vortag wieder an. Die Wollhose und die Seidenbluse waren nicht zerrissen, und sie hatte sie oberflächlich mit einem Schwamm reinigen können, sodass sie nicht allzu schlimm aussahen. In Anbetracht der Stürze, die sie hingelegt hatte, grenzte das fast an ein Wunder. Kurzfristig wünschte sie sich Saks auf der Fifth Avenue vor sich und ein volles Portemonnaie. Julia schüttelte den Kopf und befestigte neues Verbandzeug auf ihren Händen. Sie heilten, ohne sich zu entzünden, und nun, nachdem sie sie bewegt hatte, schmerzten sie auch weniger. Ihrem Kinn ging es ebenfalls besser.

Als sie sich das Haar kämmte, versuchte sie sich zu entspannen, aber ihre Muskeln waren verkrampft. Das war der Augenblick, in dem sie eine schmerzhafte Stille in ihrem Innern ausmachte –

Ihre Musik war verstummt. Solange sie zurückdenken konnte, hatte Musik sie wie ein stetiger, wundervoller Fluss durchströmt. Stattdessen wurde sie jetzt von Worten bombardiert. Sie konnte ihnen auch nicht Einhalt gebieten, weil sie herausfinden musste, was hier wirklich vor sich ging. Da blieb kein Raum für Musik und das Leben, das sie einmal geführt hatte. Sehnsucht überkam sie. Wäre sie je wieder imstande, zu spielen? Sich der Erregung der Musik hinzugeben? Alles andere hatte sie verloren. Auf einmal wurde ihr klar, wie allein sie war.

Sam hielt sich in dem kleinen Wohnzimmer auf. Die überladene Einrichtung war gemütlich und liebevoll, mit geschwungenen Rückenlehnen und gedrechselten hölzernen Beinen. Regale mit Büchern in Russisch und Englisch säumten die eine Wand, viele in prächtigen Ledereinbänden mit Goldprägung. Mit seinen hübschen niedrigen Tischen und hohen Lampen war es ein Zimmer, in dem man offensichtlich gelebt und viel Spaß gehabt hatte. Obwohl Sam erzählt hatte, in dem Apartment sei seit Monaten niemand mehr gewesen, roch es nur ein ganz klein wenig muffig. In der Luft lag ein leises Duftecho von würzigem Pfeifentabak.

Sie brachte die Waffe ins Zimmer, die sie vor seinem Apartmenthaus in Alexandria aufgehoben hatte.

Er legte den Hörer auf. »Ich erwarte zwei Anrufe. Den einen aus Oyster Bay. Ein Freund von mir aus der Firma könnte anrufen, um uns wissen zu lassen, was er über

Maya Stern und ihren Begleitservice herausbekommen hat. Der andere kommt aus Prag. Ich habe einen Kollegen, der Professor an der dortigen Karls-Universität ist. Nebenbei arbeitet er für die Firma. Er wird die Quelle dieser Geschäftsbücher eruieren.«

Sie war beeindruckt. »Sie verschwenden wahrlich keine Zeit.«

»Nur keine Langeweile aufkommen lassen!«

Sie schnaubte. »Keine Angst. Wo können Sie mir das Schießen beibringen?«

Er jedoch musterte sie eingehend. Sein Blick war ihr unangenehm, weil er ihr bewusst machte, wie attraktiv sie ihn fand.

»Wir müssen Ihr Aussehen verändern«, entschied er. »Nachdem Ihr Foto in der Zeitung erschienen ist, wird es noch schwerer für uns, uns frei zu bewegen. Kommen Sie.« Er führte sie durch den Raum, in dem er geschlafen hatte. Dort standen ein französisches Bett mit einer weißen Spitzendecke und die üblichen Nachttischchen und der Schminktisch. An der Wand jedoch hing eine exquisite alte Ikone, offenbar russischen Ursprungs – eine Madonna mit Kind aus dem 15. oder 16. Jahrhundert.

Er kniete im Bad vor dem Schränkchen unter der Spüle und förderte eine Tube Schuhcreme zum Aufspritzen zutage. »Aha. Genau das, was wir brauchen. Verwandlungsmagie.«

Sie setzte sich auf die Bettkante. Er beugte sich über sie und arbeitete die Paste schnell in ihr Haar ein. Sie sah, wie seine Muskeln sich aufreizend unter seinem engen schwarzen T-Shirt spannten. Sie schloss die Augen. Nicht mehr von seiner Brust abgelenkt, roch sie seinen Atem – Pfefferminzzahnpasta.

»Crest«, erklärte sie.

»Häh?« Er konzentrierte sich.

»Sie haben sich heute Morgen die Zähne mit Crest geputzt.«

Er schwieg. »Sie haben Recht. Das haben Sie an mir gerochen, und dann haben Sie es identifiziert?«

»Natürlich.«

»Also ist Ihr Geruchsgedächtnis ebenfalls hoch entwickelt.« Er nahm seine Beschäftigung wieder auf. Seine Hände waren überraschend sanft, als er einige Strähnen ihres Haars weiß färbte und den Vorgang dann noch einmal wiederholte.

»Das sind alle meine Sinne. Hab' ich Ihnen doch gesagt. Anders-Sehen.«

Er trat einen Schritt zurück, und seine Körperwärme wich in Wellen zurück. Vorübergehend fühlte sie sich wie von Sinnen.

»Mir gefällt es«, entschied er. »Schauen Sie selbst. Ist ein alter Theatertrick.«

Sie trat vor den Badezimmerspiegel. Er hatte erstaunlich gute Arbeit geleistet. Sie war plötzlich um ein Jahrzehnt gealtert, und ihr ergrautes Haar ließ sie fast gouvernantenhaft wirken.

Er durchforstete ein Hängeschränkchen und übergab ihr ein kleines Täschchen. »Meine Mutter hat darin Haarklammern und ähnliches Zeug aufbewahrt. Können Sie sich das Haar nach hinten stecken?«

Wortlos kehrte sie vor den Spiegel zurück. Zuerst wollte sie einen französischen Knoten kreieren, wie ihre Mutter ihn getragen hatte. Schließlich wusste sie, wie man das hinbekam. Doch am Ende konnte sie sich nicht dazu durchringen. Stattdessen fand sie ein Haargummi, machte sich einen Pferdeschwanz, zwirbelte die Haare darum und befestigte den Kranz in einem strengen Knoten am Hinterkopf.

Er beobachtete sie. Sie spürte, wie eindringlich und forschend sein Blick war. Er reichte ihr eine Brille. »Versuchen Sie die mal. Die Gläser sind aus Fensterglas. Ich habe sie in einem Bühnenset im Zimmer meines Großvaters gefunden.«

Sie setzte die Brille auf und betrachtete sich im Spiegel. Sie nickte. Jetzt fühlte sie sich älter, klüger und wesentlich unauffälliger. Sie merkte, dass sie lächelte. Diese neue Julia mit ihrem grauen Haar, der dicken Brille mit einem Gestell aus Schildpatt und dem ernsten Gesicht umschwebte der Hauch eines pikanten Geheimnisses. Sie sah aus, als habe sie ihr ganzes Leben in einer Bibliothek verbracht. Einer Musikbibliothek, berichtigte sie sich und unterdrückte dann schnell das hochsteigende Gefühl schmerzlichen Verlusts.

Sie drehte sich zu ihm um. »Fühlt sich an wie ich, aber nicht ganz.«

»Sie werden jeden täuschen, der Sie nicht sehr genau kennt.«

Sie schaute noch einmal in den Spiegel. Diesmal überraschte sie sich beinahe selbst. »Ich erkenne mich ja selbst kaum wieder. Sie haben großartige Arbeit geleistet. Aber was ist mit Ihnen? Die Polizei mag ja nicht wissen, dass Sie bei mir sind, aber die Hausmeister wissen es.«

»Nur Geduld«, bat er. »Lassen Sie mich da ran.«

Sie verfolgte, wie er braune Schuhpaste benutzte, um sein Haar dunkler zu färben. In dicken Strähnen arbeitete er sie ein. Schon bald hatte sich sein Strohblond in Schokoladenbraun verwandelt. Er kämmte das Haar durch und fuhr sich vorsichtig mit den dünnsten Zinken des Kamms über die Augenbrauen. Jetzt waren sie auch braun. Er zog eine Brille aus seiner Tasche. Sie hatte ein Drahtgestell. »Meine eigene«, erläuterte er. »Ich soll sie eigentlich zum Lesen tragen.« Er setzte sie auf.

Er wandte ihr das Gesicht zu.

Sie wich einen Schritt zurück. »Erstaunlich. Sie sehen wirklich aus, als hätten Sie von Natur braunes Haar. Sagen Sie mir, solange Sie sich noch erinnern können: Haben Blonde wirklich mehr Spaß?«

»Hängt davon ab, mit wem sie zusammen sind.« Er verlieh seinen Worten einen zweideutigen Unterton. Und grinste. Er konnte es kaum fassen, dass er das getan hatte. »Sie glauben also, es funktioniert?«

Sie nickte. So, wie sein blondes Haar mit der dunklen Farbe schwerer geworden war, war scheinbar auch sein ganzer Körper schwerer geworden. Er sah nicht mehr so groß, so schlaksig aus, oder – »Sie sind irgendwie anders. Wie haben Sie das gemacht?«

»Alles Übung. Sie sind, was Sie sein wollen. Ich habe mir vorgenommen, *klein, fett und breit* zu sein. Ihr Körper folgt Ihrem Verstand, wenn Sie lange genug daran gearbeitet haben.«

»Ausbildung in der Firma.«

»Volltreffer. Sind Sie bereit, mit einer Kanone schießen zu lernen?«

»Meine Walther.« Sie hatte den Markennamen am Lauf gelesen. Die Vorfreude machte sie ganz aufgeregt. »Ich dachte schon, Sie würden nie fragen.«

Sie gingen zurück in die Küche, wo Sam in den Küchenschränken herumsuchte, bis er eine alte Taschenlampe fand. »Okay, gehen wir ins Theater runter.«

33

10 Uhr Greenwicher Zeit, Sonntag
Im Luftraum über dem Atlantik

In der Concorde bemerkte man das Durchbrechen der Schallmauer gar nicht. Erst als die Nachbrenner kurz nach dem Abheben eingeschaltet wurden, verspürte Chief Superintendent Geoffrey Staffeld ein leichtes Rucken, doch selbst sein frisch gepresster Orangensaft schwappte nicht über. Abgesehen von den Fahrzeugen der militärischen Luft- und Raumfahrt und den verschiedenen Raumfahrtprojekten stellte die Concorde die schnellste Reisemöglichkeit auf diesem Planeten dar, die in knapp 20 Kilometern Höhe mit einer Geschwindigkeit von 2200 Stundenkilometern flog, was doppelter Schallgeschwindigkeit entsprach. Unter anderen Umständen hätte Staffeld seinen ersten Überschallflug vermutlich sogar genossen. Aber nicht an diesem Morgen.

Starr saß er in seinem breiten, bequemen Sitz am Fenster, während seine Gedanken sich überschlugen. Die Papiere, die sein Peiniger in dem Schließfach in Heathrow deponiert hatte, lagen mit der Schrift nach unten auf seinem Schoß. Der Jet konnte 100 Fahrgäste befördern, war aber nur zur Hälfte ausgebucht, sodass Staffeld keinen direkten Nachbarn hatte. Die Flugbegleiterin jedoch ließ ihm eine übereifrige Betreuung angedeihen. Er wollte nicht das Risiko eingehen, dass sie einen Blick auf das prekäre Material erhaschte, das den führenden Präsidentschaftsbewerber Douglas Powers ... durch seine Hand ... vernichten konnte.

Staffeld war ein vorsichtiger Mann, und er hatte mehr Krisen gemeistert als ein Parlamentarier mit einem Wandschrank voller Geliebten. Er würde verdammt noch mal nicht zulassen, dass dieser samtpfotige Erpresser sein Leben ruinierte. So unterdrückte er die aufkeimende Wut und überlegte, was er wusste.

Der Erpresser wollte verhindern, dass Julia Austrian erfuhr, wer ihre Mutter ermordet hatte. Er musste weltweit ausgezeichnete Verbindungen zur Polizei- und Nachrichtendienstszene haben, sonst hätte er nie die so genannten Beweise zusammenstellen können, die heute in der Londoner *Sunday Times* veröffentlicht und dann rasch vom Fernsehen und in sämtlichen Sonntagszeitungen der Vereinigten Staaten aufgegriffen worden waren – und die restlichen Unterlagen, die jetzt in Staffelds Schoß ruhten.

Wer hatte das größte Interesse daran, den Präsidentschaftsbewerber Douglas Powers zu demontieren? Das lag auf der Hand: Creighton Redmond.

Wenn man all das mit dem Telefonanruf aus der Region von Washington DC in Verbindung setzte, ließ das auf einen Erpresser mit Wohnsitz oder Büro in DC schließen, höchstwahrscheinlich einen Redmond. Creighton Redmond hatte während seiner Zeit am Obersten Gerichtshof ein Haus dort gehört, aber Staffeld hatte gerade in DC angerufen und erfahren, dass er es verkauft hatte. Der einzige andere passende Redmond war Vince Redmond, DDI bei der Firma. Creighton Redmonds ältester Sohn ... und Staffeld war sich so sicher, wie er es nur sein konnte, dass dieser Mann der Erpresser war.

Seinen schriftlichen Anweisungen zufolge sollte Staffeld bald nach seiner Landung in New York eine Pressekonferenz abhalten, auf der er dann die in seinen Anweisungen festgelegten brandneuen Enthüllungen zum Besten geben sollte. Seine Scotland-Yard-Referenzen sowie der unerhörte Schritt, dass ein hochrangiger internationaler Polizeibeamter von sich aus an die amerikanische Öffentlichkeit trat und sich in die amerikanische Politik einmischte, wäre Dynamit für die Schlagzeilen von heute und würde einen verheerenden Wirbelsturm entfachen. Kein Kandidat, nicht einmal der beliebte Douglas Powers, konnte das überleben, was Staffeld enthüllen sollte. Ergo: Creighton Redmond wäre der nächste Präsident der Vereinigten Staaten.

Nur dass die abendliche Presseerklärung nicht das Ende wäre. Auf keinen Fall. Die Redmonds würden ihm nicht einfach das Geld in die Hand drücken, ihm auf die Schulter klopfen und Auf Wiedersehen wünschen. Er war viel zu gefährlich für sie. Sie würden wissen, dass er ahnte, wer die Drahtzieher waren. Und er hätte keinerlei Schutz von einem wütenden Whitehall zu erwarten, ganz zu schweigen von Downing Street Nummer 10, dem Parlament oder der US-Regierung. Sobald er seine Pressekonferenz ›als ganz privater Bürger‹ abgehalten und sich in die amerikanische Politik eingemischt hätte, würde daheim in Großbritannien die Hölle losbrechen. Das Außenministerium würde vor Wut platzen. Nein, er wäre ganz auf sich gestellt, und früher oder später würden die Bastarde ihn aus dem Weg schaffen.

11.45 Uhr, Sonntag
GEORGETOWN, Washington, DC

Die *Washington Post* in der Hand, stand Vince Redmond auf der Gartenveranda seines eleganten Hauses aus rötlich braunem Sandstein und nippte an seinem Johnnie Walker Blue Label. Er mochte die besten verschnittenen Whiskys, und Johnnie Walker Blue war nun schon seit langem sein Favorit. Noch mehr mochte er den Artikel auf der Titelseite der *Post*. Obwohl es eigentlich zu früh war, feierte er mit dem Drink seinen Sieg.

Hinter der Veranda amüsierten sich seine drei kleinen Kinder auf der Schaukel, die er sofort nach der Geburt des Ältesten hatte aufstellen lassen. Jetzt hatte er zwei Jungen und ein Mädchen, und seine Frau war schwanger mit ihrem vierten Kind – noch einem Jungen. Er lächelte, während er ihren schrillen Freudenschreien und ihrem Gelächter zuhörte. Höher und höher stiegen sie in den metallisch grauen Himmel, während er spürte, wie ihn ein Gefühl höchster Zufriedenheit durchströmte. Er hatte alles richtig gemacht. Sie waren mutig. Unerschrocken. Richtige Redmonds.

Er ging zurück ins Haus. Die Neuigkeiten in der *Post* hörten sich ausgezeichnet an und bereiteten die Bühne für die unerhörten Enthüllungen, die Chief Superintendent Staffeld im späteren Verlauf des Tages vorbringen würde. Beim Betreten seines Arbeitszimmers lächelte er vor sich hin. Der Raum war, ähnlich wie sein Zimmer in Langley, mit Fotos seiner Familie geschmückt, aufgenommen bei Zusammentreffen mit Vertretern der Macht und Staatsoberhäuptern. Sie erinnerten ihn an Einfluss und Beziehungen, an all das, was er anzustreben und zu nutzen gelernt hatte. Er setzte sich an seinen Schreibtisch, zündete sich eine Zigarette an, nahm einen tiefen Schluck und genoss den Luxus des morgendlichen Whiskys, der ihm den Magen wärmte.

Er war nach einer juristischen Ausbildung auf Wunsch seines Vaters »für die Familie« in die Firma eingetreten. Im Laufe der Jahre hatte er den Großteil der schmutzigen Arbeit seines Vaters verrichtet, erst im Directorate of Operations und nun in der Aufklärung. Er hatte Informationen weitergegeben, die entsprechenden Mittel zur Verfügung gestellt, ihm den Rücken gedeckt – und nun präsentierte er ihm die Präsidentschaft auf einem silbernen Tablett. Ohne ihn hätte sein Vater nicht die geringste

Chance. Kampf war die Grundlage jedes Erfolgs. Er war der härteste Kämpfer überhaupt – seines Vaters Sohn. Das war eine Stärke, mit der andere zu rechnen hatten, und sie hatte ihm rasche Erfolge verschafft.

Als das Telefon klingelte, nahm er eilig den Hörer ab. Vielleicht war es ja Creighton, der ihn zu der Geschichte beglückwünschen wollte, die sich jetzt in Windeseile über das Land verbreitete. »Ja?«

»Guten Tag, Sir. Hier ist Pink Pinkerton.« Die Stimme des Agenten klang misstrauisch. »Sie haben vorhin zwei Ihrer Leute losgeschickt, um mich beobachten zu lassen.« Sie hatten in dem Ford Escort gesessen, den Pink hatte wegfahren sehen, nachdem er mit Sam Keeline gesprochen hatte. »Ich wüsste gerne, warum Sie sie geschickt haben.«

Vince' Laune erreichte ungeahnte Höhen. Pink war Keelines bester Freund. Vince verlieh seiner Stimme einen besorgten Klang. »Wo steckt Keeline, Pink? Ich mache mir Sorgen um ihn. Er ist von der Bildfläche verschwunden, und ich fürchte, diesmal könnte er zu weit gegangen sein. Sie würden ihm und uns einen großen Gefallen tun, wenn Sie uns helfen, ihn zu finden.«

Pink räusperte sich. »Sagen Sie mir noch mal, wo das Problem liegt.« Er stand im Wohnzimmer seiner Schwester und spähte aus dem Fenster. Das Haus stand im Herzen einer ruhigen Wohngegend mit großen Bäumen und jeder Menge Kindern. Seine beiden Nichten waren draußen und vergnügten sich mit Seilspringen. Seine Schwester nahm ein Bad. Und sein Magen brannte wie Feuer. Das tat er immer, wenn er eine unmögliche Entscheidung treffen musste.

Vince hatte Pink zwei Hausmeister auf den Hals geschickt, hatte ihnen aber eingetrichtert zu sagen, sie kämen aus seiner Abteilung. Sie hatten alles erklärt, aber

Vince tat es nun noch einmal. »Es schmerzt mich, das sagen zu müssen, aber meine Cousine Julia ist endgültig psychotisch geworden. Sie ist durch Zufall über eine wichtige Undercover-Operation gestolpert, bei der es um eine Bedrohung meines Vaters aus dem Ausland geht. Sie ist nicht verantwortlich für ihre Handlungen, völlig unzurechnungsfähig, und sie braucht dringend ärztliche Hilfe. Wir wollen sie in Gewahrsam bringen, bevor sie irgendjemandem etwas antut oder unsere Tarnung auffliegen lässt. Und aus irgendeinem Grund – Sie wissen ja, wie Keeline ist – hat er sich entschlossen, ihr zu ›helfen‹. Aber er macht alles nur noch schlimmer. Er verzögert ihre Verhaftung, und er gräbt sich in der Firma sein eigenes Grab. Bis jetzt ist es mir gelungen, seinen Namen vor den Medien geheim zu halten, aber ich werde es nicht mehr lange können. Zu guter Letzt werden sie ihn ausschnüffeln, und dann holt auch die Firma sich ein blaues Auge. Wir können nicht noch mehr schlechte Publicity gebrauchen, nicht wahr, Pinkerton?«

Ein angespanntes Schweigen folgte. Vor sechs Monaten hatte Pink die Verantwortung für eine Geheimoperation in Brüssel getragen. Ziel war es gewesen, die Stärke der EU-Position in den Verhandlungen auf dem Telekommunikationssektor mit den Vereinigten Staaten in Erfahrung zu bringen. An irgendeinem Punkt der Operation hatte der sonst so regelkonforme Pink zum ersten Mal über die Stränge geschlagen: Er hatte eins der Zehn Gebote der Firma gebrochen, indem er darüber mit einer Frau gesprochen hatte – zwischen den Laken, während er im Dienst Sex mit ihr hatte. Schlimmer noch, die Frau war vom französischen Geheimdienst und extra auf ihn angesetzt gewesen. Sie hatte ihren Vorgesetzten von Pinks Auftrag berichtet, und sie hatten alles öffentlich gemacht. Die Firma hatte Pink unehrenhaft zurückberufen, und jetzt –

ein halbes Jahr später – war die Lage in Brüssel noch immer so schlecht, die Hetze der feindlich gesinnten Medien in Europa noch immer so vehement, dass die Firma ihre Operationen in Brüssel bis heute nicht wieder hatte aufnehmen können.

»Da haben Sie Recht, Sir«, räumte Pink mit einem sauren Aufstoßen ein.

Vince lächelte erneut. Das wurde ja immer besser. Er würde Pink einen zwingenden persönlichen Grund geben, um mit ihm zu kooperieren, einen, der den Stempel der Redmonds trug: »Mir sind Gerüchte über den Schlamassel zu Ohren gekommen, den Sie in Brüssel hatten, und dass das der Grund dafür ist, warum Sie noch keinen weiteren Auftrag erhalten haben.«

Die Wahrscheinlichkeit, dass Pink *je* wieder eine verantwortungsvolle Mission bekam, war verschwindend gering, und zweifellos wusste er das bereits. »Aber ich glaube, ich könnte Ihnen behilflich sein. Sie haben mir ja schon geholfen. Denken Sie nur an den Vorfall vor zwei Tagen, als Sie Keeline davon überzeugt haben, seine Arbeit wieder aufzunehmen. Ich schätze, dafür schulde ich Ihnen was. Sagen Sie mir, wo hätten Sie gern Ihren nächsten Auftrag?«

Er konnte Pinks aufgeregtes Atemholen fast hören. Ohne Zögern antwortete Pink: »Bosnien. Da drüben ist es immer noch heiß. Ich bin sicher, dass es da irgendeine Operation gibt, bei der ich mich nützlich machen kann.«

Vince nickte. Das ließ sich arrangieren. Die Firma war, im schönsten Sinne des Wortes, ein Ehemaligen-Club. Eine Hand wusch die andere, besonders auf der Direktorenebene.

Aber bevor Vince sein offizielles Einverständnis erklären konnte, fuhr Pink fort: »Diese ganze Angelegenheit mit Sam macht mir Sorgen. Zuerst fragt er mich nach einer ehemaligen Firmenangehörigen, die vor Jahren den Dienst quittiert hat, der Hausmeisterin Maya Stern. Scheint, als sei er ihr in die Quere gekommen –«

»Verdammt, genau das hatte ich befürchtet«, unterbrach Vince ihn schnell. »Er hat sich in eine heikle Operation eingemischt, ohne zu wissen, was da gespielt wird. Er bringt es noch dahin, dass alles auffliegt und er selbst ums Leben kommt!«

Vince schwebte auf Wolke sieben. Er würde Pinkerton ›umdrehen‹. Der perfekte Druck auf drei Ebenen: Da waren Pinkertons Loyalität gegenüber der Firma und seinem Land, sein sehnsüchtiger Wunsch, wieder in den Außendienst versetzt zu werden, und sein Engagement für seinen Freund und dessen Sicherheit.

»Er muss zurückgepfiffen werden, Pink, bevor er der Operation, meiner Cousine oder sich selbst schadet.«

Pink am anderen Ende der Leitung schwieg. Dann sagte er langsam und widerwillig: »Er hat mich angerufen. Ich habe eine Telefonnummer, über die Sie ihn ausfindig machen können.« Er zögerte. »Aber wie kann ich sicher sein, dass das hier zum Besten der Firma und von Sam ist?«

Vince staunte, dass Pink ihm so lange Widerstand bot. Dieser verfluchte Keeline weckte in den Leuten starke Loyalitätsgefühle. »In Ordnung. Kommen Sie hier rüber. Ich rede mit Ihrem Vorgesetzten wegen der Operationen in Bosnien. Wenn Sie hier sind, habe ich alles in die Wege geleitet und lasse es Sie wissen. Die Nummer aber muss ich jetzt sofort haben, bevor noch mehr Schaden angerichtet wird. Wir haben keine Zeit mehr, Sam zu helfen, bevor er wirklich über den Jordan geht.«

Diesmal dauerte das Schweigen noch länger als vorher. Pink seufzte: »In Ordnung, Sie schreiben's sich am besten auf.«

34

9.01 Uhr, Sonntag
SAN JOSÉ, Kalifornien

Die Menschenansammlungen wurden allmählich größer. Creighton spürte es, und die Presse spürte es auch. Während er unter dem sonnigen Himmel Kaliforniens auf der Rampe am hinteren Ende des Zuges stand, hielt er seine Kurzrede über Erziehung zum dritten Mal an diesem Tag. Seine Frau lächelte bewundernd zu ihm auf. Seine jüngsten Kinder und vier ihrer Cousins und Cousinen zappelten allerliebst herum. Es war eine große Chance auf ein tolles Foto, aber die Kameras waren nicht auf ihn und seine reizende Familie gerichtet. Stattdessen nahmen sie die Unterstützer auf, die sich versammelt hatten, um ihm zu applaudieren. Sein Wahlkampfteam hatte ihn vorgewarnt, Kalifornien werde für Powers stimmen, und die lausige Beteiligung auf seinen beiden ersten Stopps hatte diese Voraussagen nur bestätigt.

Aber seitdem hatte er noch zwei weitere Kurzstopps eingelegt, und bei jedem waren die Zuschauermengen gewachsen. Sie hatten im *San Francisco Chronicle* oder *Sacramento Bee* oder auf *CNN* oder der *Today Show* oder einer der Fernsehnachrichtensendungen von den Dokumenten gelesen oder gehört, die die über jeden Zweifel erhabene *Sunday Times* in London hinsichtlich Douglas Powers' abscheulicher Sexualpraktiken ans Licht gebracht hatte. Creightons nationale Umfragewerte waren schon einen ganzen Punkt, auf 41 Prozent, gestiegen, und sein Stab schwamm auf einer Woge der Begeisterung. Wenn die Enthüllungen sich rasch genug verbreiteten, konnte das das Wunder sein, auf das sie alle gehofft hatten.

Scharf gemacht von Creightons aufrüttelnder Ansprache in Arbor Knoll, hatten sich die Wahlhelfer in Aktivität gestürzt. Er hatte sie angewiesen, unverbindlich zu bleiben, Spekulationen jedoch nicht zu entmutigen. Bei jedem Zwischenstopp hatte er die Pressefragen mit genau dem richtigen Anschein von Betrübnis angesichts der Möglichkeit beantwortet, dass ein Mann so tief sinken könne, insbesondere einer von Powers' Ansehen und Rang. Aber mit staatsmännischer Gelassenheit hatte er die Nation ermahnt, keine vorschnellen Schlüsse zu ziehen. Schließlich könne sich alles immer noch als Irrtum herausstellen.

Creighton lächelte, während er zu der verzückt lauschenden Gruppe neben den Schienen sprach. Mitreißend entwarf er ein Bild von Amerikas Zukunft. »Wir dürfen niemals so hochmütig sein zu denken, dass wir dieses große Land einfach von unseren Vorfahren geerbt haben. Unsere Verantwortung – und unsere Freude – ist eine wesentlich größere Aufgabe. Wir haben dieses Land von unseren Kindern geborgt. Ihre Ausbildung muss in unseren Herzen und in unserem Verstand an allererster Stelle stehen ...«

Als er seine Rede beendet hatte, brach in der Menge tosender Applaus aus. Er gab Autogramme. Der Secret Service versuchte, seine Anhänger zurückzuhalten, aber er trat hinaus in das Meer elektrisierter Menschen. Sie rochen nach Sonnenmilch und Träumen. Ihre Energie durchströmte ihn wie ein bewusstseinveränderndes Aphrodisiakum. Grinsend hielt er einen Säugling in die Höhe. Umarmte eine Frau mit Krücken. Lachte, schüttelte Hände, fragte nach Namen und ließ sie so viele Fotos machen, wie sie wollten. Er war trunken von ihrer Erregung und ihrem Glauben an ihn. Das war es, was er gewollt hatte ... eine ganze Nation von Bewunderern, die ihm die Macht übergab und ihn wissen ließ, dass er lebte.

»Richter! Was halten Sie von den Anschuldigungen wegen Doug Powers' sexueller Vergangenheit?« Die Reporterin war eine stämmige Frau mit gewaltigem Busen.

»Von welcher Zeitung sind Sie, Ma'am?«, fragte er sie mit einem Lächeln.

»San José Mercury.«

»Eine gute Zeitung. Nun, sagen Sie Ihren Lesern, wir wollen uns nicht an einer Hetzjagd beteiligen. Doug Powers ist ein würdiger Gegner gewesen. Wir haben die Sachthemen kontrovers diskutiert. Wenn die Anschuldigungen auf Wahrheit beruhen, dann muss Amerika ihnen ins Auge blicken. Bis dahin lassen Sie uns Spekulationen vermeiden. Doug Powers könnte unschuldig sein.«

In der Menge kam es zu Unruhe.

»Aber was ist, wenn nicht?«, rief jemand. »Was, wenn es wahr ist, dass er in Orgien mit Kommunisten in Prag verwickelt war?«

Creighton fühlte sich stark in Versuchung geführt. Mit dem größten Vergnügen hätte er ihnen erzählt, Doug Powers sei ein Lüstling und Ehebrecher. Dass Powers der perverseste Schwanzträger in der ganzen amerikanischen Geschichte sei. Aber er wusste, dass ihm das nichts einbringen würde. Noch nicht. Er hoffte, all ihre Gedanken würden in den Gulli wandern und sich unaussprechliche Akte von abartigem Sex mit Powers in der Hauptrolle vorstellen. Aber er durfte nicht den Eindruck erwecken, es ihnen gleichzutun. Er musste über dem Ganzen stehen. Darauf achten, einen sauberen Wahlkampf zu führen. Die Art von präsidialem Beispiel setzen, das sie alle dazu bringen würde, von Creighton Redmond als *dem* Kandidaten zu sprechen, den man unbedingt ins Amt wählen müsse.

Als der Zug pfiff und ein Ruck durch die hohen Räder

lief, schritt der Secret Service schließlich ein. Entschlossene Hände teilten die Menge, und bevor Creighton wusste, wie ihm geschah, befand er sich auch schon wieder an Bord des Zuges. Moses auf seinem Weg zum nächsten Berg.

Sowie der Zug anrollte, begann seine Frau zu lachen. Die Kinder warfen sich kichernd auf ihre Plätze. Der Zugbegleiter kam mit Eistee, Mineralwasser und Korkenziehern herein. Während seine Frau einen tiefen Schluck von ihrem Wodka mit Orangensaft nahm, spürte Creighton das Telefon an seinem Herzen vibrieren.

Er entschuldigte sich. »Schon wieder ein Anruf«, teilte er ihnen mit. »Wahrscheinlich die Presse oder einer meiner so genannten Anhänger, der meint, jetzt sei es Zeit, wieder loyal zu sein.« Er begab sich ans Ende des Waggons, wo es still war und er zwischen den Wahlkampfauftritten ständig am Telefon gehangen hatte. Er hielt sich am Gepäckfach über seinem Kopf fest, als der Zug zu ruckeln begann. Er beantwortete den Anruf auf seinem speziell gesicherten Telefon.

Vince machte keine langen Umschweife. »Ich weiß, wo Keeline und Julia stecken.«

Creighton verspürte eine Welle der Erleichterung. Der Tag erwies sich langsam als so großartig, wie er es sich ausgemalt hatte. »Gute Arbeit. Hast du Maya Stern und ihre Leute schon losgeschickt?«

»Sie sind auf dem Weg.«

Nachdem er Stern den Auftrag erteilt hatte, Keeline auszuschalten und Julia einzukassieren, verbrachte Vince eine Stunde damit, hinter dem Haus mit seinen Kindern zu spielen. Das Herbstlaub war zusammengerecht worden, und die Grünanlagen stellten die braune, windgepeitschte Schönheit der ruhenden Erde zur Schau. Während er einen Football hin und her warf, musterte er die glühenden Gesichter seiner Kinder und lauschte ihrem lebhaften Geplapper. Er hatte seine Arrangements mit dem Director of Operations getroffen und war bereit, Pink alles zu geben, was er verlangt hatte. Es war eine gute Entscheidung, nicht nur, weil sie ihm Pinks Ergebenheit einbrachte, sondern auch, weil es ihn außer Landes schaffte, bevor er zu viel Neugier in Bezug auf Keelines Tod und Julias Verschwinden entwickeln konnte.

Kurz bevor Pinkerton eintreffen musste, kehrte er ins Haus zurück. Das Telefon klingelte, und das Mädchen ging sofort dran.

»Sir, es ist für Sie.«

Er nahm es mit ins Wohnzimmer, da er es für einen privaten Anruf hielt. »Ja?«

»Sie verdammter Bastard!« Es war Chief Superintendent Geoffrey Staffelds Stimme. »Ich bin Ihnen auf die Schliche gekommen! Ich bin in New York, aber nicht mehr in dem Hotel, das Sie für mich gebucht haben. Haben Sie gedacht, ich wäre so blöd, mein Zimmer nicht nach Wanzen abzusuchen? Ich rufe überhaupt keine Reporter an, bevor ich nicht das Geld habe. Das ganze Geld!«

Vince runzelte die Stirn. Seine erste Reaktion war zu leugnen, dass er die Stimme überhaupt kannte, aber das wäre lächerlich gewesen. Er brauchte Staffeld für diesen Job, und im Augenblick bedeutete das, das Risiko auf sich zu nehmen, dass Staffeld ihn identifiziert hatte. Außerdem würde der Chief Superintendent ja ohnehin nicht davonkommen. Mit der eisernen Selbstbeherrschung, die er im Laufe der Jahre entwickelt hatte, antwortete er ruhig: »Sehr schlau von Ihnen. Ich werde uns beiden die müßige Frage ersparen, wie Sie mich ausfindig gemacht haben. Aber bevor wir weiterreden, lassen Sie mich Sie zurückrufen, damit wir uns auf einer sicheren Verbindung unterhalten können.«

»Falsch gedacht, mein Lieber. Geben Sie mir die Nummer. *Ich* rufe *Sie* an.«

Gereizt gab Vince ihm die Telefonnummer der sicheren Verbindung, die nur zu einem einzigen Telefon im Haus, demjenigen in seinem Büro führte. Sie legten auf, und bevor Vince seinen Drink durchs Wohnzimmer und in die Eingangshalle hinunterbringen konnte, läutete das Telefon im Büro.

Vince riss es von der Gabel. »Was wollen Sie?«

Der Chief Superintendent ließ ein kühles Kichern hören. »Jetzt, wo ich Ihren Papieren und Anweisungen entnommen habe, worum es geht, liegt es auf der Hand, dass Sie mich ebenso sehr brauchen, damit ich den Mund aufmache, wie ich Sie brauche, damit Sie ihn halten. Aber wer weiß ... das gute alte Großbritannien ist heutzutage ziemlich abgestumpft und tolerant, sodass ich wahrscheinlich sogar meine Pension behalte, nachdem ich den Dienst quittiert habe. Unter Umständen kann ich mich sogar irgendwie aus dem Schlamassel herausreden. Fakt ist doch, dass Sie mich viel dringender brauchen als ich Sie.«

Vince nahm einen tiefen Schluck von seinem Blue Label und wartete, dass die Wärme des Alkohols ihn wieder auf Trab brachte. Staffelds abstoßende geheime Vergangenheit war über die Jahre aus verschiedenen verdeckten Quellen zu ihm durchgesickert. Er hatte die Information für die Zukunft zurückgehalten, denn wenn man Beweise für das verbrecherische Handeln eines hochrangigen Polizeibeamten von Scotland Yard hatte, behielt man die erst mal für sich. Dann hatte das widernatürliche Sexualleben Staffelds sich – natürlich in ›abgewandelter‹ Form – als das perfekte Material erwiesen, um Doug Powers abzuschießen. Die Realität mit all ihren konkreten Beweisen war immer besser als reine Erfindung.

Vince erklärte bedächtig: »Sie stehen auf Treibsand, Staffeld. Ich besitze sämtliche Originale dieser Dokumente. Wenn irgendjemand ernsthaft nachforschen würde ... Nun, Sie wären nicht nur in England erledigt, die Polizei von vier Nationen würde Haftbefehle gegen Sie erlassen. Tod beim Sex ist immer schwer zu erklären. Vor allem, wenn ein oder zwei Fälle auf unverblümten Mord hinauslaufen, nicht wahr? Ich bezweifle, dass Scotland Yard Ihnen Ihren Abfindungsscheck in die Hand drücken würde, geschweige denn eine Pension. Ihre beste Versicherung ist es, zu tun, was ich Ihnen sage, und Ihren verdammten Mund zu halten!«

Staffeld in seinem schäbigen Hotel auf Manhattans West Side, in das er umgezogen war, musste lächeln. Der Bursche hatte seine Hausaufgaben wirklich gemacht und bewahrte kühlen Kopf. »Das ist eine Sackgasse, finden Sie nicht auch?« Die Wahrheit war jedoch, dass Chief Superintendent Staffeld sehr wohl wusste, dass seine Karriere am Ende war. Die Amerikaner waren einfach zu neugierig. Wenn er einmal mit den Reportern gesprochen hätte, würde irgendjemand zu graben anfangen. Am Ende würden sie herausfinden, dass nicht Powers derjenige mit der perversen Vergangenheit war, sondern Staffeld selbst. Möglicherweise würden sie ein Jahr brauchen, aber zu guter Letzt würden sie es aufdecken. Das wäre natürlich viel zu spät, um Powers' Kandidatur zu retten, aber nicht zu spät, um Staffeld zu vernichten. Vince Redmond hatte nämlich Recht. Der ehemalige Chief Superintendent Staffeld würde dann von der Polizei von vier Ländern gesucht werden.

Auf der anderen Seite war es Staffeld vollkommen klar,

dass er nicht der Einzige war, der es nicht so weit kommen lassen wollte. Vince und Creighton Redmond hätten daran genauso wenig Interesse, denn Staffeld musste nur den Mund aufmachen, um sie im Fallen mit sich zu reißen.

»Vielleicht haben Sie Recht«, meinte Staffeld nachdenklich. »Schreiben Sie!« Er nannte Vince die zehn Ziffern eines Bankkontos im südamerikanischen Kolumbien. »Da ich ein so lächerlich hohes Risiko eingehe, um Ihnen in dieser Angelegenheit behilflich zu sein, werden Sie mir mehr für die Schmutzarbeit zahlen müssen. Wesentlich mehr. Um genau zu sein, zwölf Millionen Dollar.«

Vince verschlug es die Sprache. Das war ein Vermögen. Mit fester Stimme entgegnete er: »Ich bin nicht befugt, Ihnen eine so exorbitante Summe zu versprechen –«

Staffeld verlieh seiner Stimme einen drohenden Klang: »Seien Sie kein Scheißidiot! Was ich für Sie tun kann, ist wesentlich mehr wert als Ihr ursprüngliches Angebot, und das wissen wir beide. Wenn ich die von Ihnen gewünschte Pressekonferenz abhalte, laufe ich Gefahr, mich selbst zu verraten. Schlimmer noch, ich weiß verdammt genau, dass Sie es nicht dabei belassen werden. Sie werden mich jagen wie einen Fuchs in der Heide. Ich betrachte das Geld als eine Geste guten Willens und als Garantie, dass ich untertauchen und mich selbst schützen kann.«

Das war es also, dachte Vince. Staffeld war tatsächlich so gerissen, wie sein Ruf bei Scotland Yard es vermuten ließ. »Zwei Millionen überweise ich jetzt. Den Rest nach der Pressekonferenz.«

Staffelds Stimme blieb unerbittlich. »Die Hälfte jetzt. Den Rest danach. Sechs Millionen.«

Vince verstummte. Verärgert stimmte er schließlich zu. »Ich werde einige Stunden brauchen, um die erste Überweisung zu tätigen. Für die Zweite einen Tag. Wo kann ich Sie erreichen?«

»Gar nicht. Ich melde mich.« Staffeld legte eine Pause ein. »Ich höre, Sie haben drei Kinder?«

Eine böse Vorahnung überkam Vince. »Das geht Sie einen feuchten Kehricht an.«

»Ihre Frau ist schwanger.« Staffeld in seinem Hotelzimmer fand sich in einem zerbrochenen Spiegel in seine kleinen, dunklen Augen blicken. »Das ist nur, damit Sie wissen, dass auch ich nicht untätig geblieben bin, mein Junge. Ich weiß auch, dass Sie Kettenhunde haben. Ich habe meine eigenen. Wenn Sie unsere Abmachung brechen ... wenn Sie mich umbringen ... wird mein Kettenhund Sie und Ihre Familie zur Strecke bringen. Er wird einen nach dem anderen von Ihnen umbringen. Ihren Vater und Ihre Onkel. Ihre Brüder und Schwestern. Ihre Cousins und Cousinen. Aber ich habe ihn instruiert, mit Ihren Kindern anzufangen. Haben Sie das verstanden, mein Guter?«

»Habe ich.«

Nachdem sie das Gespräch beendet hatten, blieb Vince allein in seinem Arbeitszimmer sitzen. Für mindestens 24 Stunden brauchten sie Staffeld noch lebendig.

35

11.15 Uhr, Sonntag
BALTIMORE, Maryland

Das Romanow-Lichtspielhaus war eine kleinere Version jener prachtvollen Kinopaläste, die einmal das Herzblut der nationalen Unterhaltungskultur gewesen waren. Die Eingangshalle war verschwenderisch mit Vergoldungen,

Marmor, verblichenem rotem Samt, Schnitzereien und Stuckdecken geschmückt. Trotz Sams Überzeugung, dass niemand vom Theater seines Großvaters wusste, gingen Sam und Julia angespannt und wachsam die prunkvoll geflieste Treppe vom Apartment zur Eingangshalle hinunter.

Sam hatte die Taschenlampe in der Hand, während sie die Walther trug, denn er wollte ihr ja beibringen, wie man sie benutzte. Diesmal jedoch hielt sie die Waffe mit der Mündung nach unten an der Seite. Sam hatte auf einem sicheren Transport bestanden, »nicht an die Brust gedrückt wie ein Schosshündchen«. Als sie die barocke Eingangshalle erreichten, konnte sie fast das Klingeln der alten Registrierkasse und die aufgeregten Stimmen der Erwachsenen und Kinder hören, die sich zur nächsten Matinée unter der hohen Rokokodecke drängten.

»Erzählen Sie mir von den Romanows«, verlangte sie. »Wie ist Ihr Großvater von drüben hierher gekommen?«

Sam lächelte, weil er an die lebhaft ausgeschmückten Geschichten seines Großvaters denken musste. »Er war der Sohn von Großherzog Michael. Als die Oktoberrevolution ausbrach, war er gerade mal ein Schuljunge, an ihrem Ende jedoch war er ein Teenagersoldat, der in der Ukraine gegen die Kommunisten kämpfte. Mit dem Niedergang der Monarchie kam sein Name einem Todesurteil gleich. Also schlug er sich über Land zum Schwarzen Meer durch und sichtete ein britisches Schiff, das den Hafen verließ. Er sprang ins Wasser und schwamm hinüber. Jahre später wurden viele Romanows einschließlich Zar Nikolaus und seiner engsten Familie von der Kirche heilig gesprochen. Mein Großvater hätte da nie Chancen gehabt. Er galt als zu weit links stehend. Auch wenn er für die Monarchie kämpfte, glaubte er doch an die Demokratie. Das war weder bei den Royalisten noch bei den Kommunisten eine besonders populäre Ansicht. Und dann hatte er obendrein die Unverschämtheit, ein amerikanisches Mädchen zu heiraten, was ihn endgültig aus dem Rennen um die Heiligsprechung warf.«

»Er muss einen Hang zum Extravaganten gehabt haben, sonst hätte er dieses Theater nicht gebaut.«

Sam zog eine der Flügeltüren auf, die in den Zuschauerraum führten. Ein Schwall kühler, feuchter Luft hüllte sie ein. »Er liebte Filme. Er pflegte zu sagen, sie seien eine bessere Medizin als jede Pille im Arzneischrank.«

»Was wären *Sie* denn demnach? Auch ein Großherzog?«, fragte Julia in die Stille.

Er lachte. »Nein. Nur die Söhne, Töchter, Brüder und Schwestern von Kaisern sowie ihre Nachkommen in direkter männlicher Linie waren Großherzöge und Großherzoginnen.« Er legte eine effektvolle Pause ein. »Da meine Mutter die Romanow ist, bin ich nur ein einfacher Fürst.«

»Sie machen Witze.«

»Wie immer bin ich völlig ernst.«

»Sie haben Recht. Ich hätte es von Anfang an wissen sollen. Sie sind so ein fürstlicher Typ.«

Er grinste. »Lieber Himmel, sie glaubt mir!«

»Ich glaube alles, was Sie mir sagen.«

Er heulte auf. »So, wie Sie alles *tun*, was ich Ihnen sage?«

Sie zog die Augenbrauen hoch und schüttelte den Kopf. Sam musste ein wahrhaft guter Spion sein – man konnte unmöglich sagen, ob er log oder nicht. Trotzdem lächelte sie, denn wenn er ein direkter Nachkomme der Romanow-Zaren war, was Großherzöge gewiss waren, konnte er tatsächlich Anspruch darauf erheben, ein russischer Fürst zu sein.

Sie blieben noch einen Moment dort stehen und spähten in den Zuschauersaal. Er spürte sie neben sich, warm, verführerisch, und Traurigkeit über das, was er mit Irini verloren hatte, überfiel ihn.

Julia betrachtete eingehend das Auditorium. Es war eine kalte, dunkle Höhle mit Reihen um Reihen leerer Sitze, die in etwas führten, was wie eine schwarze, lichtlose Grube aussah. »Kein elektrisches Licht?«

»Hier nicht mehr. Ist seit mindestens fünf Jahren abgeschaltet. Aber wir haben genug Platz zum Schießen. Zuerst unterhalten wir uns hier im Licht über Ihre Waffe.«

Er setzte sich auf die unterste Stufe der mit Marmorplatten gefliesten Treppe und legte die Taschenlampe neben sich. Sie nahm einen Meter entfernt von ihm Platz.

»Kommen Sie näher ran, damit Sie besser sehen können«, forderte er sie auf.

Sie lächelte verkrampft. »Ich kann gut sehen.«

Überrascht musterte er sie einen Augenblick. Dann nahm er ihr die Pistole aus den bandagierten Händen. Er hatte lange Finger, und er behandelte die Waffe mit Respekt. »Sie haben eine gute Waffe gestohlen. Eine Walther PPK mit Gewehrmunition vom Kaliber zweiundzwanzig – eine Waffe für einen Killer, der einen Job aus der Nähe zu erledigen hat. Sie ist klein, gut zu verstecken, und das kleinere Kaliber ist nicht so laut. Der Nachteil für die meisten besteht darin, dass sie einen Erwachsenen nicht so umhaut, wie eine Waffe mit Neun- oder Zehn-Millimeter-Munition das tun würde.«

»Klingt, als hätte ich besser etwas mitgehen lassen, was größere Kugeln verschießt.«

»Für jemanden wie Sie wäre es besser«, räumte er ein. »Wenn Sie ungeübt sind im Schießen, würde Ihnen das eine bessere Überlebenschance einräumen. Denn Sie müssten nur irgendeinen Körperteil treffen – einen Arm beispielsweise –, um den Angreifer erst einmal niederzuwerfen, sodass Sie weglaufen können. Oder dann nah herangehen und ihm den Fangschuss verpassen.«

Sie unterdrückte ein Schaudern. »Was Sie sagen wollen, ist, dass ein Killer – oder eine Killerin – vorzüglich schießt und sich deshalb auf Genauigkeit verlässt. Aber ich habe nur diese Waffe. Ich wusste nicht, dass ich eine Waffe mit durchschlagkräftigerer Munition hätte mitgehen lassen müssen.«

Bedauernd schüttelte er den Kopf. »Es ist eine verdammte Schande, dass Sie überhaupt eine Waffe brauchen.« Er zeigte ihr die Sicherung. »Den Knopf herunterdrücken, und die Waffe ist gesichert. Tragen Sie sie nie am Leib, laden oder entladen oder nehmen Sie sie nie auseinander, wenn sie nicht gesichert ist.« Er überprüfte das Magazin. »Erst zwei Patronen verschossen. Da wir keine Ersatzmunition für Sie haben, wäre es sinnlos, Ihnen das Wechseln der Magazine zu zeigen.« Er schob das Magazin wieder zurück. »Diese Pistole ist viel sicherer als viele andere und eine der besten selbstladenden, die auf dem Markt sind.« Wieder zeigte er auf eine Stelle kurz oberhalb des Schlittens. »Dies ist der Signalbolzen, und wenn er vorsteht, zeigt er an, dass eine Patrone in der Kammer ist. Das bedeutet, dass die Pistole geladen ist. Auch wenn sie nicht gespannt ist, ist sie feuerbereit. Alles, was Sie tun müssen, ist, den Abzug durchzuziehen.« Er reichte sie ihr vorsichtig. »Stehen Sie auf.«

Sie nahm die Pistole, die sich nun mit ihrem unheilvollen Potenzial schwer anfühlte.

»Zielen Sie auf die Registrierkasse.«

»Was?« Sie sah auf ihn hinunter.

Leicht ungeduldig schaute er zu ihr hoch. »Sie ist gesichert. Zielen Sie auf die Registrierkasse. Sie ist nur vier Meter weit entfernt. Die sollten Sie sehen können.«

»Ich kann ausgezeichnet sehen!«, fuhr sie ihn an. Sie hob die Waffe.

Er seufzte und richtete sich auf. »Falsch. So macht man es.« Er nahm ihr die Pistole wieder ab, und die Wärme seiner Hand klang noch eine Weile auf ihrer Haut nach. »Spreizen Sie die Beine, um einen besseren Stand zu bekommen, eins ein kleines Stück hinter dem anderen. Halten Sie die Pistole so.« Er benutzte beide Hände, die Finger übereinander gelegt. »Versuchen Sie's.«

Sie nahm die Pistole wieder entgegen, spreizte die Beine und benutzte zum Zielen beide Hände. Trotz der Verbände war ihr Griff fest.

»Besser«, entschied er.

Er stellte sich hinter sie, seine Beine an ihre gepresst, seine Brust an ihren Rücken, seine Arme mit ihren ausgestreckt. Sie fühlte sich, als sei die Hälfte ihrer Körperoberfläche von Flammen versengt worden. Etwas zutiefst Beunruhigendes übertrug sich von ihm auf sie. Schweiß perlte auf ihrer Stirn.

»So sollten Sie Ihre Hände halten.« Er legte ihre Finger um das Griffstück, bis alles so war, wie er es haben wollte. Er trat zurück.

Sie versuchte sich auf ihre Hände zu konzentrieren, auf die Waffe, aber sein Körper schien sich noch immer gegen ihren zu pressen, und sie atmete flach. Mit großer Anstrengung bemühte sie sich, sich zu beruhigen. Sie federte auf den Füßen, prüfte ihren festen Stand. Sie hatte die Reflexe einer Läuferin, sodass ihr alles, was mit Gleichgewichtssinn zu tun hatte, leicht fiel. Sie hob und senkte die Pistole, zog sie näher zu sich heran und wieder weiter weg. Das Griffstück lag ihr erstaunlich gut in der Hand.

Mit einer raschen Bewegung nahm er ihr die Walther wieder ab.

Sie wirbelte herum. »Hey! Ich hatte mich gerade dran gewöhnt!«

»Ich weiß.« Er gab ihr die Pistole zurück. »Machen Sie es noch einmal.«

Während der nächsten 20 Minuten tauschten sie die Pistole immer wieder aus, und jedes Mal fand sie Stand und Griff von neuem. Schließlich schien sie instinktiv zu wissen, was zu tun war.

Er nickte zufrieden. »Sie lernen schnell.«

»Das kommt von all den Jahren der Blindheit. Meine Hände mussten die Aufgabe meiner Augen übernehmen.«

Vorübergehend hatte er das mit ihrer Blindheit vergessen. Er focht eine von vornherein verlorene Schlacht um Konzentration. Er wollte ohnehin nicht, dass sie eine Waffe trug, konnte das doch noch schneller zu ihrem Tod führen, und jetzt, wo er ihr den Gebrauch der Waffe beibrachte, gab es einfach zu viel Körperkontakt.

»Natürlich«, fuhr er fort, bemüht, seiner Stimme einen gleichmütigen Klang zu verleihen. »Jetzt lassen Sie uns so tun, als wollten Sie schießen.« Er zeigte ihr, wie sie mit dem Daumen der rechten Hand – ihrer Schreibhand – die Sicherung löste und mit dem Finger den Abzug betätigte. »Das spannt den Hahn«, erklärte er. »Wenn die Pistole aus irgendeinem Grund nicht schießt, ziehen Sie den Abzug sofort ein zweites Mal durch. Manchmal, wenn der Schlagbolzen ein zweites Mal auf das Zündhütchen schlägt, lässt das sogar eine fehlerhafte Patrone detonieren.«

Sie nickte. Sie drückte die Daumensicherung, sodass der Knopf heraustrat, und tat so, als wolle sie den Abzug betätigen, während sie sich gleichzeitig all seiner Bewegungen zutiefst bewusst war, seiner Nähe und der Wärme ausstrahlenden Wellen, die wie eine gewaltige, heiße Strömung zwischen ihnen hin und her liefen. Sie schüttelte unmerklich den Kopf. Sie bemühte sich, seine Gegenwart zu vergessen, zu vergessen, dass er Empfindungen in ihr weckte, die sie nicht haben wollte.

Sie konzentrierte sich und war schon bald in der Lage, die Übung flüssiger zu absolvieren.

»In Ordnung«, sagte er. »Sie können ein paar Mal damit schießen, aber das ist auch alles. Eine lausige Art, das Schießen zu lernen, die ich nicht weiterempfehlen würde. Aber Sie haben nicht viele Kugeln, und unter den gegebenen Umständen ist es das Beste, was wir tun können. Mal sehen, ob Sie ein Ziel treffen können.«

Seite an Seite schritten sie durch die Flügeltür in den finsteren Zuschauersaal.

Das Innere der dunklen Höhle schien unermesslich zu sein, obwohl es vermutlich nicht mehr als 500 Zuschauer fasste – weit weniger als die Albert oder Kennedy oder gar die Carnegie Hall. Während sie tiefer und tiefer in die Finsternis eintauchten, hatte Julia ein seltsames Déjà-vu-Erlebnis. Es war fast, als sei sie wieder blind.

Sam knipste die Taschenlampe an. »Verflucht! Sie ist zu schwach!« Der schmale, nicht besonders helle Lichtstrahl durchdrang kaum das tiefe Tintenschwarz des Zuschauerraums. »In der Küche habe ich ein paar Batterien gesehen. Ich hoffe, sie sind nicht ganz so alt wie diese hier. Setzen Sie sich dort in die hinterste Reihe, und denken Sie darüber nach, wie man die Pistole hält. Stellen Sie es sich in Gedanken vor. Ich bin sofort zurück.«

Ein langer Lichtstrahl fiel in das Theater, als er die Tür öffnete und ging.

Julia starrte in die Dunkelheit, und sie schien sie zu rufen. Nur ein schmaler Lichtstreifen schimmerte unter den Flügeltüren zur Eingangshalle hinter ihr durch. Das Déjàvu überkam sie wieder mit aller Macht, und sie verspürte das plötzliche Bedürfnis, ihre Blindheit noch einmal nachzuempfinden. Probier es doch aus. Sie schritt den kaum sichtbaren Mittelgang hinunter. Je näher sie der Bühne kam, desto tiefer wurde die Dunkelheit und desto unsichtbarer wurde der Gang unter ihren Füßen, bis er in der allumfassenden Finsternis verschwand. So weit reichte das Licht einfach nicht.

Sie merkte, dass sie ihre Schritte überwachte – spürte, wie sich der alte Teppichbelag unter ihren Sohlen anfühlte ... der Cordsamt der Klappsitze auf beiden Seiten ... der kalte, hohle Klang der Bühne vor ihr, die darauf wartete, sie zu verschlingen. Ihr Gehirn speicherte die Informationen wie damals, als sie sich ihren Weg zu dem Steinway einzuprägen versucht hatte. Mit Erleichterung registrierte sie, dass ihr Gesichtssinn geschärft war und sie instinktiv auswich, wann immer sie gegen die Sitzreihen zu stoßen drohte.

Nur die Freude fehlte. Keine Musik vibrierte in ihrem Innern, begierig darauf, aus ihr herauszusprudeln. Furcht nahm ihren Platz ein. Wie ein schwerer Nebel waberte sie durch ihre Gehirnzellen und ihren Blutstrom und hinterließ ein Gefühl drohender Gefahr. Wenn Maya Stern sie fand, würde sie vielleicht sterben. Ganz gleich, welche Vorsichtsmaßnahmen sie traf, jederzeit konnte aus einer unvermuteten Richtung Gewalt über sie hereinbrechen. Und sie umbringen.

Als sie die vorderste Sitzreihe passiert hatte, spürte ihr Gesicht ein Hindernis vor sich. Nun versuchte sie ohne Zuhilfenahme ihrer Hände zu erspüren, was ihrer Meinung nach die erhöhte Vorbühne des Proszeniums irgendwo vor ihr sein musste.

Jäh schnitt ein greller Lichtstrahl durch den Zuschauerraum. Er fand sie und nagelte sie fest wie einen Schmetterling in einem Sammelkasten.

»Probieren Sie gerade Ihr ›Anders-Sehen‹ aus?«, erscholl Sams Stimme hinter dem Lichtkegel.

»Orion zufolge kann ich jederzeit wieder erblinden, bis ich wirklich *weiß*, was die Konversionsstörung ursprünglich verursacht hat.«

Er kam den Mittelgang zum Bühnenrand hinunter und ließ die Taschenlampe über alles schwenken, von rechts nach links und von hinten nach vorne.

»Wonach suchen Sie?«, fragte sie.

»Nach einer Staffelei. Ich erinnere mich an eine große, breite. Es war immer eine hier. Mein Großvater hat die Reklamefotos darauf gepappt und sie im Seitengang aufgestellt. Das würde eine gute Zielscheibe abgeben.«

Während der grelle Strahl die Bühne abtastete, beleuchtete er eine Leiter, einen Stapel irgendeines weichen Materials – wie ein alter Bühnenvorhang –, eine Menge Möbelstücke, einige Notenständer und ein paar Klappstühle. Aber keine Staffelei.

Er murmelte: »Irgendwo da hinten gibt es noch einen Lagerraum ...«

Sie fanden die Seitentreppe und kletterten auf die Bühne. Die Rückwand war leer bis auf einen mit einem Vorhängeschloss versehenen Doppelausgang und Haltern zum Befestigen der Kulissen oben in den Soffitten. Von der Decke hingen keinerlei Dekorationen mehr herab, aber auf den Haltern moderten meterweise alte Seile vor sich hin. Sie suchten links und rechts von der Bühne, und schließlich fanden sie das Lager.

»Gut, dass ich die Theaterschlüssel mitgenommen habe«, murmelte Sam.

Die Tür zum Lager hatte weder Knauf noch Schloss. Sie war nur glatt und solide und hatte offenbar nie verschlossen werden sollen. Aber irgendjemand hatte zwei nach oben offene Halterungen auf der rechten Seite der Tür und auf der Wand installiert. Ein schwerer Stahlriegel mit einer Breite von drei und einem Durchmesser von einem Zentimeter war an der linken Seite der Tür befestigt und ruhte in den Halterungen auf der rechten Seite. Ein Vorhängeschloss durch die Halterung an der Wand sicherte den Riegel.

Sam öffnete das Schloss mit einem von vielen Schlüsseln an einem Bund. Mit Leichtigkeit schwang er die schwere Tür auf. Er leuchtete den Raum mit der Taschenlampe aus. Die Kammer war vom Boden bis zur Decke mit noch mehr Möbeln, Reklametafeln, alten Bühnenlampen, langen Stangen, die man benutzt hatte, um Kulissen nach oben zu schieben, verrosteten Projektoren, zusammengerollten Leinwänden und all dem anderen Strandgut eines Theaters voll gestopft, das in seiner Zeit sowohl Bühnenaufführungen als auch Filme gezeigt hatte. Aber keine Staffelei.

Dann verkündete Sam: »Warten Sie, das ist sogar noch besser.«

Er ließ den Lichtkegel auf einem Ballen trockenen, staubigen Heus aus einem lange in Vergessenheit geratenen Schauspiel ruhen. Sie drückten die Tür weiter auf.

Julia half ihm, den Heuballen hinauszutragen. »Sie machen sich meinetwegen eine Menge Umstände.«

»Nur für das Theater. Ich will schließlich nicht, dass Sie alles kaputtschießen.«

Sie lächelte. Er gab sich nicht die geringste Blöße. Sie platzierten den Heuballen auf zwei Stühlen in der Mitte des Gangs und gingen bis zu den Flügeltüren zurück. Sie schaute den dämmrig beleuchteten Gang zurück bis zu dem Heu. Sam richtete die Taschenlampe darauf.

Ohne dass er es ihr gesagt hätte, nahm sie die Schießposition ein und legte ihre Hände um die Walther.

»Drücken Sie nicht zu stark zu. Halten Sie sie fest, aber

strangulieren Sie sie nicht«, wies er sie an. »Stellen Sie sich vor, Ihr Körper wäre ein Teil der Waffe. Die Walther wird zurückstoßen, aber Sie werden mit ihr fließen, ohne sich zu krümmen, ohne zu bremsen oder zu husten. Sie werden kooperieren.«

»Wie ich es mit Ihnen mache.«

»Hoffentlich.« Er musterte sie. »Und machen Sie um Himmels willen nicht die Augen zu! Visieren Sie das Ziel an, und betrachten Sie die Waffe als eine Verlängerung Ihres Arms. Ihre Augen und Ihr Arm sind völlig aufeinander abgestimmt. Wohin Ihre Augen schauen, dahin wird Ihre Waffe feuern.« Als würde ihr das helfen, holte er einmal tief Luft. »Atmen Sie aus. Und schießen Sie.«

Sie betätigte den Abzug. Der Knall war ohrenbetäubend. Ein Schauder lief durch ihren Körper, und das Kribbeln wollte gar nicht aufhören. Irgendwo weit vor ihr hatte es ein leises ›Tonk‹ wie ein Echo gegeben. Aber der Heuballen rührte sich nicht. »Habe ich ihn getroffen?«

»Lassen Sie es mich so ausdrücken – die Kugel steckt irgendwo im Theater. Es wird ein ewiges Geheimnis bleiben, wo genau. Glücklicherweise hat es nicht so geklungen, als hätten Sie etwas Wichtiges getroffen.«

Innerlich schäumte sie. Verzweifelt wollte sie ihre Augen schließen, die Instinkte ihrer Blindheit spüren, die sie so viel über Entfernung und Richtung gelehrt hatten. Stattdessen konzentrierte sie sich. *Sie konnte das.*

Sie zielte, atmete aus und drückte den Abzug.

Der Heuballen machte einen Ruck. Aber bevor sie irgendein Triumphgefühl entwickeln konnte, lag sie der Länge nach mit dem Rücken auf dem Boden des Gangs und Sam auf ihr. Die Schnelligkeit seiner Aktion verblüffte sie. Die Leichtigkeit, mit der er sie umgeworfen und ihr die Walther entrissen hatte. Er lag auf ihr, die Waffe in der

Hand, und der Lichtkegel der Taschenlampe tanzte über die hohe Stuckdecke des Zuschauersaals.

Sein Atem war wie Feuer. Sie war festgenagelt. Ihr Rücken tat weh. Und sie verspürte die jähe, unmissverständliche Anziehungskraft der Sexualität. Sein harter Körper strahlte Hitze und unwiderstehliche Begierde aus. Wärme breitete sich von ihrem Bauch bis zur Schamgegend aus.

Sie stemmte sich gegen ihn, versuchte sich zu befreien. »Was soll das?«

Sie konnte seine grauen Augen sehen. Hinter ihnen leuchtete irgendein quälendes Licht. Dann richtete er sich langsam auf.

Seine Stimme klang metallisch spröde. »Eine Waffe ist kein Spielzeug. Und Sie wissen nicht mal annähernd genug darüber, um damit einen verlässlichen Schutz zu haben. Wenn Sie die Gelegenheit dazu haben, laufen Sie weg. Wenn nicht, schießen Sie. Nur weil Sie die Waffe haben, dürfen Sie sich nicht sicher fühlen. Niemals.«

36

13.05 Uhr, Sonntag

Oben im Schlafzimmer seiner Eltern machte Sam sich zum Gehen bereit.

»Ich komme mit Ihnen«, verkündete Julia.

Er schüttelte den Kopf. »Keine gute Idee. Was, wenn ich den DCI nicht dazu überreden kann, herzukommen? Er würde uns beide festhalten, und was hätten wir dann?«

»Ich hasse es, untätig herumzusitzen!«

Sie fühlte sich dann immer so ohnmächtig. Wie irgend so eine blöde Maid in Bedrängnis in einem 50er-Jahre-Comic. Minnie Mouse. Olive Oyl. Selbst Lois Lane in jenen

Tagen. Sie wusste, dass Sam Recht hatte, aber das half ihr nicht weiter. Leider schien auch er zu wissen, dass er Recht hatte. Er stand mit seinem neuen braunen Haar da wie ein Professor in einem Uni-Hörsaal und traf Entscheidungen, und gleichzeitig strahlte er etwas dezidiert Männliches aus – der schlanke Körper, die rhythmischen Bewegungen, das muskulöse Gesicht.

»Sie werden allein hier bleiben, und wir müssen uns darauf vorbereiten. Die Firma ist wie die Pfadfinder. Unser Motto ist ›Allzeit bereit‹.« Er öffnete den Kleiderschrank seiner Mutter, wo er einen langen Wollmantel fand. Er hielt ihn in die Höhe. Es war ein Modell aus dem Kaufhaus, marineblau mit breitem Kragen und dicken Knöpfen, wahrscheinlich aus den 80ern. »Versuchen Sie den mal.«

»Er passt gut.« Zu lang, fast bis zu den Knöcheln, aber in den Schultern passte er gut.

»Okay, Regel Nummer eins: Gehen Sie nie nach draußen. Regel Nummer zwei: Wenn doch, tragen Sie Mutters Mantel. Dann muss ich mir keine Sorgen machen, dass Sie sich eine Lungenentzündung holen, und er versteckt Sie auch gut.«

Sie ließ die Hände in die Taschen gleiten und fand Lederhandschuhe. Mit ihren Verbänden würden sie nie passen. Unter den Handschuhen befand sich Pfefferspray. Sie hielt die kleine Dose in die Höhe. »Ich dachte, es könnte ein Parfümzerstäuber sein.«

»So viel zum Talent der Blinden. Meine Mutter hat es immer dabei, weil dies hier, wie Ihnen vielleicht aufgefallen ist, nicht Southampton ist. Das Verbrechen ist hier nur eine weitere Möglichkeit, sich seinen Lebensunterhalt zu verdienen.«

»Sie können beruhigt sein. Ich gehe nirgendwohin. Jedenfalls nicht, bis ich mir einen Plan ausgedacht habe.«

»Nächste Regel: Besprechen Sie alle Pläne vorher mit mir. Bin ich nicht hier, schmieden Sie keine Pläne!« Er zog seine Brieftasche hervor, zählte fünf 20er ab und fügte eine Global-Platinum-Kreditkarte hinzu. »Noch ein paar Vorsichtsregeln. Das ist Ihr Taschengeld. Einhundert Dollar. Geben Sie nicht alles auf einmal aus. Und das ist Ihre Kreditkarte. Wenn Sie sie missbrauchen, nehme ich sie Ihnen wieder weg.«

»Sam! Hören Sie auf, den Clown zu spielen!« Aber sie nahm das Geld und die Kreditkarte. Sofort fühlte sie sich irgendwie sicher. Wenn Geld ein integraler Bestandteil deines Lebens ist wie die Luft, die du atmest, ist das Gegenteil bestenfalls beunruhigend. Schlimmstenfalls vergrößert es deine Angst. »Sie könnten sich wirklich nützlich machen, indem Sie mir alle Türen zeigen. Damit ich weiß, dass sie verschlossen sind, bevor Sie gehen.«

»Kommen Sie mit.« Er zog seine Lederjacke über und nahm seinen Koffer. Sie folgte ihm hinunter ins Foyer. Die großen Glastüren, die sich einst für glückliche Filmfans aus der Nachbarschaft geöffnet hatten, waren nun mit Sperrholzbrettern vernagelt. Die einzige benutzbare Tür war die durch die Garage. Er warf seinen Koffer in den Durango.

»Ich hoffe, Sie haben vor, bald zurückzukommen. Ich bin noch nicht fertig mit Ihnen.« Sie war vom Klang ihrer eigenen Stimme überrascht. Leichtfertig, scherzend. Verdammt, sie flirtete doch nicht etwa wie ein Schulmädchen?

Er drehte sich unter den nackten Glühbirnen der Garage zu ihr um. Er sah fast verblüfft aus, erstaunt über sich selbst. »Julia, ich lasse Sie nicht im Stich. Wir stecken beide drin. Ich suche den DCI auf, berichte ihm alles, was wir wissen, und bin, so schnell ich kann, wieder da – mit dem

Schutz der Firma. Ist er einmal im Bilde, wird sich Ihre Situation umgehend verbessern. Er hat den Ruf, ein unabhängiger Kopf zu sein, und er ist clever. Trotz eines schlechten Herzens ist er dem Job treu geblieben. Mit seiner Hilfe, glaube ich, wird alles gut.«

»Und ohne seine Hilfe?«

Ihre Blicke kreuzten sich. Plötzlich war alles wieder ernst. »Sind wir nicht schlechter dran als jetzt.«

Sie nickte wortlos und wünschte, sie wüsste mehr darüber, wie man sich selbst schützt. Sie schaute in den schweren, braunen Chevrolet LTD. Sie konnte sehen, dass er ein Automatikgetriebe hatte. »Gibt es Schlüssel für den da?«

»Sie sind ein Sorgenkrämer, wissen Sie das?«

»Ich lebe noch. Und ich bezweifle, dass viele Menschen in meiner Situation das von sich behaupten könnten.«

»Schon gut. Schon gut.« Er musste die Vorstellung überwinden, dass sie hilflos war. »Die Schlüssel stecken. Ein alter Freund, der ein paar Türen weiter wohnt, kommt jede Woche oder so vorbei und lässt den Motor einmal laufen, er sollte also noch funktionieren.« Er stockte. »Aber kommen Sie um Gottes willen nicht auf dumme Ideen und fahren ohne mich weg!«

»Ich werde warten. Ich werde Ihr verbindliches Wesen vermissen.«

Jetzt musste auch er lachen, der Sam, den sie lieb gewonnen hatte. Mit einem Mal wurde ihr klar, dass all sein Gehabe als großspuriger Macho nur der Sorge um sie entsprang.

Sie sagte: »Danke, Sam.«

Er blinzelte und nickte ernst. Dann zeigte er ihr, wie die Garagentür von innen zuging. Schweigend kehrten sie durch die Eingangshalle und über die Marmortreppe ins Apartment zurück. Auf dem Beistelltischchen im

Wohnzimmer lag der russische Bildband mit den Fotos und Beschreibungen aller Schätze aus der Burg von Königsberg.

»Das lasse ich Ihnen am besten auch da«, begann er. »Darin ist die einzige erhaltene Farbaufnahme des Bernsteinzimmers. Und natürlich dürfen Sie jederzeit fernsehen. Möchten Sie, dass ich Ihnen eine Zeitung dalasse?«

»Ich möchte, dass Sie auf der Stelle verschwinden, damit Sie mir rasch gute Nachrichten bringen können.«

Während sie unschlüssig im Wohnzimmer standen, klemmte er sich die Zeitungen unter den Arm. Doch als sie einen Blick darauf warf, kam ihr eine Idee. Sie hatte sie im Hinterkopf gehabt, seit sie die Zeitungen gelesen hatte, aber irgendwie hatten die verschiedenen Stränge noch nicht zusammengepasst.

Er bemerkte ihren Gesichtsausdruck. Ihr graues, hoch aufgetürmtes Haar hob die Ernsthaftigkeit ihrer sonst so verführerischen Gesichtszüge hervor. »Sie haben eine Idee?«

Sie nickte. »Orion Grapolis hat mir erzählt, dass die gängigste Behandlungsmethode bei Konversionsstörungen seit Freuds Zeiten die Hypnose ist und dass man Blinde genauso hypnotisieren kann wie Sehende. Das entspricht offensichtlich der Wahrheit, weil er mich hypnotisiert hat. Warum also hat mein erster Therapeut, Walter Dupuy, auf die gewöhnliche Gesprächstherapie zurückgegriffen? Warum hat er behauptet, Blinde könne man nicht hypnotisieren?«

»Wir wissen bereits, dass er höchstwahrscheinlich für Ihren Onkel arbeitet.«

»Richtig. Lassen Sie uns zu dem gemeinsamen Nenner zwischen uns beiden zurückkehren – den Päckchen. Falls mein Großvater Redmond sie abgeschickt hat –«

»Sie sagten, er leide unter Altersschwachsinn.«

»Das sagten jedenfalls die medizinischen Experten meiner Onkel vor Gericht aus. Sie haben den Richter überzeugt, und er hat meinen Onkeln die Vormundschaft über Großvater Redmond und sein Vermögen zugesprochen. Es stimmt, dass Großvater Mom und mich nicht erkannt hat, als wir ihn im Pflegeheim besucht haben –«

»Aber jetzt fragen Sie sich, ob es möglicherweise einen anderen Grund geben könnte, warum er so dement wirkte.«

»Genau. Vielleicht ist Opa meinen Onkeln zu sehr auf die Füße getreten, als er eine Stiftung zu gründen versuchte.«

»Er wollte sein Geld verschenken?«

»Einen großen Teil davon, ja. Er hatte begonnen, großzügig für wohltätige Organisationen zu spenden, für Gebäude von Friedensuniversitäten und diese Art von Dingen. Dann entschloss er sich, eine Stiftung ins Leben zu rufen und sie mit der Hälfte seines Vermögens auszustatten. An die zehn Milliarden Dollar, sagte Mutter mir. Es störte sie nicht, aber sie war der Meinung, meinen Onkeln würde es sehr wohl etwas ausmachen, besonders Creighton, der selbst nicht über besonders viel Vermögen verfügt.«

»Warum hat sie nichts unternommen, um Ihren Onkeln Einhalt zu gebieten?«

Julia zog ein Gesicht. »Die meiste Zeit über waren wir außer Landes auf Tournee, und sie hatte sich schon vor ungefähr zwanzig Jahren bewusst aus den Familienangelegenheiten zurückgezogen. Creighton hat ihr den Bericht des Doktors und die schriftliche Urteilsbegründung des Richters gezeigt. Dann haben wir Opa einen Besuch abgestattet. Er schien zu halluzinieren und wirkte fast ein wenig verrückt. Und das bekräftigte, was Mutter gelesen hatte – dass er Alzheimer habe und eine Gefahr für sich selbst und seine Familie darstelle.« Ihre bekümmerten blauen Augen waren fest auf Sam gerichtet. »Aber jetzt kommen mir Zweifel. Wenn meine Onkel den Psychiater kontrollieren, der mich behandelt hat, und Lügen über mich verbreiten können, wie sie es jetzt tun, dann haben sie sicher auch Ärzte finden können, die Großvaters Demenz bezeugten, und einen Richter, der das Sorgerecht für ihn und die Verfügungsgewalt über sein Vermögen meinen Onkeln übertrug.«

Sam überlegte. »Sie wollen also Folgendes behaupten: Wenn Ihr Großvater nicht senil ist, könnte er auch Dinge wissen, von denen Creighton nicht will, dass sie nach draußen dringen. Wie beispielsweise über das Bernsteinzimmer.«

Julia nickte. »Jetzt sind wir wieder bei den Päckchen. Beide kamen aus Armonk. Sie müssen Opa kennen, um zu verstehen, dass er sie geschickt haben könnte. Er kann absolut charmant, aber auch ein absoluter Grobian sein. Was immer ihm gerade mehr nützt. Und wenn er sich einmal etwas in den Kopf gesetzt hat, kann nichts und niemand ihn davon abhalten. Zumindest war das einmal so. Die wenigen Male, die wir ihn vor seiner Einlieferung in das Pflegeheim gesehen haben, ging er völlig in seiner Wohltätigkeitsarbeit auf.« Die Erinnerung ließ sie lächeln. Dann, als ihr einfiel, wie weit die Demenz bei ihrem letzten Besuch im Heim fortgeschritten zu sein schien, überkam sie tiefe Traurigkeit. »Bis er krank wurde, war er immer wunderbar zu Mom und mir. Ich werde ihn anrufen. Wenn er nicht mit mir reden will – oder kann –, sollten wir ihm so schnell wie möglich einen Besuch abstatten. Er lebt im Rolling-Hills-Seniorenheim zwischen Armonk und Mount Kisco. Das sollte unser nächstes Ziel sein. Einverstanden?«

»Hört sich nach 'ner guten Idee an.« Sam zog den Reißverschluss seiner Jacke hoch. »Ich gehe jetzt besser. Je eher ich gehe, desto besser.«

Sie begleitete ihn nach unten in die Eingangshalle des Lichtspieltheaters. Als er zur Garage vorausging, bemerkte sie, wie sie auf seinen Rücken und die breiten Schultern in der schwarzen Lederjacke starrte, die sich zur schmalen Taille nach unten verjüngten. Er hatte einen harten, runden Hintern, und als sie zusah, mit welch lässiger Eleganz er sich bewegte, hätte sie ihn am liebsten angefasst und zu sich herumgedreht. Um ihn festzuhalten und –

Er öffnete das Garagentor einen Spaltbreit und spähte hinaus in die Schatten des späten Nachmittags. Sie sah, wie seine Schultern sich entspannten. Er schwang die Türflügel auf.

»Sie sind ja vorsichtig, nicht wahr?« Sie stellte sich dicht neben ihn, als er die Wagentür aufschloss.

»Nein. Ich lasse mich sofort umbringen.« Er drehte sich gerade rechtzeitig um, um ihren bestürzten Blick zu sehen. »Habe ich Ihnen je gesagt, dass ich Ihre Musik liebe?«

»Ich glaube, Sie haben etwas Ähnliches mal erwähnt.«

»Glauben Sie mir, Julia. Ich habe nicht vor zuzulassen, dass einer von uns beiden stirbt.« Er stieg ein, startete den Motor und fuhr das Fenster herunter. »Ich rufe an, sobald ich etwas weiß. Machen Sie das Garagentor hinter mir zu und schließen Sie ab.«

Sie wurde böse. »Ich fasse es nicht, was für einen Kommandoton Sie am Leib haben! Denken Sie, ich würde sie sperrangelweit offen stehen lassen?«

»Hups!« Er grinste. »Tut mir leid. Bis dann.«

Er sah sie durch das offene Fenster direkt an, und etwas Neues, Sinnliches sprang zwischen ihnen hin und her. Sie fühlte sich mächtig von ihm angezogen. Und was war, wenn nichts daraus wurde? Aber sie schüttelte den Kopf. Wandte den Blick ab. Nicht jetzt. Noch nicht.

Er schaute sie noch einen Moment länger an, um dann die Stirn zu runzeln. Mit einem zögernden letzten Nicken lenkte er den Durango in die Seitengasse. Wieder drehte sich sein dunkler Kopf in alle Richtungen, suchte die Umgebung ab. Er schlug das Lenkrad nach rechts ein und rollte in den fließenden Verkehr auf der Hauptstraße.

Sie blieb in den purpurnen Schatten stehen und sah ihm nach, bis das große rote Fahrzeug verschwunden war. Noch nie hatte er ihren Vornamen mit dieser Stimme wie gerade eben ausgesprochen!

Sie ging wieder hinein, und plötzlich erschien ihr die schmuckvolle Eingangshalle öde und verlassen. Ohne Sams Gegenwart hallten die Echos der Schritte dumpf in ihren Ohren. Sie hatte das schreckliche Gefühl, beobachtet und gejagt zu werden, aber keinen Anlass dafür – niemand wusste, dass sie hier war. Entschlossen schüttelte sie die Furcht ab. Sie hatte zu arbeiten.

Sie nahm den Hörer des Telefons ab, das hinter der Registrierkasse stand. Die Glasbehälter vor ihr mussten, wie sie sich ausmalte, einst regenbogenfarbene Zuckerstangen enthalten haben. An der Wand stand eine veraltete Popcornmaschine. Dies war einmal ein magischer Ort gewesen, und sie hoffte jetzt, ein bisschen davon würde auf sie abfärben. Sie rief die Auskunft an und erfragte die Nummer des Rolling-Hills-Seniorenheims in Westchester County, New York.

In der Zentrale meldete sich eine Frau mit einer trockenen, gelangweilten Stimme.

Julia sagte: »Hier ist Lyle Redmonds Enkelin. Ich möchte ihn gerne sprechen.«

Zögern. »Gewiss, Miss. Einen Moment, bitte.« Die Leitung wurde stumm. Man hatte sie auf Eis gelegt. Sie versuchte, geduldig zu warten, aber plötzlich hämmerte ihr Herz wie wild. Wusste ihr Großvater, was hinter all dem steckte? Oder war er wirklich die leere Hülle, an die sie sich erinnerte?

»Wer ist am Apparat?« Diesmal war es ein Mann, und seine Stimme hatte nichts Gelangweiltes an sich. Er hatte die harte, schroffe Stimme von jemandem, der es gewohnt ist, Befehle zu erteilen.

Dieses Spiel beherrschte sie auch. Sie ließ ihre Stimme hart werden. »Lyle Redmonds Enkelin. Verbinden Sie mich mit seinem Zimmer.«

»Er schläft.«

»Dann wecken Sie ihn. Es ist wichtig.«

Der Mann wirkte verdutzt. Sein Tonfall wurde versöhnlicher. »Tut mir leid, Miss. Ärztliche Anordnung. Nach dem Tod seiner Tochter hat sich sein Zustand verschlechtert. Er kann keinesfalls mit jemandem sprechen. Der Arzt sagt, Sie sollten es nächste Woche noch mal versuchen. Ich könnte ihm schon einmal Ihren Namen nennen. Welche Enkelin sind Sie denn?«

Julia hielt den Hörer vom Ohr weg. Sollte sie ihm glauben? Warum wollte er ihren Namen wissen und welche Enkelin sie war? Weil man ihn instruiert hatte, so auf ihren Anruf zu reagieren? Sie dachte darüber nach und kam zu dem Ergebnis, dass sie keine Wahl hatte. Sie war zu weit weg, um diesen Mann zu zwingen, ihre Bitte zu erfüllen, und sie wollte ihn nicht misstrauisch machen.

»Die Tochter seines Sohnes Brice. Ich rufe nächste Woche noch einmal an.«

Nachdem sie aufgelegt hatte, fühlte sie sich unbehaglich und ruhelos. Rechneten sie damit, dass sie im Westchester-Pflegeheim auftauchen würde? Erwarteten sie sie etwa schon? Ruhelos wanderte sie durch die Kinohalle.

Stieg die Treppe zum Apartment hinauf. Setzte sich eine Tasse Kaffee auf. Und stand nachdenklich in der Küche herum. Auf dem Tisch lag die Walther. Sie nahm sie in die Hand, sah sie sich eingehend an und wusste, dass Sam Recht hatte: Sie beherrschte die Waffe nicht annähernd gut genug, um erwarten zu dürfen, sie könne sie vor etwas schützen. Aber sie war besser als nichts, und nichts war das, was sie im Augenblick zu haben schien.

Sie nahm die Pistole mit ins Wohnzimmer. Auf einmal war ihr eiskalt. Sie zog den Mantel von Sams Mutter an. Ihr wurde wärmer, und außerdem gab er ihr das Gefühl, er sei schon fast wieder bei ihr. Sie schaute lange genug *CNN*, um einen Ausschnitt ihres Hollywood Bowl-Konzerts zu sehen und ein paar Worte darüber zu hören, dass sie wegen Mordes an einem bekannten New Yorker Psychiater von der Polizei gesucht wurde. Rasch schaltete sie auf eine Gameshow um, dann auf die Wiederholung einer Comedy-Serie. Zerstreut und sorgenvoll stellte sie nach einer Stunde das Fernsehen ab.

Dann fiel ihr das Buch ins Auge, das er dagelassen hatte. Sein Einband bestand aus blauem Samt, und in der Mitte prangte ein Foto von Zar Nikolaus II. und seiner Gattin, Zarin Alexandra.

Sie steckte die Pistole in die übergroße Tasche des Mantels und nahm das Buch mit nach unten. Setzte sich auf die unterste Stufe, wo sie und Sam gesessen hatten, als er sie im Gebrauch der Walther unterwiesen hatte. Sie zog den Mantel enger um sich und schlug das Buch auf. Es war komplett in Russisch geschrieben. Die Winkel und Schnörkel des kyrillischen Alphabets waren hübsch und verwirrend, für sie jedoch völlig unlesbar. Sie wandte ihre Aufmerksamkeit dem ersten Foto zu, und da war es: Sams Beschreibung zufolge musste das das berühmte Bernsteinzimmer sein.

Es war atemberaubend. Tausende von goldgelben Bernsteinschattierungen reichten von einem hellen Gelb bis zu Tiefbraun. Wandkandelaber hielten hohe, brennende Kerzen vor verspiegelten Pilastern. Das Licht wurde von den Spiegeln und durch die Fenster reflektiert und umspielte die Mosaiken und Königswappen und Rocaillen, als lebe alles, atme ein strahlendes Licht. Hingerissen starrte sie auf die Aufnahme und ergötzte sich an dem faszinierenden Bernstein und der Kunst, die aus ihm dieses Wunderwerk geschaffen hatte. Der Anblick rief in ihr erneut Dankbarkeit dafür hervor, wieder sehen zu können. Kein Wunder, dass es Sam so sehr danach verlangte, der Welt dieses Kleinod zurückzugeben!

Sie betrachtete das Foto noch ein wenig länger, und dann blätterte sie weiter und erfreute sich an den Juwelen, den Gemälden, Skulpturen und Kunstobjekten, die angeblich aus der ganzen Sowjetunion verschleppt und in der Königsberger Burg ausgestellt worden waren. Sie war inmitten von Reichtum und Privilegien groß geworden, stets von außergewöhnlichen Schätzen umgeben, aber es war nie genug. Große Kunst hatte etwas Mystisches und zutiefst Betörendes an sich. Nie konnte man sie sich restlos aneignen, denn mit jedem Blick veränderte sie sich – und veränderte dann wieder einen selbst. Es war ein ineinander verflochtener Tanz, der dem Betrachter einen Herzschlag lang Einblick in die Zeitlosigkeit der Schönheit verlieh, die niemand wirklich besitzen konnte.

Dann erblickte sie das juwelenbesetzte Kästchen, glitzernd vor Saphiren und Perlen und Halbedelsteinen.

Zitternd berührte sie das Bild. Das war doch nicht möglich –

Und dennoch wusste sie genau – vor ihrer Erblindung hatte sie es gesehen. Jahrelang hatte dieses bemerkenswerte Juwel historischer Kunst – oder ein exaktes Duplikat – als Zigarrenbox auf Großvater Redmonds Schreibtisch in seiner Klause in Arbor Knoll gestanden.

Während sie das Foto noch genauer betrachtete, bemerkte sie, dass sie Atemschwierigkeiten bekam.

Voller dunkler Vorahnungen wendete sie weitere Seiten um. Und erblickte – die Smaragdohrringe ihrer Mutter.

Sie musste hart schlucken. Es waren besondere Ohrringe, die ihre Mutter an dem Abend ihrer Ermordung getragen und mit ihrem Leben verteidigt hatte: den Ohrschmuck, den Großvater Austrian – Daniel Austrian – ihr an ihrem Hochzeitstag geschenkt hatte. Als die Erinnerung an die grässliche Nacht noch einmal wie ein scharfes Messer durch ihre Brust schnitt, kämpfte sie darum, die Selbstbeherrschung nicht zu verlieren. Beide Großväter hatten Stücke aus der Burg besessen, in der das Bernsteinzimmer zwischengelagert worden war.

Ungeduldig blätterte sie weiter. Und erstarrte vor Schreck.

Sofort versuchte sie den Blick abzuwenden. Denn von dem Foto dort strahlte ihr der Alexandritring entgegen.

Der Ring mit dem umwerfenden grünen Edelstein und dem Blümchenkranz aus hyazinthblauen Juwelen. Spektakulär und unverwechselbar. Der Ring, der in London zu ihrer erneuten Erblindung geführt hatte –

Sie schlug das Buch zu.

Zu spät.

Sofort vermeinte sie wieder diesen merkwürdigen Duft zu riechen, den sie schon einmal wahrgenommen hatte.

Ihre Schläfen pochten. Ihre Wangen brannten. Und plötzlich verspürte sie die fast physische Empfindung, wie ihr Geist sich verschloss. Sich abwandte.

Dunkelheit entstand am äußeren Rand ihres starren, entsetzten Blicks. Unbarmherzig wallte sie auf sie zu. Sie versuchte mit aller Gewalt, sie zurückzudrängen. Aber sie legte sich um sie, ein schwarzer Nebel. Kalt und leer und gnadenlos. Die Eingangshalle verschwand, während sie noch hinsah.

Ihre Brust klopfte vor Schmerz. Wie der Flügel eines Raben breitete sich die Schwärze in ihrem Gesichtsfeld aus und verdrängte alles andere.

Jetzt wusste sie, was sie vorher nicht gewusst hatte. Der Ring, der ihre erneute Erblindung verursacht hatte, stammte aus der Königsberger Burg. Der Zweite Himmler-Schatz. Der Ring, der ihren Geist dazu brachte, das Trauma aus der Nacht ihres Debüts noch einmal zu durchleben, war von den Nazis gestohlene Beutekunst.

Etwas in ihrem Herzen zerriss.

Ein Blinzeln. *Sie war wieder blind.*

37

15.58 Uhr, Sonntag
GEORGETOWN, Washington, DC

Sam fühlte sich schuldig. Er hatte Julia belogen. Es stimmte zwar, dass er den DCI in Silver Spring aufsuchen wollte, aber noch nicht sofort. Zuerst hatte er vor, Vince Redmond mit den Tatsachen zu konfrontieren. Was immer um Julia und ihn herum geschah, die Redmonds waren sicherlich darin verwickelt.

Julia hatte er diese Überzeugung verheimlicht, weil er sie nicht zu sehr ängstigen wollte. Er kochte vor Wut, als er durch die Straßen von Georgetown mit den seltsamen föderalistischen und viktorianischen Häusern, großen Bäumen und backsteingepflasterten Bürgersteigen fuhr. Als eine der exklusivsten Wohngegenden Washingtons strahlte sie das Flair von jahrhundertealtem Vermögen und Privilegiertheit aus. Neben ihm im Ablagefach zwischen den Sitzen lag seine Browning 9mm. Redmond machte ihm besser keine Schwierigkeiten.

Als er an dem Block ankam, in dem Redmond wohnte, suchte er die Gegend nach Agenten aus der Firma ab, entdeckte jedoch keine. Er schaute auf die Straßennummern. Einmal im letzten Jahr war er bei Redmond gewesen, kurz nach Vince' Ernennung zum DDI. Es war eine jener Pflichtveranstaltungen gewesen, eine Cocktailparty mit Designer-Canapés und einer Menge erstklassiger Drinks. Aber jetzt war er sich nicht mehr sicher, welches der Gebäude aus rötlich braunem Sandstein Vince' Haus war.

Er bog um die Ecke, kurvte noch einmal um den Block und fuhr wieder zu der ersten Straße zurück. Er schäumte vor Wut. Vince Redmond – die ganze Redmond-Familie – hatte eine Menge zu erklären, ganz gleich, wie weit sie involviert waren. Sobald er mit Vince fertig wäre, würde er zum DCI gehen und die ganze Bande in die Pfanne hauen. Bis zum Weißen Haus würde er damit gehen, wenn er keine klaren und befriedigenden Antworten erhielt.

Der aufwallende Ärger schoss feurige Bolzen in sein Gehirn. Und dann kam die Angst. Die Angst um Julia. Jahrelang hatte der unglückliche Vorfall mit Irini in Ostberlin ihm Schuldgefühle bereitet. Und das Gefühl gegeben, die Liebe für immer verloren zu haben. Aber all das musste er jetzt abzuschütteln versuchen. Er musste es vergessen, weil es sein Urteilsvermögen trüben konnte. *Menschen, die man liebt, sterben so leicht.*

Wieder bog er in Redmonds Straße ein, sondierte die Gegend, entdeckte jedoch keinen noch so gut versteckten Undercover-Agenten auf seinem Posten. Die Straße war sauber ... abgesehen von einem schwarzen Jaguar XKE, der gerade vor einem Haus aus braunem Sandstein zweieinhalb Blocks von ihm entfernt zu seiner Rechten vorfuhr. Sam verlangsamte die Geschwindigkeit, um ihn zu beobachten. Die hohe, muskelbepackte Gestalt, die auf der Fahrerseite ausstieg, war unverkennbar. Pink Pinkerton. Sein Verbündeter und vertrauenswürdiger Freund. Was zur Hölle machte der hier? Versuchte er Sam zu helfen? War er –?

Mit jähem Entsetzen erinnerte er sich daran, wie widerwillig Pink sich zu dem kleinen Gefallen bereit erklärt hatte, um den er ihn gebeten hatte – nach Oyster Bay rauszufahren und den Begleitservice zu überprüfen.

Sam stieg in die Bremsen. Creighton Redmond hatte zwar nicht explizit *gesagt*, Julia sei eine Mörderin, war dieser Aussage aber so nah gekommen, wie er nur konnte. Vince Redmond war sein Sohn. Einer von ihnen oder auch beide besaßen das Geld und die nötigen Beziehungen, um Maya Stern und die Hausmeister zu dingen. Und Stern und die Hausmeister beabsichtigten offenbar, Julia zu töten oder zumindest gefangen zu nehmen.

Angst durchzuckte Sam. Hatte er einen Fehler begangen? Zweimal hatte er Pink angerufen, sich ihm anvertraut. Ihm die Telefonnummer des Theaters gegeben. Die konnte man leicht zurückverfolgen.

Julia war allein.

In panischer Angst griff er nach seinem Handy und tippte die Nummer ein –

16.05 Uhr, Sonntag
BALTIMORE, Maryland

Tränen strömten aus Julias Augen. Im Innern fühlte sie sich ganz hohl. Sie war ein leeres Gefäß, angefüllt mit Verlusten. Doch bevor sie sich ausmalen konnte, was das jetzt für sie bedeutete – *sie war wieder blind!* –, vernahm sie Geräusche.

In der Garage war jemand!

»Sam?«, rief sie zögernd. Blind, mit ausgestreckten Händen, taumelte sie in die Eingangshalle. Stürzte. Kam wieder hoch. Ohne nachzudenken, zog sie ihren neuen Mantel enger um sich. Sie konnte seinen wunderbaren Duft an ihm fast riechen. Alle waren tot. Sie war wieder und wieder betrogen worden. »Sam?«

In der Garage waren leise Stimmen zu hören, und plötzlich arbeitete ihr Verstand wieder.

Sam hatte gesagt, er würde anrufen, sobald er etwas erfahren habe. *Das konnte nicht Sam sein.*

Die Stimmen dort waren schwach, aber von der Stelle aus, an der Julia stand, konnte sie hören, dass sie sich der Tür zur Eingangshalle näherten. Ihr Herzschlag beschleunigte sich. Die Stimmen und Schritte hallten mit gedämpftem Klappern auf dem Steinfußboden wider. Sie verhielten sich allzu verstohlen. Hätte Sam aus irgendeinem Grund vergessen anzurufen und kehrte nun ohne Vorankündigung zurück, würde sie seinen üblichen selbstbewussten Schritt hören, den kühnen Rhythmus seines Gangs –

Sie tastete nach der Walther in ihrer Tasche. Ihr harter Umriss wirkte beruhigend.

Aber sie war blind. Wenn sie nicht sehen konnte, konnte sie auch nicht zielen.

Die Schritte in der Garage waren vorsichtig, zaudernd. Dann beschleunigten sie sich.

Sie taumelte in einem dunklen Kreis. Sie sagte sich, sie wisse doch, wie man das macht. Sie war lange blind gewesen und hatte dabei mehr gelernt, als sie in Worte fassen konnte. Sie hielt inne, um ihre Arme mit den verbundenen Händen wie Radar auszustrecken. Sie beruhigte sich, sodass sie mit dem Gesicht das Echo der Oberflächen erspüren konnte. Sie machte drei Schritte nach rechts.

Der Süßigkeitentresen. Rasch tastete sie seine Oberfläche ab und folgte ihm in die Richtung, in der sich die Tür zu dem unbeleuchteten Zuschauersaal befinden musste. Mit großer Erleichterung fand sie den Griff. Zog ihn zu sich heran –

Hinter ihr klingelte das Telefon. Sie fuhr zusammen. *Sam?* Aber sie konnte jetzt nicht umkehren –

Sie trat in die kühle Leere des Zuschauerraums. Als die Flügeltür hinter ihr pendelte, hörte sie sie.

»Durch die Tür!« Es war Maya Sterns Stimme. »*Da!*«

Julia blieb keine Zeit mehr, sich zu orientieren. Vor wenigen Stunden war sie diesen Gang hinuntergegangen. Alles, was sie je gelernt hatte, alles, wozu sie sich je entwickelt hatte, musste ihr jetzt beistehen. In einem Akt des Glaubens und höchster Verzweiflung stürzte sie vorwärts. Sie hatte furchtbare Angst, war aber auch zum Äußersten entschlossen. Sie musste die schwarze, lichtlose Bühne finden, auf der die anderen genauso blind wären wie sie. Das war ihre einzige Chance.

Die Tür hinter ihr flog auf. Wärme aus dem Foyer waberte auf sie zu.

Sie lief schneller, hob die Füße hoch, um nicht über die Falten des alten Teppichbelags zu stolpern.

»Da ist sie!« Wieder Maya Sterns Stimme. »Haltet sie auf!«

Julia keuchte. Im Gesicht brach ihr der Schweiß aus. Sie zwang sich, ihr Tempo zu steigern. Und eine Kugel pfiff an ihr vorbei und blieb irgendwo im Holz stecken. Splitter fetzten durch die Luft wie Nadeln und bohrten sich in ihre Kopfhaut, und sie stolperte nach vorn. Hart landete sie auf der Schulter. Ein glühender Schmerz durchzuckte sie, aber sie nahm ihn kaum wahr. In panischer Angst kroch sie auf Händen und Füßen in die nächste Sitzreihe.

»Du hast sie erwischt«, triumphierte einer der Männer.

»Wohin ist sie gekrochen?«, fragte ein Zweiter.

»Ich kann überhaupt nichts sehen«, beschwerte sich ein Dritter. »Wo ist der verdammte Lichtschalter?«

»Wir müssen sie finden!«, befahl Maya Stern. »Verteilt euch! Los!«

Julia hörte vier Paar laufende Füße. Auf dem Bauch schob sie sich unter den Sitzreihen durch, immer auf die Bühne zu. Die Schritte hinter ihr stampften, trennten sich, fächerten sich auf. Die eine Hälfte rannte den Gang wieder hinauf, während die andere den parallelen Gang nach unten nahm. Ihr Herzschlag hämmerte in ihren Ohren. Weiter kroch und rutschte sie, zog und schob sich über den ausgetretenen Holzboden.

Jetzt verlangsamten sich die Schritte. Suchten jede einzelne Reihe ab.

»Wir brauchen Licht«, sagte einer der Männer ungeduldig. »Sie kann nur irgendwo unter diesen Sitzen stecken!«

Als das Telefon in der Eingangshalle ein zweites Mal zu klingeln begann, ertastete sie eine Wand vor sich. Die Vorbühne! Ihre Finger krochen an ihr hoch. Sie konnte sich nähernde Schritte hören, die sie aber noch nicht erreicht hatten. Mit unendlicher Erleichterung zog sie sich hoch und ließ sich über den Rand auf die Bühne fallen.

Plötzlich prallte etwas gegen ihren Fuß, und eine suchende Hand griff nach ihr. »Ich hab sie!«

Sie trat fest zu. Traf. Er grunzte und musste loslassen. Blindlings tastend, scharrten seine Hände über den Bühnenboden.

Sie aber war schon wieder auf den Beinen und hastete weiter, suchte nach Kennzeichen, anhand derer sie sich in der endlosen Nacht orientieren konnte. *Sie konnte das doch!*

Zu ihrer Linken erspürte sie etwas Großes. Über sich erahnte sie den alten samtenen Bühnenvorhang. Hinter ihr schellte das Telefon immer weiter, versprach Hilfe. Doch daran durfte sie jetzt nicht denken. Jetzt war etwas rechts von ihr, niedrig und leicht zerbrechlich wie Küchenstühle. Sie erinnerte sich an die Stühle! Während sie lautlos tiefer in die Bühne hineineilte, versuchte sie verzweifelt, sich einen Plan auszudenken. Sie konnte nichts mehr sehen, konnte die Verfolger nicht erschießen. Sie saß hier in der Falle, ohne eine unverschlossene Tür nach draußen. Ihr einziger Fluchtweg war der durch die Garage. Sie musste einen Weg finden, sie aufzuhalten, sie festzuhalten!

Sie versuchte sich zu vergegenwärtigen, was sie vorhin im Schein der Taschenlampe gesehen hatte. In dem Moment fiel ihr das Bühnenlager ein. Sam hatte die Tür offen stehen lassen.

Maya Stern und ihre Begleiter hatten herausgefunden, dass sie sich auf der Bühne befand. Sie mussten ihre leisen Schritte gehört haben, und jetzt folgten sie ihr. Sie konnte sie gegen Gegenstände laufen, gegeneinander rempeln und fluchen hören. Sie waren genauso blind wie sie. Ihr blieb jedoch keine Zeit, Befriedigung darüber zu empfinden.

Sie war schon einmal hier gewesen, und sie konnte sich auf ihre Propriozeptoren verlassen. Rasch schwenkte sie nach links in die Seitenkulissen ab. Sie durchforstete ihr Gedächtnis ... sie hatte ein sehr gutes Gedächtnis ... Blinde haben ein außergewöhnliches Erinnerungsvermögen und einen ausgezeichneten räumlichen Orientierungssinn. Jetzt aber musste sie sich sofort und ganz genau erinnern –

Während sie horchte, wie sie aufholten, hörte das Telefon in der Eingangshalle wieder auf zu klingeln.

Zu guter Letzt trat ihr Fuß mit einem dumpfen Knall gegen die Wand. Der Schmerz stieg von den Zehen hoch bis in ihren Kopf. Rasch glitt sie an der Wand entlang, betete, dass sie sich in die richtige Richtung bewegte. Sie waren ihr noch immer auf den Fersen, schneller und leiser nun. Ihre Hände tasteten die Wände ab wie Stricknadeln, und dann erspürte sie im rechten Winkel zu der Wand einen hohen Gegenstand.

Die offene Tür zum Lager.

Sie spürte Hoffnung in sich aufkeimen, als sie eine Stahlhalterung und das offene Vorhängeschloss frei herunterhängen fand. Dann lokalisierte sie den Riegel, der sich an der Vorderseite der Tür befand. Rasch kam sie zu einem Entschluss.

Sie streckte die Hände aus und schwang die Tür zu und wieder auf.

Das Ächzen der Türangeln hallte über die leere Bühne und zeigte Maya Stern und ihren Killern, wo sie sie finden würden.

38

16.16 Uhr, Sonntag

Julia versuchte sich zu beruhigen. Sie sagte sich, es sei dasselbe, wie sich auf eines ihrer Konzerte vorzubereiten. Am Rande ihres Bewusstseins schien sie ein paar leise Akkorde beruhigender Musik zu vernehmen. *Ich weiß, wie man das macht.*

Alle ihre zusätzlichen Sinne aufs Höchste geschärft, entfernte sie sich vorsichtig von der offenen Tür. Die

Spannung ließ das Blut in ihren Schläfen pochen. Winzige Nadeln der Angst stachen sie in den Magen. Sie verschmolz wieder mit der absoluten Finsternis und wartete, flach an die Wand neben der Tür gepresst; die wachsende Angst ließ ihren Atem stoßweise kommen. Durfte sie sich auf ihren Blutdurst und ihre Jägerinstinkte verlassen, die ihnen raten würden, die Falle zuschnappen zu lassen?

Dann hörte sie ihre Schritte und gedämpfte Stimmen. Sie nahmen das Geräusch der quietschenden Tür als Anhaltspunkt, auf den sie sich zubewegten. Näherten sich dem Geräusch, so wie die schwingende Sense des Todes sich dem Opfer nähert. Um es niederzumachen. Zu töten.

Sie hielt den Atem an.

»Hier ist eine Tür«, flüsterte eine Stimme.

Die Anstrengung, die Luft anzuhalten und jedes Geräusch zu unterscheiden, bereitete ihr Schmerzen. Ihre Körperwärme schien sich wie eine brennende Hand in ihr auszubreiten.

Ihr Herz raste.

Dann waren sie in dem Bühnenlager. Sie hörte sie durch das Sammelsurium aufeinander gestapelter Gegenstände stolpern und Verwünschungen ausstoßen.

Leichtfüßig schlich sie zur Tür zurück und schloss sie vorsichtig. Sie gab ein einziges lautes Quietschen von sich. Aus dem Raum hörte sie Ausrufe der Überraschung. Die Hoffnung beschleunigte ihren Puls noch mehr. In panischer Hektik legte sie den schweren Riegel vor, und sicher rastete er in die Halterungen ein.

Fast in der gleichen Sekunde streckte sich eine Hand nach ihr aus und legte sich um ihre Schulter. Rauer männlicher Atem versengte ihr Gesicht. In panischer Angst versuchte sie sich seinem Griff zu entwinden. Sie begriff sofort: *Einer der Männer war nicht in den Raum gegangen.* Er war draußen geblieben, um erst einmal abzuwarten, und in ihrem Übereifer, sich zu befreien, war sie unvorsichtig geworden. Sie hatte ihn nicht bemerkt.

Entsetzt wehrte sie sich, aber er hatte Muskeln wie Stahl. Die Hand wirbelte sie herum, ein harter Unterarm drückte ihr die Kehle zu, und der Mann nagelte sie an die Wand wie eine Gefangene, die gefoltert werden soll. Sie schnappte nach Luft.

»Ich hab' sie!«, rief er in Richtung Tür. »Hündin«, murmelte er. »Verdammte Hündin.«

Sie trommelte mit den Fäusten gegen seine Brust. Rang um Luft, hörte in weiter Ferne das Telefon klingeln und verwünschte sich selbst. Sie hatte sich in der Falle der Erfahrung und der Ausbildung der Hausmeister verfangen. Blutdurst hin, Blutdurst her, sie operierten mit tödlicher Effizienz.

»Hast wohl gedacht, du könntest davonkommen, wie?«, zischte er. »Jetzt wirst du sterben. Noch nicht sofort. Aber bald. Du musst nämlich auf eine bestimmte Weise sterben. Wir werden es dir genau erklären.« Er zerrte sie fort und tastete mit der freien Hand nach dem Riegel. Sie hatte keine Zeit mehr gehabt, das Vorhängeschloss anzubringen. In Kürze würden Maya Stern und diese Hausmeister wieder frei sein. »Du bist ein cleveres Mädchen. Die clevere Todesart, die wir für dich geplant haben, wird dich interessieren.«

Sie keuchte und versuchte trotz des Unterarms, der ihr die Kehle abdrückte, Luft zu bekommen. In der Schwäche, die sie zu überwältigen drohte, verspürte sie einen rasenden, immer heftiger anschwellenden Zorn.

Sie würde nicht zulassen, dass diese Arschlöcher sie umbrachten!

Ihre rechte Hand tastete nach der Manteltasche. Zitternd fand sie sie.

Der unsichtbare Mann, ihrer Hilflosigkeit gewiss, rief

durch die Tür: »Stern? Vor der Tür liegt ein Stahlriegel. Ich habe ihn gefunden. Ich hol' euch im Handumdrehen da raus.«

Sie hatte keine Zeit mehr. Ihre Hand fuhr in die Tasche und packte die Walther. Wie in einem Erinnerungsblitz fielen ihr Sams Worte wieder ein: *Wenn Sie die Gelegenheit dazu haben, laufen Sie weg. Wenn nicht, schießen Sie.*

Als der Stahlriegel sich mit einem Ächzen nach oben bewegte, sodass sich die Tür dann öffnen ließ, riss sie in tödlicher Angst die Walther heraus, rammte sie dem Mann in die Brust und drückte zweimal ab.

Er stöhnte auf. Überall spritzte Blut herum. Der Metallriegel fiel zurück in die Halterung. Der grauenhafte Geruch des heißen Bluts füllte ihren gesamten Kopf aus. Übelkeit würgte sie, und mit großer Mühe befreite sie sich aus seinem Griff, um wieder ungehindert einzuatmen. Die Hand um ihre Schulter erschlaffte. Zitternd schob sie sie von sich, und der Körper sackte zu Boden.

Von drinnen rief Maya Stern: »Riordan? Was geht da draußen vor? Riordan!« Die Hausmeister rannten fluchend gegen Hindernisse, während sie sich zur Tür vorkämpften.

Julia verspürte eine unendliche Erleichterung. Sie war noch am Leben. Sie konnte es nicht fassen. Gott sei Dank hatte sie die Waffe gehabt! Jetzt musste sie sehen, dass sie von hier wegkam. Vielleicht warteten irgendwo draußen weitere Hausmeister. Und sie war immer noch blind –

Auf der Stelle kämpfte ihr Verstand die aufkeimende Angst nieder. Das spielte keine Rolle. *Wenn Sie die Gelegenheit dazu haben, laufen Sie weg.* Sie stürzte auf die Tür zu und tastete hektisch herum, bis sie den Riegel fand. Mit schweißnassen Händen ließ sie das Vorhängeschloss einschnappen.

Schwer atmend drehte sie sich um und suchte sich

rasch ihren Weg zurück über die Bühne. Mittlerweile hatte sie ihn sich ziemlich gut eingeprägt, und unter Zuhilfenahme ihrer Propriozeptoren stolperte sie in Richtung Zuschauerraum. Ihre Kehle fühlte sich an wie ein Reibeisen, aber sie sog die Atemluft gierig ein. Wieder merkte sie, wie die Übelkeit in ihr hochstieg, aber sie ging dagegen an. Es war egal, wenn sie sich übergeben musste. Sie hatte getan, was sie tun musste. Ein kaltes Gefühl absoluter Ruhe ergriff Besitz von ihr.

Hinter sich konnte sie die gellenden Schreie aus dem Lagerraum hören. Und dann leise, scharfe Explosionen. Sie versuchten sich ihren Weg nach draußen mit schallgedämpften Pistolen frei zu schießen.

Sie lächelte grimmig. So leicht konnten sie einen Stahlriegel und ein von innen nicht sichtbares, locker herunterhängendes Vorhängeschloss nicht zerschießen. Aber irgendwann würden sie herauskommen – eine der Stahlklammern war innen befestigt, und wenn sie ihre Hände zu Hilfe nahmen, würden sie sie zu guter Letzt finden und aus der Wand schießen können.

Sie erspürte die erste Sitzreihe, dann den Mittelgang. Als sie ihn hinaufrannte, hob sie wieder die Füße, um nicht über eine der Teppichfalten zu stolpern. Schließlich erahnte sie die Tür und die Wand des Zuschauerraums vor sich – eine große, harte und ebene Oberfläche, die das Geräusch ihrer Schritte schnell und exakt zurückwarf.

Sie wurde langsamer. Erreichte die Tür. Und schob sie auf.

Die Luft war mit einem Mal wärmer. Selbst künstliches Licht heizte einen Raum auf. Sie befand sich in der Eingangshalle. Fand den Tresen für die Süßigkeiten. Indem sie ihn als Orientierungspunkt benutzte, passierte sie die großen Glastüren, die einmal der offizielle Eingang des Lichtspieltheaters gewesen, nun aber mit Sperrholzplatten zugenagelt waren. Schrittezählen war nun nicht mehr verlässlich, sodass sie den Kopf langsam von links nach rechts und wieder zurück kreisen ließ. Auf diese Weise vermochte sie sich in der Mitte der Eingangshalle zu halten.

Endlich erreichte sie die Wand auf der gegenüberliegenden Seite und die Tür, die zur Garage führte. Hinter sich konnte sie die wutentbrannten Schreie der Killer hören. Sie musste weg von hier.

Aber sie war noch immer blind.

Sie musste unbedingt eine Möglichkeit finden, ihr Augenlicht wiederzuerlangen. Sie legte eine Hand auf den Kotflügel des Wagens von Sams Mutter und folgte ihm in Richtung des Garagentors. Sie schob es auf und betete, dass draußen nicht ein weiterer Hausmeister wartete. Während sie schon halbwegs mit einem weiteren Angriff rechnete, ertastete sie sich geschickt ihren Weg zurück und rutschte hinter das Lenkrad.

Plötzlich zitterte sie erneut wie ein einsamer Eiswürfel in einem Glas. Ihr war kälter, als es ihr je in ihrem Leben gewesen war. Ihre Zähne klapperten. Wie Gift quoll die Furcht in ihr empor. Sie war ihnen nur um Haaresbreite entkommen. Sie hatte einen Menschen getötet. Sie hatte ihn erschossen, seine Brust war explodiert, und sie hatte mit ihrem eigenen Körper gespürt, wie das Leben in ihm jäh erloschen war. Es war wie ein Stromausfall – abrupt, überraschend. Unwiderruflich.

Dann vernahm sie dumpfe Schlaggeräusche, als versuchten sie, sich ihren Weg frei zu hämmern. Panische Angst durchzuckte sie. Früher oder später würden sie es schaffen. Aber von der Seitengasse her war niemand in die Garage gerannt gekommen. Vielleicht hatten sie ja keinen Posten draußen aufgestellt.

Sie musste nachdenken. Sie musste wieder *sehen*.

Sie fummelte herum, bis sie den Zündschlüssel fand. Vor ihrer Erblindung war sie Auto gefahren. Sie betätigte die Zündung, und der große Motor sprang an und begann zu summen.

In der Nacht der Ermordung ihrer Mutter war es ihr nicht gelungen, ihre Sehkraft wiederzuerlangen, indem sie zu ihrem Steinway gegangen war. Die einzige Methode, die funktioniert hatte, war Orions gewesen. Sie versuchte sich ihre Sitzung mit ihm ins Gedächtnis zu rufen. Das Erste, worum er sie gebeten hatte, war gewesen, sich zu entspannen ... *Wir werden mit einigen grundlegenden Entspannungsübungen und einer Einladung an dich beginnen, dich darauf einzulassen. Es ist ganz einfach. Du kannst es später auch allein für dich machen ...*

Ihr Herz jedoch hämmerte wie wild. Durch ihre Adern raste blinde Furcht. Und ihre Musik – die lebenslange Quelle, aus der sie Ruhe und Frieden geschöpft hatte – hatte sie verlassen.

Sie sagte sich, dass das nicht so sein musste. Sie rief sich Orions Behauptung in Erinnerung, sie könne ihr Augenlicht selbstständig zurückerlangen.

Ich kann es. Sie legte die Hände in den Schoß und konzentrierte sich. Schon bald tauchten die süßen, schmelzenden Klänge von Brahms »Wiegenlied« an den Rändern ihres Bewusstseins auf. Kaum wahrnehmbar zuerst, aber als sie sie ermutigte, schwollen die Noten an.

Sie fühlte sich ganz ruhig. Fühlte, wie die Musik sie übernahm.

Nun wagte sie es, wieder an die Sitzung mit Orion zu denken. Während sie die Musik in ihrem Innern weiterklingen ließ und der Motor summte, richtete sie ihre Gedanken diszipliniert auf das, was der Psychiater gesagt hatte:

»In deinem Herzen ist das Wort ›und‹. Dein Herz pumpt das Blut durch deinen ganzen Körper, nicht nur durch ein paar Teile. Es sucht sich keine Seite aus ...«

Sie atmete tief und regelmäßig und nickte leise. *»Wer ich bin, hängt nicht von einer einzigen Entscheidung ab.«* Sie lächelte, als habe sich eine gewaltige Bürde von ihren Schultern gehoben. Sie konnte weglaufen. Sie konnte kämpfen. Sie konnte alles tun, was notwendig für sie war. Es durfte alles sein.

Während er sie weiter beruhigt und alles erklärt hatte, hatte sie titanische Veränderungen in ihrem Innern bemerkt. In lebhaften Einzelheiten hatte sie ihm erzählt, an was sie sich bezüglich der Nacht ihres Debüts erinnerte, und beim Reden hatte, zögernd zuerst, das Gefühl eines merkwürdigen inneren Friedens von ihr Besitz ergriffen. Die rostige Bremse, die Gewalt über sie gehabt hatte, schien sich in Luft aufzulösen, und ...

Plötzlich ergab alles einen Sinn. Sie empfand das nicht nur mit ihrem Verstand, sondern mit ihrem ganzen Körper und all ihren Emotionen. Das Wiegenlied, nicht länger benötigt, wich wieder an den Rand ihres Bewusstseins zurück. Ein Gefühl der Erregung durchdrang sie, denn –

Rein physisch funktionierte ihr Augenlicht ausgezeichnet. Es war nur ihr Verstand, der sich zu sehen weigerte.

Aber die Wahrheit war ... sie musste gar nicht wissen, was geschehen war, was sie so sehr traumatisiert hatte, dass sie erblindet war.

Sie musste nicht alles wissen.

Musste nicht ...

Während sie dort in dem Auto saß, schien der seltsame Geruch sie wieder zu umwehen. In ihrem Herzen begannen mächtige Blöcke zu ächzen und sich zu verschieben. Ihr Herz schlug wie wild vor Erregung.

Aber es war nicht nur ihr Herz.

Das waren Schritte ... durch die Eingangshalle, *auf die Garage zu.*

Maya Stern und die Männer waren aus ihrem provisorischen Gefängnis ausgebrochen. Sie kamen, um sie zu töten.

Julia zwang sich zur Ruhe. *Ruhig.* Zwang sich, regelmäßig zu atmen. Lauschte der Musik in ihrem Innern und legte ihre Hände um das Lenkrad.

Mit höchster Konzentration rief sie sich den merkwürdigen Geruch zurück ... und das Gefühl, dass sich gewaltige Veränderungen in ihr abspielten.

Sie war genauso blind wie vorher. Sie konnte überhaupt nichts sehen –

Und dann flog sie ein Gedanke an wie ein freundlicher Geist, ein Gedanke, von dem sie nicht wusste, woher er stammte: *Ich muss mich nicht länger selbst bestrafen.*

Sie wusste nicht, was es damit auf sich hatte. Aber auf den Flügeln dieses Gedankens schien sich etwas Altes und Schmerzliches zu heben, und –

Ihre Augen fühlten sich warm und flüssig an.

Sie hielt den Atem an, hoffte inständig.

Ein greller Lichtstrahl nahm am Rande ihres Blickfelds Gestalt an.

Und die Tür zur Eingangshalle schwang auf, und Schritte donnerten auf sie zu.

Ihr blieb keine Zeit mehr. Sie musste darauf vertrauen, dass ihre Sehkraft zurückkehren würde. Ihr Fuß trat das Gaspedal durch, und der alte Chevy schoss auf das offene Tor zu.

DRITTER TEIL

DAS BERNSTEINZIMMER

39

16.20 Uhr, Sonntag
NEW YORK City

Geoffrey Staffeld betrat den kleinen Konferenzraum in einem von New Yorks großen Hotels – dem Plaza. Er hatte sich diesen distinguierten Rahmen mit seinen Meilen von dickflorigen, mit Goldblättern geschmückten Teppichen ausgesucht, weil er vorhatte, mit Lügen seinen verwichsten Kopf aus der Schlinge zu ziehen.

Er breitete die Unterlagen vor sich auf dem Pult aus und ließ den Blick vom Podium aus über die ernste Gruppe von Journalisten schweifen. Auch sein Gesicht war ernst und finster, um die Bedeutung dessen, was er enthüllen würde, zu unterstreichen. Von noch größerer Bedeutung aber war die Tatsache, dass ein Chief Superintendent des erhabenen Scotland Yard nach Amerika kam, um sich entgegen allen Gepflogenheiten und den ausdrücklichen Anordnungen seiner Regierung in die amerikanische Innenpolitik einzumischen.

Wie angewiesen, hatte er jeden Reporter persönlich angerufen und überzeugt, aus den beiden oben stehenden Gründen an der Pressekonferenz teilzunehmen. Allerdings hatte er den Rundruf erst gestartet, nachdem er sich vergewissert hatte, dass die sechs Millionen der Redmonds auch wirklich nach Kolumbien transferiert waren. Sofort hatte er zwei Millionen davon auf Felix Turkovs Konto in Liechtenstein überwiesen. Turkov war sein Kettenhund und hatte versprochen, Irkutsk sofort zu verlassen – was mehrere Flüge über Russland und den Atlantik bedeutete. Morgen Mittag sollte er in Manhattan eintreffen.

Nach dem Zusammenbruch der Sowjetunion vom KGB gefeuert, war Turkov seitdem ohne Einkommen gewesen, ein Ausgestoßener in einer neuen Welt, in der sowjetische Spione mit einer Brust voller Orden froh sein konnten, einen Job als Kellner, Hausmeister oder Wachmann zu bekommen. Er hatte versucht, sich der allgemeinen Entwicklung anzupassen. War gescheitert. Und Staffeld hatte ihn in London aus einer höchst heiklen Situation befreit, die dem alten Killer aus dem Kalten Krieg mit Sicherheit einige Jahre Knast eingebracht hätte. Nach dem glücklichen Erwerb von zwei Millionen Dollar hatte Turkov sich bereit erklärt, so viele Redmonds wie gewünscht zu ermorden. Er hatte versprochen, Staffeld den Rücken frei zu halten, wenn der aus der Stadt floh.

Mit einem Schub böser Vorahnungen hatte Staffeld der Tatsache ins Auge geblickt, dass er nie mehr imstande sein würde, sein altes Leben in London wieder aufzunehmen. Es war nun Zeit für eine komplette Neuorientierung, und mit der Flexibilität, die er stets für eine seiner Hauptstärken gehalten hatte, wusste er genau, was zu tun war. Die sechs Millionen Dollar, die die Redmonds ihm noch schuldeten, würden ihn und Calla in die Lage versetzen, zu verschwinden und ein besseres Leben zu führen, als sie es sich jemals erträumt hatten. Außerdem würden sie ihm jene gelegentlichen Streifzüge in die Unterwelt des Sex ermöglichen, die er, wie er sehr wohl wusste, immer brauchen würde.

Aus diesem Grund war es von höchster Wichtigkeit, dass Staffeld seinen heutigen Job außergewöhnlich gut erledigte.

Nun schaute er mit grimmiger Entschlossenheit seine Zuhörer an. »Meine Damen und Herren, das, was ich Ihnen zu berichten habe, wird aus dem Munde eines britischen Bürgers merkwürdig klingen. Aber unsere beiden

Länder haben ja seit den Tagen, als ihr Kolonisten euch gegen uns erhoben habt –«, an diesem Punkt gab es das eine oder andere Lächeln auf den Gesichtern vor ihm, »– eine besondere Beziehung zueinander gehabt, und ich für mein Teil habe mich immer zu der Auffassung bekannt, dass wir diese starken Bande erhalten und pflegen müssen. Jeder Amerikaner und jede Amerikanerin möchte am Dienstag den Richtigen zum Präsidenten wählen. Ich bin hier, um Ihnen zu sagen, dass Douglas Powers *nicht* der Richtige ist ... und warum.«

Das machte sie munter. Zwei Blitzlichter tauchten ihn in grellweißes Licht. Im Hintergrund surrten Filmkameras.

»Ich habe Ihnen Dokumente mitgebracht«, sagte er und fuhr fort, indem er den Text des Schriftstücks auswendig wiedergab, das in der Aktentasche gewesen war, die man für ihn in Heathrow deponiert hatte. »Sie erhärten und ergänzen das, was die *Sunday Times* als Erste enthüllt hat, also im Großen und Ganzen das, was Sie heute Morgen in Ihren Zeitungen gelesen haben. Darunter sind zwei Fotos von Powers mit Stücken seiner ›Jagdbeute‹. Sie werden nachrichtendienstliche Ermittlungen aus Amsterdam und Belgrad sehen, die weitere Stationen seiner verabscheuungswürdigen Vergangenheit offenbaren –«

»Warten Sie eine Minute!« Einer der Männer in der ersten Sitzreihe schüttelte heftig den Kopf. »Warum sollten wir Ihnen glauben? Das hätten Sie schon vor Monaten an die Öffentlichkeit bringen sollen!« Das kantige Gesicht des Journalisten zeigte unverhohlenes Misstrauen.

Eine Frau blieb ebenfalls skeptisch. »Jetzt damit herauszurücken ist ja ein wahrhaft günstiger Zeitpunkt! Sie lassen Douglas Powers verdammt wenig Zeit, vor den Wahlen noch irgendetwas zu widerlegen.«

Die anderen Reporter musterten Staffeld mit strengen Mienen. Mehrere rutschten unruhig auf ihren Stühlen hin und her, als ständen sie im Begriff, aufzuspringen und den Raum zu verlassen.

Staffeld nickte. Das war der Knackpunkt des Ganzen. Vince Redmond konnte ihm all die vorbereiteten Worte übermitteln und ihnen den Anschein der Echtheit verleihen, aber am Ende wäre es an ihm, dafür zu sorgen, dass sie ihm persönlich glaubten. Er straffte sich, sodass er hinter dem Pult größer wirkte. Kräftig, geradeheraus und kantig, jeder Zoll ein Profi.

»Das stimmt«, entgegnete er ruhig, während er die vorgeschriebene Rede fortsetzte. »Es freut mich, dass Sie fragen. Ist immer gut, den Hintergrund auszuleuchten. Folgendes ist passiert: Als die Nachricht heute Morgen in der Londoner Zeitung erschien, hörte ich von zwei zuverlässigen Quellen aus dem Kalten Krieg, mit denen ich seit meinen Tagen im MI6 – unserem Geheimdienst, wie Sie sicher wissen werden – in Verbindung stehe. Sie wollten ihre Unterlagen veröffentlichen. Ich hätte sie nach Whitehall bringen können, und die Zylinderhüte dort hätten sie ohne Zweifel an eure Justizheinis weitergegeben. Aber wir wissen alle, wie verdammt langsam die Mühlen der Bürokratie mahlen. Bis beide Regierungen es über die üblichen Kanäle weitergeleitet hätten, wäre Powers längst Präsident gewesen. In Anbetracht der Ausschweifungen und, ja, der kriminellen Energie, die hier am Werke ist, würde das aber keiner unserer beiden Nationen dienen.«

Das Wort ›kriminell‹ erregte ihre Aufmerksamkeit, wie Staffeld und Vince Redmond es sich gedacht hatten. Manche Reporter nickten. Andere begannen Fragen in den Raum zu brüllen: »Inwiefern kriminell?«

»Was war seine Quelle?« Seine Erklärung hatte plausibel geklungen, und ihr Verhalten entspannte sich ein wenig, auch wenn ihre Mienen misstrauisch blieben. Die Morgenzeitungen hatten die Lunte an Powers politische Existenz gelegt, aber es war an Staffeld, sie zu entzünden.

»Der Reporter der *Sunday Times* hat die Dokumente, die sein Informant ihm geliefert hat, falsch gedeutet«, setzte Staffeld mit ernster Miene hinzu. »Die Prager Firmenbuchauszüge beispielsweise zeigen Powers' Namen in Verbindung mit denjenigen, mit denen er Sex gegen Bezahlung hatte.« Er hielt ein Blatt Papier in die Höhe und zeigte auf zwei Namen. »Ján und Zora sind gute Beispiele. Sie sind unglückseligerweise auch gute Beispiele für unsere Unwissenheit in Großbritannien und den USA. Es beweist, wie unzureichend wir die tschechische Sprache beherrschen, und soweit ich weiß, hat niemand sich die Mühe gemacht, das zu überprüfen. Das sind keine weiblichen Vornamen. Laut meinen Informationen hat Powers nie Umgang mit Callgirls gehabt. Er ist ein Päderast. Kleine Jungen sind seine Spezialität.«

Im Zuhörerraum breitete sich ein leises, entsetztes Murmeln aus. Ein Blitzlichtgewitter entlud sich über Geoffrey Staffeld. Entsetzen und Faszination hingen in der Luft, die so dick war, dass man sie mit Messern hätte schneiden können. Sobald Staffeld wieder die Stimme erhob, verstummten die Reporter, konzentrierten sich nur noch auf ihn und machten sich emsig Notizen.

Staffeld fuhr fort: »Dies an die Öffentlichkeit zu bringen war nicht nur aus moralischen Gründen so überaus wichtig, sondern auch, weil solche Sittlichkeitsverbrecher Freiwild für Erpresser sind und ein Großteil dieses Materials sich bereits in gefährlichen Händen befindet.« Er hielt das Prager Foto in die Höhe, auf dem Powers mit einem Sexmagnat und dessen augenblicklicher Gespielin in eine Limousine stieg. »Hier sehen Sie kleine Jungen, die sich am Straßenrand aufgestellt haben, um zu ihnen in den Wagen zu steigen.« Er hielt auch eine Aufnahme aus Belgrad in Jugoslawien hoch, auf der Powers seine Arme um die Schultern zweier blonder kleiner Jungen gelegt hatte, die ungefähr acht Jahre alt zu sein schienen. Er begleitete sie in ein mieses Hotel. »Dieses Gebäude ist berüchtigt als Stundenhotel für alle Arten von sexuellen Perversionen.«

In Wirklichkeit waren beide Aufnahmen – ohne dessen Wissen – ursprünglich von Staffeld gemacht worden. Irgendjemand, der auf der Gehaltsliste der Redmonds stand, hatte mit Mitteln der digitalen Retusche seinen Körper und sein Gesicht durch Powers' ersetzt. Aber darüber dachte Staffeld jetzt nicht nach. Um überzeugend zu wirken, musste er selbst an seine Lügen glauben. Und in diesem Moment, im Angesicht der misstrauischen Presse und des drohenden Endes eines Lebens, so wie er es kannte, hatte Staffeld sich selbst davon überzeugt, dass jedes Wort aus seinem Mund nichts als Gottes lautere Wahrheit war.

Mit düsterer Miene beschrieb Staffeld die Orgie in Monaco, von der die *Sunday Times* berichtet hatte: »Sie haben eine wichtige Tatsache ausgelassen. Die dort anwesenden Kinder waren nicht nur Augenzeugen. Powers hat eins von ihnen vergewaltigt.« Als Nächstes las er aus einer eidesstattlichen Erklärung eines Drogendealers in Amsterdam vor. Das Dokument war in Holländisch geschrieben, doch Powers las ihnen die Übersetzung vor, die angeblich sein alter MI6-Kontakt, tatsächlich aber einer von Redmonds Handlangern, angefertigt hatte. »Ich habe bei zwei Ausflügen von Powers in das ›Wallen‹, bei denen er zwei Jungen für seine Zwecke benutzt hat, als Führer fungiert ...« Wallen war Amsterdams Rotlichtbezirk, in dem Sex und Drogen die Haupteinnahmequelle bildeten. Aus ganz Europa strömten die Leute dorthin, so wie es US-Zocker nach Las Vegas und Atlantic City zog.

Staffeld schloss: »Ich persönlich bin der Meinung, dass wir diesen Dokumenten und Fotos Glauben schenken müssen, weil die meisten offiziellen Akten und Berichten entnommen sind, unaufgefordert eingereicht wurden und aus ganz unterschiedlichen Quellen stammen. Was das amerikanische Volk mit ihnen anstellen will, ist seine Entscheidung. Ich erfülle nur das, was ich als meine Pflicht einer Schwesterdemokratie gegenüber erachte, und das auf die einzige Art und Weise, in der ich es rechtzeitig schaffen konnte. Ganz gleich, was mir zu Hause daraus erwachsen wird, ich fühle mich gut dabei.« Er legte eine Pause ein, um einen sowohl eisernen als auch bescheidenen Ausdruck aufzusetzen. »Noch irgendwelche Fragen?«

Sofort bat ein Reporter aus den hinteren Reihen um Kopien.

»Ich habe keine«, gestand Staffeld. Jetzt war er auf sich gestellt – keine schriftlich fixierten Worte mehr, die er nur vortragen musste. Um die nun folgenden Fragen zu beantworten, musste er sich auf seinen gesunden Menschenverstand und das bereits Gesagte verlassen. »Aber Sie dürfen gerne alles fotografieren. Ich muss die Originale behalten, um sicherzustellen, dass sie nicht verschwinden oder manipuliert werden.« Diese Antwort implizierte natürlich, dass Powers alles unternehmen würde, um sie zu vernichten.

Eine Sturzflut von Fragen brach über ihn herein. Sie wollten in allen Einzelheiten wissen, um welche sexuellen Handlungen es ging. Penetration? Waren die Kinder bekannte Prostituierte? Lagen Haftbefehle gegen Powers vor?

Erregung ergriff Besitz von Staffeld. Die Fragen deuteten darauf hin, dass er es geschafft hatte. Visionen seines neuen Luxuslebens zogen vor seinem geistigen Auge vorbei. »Ja, die Dokumente belegen, dass es zur Penetration gekommen ist. Analverkehr, nein. Nur die Prager Jungen sind als Prostituierte identifiziert worden. Ich persönlich habe keine Kenntnis von Haftbefehlen gegen Powers. Das muss allerdings nicht heißen, dass es keine gibt. Ein Teil der Schwierigkeiten scheint daraus zu resultieren, dass er seine erbärmlichen Taten in Amsterdam und Belgrad und wahrscheinlich auch noch an anderen Orten unter verschiedenen Decknamen begangen hat. Und natürlich werden Sie bemerkt haben, dass er in Monaco vorübergehend festgenommen, aber wieder auf freien Fuß gesetzt wurde. Das Kind ist verschwunden, und es gab nicht genügend Beweise gegen ihn, um ihn festzuhalten.«

»Hat es noch weitere Verbrechen gegeben?«

Staffeld zögerte wirkungsvoll. Er ließ einen Ausdruck des Entsetzens über seine ungehobelten, der Menge unverblümt zugewandten Gesichtszüge gleiten. »Tja, ja, vermutlich ja. Das Schlimmste von allem. Ihr Burschen werdet verstehen, warum das etwas ist, das ich nur höchst ungern im Zusammenhang mit jemandem ausspreche, der so kurz davor steht, in euer Weißes Haus einzuziehen.« Er seufzte theatralisch. »Mein Amsterdamer Informant behauptet, Powers habe bei seinen Sexspielchen einen Jungen getötet. Die Leiche wurde nie gefunden, aber die Unterwelt der Stadt behauptet steif und fest, dass dies geschehen ist.«

Eine Woge der Aufregung schwappte durch den Raum. Es hatte einmal eine Zeit gegeben, da Reporter keine Aussagen veröffentlichten, die nicht von mindestens zwei voneinander unabhängigen Quellen bestätigt worden waren. Bob Woodward und Carl Bernstein hatten sich während ihrer gesamten bahnbrechenden Nachforschungen zum Watergate-Skandal strikt an diesen Grundsatz gehalten. In jenen Tagen war der Journalismus eine Art von höherer Berufung, während Klatsch und Skandale in Kolumnen des Boulevardteils, in die Nähe der Comics verbannt waren. Ohne zwei zusätzliche Quellen hätte damals keine seriöse Zeitung Staffelds Anschuldigungen veröffentlicht, geschweige denn, sie auf die Titelseite gebracht.

Aber das war Geschichte. Die Reporter schnappten sich ihre Handys, um ihre Verleger anzurufen. Kameramänner rannten los, um ihre Filme in die Dunkelkammer zu bringen. Die Fotografen balgten sich noch immer darum, Nahaufnahmen der besagten Dokumente zu bekommen. Lärm, Chaos und Begeisterung erfüllten den Raum, bis die Wände zu beben schienen. Jeder der Anwesenden wusste: selbst wenn ihre Verleger die Verlässlichkeit von Chief Superintendent Staffeld in Zweifel zögen, am Ende würden sie seine Anschuldigungen doch drucken und senden, denn wenn sie es nicht taten, würde es jemand anders tun. Die ganze Sache war nicht mehr zu stoppen. Binnen einer Stunde würde die Neuigkeit wie ein Donnerschlag über die amerikanische Öffentlichkeit hereinbrechen.

16.58 Uhr, Sonntag
BALTIMORE, Maryland

Sam kam fast um vor Wut und Sorge. Gerade hatte das Leben einen dieser Saltos geschlagen, die alles auf den Kopf stellten. Und alles war seine Schuld! Er hätte Julia nie allein lassen dürfen. Ganz gewiss hätte er Pink nie anrufen dürfen. Er hätte schon beim ersten Mal an Pinks Reaktion erkennen müssen, dass er Sam für gefährlich hielt. Sicher meinte Pink, er würde der Firma Schaden zufügen, sodass er zu guter Letzt dem Druck der Vorgesetzten nachgeben musste.

Es machte Sam fuchsteufelswild, aber Pinks Verrat verblasste neben seiner Sorge um Julia. *Sie musste am Leben bleiben.* Eine eisige Hand schien nach seinem Herzen zu greifen.

Als er schließlich mit quietschenden Bremsen vor dem alten Theater zum Stehen kam, war er schweißgebadet, und sein Herz hämmerte wie verrückt. Aber draußen standen weder Polizeiwagen noch verdächtige Fahrzeuge. Es gab nur die üblichen Passanten, Drogenabhängige und traurige, schmutzige Kinder.

Er lief zur Garage. Sie war aufgebrochen worden. Er zog seine Pistole, spähte die Straße hinauf und hinunter und schlüpfte in das Gebäude. Die Glühlampen an der Decke brannten.

Und der Wagen seiner Mutter war fort. Er war sich nicht sicher, was das zu bedeuten hatte.

Lautlos wie ein Panther schlich er zu der Tür, die ins Foyer führte. Er knipste das Garagenlicht aus, damit er nicht von hinten beleuchtet wurde. Stieß die Tür auf und horchte. Versuchte all seine Sinne zu benutzen, so wie Julia es ihm beschrieben hatte. Doch alles, was er hören konnte, war das Pochen des Bluts in seinen Ohren, und alles, was er riechen konnte, waren die trockenen Aromen von Staub und Alter. Mit einer bösen Vorahnung glitt er in die Eingangshalle und drückte sich an der Wand entlang zu dem Süßigkeitentresen, um dort erneut innezuhalten. Er hörte immer noch nichts.

Am liebsten hätte er ihren Namen gebrüllt. Herausgeschrien.

Er entdeckte das Buch seines Großvaters auf der untersten Stufe. Sam näherte sich ihm vorsichtig. Aufgeschlagen lag es da, als hätte jemand es nur kurz hingelegt, um sofort wieder zurückzukommen. Er starrte auf das Buch hinunter. Auf der einen Seite war Text, auf der anderen jedoch befanden sich Aufnahmen von Schmuck – ein großer Ring und zwei Broschen. Er starrte den Ring an. Es war ein Alexandrit, den winzige blaue Steine umringten. Vielleicht war es Julias Ring ... der, den ihr Großvater ihr ihren Erzählungen zufolge geschenkt hatte. Dann traf ihn die Erkenntnis wie ein Blitz: Sie hatte ihm gesagt, er sei der Auslöser für ihre erneute Erblindung gewesen.

Angst packte ihn. Aber er schob sie beiseite. Seine ganze Ausbildung ... alles, was er gewesen war und bisher genutzt hatte ... schien in sein Bewusstsein zu strömen. Er atmete flach, als er lautlos die Treppe hochstieg und oben innehielt. Als er immer noch keinen Laut hörte, betrat er das Apartment. *Julias Mantel und Waffe waren nicht mehr da.* Vielleicht hatte sie sich auf den Weg gemacht, um ihren Großvater Redmond zu besuchen. Sie hatte gesagt, dass sie dahin wollte. Verrücktes Weib!

Jetzt hatte er einen Ort mehr, den er überprüfen musste. Er schnappte sich die Taschenlampe und rannte die Stufen zum Zuschauerraum hinunter. Hohl und schmerzlich schien die Leere in seinen Ohren widerzuhallen.

»Julia! *Julia!*«

Dann roch er den Gestank von Schießpulver. Das war ein Geruch, mit dem er sich auskannte. Hatte sie geübt? Oder war sie angegriffen worden?

Rasch ging er den einen Gang entlang, folgte dem Kegel der Taschenlampe. »*Julia!*«

Die Bühne war leer, und die Tür zum Lager stand weit offen, so wie er sie zurückgelassen hatte. Der Stahlriegel befand sich noch auf der Tür, aber er hing lose herunter. Jemand war von drinnen ausgebrochen, indem er die Verankerungen der Halterungen weggeschossen hatte! Und dann merkte Sam, dass seine Schuhsohle festklebte. Er kniete nieder und befühlte die trocknende Flüssigkeit. Es war eine große Lache gewesen. Im Schein der Taschenlampe starrte er auf seine Hand. Blut.

Er zwang sich zum Atmen. Er schüttelte den Kopf und traf eine Entscheidung. Es war möglich, dass die Hausmeister ihre Leiche weggeschleppt hatten, um sie irgendwo loszuwerden. Aber er vermochte nicht zu glauben, dass es sich um Julias Blut handelte, weil ihr Mantel und ihre Pistole ebenso wie der Chevy verschwunden waren.

Er rannte von der Bühne und den Gang hinauf. Er konzentrierte sich vollkommen auf ihren Überlebenswillen und ihre Intelligenz. Er hatte ihr genug beigebracht, dass sie wusste, wie man die Pistole benutzte. Er würde davon ausgehen, dass es ihr irgendwie gelungen war, sich zu retten. Jede andere Erklärung war inakzeptabel. Der Schmerz zeriss ihm das Herz. Er schnappte sich das Buch seines Großvaters, drehte das Licht aus und hastete zu seinem Wagen zurück.

40

20.16 Uhr, Sonntag
WESTCHESTER COUNTY, New York

Heute war die besagte Nacht. Mit ein bisschen Glück und Pater Michaels Hilfe würde der alte Lyle sich aus seinem stinkenden Gefängnis befreien. Da er sparsam mit seiner Kraft umgehen musste, verbrachte er den Nachmittag mit Dösen und Radio hören. Obwohl sein Sender hauptsächlich klassische Melodien der 30er und 40er Jahre ausstrahlte, war die Neuigkeit über Douglas Powers so ungeheuerlich, dass der Ansager das Programm unterbrach, um sie wiederzugeben. Schock und widerwillige Bewunderung durchfuhren Lyle. Gottverdammt, Creighton hatte schnell reagiert. Obwohl er nichts Genaues wusste, war er sich sicher, dass Creighton dahinter stecken musste.

Sofort schaltete er auf einen Nachrichtensender um und setzte sich auf. Powers' Team stritt alles ab, während Creighton sich nobel gab und das amerikanische Volk dazu aufrief, keine voreiligen Schlüsse zu ziehen.

Die Wahl würde in nur zwei Tagen stattfinden. Wenn das so weiterging, würde Creighton Präsident werden.

Wütend und bekümmert stand Lyle auf und schlurfte in die Eingangshalle. Seine wüste weiße Mähne umstand seinen Kopf in dem fluoreszierenden Licht wie ein Heiligenschein. Ruhelos tigerte er auf und ab. Creighton war schon immer ein Hundesohn gewesen, schlimmer, als er es jemals gewesen war. Es war undenkbar, dass das Land von seinen gierigen Söhnen regiert werden sollte – denn es war Lyle klar, dass Creighton das alles nicht allein durchziehen würde –, mit der Macht *seines* Geldes.

Das durfte er nicht zulassen.

Er musste es verhindern, aber es würde schwierig werden.

Während die Nacht purpurne Schatten über die Hügel von Westchester um das Pflegeheim herum warf, kämpfte er mit sich selbst. Nägel schienen ihm die Brust zu durchbohren. Irgendwie hatte er es vermasselt. Marguerite war tot, und Creighton steckte auch dahinter. Und jetzt wurde seine Enkelin Julia gejagt, weil sie angeblich einen New Yorker Seelenklempner umgebracht hatte. Auch das stank nach Creightons schmutzigen Fingern.

Er konnte all die Verwicklungen kaum begreifen. Ihm war bewusst, dass auch er schreckliche Dinge getan hatte ... Ereignisse rasten vor seinem geistigen Auge vorbei wie ein Nachrichtenabspann ... aber nie hatte er etwas so

Widerwärtiges getan wie Creighton. Er wunderte sich, wie er so lange hatte übersehen können, was aus Creighton geworden war. Zu was für einem rücksichtslosen Monstrum sein Sohn sich entwickelt hatte, war ihm erst letztes Jahr vor Augen geführt geworden, als man ihn, den eigenen Vater, für unmündig erklärt hatte. Er hatte sich vor Gericht wiedergefunden, um seine geistige Gesundheit gegen die Bezichtigungen all seiner Söhne zu beweisen.

Seit diesem Zeitpunkt wusste er, dass er sie bloßstellen musste – Creighton, David und Brice. Darum hatte er die Tagebücher geschrieben.

Das Pflegeheim kam allmählich zur Ruhe. Der Geruch des Rindfleischeintopfs vom Abendessen schien sich in den Ecken des Gebäudes zu fangen und schnell muffig zu werden. Einige wenige Insassen hatten Zuflucht im Fernsehzimmer gesucht, während der Rest zu Bett gegangen war. Ganz zappelig wegen seines Plans, knipste der alte Lyle das Licht in seinem Zimmer aus und stopfte Kissen unter seine Bettdecke. Er fuhr mit dem Rollstuhl in die Eingangshalle.

»Guten Abend, Sir.« John Reilly steckte seinen roten, hässlichen Kopf aus dem Kämmerchen der Rezeption. Er nickte höflich.

Reilly war allgegenwärtig. Ihn abzuschütteln würde verdammt schwer werden. »Fick dich, Reilly.«

Reilly zuckte nicht mit der Wimper. »Schlechten Tag gehabt, Mr. Redmond?«

Lyle strafte ihn mit Nichtachtung. Stattdessen hielt er vor der Glastür inne und behielt die kreisförmige Auffahrt im Blick. Er betrachtete die Kondensation, die wie in silbernen Spinnweben vor der eisigen, schwarzen Nacht auf dem Glas gefror. In Gedanken ging er noch einmal den

Plan durch. Eine der Frauen mit lavendelfarbenem Haar schlurfte vorbei, Erinnerungen im Schlepptau, als wären es die Träume von morgen. Vielleicht hatte sie Recht. Vielleicht war es besser, nicht mehr alle Tassen im Schrank zu haben.

Und dann hellte seine Stimmung sich auf. Pater Michael fuhr in seinem zerbeulten VW-Bus vor. Er sprang in seinem üblichen braunen Franziskanerhabit heraus, den Strick um die Taille, die Kapuze über den Kopf gestreift, um sich gegen den Nachtfrost zu schützen. Das joviale Gesicht zu einer ernsten Miene verzogen, näherte er sich der Eingangstür des Pflegeheims. Die Tränensäcke unter seinen Augen wirkten größer denn je, und seine riesige Nase war gerötet von der kalten Luft. Er bewegte sich, als trügen seine Schultern das ganze Gewicht seiner 60 und ein paar mehr Jahren.

Wie durch Magie tauchte John Reilly auf. »Heute Abend noch so spät einen Besucher, Sir?«

»Sie haben's erraten. Ich muss meinen Beichtvater sehen. Beichten ist gut für die Seele. Sollten Sie auch mal versuchen.« Er verbannte die Nervosität, die in ihm aufstieg, aus seinen Gedanken.

Reilly stand neben dem Eingang, als der Priester sich durch die Glastüren schob. »Das Licht geht um zehn Uhr aus, Sir.«

Pater Michael nickte. »Selbstverständlich, Mr. Reilly. Sie dürfen damit rechnen, dass ich bis dahin wieder gegangen bin.«

Der Sicherheitschef trat zurück, aber Lyle konnte spüren, wie sein heißer Röntgenblick ihnen folgte. Pater Michael schob den Rollstuhl zu dem Korridor zurück, von dem links und rechts die Räume der Bewohner abgingen und an dem ganz hinten links die Werk-, Fernseh- und Aufenthaltsräume lagen.

Lyle entschied schnell: »Lassen Sie uns in den Aufenthaltsraum gehen, Pater Michael.« Für einen ihrer Spaziergänge war es zu kalt und zu dunkel, und sein Zimmer konnten sie wegen der winzigen Kamera nicht benutzen, die von der Decke aus alles aufzeichnete.

Der Priester streifte seine Kapuze zurück und schob Lyles Rollstuhl den Gang entlang. Aus mehreren der offenen Türen drang der Duft von Handlotionen für Damen heraus. Aus dem Fernsehraum ertönten die eingespielten Lacher einer Sitcom.

Im Aufenthaltsraum war es dunkel. Lyle betätigte den Lichtschalter. »Was halten Sie von Vergebung, Pater?« Mit gichtigem Finger wies er auf die Fenster.

Während der Ordensbruder den alten Lyle an Tischtennisplatten vorbei ans Fenster schob, antwortete er: »Die Kirche bietet den Sündern als höchstes aller Sakramente die Beichte an, damit sie ihre Herzen erleichtern und Vergebung für ihre Sünden erlangen können. Möchten Sie jetzt gerne beichten?«

Lyle schüttelte den Kopf. »Ich rede nicht davon, dass Gott mir vergibt. Ich rede davon, dass ein Mensch dem anderen vergibt.«

Sie hielten vor den Fenstern, und der Priester zog sich einen Stuhl heran, damit er Lyle Redmond gegenüber Platz nehmen konnte. Eingehend betrachtete er die totenschädelähnlichen Konturen des breiten Gesichts, die altersschwachen Augen, den Wust weißen Haars. Unter der pergamentenen Haut schien noch immer Kraft zu schlummern.

Mit großer Rührung erklärte Pater Michael: »Wir müssen vergeben. Hass ist eine Sünde. Wenn du vergibst, mein Sohn, kannst du in deinem eigenen Leben voranschreiten, ohne mit der Bürde des Fehlers eines anderen belastet zu sein. Außerdem wäscht die Vergebung die brennende Verlockung der Rache hinweg, die ebenfalls eine Sünde ist.«

Lyle dachte darüber nach. »Aber wie lässt die Vergebung sich mit dem Konzept der Wiedergutmachung vereinbaren? Wenn irgendein gottverfluchter Arsch mir all meine weltlichen Güter stiehlt, glauben Sie nicht, dass ich das Recht habe, das wieder gerade zu rücken?«

»Es gibt die Gesetze der Menschen und die Gesetze Gottes. Gott will nicht, dass wir in seinem Namen Rache und Hass in die Welt tragen. Kein einzelner Mensch hat das Recht, Strafe und Vergeltung zu üben. Das müssen vielmehr die Gesetze der Gesellschaft übernehmen, und danach, nachdem der Sünder dieses Leben für das nächste aufgegeben hat, wird Gott sein Urteil fällen.«

Der alte Lyle ließ seinen Blick durch den leeren Raum schweifen. Irgendwo weit weg in der Eingangshalle hörte er Schritte, aber sie kamen nicht näher. Das Fernsehen nebenan schien noch lauter zu plärren. »Aber wenn ich meine Sünden wieder gutmachen soll, wenn ich, wie Sie gesagt haben, Buße tun soll, dann muss ich handeln.«

Der Priester wog seine Antwort genau ab. »Was haben Sie vor?«

»Ich werde nichts Ungesetzliches tun. So viel kann ich Ihnen versprechen. Wie dem auch sei, zuerst muss ich zum letzten Mal etwas tun, um sozusagen meine Lenden zu gürten für den letzten Weg.«

»Und was ist mit dem Verstoß gegen Gottes Gesetze?«

»Da steht auch nichts zu befürchten.« Lyle grinste. »Ich schätze, das werden Sie mir einfach glauben müssen.«

Pater Michael schwieg. *Bestelle dein Haus; denn du wirst sterben und nicht lebendig bleiben.* Das war aus Jesaja 38, 1. Er wusste, dass es das war, was Lyle Redmond tat: sein Haus bestellen. Der Priester dachte an Gott. Wenn der Herr sah, dass jemand in der Sünde verharrte, wartete Er, bis Er ihm seine Gnade erweisen konnte. Es sah so aus, dass Pater Michael, wenn er denn Lyle Redmonds verstockte Seele retten wollte, sich ebenfalls in Geduld würde fassen müssen.

Trotzdem versuchte der Priester es noch einmal. »Sagen Sie mir, welche Aufgabe Sie sich gesetzt haben, damit ich Ihnen behilflich sein kann.«

»Das muss ich allein tun.« Lyle setzte sich aufrechter hin. »Er kommt.« Er senkte die Stimme. »Es ist so weit. John Reilly behält mich immer im Auge, der Bastard. Nachdem er sich vergewissert hat, können wir zur Aktion übergehen.«

Die beiden Männer drehten sich zur Tür um, in der Reilly von einer Sekunde auf die andere auftauchte, sehnig und niederträchtig.

»Wollen Sie was, Reilly?«, knurrte Lyle. »Vielleicht möchten Sie ein Gutenachtküsschen?«

Reillys kalter Blick glitt durch den Aufenthaltsraum, um dann an dem alten Mann haften zu bleiben. »Kann ich Ihnen noch etwas bringen, Sir?«

»Sie können sich verpissen. Und nicht zurückkommen.« Lyle verlieh seiner Stimme einen drohenden Klang. »Wir haben diese Diskussion schon oft geführt, Sie Erbsenhirn. Ich will Ihre hässliche Visage bis morgen früh nicht mehr sehen. Wenn mein Beichtvater mich besuchen kommt, erwarte ich, ungestört zu bleiben. Was für 'nen verfluchten Ärger soll ich schon mit einem *Priester* bekommen, um Himmels willen?«

Reilly blinzelte. »Gute Nacht, Sir.« Er nickte dem Bruder zu. »Pater Michael.« Und er machte kehrt und schlenderte fort.

»Sie fluchen noch immer«, merkte der Priester an.

»Ich weiß. Ich versuche, einen Haufen schlechter Angewohnheiten auf einmal abzulegen. Wer hätte gedacht, dass das so schwer ist?« Er seufzte. »Reilly wird jetzt eine Stunde lang nicht mehr nach mir sehen. Vielleicht noch ein bisschen länger. Was ist mit dieser zusätzlichen Kutte?«

Der Priester erhob sich und löste den Strick, den er als Gürtel trug. Er zog sich die bodenlange Ordenstracht über den Kopf und reichte sie Lyle. Darunter trug er eine zweite Kutte. Er schlang sich den Strick wieder um die Taille.

Lyle stand auf und holte zwei Schlüssel aus seiner Bademanteltasche. Pater Michael hielt ihm die zweite Kutte hin, und Lyle schlüpfte hinein.

Der schwere Stoff, der schlotternd um seinen Körper fiel, fühlte sich wie ein Versprechen an. *Freiheit. Erlösung. Buße. Und dann der Himmel.* Hoffnung ließ sein Herz schneller schlagen. »Haben Sie noch irgendwelche Fragen zu unserem Plan?«

»Ich habe alles begriffen. Ich werde meine Rolle spielen. Kann ich sonst noch etwas für Sie tun, bevor wir uns auf den Weg machen?« Er verknotete Lyles Taillenstrick ordentlich und zog ihm die Kapuze über die schlohweiße Mähne.

Lyle fuhr mit seinen altersfleckigen Händen über die Vorderseite seines Habits, betastete das grobe Material und fragte sich kurz, wie diese Welt wohl heute aussähe, wenn er in der Kirche geblieben wäre. Insgeheim schüttelte er den Kopf. Er hatte nie zu einem kontemplativen Leben geneigt. Selbst jetzt, in fortgeschrittenem Alter, da er müde war und von Schuld geplagt, fiel es ihm schwer, in Ruhe über alles nachzudenken. Für ihn war es sinnvoller gewesen, ein Mann der Tat zu sein.

»Haben Sie ein bisschen Geld?«, fragte er.

»Ich habe ein Armutsgelübde abgelegt.«

Lyle straffte sich. Er hatte den größten Teil des Abends

im Rollstuhl verbracht, um Kraft zu sparen. Ohne ein weiteres Wort zu verlieren, ging er langsam zur Tür und löschte das Licht.

Der Priester zog sich auch seine Kapuze über den Kopf, folgte ihm und überholte ihn dann. Er inspizierte die Eingangshalle. »Ich sehe niemanden.«

»Gehen Sie. Ich zähle bis zehn.« Lyle spürte, wie neue Energie ihn durchflutete. Vielleicht war es aber auch nur Angst.

Als der Priester nach rechts um die Ecke bog, wartete Lyle und zählte. Es wäre nicht sehr günstig, wenn irgendjemand die beiden in ihren Franziskanerkutten zusammen sähe. Schließlich streckte er den Kopf vor und sah den Priester in Richtung Eingangshalle verschwinden.

Sofort schlurfte er nach links am Fernsehraum vorbei.

»Pater Michael!« Die Stimme, die ihn rief, bebte vor Altersschwäche.

Lyle erstarrte. Das konnte Schwierigkeiten geben. Rasch gab er die Idee einer Flucht auf. So schnell waren seine Beine einfach nicht mehr. Er zog sich die Kapuze tief ins Gesicht und wandte sich um.

Es war Jed Coopersmith mit seinen geschwollenen Knöcheln und seinem schlechten Gewissen. Er hatte in einer Zeit, als eine Milliarde noch wirklich etwas wert war, einen Aktienfonds zu einem Milliarden-Dollar-Giganten aufgebaut. Natürlich hatte er dafür Angestellte, Investoren sowie Freunde und Verwandte, die investiert hatten, gnadenlos ausgepresst – das gehörte schließlich zum Geschäft.

Von seinem motorisierten Rollstuhl aus zupfte Jed an der Ordenstracht des alten Mannes. »Nehmen Sie mir die Beichte ab, Pater. Bitte. Ich schlafe dann immer besser.«

Lyle empfand Mitleid mit Jed, durfte sich aber nicht mit ihm aufhalten. Pater Michael war vermutlich schon aus der Tür heraus, und dieser verpisste Reilly konnte jede Minute auftauchen, um ihn wieder zu überwachen. Er musste hier weg, und zwar schnell.

Während sie im Korridor beisammenstanden, legte er eine Hand auf Jed Coopersmiths Schulter. Er verlieh seiner Stimme die Förmlichkeit von Pater Michael und versuchte, auch dessen schwachen deutschen Akzent nachzuahmen. »Mein Sohn, ich habe deine Beichte schon oft gehört, und ich werde sie noch in vielen kommenden Nächten hören. Aus diesem Wissen heraus erlege ich dir zwanzig Ave-Maria als Buße auf. Dann wirst du schlafen können.« Lyle entfernte sich.

Aber Coopersmith war noch nicht mit ihm fertig. »Nur zwanzig Ave-Maria?«

Lyle begriff sofort. »Natürlich. Du hast Recht.« Coopersmith wollte etwas, das seiner ungeheuren Sünde angemessen war. »Fünfzig Ave-Maria, zwanzig Mal den Rosenkranz und eine kleine Kerze für Mrs. Miller.« Mrs. Miller lag mit chronischer Bronchitis auf der Krankenstation.

»Das ist eine Menge«, erklärte Coopersmith befriedigt. »Aber ich kann die Buße leisten. Ich hätte selbst auf Mrs. Miller kommen sollen.« Er begann zu murmeln.

Lyle drehte den Rollstuhl herum und dirigierte Coopersmith wieder in Richtung Fernsehraum. Während der alte Mann fortrollte, steckte Lyle den gestohlenen Schlüssel in die Außentür und trat eilig in den eisigen Wind der Novembernacht hinaus. Schon bei der ersten Bö erkannte er, dass er nicht warm genug angezogen war, aber daran konnte er jetzt nichts mehr ändern. Zitternd, aber hartnäckig bewegte er sich vorwärts über den dunklen Parkplatz. Seine Schritte wurden unregelmäßig in der Kälte. Sie schien ihm durch Mark und Bein zu dringen.

Er musste sich zum Tor durchschlagen, wo der Priester

auf ihn warten würde. Unheimliche Schatten lagen über dem Parkplatz, und plötzlich stank die Nachtluft nach vermodernden Gebeinen. Lyle schauderte, wandte den Blick aber nicht vom Tor ab. Erneut sagte er sich, dass der Priester auf der anderen Seite auf ihn warten würde. Dann würden sie ungefährdet durch die ländliche Wohnsiedlung fahren, die er vor so langer Zeit mit Tollkühnheit und Entschlossenheit aus dem Boden gestampft hatte. Während er vorwärts taumelte, schien seine Erinnerung sich zu verdichten. Fast, als wäre es wieder gestern –

In dem weitläufigen Gebäude betrat Pater Michael die Eingangshalle. Von allen Seiten schien Gefahr zu drohen. Eine Woge der Furcht überkam ihn. Aber er nickte der Frau an der Rezeption beiläufig zu. John Reilly saß auf einem Stuhl neben der Tür, einen *Playboy* in der Hand. Reilly war gefährlich. Trotzdem widerstrebte es dem Priester, ihn anlügen zu müssen. Er entschloss sich, ihn nicht anzusehen.

Aber Reilly stand auf, trat vor ihn hin und verstellte ihm den Weg durch die gläserne Flügeltür. Sein harter, dünner Körper baute sich vor Pater Michael auf. Er packte den Arm des Priesters und bohrte ihm die Fingernägel ins Fleisch.

Der Pater blieb stehen, ignorierte den Schmerz in seinem Arm. Ruhig hob er den Kopf. Er weigerte sich, vor Reilly zu kriechen.

Reilly fragte: »Mr. Redmond ist zu Bett gegangen?«

Plötzlich verspürte der Priester neuen Mut. Wenn er sich einem von Satans Handlangern gegenübersah, war er sich völlig sicher, der Stärkere von beiden zu sein, denn er hatte Gott auf seiner Seite. Er spürte, wie ihn ein großer innerer Frieden überkam, und seine Entscheidung, Lyle Redmond zu helfen, erschien ihm nicht nur sinnvoll, sondern als unumgängliche Pflicht.

Wahrheitsgemäß antwortete der Priester: »Mr. Redmond hat unsere Begegnung zum selben Zeitpunkt wie ich auch verlassen.«

Reillys Blick blieb hart und einschüchternd, suchte nach einer Lüge.

Der Priester sagte: »Gute Nacht, Mr. Reilly.«

Reilly blieb noch ein paar Sekunden stehen und maß den Priester mit forschendem Blick. Dann endlich trat er beiseite.

Pater Michael durchschritt die Flügeltür und hastete in der bitteren Kälte über die beleuchtete Auffahrt. Sofort überfiel ihn die Sorge. Die Temperaturen waren unter den Gefrierpunkt gesunken. Der alte Lyle sollte bei diesem Wetter wirklich nicht draußen sein. Er sprang in seinen Kleinbus. Der Motor sprang sofort an, und er fuhr rasch zu dem Wärterhäuschen zurück, das den Straßenzugang zum Pflegeheim kontrollierte.

Der Priester sprach ein Gebet für Lyle. Kein Mensch konnte mit letzter Sicherheit sagen, was im Herzen eines anderen vorging, aber er spürte, dass Lyle Redmond zu guter Letzt den Rubikon zur Errettung überschritten hatte. Er wünschte sich sehnlich, der alte Mann würde noch lange genug leben, um sich ihrer Früchte erfreuen zu können. Und er hoffte, er selbst würde da sein, um die Ankunft der Gnade mitzuerleben.

Als er den Bus anhielt, damit der Wachmann ihn in Augenschein nehmen konnte, fuhr auf der anderen Seite des Pförtnerhäuschens ein brauner Chevrolet vor. Sein Blick fiel auf die Frau in dem Wagen. Sie hatte graues, zu einem strengen Knoten nach hinten gebundenes Haar.

Der Wachmann betätigte einen Knopf, und die stählerne Schranke, die dem Priester den Weg versperrte, hob sich. Als der Wachmann sich der grauhaarigen Frau zuwandte, trat Pater Michael das Gaspedal durch, und der

Bus raste die Straße entlang. Er musste schnell zurückkehren und den alten Lyle finden. Das Quecksilber fiel immer noch.

41

21.02 Uhr, Sonntag

Den ganzen Weg über die Interstate 95, den New Jersey Turnpike und den Hutchinson River Parkway im Chevy der Keelines hatte Julia sich überlegt, wie sie in das Pflegeheim hineingelangen konnte, glaubte sie doch, dass das dortige Sicherheitspersonal angewiesen war, auf ihr Erscheinen zu achten. Bei aller Sorge befand sie sich in Hochstimmung. Sie hatte das geschafft, was laut Orion möglich war: Sie hatte sich selbst unter Hypnose gesetzt, und seit dem Zeitpunkt, als sie das Gaspedal durchgetreten hatte und aus der Garage des Romanow-Theaters in die Seitengasse gebraust war, konnte sie fast wieder hundertprozentig sehen. Sie redete sich ein, wenn sie das geschafft hatte, würde sie es doch wohl auch schaffen, in ein Altenpflegeheim hineinzukommen.

Sie würde sie schlagen. Sie würde Maya Stern finden.

Zuerst waren ihr beim Fahren ein paar kleinere Missgeschicke widerfahren. Am Ende der Seitengasse hatte sie einige Abfalltonnen umgerissen, sie hatte aber die Kontrolle über den Wagen schnell wiedergewonnen und ein Gefühl für den Chevy bekommen. Sie war immer gerne Auto gefahren und merkte, dass sie sich dem Rhythmus des Straßenverkehrs ohne große Schwierigkeiten anpasste. Zudem war das Autofahren, auch wenn sie anfangs noch ein wenig nervös war, hundertmal besser, als in einer schwarzen, gesichtslosen Welt von Killern gejagt zu werden.

Auf ihrer Fahrt durch Maryland, Delaware und New Jersey dachte sie pausenlos über all das nach, was sich im Verlauf der letzten beiden Tage ereignet hatte. Alles begann einen schrecklichen Sinn zu ergeben. Am betroffensten machte sie der Alexandritring, den Großvater Austrian ihr geschenkt hatte. Am Ende schien alles auf den Ring und Dan Austrian und die Redmonds hinauszulaufen – ihre Blindheit, die beiden Päckchen, die sie und Sam zusammengebracht hatten, die Ermordung ihrer Mutter, die Killerin Maya Stern und zu guter Letzt die Anschuldigungen gegen Douglas Powers.

Die scheinbar zufälligen Geschehnisse fügten sich zu einem komplizierten Mosaik aus Mord, Politik und Habgier zusammen.

Aufgrund der Fotos, die sie entdeckt hatte – von ihrem Alexandritring, den Smaragdohrringen ihrer Mutter und dem juwelenbesetzten Kästchen in Lyle Redmonds Klause –, war sie sich inzwischen sicher, dass Daniel Austrian etwas mit dem Zweiten Himmler-Schatz zu tun haben musste. So wie er ihrer Mutter die Ohrringe und ihr den Ring geschenkt hatte, konnte er Lyle Redmond das Kästchen gegeben haben. Das bedeutete, dass Großvater Redmond höchstwahrscheinlich ebenfalls über den Verbleib des Bernsteinzimmers Bescheid wusste. Und das wiederum führte direkt zu Creighton, David und Brice.

Das Bernsteinzimmer war zudem mindestens ein Aspekt, auf den das Päckchen, das Sam bekommen hatte, sich bezog. Möglicherweise war weniger wichtig, wer die Sendungen erhielt, als was in den beiliegenden Schriftstücken stand. Vince hatte sich Sams Päckchens bemächtigt. Er und Creighton standen sich sehr nah, was bedeutete, dass Vince es auf Creightons Anweisung hin oder doch in dessen Interesse an sich gebracht hatte.

Und das führte Julia zur Nacht ihres Debüts. Es war etwas so Traumatisches an dem Abend vorgefallen, dass sie blind geworden war und sich an nichts mehr erinnern konnte. Creigthon musste darüber Bescheid wissen. Das war die einzige Erklärung, die Sinn machte, denn er hatte sie schließlich zu einem Psychiater geschickt, der ihr die einzige erfolgversprechende Behandlungsmethode, die Hypnose, vorenthalten hatte. Sie sollte ihr Augenlicht ganz bestimmt nicht wiedererlangen und der Ursache seines Verlusts auf den Grund gehen können.

Creighton tauchte auch wieder auf, als sie über den Rufmord an Douglas Powers nachdachte. Creighton hatte, wenn Powers verlor, am meisten von allen zu gewinnen. Aber es war nicht ihr Onkel allein ... Sie wusste aus eigener Anschauung, wie die Redmonds vorgingen. Jedes Familienmitglied, das gerade Ansehen genoss, würde davon profitieren; Vince eingeschlossen, der nie einen Hehl aus seinem Wunsch gemacht hatte, die Central Intelligence Agency zu leiten.

Zu guter Letzt verfügten Creighton und Vince auch über das Vermögen und die entsprechenden Kontakte, um die Hausmeister anzuwerben. Und sie konnten es mühelos bewerkstelligt haben, Maya Stern als ihre Gesellschafterin einzuschleusen.

Der Verdacht hämmerte in ihrem Kopf und schnürte ihr die Kehle zu, denn ihr dämmerte jetzt, dass das Leben ihrer Mutter für den Ehrgeiz ihres Onkels geopfert worden war – wenn nicht noch Schlimmeres im Hintergrund stand. Und Sam und sie sowie Douglas Powers sollten die nächsten Opfer werden. Es schmerzte sie zutiefst, dass ihre eigene Familie so abgrundtief schlecht sein sollte. Aber es machte sie auch wütend. Sie war geradezu außer sich vor Wut. Der Verrat und die Schlechtigkeit waren irgendwie noch schlimmer, weil sie von der eigenen Familie kamen.

Schließlich verließ sie den Hutchinson River Parkway in Armonk und hielt an einer Tankstelle an, um sich nach der Richtung zu erkundigen. Während sie durch diese dunkle, hinterwäldlerische Region wasserreicher Wildnis fuhr, nahm in ihren Gedanken ein Plan Gestalt an, wie sie unerkannt in das Pflegeheim gelangen konnte. Es war gefährlich, und möglicherweise würde es auch nicht funktionieren, aber sie musste es versuchen.

Julia war nervös und schwitzte, als sie das Pförtnerhaus erreichte, das die Zufahrt zu den nächtlichen Parkanlagen des Pflegeheims bewachte. Auf der anderen Seite des Häuschens hielt gerade ein grüner VW-Bus mit einem Franziskanerpater am Steuer an. Beim Wegfahren schien der Pater sie anzustarren. Hatte er sie schon einmal gesehen? Sie war sich nicht sicher, konnte sich an ihn aber nicht erinnern, als sie ihn im Gegenzug musterte.

Der Priester fuhr weg, und die barsche Stimme des Wachmanns riss sie aus ihren Überlegungen.

»Ja, Miss?« Er war muskulös, etwa Mitte 30 und hatte den gelangweilten Gesichtsausdruck von jemandem, der zu viele Nächte in einem ereignislosen Job verbringt. Da sie hatte lernen müssen, dass es für sie nirgendwo Sicherheit gab, durfte sie auch bei ihm kein Risiko eingehen. Auf keinen Fall würde sie sich als Verwandte von Lyle Redmond zu erkennen geben, geschweige denn ihren richtigen Namen nennen. Sie musste darauf vertrauen, dass er sie mit ihrem dicken Brillengestell aus Schildpatt, dem grauen Haar und dem strengen Hinterkopfdutt nicht erkannte.

Der Schweiß brach ihr aus vor lauter Nervosität, als sie die Lüge herausbrachte: »Ich bin Susan Schwartz. Ich möchte meine Großmutter besuchen, Ione Schwartz. Ich weiß, es ist schon spät, aber ich werde nicht lange bleiben.« Sie reckte ihr Kinn in die Höhe und hoffte, es würde nicht beben. Sie setzte ein bestimmtes, herrisches Lächeln auf – das Macht-und-Reichtum-Lächeln der Redmonds.

Ione Schwartz war eine alte Freundin von beiden Großvätern Julias, und ihr Ehemann stand seit Jahren in geschäftlicher Beziehung zu ihnen. Mehrere andere Freunde aus alten Tagen hatten ebenfalls dieses exklusive Pflegeheim gewählt, unter anderem ein weiterer Milliardär, Jed Coopersmith. Ione hatte wirklich eine Enkelin mit Namen Susan, aber das Letzte, was Julia über sie gehört hatte, war, dass sie einen Mann aus Brasilien geheiratet und in dessen Heimat gezogen war.

Der Wachmann sah ohne sonderliches Interesse in seiner Besucherliste nach.

»Ich bin bestimmt nicht registriert«, bemerkte sie hilfreich. »Ich besuche eine Cousine in Bedford Hills und dachte, ich sage Oma mal Guten Tag.«

»Eine Minute bitte, Miss.« Gelangweilt oder nicht, der Wachmann hatte seine Anweisungen, wie man ungebetene Besucher abwimmelt. Er griff zum Telefon und sprach mit leiser Stimme in den Hörer.

Dann legte er wieder auf. »Sie können durchfahren. Um zehn schließen wir.«

Mit einem unguten Gefühl fuhr Julia über die lange Auffahrt auf die hell erleuchtete Front des vornehmen Pflegeheims zu.

Alles an diesem Ort war neu für sie. Sie war mit ihrer Mutter hier gewesen, aber das lag Monate zurück, und natürlich war sie damals blind gewesen. Die Anlagen lagen im Dunkeln, der Wind fegte darüber. Sie konnte die schwarze, umgegrabene Erde der kahlen Blumenbeete sehen. Mit Backsteinen gepflasterte Spazierwege wanden sich um die Rabatten und am Ufer eines kleinen Sees entlang, der im Mondlicht wie schwarzer Onyx glitzerte. Sie sah einen sich bewegenden Schatten, dann noch einen.

Mit plötzlich einsetzender klaustrophobischer Angst erkannte sie, dass Wachmänner in dicker Winterkleidung das Anwesen kontrollierten, das Gewehr im Arm.

Was war denn das für ein Pflegeheim? Waren diese bewaffneten Wachleute schon hier gewesen, als sie noch blind gewesen war? Ihre Mutter hatte sie jedenfalls nicht erwähnt.

Sie parkte in einer kreisförmigen Auffahrt und ließ den Chevrolet stehen. Die brutale Kälte hüllte sie ein wie ein Mantel aus Eis. Zur Linken, hinter dem Stacheldrahtzaun, der das Anwesen schützte, sah sie Scheinwerfer herumschwenken und auf einem Punkt verweilen, an dem es keine Gebäude zu geben schien. Sie ertrug die Kälte nicht länger, sodass sie nicht weiter zusehen konnte, und hastete auf die gläserne Eingangstür zu.

Die beiden Flügel schwangen auf, und gleich dahinter stand ein drahtiger Mann mit rotem Gesicht und versteinerter Miene. Das musste John Reilly sein, den sie und ihre Mutter getroffen hatten, bevor sie sich ans Bett ihres Großvaters begeben hatten. Ihre Kehle war wie ausgedörrt. Sie ließ die Hand in die Manteltasche gleiten, wo sie die Walther spürte. Sie betete, dass sie verändert genug aussah – keine getönten Brillengläser, kein Blindenstock, kein langes braunes Haar wie damals.

Sie setzte ein entgegenkommendes Lächeln auf, nahm aber gleichzeitig den befehlsgewohnten Tonfall an, den so viele Freunde ihrer Eltern für Dienstboten reserviert hatten. »Ich bin Susan Schwartz. Bitte führen Sie mich zum Zimmer meiner Großmutter.«

John Reilly starrte die Frau an. Sie hatte irgendetwas Vertrautes an sich, aber er konnte sie nicht einordnen. Ihre Unterlagen besagten, dass Ione Schwartz' Enkelin nur einmal zu Besuch gekommen war. Wie viele Menschen, die im Dienste der Reichen standen, war es ihm nie ganz gelungen, ihren Überlegenheitsanspruch zurückzuweisen. Tief in seinem Innern glaubte er, dass sie tatsächlich überlegen waren. »Jawohl, das kann ich. Aber Sie machen sich besser keine allzu großen Illusionen. Mrs. Schwartz ist in letzter Zeit ziemlich abwesend.«

Julia erkannte, dass er ein bisschen eingeschüchtert war, sich jedoch nichtsdestoweniger bemühte, sie zuzuordnen. Sie musste ihm mehr Grund geben, ihr zu glauben. Sie seufzte: »Ich sollte öfter vorbeikommen, ich weiß. Aber den größten Teil des Jahres lebe ich in Brasilien.« Sie setzte wieder eine strahlende Miene auf. »Ich hoffe nur, mich nach so langer Zeit wieder zu sehen wird ihr genauso viel Spaß machen wie mir!«

»Brasilien?« Reilly wusste genau, dass er sie irgendwo schon einmal gesehen hatte. »Das ist ziemlich weit weg.«

»Und dort ist es mittlerweile fast Sommer.« Sie zitterte. »Wie verrückt, im November nach New York zurückzukommen, Mr. ... Wie, sagten Sie doch gleich, war Ihr Name?«

Er fühlte sich geschmeichelt. Besucher fragten ihn selten nach seinem Namen. »Reilly. Kommen Sie, ich bringe Sie zu Ihrer Großmutter.«

Sie schloss kurz die Augen, als sie den zu den Zimmern führenden Korridor erreichten. Sie wusste, wo sich das Zimmer ihres Großvaters befand – ganz hinten rechts. Reilly wandte sich nach rechts, und insgeheim seufzte sie vor Erleichterung. Iones Zimmer lag ja ausgesprochen günstig.

Beim Gehen betrachtete Reilly das Gesicht der grauhaarigen Frau. Vince hatte angerufen, um ihn zu warnen, dass Julia Austrian und Sam Keeline möglicherweise versuchen würden, den alten Mann zu treffen. Diese hier ähnelte wirklich nicht der Austrian, und außerdem erkundigte sie sich nicht nach dem alten Hurensohn. Die Größe würde ja stimmen, aber sie hatte nicht deren freundliches und scheues Wesen. Aber er würde es besser noch einmal überprüfen. Er würde sich Julia Austrians Foto zufaxen lassen.

Er blieb vor einer Tür stehen, die im mittleren hinteren Bereich lag. »Das ist es. Ich wünsche Ihnen einen angenehmen Aufenthalt.« Er sah ihr noch nach, wie sie den Raum betrat, und entfernte sich dann, um Vince Redmond anzurufen.

Ione Schwartz saß in einem Sessel neben ihrem Bett, ein Fotoalbum auf dem Schoß. Ihr Haar schimmerte lavendelfarben im Schein der Lampe. Mit einem süßen Lächeln auf ihrem blassen, faltigen Gesicht schaute sie auf. »Kenne ich Sie, meine Liebe?«

»Oh. Tut mir leid.« Julia blieb unmittelbar hinter der Tür stehen. »Ich muss mich im Raum geirrt haben.«

Sie öffnete die Tür wieder, spähte hinaus und sah Reilly im Eingangsbereich verschwinden. Sie lächelte der verwirrten alten Dame zu, glitt aus dem Zimmer, ließ sich von ihrem Gedächtnis leiten und lief in entgegengesetzter Richtung über den Flur. Dann blieb sie vor der Tür stehen, die diejenige zum Zimmer ihres Großvaters sein musste. Sie war geschlossen. Julia wurde plötzlich sehr aufgeregt. Was konnte er ihr erzählen? Zumindest würde sie ein paar Antworten bekommen.

Rasch drehte sie den Knauf herum und trat ein. Es war stockfinster.

»Großvater? Ich bin's. Julia. Marguerites Tochter. Ich muss mit dir reden.«

Sie hörte auch nicht das leiseste Atemgeräusch. Ängstlich schaltete sie das Licht an. Er lag im Bett. Sein Kopf war hinter einem Kissen versteckt.

»Großvater? Ich möchte dich nicht stören, aber ich muss wirklich mit dir sprechen.«

Der alte Mann rührte sich nicht, und auch als Julia näher trat, entdeckte sie nicht die geringste Bewegung unter den Laken. Der Atem stockte ihr im Hals. Hastig trat sie ans Bett, starrte das leere Kissen an und schlug Decke und Laken zurück.

Zwei Kissen waren so drapiert worden, als schliefe jemand darunter. Bett und Raum waren leer.

Verblüfft eilte Julia aus dem Zimmer, schaute unauffällig in diejenigen Zimmer entlang des Korridors, deren Türen offen standen. Schließlich kam sie zum Werkraum, doch auch der lag dunkel und leer da. In dem Fernsehzimmer saß ein halbes Dutzend Insassen in Rollstühlen und auf dem dick gepolsterten Sofa vor dem Bildschirm. Sie blickten auf. Sie lächelte und sagte hallo, ihr Großvater jedoch war nicht dabei. Als Letztes schaute sie in den Aufenthaltsraum. Dort befand sich überhaupt niemand.

Verwirrt und bekümmert stand sie vor der verschlossenen Tür am Ende der Eingangshalle. Wo steckte er bloß? Die Kissen in seinem Bett sollten irgendjemand, der ihn überprüfte, an der Nase herumführen. War er weggelaufen? Oder sollte sie besser sagen: geflohen? Konnte ein seniler alter Mann eine Flucht bewerkstelligen?

Oder sollten die Kissen jemand anderen täuschen? Sie? Für den Fall, dass es ihr gelingen sollte, in das Pflegeheim einzudringen?

Als ihr Mut angesichts dieser Möglichkeit und ihren Implikationen sank, lehnte sie sich gegen die Tür, die nach draußen führte. Leise sprang sie auf. Ihre Nackenhaare schienen sich aufzurichten. Die Tür war kein Notausgang; sie besaß weder einen Knauf noch einen Riegel zum Öffnen. Sie war nur durch einen Schlüssel zu öffnen.

Sie hätte eigentlich abgeschlossen sein müssen.

Sie drückte die Tür auf. Der eisige Windstoß ließ sie frieren. War jemand durch diese Tür hinausgegangen?

Sie brauchte Antworten. Es gab eine Person, die sie ihr vielleicht geben konnte. Sie lief den Korridor zurück und schlüpfte in Ione Schwartz' Zimmer. Die alte Frau schlug gerade eine Seite in ihrem Fotoalbum um. »Ich kenne Sie«, erklärte sie.

»Ich war gerade schon einmal hier.« Julia ließ sich auf einen Stuhl neben ihr fallen. Ein leichter Duft nach Maiglöckchen hing in der Luft. »Wissen Sie, wo sich Lyle Redmond aufhält?«

Mrs. Schwartz' faltenreiche Gesichtslandschaft verzog sich zu einem Ausdruck des Erstaunens. »Lyle? Der alte Bock! Er ist wahrscheinlich inzwischen im Bett. Ich habe nie jemanden gekannt, der so wüten kann wie er. Dann wird er müde und schläft ein. Aber er ist lustig, nicht wahr?«

Julia brauchte Informationen. »Er ist nicht in seinem Zimmer. Hat er das Pflegeheim verlassen?«

Mrs. Schwartz' weiße Augenbrauen zuckten in die Höhe. »Er hat das Heim nie verlassen – nicht dass er nicht wollte. Er hat irgendwelche Tagebücher über sein Leben geschrieben, aber Reilly hat sie ihm weggenommen. Lyle steckt immer in Schwierigkeiten.« Sie lächelte. »Das macht einen Teil seines Charmes aus. Wir sind verliebt, müssen Sie wissen.« Sie presste die Hand aufs Herz, und ihr Gesicht schien sich urplötzlich zu verjüngen. Sie blätterte in dem Album nach vorne.

Das war Julia neu. In der Familie hatten Gerüchte über Lyles geschäftiges Liebesleben kursiert, aber Julia hatte nie jemanden gesprochen, der aus erster Hand darüber Bescheid gewusst hätte.

Das Alter hatte Mrs. Schwartz' Zunge gelöst. Sie berührte ein Schwarzweißfoto. »Das ist er. Was für ein alter Halunke!«

Julia betrachtete den Lyle Redmond von vor 50 Jahren.

Er trug den Anzug eines Geschäftsmanns und hatte den Hut neckisch zurückgeschoben. An seiner Seite stand ihr anderer Großvater, auch er in einem Anzug, aber steif und würdevoll, eine Hand, die eine Zigarette hielt, lässig in die Seite gestützt. Im Hintergrund waren die hölzernen Gerüste zahlreicher Häuser zu sehen, die alle zur gleichen Zeit hochgezogen wurden.

»Ist das eins ihrer Entwicklungsvorhaben?«, fragte Julia voller Neugier.

»Das Erste«, gab Mrs. Schwartz stolz zurück. »Mein Mann war der Bauunternehmer.«

Das war eine Gelegenheit, die sie nicht ungenutzt verstreichen lassen durfte. »Sie haben Daniel und Lyle also gekannt, als sie jung waren. Wie haben Sie sich eigentlich kennen gelernt?«

Mrs. Schwartz lehnte sich zurück und richtete den vernebelten Blick in die Vergangenheit. »Ich bin mit Daniel zusammen aufgewachsen. Die Sommerferienhäuser unserer Familien auf Fire Island lagen nebeneinander. Aber dann verlor sein Dad all das Geld der Familie, und der arme Daniel hatte eine harte Zeit. Musste sich sein Studium in Harvard mit Arbeit nebenher verdienen. Aber schon sein Dad war nach Harvard gegangen, und Daniel war entschlossen, all das zu bekommen, was ihm seiner Meinung nach zustand, selbst wenn das bedeutete, dass er dafür arbeiten musste –«

Das überraschte Julia. »Ich habe gedacht, die Austrians hätten immer Geld gehabt!« Noch eine Lüge, die zur Erklärung führen konnte, warum Daniel Austrian den Zweiten Himmler-Schatz nicht nur haben wollte, sondern auch wirklich brauchte.

»Oh nein, meine Liebe! Daniel war arm wie eine Kirchenmaus. Aber Lyle war das schließlich auch. Der Unterschied zwischen beiden war, dass es Daniel sehr, sehr wütend machte. Ich glaube, sie haben sich im Krieg kennen gelernt. Zumindest waren sie gegen Kriegsende zusammen in Süddeutschland stationiert.« Sie grinste und schüttelte ihren Kopf. »Ich habe nie zwei Männer gekannt, die für eine Partnerschaft ungeeigneter gewesen wären. Aber sie blieben Freunde bis zu dem Tag, an dem Daniel starb.« Sie hob die Hand, um ihrem Haar ein bisschen mehr Fülle zu geben. »Ich war ein böses Mädchen. Lyle und ich hatten eine Affäre. Aber auf der anderen Seite, mein Mann hatte auch andere Frauen. Lyle war ja so romantisch. Natürlich war seine Frau da schon tot. Er pflegte sich aus Arbor Knoll wegzustehlen, um sich in Oyster Bay mit mir zu treffen.«

Julia beugte sich zu ihr vor. »Ist Daniel Austrian je in der Schweiz gewesen –«

Jäh flog die Tür auf. Julia drehte sich herum. John Reilly füllte die Tür aus. Sein schmaler Körper strahlte Gewalttätigkeit aus. »Wir wollen Mrs. Schwartz jetzt nicht länger stören.« Seine Stimme war kalt. »Kommen Sie mit heraus, Ms. Austrian.«

Julia schnürte die Angst die Kehle zu.

Sie konnte es nicht zulassen, dass Mrs. Schwartz etwas zustieß. Ihr blieb keine Wahl.

Ein harter Klumpen bildete sich in ihrer Brust. Mit einem Gefühl, als bestiege sie ein Schafott, erhob sie sich und ging auf John Reilly zu. Doch dann dachte sie an Sam und das, was er ihr gesagt hatte. Wie es ihr gelungen war, den Hausmeister im Theater zu erschießen. Vielleicht hatte sie doch noch eine Chance –

Mit klopfendem Herzen steckte sie die Hand in die große Manteltasche und umfasste die Walther.

42

21.12 Uhr, Sonntag

Pater Michael verlangsamte das Tempo seines VW-Busses und fuhr im Schritttempo, als er sich dem Stacheldrahtzaun näherte, der das Pflegeheim umgab. Lyle Redmonds Anweisungen, wie er zu diesem Punkt am Zaun gelangen würde, waren gut gewesen, aber jetzt hielt er voller Besorgnis nach Lyle Ausschau. Wo steckte er nur, in dieser kalten Nacht? Er musste an die Alpen denken, wo Fahrradfahrer binnen zehn Minuten erfrieren können, wenn die Temperatur fällt.

In dem frostigen Mondlicht konzentrierte er seinen Blick auf das Tor. Der Wind raschelte in vertrockneten Büschen und hohem Gras. Wo war Lyle Redmond?

Und dann bemerkte er eine Bewegung. Das Tor schwang auf, und mit einer Woge der Erleichterung erblickte er eine Kutte mit Kapuze, in der sich der Wind verfing. Das musste der alte Lyle sein. Hastig fuhr er den Bus hinüber, beugte sich über den Beifahrersitz und öffnete die Tür.

Von einer eisigen Windbö begleitet stieg Lyle ein. »Danke, Pater. Vielen Dank! Da draußen ist es ja kalt wie in einem Eisbärenarsch!« Mit einem lauten Knall zog er die Tür zu, schauderte, rieb sich die Hände, um wieder warm zu werden, und sah sich im Innenraum des altersschwachen Gefährts um. Verblichene Vorhänge bedeckten die Seitenfenster. Die Polsterung hatte sich großflächig aufgelöst, und das harte Innenleben der Sitze arbeitete sich langsam durch die Bezüge. Aber Wärme erfüllte den Bus, und bald würden in ihm fast tropische Temperaturen herrschen. »Das ist das Paradies!«

Die Wangen des Priesters hoben sich zu einem Lächeln der Erleichterung. »Geht es Ihnen auch gut?«

Seine große Nase war rot, als habe er sich auf der Suche nach Lyle längere Zeit aus dem heruntergekurbelten Fenster nach draußen gelehnt. Seine kräftigen Finger krampften sich um das Lenkrad, und seine dunklen Augen brannten vor Sorge. All die Anstrengungen seines 65-jährigen Lebens zeichneten sich in seinem zerfurchten Gesicht ab.

»So gut wie schon lange nicht mehr, Pater. Aber wir müssen ganz schnell von hier verschwinden. Nicht auszudenken, wenn diese Natter von Reilly herausbekommt, dass ich getürmt bin!«

»Natürlich.« Er hatte leise gesprochen, doch trotz seines sanften Wesens wusste Pater Michael, wann es Zeit zum Handeln war. Er jagte den Porschemotor hoch, und die Reifen spuckten Sand, bis sie wieder auf Asphalt hafteten. Mit Höchstgeschwindigkeit steuerte er seinen VW über die nachtdunkle Straße weg von dem Pflegeheim.

»Nette Fahrt«, bemerkte der alte Mann. »Aber ich muss Ihnen sagen, ich bin ganz schön hungrig.«

»Wir können in der Kirche essen.«

»Ich hatte an richtiges Essen gedacht.«

Der Priester schielte zu Redmond hinüber, der sich mit zurückgeschobener Kapuze gegen die hohe Rückenlehne des Beifahrersitzes presste. Die prächtige weiße Haarmähne schien in der Dunkelheit fast ein Eigenleben zu führen. Seine vom Alter blass gewordenen Augen glühten wie Opale. Die schlanken Knochen traten durch die blasse Haut hervor, und wieder spürte der Priester diese Ausstrahlung von nur vorübergehend unterdrückter Kraft. Lyle war geschwächt, aber nicht am Ende. Jetzt, da er das Pflegeheim hinter sich gelassen hatte, wirkte er plötzlich viel stärker.

»Ich habe von Brathähnchen geträumt«, gestand Lyle. »Triefend vor Fett und mit richtigem Kartoffelpüree und eimerweise Bratensoße. Nicht diese Gummidinger aus der

Tiefkühltruhe wie im Pflegeheim. Haben Sie genug Geld, um mir so etwas auszugeben?«

Der Priester lächelte. »Ich denke, das wird sich machen lassen.«

»Gut. Dann können wir noch ein bisschen über Gott reden. Ich fühle mich, als wäre ich gerade aus dem Gefängnis entlassen worden.«

»In gewisser Weise ist das auch so.«

»Oh. Noch etwas. Wir können nicht zur Gemeindekirche von Mount Kisco fahren.«

»Ich dachte, wir hätten uns darauf geeinigt –«

»Haben wir. Aber dann ist mir eingefallen, wenn dieser Bastard von Reilly herausbekommt, dass Sie in meinen Ausbruch verwickelt sind, dann wäre das der erste Ort, wo er nachschauen würde.« Nun, da er Reilly entkommen war, hatte er eine Menge zu erledigen. Und etwas, das er ein letztes Mal sehen musste –

Der Priester fragte sich, ob Lyle sich mit der Flucht zur Kirche lediglich einverstanden erklärt hatte, damit er ihm auch tatsächlich half.

»So lautet mein Plan.« Der alte Mann begann zu reden.

Pater Michael hörte ihm mit wachsender Besorgnis zu.

21.28 Uhr, Sonntag

Bei Nacht wirkte die raue Schönheit von Westchester County eher unheimlich und abweisend. Spitze Zweige bogen sich tief hinunter über windgepeitschte Teiche. Steinbrücken und dichte Wälder säumten die schmalen Straßen. Besorgt und voller Angst jagte Sam seinen Durango in den Weiler Armonk und hielt an der Shell-Tankstelle an der Hauptstraße an. Ein Jugendlicher dort beschrieb ihm den Weg zum Rolling-Hills-Pflegeheim.

Beim Hinüberrennen konnte Sam den verlockenden Duft von Hamburgern aus dem Café nebenan riechen. Er sprang in den Durango und gab Gas.

Am Rande seines Bewusstseins schwelte die Wut über Pinks Verrat. Pinks wegen war Julia vielleicht tot. Er wusste, dass Pink verzweifelt darauf wartete, wieder in den Außendienst versetzt zu werden, und dass er sich schon immer mehr, als gut für ihn war, von Autoritäten hatte beeindrucken lassen. Wenn Vince eins dieser beiden Druckmittel gegen ihn eingesetzt hatte, war es gut möglich, dass er Pink auf seine Seite gezogen hatte. Es wäre nicht leicht, aber machbar gewesen.

Sam zog eine Grimasse. Keiner der Gründe zählte. Er würde Pink nie verzeihen.

Er schüttelte den Kopf, um wieder Klarheit in seine Gedanken zu bringen. Konzentrierte sich auf Julia. Blitzartig kam ihm ihr Gesicht in den Sinn. Mehr als alles andere wünschte er sich, wieder mit ihr zusammen zu sein. Er wollte ihre Stimme hören und die Wärme ihres Körpers spüren, wenn sie neben ihm stand. Sie musste am Leben sein.

Der Schmerz krampfte seine Brust zusammen. Und eine alte, furchtbare Schuld.

21.30 Uhr, Sonntag

Als könne er ihre Gedanken lesen, zog Reilly eine Pistole, als er mit Julia in den Korridor trat. Um ihn herum standen drei weitere Männer, alle bewaffnet.

»Machen Sie keine Schwierigkeiten«, knurrte Reilly.

Sie zog die Tür zu Mrs. Schwartz' Zimmer hinter sich zu. »Warum sollte ich Ihnen Schwierigkeiten machen wollen, Mr. Reilly?« Ihre Hand zitterte. Schnell ließ sie

sie heruntersinken. Sie durfte Reilly ihre Furcht nicht merken lassen. »Ich bin eine Besucherin Ihres Pflegeheims, und Sie sind derjenige, der vor nichts zurückschreckt –«

»Wo steckt er?«, wollte er von ihr wissen. »Wo steckt Ihr gottverfluchter Großvater?«

»Das wüsste ich auch gerne«, entgegnete sie hitzig. »Was haben Sie mit ihm angestellt?«

»Hören Sie zu, Sie gottverfluchte –«

Ein Angehöriger des Personals in weißer Uniform rannte auf sie zu. Seine Gesichtszüge waren angstverzerrt. »Boss! Die Videobänder zeigen *zwei* Priester in diesen langen braunen Kutten, die aus dem Aufenthaltsraum kommen. Der eine ist durch die Eingangshalle rausgegangen, der andere zum Seitenausgang.«

»Aus der verschlossenen Tür?« Reillys pockennarbiges Gesicht wirkte noch röter als zuvor.

»Genau der.«

Reilly überlegte schnell. Beim Bau des Pflegeheims hatte man hinter den Beleuchtungskörpern in sämtlichen Hallen Kameras versteckt. Der für die Überwachung der Monitore zuständige Sicherheitsbeamte war wohl nicht an seinem Platz gewesen. Reilly fluchte lautlos. Mit dem Personalproblem würde er sich später noch beschäftigen. Jetzt konzentrierte er sich erst einmal auf den alten Bastard, der sich irgendwie einen Schlüssel zu der Lieferantentür besorgt haben musste und auf diesem Weg entkommen war.

Reilly musste ihn unverzüglich wieder zurückholen. »Klingt, als wenn der Priester eine zusätzliche Kutte reingeschmuggelt hätte. Mack und Jimmy, ihr sucht die Gegend um diese beschissene Seitentür ab. Der Priester ist Franziskaner. Heißt Pater Michael. Fährt einen alten VW-Bus, und er hat einen deutschen Akzent. Fahrt zu der

Franziskanerkirche in Mount Kisco. Sie steht an der Ecke Main Street und Green –«

»Ich weiß, wo sie steht!« Der dritte Bewaffnete drehte sich um und lief los.

Nachdenklich sah Reilly den ersten beiden hinterher, die auf die Tür am Ende des Flurs zustrebten.

Einen kurzen Augenblick lang achtete niemand auf Julia. Nur Reilly stand noch neben ihr, alle seine Männer hatte er mit den verschiedenen Aufträgen weggeschickt. In diesem Moment schien in ihr all das feste Umrisse anzunehmen, was sie seit der Ermordung ihrer Mutter vor nur zwei Tagen gelernt und durchgemacht hatte. Der Mensch, der sie einmal gewesen war, war genauso tot wie ihre Mutter, und in Reillys Ablenkung erblickte sie ihre wahrscheinlich einzige Chance, das Gleichgewicht des Schreckens zu ihren Gunsten zu verändern ... und zu überleben.

Sie schluckte heftig. Zog vorsichtig ihre Walther heraus. Just in dem Moment, in dem er sich wieder zu ihr umdrehen wollte, stieß sie ihm die Mündung in die Wampe. Er erstarrte. Senkte den Blick. Entsetzen trat auf sein Gesicht.

Ihre Stimme war gefährlich leise, und erleichtert stellte sie fest, dass sie beherrscht, ja fast kalt klang. »Was immer Sie sind, Reilly, ein Selbstmörder sind Sie nicht. Kein Wort. Keinen Mucks.«

21.38 Uhr, Sonntag

Sam raste in dem Augenblick auf das Pförtnerhaus zu, als ein anderer Wagen mit hoher Geschwindigkeit aus der Anlage herausschoss, ohne angehalten zu werden. Er erhaschte einen flüchtigen Blick auf die Gesichter des Fahrers und des Mannes neben ihm. Sie wirkten grimmig und höchst beunruhigt, und die Schnelligkeit, mit der sie davonjagten, sagte Sam, dass es irgendein dringender Notfall sein musste, der sie in die Nacht hinaustrieb. Als er im Lichtschein des Pförtnerhauses anhielt, nahm er die kreisförmige Auffahrt vor sich in Augenschein. Unbändige Freude ergriff ihn. Dort stand der Chevrolet seiner Mutter. Julia war hier. *Sie war am Leben!*

Der Wachmann steckte seinen Kopf aus der Schiebetür heraus. Sam ließ seine Fensterscheibe herunterfahren. Jetzt war nicht die Zeit, um Fragen zu stellen und höflich zu sein.

Sam setzte sein charmantestes Lächeln auf. »Wie läuft's denn so heute Nacht?« Bevor der Bursche antworten konnte, hatte Sam ihn auch schon am Nacken gepackt, den Kopf nach vorn gerissen und gegen die Türkante geschmettert, ein Vorgang, den er unverzüglich wiederholte. Mit einem letzten Stöhnen sackte der Wachmann in sich zusammen.

Sam setzte den Durango zwei Meter zurück, damit er die Fahrertür öffnen konnte. Er sprang hinaus und ließ den Blick über die verödeten Parkanlagen schweifen. Die eisige Luft schien ihm alle Wärme aus den Knochen zu saugen. In der Nähe war niemand, der seine Aktion hätte beobachten können. Zumindest auf den ersten Blick nicht.

Er öffnete seinen Kofferraum und holte ein Seil heraus. Der über der Tür hängende Wachmann begann zu stöhnen. Sam fesselte ihm Hände und Füße, um sie dann auf seinem Rücken zusammenzubinden. Er war verschnürt wie ein Schwein für den Markt. Sam knebelte ihn noch und ließ ihn auf dem Boden des Pförtnerhauses liegen.

Wieder in seinem Durango, fuhr er vorsichtig bis zu dem Chevrolet seiner Eltern und dem Hauptgebäude des

Pflegeheims vor. Sein forschender Blick suchte alles ab, hielt Ausschau nach Bewegungen, Anzeichen von Gefahr ... und nach Julia. Die Sorge um sie war sein ständiger Begleiter, aber da war noch etwas anderes. Eine Empfindung, die ihn ruhelos machte und so wütend, dass er vor lauter Frustration am liebsten seine Faust durch die Windschutzscheibe gerammt hätte. Er konnte das Gefühl nicht genau identifizieren ... vielleicht wollte er es auch gar nicht ... aber es trieb ihn vorwärts. *Julia.*

21.40 Uhr, Sonntag

Als John Reilly allein neben ihr stand, ihre Pistole in seinem Bauch, verengten seine Augen sich vor Wut zu Schlitzen. »Lassen Sie die Waffe fallen, Austrian. Gegen mich haben Sie keine Chance.«

»Mag sein.« Sie nahm ihm seine Pistole ab und rief sich in Erinnerung, dass sie ihr Leben lang auf der Bühne gestanden hatte. Jetzt nahm sie zu dieser Kunst Zuflucht, um ihrer Stimme einen kaltblütigen, beherrschten Tonfall zu verleihen. »Aber ich habe schon einen Mann getötet, und wenn es sein muss, töte ich auch Sie.« Der Schrecken über das, was sie ihm soeben angedroht hatte, traf sie selbst wie eine kalte Dusche. Aber sie meinte es ernst.

»Ich möchte nicht in Ihrer Haut stecken, Lady. Hier kommen Sie nicht lebend raus.«

Sie rammte ihm die Pistole tiefer in den Bauch, und er verzog das Gesicht. Diesmal musste sie den harten Tonfall nicht vortäuschen. »Gehen wir.« Sie schubste ihn in Richtung der Eingangshalle. Davor stand ihr Wagen. Er stellte ihre beste Fluchtmöglichkeit dar. Und der kürzeste Weg führte durch diese Halle. »Wir werden eine kleine Spazierfahrt unternehmen –«

Reilly stolperte und stürzte beinahe. Sie versuchte ihn festzuhalten. Aber es war eine Finte gewesen. Er stand schon wieder, wirbelte herum und stürzte sich auf sie. Alles spielte sich binnen Sekunden ab, und sie reagierte instinktiv. Es war fast so, als verdichte sich das gesamte Selbstvertrauen, das sie über die Jahre hinweg entwickelt hatte, zu diesem einen Moment. Als Reilly sich auf sie warf, holte sie mit seiner Pistole aus und schmetterte sie ihm gegen den Kopf, bevor er auch nur einen einzigen Schritt tun konnte. Er ging in die Knie, aber die beiden Männer am anderen Ende des Flurs hatten sie beobachtet. Mit der Waffe im Anschlag stürmten sie auf sie zu.

Sie rannte los. Mit all der Kraft und Schnelligkeit, die sie sich im Verlauf der Jahre antrainiert hatte, legten ihre Füße rasch die Entfernung zur Einmündung des Flurs ins Foyer zurück. Sams Rat fiel ihr wieder ein: ... *sodass Sie weglaufen können!*

Hinter ihr schrien sie: »Halt!«

»Haltet sie auf!«

Sie hörte die stampfenden Schritte ihrer Verfolger hinter sich.

Die Tür vom Zimmer eines Patienten öffnete sich, um rasch wieder zugeschlagen zu werden. Dann noch eine. Dann ... im Flur war es mit Ausnahme der über den Fußboden rennenden Füße bedrohlich still. Sie bog in die Eingangshalle ab. Ihr Magen zog sich zusammen. Zwei bewaffnete Wachmänner plauderten dort mit der Empfangsdame und einer Krankenschwester.

»Schnappt sie euch!« Das war Reillys Stimme in ihrem Rücken. Sie hatte ihn nicht hart genug getroffen.

Sofort wechselte sie die Richtung und sprintete nach links durch einen Korridor, der von der Eingangshalle wegführte. Bog dann nach links in einen parallel verlaufenden Flur ein. Noch eine Biegung, und sie sollte vor dem unverschlossenen Lieferanteneingang stehen, aus dem der alte Lyle entkommen war. Er war noch immer unverschlossen, und sie konnte ihn erreichen.

Eine Kugel pfiff an ihrem Ohr vorbei und prallte rechts von ihr gegen die Wand. Putzbrocken wurden in die Luft geschleudert. Ein zweiter Schuss folgte kurz darauf. Die Kugel durchschlug den Saum ihres hinter ihr her flatternden Mantels. Der Gestank verbrannter Wolle stieg ihr in die Nase. Sie versuchten gleichzeitig zu laufen und zu schießen, eine schlechte Kombination. Sie hatte immer noch Reillys Waffe. Gut zu wissen. *Er* hätte womöglich die Geistesgegenwart besessen, stehen zu bleiben und gezielt zu feuern.

Seine Stimme brüllte hinter ihr: »Sie läuft zum Lieferanteneingang! Fangt sie ab!«

Sie lief in panischer Angst, und als sie die letzte Biegung am Ende des Flurs genommen hatte, gab sie ihr Äußerstes und legte noch einmal einen Zahn zu. Sie atmete mühsam, und die Beine wurden ihr langsam schwer. Die Tür war nur noch ein paar Meter von ihr entfernt. Sie prallte dagegen, betete ...

Schreie und Schüsse links von ihr.

Und hinter ihr.

... und dann flitzte sie in die eisige schwarze Nacht. Die Kälte biss wie eine verzehrende Flamme in ihr erhitztes Gesicht und die rasselnde Lunge. Sie hatte keine Zeit, um Erleichterung zu verspüren.

Ein Sperrfeuer von Kugeln detonierte um sie herum. Rasiermesserscharfe Betonstückchen spritzten durch die Luft. Sie sauste zum Parkplatz hinüber.

21.46 Uhr, Sonntag

Sam war gerade vor dem Haupteingang des Pflegeheims aus seinem Durango gestiegen, als er Schüsse hörte. *Julia?* Er sprang zurück ins Auto, vollführte eine 180-Grad-Wende, dass es nur so nach verbranntem Gummi roch, und schoss auf den Krach zu.

Julias Lunge brannte. Sie war schweißgebadet. Trotzdem zwang sie sich, noch schneller über den bitterkalten Parkplatz zu rennen. Vor sich erblickte sie in der tintenschwarzen Nacht ein Tor in dem hohen Metallzaun, der das Anwesen umschloss. Das konnte ihrer Meinung nach der Punkt sein, auf den die Scheinwerfer bei ihrer Ankunft im Pflegeheim gerichtet gewesen waren. Das bedeutete, dass es drüben eventuell eine Straße und vielleicht auch Menschen und Häuser geben würde.

Sie schnappte nach Luft. Ihr Puls raste. Aber sie meinte es schaffen zu können –

Bis eine Kugel ihr Bein streifte.

Plötzlich flog sie nach vorne auf den Beton. Eine Stimme in ihrem Kopf sagte ihr, dass es sich um ein großes Kaliber handeln musste, da es sie so von den Füßen gefegt hatte. Beim Sturz glitt ihr Reillys Pistole aus der linken Hand und schlidderte drei Meter über den dunklen Betonboden. Die kleine Walther in ihrer Rechten jedoch hatte sie festgehalten.

Sie spürte noch nicht einmal Schmerz. Schritte hasteten auf sie zu. Sie rappelte sich auf. Zu spät. Ein Mann drehte ihr den Arm auf den Rücken und nahm ihr die Pistole ab. Fünf andere umringten sie keuchend und mit wutverzerrten Gesichtern.

»Hündin!« John Reilly keuchte laut. »Genau wie der verfickte Großvater. Arrogant. Starrköpfig! Schafft sie nach drinnen, bis sie sie holen kommen.«

Mit auf sie gerichteten Waffen kreisten die Männer sie ein.

»Wer kommt mich holen?«, fragte sie, schäumend vor Wut. »Mein Onkel Creighton? Cousin Vince?«

»Das geht Sie nichts an –«

Plötzlich glitten Scheinwerfer über die Gruppe. Irgendein großes Fahrzeug – die Scheinwerfer standen hoch über dem Boden, und das Fernlicht war ungeheuer stark – kam auf sie zu. Julias Herz machte einen Satz. Aufgeregt dachte sie sofort an Sam und seinen großen Durango, dessen Scheinwerfer auch so hoch angebracht waren. Sie erinnerte sich noch genau an sie von der Begegnung in der Seitengasse neben Brice' Villa. Diese hier schienen am selben Platz zu sitzen. Sie horchte genau auf das zitternde Dröhnen der Maschine, den Rhythmus, die typischen Motorengeräusche. Stundenlang hatte sie am vergangenen Tag den Motorgeräuschen von Sams Durango zugehört, und sie war sich sicher, dass es dieselbe Maschine war.

»Wer zum Teufel ist das?«, fragte einer von Reillys Wachmännern empört, während er seine Augen beschattete.

Sam in seinem Durango empfand eine Erleichterung, die schon eher Euphorie war – Julia lebte! Gott sei Dank! Sie stand auf dem dunklen Parkplatz, trug den Mantel seiner Mutter, und ihr strenges graues Haar wirkte im Licht der Scheinwerfer fast silbrig.

Unverzüglich registrierte er die fünf Bewaffneten um sie herum, und die Euphorie sank in den Keller.

Er wollte den Durango in die Gruppe fahren, um all die Arschlöcher in Grund und Boden zu stampfen. Aber das würde auch Julia in Gefahr bringen.

Es war eine eiserne Regel der Firma, nie die einzige Fluchtmöglichkeit aufzugeben, was unter normalen Umständen bedeutet hätte, fluchtbereit im Wagen zu bleiben und darauf zu warten, dass Julia sich zu ihm durchschlug. Aber sie hatte keine Ausbildung und keine Erfahrung auf diesem Gebiet. Jede Faser seines Seins trieb ihn dazu, auszusteigen und ihr zu Hilfe zu eilen.

Mit der einen Hand packte er seine Kanone, mit der anderen betätigte er den Türgriff. Die Autotür mit der Linken festhaltend, fuhr er, nur den Daumen und den Handballen seiner Schusshand am Lenkrad, auf die Gruppe zu. Weniger als zwei Meter vor Julia und ihren Häschern kam er mit quietschenden Reifen zum Stehen. Sie waren durch die Scheinwerfer geblendet. Er stieß die Tür auf, um hinauszuspringen.

Die grellen Scheinwerfer zielten nur wenige Zentimeter an der eng beieinander stehenden Gruppe vorbei. Das Licht löschte die Nacht und leuchtete den Parkplatz so intensiv aus, dass es, selbst wenn man nicht direkt hineinsah, das Auge blendete.

»Jesus Christus!« Reilly tobte und schirmte seine Augen. »Der Kerl ist ein verfluchter Idiot. Mack, schnapp ihn dir. Der Rest von euch schafft die Austrian nach drinnen. Beeilung!«

Reilly tappte auf das Gebäude zu, während die anderen vier Julia umringten und hinter ihm her stießen.

Dann ereigneten sich zwei Dinge fast gleichzeitig:

Mack näherte sich der Fahrertür des Durango just in dem Augenblick, als Sam heraussprang. »Was zum Teufel machen Sie da?«, brüllte Mack.

Sam schätzte den Wachmann mit einem raschen Blick ab. Der Bursche war gerade erst aus dem blendenden Licht getreten und konnte offenbar noch immer nicht richtig sehen, denn seine Pistole zeigte unsicher irgendwo nach vorn. Mit glatten, flinken Bewegungen benutzte Sam seinen rechten Ellbogen, um einen *shuto uchi* gegen den Unterarm des Burschen zu setzen.

Der Mann grunzte, und bevor seine Pistole auch nur den Boden berührt hatte, schnellte Sam zurück, beugte als Gegengewicht das linke Knie und trat ihm den rechten Fuß mit einem mächtigen *mae-keage* direkt gegen das Kinn. Das Genick gab einen widerwärtigen Knacklaut von sich, und er brach verdächtig still in sich zusammen.

Zur gleichen Zeit ging Julia zum Angriff über. In dem grellen Licht waren sie, so viel war ihr klar, genauso blind wie sie. Sie riss das Pfefferspray von Sams Mutter aus der Tasche. Mit ihren anderen Sinnen spürte sie nach den vier geblendeten Männern, die sie ins Haus zu drängen versuchten. Vor ihrem geistigen Auge erhielt sie ein klares Bild von ihnen: Sie konnte sie sehen – weniger als einen Meter hinter ihr, zwei auf jeder Seite.

Ohne zu zögern drückte sie den Knopf des Spraybehälters und drehte ihn in die Richtung, in der sich ihre Gesichter befinden mussten. Der brennende Schmerz ließ sie losschreien.

Sofort wirbelte Reilly zu ihr herum. Blindlings grabschte er nach ihrem Arm. Sie konnte seine Bewegungen spüren – turbulente Wärmewellen in der eisigen Luft. Aber er konnte sie unmöglich wirklich sehen.

Sie lächelte und schwang den Arm zu ihm herum, um auch Reilly mit einer Pfeffergabe zu beglücken. Er brüllte auf und sah aus, als wolle er sich die Augen herausreißen. Er fluchte und heulte ihren Namen.

Sam sah Julias Attacke und die fünf brüllenden Männer, die sich panisch die Augen rieben und versuchten, Julias Standort wieder ausfindig zu machen. Er sprang in den Durango, jagte ihn auf die Gruppe zu und stieg in die Bremsen. Er riss die Hintertür auf ihrer Seite auf.

»Steigen Sie ein!«

Julia warf sich auf die Rückbank, und mit qualmenden Reifen startete der Durango durch.

43

Tagebucheintrag

Das Zürich jener Tage war eine Brutstätte für Spione und Freiheitskämpfer. Maas kam nicht umhin, sich von dem Wahnsinn und dem Ruhm anstecken zu lassen. Er war nicht nur Bankier, sondern auch ein unverbesserlicher Romantiker. Als er die Schätze entdeckte, die Heinrich Himmler in den Banksafe hatte schaffen lassen, wusste er, dass es seine Pflicht war, sie zurückzuerstatten. Allerdings nicht, wenn sie immer noch unter Himmlers Namen liefen. Schließlich hatte Himmler Kinder, die den Schweizer Gesetzen zufolge Anspruch auf das Erbe hatten. Also überschrieb Maas sich selbst unter dem falschen Namen Roger Bauer die Schätze. Er ging in jener Nacht mit einem neuen amerikanischen Freund aus, um zu feiern; dieser Armeeoffizier hatte versprochen, die rechtmäßigen Besitzer der Kunstwerke ausfindig zu machen, wo auch immer sie sich aufhalten mochten. Da hast du ihn ermordet ... dafür, dass er diese großherzige und gute Tat begehen wollte.

19.01 Uhr, Sonntag
ANAHEIM, Kalifornien

Der würzige Duft von Grillsteaks drang aus dem eleganten Ballsaal des beeindruckenden Hyatt Regency in Anaheim, wo bald das Abendessen und die Reden beginnen würden. In dem Empfangsraum, eine Tür weiter, schüttelte Creighton Redmond Hände, nickte ernst und lächelte angemessen, als die vielen Menschen, die ihm ihre Glückwünsche aussprechen wollten, sich aufreihten. Für ein paar kurze Augenblicke sollten sie seine Aufmerksamkeit gewinnen. Es waren die Geldgeber des großen Orange County, die Megamillionäre aus den Branchen Software, Hardware, Finanzdienstleistung, Geschäftsservice, Kreativservice und Autohandel. Aus jeder Pore schienen sie Reichtum und Selbstgefälligkeit auszuströmen. Creighton stand im Luftzug und belohnte jedes Wahl- und Geldversprechen mit einem charismatischen Lächeln.

»Was sagen die Umfragen jetzt, Richter?«, erkundigte sich eine Frau aus Irvine, dem Standort eines Geschäftsgebäudes aus Stahl und Glas, das sich 50 Stockwerke hoch über die Zitronenplantagen erhob.

»Wir sind auf fünfundvierzig Prozent geklettert«, erklärte Creighton mit ernster Miene. »Da steht das Wahlbarometer jetzt seit vier Stunden.«

»Hey! Fünfundvierzig Prozent!«, rief ein Mann aus Huntington Beach aus, wo Filmstars teure Häuser kauften, um sie abreißen und an ihrer Stelle noch teurere Häuser errichten zu lassen. »Das ist doch was. Ich habe gehört, heute Morgen hätten Sie erst bei vierzig Prozent gelegen. Wir werden es schaffen!«

Creighton nahm ihre Glückwünsche bereitwillig entgegen, hielt sich insgeheim jedoch mit dem Jubeln noch zurück. Wie von dem ausgezeichneten Wahlkämpfer, der Powers war, nicht anders zu erwarten, hatte er sofort auf die Anschuldigungen reagiert und alles vehement zurückgewiesen. »Haltlose Verdächtigungen!«, hatte er gewettert. »Lügen! Nichts als Lügen!« Seine Frau und seine Kinder hatten sofort in Radio und Fernsehen dementiert, er könne jemals in seinem Leben etwas so Skrupelloses getan haben, wie ein Kind zu schänden. Die Stärke ihres

Glaubens an ihn, die Leidenschaftlichkeit ihrer Dementis waren so überzeugend gewesen, dass sie den freien Fall von Powers' Umfrageergebnissen vorübergehend gestoppt hatten.

Creighton schien sich bei 45 Prozent festgefahren zu haben. »Wir werden gewinnen, weil unser Programm das Bessere ist«, erzählte er seinen Gästen im Brustton der Überzeugung. »Nicht aufgrund eines Skandals.«

Während die eine Gruppe weiterzog und eine andere ihren Platz einnahm, fühlte er sein Handy an seiner Brust vibrieren. Da ihm sehr daran lag, die Unterstützung für ihn in diesem ungeheuer wichtigen Staat zu konsolidieren, beachtete er das Summen nicht weiter. Unermüdlich drückte er Hände und nahm Glückwünsche entgegen, bis Mario Garcia an seiner Seite auftauchte.

»Zeit fürs Essen, Leute«, verkündete Garcia mit einem Lächeln auf seinem hageren Gesicht. »Ich muss mir den Kandidaten mal eine Minute ausleihen.«

Während die Wogen der Begeisterung hochschlugen, strömten die Partygäste in den Ballsaal von den Dimensionen eines Einkaufszentrums. Creighton schritt munter aus. Er hätte eigentlich müde sein müssen, aber die Aufregungen des Wahlkampfs führten dazu, dass er sich lebendiger als je zuvor fühlte.

»Was steht an, Mario?«

Mario legte ihm den neuen Fernsehspot dar, den sein Team am nächsten Tag senden lassen wollte. »Wir haben Stunden mit der Recherche verbracht, um sicherzugehen, und es passt alles.« Er senkte seine Stimme, doch seine heftige Erregung war deutlich hörbar. »Powers hat sich zu genau den Terminen in den betreffenden Städten aufgehalten, wie es die Dokumente der *Sunday Times* und von diesem Chief Superintendent von Scotland Yard behaupten.« Seine Stimme hob sich wieder. »Amsterdam. Belgrad. Monaco. Prag. Das kann Powers nicht leugnen. Jetzt können wir den Bastard endlich festnageln!«

Creighton packte Mario an der Schulter. »Wollen Sie mir etwa sagen, dass alles ... alles wahr ist?« Er legte Erstaunen über die für ihn glückliche Wendung und einen Hauch von Entsetzen in seinen Tonfall, indem er seine Stimme genau an der richtigen Stelle beben ließ.

»Ja, Richter. Jede verfluchte Einzelheit sieht aus, als ob sie Gottes reine Wahrheit wäre.«

Durch Vince wusste Creighton, dass Marios Wahlkampfteam die gewünschten Daten auftun und alles passen würde. Zeugen waren bestochen worden. Fakten gefälscht. Powers hatte Europa als Geschäftsmann im Handel mit US-Konserven fast 20 Jahre lang bereist, und über viele seiner Aufenthalte war in *Business Week*, *Wall Street Journal* oder *Forbes* und anderen Zeitungen berichtet worden. Die Artikel waren Bestandteil der für jedermann zugänglichen Aufzeichnungen, weil er ein Star in einem heftig umstrittenen Marktsegment gewesen war. Nach einer Weile wussten die Investoren: wo Doug Powers hinging, würde es bald Profite geben. Vor acht Jahren hatte er seinen ersten Senatorensitz gewonnen und aus nicht immer klar ersichtlichen Gründen seine umfassende Reisetätigkeit fortgesetzt. Er neigte zu extremer Geheimniskrämerei, bis er einen guten Abschluss für Amerika getätigt hatte, und deshalb erfuhr nie jemand von seinen Fehlschlägen. Das hatte Creighton auf die Idee gebracht, wo sein wunder Punkt liegen könnte. Was hatte er auf einigen dieser Dienstreisen getan, die kein Resultat erbracht hatten?

»Machen Sie die Spots«, wies Creighton ihn an. »Wie früh können Sie damit fertig sein?« Es wurde langsam Zeit, einige Zweifel an Powers zu zeigen, die Öffentlichkeit widerstrebend wissen zu lassen – nicht direkt durch ihn, sondern durch seine Wahlkampfmannschaft –, dass eine Nation, die sich in den nächsten vier oder acht Jahren von Douglas Powers führen lassen wollte, klug daran täte, den Anschuldigungen nachzugehen.

Marios Gesicht war wie verwandelt. »Wir arbeiten die Nacht durch. Nichts kann uns aufhalten.« Vor nur 24 Stunden hatte er geglaubt, er arbeite für eine zum Scheitern verurteilte Kampagne; setze sich für einen Kandidaten, den die Öffentlichkeit einfach nicht zu schätzen wusste, ein. Seine Stimme wurde vor lauter Ehrfurcht ganz leise: »Das muss dieses Wunder sein, von dem Anwar Al-Sadat gesprochen hat. Wir werden gewinnen. Sie werden der nächste Präsident der Vereinigten Staaten von Amerika sein. Sie hatten mit allem, was Sie gesagt haben, Recht!«

Creighton glühte. Sein Körper fühlte sich ganz leicht an, und sein Verstand arbeitete so präzise wie schon lange nicht mehr. Es war zwar noch immer Zeit genug, dass alles den Bach heruntergehen und er anstatt in 1600 Pennsylvania Avenue im Gefängnis landen würde, aber jetzt sprach alles für ihn. Er schnappte sich ein Glas Champagner, schickte Mario zu seinem Stab zurück und wandte sich zu der Tür, die in den Ballsaal führte, zu dem festlichen Dinner, den Ansprachen und – vor allem – in das Meer bewundernder Anbetung.

Wieder vibrierte sein Handy. Mit gekrümmtem Finger rief er den ihm am nächsten stehenden Agenten des Secret Service zu sich. »Jason, sagen Sie denen am Ehrentisch, dass ich mich ein paar Minuten verspäte. Ich muss noch einen dringenden Anruf erledigen. Sagen Sie ihnen, sie sollen schon mit dem Essen anfangen.«

Er setzte sich in einen Sessel in der Ecke, wo er relativ

ungestört war. Vince war in der Leitung, und seiner gepressten Stimme konnte er sofort entnehmen, dass etwas schief gelaufen war.

»Was ist es?«, fragte er.

»Julia ist uns schon wieder durch die Lappen gegangen.« Vince beschrieb das Debakel in dem Pflegeheim. »Verdammt, sie ist zäher und gerissener, als wir gedacht haben. Aber es kommt noch schlimmer. Der gottverfluchte Alte ist auch getürmt. Sieht so aus, als hätte der Priester ihm bei der Flucht geholfen.«

Creighton merkte, wie sich eine immense Wut in ihm aufstaute. Niemand würde ihn jetzt noch aufhalten, niemand! »Erzähl.«

»Reilly hat den Wachdienst auf die Suche nach dem Priester geschickt, aber bislang haben sie ihn noch nicht gefunden. Reilly sagt, der Priester habe Opa schon seit Monaten geistlichen Beistand geleistet, weshalb er eine Kirche für den wahrscheinlichsten Aufenthaltsort der beiden hält. Sie überprüfen sämtliche katholischen Kirchen im Umkreis. Ich habe alles auf die Jagd nach Julia und Keeline beordert. Es sieht nicht gut aus.«

Creighton ließ den Blick durch den Raum gleiten, über die teuren Möbel und Wandverkleidungen, seine diskreten, in Smokings steckenden Agenten, den Kristalllüster in luftiger Höhe und die weißberockten Kellner, die Gläser und zerknüllte Servietten abräumten. Kurzfristig erschien ihm alles ganz unwirklich.

Dann sprang sein Verstand an. Er hatte zu viele Katastrophen überstanden, um sich von einer Reihe kleinerer Rückschläge entmutigen zu lassen. »Es gibt nur eine begrenzte Anzahl von Kirchen, die in Frage kommen. Wenn es kein Kloster ist, dann ist es ein Ort, zu dem sich ein Franziskaner hingezogen fühlt – oder Vater. Denk genau nach, dann findest du sie auch. Und auf Keeline haben wir noch immer Zugriff über den finanziellen Zusammenhang. Wird langsam Zeit, dass wir ihm die New Yorker Polizei auf den Hals hetzen. Ich wollte sie bislang nicht auf Keeline ansetzen, weil er so verdammt überzeugend sein kann, aber jetzt bleibt uns keine Wahl. Ruf den Commissioner an. Sag ihm, Keeline sei ein Abtrünniger, der aus Disziplinargründen beurlaubt wurde. Dann änderst du deine Akten dementsprechend. Jeder weiß, dass er ein Weiberheld ist, von daher ist es glaubhaft, dass er sich an Julia gehängt hat. Gib dem Commissioner ein Foto von Keeline. Du kannst ganz offiziell deine Firmenkontakte spielen lassen und zusätzlich sofort die Hausmeister raufschicken. Dad hält sowieso alle Welt für senil. Niemand wird auch nur ein Wort von dem glauben, was der verrückte Alte sagt.«

Vince im fernen Georgetown fühlte sich schon besser. Das analytische Sperrfeuer seines Vaters und seine Anweisungen wirkten auf ihn wie eine erfrischende Dusche. »Keelines Handynummer habe ich auch gerade herausbekommen. Wir richten eine Fangschaltung ein. Ich werde eine Beschreibung seines Wagens rausgeben. Wir finden ihn.«

»Verdammt, und ob ihr das werdet!« Creighton legte eine Pause ein. »Was ist mit Staffeld?«

»Es ist alles arrangiert. Helen und die Kinder habe ich vorsichtshalber, für den Fall, dass Staffeld tatsächlich einen Kettenhund hat, auf die Ranch geschickt.« Vince erlaubte sich ein kurzes Lachen. Nachdem Staffeld entdeckt hatte, dass sein Hotelzimmer verwanzt war, hatte er sich wohl gedacht, er müsse nur von dort verschwinden, und dann könne man seinen Aufenthaltsort nicht mehr lokalisieren. Er war nicht auf den Gedanken gekommen, es könne in Vince' Absicht gelegen haben, dass er die Abhörvorrichtungen fand. Unter der Klappe der Aktentasche, die Staffeld in Heathrow an sich genommen hatte, war ein winziger Peilsender versteckt gewesen. Jetzt fühlte Staffeld sich relativ sicher in seinem ›geheimen‹ Versteck und ahnte nicht, dass sie ihn längst aufgespürt hatten, dass er überaus verwundbar war. »Maya Stern wird ihn wie geplant morgen ausschalten.«

Creighton nickte. Heute Morgen hatte dank des eifrigen Reporters der *Sunday Times* die erste Bombe des Douglas-Powers-Skandals eingeschlagen. Den ganzen Nachmittag und Abend über hatten die Medien die Öffentlichkeit mit Chief Superintendent Staffelds Beweisen bombardiert, dass Powers ein Kinderschänder und wahrscheinlich gar ein Mörder sei. Bis morgen Nachmittag brauchte die Angelegenheit neuen Auftrieb, und den würde ihr Staffeld verschaffen – auch wenn er selbst noch nichts davon wusste. Danach, so war sich Creigthon sicher, würde er die Wahl gewinnen.

Er sagte: »Hast du dir Personenschutz zugelegt?« Er war der Ansicht, dass hinter Staffelds Drohung mit einem privaten Kettenhund vermutlich nichts steckte, wollte aber dennoch kein Risiko eingehen.

»Natürlich. Mach dir keine Sorgen um mich. Ich kann auf mich selbst aufpassen.« Vince hatte seine SigSauer-Pistole aus seinen aktiven Agentenzeiten hervorgekramt. Er trug sie in einem Schulterhalfter und würde sie nicht ablegen, bis er nicht genau wusste, dass die Gefahr vorüber war.

»Ich weiß, mein Sohn.«

Sie legten auf. Creighton blieb noch kurz in dem Plüschsessel sitzen, um sich dann zu erheben. Er fühlte sich wie ein Vollblut vor dem Gewinn des Derbys. Er konnte beinahe den Geruch der Hitze auf der Rennbahn riechen, die Menge auf den Tribünen jubeln und die große, glänzende Trophäe sehen, die hinter dem Zieleinlauf

auf ihn wartete. Er schritt auf die Tür zu. Nur Julia und sein Vater standen noch zwischen ihm und dem Sieg, und er würde sie beide zerschmettern. Das schwor er sich.

44

22.15 Uhr, Sonntag
WESTCHESTER COUNTY, New York

Der Wind war böig aufgefrischt. Wie ein wahnsinniger Dämon heulte er in den hin und her schwankenden Bäumen. Zweige peitschten auf die Straße. Die weißen Kegel der Autoscheinwerfer beleuchteten totes Laub und kleine Ästchen, die über den Asphalt gewirbelt wurden. Sam, der sich ganz auf die gefährlichen Fahrbedingungen konzentrierte, raste fort von dem Pflegeheim und versuchte, noch höhere Leistungen aus dem Motor zu holen.

»Mein Held«, sagte Julia zu ihm. In der Hitze des Wageninnern wärmte sie sich allmählich wieder auf, und die Wunde an ihrem Bein pochte nur ganz leicht.

»Jesus! Als ich Sie von diesen Gorillas umzingelt sah –« Sein muskulöses Gesicht wirkte angespannt.

»Ich hatte auch Angst. Tut mir ja leid, dass Sie mich nicht retten konnten, weil ich zu schnell war!«

»Sie waren fantastisch. Aber ich habe fast einen Herzinfarkt bekommen.« Er merkte, wie ihm ein Schweißrinnsal unter den Hemdkragen lief. »Ich hatte kaum genug Zeit, um zu wenden und Sie aufzulesen.«

»Ich habe nie einen willkommeneren Anblick gesehen als Ihr mürrisches Gesicht! Gott sei Dank hatten wir uns ja zuvor darauf geeinigt, als Nächstes zu dem Pflegeheim zu fahren.« Sie grinste. »Und jetzt hören Sie mir mal gut zu, denn ich habe drüben im Theater und hier eine Menge herausgefunden. Möchten Sie jetzt alles hören?«

Sam lächelte. »Ich habe Ihnen auch das eine oder andere zu berichten. Sie fangen an.«

Sie lehnte sich zurück und begann zu erzählen. Während er zuhörte und den Wagen lenkte, beobachtete er sie aus dem Augenwinkel. Sie hatte sich verändert. Die blauen Augen, die feine Nase, die hohen Wangenknochen und die vollen Lippen waren verwirrenderweise dieselben geblieben, aber der Gesamtausdruck hatte sich verändert. Sie war härter geworden. Völlig gefasst saß sie neben ihm, lebhaft und wortgewandt, während sie ihm die Ereignisse im Theater schilderte, als sie die Fotos ihres Rings, der Ohrringe ihrer Mutter und Großvater Redmonds Zigarrenkiste in dem Buch über Königsberg entdeckt hatte.

Er nickte. »Sie haben jetzt also drei Stücke aus dem Königsberger Schatz identifiziert, die sich im Besitz der Familien Austrian und Redmond befinden.«

Ihre blauen Augen hatten einen traurigen Ausdruck angenommen. »Es sieht so aus, als könnten Sie Recht damit haben, dass Opa Austrian alles über den Zweiten Himmler-Schatz gewusst hat, und Opa Redmond möglicherweise auch.«

Sie dachte an ihre beiden Großväter. Keiner von ihnen war der warmherzige alte Mann aus den Kinderbüchern gewesen, der seinen Enkeln Geschichten vorgelesen und sie zu Eis und Spaziergängen in den Park mitgenommen hätte. Einmal, sie war gerade acht Jahre alt gewesen, hatte sie versucht, sich auf Lyle Redmonds Schoß zu setzen, aber er hatte einen freundlichen Scherz gemacht, ihr den Kopf getätschelt und sie weggeschickt, um Marguerite zu suchen. Ein anderes Mal, nur wenig später, hatte sie Daniel Austrians Hand genommen, als sie aus irgendeinem

Grund Trost gesucht hatte. Seine Hand war kühl, trocken und ohne jede Erwiderung gewesen. Die Hand war ihr kein Trost gewesen. Er hatte sie ihr einfach überlassen, bis sie eine nicht zu beschreibende Kränkung empfunden und sie wieder losgelassen hatte. Natürlich war es eine Zurückweisung gewesen. Sie hatte es nie wieder versucht, bei keinem ihrer beiden Großväter.

Sam erahnte ihre sorgenvollen Gedanken. »Erzählen Sie mir, wie Sie Ihre Sehkraft verloren haben.«

Während der Sturm am Auto rüttelte, beschrieb sie ihm ihren erneuten Rückfall in die Blindheit, ausgelöst vom Anblick des Alexandritrings. Dann den Angriff durch Maya Stern und die Hausmeister.

Mit ruhiger Stimme sagte sie: »Ich habe ihn getötet.« Sie bedauerte es, aber sie wusste, sie hatte es tun müssen.

Sam nickte. »Als ich dort ankam, war die Leiche verschwunden. Aber die Blutlache habe ich gefunden. Ich bin froh, dass nicht Sie es waren, die gestorben ist und weggeschafft wurde.«

»Ich auch.«

Wieder warf er ihr einen Blick von der Seite zu. »Haben Sie mir sonst noch etwas zu sagen?«

Sie schilderte ihm den Rest dessen, was sie sich über Creighton und Vince zusammengereimt hatte, dann, was sie über Großvater Redmond in Erfahrung gebracht hatte. »Mrs. Schwartz war eine wahre Goldgrube an Informationen. Sie sagte, Opa habe immer aus dem Pflegeheim herausgewollt, und er sei noch immer ein Unruhestifter. Wenn das stimmt, besonders, wenn er seine Flucht geplant und ausgeführt hat, bezweifle ich stark, dass er das demente Wrack ist, das meine Mutter mir bei unserem Besuch beschrieben hat. Einer der Wachmänner sagte zu Reilly, die Kameras hätten aufgezeichnet, dass beide, Opa und der Priester, Kutten trugen. Dann hat der Priester das Heim durch die Eingangshalle verlassen, und Opa muss denselben Seiteneingang benutzt haben, durch den ich geflohen bin. Bei meiner Ankunft habe ich einen Priester in einem VW-Bus rausfahren sehen.«

Sam hielt das Lenkrad fest umklammert, als eine weitere heftige Bö sie erwischte. »Sie wollen mir also erzählen, dass Sie denken, Creighton stecke hinter allem und Vince sei seine rechte Hand. Und Ihr Großvater Redmond hänge auch irgendwie mit drin.«

»Ja. Und irgendwo gibt es außerdem eine Verbindung zu der Nacht meiner Debütvorstellung, als ich erblindete. Creighton hat dafür gesorgt, dass ich mich bei einem Psychiater in Behandlung begeben habe, der mir absichtlich nicht geholfen und sich hinterher gegen mich gewandt hat. Creighton muss etwas zu verbergen haben, etwas, das damals geschehen ist.«

Außerhalb der Autoscheiben setzte der Sturm sein willkürliches Zerstörungswerk fort. Der Wagen wurde hin und her geschleudert. Die Luft heulte. Ein entwurzelter Busch wurde über die Straße gefegt. Dann schien aus dem Nichts ein Ast auf sie herabzukrachen.

Sam riss blitzschnell das Steuer herum.

Als sie wieder einigermaßen ruhig auf der richtigen Spur fuhren, sagte er: »Ihr Vater starb in jener Nacht, nicht wahr? Vielleicht ist das die Verbindung.«

»Ich habe viel darüber nachgedacht. Die Nacht war stürmisch, genau wie jetzt. Mein Vater hatte Opa Austrian den ganzen Weg nach Southampton gefahren. Es war nach vier Uhr morgens, und er war allein in dem Auto, auf der Rückfahrt nach Arbor Knoll. Er muss erschöpft gewesen sein. Dann ist irgendetwas passiert – vielleicht ist ein dicker Zweig über die Straße gestürzt wie gerade eben. Er verlor die Kontrolle über das Fahrzeug, kam von der Straße ab und prallte gegen einen Telefonmast.« Sie schluckte. »Das Auto fing Feuer.«

Sam war ganz still geworden. »Es fällt schwer, darin eine Verbindung zu Creighton zu entdecken.«

»Das geht mir auch so.« Sie schob den uralten, immer noch vorhandenen Schmerz über den Tod ihres Vaters beiseite und setzte ihre Bestandsaufnahme fort: »Creighton hat die Päckchen an sich gebracht, bevor irgendjemand den Inhalt sehen und lesen konnte, mit Ausnahme der wenigen Zeilen, die Sie zu Gesicht bekommen haben. Er hat Vince und Maya Stern dafür eingesetzt, und ich glaube mittlerweile zu wissen, warum die Päckchen für ihn von nahezu lebenswichtiger Bedeutung waren. Mrs. Schwartz behauptete, Opa habe ein Tagebuch über sein Leben verfasst, die Wachleute hätten es aber entdeckt und vernichtet. Die Päckchen, die er Ihnen und Mom geschickt hat, haben möglicherweise Teile davon enthalten, die er irgendwie hatte herausschmuggeln können.«

In Sam regte sich wieder die alte Begeisterung. »Vielleicht wollte er mir wirklich etwas über das Bernsteinzimmer mitteilen.«

Sie nahm sein Handy aus der Halterung. »Ich rufe bei dieser Franziskanerkirche in Mount Kisco an. Reilly war der Meinung, der Priester könne Opa dorthin gebracht haben.«

Sam hielt sie davon ab. »Jetzt, wo wir wissen, dass Vince mit drinsteckt, ist davon auszugehen, dass er alles über mich weiß. Einschließlich meiner Handynummer, dem Aussehen und Nummernschild meines Wagens, welche Zeitschriften ich abonniert, welche Gepflogenheiten ich habe, die Nummern meiner Kreditkarten, meine Sünden und Laster. Wir werden den Durango möglichst bald stehen lassen und müssen noch vorsichtiger sein, ja keine

Spuren zu hinterlassen. Mit Vince und Creighton haben wir nicht nur die Hausmeister, sondern auch die schlagkräftigste Geheimdienstorganisation der Welt am Hals.«

22.32 Uhr, Sonntag
MOUNT KISCO, New York

Die katholische Kirche vom heiligen Franz von Assisi stand an der Ecke von Main und Green Street in Mount Kisco, zu dieser Stunde in das graue und rosafarbene Licht der Straßenlaternen und das des strahlend hellen Mondes getaucht. Die Kirche war ein elegantes Gebäude aus Ziegel und Sandstein mit einem hohen, spitzen Dach. Eine Statue des Gründers des Franziskanerordens, des heiligen Franziskus, schaute von einem Sims über dem dreigeteilten Eingangsportal herunter. Immergrüne Büsche schwankten auf dem kleinen Hügel im Wind. Rechts vom Portal war ein Schild mit der Aufschrift: FEIERN SIE JEDEN SONNTAG DIE HEILIGE MESSE MIT UNS angebracht.

Julia und Sam suchten Straße und Kirche gründlich ab. Viel Autoverkehr gab es nicht, Fußgänger sahen sie überhaupt keine. Sie stiegen aus dem Durango. Die Stürme hatten nachgelassen, aber es schien, als bringe die langsamer zirkulierende dunkle Luft drohende Gefahren mit sich. Sie hasteten zum Seiteneingang der Kirche.

Julia läutete. Fröstelnd stampfte sie mit den Füßen auf den Boden und wartete, während Sam sich dem Bürgersteig näherte, um Wache zu halten. Ihr Atem bildete weiße Dampfwölkchen in der Nacht, die rasch davongeweht wurden. Julia schaute die ganze Zeit nervös über ihre Schulter.

Der Priester, der die Tür öffnete, hatte das stille, gesetzte Aussehen eines Mannes, der im Frieden mit sich und seinem Gott lebt. »Was kann ich für Sie tun?«

Julia erinnerte sich an Reillys Beschreibung des Priesters, mit der er den Wachmann auf die Suche nach ihrem Großvater geschickt hatte. »Ich suche einen Franziskanerpater«, antwortete sie. »Pater Michael. Er fährt einen alten VW-Bus und hat einen deutschen Akzent.«

Der Priester musterte sie von Kopf bis Fuß. In seiner Stimme schwang ein Anflug von Misstrauen mit. »Sie sind heute Nacht schon die Zweite, die sich nach diesem Mann erkundigt. Was wollen Sie von ihm?«

Julia rang mit sich. Am Ende kam sie zu dem Ergebnis, dass sie mehr zu gewinnen als zu verlieren hatte, und sagte ihm die Wahrheit. »Er ist mit meinem Großvater zusammen, den ich zu finden versuche. Er war im Rolling-Hills-Seniorenheim. Sie wissen ja, es liegt etwa vier Meilen von hier –«

Der Priester nickte. Er schien nachzudenken. »Nun gut. Ich werde Ihnen sagen, was ich dem anderen auch gesagt habe. Ich kenne alle Franziskanerpatres in diesem Staat, und ich kann mit letzter Bestimmtheit sagen, dass es keinen Pater Michael in unserem Orden gibt, auf den Ihre Beschreibung passt.«

Während sie zum Auto zurückliefen, teilte Julia Sam die schlechte Neuigkeit mit. »Vielleicht ist dieser Pater Michael gar kein echter Franziskaner.«

»Oder der Priester, mit dem Sie gerade gesprochen haben, hat sich schlicht geirrt.« Sie stiegen ein, und Sam fuhr schnell fort. »Wir beschäftigen uns noch damit. Aber zuerst müssen wir uns um unsere eigene Sicherheit kümmern. Ich habe gefälschte Personalausweise mitgenommen. Und wir werden uns des Wagens entledigen. Danach müssen wir uns ein Plätzchen suchen, wo wir bleiben und einige Telefonate erledigen können. Es dürfte sich lohnen, die anderen katholischen Kirchen in der Umgebung zu überprüfen. Jetzt brauchen wir nur einen Ort –«

»Wird Vince nicht auch über Ihre gefälschten Ausweise Bescheid wissen?«

Er kicherte. »Mitnichten. Die habe ich aus privaten Quellen.« Er warf ihr einen Blick aus dem Augenwinkel zu. »Im Außendienst lernen Sie schnell, dass es ein paar Dinge gibt, die man sich selbst besorgen muss.«

»Wann werden Sie mir erzählen, warum Sie sich wirklich an den Schreibtisch haben versetzen lassen?«

Er verstummte, überrascht durch ihr feines Gespür. Und mit einem Mal wollte er es ihr erzählen. »Es gab da eine Frau, die ich kannte.« Er zögerte, die Erinnerung kehrte zurück. Der alte Schmerz überkam ihn, und für einen Augenblick sah er Irinis hübsches Feengesicht mit den Sommersprossen und den Smaragdaugen vor sich. Er hatte alles an ihr geliebt, von den roten Locken bis zu dem duftenden Punkt zwischen ihren Brüsten. Ihre Launen waren so sprunghaft wie das Wetter gewesen, aber ihr Lachen war so ansteckend gewesen, dass es die Wolken vom Himmel vertrieben hatte.

Er schüttelte den Kopf, wie um die Gedanken zu verscheuchen, und hielt sich dazu an, die Wahrheit zu sagen: »Es gab da eine Frau, die ich geliebt habe ... Irini Baum. Sie arbeitete für den ostdeutschen Geheimdienst, ist aber zu uns übergelaufen. Es war kurz vor dem Fall der Berliner Mauer. Sie ging nach Ostberlin zurück, um für uns Akten aus dem Stasi-Hauptquartier zu besorgen, und sie kam in einem Aufruhr der Masse dort um –« Die furchtbare Brutalität hallte noch in ihm nach.

»Erzählen Sie mir, was geschah«, verlangte Julia leise.

Seine langen Finger auf dem Lenkrad wurden weiß. »Ich hätte es wissen müssen, dass sie ohne mich gehen würde. Aber ich hatte einen wichtigen Mittelsmann, den ich treffen wollte. Einen KGB-Offizier. Ich stand kurz davor, ihn zum Überlaufen zu bewegen. Die Firma wollte ihn dringend haben. Also habe ich ihr gesagt, ich wäre bald zurück, und dann würden wir zusammen gehen.«

»Sie hat nicht auf Sie gewartet.«

Heftig schüttelte er den Kopf. »Verdammt, nein. In Ostberlin kam es zu dieser Zeit zu allen möglichen Zusammenrottungen von Menschen, die sich genauso schnell wieder auflösten. Sie warfen Fensterscheiben ein und suchten die Geschäfte und Häuser von all denen heim, die mit der kommunistischen Regierung paktiert hatten. Jede Menge Leute wurden verletzt, und jeden Tag kamen auch einige dabei um. Und natürlich war das Stasi-Hauptquartier ein Magnet für diese ganze Bewegung. Jeder hasste die Stasi-Spione, und das mit gutem Grund. Diese letzten paar Tage vor und dann eine Woche nach dem Mauerfall war es auf den Straßen um das Stasi-Hauptquartier nie ruhig. Stets gab es dort Menschenaufläufe. Stets Verbrechen. Und am Morgen lagen Leichen herum. In diese Hölle begab Irini sich.«

Julia beobachtete ihn genau, ergriffen von dem tiefen Schmerz auf seinen hübschen Zügen. Seine gebräunte Haut schien plötzlich erbleicht zu sein, und die Furche zwischen seinen Augen war so tief wie der Grand Canyon. In seinen grauen Augen loderten Leidenschaft und Schuldgefühle, und sie wollte die Hand ausstrecken und ihm über das Kinn streicheln, das er einer Welt, die ihn so sehr verletzt hatte, tapfer entgegenreckte.

»Macht es Ihnen etwas aus, mir zu erzählen, was ihr widerfahren ist?«

Er schluckte. Sah zu ihr hinüber. Warum sprach er nach all den Jahren über Irini? Er hatte sie in einem Winkel seines Herzens verschlossen und sich gelobt, sie würde dort, wo niemand ihr etwas antun konnte, für immer sicher sein und ruhen. Und nun erzählte er es Julia, die eigentlich eine Fremde für ihn war.

»Irini hatte es geschafft«, fuhr er fort. »Getarnte Agenten erfuhren aus irgendeiner Quelle, dass sie mit zwei Aktentaschen, voll gestopft mit Dokumenten, aus einem der Seiteneingänge des Stasi-Hauptquartiers hinausschlüpfte. In dem Augenblick fiel der Mob über sie her. Sie schlugen sie zusammen, zerstreuten die Dokumente in alle Winde und –« Er verstummte. Seine Kehle war wie zugeschnürt. Wieder sah er Julia an, sah das Verständnis, in dem ihre Augen schwammen wie in Tränen. »Sie haben sie vergewaltigt.« Seine Stimme stockte. »Immer und immer wieder. Die Wunde, die schließlich zu ihrem Tod geführt hat, war ein Messerstich. Dann haben sie versucht, die Leiche zu verbrennen. Am nächsten Morgen fand man sie in einer Seitengasse in der Nähe.«

Julia atmete tief durch. Sie fuhr sich mit der verbundenen Hand über die Augen. »Sie muss entsetzlich gelitten haben.«

»Ja.«

»Es tut mir so leid.« Sie berührte seine Wange. »Ich meine es ernst, Sam. Es tut mir wirklich leid. Ich weiß, wie schwer es ist, jemanden zu verlieren, und wenn es dann auch noch so gewaltsam geschieht ... Es macht alles noch viel schlimmer. Sie müssen schreckliche Schuldgefühle haben.«

Er nickte. Sein Mund war ein grimmig zusammengepresster Strich. »Ich wusste, dass es ein gewaltiges Risiko war. Ich hätte die Verabredung mit dem KGB-Typen abblasen und mit ihr gehen sollen.«

»Sie geben sich die Schuld dafür. Und darum haben Sie sich vom Außendienst in die Analystik versetzen lassen?«

»Ich hatte die Agententätigkeit so satt. Ich wollte nichts

mehr damit zu tun haben. Es erschien mir alles so sinnlos.« Sein Gesicht war hart.

»Aber vielleicht haben Sie auch das Richtige getan, indem Sie zu Ihrer Verabredung gegangen sind und sie ihre eigene Entscheidung haben treffen lassen. Vielleicht war es bei ihr dasselbe wie das, was Sie vorhin über sich selbst gesagt haben – es war etwas, was sie einfach tun musste. Was, wenn Sie mit ihr gegangen und getötet worden wären und sie überlebt hätte? Oder Sie wären beide umgekommen? Niemand, es sei denn, er hätte eine bewaffnete Kompanie im Hintergrund gehabt, hätte die Situation kontrollieren können, und ihre Anwesenheit hätte es möglicherweise noch schlimmer für sie gemacht. Für mich klingt es, als hätte sie das Risiko gekannt und wäre es eingegangen. Sie hatten nicht das Recht, ihr diese Entscheidung abzunehmen, genau wie sie Ihnen gegenüber nicht das Recht gehabt hätte.«

Er verzog das Gesicht. »Möglich.«

Sie drehte sich um, legte ihre linke Wange auf die Kopfstütze und schaute ihn mit ernstem Blick an. »Ich weiß, Sie fühlen sich als mein Beschützer, und das schmeichelt mir. Aber Sie müssen wissen, dass Sie Ihre Gefühle, für Irinis Rettung nicht genug getan zu haben, nicht auf alle anderen Frauen übertragen dürfen. Sie machen sich verrückt, und Sie machen uns damit verrückt. Ganz ehrlich, wenn ich mir die Frau vorstelle, die Sie mir beschrieben haben, dann hätte sie Sie wohl kaum dabeihaben wollen. Sie war vollkommen unabhängig, nicht wahr? Und ich wette, das war einer der Gründe, der sie so anziehend für Sie machte. Stimmt's?« Als er keine Antwort gab, stupste sie ihn mit dem Zeigefinger in den Arm. »Stimmt's, harter Mann?«

Sie sah, dass seine Mundwinkel sich zu einem kaum merklichen Lächeln verzogen.

In Sams Eingeweiden tobte ein fürchterlicher Gefühlsaufruhr, und in seinem Kopf wirbelten Schmerz und Gedanken durcheinander. Aber da war noch etwas ... ein merkwürdiges Gefühl der Erleichterung. Nie hatte er jemandem so viel von der Geschichte erzählt wie Julia. Er wunderte sich kurz, warum es ihn so dazu gedrängt hatte. Aber auf der anderen Seite schien die absolute Geheimhaltung nun auch weniger Sinn zu ergeben.

Während er darüber grübelte, verspürte er eine seltsame Distanz. Als wenn sein Schmerz und seine Liebe zu Irini irgendwie ein Stück zurückgetreten wären.

»Eins müssen Sie in Ihren Kopf reinkriegen, Julia«, knurrte er, »Sie *brauchen* Hilfe. Anders als Irini haben Sie keine Ausbildung als Agentin. Sie wissen kaum, wie man mit einer Waffe umgeht.«

Sie lächelte. Sie mochte dieses tiefe Knurren in seiner Stimme. Sehr sexy. Sie näherten sich dem Bahnhof von Mount Kisco. Julia entdeckte das Schild eines Fahrzeugverleihs, und plötzlich wusste sie, wo sie bleiben konnten. »Wir gehen ins Holiday Inn. Es ist ganz in der Nähe, und bei dessen Größe und dem Betrieb dort werden wir kaum auffallen. Mit Ihren gefälschten Ausweisen und Ihrer Verkleidung sollten wir ein paar Stunden unbehelligt bleiben. Außerdem ist es das einzige Hotel vor Ort, das ich kenne.«

Zuerst fuhren sie bei dem Fahrzeugverleih vorbei. Julia schien es, als lauerten überall Augenpaare, die sie beobachteten. Doch Sam, der mit seinem dunklen Haar und der Brille sehr geschäftsmäßig wirkte, betrat den Laden ohne Zögern. Er mietete einen Mustang mit Automatikgetriebe, damit auch Julia ihn fahren konnte. Er bezahlte in bar. Julia stieg in den Mustang und fuhr hinter ihm her in die Hügel hinauf. Sie luden seine Besitztümer in den Mustang um und ließen den Durango an einer ruhigen, baumgesäumten Straße mit alten viktorianischen Häusern stehen, in einer Wohngegend, wo die Nachbarn das unbekannte Fahrzeug wohl nicht sofort melden würden.

Dann fuhren sie zu einer Telefonzelle.

Sam hüpfte hinaus. »Bin sofort zurück.«

»Das will ich Ihnen auch raten.«

Die Drohung in ihrer Stimme gefiel ihm. Er holte Münzen hervor und rief Tomáš Dubovický an, seinen Kontaktmann an der Karls-Universität in Prag. Er setzte einen fröhlichen Tonfall auf. »*Tomáš na Hrad!*« Thomas auf den Hradschin! – ein alter Scherz zwischen ihnen, dem ›Schlachtruf‹ abgeschaut, mit dem Václav Havel 1989 zum Präsidenten der Tschechoslowakei gewählt worden war. Tomáš, ein Anführer der demokratischen Bewegung, arbeitete schon lange für die Firma.

In der Hoffnung auf gute Neuigkeiten fragte Sam: »Was hat unser gemeinsamer Freund Jirí zu sagen gehabt?« Jirí war der Übermittler der Firmenbücher aus Prag gewesen.

Tomáš Stimme klang belegt. »Jirí wurde heute Morgen auf der Parízská-Straße von einem Lastwagen überfahren. Er starb, bevor ich dort sein konnte.«

Sam sagte sich, dass ihn das eigentlich nicht überraschen sollte. »Natürlich ein Unfall.«

»Es sah so aus, aber wer kann das schon wissen? Jirí hat das Bewusstsein nicht mehr wiedererlangt.«

»Hast du noch andere Quellen, anhand derer du die Originale der Buchseiten überprüfen könntest?«

»Ich arbeite daran.« Tomáš zögerte. »Was ist das für eine Geschichte mit Douglas Powers und den US-Präsidentschaftswahlen? Warum bist du darin verwickelt, Sam? Wo steckst du? Alles in Ordnung?«

Sam seufzte. Er hatte damit gerechnet, dass Jirí ihm Einzelheiten über die Anschuldigungen gegen Powers geben konnte, mochten sie nun echt oder getürkt sein. Aber auf keinen Fall würde er den Fehler, der ihm mit Pink unterlaufen war, noch einmal begehen. »Du brauchst meinen Aufenthaltsort nicht zu wissen, Tomáš. Mir geht es gut. Besorg mir einfach die echten Dokumente. Ich melde mich.«

Als sie weiterfuhren, erzählte Sam Julia von Jirí.

»Das tut mir leid. Wie schrecklich. Ein Unfall!«

»Glauben Sie denn wirklich, dass es ein Unfall war?«

Sie blickte stur geradeaus. Sie musste all ihr Grundvertrauen in ihre Mitmenschen vergessen. Insbesondere, was die Redmonds anbetraf. Und den CIA.

»Selbstverständlich nicht«, gab sie zurück. »Das war Creighton. Und Vince.«

45

Sam fuhr den Mustang um die nächste Ecke und blieb im tiefen Schatten stehen. Er schaltete das Licht aus. »Ich kann Ihnen aber auch eine weitere schlechte Neuigkeit erzählen.«

»Tun Sie sich keinen Zwang an.«

»Das Radio in Moms Auto ist kaputt, deshalb haben Sie die neuesten Nachrichten wahrscheinlich nicht gehört.«

»Was ist mir entgangen?«

Er schilderte ihr die jüngsten Meldungen, die zu beweisen schienen, dass Douglas Powers nicht nur ein Sexomaniac war. Es ging weit darüber hinaus: Womöglich hatte er Kinder geschändet, ja sogar einen Mord begangen. »Die Nation ist hin und her gerissen«, teilte er ihr zornig mit. »Die Presse zerrt jeden Gelehrten, jeden so genannten Experten und jeden Mann von der Straße vor die Kamera, damit er seine Meinung kundtut. Douglas

Powers' Leute streiten alles ab. Creighton Redmond und sein Lager halten sich hoheitsvoll aus der ganzen Sache raus, während sie hinten herum durchsickern lassen, sie hätten die ganze Zeit geahnt, dass da irgendetwas im Argen läge. Vertreter beider Lager treten in den großen Talkshows auf, reisen von Küste zu Küste. Ein gigantischer Medienrummel, und Creighton ist der große Gewinner.«

»Eine Neuinszenierung des Clinton-Sexskandals.« Julia verzog das Gesicht. »Nur viel ekliger und wesentlich brisanter. Und nur noch sechsunddreißig Stunden, bis die Wahllokale ihre Pforten öffnen. Creighton hat das zeitlich genau richtig hinbekommen, um als Sieger aus der Wahl hervorzugehen.« Mit einem ganz üblen Gefühl stellte Julia sich ihren Onkel als Herrscher im Oval Office vor. »Woher kamen diese neuen ›Beweise‹?«

»Scotland Yard. Ein Chief Superintendent. Geoffrey Staffeld. Er behauptet, er sei über den Teich geflogen, um Amerika vor sich selbst zu retten.«

Julia fühlte sich, als habe ihr jemand einen Kinnhaken verpasst. »Geoffrey Staffeld?«

»Genau. Warum?« – Und dann entnahm er es ihrem bestürzten Gesichtsausdruck. »War das der Bursche, der die Untersuchung des Mordes an Ihrer Mutter leitete?«

»Ja.« Sie nickte. Ein weiteres Mosaiksteinchen. »Der Bastard. Das erklärt vieles. Warum er nicht wollte, dass ich mit dem, was ich wusste, an die Öffentlichkeit ging. Warum ich niemandem erzählen durfte, dass ich die Mörderin gesehen hatte. Maya Stern ist Creightons Killerin.«

Die Erkenntnis schien alle Luft aus dem Wageninnern zu saugen. Julia war, als schließe sich die stählerne Karosserie des Mustangs immer enger um sie, als komme sie nie wieder frei – denn jetzt ging es nicht mehr nur um sie ... es ging um die Nation. Creightons Tentakel reichten überallhin. Er würde seine Bösartigkeit in das mächtigste Amt in diesem Land einbringen ... und dann in die Welt.

Sie wendete sich zu Sam. »Wir müssen meinen Großvater und Staffeld finden. Wenn wir die Informationen von diesen beiden zusammenfügen können, sollten wir in der Lage sein zu beweisen, was Creighton wirklich vorhat.«

»Staffeld aufzuspüren dürfte ein weiteres Problem darstellen.« Sam schaltete das Licht wieder ein und fuhr vorsichtig auf die Straße zurück. »Er hat seine Bombe auf einer Pressekonferenz im Plaza Hotel hochgehen lassen, aber in der Geschichte war eine unschöne Kleinigkeit versteckt: Staffeld hatte den Reportern für etwaige Rückfragen eine Zimmernummer im Plaza angegeben, und er war dort auch gemeldet. Als die Reporter jedoch mit ihm Kontakt aufnehmen wollten, war er nicht da. Sein Zimmer im Plaza war überhaupt nicht benutzt. Er ist also hereingeschneit, hat sein Feuerwerk gezündet und ist wieder verschwunden. Ein anderer Nachrichtensprecher sagte genau dasselbe. Staffeld hat bei der Pressekonferenz offensichtlich angedeutet, dass er es für gefährlich hielt, weiter im Lande zu bleiben.«

Julia war ganz still geworden. »Aus Ihrem Munde klingt das ja so, als würde Powers ihn umbringen lassen, wenn er ihn finden würde.«

»So legen *sie* es aus.«

»*Creighton!* Was für ein schleimiger Bastard. Er hat auch keinen miesen Trick ausgelassen.«

Sam betrat mit seiner Tasche das Foyer des Holiday Inn; währenddessen wartete Julia hinter dem Lenkrad des Mustangs. Er meldete sich mit seinem gefälschten Ausweis an und zahlte in bar. Er ging durch den Südkorridor und öffnete die Seitentür. Julia sah ihn, parkte ein und stahl sich unbemerkt in das Gebäude hinein. Schnell betrat sie das Zimmer. Es war sauber und zweckmäßig eingerichtet, in gedämpften Farben und mit einem geräumigen Bad. Sam zog auf der Stelle die Vorhänge zu, und sie schloss zweimal ab.

»Ah, endlich.« Julia seufzte und ließ sich auf das Bett am Fenster fallen. Sie versuchte das Gefühl loszuwerden, dass überall außerhalb des kleinen Raums Gefahren lauerten. Sie sehnte sich nach ein bisschen Frieden. Nach dem beständigen Tempo der Musik. Nach ihrem Steinway und vielen, vielen Übungsstunden.

Es gab zwei französische Betten, aber Sams Aufmerksamkeit wurde vollständig von demjenigen in Anspruch genommen, auf dem Julia lag. Sie lag in entspannter Haltung da, das strenge Haar verlor sich vor der Tagesdecke mit dem Blumenmuster. Ihr grau getöntes und zurückgebundenes Haar hob die Schönheit ihres Gesichts nur noch mehr hervor – die porzellanklare Haut, die fein gemeißelten Züge, die strahlend blauen Augen. Ihre vollen Lippen waren leicht geöffnet. Ein schmaler Streifen der weißen Zähne schaute hervor. Ihre Augenlider waren halb zugefallen, als sei sie am Einschlafen.

Sam wandte sich ab. Er dachte an Pinks Verrat und dass er Julia um ein Haar das Leben gekostet hätte. Ein eiserner Ring legte sich um seine Brust. »Ich bestelle den Zimmerservice. Nicht nötig, in ein Restaurant zu gehen und uns in Gefahr zu bringen.«

Während sie auf das Eintreffen des Essens warteten, setzte Julia sich an den Schreibtisch und rief Franziskanerkirchen von New York bis Buffalo an. Immer erhielt sie die gleiche Antwort: auch hier kein Pater Michael mit VW-Bus und deutschem Akzent.

»Sind Sie sicher, dass er Franziskaner ist?« Sam hatte

das Bett an der Tür in Beschlag genommen und beobachtete sie von dort, wie sie mit dem Telefon in der Hand die Anrufe erledigte. Sie hatte eine fließende, elegante Art, sich zu bewegen, irgendwie sanft. Aber darunter zeigten sich Muskeln und Überzeugungen. Er fand die Kombination ungeheuer verlockend.

»Ich habe den Priester aus Rolling Hills herausfahren sehen.« Sie drehte sich zu Sam um, der ausgestreckt auf seinem Bett lag. Seine Hände hatte er unter dem Kopf verschränkt, seine Knöchel gekreuzt. Er trug noch immer seine Lederjacke mit der schmalen Taille. Sein langer Körper war der Inbegriff von Entspannung. Trotzdem war nichts Friedliches an ihm. Er strahlte eine Art von raubtierhafter Wachsamkeit aus. »Er trug das übliche Ordenshabit«, erklärte sie ihm.

»Die lange braune Kutte mit Kapuze und dem Strick als Gürtel?«

»Sie ist eins der Symbole des Ordens. Sie nehmen sich in allem den heiligen Franziskus zum Vorbild, weil sie glauben, dass er den Menschen ein perfektes Beispiel für die Nachfolge Christi geliefert hat. Sie leisten ein Gelübde der Armut, der Keuschheit und des Gehorsams und widmen sich dem Gebet und dem Dienst am Nächsten. Die Ordenstracht verkörpert all das. Sie besteht aus einem einfachen, groben Stoff wie dem Sackleinen in Isaja, und im Schnitt entspricht sie der Form eines Kreuzes.«

Er nickte. »Sie wissen eine ganze Menge darüber.«

Sie lächelte. »Alle meine Cousins und Cousinen sind Katholiken. Ich habe hier und da ein wenig aufschnappen können.«

»Aber Sie sind keine Katholikin?«

Sie schüttelte ihren Kopf. »Falls es einen Gott gibt –« Sie zögerte. »Das hört sich jetzt dumm an, aber ich glaube daran ... Falls es einen Gott gibt, sind die Farben sein Gelächter, und die Musik ist sein himmlischer Atem. Oder *ihr* himmlischer Atem. Ich habe ein spirituelles Leben, das mir sehr wichtig ist, sodass ich mir nie die Mühe gemacht habe, einer Kirche beizutreten. Wahrscheinlich könnte man sagen, dass die Musik mein Vermittler zu der unbekannten Macht da oben ist. Wie halten Sie es damit?«

»Ich bin kein Vereinsmensch.«

Ihr blieb der Mund offen stehen. »Sie? Mr. CIA?« Sie lachte. »Erzählen Sie keinen Quatsch!«

Er runzelte die Stirn. »Abgesehen von der Firma fühle ich mich nichts und niemandem verpflichtet.« Er bereute seine Worte, kaum dass sie ausgesprochen waren.

»Ach, tatsächlich?« Erneut lachte sie. »Nun, dann sind wir schon zwei. Nur dass ich mich selbst der Firma nicht verpflichtet fühle.«

Er schaute sie verwundert an.

»Warum so schockiert, Sam? Der Mann, mit dem ich mein Leben verbringen möchte, ist mir noch nicht über den Weg gelaufen. Männer sind eine Qual. Sie räumen nicht auf und glotzen jeder Frau hinterher, die den Block entlangläuft. Männer werden von ihren Hormonen beherrscht. Darum sind sie auch so unlogisch.«

Sam war wie vor den Kopf geschlagen. »Wollen Sie damit sagen, dass ich ein hormongesteuerter Vollidiot bin?«

Sie lächelte freundlich. »Ich habe nur Spaß gemacht. Außerdem, ein Mann mit so vielen Freundinnen wie Sie –«

»Freundinnen?« Seine Augen verengten sich. »Wie kommen Sie darauf?«

»Da gibt es zunächst einmal die Decke in dem Durango – Chanel N° 5. Zweitens: Während Sie das Auto ausgeliehen haben, habe ich im Handschuhfach nachgesehen, ob Sie noch eine zweite Waffe besitzen, da Reilly mir meine weggenommen hat. Erstaunlicherweise fand ich dort einen BH und einen Damenslip. Roch ziemlich nach Venezia Pastello. Jedenfalls ein ganz anderer Duft. Dann gab es da noch eine Notiz mit einer Menge Frauennamen und Telefonnummern. Mein Herr, mich dünkt, Sie sind ein Lebemann!«

Sams Augenbrauen schossen in die Höhe. »Und Sie sind ein Snob!«

Sie grinste ihm ins Gesicht. Aber die Erwiderung blieb ihr im Hals stecken, weil just in diesem Augenblick etwas Neues zwischen ihnen entstand. Manchmal kann ein einziger Blick das bewirken. In diesem Moment war es gefährlich, etwas zu sagen. Zu denken. Zu fühlen.

Es klopfte, und der Zauber verflog. Sam konnte hören, wie schnell er atmete. Er fühlte sich zittrig. Aber er sprang auf, zog seine Browning aus dem Halfter und ging zur Tür.

Es war der Kellner mit ihrem Essen.

Sie aßen an dem mit Walnussholzfurnier und einer Formicaplatte versehenen Tisch am Fenster. Das Essen war nichts für Gourmets, aber gut – hausgemachte Hamburger, dicke Pommes Frites, grüner Salat und Bier. Die Glutamatdüfte, die einem das Wasser im Mund zusammenlaufen ließen, erfüllten den Raum. Sam hatte Heißhunger auf Hamburger, seit er sie vor der Shell-Tankstelle in Armonk gerochen hatte. Unter normalen Umständen gestand er seinem Magen höchste Priorität zu.

Für Julia war es ein Fest der Sinne. Nie hatte ihr irgendetwas besser geschmeckt. Die Farben waren so leuchtend – der hellgrüne Salat, der holzkohlenschwarze Hamburger auf dem sanft gewölbten, rehbraunen Brötchen, die knusprigen goldenen Fritten mit dem flockig-weißen Innenleben. Sie staunte über die Selbstverständlichkeit, mit der ihr Blick ihre Hände zum Mund leitete. Vorübergehend trat der Gedanke, wo sie auch hingingen, lauere Gefahr, in den Hintergrund.

Sie lächelte ihn an. »Sagen Sie etwas in Russisch.«

Er hob den Blick. »*Soodavolst'veeyem*, Julia.« Dann fügte er hinzu: »Das heißt: ›Mit Vergnügen, Julia.‹«

Er sagte noch etwas in Russisch, und sie beobachtete, wie seine Lippen die fremden, gutturalen Laute formten. Sie kamen ihm mit derselben Leichtigkeit wie Englisch über die Lippen. Sein hübsches Gesicht strahlte.

»Was bedeutet das?«, wollte sie wissen.

»Es ist etwas von Nikolai Gogol, einem großen russischen Schriftsteller des neunzehnten Jahrhunderts.« Er übersetzte:

Russland! Russland!
Wenn ich dich sehe, werden meine Augen
von übernatürlicher Kraft erhellt. Oh, was für eine
leuchtende, wundersame Unendlichkeit von Raum ...
Was für eine seltsame, verlockende, faszinierende,
wunderbare Welt!

»Sie lieben das alles«, sagte sie nachdenklich. »Nicht nur Russland, sondern auch die Erforschung Russlands. Sie lieben es, eine Menge Dinge zu erforschen. Deshalb haben Sie auch Ihren Dr. phil., deshalb sind Sie in der Nachrichtendienstabteilung gelandet. Aber dieser wilde Cowboy-Agent sind Sie auch. Der sein Auto überall hinfährt, wo er will. Der seine Faust auf die Nasen anderer Leute krachen lässt, wie bei dem Burschen im Pförtnerhäuschen des Pflegeheims, von dem Sie mir erzählt haben.«

»So?«

Sie lachte, angezogen von seiner Vielseitigkeit.

Als sie zu Ende gegessen hatten, stand sie auf.

»Warten Sie eine Minute!« Sein Blick blieb an ihrer Matrosenhose haften, an deren einem Bein zwei Löcher und getrocknetes Blut zu sehen waren. »Wie haben Sie es nur geschafft, mir zu verschweigen, dass Sie getroffen worden sind?«

Sie sah nach unten. »Das ist doch nur ein Kratzer. Ich säubere es.«

»Gut. Lassen Sie uns einen Blick darauf werfen und auf Ihre Hände auch.« Er zog seine Jacke aus. Darunter trug er ein enges schwarzes T-Shirt. Auf einmal schien er nur noch aus Muskeln und Sehnen zu bestehen. Seine breiten Schultern verjüngten sich zur Taille und zu seinem Waschbrettbauch. Er löste sein Halfter, zog es aus und legte es vorsichtig auf den Nachttisch. Die Geste war so männlich, dass ihr die Luft wegblieb.

Sie folgte ihm ins Bad.

»Setzen Sie sich da hin.« Er klappte den Toilettendeckel herunter, und sie setzte sich. Behutsam wickelte er die Verbände an ihren Händen ab. »Sieht gut aus.« Es war zu keiner Entzündung gekommen. »Bewegen Sie sie mal.« Sie ballte ihre Hände zu Fäusten und öffnete sie wieder. »Sie können bald wieder Ihre Etüden spielen.«

»Kennen Sie Liszts Etüden?«

»Aber ja. Ich habe Ihre CD. Wir lassen die Verbände jetzt erst mal ab. Da muss Luft dran, das hilft. Jetzt zu Ihrem Bein. Ziehen Sie die Hose aus.«

Sie war sich seiner nur allzu bewusst. Das grelle Licht im Badezimmer beleuchtete sein Haar und seine gebräunte Haut. Sein männlicher Duft erfüllte den Raum. Sie stellte sich hin, knöpfte die Hose auf und ließ sie zu Boden fallen.

Er kniete sich vor sie. Sie spürte seinen warmen Atem auf ihrem Schenkel. Sie wollte diese Empfindungen nicht, die in endlos auf und ab schwellenden Wogen durch ihren Körper wallten.

Er merkte, wie sich Schweiß auf seiner Stirn sammelte, weil er ihr so nahe war. Es war fast, als sei in seinem Gehirn ein Schalter umgelegt worden, der seine Erinnerungen an Irini verblassen ließ. Was er auch für Schuldgefühle verspürt hatte, sie erschienen ihm überholt. Irini würde immer in seinem Herzen bleiben, aber vielleicht war da ja noch Platz für jemand anderen.

Seine Stimme klang belegt. »Sie haben Recht. Die Wunde ist nicht tief. Sie haben verdammtes Glück gehabt.« Er wusch die Wunde mit warmer Seifenlauge aus. Trocknete ihr Bein mit einem sauberen Handtuch ab. Ihre Haut war blass wie Mondlicht und hatte die feine Textur von Seide. Er meinte in einem Wirbel von Emotionen unterzugehen, ergriffen von der Schönheit ihrer langen Beine, hingerissen von ihrem knappen, schwarzen Bikinihöschen, verzückt von der Faszination, die er für sie, ihre Musik, ihren starken Willen, sie ... alles an ihr ... empfand.

Er richtete sich auf. Sah ihr in die Augen. »Das ist zu blöd.«

»Ich weiß«, wisperte sie. Und hob ihr Kinn an.

Er zog sie an sich, und plötzlich lag sein Mund auf ihrem. Hitze durchströmte sie, elektrisierend, fordernd. Sie schlang die Arme um ihn und sank gegen ihn. Seine Zunge bewegte sich in ihrem Mund, und sie verspürte eine Explosion von Begierde, die die Welt um sie herum auslöschte. Nur ihn. Nur sie beide. Nur jetzt.

Seine Hände glitten unter ihre Bluse, seine Finger tasteten, erforschten. Sie schnappte nach Luft, und er küsste ihren Hals, ihre Ohren, ihre Stirn, ihre Augen. Er wollte sie mehr, als er je eine Frau gewollt hatte. Und er wollte sie jetzt. Sie stöhnte leise. Er bückte sich, riss ihr die Hose weg und trug sie aufs Bett.

Danach lagen sie ineinander verschlungen da. Nur die Nachttischlampe brannte, und Schatten füllten den stillen Raum. Von den Vorhängen strömte kühle Luft herein. Irgendwo weit weg in dem Motel meinte Julia glückliches Kinderplappern zu hören. Sie empfand tiefe Zufriedenheit, wie sie so Körper an Körper neben Sam lag. Jedes Mal, wenn er sich bewegte, war sie sich fast schmerzlich der Kraft seines Körpers bewusst und wie sehr sie sie mochte.

»Ist das dein Arm oder meiner?«, fragte Sam.

Sie gluckste und hob den Ellbogen an. »Meiner.« Sie verschränkte ihre Finger mit seinen. Sie drehte und wendete ihre verflochtenen Hände und betrachtete sie genau. Seine Finger waren nur ein kleines Stück länger als ihre, aber breiter und viel kräftiger. »Schau, wie gut wir zusammenpassen.«

»In jeder Hinsicht.«

Sie gluckste erneut. »Ja, da auch.«

»Ich nehme an, ich habe dir jetzt den endgültigen Beweis geliefert, dass ich genauso hormongesteuert bin, wie du behauptet hast.« Er küsste sie aufs Ohr.

»Gott sei Dank. Ich finde, das ist eine deiner anziehendsten Eigenschaften.«

»Du bist auch nicht gerade eine Niete.«

Sie lächelte und rollte sich auf seine Brust, um ihm in die grauen Augen zu schauen. »Du hast wirklich eine meiner CDs?«

»Ich habe sie alle.« Er liebte es, sie zu beobachten. Es gab so vieles an den Frauen, was ihn faszinierte. Ihre Bewegungen waren so koordiniert und flüssig, wie es einem Mann nie möglich wäre. »Das ist noch so etwas an dir, was mir gefällt. Die Art, wie du spielst. Die Musikwerke, die du dir aussuchst. Nimm Chopins fünfundzwanzig Préludes für Klavier. Ein schlechterer Pianist würde sein Publikum zu Tode langweilen, weil es so kurze, dichte Stücke sind. Wenn du jedoch spielst, sind sie eine Enzyklopädie von Stimmungen und Gefühlen – alles, von Besorgnis bis zu Zufriedenheit und einer fast spirituellen Pracht.«

Sie lächelte. Er kannte und verstand ihre Musik. »Ich mag sie auch besonders gern.« Es gab ein Prélude für jede Moll- und Dur-Tonart, und viele verlangten – wie Stücke von Chopin, dem vielleicht größten Pianisten überhaupt – höchste Virtuosität. Sie aber liebte die Herausforderung und die wundervolle Musik. »Was gefällt dir sonst noch?«

»Das Zweite Konzert von Prokofjew. Es ist natürlich ein richtiges Paradestück. Wenn du es spielst, sind es die Intonationen, die du einstreust. Deine dramatische Technik überschattet die Klangfarbe nicht, und deine Leidenschaft hat einen lyrischen Beiklang.«

Er beobachtete sie, als sie sich in einer einzigen fließenden Bewegung von ihm herunterwälzte und der lange Bogen ihres Rückens eine grazile Brücke bildete. Ihre Brüste hingen frei herunter, die rosigen Brustwarzen standen nur halb, als befänden sie sich in Wartestellung. Das Haar hatte sich gelöst und fiel ihr dicht und süß duftend über die blassen Schultern, eine grau-braune Wolke. In dem Moment fiel ihm wieder auf, wie fein ihre Gesichtszüge waren. Die perfekte kleine Nase. Die vollen, nun vom Sex angeschwollenen Lippen. Die makellosen Halbmonde der Augenbrauen, deren kleine Härchen wie Blütenblätter in ihrer Haut saßen. Ihr gesamter Körper war leicht errötet wie ein rosiges Nachglühen. Er berührte ihren Bauch und nahm seinen Finger wieder weg. Kurzfristig wurde ihre

Haut elfenbeinweiß, aber sofort strömte das Blut in die Druckstelle zurück.

Er beugte sich vor und küsste die Stelle. Ihr moschusartiger Duft hallte in seinem Kopf nach. »Überrascht es dich, dass ich deine Arbeit kenne?«

»Es macht mich sprachlos. Ich freue mich darüber. Und bin sehr dankbar.«

Sie redeten über Pianisten und große Dirigenten. Über ihre Ausbildung in Juillard und die Musik, die sie beide liebten. Sie musterte ihn von oben, wie er da auf dem derangierten Bett lag, dessen weiße Polyesterlaken aussahen, als sei eine Schlacht auf ihnen geschlagen und gewonnen worden. Die Art und Weise, wie sein Kinn sich beim Sprechen bewegte, faszinierte sie. Sie starrte auf die Stelle unterhalb seines Ohrs, wo die Muskeln anschwollen und wieder abflachten. Sie streckte die Hand aus, sodass sie über seiner Kinnpartie lag, ohne sie zu berühren.

Er fragte: »Was machst du da?«

Sie konnte die Worte in ihrer Handfläche spüren. »Ich höre dir mit der Hand zu.«

Er grinste und schüttelte den Kopf. »Manchmal bist du komisch.«

»Wusstest du, dass Sex besser sein kann, wenn man blind ist?«

»Das glaube ich nicht. Was könnte besser sein, als dich dabei anzusehen?«

Sie rieb sich die Hände, bis die Handflächen zu brennen begannen. Rasch öffnete sie sie vor seinen geöffneten Augen. »Fühlst du die Hitze?«

»Natürlich. Ich atme sie förmlich ein.«

»So ist es. Du spürst alles mit erhöhtem Bewusstsein. Es ist fast, als –« Ihr kam eine Idee. Sie beugte sich vor und küsste ihn. Ihre Lippen verschlangen den salzigen Geschmack seines Mundes. Sie verharrte, fühlte die Anziehungskraft seiner Sexualität. Sie wollte in seiner Männlichkeit ertrinken.

Aber sie wich zurück.

»Hey«, sagte er leise. »Komm zurück.«

»Schließ deine Augen. Tu so, als wärst du blind. Nicht im Schrecken. Es kann wie ein Werkzeug sein.« Wieder rieb sie die Handflächen gegeneinander und ließ eine langsam ein kleines Stückchen oberhalb seines krausen blonden Brusthaars entlanggleiten. Sie waren beide erregt, alle Sinne geschärft, sodass er imstande sein müsste, ein wenig von dem zu spüren, was sie spüren konnte. Sie flüsterte: »Wir Menschen sind nicht nur Knochen und Gewebe, wir sind auch Elektrizität.«

Er wusste, dass ihre Hände sich über seinem Oberkörper befanden, weil er ihre Hitze spüren konnte. Und dann gab es da noch eine merkwürdige Empfindung. Die Haare auf seiner Brust schienen sich wie eine kleine Meereswelle zu bewegen. Er riss die Augen auf. Ihre Hand verursachte diese Empfindung, indem seine Haare ihrer Hand folgten wie Eisen dem Magneten. Es war eine kaum merkliche Empfindung, aber sie war sehr sexy –

»Augen zu«, mahnte sie.

Er schloss sie wieder, und sie wiederholte die Prozedur. Diesmal breitete sich ein prickelnder Sturm der Erregung von seiner Brust über den Bauch bis zu seinem Skrotum aus. Er schluckte hart. Streckte die Arme nach ihr aus.

»Noch nicht.« Ihre Stimme war ein heiseres Flüstern. Mit allen Poren und allen Sinnen konnte sie ihn spüren, und sie begehrte ihn. Sein Schwanz war groß und schön. »Leg dich auf die Seite. Lass die Augen zu.«

»Verdammt.«

Aber seine Neugier war geweckt. Er rollte sich auf die

linke Seite, und sein Körper bebte, sehnte sich nach ihr. Ihr Duft füllte seinen Kopf aus, als würde er platzen. An den Bewegungen des Betts konnte er erkennen, dass sie die Position gewechselt hatte, aber er wusste nicht genau, was sie getan hatte. Und dann traf es ihn wie ein Schlag – eine zutiefst erregende Empfindung an der gesamten Vorderseite seines Körpers. Elektrische Entladungen schienen wie ein Fluss von ihm weg und wieder zurück zu springen. Es waren Nähe und Hitze und irgendeine verführerische körperliche Verlockung, die ihn nach vorne trieben. Um zu berühren. Einzudringen. Es zog, und jede Faser seines Seins wollte dorthin. Er unterdrückte ein Stöhnen.

»Was ist es?« Er hielt die Augen geschlossen.

»Ich. Wir.« Sie hatte auch ihre Augen geschlossen und legte sich ihm gegenüber hin, wobei ihr ganzer Körper nur Zentimeter von seinem entfernt war. In der samtenen Dunkelheit ihrer unechten Blindheit spürte sie ihn mit einer geradezu schmerzhaften Deutlichkeit und Verlangen. Wieder rieb sie die Hände und hielt sie an beide Seiten seines Schwanzes.

Ihm stockte der Atem. Sein Schwanz war plötzlich größer, intensiver. Und dann sah er blitzartig ein Bild vor sich –

»Ich kann dich in Gedanken sehen.« Seine Stimme war heiser vor Begierde. »Du liegst ganz dicht vor mir.«

»Ja.« Ihr Atem kam stoßweise. »Fühl mich. Schmeck mich.«

Ein Hitzesturm durchglühte ihn, als seine Hände über ihren Körper glitten. Er hatte sich nicht geirrt. Sie befand sich genau da, wo er sie vor seinem geistigen Auge gesehen hatte. Aber mehr noch, eine magnetische Strömung verlief zwischen ihnen, die nicht zu leugnen war. Die sexuelle Spannung war fast mit Händen greifbar. Schweiß brach ihm auf der Stirn aus. Die Intensität seiner blinden, elektrisierten Sinne traf ihn wie eine Flutwoge. In Gedanken wusste er alles von ihr, aber das war nicht genug. Würde nie genug sein. Er umfasste ihre Hüften und zog sie näher an sich. Er küsste sie leidenschaftlich auf den Mund und ließ seine Lippen tiefer in die kleine Mulde unter ihrer Kehle gleiten.

Sie stöhnte. Sie konnte ihn mit all der Glut frischer Erfahrung sehen. Ihre Finger gruben sich in sein Haar. Eine Woge des Verlangens ließ Feuer durch ihren Körper rasen.

Er erforschte sie – die glatte Haut, die Brustwarze, die sich unter seinen Lippen versteifte, den lockigen Hügel ihres Schamhaars. Und er tat es blicklos, aber mit einer fieberhaften Klarheit der Sinne, die die Sexualität kühner und auf köstliche Weise zur Herausforderung machte.

Ihr Atem kam stoßweise. Sie konnte nicht länger warten. Sein Mund lag heiß auf ihrer Brust. Sie schlang ein Bein um ihn. Ihr Herz hämmerte, und mit jeder Faser verlangte es sie nach ihm. »Liebling –« In einem plötzlichen Ausbruch von Verlangen hob sie ihre Hüfte an.

Sofort drang er in ihre weiche Nässe ein. In den schleimigen und feuchten und berauschenden Duft ihres Geschlechts. Rein und raus. Und wieder und immer wieder. Sie stieß seine Schultern aufs Bett und wälzte sich auf ihn. Sie warf den Kopf zurück und ritt ihn, sie beide zusammen, blind und doch sehend – fühlend – alles.

5.02 Uhr, Montag

Erschöpft waren sie bei brennendem Licht eingeschlafen. Sam war gegen drei Uhr nachts noch einmal aufgewacht und hatte es ausgeschaltet. Er taumelte zurück ins Bett.

Sie wimmerte im Schlaf, und er zog sie an sich. Sie wickelte sich um ihn, so vertrauensvoll, und er kehrte zu seinen Träumen zurück. Zu Julia.

Sie standen früh auf, und Sam bestellte rasch den Zimmerservice fürs Frühstück, aber es war noch zu früh.

»Du versuchst mich nur zu mästen«, beschwerte sie sich.

»Das stimmt nicht. Ich mache auch noch ganz andere Dinge.«

Sie grinste. »Und das nicht schlecht, darf ich hinzufügen.«

Sie bewegten sich nackt im Zimmer und beäugten sich wie Schüler bei ihrer ersten Verabredung. Sie duschten zusammen und unterbrachen die Tätigkeit nur, um sich in dem Seifenwasser zu lieben. Schließlich zogen sie sich an.

»Ich hole die Schuhwichse aus meiner Tasche und färbe unser Haar nach.«

»Das machst du wohl besser, bevor wir uns wieder anziehen.«

»Ich zöge es vor, wenn ich deine Kleider wieder ausziehen könnte«, erklärte Sam.

»Später«, versprach sie.

Aber keiner von ihnen wusste, wann – und ob – es dazu kommen würde.

5.33 Uhr, Montag

Als sie mit Sam aus dem Hotelzimmer eilte, hatte Julia das Gefühl, nach freiem Fall wieder in die Erdschwerkraft einzutreten. Die letzte Nacht war ein wunderbarer Traum gewesen, heute aber war Montag, und vor ihnen lagen gewaltige Probleme, die es zu lösen galt. Und alles lief darauf hinaus, Beweise zu finden, die zu Creightons Sturz führen würden, denn morgen war Wahltag. Im Augenblick schien das noch eine unüberwindliche Hürde zu sein. Ihr erstes Ziel war es, ihren Großvater und Geoffrey Staffeld aufzutreiben.

Julia nahm sich eine *USA Today*, die auf dem Boden vor der Tür lag. »Wo kann Opa nur stecken? Ich vermag mir nicht vorzustellen, dass die Priester, mit denen ich telefoniert habe, gelogen haben.«

»Ich bezweifle, dass er irgendjemand aus eurer Familie um Hilfe bitten würde.«

»Auf keinen Fall. Tokugawas Faust hat sie zusammengeschweißt.« Sie gab die Anekdote ihres Großvaters über Tokugawa zum Besten. »Opa wird irgendwohin gehen, wo er sich sicher fühlt.« Sie traten in das Morgenlicht hinaus. Die Sonne schien, und der Himmel zeigte ein hartes Winterblau. Aber es war wärmer als am Vortag.

»Lass uns die Tatsache, dass er ein Tagebuch geschrieben hat, einen Schritt weiterführen«, begann er. »Wenn wir Recht haben und er mir und deiner Mutter Auszüge daraus geschickt hat und wenn er Informationen über das Bernsteinzimmer besitzt, dann möchte er möglicherweise auch noch andere Dinge enthüllen. Er ist über das, was Creighton und deine anderen Onkel ihm angetan haben, sicher nicht erfreut – ihm sein Vermögen wegzunehmen und ihn für unmündig erklären zu lassen.«

Sie nickte. »Vielleicht versucht er dasselbe wie wir – Creighton, David und Brice zu Fall zu bringen.«

Als sie in den Mustang stiegen, sagte Sam: »Klingt plausibel. Aber auf welche Art?«

»Es muss einen Zusammenhang mit Himmlers Zweitem Schatz geben.«

Sam startete den Motor und spürte, wie wieder die Wut in ihm aufstieg. »Verfluchter Pink. Deinen Großvater und

Staffeld aufzuspüren wäre genau die Art von Gefallen, um den ich ihn bitten würde. Vince muss eine echt überzeugende Nummer hingelegt haben, um ihn zum Verrat an mir zu bewegen. Jetzt kann ich ihm auf keinen Fall mehr vertrauen.«

»Es tut mir leid, dass es so weit kommen musste, Sam. Aber du hast Recht. Wir können ihm nicht trauen.« Julia dachte eingehend über alles nach. Eine Idee begann sich in ihr zu verfestigen. »Du sagtest, Staffeld habe seine Pressekonferenz im Plaza abgehalten. Er war dort gemeldet, aber sein Zimmer hat er nie bezogen.«

»Richtig.«

»Also muss er sich *vor* der Pressekonferenz eine neue Bleibe gesucht haben. Vermutlich nicht zu weit entfernt vom Plaza, weil er ja so schnell wie möglich von seinem Versteck zu dem Hotel und wieder zurück gelangen wollte.«

»Klingt logisch.«

»Dann habe ich, glaube ich, eine Möglichkeit, ihn ausfindig zu machen. Ein alter Freund von mir. Erinnerst du dich noch daran, wie wir von merkwürdigen Leuten in unserer Branche gesprochen haben? Na ja, einer der Jungen, mit denen ich in Juillard war, könnte die perfekte Person sein, um Staffelds Aufenthaltsort in Erfahrung zu bringen.« Es würde nicht billig werden, aber dafür war Geld schließlich da.

»Klingt, als wäre es einen Versuch wert.« Sam lenkte das Auto nach Süden auf die Schnellstraße 128 in Richtung New York City.

Julia schaute flüchtig auf die Zeitung auf ihrem Schoß hinunter. Plötzlich verspürte sie eine Beklemmung in der Brust. Sie schlug die Zeitung auf. Jetzt war die Polizei nicht mehr allein hinter ihr her. »Sieh nur, Sam!« Sie zeigte auf ein Foto von ihm. Es handelte sich um ein Brustbild, ähnlich demjenigen, das sie von ihr abgedruckt hatten. »Jetzt wissen sie auch über dich Bescheid und wie du aussiehst!« Sie las die Schlagzeile laut vor:

Ehemaliger CIA-Agent wegen Unterstützung der Mörderin gesucht.

47

6.02 Uhr, Montag
Kennedy International Airport

Die Sonne schien, und die Luft war eisig, aber die große Menschenmenge, die an diesem Montagmorgen sehnsüchtig auf dem Rollfeld auf Creighton Redmond wartete, achtete offenbar auf nichts außer auf die Treppe, die gerade an die Flugzeugtür herangerollt wurde. Begierig darauf, einen Blick auf ihr Idol zu erhaschen, reckten sie die Hälse. Schilder sprossen über ihnen hervor wie Fahnenstangen. »NEUE IDEEN. NEUE MORAL. REDMOND WÄHLEN!«

»NEIN ZU KINDERSCHÄNDERN! NEIN ZU POWERS!« Und der alte Wahlspruch: »REDMOND INS WEISSE HAUS!«

Als Creighton in seinem langen Kaschmirmantel auf der obersten Stufe erschien, wurden die Schilder auf und nieder geschwenkt, und die Menge jubelte und brüllte. Kameras hielten alles für die Tagesnachrichten fest. Eine freudige Erregung durchzuckte Creighton, und er stieg mit raschen, schroffen Schritten hinunter, immer darauf bedacht, dem Wahlvolk einen starken, energischen Kandidaten vor Augen zu führen. Ihm folgten seine Frau, seine Kinder, seine engsten Wahlhelfer und drei Reporter von einflussreichen Medien, die in der langen Nacht des

Heimflugs von Kalifornien Exklusivinterviews erhalten hatten. Sie waren sorgfältig ausgewählt worden, um seine Medienpräsenz am heutigen Tag zu optimieren.

Er winkte den Secret Service beiseite und schritt eilfertig auf die glühenden Gesichter und angespannten Körper zu, die seine Hand schütteln, seinen Mantel berühren und den Geruch der Macht schnuppern wollten. Er gab Autogramme, und die Presse hielt ihm Mikrofone unter die Nase und schrie ihm Fragen ins Ohr.

Banner Entertainment: »Richter, wie fühlt man sich, wieder zu Hause zu sein?«

»Großartig wie immer. Unsere Heimat ist für uns alle sehr, sehr wichtig.« Die albernen Fragen waren am schwierigsten zu beantworten.

Das *Wall Street Journal:* »Richter! Was denken Sie über Ihren anhaltenden Anstieg in den Umfrageergebnissen? Meinen Sie, Sie steigen noch hoch genug, um zu gewinnen?«

»Ich empfinde Dankbarkeit, Miss Capps. Es tut gut zu wissen, dass die Wähler unseren Plan für Amerika begreifen und unterstützen. Und selbstverständlich beabsichtigen wir diese Wahl zu gewinnen!«

Sie bombardierten ihn weiter mit Fragen, und eine Stunde lang beantwortete er sie, begrüßte Reporter und küsste Babys. Dann stieg er in die gepanzerte Limousine, die der Secret Service für alle potenziellen Präsidenten vorschrieb. Im Innern wartete Mario Garcia, sein Medienexperte. Creighton winkte durch die Scheibe den Vertretern der Medien und seinen Anhängern zu, die sich immer noch um den Wagen drängten.

Als die Limousine fortrollte, lächelte Creighton. »Keine schlechte Beteiligung, hm, Mario?«

»Eine umwerfende Beteiligung, Richter.« Mario grinste von einem Ohr zum anderen.

Creighton erriet, was ihn so fröhlich stimmte. »Sie haben die jüngsten Zahlen?«

Mario gluckste in sich hinein. Sein dünnes Gesicht strahlte vor Begeisterung. »Sie sind hoch auf achtundvierzig Prozent! Offenbar haben die Wähler in der Nacht über die Anschuldigungen gegen Powers nachgedacht und sind heute Morgen mit der Entscheidung aufgewacht, Amerika nicht noch einmal mit dem Wagnis einer durch private Skandale getrübten Präsidentschaft zu belasten. Würde der Präsident tatsächlich vor den Augen der ganzen Welt verhaftet, käme Amerika diesmal nicht mit einem blauen Auge davon. Und in der moralischen Entrüstung derjenigen, die Powers für einen Perversen halten, tauchen wir nicht einmal auf.«

Creighton nickte mit düsterer Miene. »Aber es reicht immer noch nicht, um unseren Sieg zu garantieren.«

»Das stimmt. Aber warten Sie. Jetzt kommt die beinahe beste Neuigkeit!« Mario stach mit dem Zeigefinger auf die Kladde ein, die auf seinen Knien lag. »Powers ist auf vierundvierzig Prozent gefallen, und die ›Noch Unentschlossenen‹ sind auf acht Prozent geklettert. Rein statistisch betrachtet und unter Einrechnung einer Fehlerspanne von Plusminus drei Prozent liefern Sie und Powers sich ein Kopf-an-Kopf-Rennen. Wir müssen uns nur sieben Prozent von den noch Unentschiedenen schnappen – wir brauchen uns gar nicht die Mühe zu machen, Powers noch mehr abzunehmen –, und Sie stehen auf unserer magischen Zahl, fünfundfünfzig Prozent. Und damit werden Sie, vorausgesetzt, es gibt keine Begegnungen der dritten Art, *gewinnen!*« Er legte eine Pause ein. »Unser größtes Problem ist natürlich die Schwankung in Ihrer Sympathiekurve.«

Creighton war plötzlich wachsam geworden. »Was ist passiert?«

Mario weigerte sich strikt, sich auch nur einen Anflug von Besorgnis anmerken zu lassen. »Es ist Doug Powers. Sie wissen bereits, dass seine ganze Familie durch die Talkshows zieht und flammende Reden hält, alles wäre eine Lüge und Staffeld sei unglaubwürdig. Damit haben wir ja gerechnet. Aber jetzt tut Powers etwas, was wirklich zu funktionieren scheint. Er lässt sich von einer Flut von VIP-Leuten unterstützen. Berühmtheiten aus der Geschäftswelt, aus Sport, Hollywood, Literatur, Bildung und Fernsehen. Eine massive Attacke bekannter Gesichter, die alle Zeugnis dafür ablegen, was für ein integrer Mann er sei und was für einen famosen Präsidenten er abgeben würde. Sie sind das Kernstück der neuen Werbeoffensive, und sie haben eine fürchterliche Wirkung. Er hat Ihren Aufwärtstrend gestoppt.«

Creighton zog eine Grimasse. »Powers ist verdammt gerissen. Ich weiß, Sie wollen, dass wir ihn direkt angreifen. Aber wenn wir das tun, spielen wir ihm nur in die Hände. Weil er die Fakten nicht rechtzeitig widerlegen kann, will er das Ganze zu einer Schlammschlacht ausarten lassen. Wir dürfen uns in unseren Spots lediglich auf Staffelds Zeugnis und seinen makellosen Ruf bei Scotland Yard beziehen. Das spricht Bände.«

Marios Miene wirkte düster. Er strebte einen einfachen Sieg an, nun, da die Umstände sich zu ihren Gunsten gewendet hatten. »Sie haben Recht, Richter. Ich hoffe nur, Powers' Stab kommt uns nicht mit etwas so verdammt Cleverem, dass wir auf einmal den schwarzen Peter haben und nicht mehr loswerden.«

»Das werden sie nicht.« Creightons Tonfall war die Zuversicht selbst, aber insgeheim machte er sich doch Sorgen. Ein politisches Ass hatte er noch im Ärmel: Heute Nachmittag würde Staffeld ungewollt für den letzten Schub sorgen, der sicherstellen würde, dass die

Mehrheit des Wahlvolks für Creighton Redmond an die Urne ging.

Aber das konnte er Mario nicht sagen. Stattdessen fragte er: »Und wie gestaltet sich die Feier heute Nachmittag?« Diese wichtige Neuerung seines Wahlkampfs – eine sensationelle, medienträchtige Vorsiegesparty als letzte Botschaft, im abendlichen Fernsehen für die daheim gebliebenen Leute und in den Frühnachrichten und Zeitungen am nächsten Morgen – sah bislang nach einem Reinfall aus.

Mario grinste. »Die Zusagen trudeln allmählich ein. Anfangs kamen sie nur tröpfelnd, jetzt können wir uns kaum vor Anfragen retten. Wie es in der Bibel heißt, wir haben gesät, und nun dürfen wir uns auf eine reiche Ernte freuen.«

7.04 Uhr, Montag
NEW YORK City

Das stattliche Plaza Hotel thronte 18 Stockwerke hoch in einem weißen Geburtstagskuchen-Design – wie direkt aus einem Märchenbuch-Loireschloss entnommen – über der Fifth Avenue. Überlange Limousinen und Luxuswagen fuhren an den Haltepunkten vor dem prunkvollen Eingang vor. Nachdem Julia die Gegend eingehend nach Polizei oder einem möglichen Hausmeister abgesucht hatte, schritt sie mit ihrer übergroßen Schildpattbrille und der hoch gesteckten grau gefärbten Frisur an dem Hotel vorbei. Sie hielt nach Graffy O'Dea Ausschau. Sorge und Eile trieben sie an.

Sie hoffte, Graffy könne Staffeld finden, aber erst einmal musste sie Graffy finden. Er war einer der wenigen Juillard-Abgänger gewesen, die auf ganzer Linie versagt hatten. Im

Lauf der Jahre war sie ihm häufig begegnet, wenn er im Umkreis des Plaza gespielt hatte, in dem sie und ihre Mutter logierten. Andere Musikerfreunde hatten ihr erzählt, dies sei einer der Orte, an denen er seinem Geschäft mit einer gewissen Regelmäßigkeit nachging – wo er augenscheinlich nur ein einsamer Straßenmusiker mehr in der einsamsten Stadt der Welt war, allerdings von der zahlungskräftigen Gesellschaftselite ein mehr als durchschnittliches Straßenmusikereinkommen erbetteln konnte.

Mit sorgenvoll beengter Brust suchte sie die Bürgersteige ab. War dies einer der Tage, an denen er hier spielen würde?

An einer Ecke hatte sich eine kleine Menschentraube gebildet. Vorsichtig näherte sie sich. Ihr Herz hämmerte aufgeregt, als sie ihn erblickte. Er stand im Mittelpunkt eines Halbkreises und hielt sein glitzerndes Saxophon hoch in die Luft, während er eine Ornette-Coleman-Melodie, »Of Human Feelings«, schmetterte. Sein Instrumentenkasten lag aufgeklappt vor ihm auf dem Boden, und in ihm befand sich ein kleiner Stapel Dollarscheine.

Sie blieb am Rand der Menge stehen. Während sie ihm beim Spielen zuhörte – mit geschlossenen Augen und entrücktem Gesichtsausdruck –, vergaß sie seine schäbige Kleidung und schmutzigen Finger und dachte an Juillard zurück. Bei ihrer Ankunft dort hatte er gerade seine Studien in Komposition und Saxophon auf einem vollen Stipendium beendet. Er war zäh und zielstrebig gewesen. In den Slums von Nottingham in England geboren, war er zehn Jahre alt gewesen, als seine Mutter an einer Überdosis Rauschgift gestorben war und sein Vater, ein Wandermusiker, sich aus dem Staub gemacht hatte. Das hatte er ihr mit einem gleichgültigen Achselzucken erzählt und erklärt, dass er am Ende bei Verwandten in Brooklyn gelandet war.

So wie ihn hatte sie sich immer ein Genie vorgestellt. Er liebte Jazz, Blues, das Saxophon und, unglücklicherweise, bewusstseinsverändernde Drogen, war aber lange genug clean geblieben, um die Ausbildung in Juillard abzuschließen. Nachdem die Disziplin des Studiums aber nicht mehr vorhanden war, war er mit atemberaubender Geschwindigkeit abgestürzt. Da er sich nicht von Anfang an als Jazz- und Bluesmusiker über Wasser halten konnte, war er gezwungen, Musik zu spielen, die er verabscheute. So hatte er Auftritte einfach abgebrochen. War zu anderen gar nicht erst erschienen. Hatte Engagements abgelehnt. Und hatte wieder Drogen genommen. Zum Schluss war er auf der Straße gelandet.

Die Welt der Musiker ist klein, persönlich und für Fremde schwer zu durchschauen. Julia mochte Graffy, und sie versuchte ihm zu helfen. Sie waren ein paar Jahre in Verbindung geblieben, aber dann war sie blind und ihre Karriere zu ihrem Lebensinhalt geworden. Sie hatte den direkten Kontakt außer über gemeinsame Freunde verloren.

Als Graffy seine Darbietung beendet hatte, machte er mit zuckenden Beinen eine formvollendete Verbeugung. Die Menge löste sich auf, und Graffy bückte sich, um die Scheine und Münzen einzusammeln und in seine Manteltasche zu stopfen. Er trug einen schwarzen Rollkragenpullover, locker sitzende schwarze Jeans und einen langen, olivfarbenen Mantel, an dem die Knöpfe fehlten.

Als er sein Saxophon einpackte, trat Julia auf ihn zu. »Hallo, Graffy. Lange nichts voneinander gehört.«

Er schaute sie verunsichert an, und dann zog ein dünnes Lächeln über sein hageres Gesicht. »Julia Austrian! Gott, was für eine verrückte Haarfarbe! Hey, du bist grau? Ausgeflippt.«

Sie setzte sich in Bewegung. Sie blieb nicht gerne länger an einem Ort stehen. »Wie läuft es denn so, Graffy?«

Er schloss sich ihr an. »Fantastisch. Super! Könnte nicht besser sein.«

»Hast du die fünfhundert Dollar, die ich dir letztes Mal geliehen habe?«

Sein Gesicht zerschmolz zu einem listigen Grinsen. Er trug Stecker in beiden Ohren, und sein wettergegerbtes Gesicht hätte mal wieder eine Rasur nötig gehabt. »Ach, Schätzchen, warum müssen wir ausgerechnet über Geld reden? Du weißt, ich bin kreditwürdig. Nächste Woche spiele ich als Vorgruppe für Mick und Keith.«

»Ich bin nicht hier, um Geld einzutreiben, Graffy. Ich bin hier, um dir noch mehr zu geben.«

Bei all seinen Schwächen wusste er nur zu genau, dass man für nichts auch nichts bekam. »Yeah! Wie sieht das Geschäft aus?«

»Ich muss einen Mann ausfindig machen, einen Fremden in der Stadt, der gestern Nachmittag im Plaza war. Er musste schnell abhauen und wollte sich wahrscheinlich nicht allzu weit entfernen. Ich möchte, dass du ihn mit Hilfe deiner Kontakte aufspürst.«

»Wer sagt denn, dass ich ›Kontakte‹ habe?«

»Jeder, der dich kennt. Du bist in der Straßenmusiker-Szene, hörst die Flüsterpropaganda der Obdachlosen und hast die Drogenschiene.«

Die berechnenden Augen nahmen einen härteren Ausdruck an. »Du hast dir den Falschen ausgesucht.«

»Ich habe mir genau den Richtigen ausgesucht. Dich.« Julias Stimme war nicht minder hart. »Du verfügst über drei Netzwerke, auf die du zurückgreifen kannst, wann immer es nötig ist. Wir wissen beide, dass du ein so guter Background-Musiker bist, dass die Bands dich für eine Nacht engagieren, wenn Not am Mann ist. Und wenn du gerade mal wieder auf der Straße liegst, hast du einen Haufen Leute, zu denen du gehen kannst, um dir was

Warmes zum Essen und einen Schlafplatz für die Nacht zu besorgen. Außerdem dealst du, solange ich dich kenne, mit Drogen. Stimmt's?«

Er sagte nichts. Er beobachtete sie.

Sie fuhr fort: »Ich spreche von einem schnellen Hunderter ...«

Er schnaubte verächtlich.

»... und zehntausend später. Du weißt, ich habe sie, und du weißt, ich halte mein Wort.«

Seine Reaktion war nicht das, was sie erwartet hatte. Oder vielleicht doch. Er blieb stehen, und vorübergehend sah er wieder wie das musikalische Genie und der ältere Freund aus, den sie in Juillard gekannt hatte. Ernsthaft. Nüchtern. Intelligent. Sie waren gleich groß, und er beugte sich näher zu ihr herüber, um sie unverblümt anzuschauen, als sei er gerade aus einem langen Schlaf erwacht.

Er nickte. »Jetzt fällt es mir wieder ein. In den Zeitungen. Du steckst ganz schön in Schwierigkeiten, Julia. Sie behaupten, du seiest verrückt. Wie übel ist es?«

»Ziemlich übel.«

»Yeah, zehn Riesen bedeuten, dass es ganz schön übel sein muss.« Seine Augen waren rotgerändert von der Droge, die er zurzeit nahm. Sie schienen weicher zu werden. »Wen soll ich für dich ausfindig machen?«

»Chief Superintendent Geoffrey Staffeld. Er –«

»Yeah, der Tippgeber von Scotland Yard. Daheim in England müssen sie den Bastard ja ganz doll lieb haben!« Schließlich grinste er wieder. »Bis wann brauchst du es?«

»Bis gestern.«

»Weiß nicht.« Er schürzte die Lippen. »Das wird schwierig werden. Hast du 'n Foto?«

»Ich will nicht hören, dass du es nicht schaffst.« Sie

zeigte ihm die *New York Times* von diesem Morgen mit dem Foto des Inspektors. »Gestern Nachmittag war er im Plaza. Dann ist er weggegangen. Ich will wissen, wohin. Eine Adresse. Falls es ein Hotel ist, brauche ich die Zimmernummer, weil er sich unter falschem Namen eingeschrieben haben wird.«

Graffy nahm die Zeitung. »Keine Garantien. Es wäre hilfreich, wenn er ein bisschen Schnee oder H bestellt hätte, aber ich kann auch die Hotelrezeptionen abklappern, wenn ich muss.«

»Hier ist die Anzahlung.« Sie zog die 100 Dollar heraus, die Sam ihr gegeben hatte. Als sie ihm die Scheine in die Hand drückte, sagte sie in ernstem Tonfall: »Graffy, ich zähle auf dich. Du wirst mich doch nicht im Stich lassen, oder?«

Er nahm die fünf Zwanziger und stopfte sie ohne nachzuzählen in seine Manteltasche. »Das ist für die Spesen. Ich werde hier und da ein paar Scheinchen lassen müssen.« Dann hob er den Blick und sah ihr sorgenvolles Gesicht. »Hey, Schätzchen, ich kenne den Block besser als hundert Cops oder Nutten. Wenn der Kerl zu finden ist, dann finde ich ihn auch. Die wichtigste Frage ist nur, wann gibst du mir den dicken Batzen?«

Sie nickte, immer noch besorgt. »Sobald diese Katastrophe vorüber ist. Betrachte es als Ansporn.«

Er legte den Kopf schief und grinste. »Gute Antwort. Hast du Telefon?«

»Keins, das ich benutzen könnte. Ich kann dich anrufen.«

Graffy dachte nach. »Auf der Siebten gibt es einen Starbucks mit einem öffentlichen Telefon daneben. Manchmal nehme ich da Anrufe entgegen. Ich lass' es dort klingeln, wenn ich was habe.«

»Wann ungefähr?«

Aber Graffy schlurfte schon fort, seinen Saxophonkoffer an die Brust gepresst, wieder in seiner eigenen Welt versunken.

7.27 Uhr, Montag

Geoffrey Staffelds kleines Zimmer befand sich in einer Seitenstraße der Tenth Avenue, die auf der Höhe der Fünfziger Hausnummern abzweigte, und damit in einem Bezirk, der früher einmal Hell's Kitchen, ›Höllenküche‹, geheißen hatte. Jetzt nannte man ihn nur Clinton oder West Side: Das neue Worldwide Plaza hatte eine positivere Lebenseinstellung in das Viertel gebracht, und die bösartigen Westies, die es zwei Jahrzehnte lang terrorisiert hatten, verloren allmählich an Macht und Einfluss. Staffeld hatte sich absichtlich dieses Hotel ausgesucht, weil es einerseits nicht weit vom Plaza entfernt lag, andererseits dennoch in einer Nachbarschaft, in der Diebstahl, Drogenhandel, Prostitution und Mord nach wie vor einen hohen Zoll forderten.

Ein guter Platz für einen Gejagten, um sich zu verstecken.

Unruhig wanderte er in dem Zimmer auf und ab und versuchte, gegen die alten Triebe anzugehen, die immer mächtiger wurden. Er konnte sie kaum noch unter Kontrolle halten. Aber diesmal war es zu gefährlich, ein Kind zu finden und zu missbrauchen. Die Unze Kokain, die er sich noch hatte besorgen können, musste eben reichen.

Er schwitzte. Sein Anzug war feucht und drückte. Mit zittrigem Finger fuhr er sich über die Innenseite seines Hosenbundes. Verführerische Bilder von kleinen nackten Jungen traten quälend vor seine Augen.

Aber jetzt ließ die Wirkung des Kokains nach, und er

fühlte sich zappelig. Er stakste zu seinem Koffer und holte eine Packung Players heraus. Er zündete sich eine Zigarette an. Der Raum stank nach Schimmel. Wieder ging er in die Eingangshalle hinunter, um von dem Münztelefon dort bei seiner Bank in Kolumbien anzurufen und nachzufragen, ob die weiteren sechs Millionen Dollar von Vince Redmond schon überwiesen waren. Dem war nicht so. Das gefiel ihm nicht. Was heckten die Bastarde da aus? Welche Überraschungen hatten sie noch im Ärmel? Nun, was es auch sein mochte, es war egal. Er rechnete fest damit, dass Felix Turkov, Killer par excellence, bald hier wäre.

7.30 Uhr, Montag

Julia wartete in der Nähe des Sees im Central Park auf Sam. Es war wärmer geworden, und die Sonne strahlte. Eis, die Überreste der bitterkalten vergangenen Nacht, trieben am Rand des Teichs. Die kleinen Schollen schienen unter ihren Blicken zu schmelzen und sich aufzulösen. Die Menschen nutzten das sonnige Intermezzo und strömten in den Park – Radfahrer, Skater, Geschäftsfrauen und -männer mit ihren Kaffeebechern aus den Büros und ältere Leute, die für einen Spaziergang das Haus verlassen hatten. Es war so lebendig, wie es nur im Central Park sein kann, der die Stadtmenschen New Yorks mit seinen sanften Erhebungen und seiner Waldesstille magisch anzieht.

Aber dann fiel ihr Blick auf einen berittenen Polizisten, der zu ihr herüberzustarren schien. Sofort bekam sie es mit der Angst zu tun und lenkte ihre Schritte zu einer nahen Bank. Hinter sich hörte sie das Klappern der Pferdehufe auf dem Weg. Sie rief sich in Erinnerung, dass sie ganz anders aussah als auf dem Foto in den Zeitungen. Aber wenn er gezielt nach ihr Ausschau hielt, bot auch das keine absolute Garantie.

Sie zwang sich dazu, sich ruhig auf die Bank zu setzen und den Blick auf den Teich gerichtet zu halten. All ihre Sinne waren aufs Äußerste geschärft. Ihr war fast, als ständen ihr die Haare zu Berge, während sie dort saß und darauf wartete, ob er neben ihr anhalten ... oder hinter ihr vorbeireiten würde. Sie beugte sich vor, stützte die Ellbogen auf die Knie und schmiegte ihr Gesicht in beide Hände, während sie so tat, als beobachte sie die Wasserfläche. Sie glitzerte stahlblau von dem reflektierten Sonnenlicht.

Die Sekunden schienen sich schier endlos zu dehnen. Sie begann zu schwitzen. Ihr Puls beschleunigte sich.

Sein Pferd wurde nicht langsamer. Er ritt hinter ihr vorbei, setzte seine Runde fort.

Sie atmete durch, fasste sich und widerstand dem Drang, sich umzudrehen. Als der Hufschlag verebbte, hob sie erleichtert den Kopf. Er war weg. Dafür ließ sich ein junger Mann mit einer kleinen braunen Tasche, die eine Flasche Alkohol enthielt, neben ihr nieder. Er holte einen bereits gedrehten Joint hervor und bot ihn ihr an. »Heute Nachmittag steigt 'ne Party –« Er musste ihre verstohlene Art bemerkt haben.

Sie stand auf und ging gerade rechtzeitig weiter, um Sam um die Ecke biegen zu sehen. Sein weit ausgreifender Schritt war genauso unverkennbar wie sein schlaksiger Körper. Sie verspürte eine Aufwallung von Erleichterung und Freude. Sie mochte ihn nicht auf die Art brauchen, wie er es vielleicht gerne gehabt hätte, aber dafür wuchs in ihr allmählich eine andere Art von Bedürfnis. Erregende Erinnerungen an die letzte Nacht und heute Morgen zogen durch ihre Gedanken, und sie fragte sich, was das wohl zu bedeuten hatte. Er war nicht an einer dauerhaften Verbindung interessiert, und sie auch nicht. Doch als sie sah, wie er sie endlich bemerkte und zu grinsen begann, fühlte sie, wie die alte Einsamkeit in ihrem Innern nachließ und weniger schmerzte.

Er hatte zwei Einkaufstüten dabei. »Hast du Graffy gefunden?«

Während sie ihm von dem Bekannten berichtete, begaben sie sich rasch zu einem nahen Pavillon. Er mochte es, sie neben sich zu haben. Immer wenn sie getrennt waren, hatte er feststellen müssen, machte er sich große Sorgen. Er hatte stets Angst, sie könnte getötet werden wie Irini und er wäre nicht da, um sie zu beschützen. Aber jetzt war das Gefühl ein anderes. Es ging ihm weniger um seine Schuld. Jetzt war ihr Leben das Wichtigste.

Er klärte sie darüber auf, was sich in der Einkaufstüte befand.

Sie lächelte. »Das sollte genügen.«

Sie trug die Tüten zum Pavillon, reihte sich in die Warteschlange ein und ging dann in eine Kabine. Sie zog die ausgemusterte Armeehose in Khaki an, ein Sweatshirt, einen khakifarbenen, weit geschnittenen Wollblouson und ein schwarzes Barrett. Außerdem war eine Tube dunkles Make-up in Kaffeebraun in der Tüte, das sie auf Gesicht, Hals und Handrücken verteilte. Das Pfefferspray steckte sie in die Jackentasche. Es war die einzige Waffe, die sie besaß. Sie faltete ihre Bluse, die Hose mit dem Einschussloch und den Mantel zusammen und verstaute alles in der Tüte. Sie ließ sie in einer Ecke des Pavillons stehen und hoffte, jemand, der auf der Suche nach Kleidung war, würde sie finden.

Sam wartete draußen auf sie und pfiff den »Yankee Doodle Dandy«, ein unbekümmertes Lied aus einer früheren, unschuldigeren Zeit. Er trug einen Navy-Kolani,

Jeans und eine Mets-Kappe. Seine Gesichtsfarbe glich der ihren.

Sie lächelte und sagte: »Du siehst einfach unwiderstehlich aus!«

»Ich dachte, ich sähe sexy aus.«

»Unwiderstehlich *und* sexy.«

Er kicherte und schüttelte den Kopf. »Was für ein wundervoller Teint. Sieht er an mir genauso gut aus wie an dir?«

»Besser. Du bist viel hübscher.«

Er lachte, und zusammen gingen sie zum Central Park South zurück, während jeder insgeheim darum betete, dass ihre neue Verkleidung eine Entdeckung verhindern würde.

8.42 Uhr, Montag

Sie fanden den Starbucks mit dem öffentlichen Telefon daneben, von dem Graffy gesprochen hatte, auf der Seventh Avenue. Sam kaufte ihnen zwei Tassen mit dampfendem Kaffee. Den Block rauf und runter standen Raucher vor den Gebäuden, die sich Zigaretten anzündeten. Der Verkehr toste wie üblich, und überall schlenderten zahllose Käufer umher, um das schöne Wetter auszunutzen.

»Glaubst du, Graffy findet etwas heraus?«, wollte Sam von ihr wissen.

»Er ist auf diesen Straßen praktisch zu Hause. Wenn irgendjemand außer der Polizei es schafft, dann er.«

»Glaubst du, er ruft wirklich zurück?«

»Für zehntausend Dollar würde er aus dem Jenseits anrufen.«

»Du hast ihm zehntausend Dollar versprochen? Mensch, du schmeißt ja mit dem Geld nur so um dich!«

»Warum nicht? Ist ja schließlich deins.«

Verdutzt sah er sie an.

Sie lächelte. »War nur ein Scherz. Er wird sich gedulden müssen, bis wir aus der Bredouille heraus sind. Dann bezahle ich ihn.«

Sam nickte. »Es ist nett, eine reiche Freundin zu haben.«

Sie kicherte. »Und clever. Aber richtig clever fühle ich mich erst, wenn sich herausstellt, dass ich mich in Graffy nicht geirrt habe.«

»Jetzt mache ich mir wirklich Sorgen.«

»Ich auch.« Ihr Tonfall war ernst.

Sie tranken ihren Kaffee und stierten auf das Telefon, doch es klingelte nicht.

48

10.49 Uhr, Montag

Julia und Sam konnten keinen Kaffee mehr sehen. Angespannt warteten sie vor der Telefonzelle neben dem Starbucks auf der Seventh Avenue und versuchten, den Apparat mit purer Willenskraft zum Klingeln zu bringen. Kalt und hart schien die Sonne auf sie herunter. Die Luft roch nach Benzindünsten. Hupen schrillten, und in der Ferne heulte eine Krankenwagensirene.

Julia sagte gerade: »... nachdem Ione Schwartz mir also erzählt hatte, wie sehnlich Opa von dort fort wollte, haben wir uns unterhalten, und es stellte sich heraus, dass Opa Austrian und Opa Redmond am Ende des Zweiten Weltkriegs zusammen in Süddeutschland stationiert waren.«

Sam zog seine dunkel gefärbten Augenbrauen in die

Höhe. »Das heißt, dass sie sich aller Wahrscheinlichkeit nach zusammen an der Schweizer Grenze aufhielten. Ich habe nämlich herausgefunden, dass Daniel Austrian dort stationiert war. Was bedeutet, dass sie beide problemlos nach Zürich gelangen konnten –«

»Und ich hatte Unrecht mit der Annahme«, unterbrach Julia ihn, »dass die Austrians schon immer reich gewesen waren.« Die Erkenntnis schmerzte sie, denn sie hätte gern geglaubt, dass Opa Austrian der ehrliche, aufrechte Mann war, als der er immer gegolten hatte. Doch ihre Überzeugung war so rasch wie das Eis auf dem Teich geschmolzen, als sie Ione Schwartz' Erzählung über den jungen, mittellosen Dan Austrian gelauscht hatte, den es so leidenschaftlich nach dem verlangte, was zu besitzen die Armut ihm versagte. »Die Austrians hatten ihr gesamtes Vermögen verloren. Daniel Austrian war vor dem Krieg arm wie eine Kirchenmaus, weshalb ich mir nicht vorstellen kann, wie er danach seine und Opa Redmonds Bauentwicklungsfirma finanziert haben soll.«

»Es sei denn –«

Sie nickte unglücklich. »Es sei denn, er hätte Himmlers Schatz gestohlen. Ich muss die Wahrheit erfahren – und was sie mit den derzeitigen Ereignissen zu tun hat.« Plötzlich schlug ihr Puls schneller. Sie meinte das Telefon klingeln zu hören, aber es war nur ein vorbeifahrendes Fahrrad. »Ich wünschte, ich wüsste, wo Opa Redmond hingegangen sein könnte. Ich weiß nicht, wo ich sonst noch nachfragen soll, nachdem ich nun alle Franziskanerkirchen abgeklappert habe.« Und doch lauerte da eine Idee in ihrem Hinterkopf – ein Ort, der vollkommen logisch war. »Ich vermute, die Frage, die wir uns stellen sollten, ist die: Was will Großvater mit seiner Flucht erreichen? Seine Zurechnungsfähigkeit unter Beweis stellen? Er ist streitsüchtig genug, um ihnen Auge in Auge gegenüberzutreten und es mit den Fäusten auszufechten.«

Sam kam plötzlich ein unangenehmer Gedanke. »Falls er fliehen konnte. Was, wenn all das ein klug eingefädeltes Ablenkungsmanöver war? Es gibt keinen Pater Michael, nur irgendeinen Mann in einer Franziskanerkutte, und dein Großvater ist tot.«

»Sam! Hör auf damit!«

»Der Fluch des Bernsteinzimmers«, bemerkte Sam grimmig. »Davon habe ich dir noch nichts erzählt. Eine Theorie in Bezug auf den Verbleib des Bernsteinzimmers lautet, dass es gegen Kriegsende in Danzig auf ein Schiff namens *Wilhelm Gustloff* verladen wurde. Ein sowjetisches U–Boot hat das Schiff torpediert. Falls die Bernsteinpaneele an Bord waren, sind sie mit untergegangen und für immer verloren. Schlimmer noch, achttausend Flüchtlinge sind ebenfalls ertrunken. Es war das schlimmste Schiffsunglück der Weltgeschichte – mit fünfmal so vielen Todesopfern wie auf der *Titanic.*«

»Das ist ja furchtbar!«

»Erinnerst du dich noch an Dr. Rohde?«

»Den Direktor der Kunstsammlung auf der Königsberger Burg? Den Deutschen, der die Verantwortung für die Sicherheit des Bernsteinzimmers trug?«

Sam nickte. »Rohde hat 1945 in einem Krankenhaus Selbstmord begangen.«

»Nein!«

»Von Professor Brusov habe ich dir auch erzählt. Der Kreml schickte ihn nach Königsberg, um herauszufinden, was tatsächlich mit dem Zimmer passiert war. Als er es nicht finden konnte, wurde er sofort nach Moskau zurückbeordert, wo er einen Herzanfall bekam und starb. Und später beging auch Georg Stein, ein Deutscher, der nach dem Zimmer forschte, Selbstmord.« Sein hübsches

Gesicht unter der dunklen Schminke wirkte versonnen. »Man begann, die Todesfälle mit dem ›Fluch des Bernsteinzimmers‹ zu erklären. Dann war da noch Sylvester Maas, der ermordet wurde, und vielleicht auch noch Daniel Austrian und Lyle Redmond.«

»Großvater Redmond kann nicht tot sein. Sie würden es nicht wagen –«

Das Telefon klingelte. Ihnen schien es so laut wie die Glocken von Big Ben zu sein. Julia stürzte sich auf den Apparat und presste den Hörer ans Ohr. Sam nahm neben ihr Aufstellung; aufmerksam und wachsam ließ er die Blicke schweifen.

»Hast du ihn gefunden?«, fragte Julia rasch in den Hörer.

Graffys Stimme klang wütend und verängstigt. »Hölle und Verdammnis, Julia! Wo hast du mich da reingezogen? Du rückst jetzt besser mit deinen zehn Riesen und noch 'nen paar Spesen obendrauf raus!«

»Hast du Staffeld gefunden?«

»Ob ich den Scheißkerl gefunden habe? Das ist alles, was dich interessiert? Es hat mich deine Hundert und noch mal hundert zusätzlich gekostet, die ich gar nicht habe, und dann haben sie verflucht noch mal versucht, mich umzunieten!«

»Wer hat versucht, dich umzubringen?«

»Woher zum Teufel soll ich das wissen? Zwei harte Typen, mehr weiß ich nicht. Wenn ich mich in diesem Hotel nicht so gut ausgekannt hätte und wenn Reuben nicht gedacht hätte, es wäre eine Razzia der verfluchten Rauschgiftfahndung, wäre ich jetzt tot. Jetzt ist auch Reuben hinter mir her. Er denkt, ich hätte sie ihm auf den Hals gehetzt, und möchte meinen Kopf auf einem Silberteller serviert bekommen!«

Julia deckte die Sprechmuschel mit der einen Hand ab

und flüsterte Sam zu: »Sein Dealer ist hinter ihm her, und zwei Männer haben ihn umzubringen versucht. Er muss Staffeld mit Hilfe seiner Drogenverbindungen aufgestöbert haben.« Ins Telefon sagte sie laut: »Graffy, das tut mir leid. Ich habe nie gedacht, dass es so gefährlich für dich werden könnte. Ich mache es wieder gut, keine Angst, aber ... hast du ihn gefunden?«

Graffys Stimme troff vor Abscheu. »Wann krieg' ich die verdammte Knete?«

»Ich kann es dir jetzt noch nicht geben. Ich werde ein paar Tage brauchen –«

Am anderen Ende der Leitung trat ein langes Schweigen ein. Sie konnte schnelles Atmen hören und beinah Graffys Schweiß riechen. »Scheiße. Vielleicht ist es aber am besten so. Ich kann dich jederzeit finden, Julia, meine Süße. Außerdem reise ich schneller und sicherer, wenn ich nicht so viele Moneten beschützen muss. Ich bleibe in Verbindung mit dir.«

»Graffy!«, flehte sie ihn an.

»Chieftain Hotel in Hell's Kitchen. Zimmer Drei-C.« Er gab ihr die Adresse. »Ich bin jetzt weg.« Pause. »Pass auf deinen Rücken auf, Schätzchen. Wer immer diese beiden Kerle sind, es sind harte Typen. Richtig hart.«

»Danke, Graffy. Du bekommst jeden Penny von den Zehntausend.«

Aber die Verbindung war schon unterbrochen. Sie hängte den Hörer auf und teilte Sam die Adresse mit.

10.50 Uhr, Montag

Geoffrey Staffeld hatte gerade einen erneuten Anruf bei seiner kolumbianischen Bank getätigt. Die zweite Hälfte seines Geldes war noch immer nicht überwiesen. Wutentbrannt sah er auf seine Armbanduhr, obwohl er die Antwort schon kannte. Vince Redmonds 24 Stunden waren mehr als abgelaufen.

Er ging durch den schwach beleuchteten Hotelkorridor wieder in sein Zimmer zurück. Ohne etwas wahrzunehmen, starrte er aus dem schmierigen Fenster hinaus und hielt sich das Feuerzeug an seine Zigarette. Er nahm einen tiefen Zug. Nachdem der irrationale Teil seiner Wut verraucht war, beschloss er, noch eine halbe Stunde zu warten. Nicht mehr. Das war alles, was er Turkov geben würde. Er hätte Turkov von Anfang an dabei haben sollen. Eine halbe Stunde. Nicht mehr.

Aber er wusste, dass es eher ein Pfeifen im Wald war. Ein stechender Schmerz in seinen Eingeweiden sagte ihm, dass Turkov nicht kommen würde. Der verfluchte Killer hatte zwar sein Geld genommen, würde aber seinen Teil der Abmachung nicht einhalten. Oder die Redmonds hatten ihn erwischt. Für ihn kam es auf dasselbe heraus. So viel zu einem treuen Kettenhund, dachte er verbittert. Seit dem Ende des Kalten Krieges konnte man niemandem mehr trauen.

Er dachte an Calla in ihrem trauten Heim. In Gedanken sah er sie stets in Gartenschürze und Handschuhen vor sich, wie sie die Rosen stutzte, eine würdevolle englische Matrone. Er konnte ihr Wohnzimmer sehen, voll gestopft mit Fotos ihrer vier Kinder. Mit brennendem Stolz erinnerte er sich daran, wie er es geschafft hatte, seine Finger von ihnen zu lassen; dass er sie nie angerührt hatte. Aber diesen Frieden hatte er in den Hinterhöfen und Gullis des Kontinents mit den strahlenden Gesichtern und glatten, sexy Körpern von Anderleuts Kindern bezahlt. Besonders mit kleinen Jungen.

Selbst jetzt war der Trieb in ihm stark. Sein Kopf hämmerte davon. Er hatte eine Gänsehaut. Der Trieb würde ihn quälen, bis er das nächste Kind bekam. Wieder zog er an seiner Players. Druck ... Stress ... wie auch immer der letzte idiotische Guru es hätte nennen wollen ... war sein Untergang. Niemand konnte ohne ein Ventil die verabscheuungswürdigen Verbrechen, die schleimigen Bürointrigen und seinen sittenstrengen Lebensstil ertragen. Rein verstandesmäßig wusste er, dass es falsch war. Aber alles andere an ihm schrie nach Erleichterung.

Er nahm drei hastige Züge von seiner Zigarette und griff nach seiner Brieftasche. Er musste hier raus. Ihm blieben ja immerhin noch die vier Redmond-Millionen, um damit zu spielen. Das würde halt reichen müssen. Er und Calla konnten im Südpazifik untertauchen. Er musste nur aus New York wegkommen.

Er strebte zur Tür.

Das Klopfen war leicht, mehr wie ein Zeichen.

Turkov. Es musste Felix Turkov sein. Hastig riss er die Tür auf. »Felix ...«

Wie gut trainierte Kampfhunde platzten vier dunkel gekleidete, bewaffnete Eindringlinge herein, warfen ihn aufs Bett und entrissen ihm seine Beretta.

»Wer sind Sie?«, fragte er zu Tode erschrocken. »Was wollen Sie?«

Sie blieben stumm. Jeder von ihnen schien genau zu wissen, was er tun musste. Die einzige Frau unter ihnen trug eine Aktentasche. Sie legte sie auf den Tisch. Es war dieselbe wie die, die er dabei hatte. Die aus Heathrow, die von Vince Redmond. Einer der Männer ging ins Bad und kam zurück. Die beiden stärksten Männer drückten Staffelds Schultern aufs Bett. Sie trugen gefütterte Handschuhe, damit er keine Druckstellen davontragen würde.

Todesangst durchzuckte ihn. »Aufhören!« Er wehrte sich, versuchte einen miserablen Faustschlag, musste jedoch einsehen, dass er zu schlaff geworden war. »Wissen

Sie denn nicht, wer ich bin? Wenn Sie mir etwas antun, wird Scotland Yard Sie unbarmherzig zur Strecke bringen!«

Sie beachteten ihn nicht. Die Frau lachte und begann, Staffeld die Kleidung auszuziehen. All seine übermächtigen, angestauten Bedürfnisse verpufften. Während die Gesichter längst vergessener Opfer vor seinem geistigen Auge vorbeizogen, brach Staffeld am ganzen Leib der Schweiß aus. Er stank nach Angst.

»Es tut mir leid«, flüsterte er. »Es ist noch nicht zu spät. Reicht es nicht, dass es mir leid tut?«

11.20 Uhr, Montag

Julia war seit Jahren nicht mehr in Hell's Kitchen gewesen. Eingezwängt zwischen dem Glamour des Broadway und dem Hudson River, hatte das Viertel seit der Zeit, als sie noch hatte sehen können, einen Wandel zum Besseren durchgemacht. Das Verbrechen hatte damals mit solcher Übermacht in den Straßen regiert, dass die Polizei kaum etwas dagegen tun konnte. Nun jedoch waren einige 100 Jahre alte Mietshäuser renoviert worden, und zwischen den Feinkostgeschäften und Schlossereiwerkstätten hatten sich schicke Läden und Restaurants angesiedelt. Julia und Sam kamen bei Bruno vorbei, dem König der Ravioli auf der Neunten, wo der Duft frisch gebackenen Brots die Luft erfüllte.

Voller Sorge bogen sie nach Westen ab, wo das Chieftain Hotel lag. Abfallpapier war gegen die Häuserfronten geweht worden. Schmierereien verunzierten die Mauern. Ein Dutzend Erwachsene und Kinder standen vor der Suppenküche einer Kirche Schlange. Ein Priester in schwarzem Anzug mit weißem Beffchen redete mit einigen von ihnen.

Das Chieftain Hotel war ein schmalbrüstiger, vom Alter schmutziger Bau. Sie trabten in die nächste Seitengasse und fanden eine Feuerleiter samt Tür. Sam probierte die Tür aus. Sie war verschlossen.

Also gingen sie wieder zur Vorderseite und betraten das Hotel mutig durch den Haupteingang.

»Überlass mir das Reden«, meinte Sam. Aber der Mann mit dem fahlen Gesicht hinter dem Tresen warf ihnen nur einen flüchtigen Blick zu. Zielstrebig schritten sie an ihm vorbei und die Treppe hinauf.

»Zimmer gefällig?«, fragte der Mann plötzlich. »Dreißig Dollar die Nacht?«

»Danke«, warf ihm Sam über die Schulter zu. »Wir besuchen nur jemand.«

Sie gingen in den dritten Stock hoch. Ein schwacher Uringeruch lag in der Luft. Sam sah Julia flüchtig an, ihr dunkles Gesicht mit den feinen Zügen, die leuchtend blauen Augen, die einen so erstaunlichen Kontrast dazu bildeten. Er hatte ein unangenehmes Déjà-vu von anderen Hotelkorridoren und der Gewalt, die auf der anderen Seite der falschen Tür lauerte. Er zog seine Browning.

Sie holte ihr Pfefferspray hervor.

Lautlos und unter höchster Nervenanspannung schlichen sie durch den Flur und näherten sich der Tür. Sie horchten, hörten aber nichts. Sam legte den Finger auf die Lippen, drehte an dem Türknauf und drückte die Tür einen Spalt auf. Immer noch kein Laut. Julia zog ihn am Arm, und er trat zurück. Er beobachtete den Flur in beide Richtungen, während sie ihr Gesicht in den Spalt presste.

Sie lauschte, versuchte Körperwärme zu erspüren, benutzte all ihre Propriozeptoren und sog mit der Nase die Luft ein.

Sie schmeckte Galle. »Blut.«

Er öffnete die Tür. Sie schlüpften in den hell beleuchteten Raum, und sie zog die Tür hinter ihnen zu, während er den kleinen Raum mit seiner Browning sicherte. Er enthielt nur ein Bett mit einer tiefen Kuhle in der Mitte, einen zerkratzten Tisch nebst Lampe sowie einen hölzernen Stuhl. Von Staffeld keine Spur. Aber das Licht im Bad war an. Julia bekam ein flaues Gefühl im Magen, als sei alles, was sie versucht hatten, alles, was sie getan hatten, gescheitert, und sie ständen nun vor einem weiteren Misserfolg. Und der würde ihnen diesmal noch viel weniger gefallen.

Ohne ein Wort zu sagen durchquerten sie das Zimmer in Richtung Bad. Sie blieben vor der offenen Tür stehen. Der Gestank nach Blut war überwältigend. Julia musste schlucken. Auf den gesprungenen Fliesen über der Badewanne stand mit hellrotem Blut ein einziger Satz geschrieben: *»Ich habe meine Pflicht getan.«*

Sams Blick glitt von den blutigen Worten hinunter zu Geoffrey Staffeld, dessen fetter Körper nackt und grotesk friedlich im Wasser lag. Die Pulsadern an beiden Handgelenken waren aufgeschnitten, und die Wunden klafften wie die eines römischen Senators. Sein ganzer Körper war kalkweiß und blutleer. Tot.

»Er hat Selbstmord begangen.« Julia drehte sich der Magen um, und sie wandte sich ab.

Sam seufzte. »Was hat er wohl mit ›Ich habe meine Pflicht getan‹ gemeint?«

Der Gestank des Bluts im warmen Badewasser verursachte Julia Schwindelgefühle und Übelkeit. Sie ging in das Schlafzimmer zurück, um sich wieder zu fassen. Auf dem Tisch sah sie neben einer Aktentasche eine Pistole liegen. Sie nahm die Waffe und ließ sie in ihre Jackentasche gleiten.

»Da wird Creighton sich aber freuen«, murmelte Sam vor sich hin, als er aus dem Bad kam. »Der Kerl, der

Douglas Powers für ihn erledigt hat, ist tot. Kann von der Regierung nicht mehr befragt werden. Kann nicht mehr erzählen, dass er dafür bezahlt oder sonst wie dazu gezwungen wurde. Aber auf der anderen Seite kann er auch nicht mehr vor die Presse treten und eine neue Ungeheuerlichkeit zu Creightons Gunsten loslassen. Entweder hat der arme Bastard keinen anderen Ausweg mehr gesehen, oder jemand von der einen oder anderen Seite hat ein wenig nachgeholfen.«

»Creightons oder Powers' Leute?«

»Möglich wäre es schon.« Sam nickte finster. »Wir wissen, dass Creighton keine blütenweiße Weste hat, Powers aber integer zu sein scheint. Aber vielleicht hatte Powers ein paar übereifrige Anhänger. Das kann man heutzutage nie wissen.«

»Eine fürchterliche Vorstellung, aber wahrscheinlich hast du Recht.« Julia seufzte. »Wir machen besser, dass wir hier wegkommen.«

»Die Feuerleiter«, entschied Sam.

Sie verließen das kleine Zimmer und hasteten zu dem Fenster am Ende des Korridors. Rasch stiegen sie die drei Stockwerke über die Eisenleiter bis zu der Seitengasse hinunter, umrundeten das Chieftain Hotel und ließen es hinter sich liegen.

Als sie das Ende des Blocks erreichten und sich von dem Gebäude entfernten, fuhr, ihren Blicken entzogen, ein Wagen vor das Hotel vor und hielt an. In seiner Windschutzscheibe hing ein Presseausweis. Eine Frau und ein Mann stiegen aus und liefen auf den Haupteingang zu. Um den Hals des Mannes hing eine Kamera, über seiner Schulter eine Tasche mit weiteren Ausrüstungsgegenständen.

Zu diesem Zeitpunkt bewegten sich Julia und Sam schon wieder an Mietshausfronten vorbei. Die Schlange vor der Suppenküche, an der sie vorhin vorbeigekommen waren, war länger geworden. Die Gesichter der Menschen verrieten unterschiedliche Herkunft – Peru, Mexiko, Marokko –, aber auch die weißen, braunen und schwarzen Gesichter von Generationen armer Amerikaner. Eine Nonne kam heraus, um mit dem Priester zu sprechen, der mit den Wartenden geplaudert hatte.

Julia blieb stehen und starrte den schlichten schwarzen Anzug des Priesters mit dem weißen Beffchen an. Sie warf einen Blick auf das Schild über der Suppenküche: GESTIFTET VOM ORDEN DES HEILIGEN DOMINIKUS. Sie stieß ein lautes Stöhnen aus: »Sam! Ich kann es nicht fassen, wie blöd ich gewesen bin! Es war die ganze Zeit vor meiner Nase! *Ich weiß, wo mein Großvater sein muss.*«

Doch sie hatte noch nicht ausgesprochen, als Sam sie am Arm packte. »Sieh dich nicht um. Maya Stern ist hinter uns. Komm!«

Julia schaute sich trotzdem um und erblickte drei Verfolger, die hinter ihnen her hasteten – die Mörderin ihrer Mutter und zwei Männer. Die Straße wimmelte von Menschen und Autos.

Julia und Sam rasten die Straße entlang. Und stoppten sofort wieder.

»Omeingott«, keuchte sie.

Zwei weitere muskulöse Männern kamen direkt auf sie zu. Zusammen mit Maya Stern und den beiden anderen hinter ihr hatten sie Sam und sie in die Zange genommen.

Julia zögerte keinen Augenblick. Sam genauso wenig. Wie ein gut eingespieltes Team machten sie auf dem Absatz kehrt und stürzten sich in den Straßenverkehr.

49

11.43 Uhr, Montag

In dem schäbigen Zimmer des Chieftain Hotels starrte die Frau von der Associated Press die Leiche in der Badewanne an. Es war Geoffrey Staffeld. Sie war als Reporterin auf seiner Pressekonferenz gestern Nachmittag gewesen, und ihre Story und die Aufnahmen des Fotografen waren blitzschnell an mehrere Zeitungen, Zeitschriften, Radio- und Fernsehsender im ganzen Land übermittelt worden.

»Gott, was für eine Bescherung«, sagte sie zu ihrem Fotografen.

»Du liebe Scheiße. Und wir fragen uns manchmal, warum wir diese Arbeit so lieben!« Er schoss aus verschiedenen Winkeln Fotos von der schlaffen Leiche in der Badewanne. »Warum er das wohl getan hat? Verdammt, er hätte 'ne Menge mit 'nem großen Buchprojekt verdienen können.« Seine Kamera blitzte auf, und er veränderte noch einmal den Aufnahmewinkel. Stellte das Objektiv scharf. »Ich sehe es schon vor mir: *Der Mann, der eine Präsidentschaft zum Scheitern gebracht hat.*«

Die Frau wandte sich ab. »Jjjja. Ich frage mich nur –«

Sie waren aufgrund eines anonymen Tipps hier, der sie vorhin telefonisch erreicht hatte. Er stammte von einem Mann, der behauptete, Staffeld hier in diesem Zimmer gesehen zu haben und ihr das alles erzählen zu wollen, weil er ihre Verfasserangabe unter dem Artikel über Staffelds Anschuldigungen in der Zeitung gelesen hatte.

Sie hatte nicht erwartet, Staffeld tot vorzufinden. Selbstmord.

Sie musste die Polizei anrufen, den Vorfall melden. Aber zuerst –

»Hast du Handschuhe dabei?«, rief sie in Richtung Bad.

Sie war für ihre aggressiven Aufmacher bekannt, ein Ruf, den sie sich nicht durch vornehme Zurückhaltung erworben hatte.

»Jawohl. Latex. In meiner Tasche.« Der Fotograf steckte den Kopf aus der Badezimmertür. »Sei bloß nicht zu vorwitzig. Du möchtest doch nicht wegen Beweisfälschung verhaftet werden, oder?«

»*Wir.* Es sind schließlich deine Handschuhe.« Sie zwängte ihre Finger hinein.

»Gottverdammt.« Er schoss noch ein paar Fotos. »Die Cops können jede Minute hier sein.«

Hastig durchsuchte sie den kleinen Koffer mit Toilettenartikeln und sauberer Unterwäsche. Nichts. Sie näherte sich der Aktentasche. Öffnete sie ungeduldig. Obenauf lagen die Dokumente, die Staffeld sie gestern Nachmittag hatte fotografieren lassen. Schnell durchblätterte sie sie. Und hielt inne. Eine freudige Erregung sandte einen Adrenalinschub direkt in ihr Gehirn. Hingerissen überflog sie die neuen Papiere. Dann fand sie auch neue Fotos –

Ihr Puls raste. »Vergiss den toten Kerl! Komm her. Ich will, dass du jedes einzelne Blatt aufnimmst. Was für ein verdorbener Hundesohn! Kein Wunder, dass er sich umgebracht hat!«

11.44 Uhr, Montag

Der Verkehr stockte. Die Straße verstopfte durch die Stoßstange an Stoßstange stehenden Fahrzeuge. Die Luft stank nach Abgasen, und plötzlich wirkte die Sonne hart und metallisch. Julia und Sam flitzten auf ihrer Flucht zwischen den Wagen hindurch. Julias Bein pochte, wo die Kugel sie gestern gestreift hatte.

Sie hatten keine Zeit zum Nachdenken. Keine Zeit, sich zu fürchten. Laufen, laufen. *Schneller!*

Maya Stern raste hinter ihnen her. Insgeheim lächelte sie. Trotz ihrer Verkleidung hatten Sam und Julia sich verraten, indem sie die Feuerleiter heruntergekommen und verstohlen zur Straße zurückgehastet waren. Sie hatte einen Mann zurückgelassen, der ihr Bericht erstatten sollte, wann die AP-Reporterin und ihr Fotograf eintrafen. Ihm war Sams und Julias Heimlichtuerei aufgefallen, er hatte ihren Körperbau und ihre Bewegungen eingehend beobachtet und Maya alarmiert. Und sein Verdacht hatte sich als begründet erwiesen.

Jetzt blieb sie stehen, umfasste ihre Pistole mit beiden Händen, zielte und schoss, auch wenn die Austrian zu weit entfernt war, um ein leichtes Ziel abzugeben.

Julia sauste vorwärts. Wie eine Nuklearrakete zischte die Kugel an ihrem Ohr vorbei und bohrte sich in die Motorhaube eines Dodge Junker. Im Innern des Autos schrie jemand vor Furcht auf.

Julia und Sam konnten nicht mehr anhalten. Sie rasten weiter. Zwei weitere Kugeln zerfetzten die Luft, lauter als das monotone Dröhnen der Automotoren.

Julia zog die Pistole, die sie aus Staffelds Hotelzimmer gestohlen hatte, heraus.

Sam bekam es aus dem Augenwinkel mit. »Verdammt! Hast du schon wieder eine Knarre gestohlen?«

»Ich hab's für 'ne gute Idee gehalten.«

Schwitzend sprinteten sie auf die Kreuzung zu. Hinter ihnen ließ Maya Stern ihre Männer sich aufteilen. Sie stolperten durch die Rinnsteine und zwängten sich zwischen Autos und Lastwagen hindurch, um ein freies Schussfeld zu bekommen. Sterns Herz hämmerte von kaltem Jagdfieber. Der Jäger, der seine Beute stellte.

Just in dem Moment, als die Ampel grün wurde, rasten Julia und Sam auf die Kreuzung und um die Ecke, rannten zwischen den Autos hindurch, die angehalten hatten.

Schneller. Schneller.

Erst sah Sam sich um, dann auch Julia. Zwei der Männer holten rasch auf. In den wenigen Sekunden sah Julia, dass sie die hageren Gesichter von Wüstenkaninchen und deren Geschwindigkeit hatten. Sie waren ausdauernde Läufer, aber sie schossen nicht.

»Hausmeister«, stieß Sam hervor.

»Sie haben uns bald!«, mahnte sie.

Er lächelte kurz und spröde. »Wirklich?«

Vor ihnen fuhr ein Taxi an den Straßenrand. Sam fasste blitzschnell einen Plan. Während seine Füße über den Asphalt pumpten und ihm der Schweiß über das Gesicht lief, registrierte er mit grimmig Miene, dass der Fahrer ausgestiegen war und einer älteren Dame ihre Einkaufstüten zur Veranda hoch trug. Der Taximotor lief noch. Sam konnte die grauen Abgaswolken aus dem Auspuff dringen sehen.

»Hier entlang!«, schrie er ihr zu. Er lief auf das Taxi zu. Sofort folgte Julia ihm.

Der Verkehr setzte sich wieder in Bewegung, langsam zuerst wie die Kriechbewegungen eines Tausendfüßlers. Sie wurden angehupt, und wütende Fahrerstimmen brüllten sie in dem metallischen Sonnenlicht an. Julia war außer Atem. Die Angst hatte ihre Kleider durchnässt. Aber auch Zorn. Rasende Wut. Und an die Angst hatte sie sich mittlerweile so gewöhnt, dass sie schon gar nicht mehr da zu sein schien.

Gerade als sie sich dem Taxi näherten, peitschte ein Schuss über Sams linke Schulter hinweg. Es brannte wie die Hölle, und für einen Augenblick sah es so aus, als würde er das Gleichgewicht verlieren. Aber die Kugel war nur durch die oberste Schicht seiner weiten Jacke gedrungen und hatte seine Haut kaum geritzt. Die beiden Verfolger, die ihnen am nächsten waren, befanden sich nur wenige Meter hinter ihnen und machten sich nicht die Mühe, anzuhalten und zu zielen.

»Ins Taxi!«, befahl Sam.

Sie prallte gegen die Fahrertür, weil sie nicht dazu instande gewesen war, ihr Tempo zu drosseln. Die Wucht des Aufpralls raubte ihr den Atem. Sie riss die Tür auf und sah sofort, dass das Fahrzeug eine Automatikschaltung hatte. Sie konnte es also fahren.

Von der Veranda rief der Taxifahrer herunter: »Hey! Weg da von meinem Wagen!«

In einer einzigen fließenden Bewegung drehte Sam sich um und wechselte die Richtung. Auf den Gesichtern der beiden sehnigen Verfolger tauchte ein flüchtiger Ausdruck des Erstaunens auf, als Sam sie mit ausgebreiteten Armen rammte. Mit voller Wucht und ungebändigter Kraft schleuderte er sie rückwärts gegen die offene Ladeklappe eines Pick-ups, der mit dem übrigen Verkehr über die Straße kroch. Er konnte ihre Wirbelsäulen gegen den stählernen Rand krachen hören. In ihren Augen wurde das Weiße sichtbar. Einer stöhnte. Dann sanken sie zu Boden.

Der Fahrer des Wagens hinter dem Pick-up starrte Sam durch die Windschutzscheibe hindurch an; sein graubärtiges Gesicht wurde schreckensstarr. Er stieg gerade noch rechtzeitig in die Bremsen, um die beiden ohnmächtigen Hausmeister nicht zu überfahren. Und Sam wirbelte herum.

Der Taxifahrer rannte auf sie zu, um sein Taxi zu retten. Maya Stern und ihre Hausmeister näherten sich aus verschiedenen Richtungen.

Julia rammte den Rückwärtsgang ein, quälte die Taxireifen den Bordstein hoch und richtete die Nase des Taxis in die Verkehrslücke, die sich vor den beiden zu Boden gegangenen Hausmeistern gebildet hatte.

Der junge Taxifahrer tauchte neben ihrem offenen Fenster auf. »Raus aus meinem Taxi!«, brüllte er.

Sie hielt ihm die Pistole ins Gesicht. »Hauen Sie ab, dann muss ich Sie nicht erschießen.«

Seine Augenbrauen zuckten in die Höhe. Er hob die Hände und tänzelte rückwärts. »Hey. Kein Problem. Das Taxi gehört Ihnen. Ich wollte eh Pause machen.«

Sam drehte sich nochmal um. Hinter ihm holte Maya Stern auf.

Julia hatte Sam das Manöver oft genug durchführen sehen – während er noch am Laufen war, stellte sie den Hebel auf Vorwärts um und trat das Gaspedal durch. Das Auto prallte hart gegen die beiden Hausmeister, die sich bereitgemacht hatten, zu schießen, und Sam sprang auf den Beifahrersitz.

Plötzlich tauchte Maya Stern auf der Fahrerseite auf. Ihr dunkles Haar war zurückgebunden und unter der Kapuze ihres Sweatshirts verborgen. Ihr Gesicht glänzte vor Schweiß. Davon abgesehen wahrten die perfekten Züge ihre makellose, unerschütterliche Gelassenheit. Julia schlug mit einem Mal eine Welle des Hasses von der Killerin entgegen, ein unverrückbarer Wille und eisernes Selbstvertrauen. Stern blieb stehen und zielte.

Julia riss die gestohlene Waffe hoch. Die Frau hatte ihre Mutter umgebracht. Julia drückte ab und gab dann Gas.

Sterns Kugel durchschlug die Hintertür des Taxis. Julia bekam noch im Augenwinkel mit, dass ihre ihr Ziel verfehlt hatte. Sie hoffte nur, dass sie niemanden sonst getroffen hatte. Sie wollte einen zweiten Schuss abgeben, Maya Stern töten, konnte das Risiko, länger hier zu verharren, jedoch nicht eingehen. Sie musste ihren Großvater finden und dann Creighton zur Strecke bringen.

Julia riss das Lenkrad herum und startete durch. »Ich hab' sie nicht erwischt«, schrie sie Sam zu. »Verdammt.«

»Bei Stern gibt es immer ein nächstes Mal.« Sam schaute sie besorgt an. Ihr ovales Gesicht mit den feinen Zügen unter dem schweißverschmierten Make-up war angespannt. Ihre blauen Augen versprühten eine tödliche Wut, und ihre vollen, verführerischen Lippen wirkten dicker als gewöhnlich. Furcht sah er auch, aber sie wurde fast völlig von dieser gefährlichen Mischung aus Wut und freudiger Erregung überdeckt. Er dachte an letzte Nacht – ihre leidenschaftlichen Hände, den wundervoll gierigen Körper. Er erinnerte sich an die Zärtlichkeit und die Erregung und die Lust. In diesem Augenblick jedoch gab es diese Frau nicht mehr. Durch Schmerz und die Umstände hatte sie sich in eine Möchtegern-Mörderin verwandelt. Es gefiel ihm nicht, aber er verstand es.

Während das Taxi dahinraste, fragte sie: »Wie hat Stern uns gefunden?«

»Vielleicht hat sie Staffeld aufgesucht, um ihm weitere Instruktionen zu erteilen«, antwortete Sam. »Es wäre möglich, dass sie eintraf, kurz nachdem wir das Hotel verlassen hatten.«

»Oder sie hat darauf gewartet, dass wir früher oder später aufkreuzen würden«, hielt Julia dagegen. »Diese Männer, die versucht haben, Graffy umzubringen ... Ich schätze, es waren Hausmeister.«

»Warum sollten sie vor Staffelds Hotel herumlungern?«

»Um ihn zu beschützen?«

»Das ist möglich. Oder aber ihn zu töten.«

»Wenn Creighton mit ihm fertig war, ergibt das einen Sinn.« Beim Fahren behielt sie den Rückspiegel ständig im Blick, entdeckte aber nichts Verdächtiges. Sie zeigte mit dem Kinn auf die Pistole, die sie auf den Sitz gelegt hatte. »Ich vermute, die ist auch doppelt wirkend.«

»Das sind sie heutzutage fast alle. Du hast wieder eine gute Waffe geklaut. Eine Beretta.«

»Welches Kaliber?«

»Neun Millimeter.«

»Endlich etwas Anständiges. Ich werde langsam besser darin!«

Er musterte ihr schönes Gesicht. »Werd lieber nicht zu gut.«

50

Tagebucheintrag

> *Für mich tragen Austrian und Redmond zu gleichen Teilen die Verantwortung an der Ermordung von Maas.*
>
> *Ich habe immer gedacht, sie würden sich ähneln, wären fast austauschbar. Als ich sie wieder aufgespürt hatte, sah ich, wie ihre Geschäfte blühten, ihre Familien zahlreich und mächtig wurden und ihr Ansehen in der Gesellschaft wuchs. Sie hatten so viel gestohlen, und nie wären sie dafür bestraft worden. Im Gegenteil, es schien, als seien sie mit einem glücklichen und erfolgreichen Leben belohnt worden. Was konnte ich tun? Ich grübelte und grübelte. Und dann hatte ich die Lösung. Ich musste es ihren ältesten Söhnen erzählen –*

12.02 Uhr, Montag
OYSTER BAY, New York

Herrenhaus und Anwesen von Arbor Knoll vibrierten von den Festvorbereitungen. Ein geräumiges weißes Zelt für die Medien überdeckte einen der Tennisplätze. Es war mit Heizstrahlern versehen, die Strom von einem großen Generator erhielten. In der Küche von der Größe einer Hotelküche werkelten Köche, da man es für zu riskant hielt, das Essen von außerhalb anliefern zu lassen. Telefone läuteten. Der Secret Service instruierte die zusätzlichen Agenten, die eingetroffen waren, um auf dem Gelände Streife zu gehen und am Haupteingang das Eintreffen der Gäste zu überwachen. Die County-Polizei hatte Sonderpersonal geschickt, um die etwas abgelegenen Eingänge zu bewachen und die Menge zu kontrollieren, die sich bereits vor dem Tor drängte. Es waren darunter nicht nur die Leute, die ihren Kandidaten unterstützen wollten, sondern auch jene, die hofften, einen Blick auf die Reichen, Mächtigen und Berüchtigten erhaschen zu können, die ihr Kommen angekündigt hatten.

Fernsehteams hatten auf den Eingangsstufen des Herrenhauses Aufstellung genommen, um das Entrée der Glitzerwelt zu filmen. Es würden ein Nachmittag und Abend in Festkleidung und mit teuren Weinen und Spirituosen werden, mit einem Sieben-Gänge-Gourmet-Menü und einem Tanzorchester in dem riesigen, spiegelverkleideten Ballraum im dritten Stock.

Während Creighton durch das organisierte Chaos schlenderte, lächelte er tief in seinem Innern. Er hatte gerade einen Anruf von Maya Stern erhalten. Julia und Sam waren, ganz wie es nach dem Zwischenfall mit dem musikalischen Drogendealer Graffy O'Dea zu erwarten stand, in Staffelds Hotel aufgekreuzt. Staffeld war aus dem Weg geschafft, und jetzt brachte Maya Stern Julia und Keeline zur Strecke. Der Tag ließ sich gut an.

Brice tauchte neben ihm auf. Er trug seine übliche Kluft, Cowboystiefel, Jeans und Flanellhemd. Sein gelichtetes rotes Haar war ordentlich zurückgekämmt, und auf seinem roten Gesicht breitete sich ein Grinsen aus. »Douglas Powers, mögest du dich vor Gram verzehren!«

Creighton kicherte. »Du bist also doch noch zu dem Ergebnis gekommen, dass die Politik dir gefällt.«

»So, wie du sie handhabst«, gab Brice selbstgefällig zurück, »absolut. Zur Hölle, du hättest ein wahrer Tycoon der Geschäftswelt werden können, Creighton. Größer als selbst der alte Herr.«

»Vielleicht. Aber Präsident reicht mir erst einmal.«

David gesellte sich zu ihnen. »Da seid ihr ja.«

»Kommt mit«, lud Creighton sie ein. »Ich habe da etwas, das euch amüsieren wird.«

Er führte seine Brüder an den Meisterwerken der Kunst vorbei, die die großartige Eingangshalle säumten. Sie waren an die atemberaubende Schönheit so gewöhnt, dass sie sie gar nicht mehr wahrnahmen. Sie betraten den Aufzug, und Creighton drückte den Knopf für den dritten Stock.

Während sich der Fahrstuhlkäfig in die Höhe hob, runzelte David die Stirn. Obwohl er keine Einzelheiten zu Creightons schmutzigem Spiel wissen wollte, war es anhand der Zeitungsberichte klar, dass Geoffrey Staffeld eine Schlüsselrolle spielte. David hatte sofort geahnt, wohin die Millionen, die Vince gebraucht hatte, geflossen waren.

David sagte: »Du hast ja gehört, dass ich sechs Millionen Dollar blechen musste, die wir nie im Leben wieder sehen. Jesus! Wir müssen wirklich gewinnen.«

»Ich würde das als Investition bezeichnen«, erwiderte

Creighton gelassen. »Sie garantiert eine weitere letzte Enthüllung, die Powers heute Nachmittag so ins Trudeln bringen wird, dass der arme dumme Bastard sich nie wieder davon erholt.« Er äugte zu David hinüber, der wie er einen maßgeschneiderten Anzug und ein seidenglänzendes Baumwollhemd trug. Bald würden sie alle drei ihre Smokings anziehen. »Er hat mich angerufen, wusstet ihr das?«

»Senator Powers?«, fragten Brice und David wie aus einem Mund.

Creighton nickte. »Er hat mir gedroht. Sagte, wenn er untergehen würde, würde er mich mitnehmen. Es waren die üblichen vagen Klischees: Er habe Leute auf mich angesetzt, die die Verbindung zwischen mir und Staffeld aufdecken würden und jede andere Abscheulichkeit, die er mir anhängen könnte.«

David wirkte beunruhigt. »Ich nehme an, du hast Schutzmaßnahmen ergriffen.«

Brice war direkter: »Jesus, Creighton. Wenn sie dich kriegen, kriegen sie uns auch.« Das war der Nachteil von Tokugawas Faust, etwas, mit dem sie sich noch nie zuvor konfrontiert gesehen hatten.

Creighton lächelte. »Sie können uns auf keinen Fall mit Staffeld in Verbindung bringen.« Was er nicht sagte, war, dass die Quellen, die die gefälschten Informationen geliefert hatten, auf seinen Befehl hin auch nicht mehr existierten – sie waren bei verschiedenen Unfällen ums Leben gekommen, plus einem Herzanfall, hervorgerufen durch eine geheime Chemikalie der Firma. Selbst wenn die Lügen über Douglas Powers irgendwann herauskämen, könnte niemand sie zu den Redmonds zurückverfolgen. »Als Powers zu schwadronieren begann, habe ich ihm gesagt, er solle seinen eigenen Stall sauber halten, anstatt mir die Schuld dafür in die Schuhe zu schieben.

Dass es nicht nur verdammt unmoralisch, sondern auch völlig blöde wäre, kleine Kinder zu ficken. Er hat aufgelegt.«

Seine Brüder lachten.

Der Aufzug blieb stehen, und sie schlenderten zum Ballsaal. David war sich ihrer brüderlichen Gemeinschaft auf einmal stark bewusst. Ihre Gemeinsamkeiten überwogen ihre Unterschiede bei weitem, und in diesem Augenblick schienen sie eine schier grenzenlose Macht zu teilen und unbesiegbar zu sein. Vor nur zwei Tagen hatten sie sich hier versammelt, um Marguerite zu betrauern, und Brice' Reserviertheit hatte den üblichen Effekt gehabt. Ganz anders heute. Brice war an Bord, und das vermittelte David ein tröstliches Gefühl, dass alles rechtens sei.

»Was ist mit Julia?«, fragte er. »Machen sie und dieser Sam Keeline, über den du finanzielle Informationen haben wolltest, dir Ärger?«

»Alles unter Kontrolle.« Creighton unterdrückte Wut und Besorgnis. Er musste seine Position absichern. War Julia erst einmal aus der Welt, wäre der alte Mann sein einziges Problem. Julia hatte sich in eine Medusa verwandelt – zerstörerisch und beinahe unaufhaltsam in ihrem selbstsüchtigen Verlangen, Marguerites Ermordung zu rächen.

David setzte hinzu: »Wie es der Zufall will, erledigen wir tatsächlich Keelines Bankgeschäfte einschließlich der Abrechnung seiner drei Kreditkarten bei unseren verschiedenen Unternehmen, aber nach Vince' Anruf hat er keine von ihnen mehr benutzt oder Geld mit ihr abgehoben. Das ist schon komisch, wenn man bedenkt, dass sie ja Geld brauchen, um sich weiterhin zu verstecken.«

»Gar nicht mal. Das Arschloch ist verdammt gerissen. Vergiss nicht, dass er eine ganze Weile ein erfolgreicher Agent im Außeneinsatz war. Aber keine Angst. Ich erwarte irgendwann im Laufe der nächsten Stunde eine Nachricht, dass er und Julia von der Bildfläche verschwunden sind.« Creighton verstummte. »Und der alte Mann auch. Hatte ich schon erwähnt, dass er aus dem Pflegeheim ausgebrochen ist?«

Brice und David erstarrten. Sie glotzten Creighton entgeistert an.

»Was? Er ist draußen?«, wiederholte Brice lahm. »Scheiße!«

»Das kann Ärger geben«, meinte David kopfschüttelnd.

»Das stimmt.« Creighton nickte. »Aber Vince' Leute werden ihn aufspüren. Und vergesst bitte nicht, der alte Herr ist dement, nicht wahr? Das haben wir schließlich gerichtlich feststellen lassen. Niemand wird dem plappernden alten Narren auch nur ein Wort glauben.«

Sie betraten den Ballsaal. David und Brice waren noch immer ziemlich beunruhigt. Creighton führte sie zu der rechten Wand, wo ein mit elfenbeinfarbenem Damast bedeckter Tisch als Bar aufgebaut wurde. In der Tischmitte befand sich eine Eisskulptur, an die der Künstler gerade letzte Hand anlegte. Es handelte sich um das Wappen der Vereinigten Staaten – riesig groß, und die Klauen des amerikanischen Adlers funkelten heftig. Mindestens zwei Meter hoch ragte die rauchweiße Skulptur über ihnen auf. Winzige Schmelzwassertröpfchen perlten an ihrer Oberfläche. Die Plastik war schön und Ehrfurcht gebietend, ein strahlender Blickfang für eine Siegesfeier.

»Wie viel kostet das?«, brummte David.

»Viel.« Creighton kicherte. »Aber wen kümmert das? Im Innern verbirgt sich ein mechanischer Brunnen. Wenn es an der Zeit ist, wird aus Dutzenden Hähnen in ihm Champagner fließen. Ein Festschmaus für die Kameras. Ich kann es schon auf CNN vor mir sehen.«

Als David und Brice kicherten, eilte ein weiß berockter

Diener auf Creighton zu. »Es gibt weitere Enthüllungen, Sir. Über Senator Powers' abscheuliche Vergangenheit. Die Reporter würden gerne mit Ihnen sprechen.«

Creighton entschloss sich, die Reporter auf der Treppe zur Klause zu empfangen. Er gab ihnen 15 Minuten, um sich dort einzufinden und ihre Ausrüstung aufzubauen, und dann trat er vor die Kameras, begleitet von mehreren Mitgliedern seiner Wahlkampfmannschaft. Er benutzte denselben kieselbestreuten Weg, über den er so viele Jahre zitternd gegangen war, um einem der selbstherrlichen Befehle seines Vaters Folge zu leisten. Auf eine merkwürdige Art und Weise vermisste er den alten Mann. Er wäre gerne Zeuge seines Neides geworden. Das wäre etwas Neues gewesen ... etwas Befriedigendes.

Das schmiedeeiserne Tor stand offen, und die Reporter, Fotografen und Kameramänner bildeten ein dichtes Knäuel zu Füßen der Treppe, die zu der hohen Tür der Klause führte. An dieser Stelle hatte er seine Kandidatur verkündet. Hier waren auch die meisten der Fotos des alten Mannes entstanden, die ihn mit Persönlichkeiten zeigten. Nun schmückten diese Bilder das Büro des Anwesens und die Büros seiner Brüder, Kinder, Neffen und Nichten. Sie stellten auf dieser unterschwelligen Ebene, die die meisten Amerikaner verstehen würden, ein wichtiges Symbol für die ganze Familie dar. Das passierte eben, wenn genügend Prominente über genügend Jahrzehnte am selben Ort aufgenommen wurden. Und nun gehörte dieser Ort Creighton.

Auf der obersten Stufe stand sein Pressesprecher, der die Vorgänge nun einleitete. »Ich habe Richter Redmond über die neuen Beweise informiert, die über Chief Superintendent Geoffrey Staffeld ans Licht gekommen sind ...«

Creighton unterdrückte ein Lächeln. Die AP-Reporterin, der Vince anonym einen Tipp gegeben hatte, hatte die von Maya Stern in Staffelds Hotelzimmer deponierte Aktentasche gefunden. Sie hatte diejenige ersetzt, die Staffeld seit seinem Abflug in Heathrow bei sich gehabt hatte. Die neue Aktentasche hatte keinen Funksender in der Klappe, den die Polizei hätte entdecken können, und in ihrem Innern befanden sich Dokumente und Fotos, die nicht nur Powers', sondern auch Staffelds traurige Verbrechen an Kindern zeigten.

Die blutige Botschaft auf den Fliesen über der Badewanne war mit Staffelds eigenem Finger geschrieben worden, sodass sie einen unwiderlegbaren Beweis nicht nur für Staffelds, sondern auch für Powers' Schuld darstellte. Am Ende schien Übereinstimmung darüber zu herrschen, dass Reue und Pflichtgefühl Chief Superintendent Staffeld dazu getrieben hatten, einen anderen Sünder zu entlarven, einen, der nicht Präsident der Vereinigten Staaten werden sollte, um sich sodann das Leben zu nehmen und seine lange Kette verbrecherischer Taten zu beenden, bevor er von anderer Seite enttarnt wurde – genau die Wendung, mit der Creighton gerechnet hatte.

Als der Pressesprecher seine einleitenden Bemerkungen abgeschlossen hatte, schritt Creighton zu dem Geländer über der Treppe. Seine Miene war angemessen grimmig. Sein Blick schweifte über die wartende Menge. Kurzfristig fühlte er sich, als stände er wieder vor Gericht und schaue über die respektvollen Geschworenen und das ehrfürchtig lauschende Publikum hinweg. Und dann glitt seine Erinnerung noch weiter zurück in die Vergangenheit, zu den Reisbauern Vietnams – zu der Todesangst, dem qualmenden Napalm, den Kugeln.

Der alte Mann hatte ihn Ehrgeiz gelehrt. Vietnam hatte ihn Kühnheit gelehrt. Und der Oberste Gerichtshof hatte ihm gezeigt, dass er herrschen konnte. Und so genoss er kurz das atemlose Schweigen der Reporter, das Interesse, das es bezeugte, um dann in gemessenem, zum Ernst der Situation passendem Tonfall zu beginnen:

»Meine Damen und Herren. Seit Beginn dieser Affäre, die sich so rapide entwickelt hat, habe ich darauf hingewiesen, wie wichtig es ist, einen Mann nicht zu verurteilen, bevor er ein faires Verfahren bekommen hat. Ich hatte meine Zweifel, ob Douglas Powers die widerlichen Handlungen begangen haben könnte, die ihm zur Last gelegt werden. Aber wir müssen den Tatsachen ins Auge sehen. Morgen sind die Wahlen. Es bleibt nur noch wenig Zeit, in der zwingende Beweise für Senator Powers' Unschuld auftauchen könnten. Mir persönlich ist diese Situation zuwider, nicht nur wegen der Schwere der Verbrechen, die offenbar begangen wurden, sondern weil wir in so kurzer Frist entscheiden müssen, wie wir darauf reagieren sollen.«

Er legte eine Pause ein. Reporter kritzelten emsig in ihre Notizhefte. Andere hielten Aufnahmegeräte in die Höhe. Jetzt war es so weit, mit aller Macht gegen Powers vorzugehen. Keine edlen ›Warten-wir's-ab‹-Attitüden mehr. Allerdings musste er es auf eine Art und Weise tun, die die Achtung der Wähler vor ihm steigern würde, damit es nicht so aussähe, als wäre er am Ende zweite Wahl. Denn tatsächlich bekamen sie ja den besseren Mann.

Kraftvoll und befehlsgewohnt erhob sich seine Stimme: »Ich rufe Senator Powers dazu auf, sich der Öffentlichkeit zu stellen und seine Verbrechen, falls er sie tatsächlich begangen haben sollte, zu bekennen, damit die Nation auf seine Aufrichtigkeit mit eigener Aufrichtigkeit antworten kann. Davon abgesehen denke ich, dass wir unsere Stimme zum Besten des Landes abgeben müssen. Selbst wenn der Senator unschuldig sein sollte, fürchte ich, dass die gegen ihn erhobenen Anschuldigungen seine Regierung und Amerika noch jahrelang verfolgen und ein Spektakel bieten würden, das unserem Ruf im Ausland und, wichtiger noch, unserer Fähigkeit im Innern, die Nation voranzubringen, ernsthaften Schaden zufügen würde.« Sein Blick glitt über die Journalisten. Einer von ihnen nickte. Noch eindringlicher fuhr er fort: »Unsere Nation würde mit noch mehr Gerüchten, noch mehr Anschuldigungen, noch mehr Untersuchungen, vielleicht noch mehr Beweisen und am Ende Haftbefehlen konfrontiert werden. Darunter haben wir unter vergangenen Regierungen genug gelitten.«

Jetzt nickten mehrere Reporter zustimmend. Er war ein Redner, der für sein Charisma vor einer großen Menge bekannt war. Diese Journalisten waren abgebrüht, zynisch und auf Misstrauen gedrillt. Aber in diesem Moment waren sie das einzige Publikum, das zählte. Schließlich waren sie diejenigen, die die Schmutzarbeit in den Grabenkämpfen der Politskandale leisteten. Konnte er sie überzeugen, würde die Nation ihnen folgen.

Er sah mehreren unter ihnen in die Augen. Seine Stimme bebte vor gerechter Empörung, als er fortfuhr: »Amerika ist die führende Nation der Welt, ein Vorbild für andere Länder. Ich kann nicht guten Gewissens einen Mann in die entscheidende Position des Präsidenten wählen, wenn so ernsthafte Bedenken gegen ihn bestehen, nicht nur in Bezug auf seinen Charakter, sondern auch in Bezug auf die Sauberkeit seiner Hände ... und seiner Seele.« Jetzt nickten immer mehr. Laut hallte seine Stimme über ihre Köpfe hinweg. Er strahlte Kraft und Macht aus. »Unter diesen Umständen kann er die Nation nicht führen. Sollte er die Nation nicht führen. Douglas Powers *darf die Nation nicht führen!«*

Ein Blitzlichtgewitter folgte. Kameras surrten. Creighton Redmond blieb wie angewurzelt stehen, als eine Woge der Zustimmung durch die abgestumpfte Pressemeute lief. Die Präsidentschaft war sein Lebensziel. Nichts anderes zählte. Er wollte sie mit der rasenden Gier eines Verhungernden.

Er wartete, hoffte –

Und dann geschah das Undenkbare. Einer der Reporter klatschte. Dann noch einer. Im Handumdrehen applaudierte ihm die ganze Menge. Ihre Unterstützung leuchtete auf ihren begeisterten Gesichtern und donnerte von ihren klatschenden Händen. Sie waren Amerikaner. Sie wollten einen sauberen, achtbaren Präsidenten haben. Und Creighton Redmond, der aufrechte frühere Richter am Obersten Gerichtshof, war derjenige.

51

12.30 Uhr, Montag
NEW YORK City

Julias und Sams gemieteter Mustang stand an der Neunundfünfzigsten Straße. Unauffällig stellten sie das gestohlene Taxi ab und stiegen rasch in den Mustang ein. Sam fädelte den Wagen in den dichten Verkehr ein, während Julia ihm darlegte, wie der Anblick des Priesters und des Schildes an der Suppenküche ihr den Aufenthaltsort von Pater Michael und Lyle verraten hatten.

»Der Grund, warum wir sie in Westchester nicht gefunden haben, ist der, dass der Priester nicht in Westchester lebt. Ich glaube, er hat Opa in Oyster Bay kennen gelernt, und nachdem meine Onkel Opa in das Pflegeheim gesteckt hatten, ist Pater Michael immer hinübergefahren, um ihn zu besuchen. Erinnerst du dich noch an den deutschen Akzent? Er könnte ein Wanderprediger sein. Meine

Mutter hat mir erzählt, dass Großvater in letzter Zeit religiös geworden war. Er ist sogar zwei- oder dreimal pro Woche zur Kirche gegangen. Ich wette, sie sind einander in der Gemeindekirche der Familie begegnet.«

Sam lenkte den Mustang nach Süden auf die Second Avenue. »Würde dann nicht Creighton oder sonst einer aus der Familie diesen Pater Michael kennen?«

»Nicht unbedingt. Meine Onkel gehen nicht regelmäßig zur Messe. Creighton und Alexis sind die Einzigen, die heute noch in Oyster Bay wohnen, aber seit sie ihr Haus in Washington verkauft haben, sind sie nur noch hin und wieder dort. Ihre ältesten Kinder sind erwachsen und aus dem Haus, wie Vince, und die jüngeren besuchen alle das Internat. Seit Opa in das Pflegeheim gesteckt worden ist, steht Arbor Knoll bis auf das Personal praktisch leer.«

»Und welches ist die Familienkirche?«

»Sankt Dominikus in Oyster Bay. Es ist ein Dominikanerorden, wie die Priester und Nonnen in der Suppenküche. Das hat meinem Gedächtnis auf die Sprünge geholfen. Wir waren uns nicht sicher, warum er geflohen ist ... Nun, nach Oyster Bay zu kommen und seinen Söhnen die Leviten zu lesen hört sich nach dem Lyle Redmond an, den ich kenne.«

Jetzt wurde Sam richtig aufgeregt. »Aber wenn wir darauf kommen, können Creighton und Vince das auch.«

Sie zog eine Grimasse. »Leider, ja.«

Sie verließen Manhattan über Queens und Nassau County. Julia stellte das Radio an und fand einen Nachrichtensender. »Wollen wir uns mal die letzten schlechten Nachrichten anhören.«

Er warf ihr einen Blick von der Seite zu. »Ich kann darauf verzichten.«

Sie lächelte und legte ihren Kopf auf seine Schulter,

während der Wetterbericht aus dem Apparat plärrte. Schließlich war es Zeit für die neueste Entwicklung im Powers-Skandal: »Die Leiche von Geoffrey Staffeld von Scotland Yard wurde am frühen Nachmittag in einem Hotel auf der West Side gefunden ...«

Sie hörten sich wortlos den Bericht über Staffelds augenscheinlichen Selbstmord an, über die in Blut geschriebene Botschaft auf der Wand und die belastenden Dokumente und Fotos in der Aktentasche.

»Zur Hölle mit ihm!« Julias Stimme war heiser vor Schrecken. »Das hat es also mit dem ›Selbstmord‹ auf sich! Versteckte Papiere, um zu beweisen, dass Staffeld auch ein Kinderschänder war. Und der Tod durch eigene Hand lässt es so aussehen, als bereue er seine Taten. Du hattest so etwas geahnt, Sam.«

Sam nickte grimmig, als sie Auszüge aus Creightons Rede hörten, gefolgt von einem aufwühlenden Dementi vonseiten Douglas Powers: »Ich bin kein Kinderschänder! Ich bin Geoffrey Staffeld nie begegnet! Diese Anschuldigungen sind von vorne bis hinten erlogen, und ich werde nicht eher ruhen, als bis derjenige, der hinter diesen Verleumdungen steckt, verhaftet und überführt ist! Es ist lächerlich ...«

»Powers ist erledigt.« Sam schüttelte seinen dunklen Kopf. »Er kann nur noch alles abstreiten, aber Staffelds Selbstmord lässt ihn schuldiger denn je aussehen. Ein Kinderschänder outet sich, um einen anderen zu überführen, und das alles zum Wohle Amerikas, aber in dem Bewusstsein, dass auch er früher oder später dran sein wird. Es braucht einen Schurken, um einen anderen zu erkennen, heißt es nicht so? Dieser Kerl wusste, wovon er sprach.« Er ließ den Blick in die Landschaft jenseits der Schnellstraße schweifen, die langsam grüner wurde, mit größeren Häusern, je weiter sie sich von der Stadt entfernten. »Das erklärt, was Maya und ihre Bande am Chieftain zu suchen hatten und warum sie uns entdeckt haben. Sie müssen ihn kurz vor unserem Eintreffen umgebracht haben, und sie haben es wie Selbstmord aussehen lassen.«

»Und ich war so damit beschäftigt, Staffelds Kanone zu klauen, dass ich nicht in seine Aktentasche geschaut habe!«

»Gut so, sonst wären nämlich deine Fingerabdrücke drauf. Powers ist erledigt. Und ob Staffeld kleine Jungs vergewaltigt hat, ist letzten Endes bedeutungslos. Creighton kann auch diese Beweise fingiert haben. Abraham Lincoln hat einmal gesagt: ›Die öffentliche Meinung ist in diesem Land alles.‹«

»Und Creighton hat sie so weit manipuliert, dass kaum noch einer wagen wird, für Powers zu stimmen. Sie werden zu große Angst vor dem haben, was möglicherweise auf Amerika zukommt.« Mit einem üblen Gefühl in der Magengegend wurde ihr noch etwas klar. »Ich wette, für mich hat Creighton auch einen ›Selbstmord‹ vorgesehen. Darum hat Maya Stern mich auch nicht auf der Stelle erschossen. Wenn es den Anschein hat, ich hätte mich selbst umgebracht, wären sie mich nicht nur los, sondern es sähe auch endgültig so aus, als wäre ich verrückt geworden und hätte Orion aus diesem Grund ermordet. Wenn sie es darüber hinaus noch so hinbekommen, als ob auch du mit mir Selbstmord begangen hättest, wäre Creighton auf allen Fronten abgesichert.«

Sam nickte. »Dein Großvater ist unsere letzte Chance. Wir müssen ihn finden.«

Sie schalteten noch auf andere Nachrichtensender um, deren Berichte Beschreibungen von ihnen enthielten, wie sie normalerweise aussahen, sowie Warnungen, dass sie gefährlich und möglicherweise bewaffnet seien.

Ärgerlich schüttelte Julia den Kopf. »Ich kann es noch immer nicht fassen, dass wir das sein sollen.«

Und schließlich gab es noch einen Bericht über eine für den späten Nachmittag in Arbor Knoll angesetzte Vorsiegesfeier. Der Sprecher listete Dutzende von Würdenträgern auf, die ihre Teilnahme zugesagt hatten, und versprach, der Sender werde von Anfang an berichten.

Sam hieb mit der Faust auf das Lenkrad. »Ich kann nicht glauben, dass er gewinnen soll!«

»Wir werden ihn irgendwie aufhalten«, schwor Julia. Ihr Hass auf Creighton wuchs mit jeder Sekunde. Sie war sich sicher, dass er für den Tod ihrer Mutter verantwortlich war. Einen rasenden Moment lang wollte sie auch ihn töten.

In bedrücktem Schweigen fuhren sie weiter, vorbei an den Industriebrachen alter Lagerhäuser und Fabriken, und schließlich in die spätherbstliche Waldlandschaft von Long Island mit ihren kleinen Städtchen und Wohnsiedlungen. Ein Gefühl von Ungeduld erfüllte den Wagen, als sie am Highway 106 die Interstate-Schnellstraße verließen und in Richtung Norden durch das »Pferdeland« rasten, wo weiße Lattenzäune und große Höfe die Straße säumten und ein sanfter ländlicher Duft über den Häusern, Läden und Geschäften lag.

Julia hatte die Gegend seit Jahren nicht mehr gesehen, und ihr durstiger Blick wollte sich an ihr satt sehen. Ihr Verstand jedoch arbeitete fieberhaft an einer Lösung, wie sie Creighton noch abfangen konnten. Stellte sich vor, wie sie ihn töten –

Sie gestattete sich nicht, diesen Gedanken zu Ende zu denken.

Der Highway 106 wurde zur South Street, und endlich fuhren sie in das kleine Oyster Bay mit seinem Fischerdorfflair ein. Möwenschwärme flogen über sie hinweg, und Anker, Segel und weiterer maritimer Schnickschnack zierten pittoreske Ladenfronten.

Julia dirigierte Sam einen Abhang hinauf in eine Seitenstraße. »Von hier aus gehen wir zu Fuß. Nur für den Fall –« Sie parkten vor einer Reihe weißer Holzhäuser und alter Bäume mit weit ausladenden Ästen.

Sam sagte nichts. Er wusste, was sie mit *nur für den Fall* meinte ... Für den Fall, dass Maya Stern oder einer ihrer Hausmeister sich entschlossen hatte, auch die hiesige katholische Kirche zu überprüfen.

Sankt Dominikus stand an der Ecke Anstice Street/ Weeks Avenue. Es war ein reizendes Steingebäude mit runden, hohen Buntglasfenstern und einem hohen Kirchturm. Das Gelände der Kirchen erstreckte sich über den ganzen Block und schloss ein Pfarrhaus sowie einen Konvent ein. Auf der anderen Straßenseite befanden sich die Sankt Dominikus High School sowie ein Sportcenter und das Gemeindebüro. Für eine so kleine Stadt ein großer Bezirk, offensichtlich von Anwohnern großzügig mit Spenden bedacht.

Der belebende Geruch der salzigen Bucht durchdrang die Luft. Schräg fiel das Sonnenlicht durch Bäume, an die sich noch ein paar letzte braune Blätter klammerten. Julia führte Sam über den Parkplatz hinter der Kirche. Sie suchten überall nach Anzeichen für Maya Stern und ihre angeheuerten Schläger.

Und dabei entdeckten sie den verbeulten VW-Bus.

»Das ist er«, keuchte sie. »Das ist der Wagen, in dem ich den Priester gesehen habe.«

Sam gefiel das gar nicht. »Ebenso gut könnte er seine Anwesenheit mit dem Lautsprecher verkünden. Entweder sind dieser Pater Michael und dein Großvater hier, oder Creightons Leute haben auch sie gefunden und den Bus hier stehen lassen.«

Sie hasteten durch die Seitentür in die Kirche. Drinnen war es totenstill und scheinbar leer. Sie tapsten über den mit einem roten Läufer ausgelegten Mittelgang zum Altar. Das Heiligtum war mit dunklem, glänzend poliertem Holz getäfelt. Rote Votivkerzen flackerten vor ihnen am Ende des hölzernen Kirchengestühls. In der Luft lag eine seltsame Spannung, als hielte alles den Atem an.

Das war nicht Sams Welt. »Was machen wir jetzt?«

Julia sah sich überall um. Irgendwo in diesem Gotteshaus oder in einem der Gebäude auf dem Kirchengelände versteckte sich möglicherweise ihr Großvater. Sie konnten zwar jedes Einzelne durchsuchen, aber es gab keine Garantie, dass ihr Großvater sich zeigen würde. Sie musste einen Weg finden, um ihm mitzuteilen, dass *sie* hier war und dass es ungefährlich für ihn war, sein Versteck zu verlassen –

Und dann hatte sie die Lösung. Über dem gekachelten Vorraum erhob sich eine Empore, und darauf, dem Altar gegenüber, befand sich eine Orgel.

»Warte hier.« Sie erklomm die schmale Stiege und setzte sich an den Spieltisch. Sie streckte ihre Hände aus. Erstaunt nahm sie die braune Schminke auf ihnen zur Kenntnis. Sie erschienen ihr ganz fremd. Plötzlich wieder vor einer Klaviatur zu sitzen schien ihr ein glücklicher Traum aus dem Leben eines anderen zu sein.

Dann beschleunigte sich ihr Herzschlag. Unvermittelt strömte Musik durch ihre Adern. Reich und erregend durchdrang sie ihre Zellen und katapultierte sie in ein anderes Leben, zu einem fast vergessenen Selbst, das sich in der Gewalt und dem Leid der letzten drei Tage nach dem Tod ihrer Mutter verloren hatte. Waren es wirklich nur drei Tage gewesen? Es erschien ihr wie eine Ewigkeit.

»Bist du in Ordnung?« Sam, der unten im Gang stand,

sah zu ihr hinauf, das schweißverschmierte Gesicht voller Sorge.

»Ich fühle mich blendend.« Sie wusste, was sie für ihren Großvater spielen musste: George Gershwins »Shall we Dance?« Als sie ihre Wahl getroffen hatte, strömte ihr die Musik in die Finger. Alles war so mühelos, so natürlich, so richtig. Creightons Bosheit wich aus ihren Gedanken. Sie begann zu spielen, und jeder Ton der mächtigen Orgel erfüllte die Kirche und dröhnte durch die offenen Türen nach draußen über das Gelände, um ihren Großvater zu rufen.

52

13.48 Uhr, Montag
OYSTER BAY, New York

Beim Spielen durchwogten Julia die unterschiedlichsten Empfindungen. Die Kirche blieb leer bis auf Sam, der wachsam im Schatten unter der Empore stand. Sie glitt in eine Jazzmelodie hinüber, »I Got Rhythm«, und summte mit. Gershwin hatte einen ungewöhnlich harmonischen Einfallsreichtum, und selbst jetzt, Jahrzehnte nachdem er das Lied geschrieben hatte, wirkte es seltsam frisch und mitreißend.

Während sie der Musik lauschte, behielt sie den Chor im Auge. In der Hoffnung –

Keine Spur von ihrem Großvater oder sonst jemandem.

Sie strengte ihr Gedächtnis an, und dann fiel ihr noch ein Gershwin-Titel ein. Ohne Pause begann sie mit »Our Love ist Here to Stay«. Die Noten hallten laut durch die Kirche.

Die Rockies und der Himalaya
Sind irgendwann wohl nicht mehr da.
Doch uns're Liebe wird nie vergehn,
Der Wind der Zeit sie nicht verwehn.

Zuerst war die Bewegung kaum wahrnehmbar. Eine Tür an der Seitenwand des Chors hatte sich ein winziges Stückchen bewegt. Dann fiel ein Schatten auf den Fußboden, und ein Franziskanerpater in einem braunen Habit schlenderte gemächlich in ihr Blickfeld. Die Kapuze hatte er so über den Kopf gezogen, dass man nichts von seinem Gesicht erkennen konnte,.

Julias Finger erstarrten. Die Musik erstarb.

Der Franziskaner schob die Kapuze zurück. »Nicht aufhören, verdammt! Das mag ich besonders gern.«

Lyle Redmonds weißes Haar erschien Julia wie ein Heiligenschein. Sein zerfurchtes Gesicht mit den kräftigen Knochen musterte sie. Sein Anblick erschütterte sie. Sie freute sich unbändig und konnte es noch nicht fassen.

Ein Lächeln breitete sich auf ihrem Gesicht aus, und sie beeilte sich weiterzuspielen.

Er klopfte mit dem Fuß den Takt. Sah zu Sam hinüber. »Sie sind Sam Keeline?«

Sam unterdrückte ein Grinsen. »Der bin ich. Und Sie Lyle Redmond?«

»Der Nämliche. Lassen Sie uns zuhören.«

Sobald Julia das Lied beendet hatte, stürmte sie die Stiege hinunter. Sie war erleichtert und ungeheuer aufgeregt. Der alte Mann erwartete sie. Er zog sie in seine Arme. Er hatte sie noch nie umarmt. Sie konnte spüren, dass sein Herz kräftig und irgendwie leicht schlug, und er roch nach Schlaf und Gebeten. Aber sein Körper zitterte, und als sie sich aus seiner Umarmung löste, konnte sie auch sehen, warum. In seinen verblassten Augen standen die Tränen. Sie konnte sich kaum vorstellen, dass ihr harter, jähzorniger und willensstarker Großvater weinte, und es berührte sie tief.

Er bemerkte ihre Überraschung. »Wenn du alt wirst, heulst du dauernd, ob du willst oder nicht. Es ist ein Schmerz im Arsch. Na ja, die Alternative zum Altern ist noch unerfreulicher.« Beim Grinsen zeigte er alle Zähne. »Wie zum Teufel hast du mich gefunden?«

»Zuerst müssen wir Ihren Pater Michael dazu bringen, seinen VW-Bus umzusetzen«, unterbrach ihn Sam. »Er könnte es genauso gut in großen Buchstaben auf die Wände schmieren: ›Ich habe Lyle Redmond‹.«

Lyle nickte schroff; er begriff sofort. »Der Pater ist im Pfarrhaus. Kommt.« Als sie den Chor verließen, warf er Julia einen scheuen Blick zu. »Freut mich, dass du wieder sehen kannst, Kind. Verdammte Schande, dass du so lange blind warst.«

»Danke, Opa.« Nun konnte sie nicht länger warten und fragte ihn: »Was ist in der Nacht meines Debüts passiert? Was könnte meine Blindheit verursacht haben?«

Er zog die weißen Augenbrauen herunter und wirkte verwirrt. »Mir haben sie gesagt, es sei das Publikum.«

»Nein, das war es nicht«, widersprach sie. »Das weiß ich inzwischen.«

Er runzelte die Stirn und dachte nach. »Natürlich ist dein Vater gestorben, während du schliefst. Aber das ist auch die einzige andere Sache, an die ich mich in jener Nacht erinnere. Na, das hat verdammt noch mal auch gereicht.«

»Es gab keine großen Auseinandersetzungen?«, insistierte sie.

»Tut mir leid, Kind. Es war eine ganz normale Party. Ich könnte allerdings nicht behaupten, dass dein Vater sich besonders amüsiert hätte. Wenn ich mich recht entsinne, hatte er eine hundsmiserable Laune.«

»Ach wirklich?« Daran erinnerte sie sich gar nicht. »Wieso?«

Er zuckte die Achseln. »Wer weiß. Wahrscheinlich hat Dan ihm das Leben schwer gemacht. Dan war so. Du weißt schon, Vater-Sohn-Konflikt. Gott weiß, dass ich in dieser Beziehung auch kein Unschuldslamm bin.«

Die drei schritten Seite an Seite über den Bürgersteig, der zum Pfarrhaus führte. Das Sonnenlicht strömte durch das kahle Geäst und warf Spitzenmuster auf den Weg. Sam und Julia sahen sich wachsam um.

»Sind Sie seit letzter Nacht hier?«, wollte Sam wissen.

Lyle nickte. »Der Pater ist ohne Umweg hierher gefahren, nachdem wir uns einen Happen und ein paar gute Zigarren genehmigt hatten. Was mich daran erinnert: Seid liebe Kinder und erzählt Pater Michael nicht, dass ich fluche. Ich versuche mich zu bessern, aber es ist, als wolle man aus einem Fleischfresser einen Vegetarier machen. Mein Verstand macht mit, aber meine Eingeweide revoltieren. Es ist nicht so einfach, von heute auf morgen etwas zu ändern, was man sein Leben lang getan hat.«

Julia verbarg ein Lächeln, während sie die Stufen zum Pfarrhaus hinaufstiegen. Es handelte sich um ein weiß verputztes Gebäude mit steilem Dach und einer Reihe blitzsauberer Fenster. Sie war begierig darauf, ihn nach den Ohrringen, dem Alexandritring und dem Zigarrenkästchen zu fragen, die sie in Sams Buch über den Königsberger Schatz entdeckt hatte, geduldete sich aber, bis der richtige Moment gekommen wäre.

»Du bist wieder ganz der Alte, Opa«, sagte sie stattdessen. »Ganz anders als damals, als Mom und ich dich besucht haben. Sie müssen dich völlig unter Drogen gesetzt haben.«

»Söhne von Hündinnen«, murmelte der alte Mann. »Damit meine ich nicht nur Reilly und seine Gorillas. Und welche Mengen von Drogen, und alle ›zu meinem Besten‹. Das ist der Grund, warum Besucher Termine ausmachen mussten, wenn sie mich sehen wollten. Dann hatte Reilly genug Zeit, mich bis obenhin mit Medikamenten voll zu pumpen.«

Sam hatte aufmerksam zugehört. Jetzt erkundigte er sich: »Warum waren Sie in der Kirche und nicht bei Pater Michael im Pfarrhaus? Stimmt hier irgendetwas nicht?«

Sie standen vor der großen Eingangstür des Pfarrhauses. »Nee. Pater Michael hat mich dort untergebracht, damit ich mich nicht verplappern würde, wer ich wirklich bin. Der Monsignore und ein paar von den anderen wissen Bescheid, weil Pater Michael es ihnen gesagt hat. Aber das ist hier nicht allgemein bekannt. Vielleicht hatte er aber auch nur Angst, dass meine liebenden Söhne jemand schicken könnten, der mich im Pfarrhaus sucht.« In seinem Auge erschien eine weitere Träne, als er Julia ansah. »Gott sei Dank warst du es, mein Kind.«

Im Pfarrhaus klärte Sam Pater Michael rasch über die Gefahr auf, die von dem abgestellten VW-Bus ausging, und der Bruder eilte davon, um ihn umzuparken. Lyle stellte dem Pfarrer, Reverend Monsignore Jerome O'Connell, Julia und Sam als junge Verwandte vor. »Der Monsignore war vor langer Zeit zusammen mit Pater Michael in Rom, und sie sind gute Freunde geworden«, erläuterte er. »Als Pater Michael also, wie soll ich sagen, in Pension ging, kam er für eine Weile hierher.«

»Wir freuen uns, ihn bei uns zu haben.« Der Monsignore war ein Mann mittlerer Größe mit einer vorspringenden Nase und lebhaften braunen Augen. Er trug einen schwarzen Anzug mit einem weißen Priesterbeffchen, genau wie der Geistliche, den Julia und Sam in Hell's Kitchen gesehen hatten. Er lächelte, als er ihnen die Hand gab. Sein Blick verweilte auf Julia mit ihrem dunklen Make-up und den Heilsarmeekleidern. »Kenne ich Sie nicht, Miss?«

Sie hatte ihn gelegentlich getroffen, allerdings immer inmitten einer Horde anderer Redmonds. Doch just vor zwei Tagen hatte er ihr die Hand geschüttelt und ihr sein Beileid zum Tode ihrer Mutter ausgesprochen. »Wir werden uns wohl irgendwo schon begegnet sein«, gab sie unverbindlich zurück.

Er nickte und wandte seinen Blick wieder Lyle zu. »Nehmen Sie doch den Salon unten an der Eingangshalle. Pater Michael hat ihn oft als Büro benutzt. Es ist ruhig dort, und Sie können sich ungestört unterhalten.«

Der alte Mann führte sie durch die Halle, und plötzlich wurde Julia bewusst, wie schnell die Zeit verging und wie wenig sie in der Hand hatten, um Creighton zu stoppen. Morgen früh würden die Wahllokale öffnen, in weniger als 16 Stunden von diesem Zeitpunkt an gerechnet.

Als ihr Großvater in einem Schaukelstuhl Platz genommen hatte, schloss sie rasch die Tür.

Die Einrichtung war bequem und schlicht – ein Sofa, ein dick gepolsterter Sessel und der Schaukelstuhl. Alle drei Möbel standen um einen niedrigen Walnussholz-Tisch herum. Das Fenster blickte auf den Hinterhof. Vor ihm stand ein Schreibtisch, auf dem ein geschlossenes, spiralgebundenes Notizbuch lag. Der Umschlag war zerschlissen, als habe der Priester es jahrelang auf seinen Reisen mit sich herumgetragen. Es verlieh dem sauberen, weißen Raum eine persönliche Note, als höre Gottes Werk nie auf.

»Du hast von Creighton gehört?«, fragte Julia ihren Großvater.

»Zum Teufel, Julia, wer hat das nicht? Er war immer so eine kleine Niete. Und jetzt bahnt er sich mit Gewalt seinen Weg ins Oval Office. Ich habe ihn unterschätzt.« Er zog eine Grimasse. »Meine Schuld. Er wollte immer wie ich sein. Und ich habe gedacht, er hätte nicht den Mumm dazu.« Verdrießlich schaute er sie an. »Er hat mich in meinen schlimmsten Eigenschaften übertroffen. Ich denke, ich habe eine Menge zu bereuen.« Ein weiterer Blick zu Julia. »Deine Mutter gehörte natürlich nicht dazu. Sie war ein absoluter Glückstreffer.«

In Julias Kehle bildete sich ein Kloß. »Creighton hat sie ermorden lassen. Da bin ich mir sicher.«

Der Kopf des Alten sackte hinunter, und wieder rannen ihm Tränen über die Wangen. »Ich habe es getan. Ich habe ihr das Päckchen geschickt. Ihnen auch, Keeline. Freut mich, dass Sie nicht auch tot sind.«

»Er versucht mich zur Strecke zu bringen«, antwortete Sam, »und ich schätze, Sie stehen auf seiner Liste mindestens genauso weit oben. Vielleicht sogar noch weiter.«

Die Stimme des alten Mannes klang plötzlich fest. »Das ist wohl so.«

Sie berichteten ihm, was sich seit Freitagnacht zugetragen hatte – Maya Sterns Mord an Marguerite, ihr Mord an Orion Grapolis, ihr Angriff auf Julia im Romanow-Theater, Pinks Verrat und Julias Flucht aus dem Pflegeheim.

Die Miene des alten Mannes erhellte sich. »Du hast diesem Bastard von Reilly Pfeffer ins Gesicht gesprüht? Das hätte ich gern gesehen!«

Sam beugte sich vor. »Wir brauchen unwiderlegbare Beweise gegen Creighton, die nicht ausgerechnet von uns stammen. Ich bin als Fahnenflüchtiger gebrandmarkt, Julia als Verrückte und Sie als senil. Wir brauchen etwas, was garantiert, dass Creighton morgen nicht gewinnt, und dann können wir uns den Kopf darüber zerbrechen, wie wir ihn für all die anderen Verbrechen zur Rechenschaft ziehen. Gab es in diesen Tagebüchern, die Sie verfasst haben, unverbrüchliche Beweise für kriminelle Machenschaften? Und was ist mit dem Bernsteinzimmer? Dem wenigen zufolge, was ich habe lesen können, wissen Sie, was aus ihm geworden ist.«

Etwas in dem alten Mann sträubte sich. Es war eine Gelegenheit, alles aufzudecken, aber mit einem Mal wollte er das gar nicht mehr. Noch nicht. Seit mehr als einem halben Jahrhundert hatte er aus seinem Herzen eine Mördergrube gemacht. *Das Bernsteinzimmer.* Kein Lebender wusste davon – außer Creighton und ihm.

»Du musst etwas über den Zweiten Himmler-Schatz wissen«, bohrte Julia nach. »Dieses juwelenbesetzte Kästchen in deiner Klause kam aus dem Königsberger Schloss. Und mein Alexandritring und Mutters Smaragdohrringe auch. Hat Opa Austrian dir das Kästchen geschenkt? Hat er das Bernsteinzimmer verschleppt?«

Das Gesicht des alten Mannes nahm einen unergründlichen Ausdruck an. »Ich schätze, das könnte man wohl so sagen.«

»Was ist damals passiert, Opa?«

Der runzelige alte Mann saß ganz still da, nur seine Finger zupften abwesend an seiner Franziskanerkutte.

Julia stand unvermittelt auf, durchquerte den Raum und hockte sich neben ihn. Sie schaute in seine feuchten Augen. »Du bist unsere letzte Chance. Denk an Mutter. Ich weiß, du wolltest, dass deine Tagebücher veröffentlich würden, sonst hättest du Sam und ihr keine Auszüge davon geschickt. Was stand in ihnen, was du der Welt sagen wolltest?«

Er sah sie an. »Woher weißt du von den Tagebüchern?«

»Mrs. Schwartz. Ich glaube, sie ist in dich verliebt.«

»Törichte Alte!« Aber er setzte sich ein bisschen aufrechter hin.

»Du kannst nicht zulassen, dass Creighton und Reilly gewinnen«, beschwor sie ihn. »Warum wolltest du die Tagebücher veröffentlichen, Opa?«

Der alte Lyle zögerte wie ein hungriges Tier, das lange Zeit sein Futter verschmäht hat, weil man ihm zu verstehen gegeben hatte, es sei vergiftet. Aber in seinem Innern wusste er, dass es nicht vergiftet war ... es war der Himmel. Auf der Fahrt hierher war er zu dem Entschluss gelangt, dass es nicht genügte, der Hölle zu entkommen. Der Himmel mit seinen schimmernden Toren und Engeln und seiner lieben Frau Mary und allem, woran er einmal geglaubt hatte ... dorthin wollte er gehen.

Und um dorthin zu kommen, musste er einen Schlussstrich unter seine Vergangenheit ziehen. Er hatte viel wieder gutzumachen. Er bewegte sich in seinem Schaukelstuhl. Entschlossenheit strömte in seinen Körper zurück.

»Ihr seid zwei kluge Kinder. Und ihr habt Recht. Niemand wird uns glauben. Aber es gibt da etwas, was jeder wird wissen wollen ... und glauben –«

Juni 1945, an der deutsch-schweizerischen Grenze

Sie waren schon ein merkwürdiges Gespann, aber ihnen erschien es völlig richtig: Captain Dan Austrian bewunderte die Fähigkeit des jungen Redmond, durch Charme und Schmeicheleien die notwendige Ausrüstung zu beschaffen. Sergeant Lyle Redmond erstarrte fast in Ehrfurcht vor dem kühlen Köpfchen und den Verbindungen des älteren Austrian. Der Captain war ein Magier, wenn es darum ging, schwierige Sachverhalte zu durchschauen. Das imponierte Lyle.

Im Juni war der Krieg vorbei, und Captain Austrian, Sergeant Redmond und ihre Kompanie wurden vom Generalquartiermeister abgestellt, um Kunstexperten auf ihrem Weg durch Süddeutschland zu begleiten und zu verpflegen. Diese versuchten, die riesigen Mengen an Beutegut zu erfassen und zu ordnen.

Dann hatte Captain Austrian schlicht Glück. Grundlage dafür war allerdings, dass er Deutsch sprach: In einem Dorf am Bodensee hörte er zufällig, wie sich zwei Dorfbewohner über einen ganz besonderen Zug unterhielten, der hier in den letzten Kriegswochen auf dem Weg nach Zürich durchgekommen war. Sobald ihnen die Gerüchte zu Ohren gekommen waren, waren die Männer hingegangen, um zu sehen, was sich dahinter so Geheimnisvolles verbarg. Es wurde ihnen sofort klar: Jeder Waggon trug den Namen des gefürchteten Heinrich Himmler und die schwarzen Runen der SS. Der Zug hatte angehalten, weil Gleise repariert werden mussten. Ein SS-Oberst in seinen hohen schwarzen Stiefeln war von dem Waggon gesprungen und hatte gebrüllt: »Und lassen Sie Ihre schmutzigen Finger davon, Maas.« Die Dorfbewohner fragten sich noch immer, was der Zug wohl transportiert haben mochte, hatten aber zu große Angst gehabt, länger zu bleiben. Das Einzige, was sie sonst noch herausgefunden hatten, war, dass dieser Maas ein Züricher Bankier war.

Das weckte Austrians Neugierde. Er war lange genug mit den Kunstexperten zusammen gewesen, um mit eigenen Augen die riesigen Schätze gesehen zu haben, die die Deutschen, allen voran die Nazi-Größen, gestohlen hatten. Unter dem Vorwand, sich um Armeenachschub zu kümmern, hatte er herumtelefoniert und einen Bankier mit Namen Sylvester Maas ausfindig gemacht. Er war nach Zürich gefahren und hatte mit dem Mann geredet, mit ihm getrunken, mit ihm herumgehurt und ihn schließlich zu dem Eingeständnis bewegt, dass er, ja, einige berühmte Gemälde, ein paar berühmte Schmuckstücke und vielleicht den größten Kunstschatz überhaupt gesehen hatte – ein Meisterwerk von unschätzbarem Wert, das legendäre Bernsteinzimmer.

Nachdem der Bankier ihm ein Paneel gezeigt hatte, konnte Austrian an nichts anderes mehr denken, als das geheime Lager zu plündern. Aber die Sache war zu groß für einen einzelnen Mann. Er benötigte Lyle Redmonds Hilfe.

Redmond hatte aus seiner Geldgier nie einen Hehl gemacht. Wenn du arm geboren wirst, willst du schließlich nicht arm sterben. Aber die meisten, die in Armut geboren werden, sterben auch darin, und Redmond wusste, seine Chancen darauf standen nicht schlecht. Also handelte er mit Austrian eine Abmachung zu gleichen Teilen aus.

An diesem Punkt arrangierte Austrian ein Treffen von Redmond mit dem Bankier Maas. Doch als Redmond am Treffpunkt, einem Kaufhaus in Zürich, anlangte, fand er einen jungen Burschen vor, der wie von den Furien gehetzt davonlief. Das Gesicht des Jungen war kalkweiß vor Furcht.

Im Innern des Kaufhauses lag Maas, tot, die Wand neben ihm blutbespritzt.

Daniel Austrian stand über ihm mit einem Karabiner in der Hand. »Maas hat Verdacht geschöpft. Er wollte mich umbringen.« Austrians Gesicht war rot vor Wut. Er war überaus jähzornig.

»Ach ja? Wo hat er denn seine Waffe?« Redmond glaubte Austrian keine Sekunde.

Aber die Tat war nicht mehr ungeschehen zu machen. Die Beute wartete nur darauf, dass sie sie mitnahmen, und außerdem war der Bankier ohnehin nicht der rechtmäßige Besitzer. Also half Lyle Redmond seinem Freund, die Leiche in sein Auto zu schaffen, und Austrian entledigte sich ihrer in der Gegend, die als Rotlichtbezirk der Stadt galt.

Er kehrte zum Versteck des Schatzes zurück, um Redmond dabei zu helfen, die Kisten umzuetikettieren und mit dem Stempel »Eigentum der US-Regierung« zu versehen. Die kleineren deklarierten sie als Küchenausrüstung, während die größeren, die das Bernsteinzimmer bargen, als Brückenträger ausgegeben wurden. Pünktlich um acht Uhr trafen große Zivillastwagen, bei einer Züricher Firma gemietet, ein. Die schweren Fahrzeuge brachten die Kisten über die Grenze nach Deutschland, wo Soldaten der US-Armee sie auf die Lastwagen des Generalquartiermeisters verluden, die sie nach Westen transportierten.

Sechs Monate lang stand der Zweite Himmler-Schatz in einem aus allen Nähten platzenden Armeedepot in Paris. Austrian hatte den Papierkram übernommen. Redmond hatte dafür gesorgt, dass alles ausgeführt wurde. Sie waren ein Team, jeder vorzüglich auf seinem Gebiet, und sie konnten sich aufeinander verlassen.

Als Lyle Redmond aus dem Militärdienst entlassen wurde, arrangierte Dan Austrian es so, dass die Kisten auf demselben Schiff wie der Armeeüberschuss nach Amerika verschifft wurde. Kurz nachdem der Schatz in Fort Dix in New Jersey ankam, kreuzte der frisch aus der Armee ausgeschiedene Lyle Redmond mit einem Kaufvertrag auf. Wie viele Amerikaner kaufte er Überschüsse aus Armeebeständen auf, um mit dem Erlös eine Nachkriegsexistenz zu gründen. Und wie sich herausstellen sollte, keine schlechte.

Austrian stellte eine Verbindung zu einem engen Freund der Familie her, dem eine Kunstgalerie auf der Fifth Avenue in New York City gehörte. Über ihn verkauften sie viele der Stücke. Gierige Sammler mit einem plötzlichen Überfluss an Nachkriegsgeld kauften überall in Europa Kunstwerke zweifelhaften Ursprungs. Ihnen kam es sehr gelegen, sie auch hier in den Vereinigten Staaten erwerben zu können.

Austrian und Redmond waren gemachte Männer. Der Himmel war die Grenze, und mit Austrians Namen und Redmonds Geschick verdienten sie mit ihrer Makler-Gesellschaft genug, um Sonne, Mond und so viele am Firmament glitzernde Sterne kaufen zu können, wie sie wollten.

Bis vor kurzer Zeit. Lyle Redmond hatte entdeckt, dass er sich mit Geld keinen Seelenfrieden kaufen konnte. Er hatte Beihilfe zum Mord geleistet und an einem schweren Diebstahl mitgewirkt. Die einzige Lösung bestand darin, es der Welt mitzuteilen. Und wenn die Welt ihm nicht glaubte, musste sie sich nur die Dutzende von Meisterwerken anschauen, die noch immer in Arbor Knoll hingen.

OYSTER BAY

In dem kleinen Zimmer im Pfarrhaus trat ein langes Schweigen ein. Es war all das herausgekommen, was Julia gefürchtet hatte, und mehr. Ihre Großväter hatten den Zweiten Himmler-Schatz gestohlen, und sie hatten das Bernsteinzimmer besessen. Sie trugen die Verantwortung für den Tod eines Mannes: Sylvester Maas – auch wenn es ihr Großvater Austrian gewesen war, der ihn tatsächlich erschossen hatte. Sie entsann sich seines sprunghaften Temperaments und der guten Erziehung, die es für gewöhnlich verdeckt hatte.

Aber diese Information genügte nicht. Abgesehen von

der Tatsache, dass sich ein Teil des Schatzes noch immer in Familienbesitz befand, sah sie keine Möglichkeit, Creighton daraus allein einen Strick zu drehen. Gegen die Anschuldigungen, dass Douglas Powers ein Kinderschänder war, kamen sie jedenfalls nicht an.

Ihr wurde eng um die Brust. Sie und Sam waren am Ende einer weiteren Sackgasse angelangt.

Pater Michael war lautlos in den Raum getreten, während Lyle erzählt hatte. Er setzte sich an den Schreibtisch, eine seiner Hände mit den kräftigen Fingern ruhte auf dem spiralgebundenen Notizbuch. Sein alterndes Gesicht trug einen düsteren Ausdruck, und die Tränensäcke unter seinen Augen schienen dunkler geworden zu sein, als Lyle geendet hatte.

Ruhig sagte er: »Sie haben ihnen nicht erzählt, dass Sylvester Maas vorhatte, den Schatz zurückzugeben.«

Lyle war verwirrt. »Das wusste ich nicht.« Er wirkte sehr müde. »Habe ich Ihnen das erzählt? Ich habe es vergessen.«

Julia seufzte. »Opa, wie konntest du Großvater Austrian nur ungestraft mit einem solchen Mord davonkommen lassen?«

Ihr Großvater senkte den Kopf. »Habgier. Ich habe keine Entschuldigung. Ich sehe Maas immer noch daliegen, in seinem Blut. Es war grässlich.«

Pater Michael entgegnete ruhig: »Aber jetzt bereuen Sie es aufrichtig.«

»Mehr, als ich sagen kann. Sobald wir Creighton unter Kontrolle haben, werde ich es der Polizei erzählen.«

»Weiß Creighton von der Nazi-Beute?«, wollte Julia wissen.

Der alte Lyle hob den Blick. »Er ist sogar der Einzige, der es weiß. Wir mussten es ihm sagen.«

In Sam schien mit einem Mal wieder Leben zu kommen. In Julias finsterer Miene las er, dass Lyle ihnen nicht genügend Beweise an die Hand gegeben hatte, um Creightons unvermeidlichen Einzug ins Oval Office zu stoppen. Trotzdem –

»Wo befindet sich das Bernsteinzimmer heute?«, fragte er. »Was hat Dan Austrian damit gemacht?«

»Ach, das berühmte Bernsteinzimmer.« Der alte Lyle in seinem Schaukelstuhl schien schläfrig zu werden. »Es muss sich in jemandes Privatsammlung befinden, glaubst du nicht auch, mein Junge?«

»Was kann das nur für ein Mensch sein, der es für sich behält?«, warf Julia ein. »Das ist widerlich, wenn man bedenkt, was es dem russischen Volk bedeutet. Und der ganzen Welt.«

Der Priester trommelte mit den Fingern auf die Schreibtischplatte. Seine Kutte bauschte sich um ihn, eine ständige Mahnung an seine Gelübde für ihn und alle, die ihn sahen. »Das hängt mit der menschlichen Psyche zusammen. Es hat mit einem sehr weltlichen Trieb, dem Streben nach Besitz, zu tun. Über alle Jahrhunderte hinweg haben mächtige Männer Geheimnisse gehütet, die sie nicht preisgeben wollten. Irgendwie machte das das Geheimnis besser, wichtiger. Und wenn es sich um einen Kunstschatz handelt, den die ganze Welt haben will, um wie vieles größer ist dann die Macht desjenigen, der ihn besitzt und mit niemandem teilen muss?«

Sam nickte. »Es besteht kein Zweifel daran, dass Kunstgegenstände auf Bestellung gestohlen und dann zum exklusiven Vergnügen einiger weniger Reicher in privaten Safes weggeschlossen werden. Das ist der Grund, warum Diebe immer weiter bedeutende Kunstwerke stehlen. Es ist ein höchst einträgliches Geschäft.«

Es schellte. Der Priester erhob sich. »Ich schaue besser mal nach, wer das ist.«

Auch Sam war sofort auf den Beinen. »Ich komme mit Ihnen.«

Sie gingen zur Tür, Julia folgte ihnen auf den Fersen. Sie versuchte die Gefahr, die das Klingeln an der Haustür bedeuten mochte, aus ihren Gedanken zu verbannen. Sie sah über ihre Schulter zurück. »Opa, wir sehen nur mal nach, wer es ist.«

Aber der alte Lyle schlief bereits in seinem Schaukelstuhl. Sein Kopf war zur Seite gerutscht. Sein Mund stand offen. Sein kräftiges Kinn war heruntergesackt. Er schnarchte.

Als sie in die Eingangshalle hasteten, erklärte der Priester in seinem nicht ganz akzentfreien Englisch: »Er schläft häufig ein. Er ist nicht mehr der Stärkste. Und der letzte Tag war sehr anstrengend. Für sein Alter ist er noch gut dabei, aber er denkt gerne, ihm seien überhaupt keine körperlichen Grenzen gesetzt.«

Eine Nonne in einer schwarz-weißen Kutte wollte gerade die Tür öffnen, als Julia, Sam und Pater Michael in den Flur eilten. Julias Herz schlug wie wild. Vor der Tür könnte Maya Stern stehen. Es war durchaus möglich, dass sie einen von ihnen verfolgt und gefunden hatte. Julia ließ ihre Hand in die Jackentasche gleiten, um ihre Beretta zu umfassen. Sie und Sam nahmen hinter der Tür Aufstellung. Seine Hand steckte in der Innenseite seiner Jacke, wo er in einem Halfter seine Browning versteckt hatte. Es gab kein Fenster, durch das sie die Identität des Besuchers hätten prüfen können.

»Ja, bitte?«, fragte die Nonne. »Kann ich Ihnen helfen?«

Eine Männerstimme antwortete: »Hat hier jemand ein Taxi bestellt?«

Julia war erleichtert. Dann fiel ihr ein, dass es einer von Sterns Hausmeistern sein konnte, der einen alten Trick benutzte.

»Wir haben unsere eigenen Autos«, erwiderte die Nonnen höflich. »Sie müssen sich in der Adresse geirrt haben.«

Der Mann zögerte. »Ich war zuerst in der Kirche, Ma'am, weil ich den Fahrgast eigentlich dort aufnehmen sollte. Tut mir leid. Der Anrufer muss die falsche Information gegeben haben.«

»Keine Ursache.« Die Nonne schloss die Tür und wandte sich an sie. »Erwarten Sie einen Besucher?«

Aber Julia und Sam antworteten nicht. Julia sagte: »Er ist in die Kirche bestellt worden!«

»Schnell!«, meinte Sam.

Sie liefen durch den Flur zum Salon. Die Tür stand auf, der Raum war leer. Der Schaukelstuhl bewegte sich noch leicht.

»Dieser verschlagene alte Fuchs!«, ärgerte sich Sam.

Sie blickten den Korridor entlang und entdeckten eine nach draußen führende Tür an seinem Ende. Das Foyer lag näher. Sie liefen zur Eingangstür zurück und rissen sie auf. Als sie auf die oberste Stufe hinausstürzten, hielt das Taxi gerade an der Straße zu ihrer Rechten an. Der alte Mann riss die Hintertür auf. Er trug noch sein Franziskanerhabit, die Kapuze über dem Kopf. Just in dem Moment sah er hoch und entdeckte sie. Er winkte ihnen fröhlich zu und verschwand in dem Wagen.

»Verdammt!«, explodierte Julia. »Er wird sich umbringen!«

Sie und Sam sprinteten über den Rasen und sprangen von der steinernen Grundstücksmauer hinunter auf die Straße. Aber das Taxi gab Gas und ließ sie weit abgeschlagen zurück.

53

14.00 Uhr, Montag
ARBOR KNOLL

Die Nachmittagssonne schien kühl und strahlend hell auf die Limousinen hinunter, die vor dem massiven Eingangsportal von Arbor Knoll vorfuhren. Im Foyer dahinter begrüßte Creighton Redmond seine Gäste. Seine Frau stand in einem bodenlangen Chanelkleid neben ihm, an ihrer Seite wiederum hatten der Kandidat für das Vizepräsidentenamt, Arthur Friedman, und seine Frau Aufstellung genommen. Creighton erschien der Strom seiner Anhänger in ihrer Abendgarderobe und mit den glitzernden Juwelen – erfreulicherweise – unendlich.

Der einflussreiche Senator Mutti aus Kalifornien. Marthann Marcianne, der neue Hollywoodstar, mit ihrem jüngsten Gespielen. Gouverneure, Senatoren und Abgeordnete. Impresarios, Wohltäter, Industrielle und berühmte Broadway-Schauspieler. Baseball-, Football- und baumlange Basketballstars. Der Kardinal höchstselbst sowie ein Heer von Bischöfen, Monsignores, Priestern und Nonnen. Die politischen Gezeiten waren umgesprungen, und nur wer auf dem Totenbett lag, hatte die unlängst noch verschmähten Einladungen ausgeschlagen.

Innerlich aber schäumte Creighton. Entgegen aller Wahrscheinlichkeit waren Julia und Keeline noch auf freiem Fuß, von seinem gottverdammten Vater ganz zu schweigen. Ohne Julia wäre Keeline nie in Aktion getreten, und Creighton war sich sicher, dass sie auch dem alten Bastard irgendwie geholfen hatte. Alles war Julias Schuld, und Creighton hasste sie mit jedem Mal mehr, wenn er an sie dachte. Sie war keine Redmond, ganz gleich, wer ihre Mutter gewesen war. Vielleicht auch, *weil* ihre Mutter Marguerite gewesen war. Er bedauerte deren Tod weniger und weniger.

»Ihre Frisur ist ja wahrhaft scheußlich«, bemerkte seine Frau Alexis sotto voce über die Washingtoner Klatschkolumnistin, die sie soeben an Friedman weitergereicht hatte. Alexis' Lächeln geriet ins Wanken. Zwar schätzte sie die bessere Gesellschaft mit dem leidenschaftlichen Besitzinstinkt eines Menschen, der das Leben nach der Qualität der Visitenkarten beurteilte, die sich auf dem Tiffany-Tablett auf ihrem Schreibtisch stapelten. Doch selbst für einen Menschen wie sie nutzte der Charme des Wahlkampfs und die Hochstimmung des Entrées sich langsam ab.

Creighton flüsterte zurück: »Dieses Kraushaar bedeckt einen wahren Schatz an Politskandalen. Bedenke, was sie weiß und weitererzählen kann. Immer lächeln, meine Liebe.«

Als die schier endlose Kette endlich ausdünnte, wurde ihm klar, dass auch seine Nerven ziemlich bloßlagen. Er musste unbedingt mit Vince sprechen. Sicher hatte er inzwischen Julia und Keeline aufgespürt und sie aus dem Weg geräumt. Und der alte Mann war höchstwahrscheinlich längst wieder in seinem Pflegeheim.

»Ich glaube, das reicht jetzt, nicht wahr?«, wandte er sich an Friedman. Er rief seine Privatsekretärin und ihren Ehemann, damit sie die Begrüßung übernehmen konnten, und dann mischten er, Alexis, Friedman und dessen Frau Janet sich unter die festlich gestimmte Menge. Creighton schüttelte Hände, lachte, erzählte, nahm ein Champagnerglas entgegen und bahnte sich einen Weg zu Vince.

Als er ihm nahe genug war, teilte er ihm mit gesenkter Stimme mit: »Wir müssen uns unterhalten. Komm mit in den Weinkeller.«

Vince trug einen Gucci-Smoking, und seine SigSauer

war sicher in seinem Schulterhalfter verstaut. Als sie nach unten gingen, eröffnete er Creighton: »Mario sagt, die Umfrageergebnisse sind nach Staffelds Tod dramatisch in die Höhe geschnellt. Sechzig Prozent! Das sind fünf Punkte mehr, als du brauchst. Das ist schon so etwas wie eine Garantie, dass du siegen wirst. Doug Powers muss vor Wut platzen.«

Im Gehen musterte Creighton seinen Sohn. In mancher Hinsicht war Vince ihm ein Rätsel. Er war aufgrund eigener Verdienste schnell in der Firma aufgestiegen. Dennoch schien ihm jener letzte Killerinstinkt zu fehlen. Creighton wusste, ohne dass er hätte fragen müssen, dass Julia, Keeline und der alte Mann noch immer frei herumliefen, denn wenn sie gefasst wären, hätte Vince es ihm sofort erzählt.

»Ich nehme an, du hast deinen Großvater oder Julia und Keeline noch immer nicht erwischt?«

Vince litt Todesqualen, weil er noch nicht hatte liefern können. Er hatte sich immer für den offensichtlichen Erben seines Vaters gehalten, für das zukünftige Familienoberhaupt der Redmonds, wenn Creighton und seine Onkel das Zeitliche gesegnet haben würden. Insgeheim träumte er davon, seinem Vater ins Weiße Haus nachzufolgen. Noch nicht sofort natürlich, aber irgendwann in den nächsten 20 Jahren, nachdem er einige Jährchen als CIA-Direktor abgerissen und noch ein anderes öffentliches Amt bekleidet hätte. Vielleicht im Senat. Er wusste, dass sein Vater ein populärer Präsident werden würde, in dessen Fußstapfen er leicht treten könnte. Creighton machte alles, was er anpackte, gut. Und zu guter Letzt erwartete Vince, seinen Platz einzunehmen und nicht länger in seinem Schatten zu stehen. Aber jetzt?

»Sie sind wie vom Erdboden verschluckt.« Seine normalerweise so arrogante Stimme wirkte gepresst. »Keiner unserer Informanten – weder über die finanzielle Schiene noch Freunde oder die New Yorker Polizei – konnte uns Hinweise geben. Es ist beinahe, als hätten sie aufgehört zu existieren.« Er zog die schwere Tür zum Weinkeller auf, und sie betraten ihn.

Als die Tür sich geschlossen hatte und die beiden Männer allein zwischen den Flaschenregalen standen, musste Creighton entscheiden, was zu tun war. Die Luft war erfüllt vom schweren Duft von Trauben und Alkohol. Creighton konnte jetzt nicht auf ein anderes Pferd wechseln. Er trat vor ein Fass, auf dessen Abdeckung eine Flaschenreihe stand; Sedimente hatten sich auf dem Flaschenboden abgelagert. Er wählte die beste Flasche aus – einen 1854er Lafite–Rothschild, den er eigentlich allein in der Klause hatte trinken wollen, morgen Nacht als neuer Präsident der Vereinigten Staaten und Führer der Welt.

Er reichte Vince die kostbare Last. »Mach sie auf.«

»Den 1854er?« Ehrfurcht schwang in Vince' Stimme mit. »Das ist eine Zehntausend-Dollar-Flasche!«

»Das entspricht der Bedeutung deiner Arbeit für mich, mein Sohn. Jetzt mach sie auf.«

Vince' Hände zitterten, als er die alte Flasche entkorkte und den Wein vorsichtig in zwei Gläser goss. Die Ehre und die Herausforderung beeindruckten und ängstigten ihn zugleich. Die Ehre ... und die Drohung, die damit einherging: Mach es richtig, oder ich bin fertig mit dir.

Als Creighton sah, dass die Botschaft ihren Mann erreicht hatte, schloss er die Augen, füllte seinen Mund und kostete den wundervollen Wein. Er schmeckte Aromen von Kirschen, dunkler Schokolade, einen Hauch alter, nasser Blätter und eine Komplexität, die kaum ein anderer Wein erreichte. Dann schmetterte er die Faust auf das Fass. Vince zuckte sichtlich zusammen.

»Wir sind beide am Ende, wenn sie jemanden finden,

der ihnen zuhört.« Er sah seinem Sohn eindringlich in die dunklen Augen. »Wo stecken sie, Vince? Denk nach!«

Vince fühlte sich elend. »Maya Stern hat Julia und Keeline in der Stadt verloren. Der alte Mann ist nicht wieder aufgetaucht, seit er aus dem Pflegeheim abgehauen ist. Ich habe jede verdammte Franziskanerkirche in Westchester County überprüfen lassen, in den Counties von Nassau und Suffolk und in New York. Kein Schwein hat je von diesem Pater Michael gehört. Ich lasse Stern und die Hausmeister die Stadt durchkämmen, und Agenten der Firma suchen nach Großvater. Selbstverständlich wissen die Agenten nicht, warum sie ihn suchen. Wenn ich wüsste, was Julia, Keeline und der alte Herr vorhaben, könnte ich vielleicht –«

Creighton sah scharf von seinem Wein auf. »Was *haben* sie also vor?«

Die beiden Männer starrten sich an.

Nachdenklich und versonnen sagte Vince: »Als Julia den Hausmeister in Baltimore erschossen hatte und entkommen war, wohin ist sie da gegangen? Ins Pflegeheim. Sie hat versucht, mit dem alten Mann in Kontakt zu treten. Wenn wir wüssten, was der Alte plant, warum er ausgebüchst ist –«

»Dad?« Creighton stellte sein Glas so heftig ab, dass der unschätzbare Wein über den Gläserrand schwappte. »Aber wir wissen es ja! Es handelt sich um Lyle Redmond. Er ist nicht geflohen, um sich zu verstecken oder in einem zweitklassigen Motel zu verkriechen. Er will uns offen entgegentreten. Seinen verräterischen Söhnen. Seinem undankbaren Enkel. Er will uns schlagen. Und wo würde er das wohl tun wollen?«

»Hier.« Vince reckte die Faust in die Höhe. »In Arbor Knoll.«

In Creightons Augen brannte ein Feuer. »Nehmen wir

einmal an, Julia und Keeline wären auch darauf gekommen. Dass sie davon ausgehen, er würde hierher kommen. Aber der alte Mann ist schon gestern Nacht abgehauen. Er wird also einen Platz zum Schlafen gebraucht haben. Wo es sicher ist ... aber trotzdem nicht weit weg.«

Vince' Verstand arbeitete fieberhaft. Er war der Sohn seines Vaters, und er war der DDI. Er war hochintelligent und arbeitete hart, und er kannte alle Kniffe der Mächtigen. Er sagte sich, dass er das schaffen würde. »Nun, er ist mit diesem Priester zusammen. Aber ich habe sämtliche Franziskanerkirchen überprüfen lassen ...« Mit einer jener Blitzeingebungen, die seine Karriere in der Firma zementiert hatten, fiel es ihm ein. »*Unsere* Kirche! Die Familienkirche! Sankt Dominikus in Oyster Bay. Ist zwar keine Franziskanerkirche, aber möglich wäre es trotzdem –«

»Natürlich! Letztes Jahr, als er allmählich den Verstand verlor, ist er hin und wieder in die Kirche gegangen. Was, wenn er seinen Pater Michael *dort* kennen gelernt hätte? Ich wette, der Priester steckt dahinter, dass der alte Mann alles verschenken wollte. Das klingt mir ganz nach einem verdammten Priester. Und hat Reilly nicht gesagt, der Priester hätte einen deutschen Akzent gehabt?« Ein unbehagliches Gefühl beschlich Creighton, indem er es sagte, eine böse Vorahnung. *Ein deutscher Priester.* Aber er schob sie beiseite. »Das ist es, Vince. Schnapp ihn dir! Schick –«

Creighton verstummte jäh. Er hatte sagen wollen: »Schick Maya Stern«, aber dann wurde ihm bewusst, was passieren konnte, wenn er der Killerin diesen Auftrag erteilte. Sie könnte seinen Vater töten. Und im selben Augenblick wusste, verstand und akzeptierte er es: Eben das sollte geschehen. David hatte Recht gehabt. Lyle Redmond musste sterben.

Diese Offenbarung war wie durch Feuer zu gehen: ein

brennender Schmerz, eine schier unendliche Qual, und dann auf der anderen Seite die Wahrheit. Bis jetzt war er dazu nicht imstande gewesen. Er war seinem Vater so instinktiv verbunden gewesen, als wäre sein Vater ein Glied seiner selbst. Ein Arm, ein Bein, eine Aorta. Stets da, so sehr Teil seines Lebens wie die Luft, die er atmete. Creighton war nie besonders religiös gewesen, aber tief in seinem Inneren wusste er, dass die Religion bei seinem kreatürlichen Zurückschrecken vor dieser Tat eine Rolle spielte: In seinen Augen war es die schlimmste aller möglichen Sünden, seinen Vater zu töten.

Doch nun hatte der alte Mann die Regeln geändert. Ganz gleich, was es kosten würde, die Brüder wären nie frei, bevor Lyle Redmond nicht aus dem Weg wäre.

Vince würde es verstehen. Brice nicht. Noch nicht sofort. Aber es gab keinen anderen Weg. Als befänden sie sich im Gerichtssaal, sprach Creighton in aller Ruhe das Urteil:

»Finde ihn, Vince. Finde sie alle. Dann schick Stern los, um sie zu töten.«

Vince glotzte ihn an. »Den alten Mann?«

»Alle. Und sag deinen Onkeln, sie sollen um vier in der Klause sein.«

54

14.30 Uhr, Montag
OYSTER BAY, New York

Pater Michael stand missmutig auf dem Bürgersteig vor dem Pfarrhaus, als habe er gerade den letzten Zug aus einer belagerten Stadt verpasst. Der alte Lyle hatte ihn hinters Licht geführt. Diese Aufgabe, die er sich gestellt hatte, war viel gefährlicher, als er sich je gedacht hatte. Dann kam ihm ein Satz in den Sinn: *Die Hungrigen füllet er mit Gütern und lässt die Reichen leer.* Lukas 1,53. Jetzt fühlte er sich besser. Einer der Gründe, warum ihn schon als Junge der Franziskanerorden so fasziniert hatte, war seine evangelikale Mission. In seinen Gebeten für Lyle Redmonds Seele hatte er um Kraft und Mut gebetet. Nun brauchte er beides mehr denn je.

Als Sam und Julia von ihrer vergeblichen Verfolgung des Taxis zurückkehrten, fragte sie ihn: »Wo will Großvater hin?«

Pater Michael stieg rasch die Stufen zum Pfarrhaus hoch. »Wir sollten nicht hier draußen reden, wo man uns sehen kann.«

Sie kehrten in den kleinen Salon zurück. Julia war, als müsse sie vor Anspannung platzen. Sie nahm sich jedoch zusammen und verlangte: »Dann erzählen Sie es uns jetzt. Es liegt auf der Hand, dass er etwas plant, und Sie müssen wissen, was es ist.«

Der Pater sprach auch weiterhin mit gedämpfter Stimme. »Ich glaube, Mr. Redmond fährt nach Arbor Knoll zu der Feier, die sein Sohn veranstaltet –«

Das war genau das, was sie befürchtet hatte. Alt, unbewaffnet und voller Hochmut spazierte Lyle in Creightons Höhle.

»Was er dann vorhat, weiß ich nicht, abgesehen davon, dass er nicht der Meinung ist, sein Sohn solle Präsident werden.«

Sam warf grimmig ein: »Ihnen ist ja wohl klar, dass Creighton es auf keinen Fall zulassen kann, dass Lyle seine Geschichte an die Öffentlichkeit bringt. Creighton spielt die Rolle des Kandidaten mit der blütenweißen Weste. Wenn die Presse spitzkriegt, dass das Redmond-Vermögen auf Nazi-Beute gründet, macht sie ihn zur

Schnecke. Vor allem, wenn Lyle ihnen erzählt, dass Creighton es seit Jahren weiß und nichts dagegen unternommen hat. Nein, Creighton wird Lyle im Handumdrehen wieder unter Medikamente setzen und in dieses Pflegeheim zurückschaffen.«

Julia zwang sich, ruhig zu bleiben. »Der Secret Service bewacht alle Zugänge nach Arbor Knoll. Zutritt zur Party hat man ganz gewiss nur auf Einladung. Wie will Opa da reinkommen?«

Der Priester spreizte seine Hände in einer Verlegenheitsgeste. »Er hat einmal einen Geheimgang erwähnt, den er vor Jahren benutzt hat, wenn er eine seiner Frauen besuchen wollte.«

Das überraschte Julia nun doch. »Und das hat er Ihnen erzählt?«

»Wir haben über viele Dinge gesprochen. Mr. Redmond hat den Pfad zum ewigen Seelenheil beschritten.« Der Priester spürte, wie sich ein Kloß in seiner Kehle bildete. »Aber unglücklicherweise hat er mir nicht gesagt, wo sich der Eingang befindet.«

»Dann müssen wir eben einen anderen Weg suchen«, versetzte Sam ärgerlich. »Es ist ein großes Anwesen mit viel Wald drumherum. Irgendwo muss es einen Fleck geben, wo wir unbemerkt über den Zaun klettern können. Oder wir schleichen uns als Reporter, Zulieferer, Bedienstete oder Angestellte vom Party-Service ein. Es muss doch –«

»Das ist entweder zu gefährlich«, hielt Julia dagegen, »oder dauert zu lange. Ich glaube, ich habe eine bessere Idee.«

Die Redmonds waren eine große, irisch-katholische Familie. Mehrere Generationen entfernt von jenen ersten Redmonds, die der Armut der Grafschaft Cork entflohen und nach Amerika ausgewandert waren, pflegten sie indes noch viele von ihren Traditionen. Sie glichen den Morans oder Tracys, die man oft die »Schleppdampfer-Dynastien« nannte, weil sie vor nicht allzu langer Zeit alle Dampfer in New York betrieben hatten. Sowohl die Morans als auch die Tracys hatten, wie andere mächtige irisch-katholische Clans, ihre eigenen Priester. In katholischen Kreisen waren Gesellschaftspriester an der Tagesordnung, besonders unter Reichen, die offenbar nie ein ganz reines Gewissen hatten. Solange Julia zurückdenken konnte, gingen die Männer der Redmonds nur unregelmäßig zur Kirche und verließen sich darauf, dass ihre Frauen für ihre Seelen beteten. Aber bei jedem wichtigen Familienereignis wurden der hiesige Gemeindepfarrer und ein Priester oder eine Nonne eingeladen.

Sie wandte sich Pater Michael zu. »Hat das Wahlkampfteam der Redmonds Monsignore und seinen Leuten keine Einladungen geschickt?«

»Natürlich. Das ist hier so Usus. Es ist schließlich ihre Pfarrkirche.«

»Dann lass uns zwei diese Einladungen benutzen. Wir gehen als Priester und Nonne verkleidet.«

Pater Michaels Gesicht schien sich zu glätten. Die Kiefer spannten sich an, die Säcke unter seinen Augen jedoch wirkten plötzlich größer. Jedes einzelne seiner 65 Jahre malte sich in seinem zerknitterten, betrübten Gesicht ab. Er faltete seine dicken Pranken vor seinem Bauch. Er sagte nichts.

Julia sah sein inneres Widerstreben. »Sie haben es Großvater ermöglicht, aus dem Pflegeheim zu fliehen. Sie sind einen weiten Weg mit ihm gegangen. Sie *müssen* uns helfen.«

Schlimme Befürchtungen begannen Pater Michael zu quälen. Er hatte nicht erwartet, dass etwas so Dramatisches passieren würde – und auch mit der Gefahr hatte er ganz gewiss nicht gerechnet. Er war nicht nur als pensionierter Priester in Amerika, der einen Tapetenwechsel brauchte, er war zu einem gottgefälligen Zweck gekommen: um Lyle Redmonds Seele zu retten. Allmählich begann er zu akzeptieren, dass diese Aufgabe eine eher weltliche mit einschloss: das Leben des alten Sünders zu retten.

Eigenartigerweise verspürte er einen Moment der Hochstimmung. Er zitierte: »Wer mir nachfolgen will, der verleugne sich selbst und nehme sein Kreuz auf sich und folge mir.« Das war ein wundervolles Zitat, das er seit frühester Kindheit geliebt hatte – Matthäus 16,24. Heute war der Spruch wahrer denn je. Jetzt.

»Ich werde tun, was ich kann«, versprach er.

14.40 Uhr

Pater Michael war ein findiger Mann, aber lügen wollte er nicht. Also begab er sich ins Büro des Monsignore und bat, die Beichte ablegen zu dürfen.

Der Monsignore sah die Qual im Gesicht seines alten Freundes und entsprach seiner Bitte.

»Segne mich, Vater, denn ich habe gesündigt.« Pater Michael erleichterte sein Herz.

Der Gesichtsausdruck des Monsignore veränderte sich von anfänglichem Interesse über Überraschung zu blankem Entsetzen. Was Pater Michael ihm da erzählte, war unfassbar. Aber in all den Jahren, die sie sich nun schon kannten, hatte er Pater Michael nie lügen sehen, und Lyle Redmond *war* das Familienoberhaupt und wirkte nicht im Geringsten senil oder unzurechnungsfähig. Der Monsignore konnte kaum glauben, dass es solche Habgier und solchen Ehrgeiz geben sollte. Am liebsten wäre er damit sofort zur Polizei gegangen, aber aufgrund des Beichtgeheimnisses konnte er das natürlich nicht. Er musste das soeben Gehörte wohl oder übel für sich behalten.

Er besaß tatsächlich Einladungen zu der Festivität in Arbor Knoll und erklärte sich widerstrebend bereit, Julia und Sam zwei zu überlassen, zudem ein Nonnengewand für Julia und ein Priesterhabit für Sam bereitzustellen und sie mit nach Arbor Knoll zu nehmen. Monsignore rief vorher beim Redmond-Anwesen an, um die Namen der beiden ›Mitarbeiter seiner Gemeinde‹ anzugeben, die er mitbringen wollte, wie es der Secret Service bei allen Einladungen verlangte. Er würde Schweigen über die beiden Verdächtigen Austrian und Keeline bewahren und betete, dass sie unschuldig wären, wie Pater Michael beteuerte, und dass er das Richtige tat.

14.52 Uhr

Während der Monsignore und Pater Michael sich im Beichtgespräch befanden, warteten Julia und Sam voller Ungeduld im Salon. Sam tigerte auf und ab, und Julia spielte in Gedanken die Mozartsonate No. 8 in a-Moll. Eindringlich lauschte sie dem Eröffnungsthema in all seiner Erhabenheit und seinen pulsierenden Akkorden. Der zweite Satz mit seiner süßen, zurückgehaltenen Leidenschaft ließ ihren Geist in höhere Regionen fliegen. Und schließlich gab es das Presto und seine Düsternis ... sein ergreifendes Oszillieren zwischen blanker Resignation und sieghaftem Trotz.

Trotz, nicht Resignation. Triumph.

Creighton war verantwortlich für den Tod ihrer Mutter.

Sie spürte, wie der dunkle Teil der Sonate sie überwältigte. *Trotz.* Ihre Mutter hatte ihrer Familie getrotzt und ein gutes, ein unabhängiges Leben geführt. Julia hatte sich nicht mit dem Tod ihrer Mutter abgefunden. Nie würde sie sich damit abfinden. Mit der schwellenden Musik durchströmte sie neue Energie. Sie würde nicht zulassen, dass Creighton auch ihren Großvater tötete. Vorher würde sie ihn vernichten.

15.03 Uhr

Pater Michael kam mit den Einladungen und zwei Kleiderbündeln auf dem Arm zurück. »Die Kutten sind weit, wie Sie verlangt haben. Ich denke, sie werden ihren Zweck erfüllen.«

Julia stand auf und griff sich das Ordensgewand der Nonne.

Pater Michael legte eine Hand darauf. »Sind Sie sich auch ganz sicher, dass Sie das tun wollen? Ich glaube nicht, dass Ihr Großvater wollte, dass Sie Ihr Leben für ihn aufs Spiel setzen.«

»Er hat Recht«, stimmte Sam ihm unvermittelt zu. »Ich finde, du solltest hier bleiben, Julia. Lass mich allein gehen. Ich weiß –«

Sie unterbrach ihn. »Wo steht, dass du hier das Kommando hast? Ich kenne das Haus und den Park und meine Onkel. Du verfügst über die entsprechende Ausbildung, ich aber über Ortskenntnisse. Wir haben diese Entscheidung gemeinsam getroffen.«

Sam war zunächst sprachlos. Dann nickte er. »Du hast Recht.«

»Dann lass uns –«

Aber Sams graue Augen in seinem dunklen, Make-up-verschmierten Gesicht wurden stahlhart. »Das bedeutet allerdings nicht, dass die Situation so einfach zu handhaben ist, wie du behauptest. Deine Familie wird dich höchstwahrscheinlich früher oder später erkennen. Das Personal kennt dich auch. Warum willst du dich in Gefahr bringen und jede Chance vereiteln, die wir haben, Creighton aufzuhalten und Lyle zu helfen? Für mich wäre es nebenbei bemerkt ungefährlicher, wenn du nicht mitkämst. Das sagt einem die Logik. Ich bin dazu ausgebildet. Du nicht!«

»Nein«, versetzte sie ungerührt. »Die Gefahr der Entdeckung ist für dich genauso groß wie für mich. Dein Gesicht hat in allen Zeitungen und Fernsehsendungen neben meinem geprangt. Zu zweit haben wir eine bessere Chance als allein. Wir müssen uns nur *sehr* gut verkleiden.«

Pater Michael musterte die beiden, die vorgereckten Kinne, die steinharten Blicke. Mit ihren abgerissenen Straßenklamotten und den dunkel geschminkten Gesichtern standen sie sich von Angesicht zu Angesicht gegenüber wie zwei Boxer im Ring. Er bewunderte ihre Kühnheit und ihren Mut, aber er machte sich auch große Sorgen um sie.

Er ergriff das Wort: »Obwohl ich das nur ungern zugebe, Sam – ich befürchte, dass sie Recht hat.«

Ihre Stimme klang gelassen. »Du kennst Arbor Knoll überhaupt nicht, Sam. Es ist riesengroß. Überall Gebäude. Vom Haupthaus ganz zu schweigen. Es allein hat fünfzig Räume. Und dann der Park. Er misst knapp fünfundzwanzig Hektar.«

Sam schüttelte stur den Kopf. »Ich werde es allein durchziehen. Du hast ja keine Ahnung, worauf du dich da einlässt.«

»Vielleicht nicht.« Sie überraschte sich selbst, wie ruhig sie sich fühlte, wie kaltblütig, wie bereit, sich in Gefahr zu begeben. »Aber ich habe immer noch den Vorteil, Arbor Knoll in- und auswendig zu kennen. Ich weiß, wie meine Onkel und der Rest der Familie aussehen, ich weiß, was sie tun werden, und du weißt das nicht.« Ihre Stimme wurde sanfter, und einen kleinen Augenblick lang war ihr, als läge sie wieder in seinen Armen. Die gewalttätige Dunkelheit verzog sich. Aber sie hatte keine Wahl. »Liebling, ich gehe hin, ob mit dir oder ohne dich.«

Sam seufzte. Wie Irini. Sie war genauso starrköpfig gewesen. Und sie war getötet worden. Aber er wusste auch, dass Julia nicht Irini war. Ob er nun Verantwortung daran trug oder nicht, ob es seine Schuld gewesen war, Irini seinen Schutz nicht aufgedrängt zu haben, oder ob ihr Tod einfach nur ein grausamer Zufall gewesen war, er konnte nicht so weiterleben, als sei ihr Tod ein sich endlos wiederholender Reigen. Wollte er auf eine Zukunft außerhalb seines Schattens hoffen, so musste er Julias Eigenständigkeit respektieren. Sie musste ihre eigenen Entscheidungen treffen. Sie war willens, die Konsequenzen für ihr Tun zu tragen. Was hatte er für ein Recht, ihr vorzuschreiben, wie sie ihr Leben zu leben hatte?

Er setzte ein grimmiges Lächeln auf. »Ich kann mir nicht vorstellen, dass dich je einer für einen Schwächling gehalten hat.«

»Danke. Das ist ein nettes Kompliment.«

Pater Michael nickte. »Ich glaube, Sie beide sind gemeinsam am stärksten. So, was brauchen Sie sonst noch?«

Sam erläuterte es ihm, und während der Priester nach oben verschwand, brachten Sam und Julia ihre neuen Kleider ins Foyer und warteten dort auf ihn. Schnell war der Priester mit drei kleinen Kissen und Wattebäuschen wieder bei ihnen. Er brachte Julia und Sam in den Raum, in dem die Messdiener sich umzogen, und ließ sie allein.

15.10 Uhr

Sam murrte: »Du solltest das nicht tun. Ich erledige das schon.«

Julia nahm sein bekümmertes Gesicht in beide Hände. Sie liebte seine Augen. Sie hatten ein so tiefes Grau, fast wie Brunnen. Und sein Kinn faszinierte sie. Wie konnte ein Kinn nur so eckig sein? Sie zog sein Gesicht zu sich herunter und küsste die Furche zwischen seinen Augenbrauen, und plötzlich lag sie in seinen Armen.

Sie küssten sich wieder und immer wieder und konnten nicht voneinander lassen.

Schließlich entzog sie sich ihm. »Wir müssen uns sputen. Großvater ist womöglich schon auf dem Gelände von Arbor Knoll.«

»Stets an andere denken.« Er lächelte. »Das stört bestimmte Dinge.«

Sie benutzten den Umkleideraum, um sich das dunkle Make-up von Gesicht und Händen zu schrubben. Sam zeigte ihr, wie man sich Watteballchen in die Backentaschen schob, um seine Gesichtszüge zu verändern. Er band sich ein Kissen vor den Bauch, und Julia schnürte sich die beiden anderen Kissen vorne und hinten auf den Leib. Jetzt verfügten sie über eine beträchtliche Leibesfülle, wirkten fast fett. Julias bodenlanges, fließendes Habit war schwarz mit einer schwarz-weißen Kapuze. Sam trug den üblichen schwarzen Anzug mit dem weißen Priesterkragen. Er steckte seine Browning in sein Schulterhalfter. Julia fand unter ihrem voluminösen schwarzen Gewand eine Tasche und ließ ihre gestohlene Beretta hineingleiten.

Sie beeilten sich, das Pfarrhaus durch eine Seitentür zu verlassen. Der Monsignore erwartete sie schon in dem beigefarbenen Buick der Pfarrei. Er fuhr sie zu der Stelle, wo sie ihren Mustang abgestellt hatten.

»Ich muss noch ein Telefonat von einem öffentlichen Fernsprecher aus führen«, erläuterte Sam beim Aussteigen.

Der Monsignore erklärte ihm den Weg zur nächsten Telefonzelle und folgte ihnen dorthin. Von dort rief Sam seinen Kollegen an der Prager Karls-Universität an, um zu hören, ob der irgendetwas über Jirís Buchauszüge herausgefunden hatte – die, die Douglas Powers angeblich als Kinderschänder entlarvten.

Sams Miene war ausdruckslos, eine starre Maske, als er sich endlich hinter das Steuer des Mustangs setzte.

Julia spürte instinktiv, dass etwas nicht stimmte. »Hat dein Freund etwas herausgefunden?«

Sam drehte den Zündschlüssel um. Wütend stieß er die Worte hervor: »Er ist tot. Noch ein Autounfall. Genau wie Jirí. In Prag scheint eine wahre Epidemie ausgebrochen zu sein.«

»Creighton.« So, wie sie den Namen aussprach, war es eine Verheißung.

Sam ließ den Motor des Mustangs aufheulen und folgte dem Gemeinde-Buick nach Arbor Knoll.

15.12 Uhr

Pater Michael saß allein im Pfarrhaus, nachdem er die beiden Wagen hatte abfahren sehen. Er sorgte sich um sie, wusste jedoch, dass er Vertrauen in die Richtigkeit ihrer Ziele haben musste.

Minuten später schellte es erneut. Er ging zur Tür. Als er die Tür öffnete, trat eine Nonne neben ihn. Auf dem oberen Treppenabsatz stand eine hart wirkende Frau in einem streng geschnittenen Kostüm. Hinter ihr warteten schweigend zwei Männer.

»Pater Michael«, sagte die Frau in kaltem Tonfall, »wir haben viel zu besprechen.«

Pater Michael stockte vor Schreck der Atem.

55

15.42 Uhr
Arbor Knoll

Vince hielt sich an der Bar des Pubs auf, um sich ein Glas seines geliebten Johnnie Walker Blue Label zu genehmigen, als sein privates, verschlüsseltes Handy an seiner Brust vibrierte. Er schnappte sich das Glas und verließ schnell den Raum. Sein Puls raste. Er hastete in Creightons Büro, schloss die Tür und nahm den Anruf entgegen. Er hatte sich nicht geirrt. Es war Maya Stern.

»Sie waren in der Kirche«, begann sie.

»Und?«, bestürmte er sie.

»Als ich ankam, waren sie schon wieder weg.«

Vince' Brust verkrampfte sich, wie zu einer luftleeren Kammer gepresst.

»Der Priester hat zugegeben, dass Lyle Redmond hier war. Er hat gesagt, Redmond sei wieder weggefahren, und er wisse nicht genau, wohin –«

»Was ist mit Julia und Keeline?«

»Über sie wollte er sich nicht äußern, ja, er wollte nicht mal zugeben, dass sie hier gewesen waren. Dann hat er mir die Tür vor der Nase zugeknallt.« Ihre Stimme bebte vor Wut. »Ich hätte den Priester umbringen können, aber direkt daneben stand noch eine Nonne. Ich hätte sie auch erschossen, aber Sie hatten ja gesagt –«

»Sie haben richtig gehandelt.« Sie konnten jetzt kein Blutbad in ihrer Familienkirche gebrauchen.

Maya Stern hasste Einschränkungen. »Ich kann den Priester zum Reden bringen. Ich kann zurückgehen –«

»Nein.« Vince zog ein Gesicht. »Ich will Sie hier draußen haben. Sofort.«

Er unterbrach die Verbindung und machte sich auf die Suche nach seinem Vater. Er hatte Neuigkeiten, die diesmal nicht durchgängig schlecht waren. Wie Creighton gesagt hatte, konnte Lyle Redmond nur aus einem Grund aus dem Pflegeheim geflohen sein – um die offene Konfrontation mit seinen Söhnen zu suchen und die Verfügungsgewalt über sein Vermögen zurückzuerlangen. In der Redmond-Familie war das das einzige Motiv, das Sinn ergab. Und jetzt wussten sie mit Sicherheit, dass er sich in Oyster Bay aufhielt. Ja, der alte Mann musste einfach herkommen. Und Julia und Keeline, auf der Jagd nach dem Bernsteinzimmer und dem alten Herrn, würden ihm folgen.

15.43 Uhr

Selbst unter dem enormen Stress, hinter dem Monsignore vor den Toren von Arbor Knoll einzutreffen, wurde sich Julia plötzlich ihres Sehvermögens bewusst. Sie war daheim in Arbor Knoll, und der Gedanke, es nach so vielen Jahren wieder sehen zu können, erschütterte sie heftig. Hier war es gewesen, dass sie ihr Augenlicht verloren hatte. Hier hatte sie vom Tod ihres Vaters erfahren. Und seit diesem Tag war sie stets nur widerwillig hierher zurückgekommen.

Aber Arbor Knoll war der Mittelpunkt, der Versammlungsplatz, das historische Herz der Redmond-Familie, von dem alle Mitglieder in guten wie in schlechten Zeiten angezogen wurden. Wo ihre Mutter unter einem duldsamen Vater aufgewachsen war, der seine Söhne ganz anders behandelt hatte – Letztere hatte er mit eiserner Faust unterdrückt. Aufgrund seiner sexistischen Einstellung hatte er von Marguerite nichts als ihre Liebe erwartet, eine Einstellung, die sich zu ihren Gunsten ausgewirkt hatte.

Julia und Sam waren sich in ihrer geistlichen Aufmachung nur allzu genau der beiden Pistolen und des Halftergurts bewusst, die Julia tief in den Falten ihrer Nonnenkluft versteckt trug. Sie waren schließlich zu dem Entschluss gelangt, dass eine Nonne am allerwenigsten durchsucht werden würde. Vor dem Pförtnerhaus des Haupteingangstors warteten sie in ihrem Mustang hinter Monsignore O'Connells Buick. Sie beobachteten, wie er nach hinten auf sie zeigte und mit den Agenten redete. Dann war die Reihe an ihnen.

Sie zeigten ihre Einladungen vor. Die Secret Service-Agenten nahmen sie entgegen, und während der eine die gestanzten Karten genau in Augenschein nahm und ihre Namen auf der Liste ausstrich, lugte der andere in den Wagen, ob er irgendetwas Verdächtiges fand. Er nahm die Schlüssel entgegen, um den Kofferraum zu öffnen. Schließlich kehrte er zu ihnen zurück, nickte und ließ sie passieren. Sie schwitzten Wasser und Blut unter ihrer schweren Kleidung. Glücklicherweise waren die Sicherheitsvorschriften für einen Präsidentschaftskandidaten, selbst wenn er mit an Sicherheit grenzender Wahrscheinlichkeit der nächste Präsident sein würde, nicht ganz so streng wie für einen amtierenden Präsidenten.

Einmal an dem Pförtnerhaus vorbei, reichte Julia Sam seine Browning, und er fuhr die Anhöhe hinauf. Julia beschrieb Sam die beiden Gästehäuser, das Kinderhaus, das Teehaus im neopalladianischen Stil, die Garage mit zwölf Stellplätzen, den Hubschrauberlandeplatz, die Tennisplätze und den Swimmingpool. Und natürlich Lyles berühmte Redwood-Klause.

Als sie sich der Gebäudeansammlung näherten, beobachtete sie Sams Gesichtsausdruck und sah sein Staunen darüber, wie viel ostentativen Reichtum der alte Mann angesammelt hatte. Ihre Erzählungen allein hatten ihm keinen rechten Eindruck vermitteln können. Er musste die Pracht und die Ausmaße des Ganzen erst mit eigenen Augen sehen, um es völlig zu begreifen.

Sam pfiff durch die Zähne. »Das ist ja ein Palast. Der alte Herr hat Geld wie Heu. Und das war eine meiner größten Untertreibungen.«

»Er hat Arbor Knoll gekauft, damit das auch jeder mitkriegt.«

»Jaaa, und die ganze Nazi-Beute an den Wänden unterstreicht das nur. Ich wette, er hat nicht so sehr Kunst als vielmehr Macht gesammelt.«

Ihr Magen krampfte sich zusammen, als sie in die Auffahrt mit ihren niedrigen Backsteinmauern, dunkelgrünen Wacholdersträuchern und der Schlange von Wagen einrollten, die vor dem massiven Eingangsportal des pseudomediterranen Herrenhauses anhielten. Als sie an der Reihe waren, stiegen sie aus, und ein Bediensteter fuhr den Wagen weg.

Am liebsten hätte sie Sams Hand genommen. Stattdessen wechselten sie einen langen, ermutigenden Blick, um dann gesetzten Schritts, passend zu ihrer Verkleidung als matronenhafte Ordensschwester und Priester mit einem Gewichtsproblem, auf die Tür zuzugehen.

Julia fühlte sich noch immer so, als würde sie aus tausenden Augenpaaren beobachtet.

Der Partylärm drang durch die offenen Türen. Sie konnte die Hitze vieler Körper spüren. Sie ermahnte sich, dem, was ihre geschärften Sinne ihr mitteilten, Aufmerksamkeit zu schenken. Sie würde sie jetzt alle brauchen. Beiläufig glitt ihr Blick über die Auffahrt, auf der Suche nach ihrem Großvater ... und Creighton.

Das marmorverkleidete Foyer und die anderen eleganten Empfangsräume waren vollgestopft mit feiernden Gästen. Der Lärm und die Hektik griffen Julias Sinne an, und für einen Moment wollte sie nur raus hier, vor allem weglaufen, sich zu ihrem Klavier und in ihr Leben als Konzertpianistin flüchten. Aber sie wollte jetzt nicht fahnenflüchtig werden. Sie konnte es nicht.

Alle Welt schien Champagner zu trinken. Sie und Sam taten es den anderen Gästen gleich. Sie ließen sich Champagnerflöten geben, trennten sich und durchkämmten einzeln die Menge. Es hatte sich kaum etwas verändert. Sie warf einen Blick auf die Meisterwerke an der Wand und fragte sich, ob auch sie zur Beute ihres Großvaters gehörten.

Sie wandte sich ab und durchquerte die Eingangshalle. Sie suchte den großen Speisesaal ab, der nun mit ausladenden runden Tischen gefüllt war, die eine Dekoration aus goldenen Kerzen und Massen roter, weißer und blauer Blumen trugen. Blumenduft drang in ihre Nase, angenehm, aber mit einem Hauch schalen Chemikaliengeruchs vermischt. Dann bemerkte sie, dass der Kardinal sie beobachtete. Ihre Eingeweide verkrampften sich. Seine Eminenz hatte sie getauft, und, mehr noch, er hatte die religiösen Zeremonien bei der Beerdigung ihres Vaters und der Hochzeit ihres Cousins Matt geleitet.

Mit Erleichterung sah sie, dass eine Frau auf ihn zuging und ihn ablenkte. Die Beunruhigung jedoch blieb. In der Menge befanden sich auch Bischöfe und Priester. Wie viele von ihnen kannten Julia Austrian? Auf der anderen Seite machte ihre Anwesenheit es unwahrscheinlicher, dass irgendjemand eine einsame Nonne bemerken würde. Die Menschen hier waren an die Anwesenheit von Geistlichen bei all ihren Veranstaltungen so gewöhnt, dass ihre Verkleidung vermutlich das Beste war, was ihnen hatte einfallen können. Nichts als eine weitere Nonne, der man Achtung entgegenbrachte, die aber niemanden sonderlich interessierte, unabdingbarer Bestandteil des Inventars einer katholischen Festveranstaltung.

Im Arbeitszimmer entdeckte sie weitere Verwandte. Creightons Frau Alexis plauderte mit einer Gruppe von Frauen. Julia wandte das Gesicht ab, aber aus dem Augenwinkel bekam sie mit, dass Alexis sie einen Moment anschaute, sie einzuordnen versuchte und unzufrieden darüber war, dass ihr das offenbar nicht gelang.

Von einer Spannung erfüllt, die sie offenbar nicht abschütteln konnte, setzte Julia ihren Weg zu der breiten Freitreppe fort, die sich in den ersten und zweiten Stock emporschwang. Im ersten Stock huschte sie rasch durch den Korridor. Die Schlaf- und Wohnzimmer erstreckten sich über zwei Flügel. Sie schaute durch die offenen Türen und überprüfte auch das alte Schlafzimmer ihres Großvaters. Über allem lag ein Hauch von Vernachlässigung, als hätten jene, die dort gewohnt hatten, schon vor langer Zeit das Weite gesucht.

Gesetzt nickte sie vorbeikommenden Dienstboten zu und machte sich in den zweiten Stock auf. Sie achtete darauf, würdevoll und bedächtig dahinzuschreiten und nicht wie ein panischer Flüchtling durch die Gänge zu hasten. Sie suchte die Badezimmer, den luftigen Sonnenraum und den langen Balkon ab, der auf Arbor Knoll und die blaugrüne Bucht hinausging. Sie spähte in den riesigen Ballsaal, wo Musiker ihre Instrumente aufbauten. Spiegel glitzerten ringsum an den Wänden. Das nachmittägliche Sonnenlicht flutete herein. Sein goldenes Funkeln fing sich in den Spiegeln und wurde in grellen Strahlen reflektiert.

Noch immer keine Spur von Creighton oder ihrem Großvater. Als sie diesmal an Creighton dachte, bewegte sich ihre Hand automatisch zu der unter ihrer Kutte verborgenen Beretta.

Wütend, weil ihre Suche erfolglos geblieben war, betrat sie den Aufzug und fuhr nach unten. Sobald sie das Erdgeschoss erreicht hatte, verließ sie ihn.

Und blieb abrupt stehen.

An der großen Wand gegenüber hing ein über einen Meter hohes Gemälde ihrer beiden Großmütter – Mary Redmond und Paige Austrian. Sie saßen auf rosafarbenen Samtsesseln, trugen lange Ballkleider und umwerfende Juwelen. Sie waren wunderschön und elegant, und sie fühlte warme Erinnerungen an ihre Großmutter Austrian in sich aufsteigen, bis –

Voller Schrecken starrte sie auf das Bild. An einem von Paige Austrians Fingern steckte Julias Alexandritring mit seinem grasgrünen Stein und den Buketts aus Diamanten und Saphiren.

Sofort wandte sie den Blick ab, aber schon überkam sie eine Woge der Benommenheit. In ihrem Kopf roch sie wieder diesen sonderbaren, unangenehmen Duft. Sie fand sich den Ringfinger ihrer rechten Hand reiben, wie sie es in Orions Behandlungszimmer getan hatte. Und mit erschreckender Schnelligkeit tauchte die Dunkelheit an den Rändern ihres Blickfelds auf und wallte auf sie zu. Die Dunkelheit, die sie nur zu gut kannte. Sie wurde wieder blind.

Sie durfte nicht blind werden. Sie konnte es nicht.

Sie musste es aufhalten. *Sofort.*

15.58 Uhr

Sam hatte nicht die geringste Spur vom alten Lyle gefunden. Unter dem Vorwand, einen anderen Priester zu suchen, und darauf vertrauend, dass Lyle noch sein braunes

Ordensgewand trug, hatte Sam mehrere Gäste gefragt. Doch alle behaupteten, keinen Franziskaner gesehen zu haben. Er schlängelte sich durch die Menschenmenge. Es wurde mit Gläsern angestoßen. Aufgeräumte Stimmen erklangen, Gelächter. Er zwang sich, locker zu bleiben. Ließ seinen Blick konstant umherschweifen. Fragte noch mehr Leute.

Und dann fiel ihm auf, dass er Julia ziemlich lange nicht mehr gesehen hatte.

Besorgt machte er noch eine Runde. Schließlich trat er nach draußen. Nur ein dünnes Rinnsal von Geladenen traf jetzt noch ein. Die Champagnerflöte in der Hand, ein unverbindliches Lächeln auf seinem ausgepolsterten Gesicht, schlenderte er den Weg entlang, der am Herrenhaus vorbei führte, und ließ sich von seinem künstlich vergrößerten Bauch leiten. In weiter Entfernung sah er Agenten des Secret Service aus dem Wald treten, die Umgebung überprüfen und wieder zwischen den dicht stehenden, dunklen Bäumen verschwinden. Die Agenten gaben ihr Bestes, um diskret zu sein, gleichzeitig aber auch den Schutz zu gewährleisten, zu dem ihr Eid sie verpflichtete.

Kurzfristig kam ihm der Gedanke, zu ihnen zu gehen und ihnen alles zu erzählen –

Creighton Redmond – ehemaliger Richter am Obersten Gerichtshof, Vietnamheld und künftiger Präsident der Vereinigten Staaten von Amerika – hatte den heimtückischsten und tödlichsten Staatsstreich geplant und durchgeführt, den Amerika je gesehen hatte.

Nicht genug damit, dass Douglas Powers beileibe kein Kinderschänder war, nein, Creighton Redmond war auch noch ein Mörder und Verbrecher –

Richtig. Nicht in einer Milliarde Jahren würden sie ihm glauben. Er schüttelte den Kopf und wünschte sich, der alte Lyle hätte ihnen handfeste Beweise geliefert. Das hätte alles wesentlich erleichtert. Julia wäre irgendwo in Sicherheit. Und Lyle auch.

Die Sträucher zu seiner Rechten waren nur hüfthoch, nicht groß genug, um ihm die Sicht auf die großzügige Fensterfront des Herrenhauses zu versperren. Im Vorbeischlendern schaute er intensiv hinein, konnte aber weder Julia noch Lyle in den mit Gästen gefüllten Empfangsräumen entdecken. *Wo steckten sie nur?*

Alarmiert beschleunigte er seinen Schritt und hastete an der Schmalseite des Gebäudes entlang. Und dann spähte er durch ein kleines, achteckiges Fenster gegenüber dem Aufzug im Erdgeschoss.

Julia starrte ein Gemälde an der Wand an – ein Ölporträt zweier eleganter Damen. Sie wirkte wie versteinert. Gerade als er umdrehen und zur Hintertür des Herrenhauses eilen wollte, entdeckte er Maya Stern. Eine eiserne Faust schloss sich um seine Brust.

Mit einem einzigen Blick erfasste er Stern: Zielstrebig schritt sie durch den Korridor; sie trug einen schwarzen Abendanzug und eine schwarze Seidenbluse, ein schwarzer Kamm steckte in ihrer blonden Hochfrisurperücke. Sie hatte ein perlenbesetztes Abendtäschchen dabei, in dem nun ihre rechte Hand verschwand. Angst wallte in Sam auf. Er wusste, dass sich in dem Täschchen eine Pistole befinden musste – der Grund, warum ihre Hand sich dort befand. Doch als sie sich Julia näherte, schien diese gar nicht zu reagieren. Wie angewurzelt stand sie dort, völlig von dem Gemälde vereinnahmt. Selbstvergessen.

Schweißgebadet lief Sam zum Hintereingang des Herrenhauses.

56

16.05 Uhr

Lyle Redmonds geliebte Klause stand an einer Stelle, wo der Wald, außer Sicht des Herrenhauses und der übrigen Gebäude von Arbor Knoll, eine Ausbuchtung aufwies. Creighton hatte dem Secret Service mitgeteilt, dass hier heute eine Besprechung stattfinden würde, und die Agenten angewiesen, Wache zu halten, aber niemanden am Betreten zu hindern. Er saß bereits auf dem buttercremefarbenen Lederthron des alten Mannes und rauchte eine seiner kubanischen Zigarren. Er nickte Vince zur Begrüßung zu, als der schließlich eintraf und die Tür hinter sich zuzog.

»Setz dich zu uns, mein Sohn. Ich bringe Brice und David gerade auf Trab. Jetzt, wo du hier bist, könnte man unser kleines Treffen fast als Kabinettssitzung bezeichnen. Der neue Direktor der Firma, der neue Handelsminister und natürlich der neue Notenbankchef.« Er lächelte und ließ die Titel in ihr Bewusstsein einsinken. »Ich würde sagen, die Zukunft sieht ziemlich rosig aus.«

David und Brice saßen auf dem Ledersofa. Sie hatten die Beine übereinander geschlagen, und ihre teuren Smokings fielen in modische Falten. Beide lachten mit mehr Befriedigung als Humor. Dieses Treffen war ganz nach ihrem Geschmack. Creighton hatte sie über den erstaunlichen Erfolg seiner Kampagne informiert sowie über die Tatsache, dass mit Staffelds Tod die einzige direkte Verbindung zu ihnen gekappt war.

Creighton vollführte eine Geste in Richtung Vince. »Sind Maya Stern und ihre Leute auf ihrem Posten?«

Vince setzte sich neben ihn und zündete sich eine Zigarette an. »Sind sie. Es ist nur eine Frage der Zeit.«

Creighton wartete, bis einer seiner Brüder nach dem Köder schnappte.

Es war Brice. Er runzelte die Stirn. »Was bedeutet das? Ist nicht alles –?«

»Das wollte ich euch gerade erzählen.« Creightons Lächeln verschwand. »Ich habe Neuigkeiten, die manchem von euch nicht schmecken werden. Ihr müsst es aber erfahren, denn wir müssen in dieser Angelegenheit einer Meinung sein.«

David schlug seine Beine von neuem übereinander. »Ich vermute, es wird ein königliches Lösegeld kosten.«

Creighton nickte grimmig. »So ist es. Aber die Alternative ist finanzieller Ruin und Schlimmeres.« Er nahm die teure Zigarre aus seinem schmalen Mund und betrachtete die lange graue Asche. »Wie ich euch bereits sagte, befindet sich der alte Mann auf freiem Fuß. Vince und ich sind der Meinung, dass er hierher kommt –«

»Was?«, fragte Brice ungnädig.

Creightons dunkle Augen nahmen einen leeren, harten Ausdruck an. »Wir werden ihn aufspüren, und wir können ihn natürlich wieder in das Pflegeheim stecken. Aber wir müssen den Tatsachen ins Gesicht sehen.« Er paffte seine Cohiba, als sammle er seine Gedanken. Schauspielerei war alles im Leben. »Ist er erst einmal wieder dort, wird er nicht ruhen, bis er wieder ausbüchsen kann. Ihr wisst, wie stur der alte Bastard ist.« Er legte eine Pause ein. Das, was jetzt kam, war nur Vince und ihm bekannt. Er konnte nicht sicher sein, wie sie darauf reagieren würden. »Es geht um das, was in den Tagebüchern stand. Er hat sich entschlossen –«

David runzelte die Stirn. »Ich hab's dir doch gesagt, Creighton, ich will kein verdammtes Sterbenswörtchen über Päckchen oder Tagebücher hören –«

Da bekam Creighton einen Wutanfall. Er hieb mit der

Faust auf den Tisch. »Es ist mir egal, was du willst! Du hast davon profitiert. Jetzt musst du auch Verantwortung dafür übernehmen, Gottverdammt! Ich hatte es nicht geplant, aber zu unserem Schutz musste ich Marguerite töten lassen.«

David unterbrach ihn: »Du hast Marguerite umbringen lassen?«

Brice fuhr ihn an: »Seine Auftragskillerin hat sie umgebracht. Er hat es nicht gewollt, also vergiss Marguerite. Was ich wissen will, ist: Was stand sonst noch in den Tagebüchern? Was kann dieser erbärmliche alte Mann der Öffentlichkeit schon zu erzählen haben?«

Creighton setzte sich zurück und atmete tief durch. »'ne verdammte Menge kann er erzählen. So viel, dass es ein Loch von der Größe des Grand Canyon in unsere Finanzen reißen würde. Sein neuer Wahn ist, reinen Tisch über die Herkunft unseres Vermögens zu machen; aufzudecken, wie er so verdammt reich und mächtig geworden ist.«

David knurrte: »Was meinst du mit der ›Herkunft unseres Vermögens‹? Jeder weiß doch, dass Dan Austrian ihre Partnerschaft finanziert hat. Okay, meinetwegen haben sie eine Reihe nicht ganz astreiner Geschäfte getätigt –«

»Du wiederholst nur die Geschichte, mit der sie ihren Arsch gerettet haben. 1945 besaß Dan keine zwei Pennys, die er hätte gegeneinander reiben können, und der alte Herr auch nicht. Sie waren so pleite, wie man nur sein kann. Und zwei Jahre später badeten sie in Geld und wurden immer reicher.«

Die beiden jüngeren Brüder starrten Creighton einen langen Augenblick an, während sie zu verstehen versuchten. Schließlich sagte David: »Also gut, Creighton. Wie zur Hölle haben sie es angestellt?«

Creighton gab die Geschichte aus den Tagebüchern wieder, wie die beiden mittellosen Soldaten ihren kühnen Raub des Zweiten Himmler-Schatzes durchgeführt hatten. Wie sie ihn in die Vereinigten Staaten geschmuggelt hatten. Wie sie den Großteil des Schatzes zu den Millionen gemacht hatten, die jenes Unternehmen begründeten, auf dem wiederum die Milliarden, das Prestige und der Einfluss der Familie basierten.

Er schloss seine Ausführungen mit den Worten: »Sie haben ihr Vermögen mit gestohlener Nazi-Beute gemacht. Doppelt, ja dreifach gestohlen. Erst den Sowjets, dann Himmler und schließlich Sylvester Maas, den sie ermordet haben. Das meiste haben sie verkauft, um ihre Firma zu finanzieren, den Rest haben sie unter sich aufgeteilt. Offenbar hat Dan das Bernsteinzimmer eine Weile behalten, aber wie lange und wo es am Ende geblieben ist, weiß der Himmel. Dads Anteil an der Diebesbeute hängt drüben im Herrenhaus an den Wänden.«

David und Brice hatte es die Sprache verschlagen. Creighton brach das bedrückte Schweigen absichtlich nicht. Das war der entscheidende Augenblick. Wie stark würden sie sich bedroht fühlen? Wie sehr würden sie wollen, dass dieses schmutzige Geheimnis gewahrt bliebe?

»Dieser bösartige Hurensohn«, keuchte Brice. »Nicht genug damit, dass er bei seinen Geschäften die ganze Zeit das Gesetz gebeugt und gebrochen hat, er ist auch noch ein verfluchter Kunstdieb!«

»Über die Gemälde besitzen wir keinerlei Besitzdokumente«, stellte David fest. »Wenn wir uns keine basteln, sind sie völlig nutzlos. Ein Vermögen wert, und wir können sie nicht verkaufen.«

Creighton unterdrückte ein Lächeln. Am Ende waren seine Brüder auch nur Redmonds und damit ziemlich berechenbar. An erster Stelle stand das Geld. Jetzt musste er ihnen das Maß der Bedrohung einhämmern, damit sie seiner Lösung zustimmten: »Falls der alte Mann damit an die Öffentlichkeit geht, wird er alles zurückerstatten, Bußgelder zahlen und vielleicht dafür ins Gefängnis gehen müssen. Falls er behauptet, wir hätten davon gewusst, sind sie auch hinter uns her. Aber das ist noch nicht das Schlimmste.« Er durchbohrte sie mit seinem erbarmungslosen Richterblick. »Wir haben den alten Herrn für unzurechnungsfähig erklären lassen. Wir haben die Verfügungsgewalt über sein Geld. Also werden sie *uns* zur Rechenschaft ziehen. Wir könnten sein Vermögen und wer weiß wie viel von unserem eigenen verlieren. Alternativ, wenn er die Kontrolle zurückerlangt, wird er die Strafgelder bezahlen und den Rest verschenken. Wir kriegen keinen Penny ab. Wir verlieren Arbor Knoll. Wir verlieren unseren Goodwill, unseren guten Ruf –«

»Genug«, unterbrach ihn David. »Ich hab's ja schon kapiert. Ich will erst gar nicht davon reden, wie stocksauer ich bin –«, er warf einen Blick auf Brice' erbostes Gesicht, »– *wir* sind, dass du uns all das nicht schon bedeutend früher erzählt hast. Ich hab' dir bereits vor einiger Zeit gesagt, was wir zur Hölle noch mal mit dem Alten anstellen sollten. Jetzt ist er entwischt, kommt hierher, und wir können nicht davon ausgehen, dass wir ihn stets ruhig stellen und daran hindern können, noch einmal abzuhauen. Uns bleibt keine Wahl. Wir müssen ihn ein für alle Mal zum Schweigen bringen.«

Creighton nahm einen tiefen Zug von seiner Zigarre. David hatte es als Erster ausgesprochen. »Ja, das tun wir.«

»Wir alle zusammen? Und zu gleichen Teilen?«, drängte David. In der Vergangenheit hatte Creighton ihm immer gesagt, wenn es ihm so ernst damit wäre, ihren Vater loszuwerden, dann müssten die horrenden Erbschaftssteuern aus seinem Anteil kommen.

»Zu gleichen Teilen«, stimmte Creighton zu.

Ein lastendes Schweigen senkte sich über den Raum. Brice starrte vor sich hin, blinzelte bedächtig. Sie hatten alle unter dem alten Mann gelitten, und als sie selbst im Geschäftsleben gestanden hatten, hatten auch sie alle ihren Pakt mit dem Teufel geschlossen. Später hatten sie die harte Entscheidung getroffen, sich der Vermögenswerte des alten Mannes zu bemächtigen. Creighton wartete und musterte ihre nachdenklichen Gesichter. Nach den ersten Gefühlsausbrüchen würden sie zu einem geschäftsmäßigen Austausch von Informationen und Meinungen zurückfinden. Er warf einen flüchtigen Blick zu Vince hinüber und sah, dass der so klug war, sich herauszuhalten, bis er gefragt wurde.

Zu guter Letzt ergriff Creighton wieder das Wort, das er diesmal direkt an Brice richtete; seine Stimme war leise, fast elektrisierend: »Es geht nicht nur um Julia und Keeline. Es geht auch um Dad. Wir dürfen nichts dem Zufall überlassen. Dafür steht zu viel auf dem Spiel. Wäre mein Plan gescheitert, wäre es weniger dringlich. Aber jetzt haben wir alle eine Zukunft vor uns, die glänzender als alles ist, wovon wir je geträumt haben. Wir müssen *alles* tun, was nötig ist, um diese Zukunft zu schützen!«

Brice wurde auf einmal ängstlich. »Mir gefällt das nicht. Es stinkt förmlich nach Problemen. Selbst wenn wir ihn töten, wer garantiert uns, dass das, was er und Dan getan haben, nicht auf anderem Weg an die Öffentlichkeit dringt?«

»Weil es niemand sonst weiß. Nur wir. So einfach ist das.« Creighton wandte sich an Vince. »Was meinst du?«

Vince ließ sein eingeübtes, ruhig bestätigendes Nicken sehen. Er hatte den alten Herrn ohnehin nie gemocht, und sein Vater wollte es. »Das ist der sauberste Weg.«

David seufzte. Er hatte inzwischen eifrig Zahlenreihen

im Kopf addiert. »Es wird uns ein verdammtes Vermögen an Erbschaftssteuern kosten.«

Creighton lächelte. David hatte ihm das Stichwort geliefert, um die Sache zum Abschluss zu bringen. Zeit, sie endgültig auf seine Seite zu ziehen, indem er es ihnen ein bisschen schmackhafter machte. »Denkt immer daran, Dan Austrian und Dad haben einen Mord begangen. Ich weiß nicht, wie die Schweizer Gesetze aussehen, aber in diesem Land verjährt Mord nicht. Das würde die Familie in Teufels Küche bringen.« Er hielt inne. »Natürlich würde es mich nicht daran hindern, Präsident zu werden. Nichts kann das jetzt noch aufhalten. Aber um im Amt Erfolg zu haben, muss ich meine hohen moralischen Prinzipien glaubhaft vertreten können. Ich werde ein Leben wie unter der Lupe führen. Wir würden die meisten Privilegien der Familie verlieren. Am Ende würde uns nichts mehr bleiben. Ich könnte nicht einmal einem von euch ein Amt übertragen.«

Brice zog eine Grimasse. Er schürzte die Lippen. »Für den ganzen Ärger, den das hier verspricht, hätte ich das Auswärtige Amt fordern sollen!«

David bemerkte: »Es kommt uns billiger, den alten Herrn umzubringen, als zuzulassen, dass er Amok läuft.«

Creighton kicherte. Sie lachten alle. Die Redmonds waren wieder einmal einig aus einer brenzligen Lage hervorgegangen. Schließlich war es am Ende nichts als ein weiteres Geschäft.

Creighton erhob sich und steuerte auf die Bar zu. »Jemand einen Brandy?«

»Ja, ich.« Vince stand auf. Sein Vater war unschlagbar. »David? Brice?«

Sie nickten, und Vince brachte ihnen die Gläser mit dem 50-jährigen Brandy.

»Weißt du«, begann David mit finsterer Miene, »das

Bankwesen war eigentlich nie so aufregend.« Dann lächelte er. »Ich glaube, die Politik wird mir gefallen.« Er erhob sich.

Creighton an der Bar drehte sich um und musterte seinen Sohn und seine Brüder. Er hob sein Glas und prostete ihnen zu. David und Vince hoben ihre.

Brice zuckte mit den Schultern und stand ebenfalls auf. »Ach, zur Hölle!«

Die vier Männer standen da und sahen einander einen langen Moment an, jeder ein Spiegelbild des anderen. Der alte Mann hatte sie geformt. Drei von ihnen hatte er persönlich großgezogen. Er hatte sie finanziell unterstützt, herabgesetzt, herausgefordert, beraten und ihnen Türen geöffnet. Ob es ihnen nun gefiel oder nicht, sie waren seine Nachkommen, die Erben von allem, was er hatte und was er war. Im Guten wie im Schlechten.

»Auf Tokugawas Faust.« Sie tranken. Ihr Vater verblasste schon in ihrer Erinnerung.

57

16.06 Uhr

Im Herrenhaus flog die Dunkelheit heran und nahm Julia das Augenlicht. Sie musste den Verlust aufhalten. *Sofort.* Rasch atmete sie ein. Atmete tief durch. Rief sich mit höchster Konzentration Brahms »Wiegenlied« ins Gedächtnis. Sie zwang sich, der beruhigenden Musik zu lauschen. Mit voller Absicht richtete sie ihren Blick auf den Ring ihrer Großmutter auf dem Gemälde. Sie zwang sich, ihn unverwandt anzuschauen, nahm all ihre Willenskraft zusammen und sagte sich, dass sie nicht mehr blind sein musste.

Ich bin nicht blind. *Ich kann sehen!*

Sie musste nicht wissen, was ihre Blindheit verursacht hatte.

Sie konnte sich all dem stellen, dem sie sich stellen musste.

Langsam und tief atmete sie aus und ein. Der Geruch verflüchtigte sich. Sie konzentrierte sich auf die einschläfernde Musik, den Blick noch immer auf den auffälligen Schmuck gerichtet.

Warum war der Ring ihrer Großmutter der Auslöser für ihre Blindheit geworden?

Und dann bohrte sich mit einem jähen Schmerz ein harter, runder Gegenstand in ihren Rücken.

»Keine Bewegung!« Gepresst und dicht an ihrem Ohr erklang die Stimme von Maya Stern. »Drehen Sie sich nicht um.« Heiße Lust und unbändige Freude durchströmten Stern. Ihre Analyse hatte sie nicht getrogen – die Austrian war als Nonne verkleidet. Jetzt konnte sie das lästige Weib töten.

Julia schien das Herz im Leib stehen zu bleiben. Ihre Kehle schnürte sich zusammen. Die dunkle, schwarze Wand wich aus ihrem Gesichtsfeld. Die Blindheit hatte sie zwar erfolgreich bekämpft, aber dabei hatten ihre Sinne Maya Sterns Annäherung übersehen. Sie hatte eine Schlacht gewonnen und den Krieg verloren. In ihrer rückhaltlosen Konzentration hatte sie ihre Deckung heruntergenommen, und Stern hatte sie überrumpeln können.

Erneut erklang die harte Stimme an ihrem Ohr: »Wir sind nur zwei alte Freundinnen, die sich zusammen ein schönes Bild angeguckt haben. Gehen Sie los!«

Julia konnte an nichts anderes als die Beretta in ihrer Tasche denken. Sie musste auf jeden Fall verhindern, dass Stern sie entdeckte. Wenn sie jetzt eine Bewegung in diese

Richtung unternahm, würde Stern sofort misstrauisch werden. Aber irgendwie musste sie sich so viel Bewegungsfreiheit verschaffen, dass sie zum Schuss kam.

Sie konnte die Wärme von Sterns Körper spüren, und mit dieser Empfindung sah sie ihn auch vor sich: Stern stand leicht nach links versetzt hinter ihr. Sie presste ihr die Waffe in den unteren rechten Rückenbereich neben dem Kissen, und so entspannt, wie Stern dastand, würde es einem beiläufigen Beobachter erscheinen, als hielte Stern eine übergewichtige und leider völlig reizlose Nonne liebevoll mit einem Arm umfasst.

Julia machte Anstalten, sich umzudrehen.

Der Pistolenlauf bohrte sich noch tiefer in ihren Rücken. »Denken Sie nicht mal dran. Ich hätte Sie in London erledigen sollen, als ich die Möglichkeit dazu hatte. Gehen Sie langsam nach rechts.«

»Ich glaube nicht, dass ich das tun werde.« Julias Füße rührten sich keinen Zentimeter. Wenn sie nicht sofort fliehen konnte, konnte sie vielleicht etwas herausbekommen. »Wie lange arbeiten Sie schon für Creighton? Wen haben Sie alles für ihn umgebracht?«

Maya ignorierte sie. »Wir gehen zu dieser Tür. Bewegung!«

»Sam sagt, Sie wären beim CIA gewesen. Wir werden Sie stoppen –« Panisch schaute sie nach links und nach rechts. Der Aufzug befand sich in einem geräumigen Teil des Flurs zwischen der Eingangstür und der Tür zum Personalbereich – Küchen, Vorratskammern, Küchenkräuter- und Blumenveranda verbargen sich dort.

Stern sagte: »Falls Sie denken sollten, ich würde nicht schießen – bitte geben Sie mir die Gelegenheit, Ihnen das Gegenteil zu beweisen. Diese Pistole ist mit einem Schalldämpfer versehen, und hier ist es laut genug, um das Geräusch zu überdecken. Wenn Sie zusammensinken, fange ich Sie auf. Ich werde jedem erzählen, Sie seien ohnmächtig geworden, aber Sie werden tot sein, bevor irgendjemand – Keeline eingeschlossen – weiß, dass wir uns begegnet sind. Und jetzt gehen Sie durch die Personaltür. *Sofort!*«

Es gibt Momente, wo man kämpfen, und Momente, wo man weglaufen sollte. Dies war keiner von beiden. Julia bekam tödliche Angst. Sie glaubte Maya Stern. Sie wandte sich um und ging durch die Tür in den Personaltrakt.

16.07 Uhr

Schweiß perlte auf Sams Stirn, als er auf die Hintertür zuraste. Er war sich nicht völlig sicher, was genau er für Julia empfand, aber er wusste, dass er jede Minute, in der sie zuletzt getrennt waren, an sie gedacht hatte. Immer wenn ihm der Gedanke kam, sie könne sterben, tat sich in seinem Innern ein unendliches, höllisch schmerzendes Loch auf. Aber wenn er daran dachte, wie es war, mit ihr zusammen zu sein –

Nichts anderes zählte.

Er zog seine Browning und öffnete die erste Tür auf der Rückseite des Herrenhauses. Dahinter lagen eine altmodische Veranda und ein Raum zum Vorbereiten von Blumenarrangements. Eine tiefe Metallspüle und eine zinkverchromte Theke waren an eine Wand gerückt. Die von Mauern umgebene Veranda roch nach Erde und Pflanzen, ihre Läden waren zum Schutz gegen die Sonne heruntergelassen. Während er seine Atmung unter Kontrolle brachte, schlüpfte er hinein.

16.08 Uhr

Julia schaute sich hektisch um, während sie und Stern einen Flur durchquerten. Sie kamen an einer höhlenartigen Küche vorbei, in der Küchenchefs, Gehilfen und Kellner in einem wohl geordneten Pandämonium umherwuselten. Julia hoffte, irgendjemand würde sie bemerken. Irgendjemand würde Stern ablenken, sodass sie dazu käme, ihre Beretta zu ziehen.

Sie verlangsamte ihren Schritt, versuchte Zeit zu gewinnen. Ihre Gedanken überschlugen sich, suchten nach einer Möglichkeit –

»Schneller«, befahl Stern.

Hinter sich konnte Julia die Luftbewegung spüren, die ihr sagte, dass Stern sich permanent umschaute, ob jemand vielleicht zu großes Interesse für sie an den Tag legte. Julias Sinne waren geschärft wie feinstes Schleifpapier, aber ihnen und ihrer Beretta zum Trotz war sie völlig hilflos. Dann sah sie in einem Fenster links neben sich eine blitzschnelle Bewegung, die sich von der Küche entfernte. Ihr Herzschlag beschleunigte sich. Sie erhaschte einen flüchtigen Blick auf einen hoch gewachsenen Priester mit ausladender Wampe und ungestaltem Gesicht. *Sam.*

Maya Stern hatte eine weitere Tür erreicht, die auf eine ummauerte Veranda führte. Als Stern sie öffnete, blieb Julia stehen. Sie musste Sam Zeit verschaffen –

»Weiter.« Sterns Stimme war schroff.

»Warum sollte ich? Sie erschießen mich doch sowieso.«

Stern stieß ihr mit einem boshaften Ruck die Pistole in die Rippen. Schmerz stieg ihr in den Kopf. Egal. Sie würde Stern nicht die Genugtuung geben, sich anmerken zu lassen, dass es wehtat oder dass sie Angst hatte.

Gelassen versetzte sie: »Aber wenn Sie darauf bestehen –« Sie drückte die Tür auf. Sie konnte Sam wie ein warmes Totem zu ihrer Rechten spüren, als sie einen Schritt auf die dämmrige Veranda tat. Rasch riss sie den Kopf nach links, als habe sie dort eine Hoffnung erspäht, ein Wunder.

»Sam!«, stieß sie atemlos hervor.

Stern reagierte instinktiv. Für den Bruchteil einer Sekunde schaute sie nach links. Sie fasste sich fast unverzüglich wieder, aber da war es schon zu spät.

Aus seinem Versteck an der rechten Wand versetzte Sam Sterns Handgelenk einen Schlag mit der Handkante. Das Abendtäschchen mit der Pistole fiel zu Boden.

Sofort trat Stern mit einem blind geführten *sokuto*-Schwertfuß nach rechts.

Sam sprang zurück, und der Karateschlag glitt an seiner Hüfte ab. Er hatte seine Lektion bezüglich Maya Stern gelernt. Wie eine muskelbepackte Nymphe krümmte sie sich, um erneut anzugreifen. Er ließ es nicht zu. Er legte seinen Unterarm um ihre Kehle, riss sie von Julia weg und rammte ihr die Browning gegen die blonde Perücke.

Aber er hatte Stern unterschätzt. Sie war ein Straßenkämpfer. Sofort griff sie nach hinten, schlug ihm die Browning aus der Hand, packte ihn an den Ohren und zog daran.

Der Schmerz fuhr Sam in blauen Blitzen direkt in den Kortex. Dennoch warf er seinen Kopf hin und her. Als der Winkel stimmte, grub er seine Zähne in ihre linke Hand. Blut schoss ihm in den Mund, heiß und übelkeitserregend.

Sterns Griff erlahmte. Sam biss durch bis auf den Knochen.

Sie stöhnte auf. Ihre Hände sanken herab.

Während Sam und Stern miteinander rangen, befreite Julia ihre Beretta aus den Falten ihrer Ordenstracht. Ein rasendes Triumphgefühl durchströmte sie. *Sie hatten Maya Stern.*

Doch just in diesem Augenblick öffnete sich die Tür zum Haus hin. Ein Männerfuß krachte gegen Sams Kopf und schickte ihn der Länge nach auf den Steinfußboden.

Stern zögerte niemals. Sie hatte gesehen, dass Julia eine Beretta hatte. Während das Blut von dem Biss in ihrer Hand troff, wirbelte sie herum und landete einen *sokuto*-Schwertfuß gegen Julias Brust. Die Beretta klapperte zu Boden, und Julia fiel wie gelähmt auf den Rücken; ihre Lunge brannte höllisch beim Atmen.

Sofort kniete der Mann über Sam und hielt ihm eine Waffe zwischen die Augen. Er war Stern und Julia gefolgt.

Maya Stern, das schöne Gesicht wutverzerrt, hob ihre perlenbestickte Abendtasche auf und stieß Julia die Pistole zwischen die Rippen. Der Schmerz durchzuckte Julia wie ein Messer, während sie verzweifelt nach Luft rang.

»Aufstehen!«, fauchte Stern sie an.

Ein zweiter Mann betrat die Veranda durch die Hintertür. Größer als derjenige, der Sam noch immer die Pistole zwischen die Brauen hielt, trug auch er einen Smoking. Die beiden Männer hatten das schleimige, gekünstelte Aussehen von Menschen, die sich in vielen Welten bewegen können. Julia kannte sie von Hell's Kitchen. Sie waren beide Hausmeister, Killer. Der zuletzt Angekommene sammelte die Beretta und Sams Browning auf. Der andere riss Sam hoch, den Lauf fest in sein Gesicht gepresst.

»Besorg ein Handtuch und wickel es um meine Hand!«, befahl Maya Stern dem mit den Waffen.

Sam unterdrückte den Schmerz, der seinen ganzen Schädel beben ließ. Sein Blick suchte die Veranda nach einer Möglichkeit ab, Julia zu helfen.

Der magere Hausmeister, der ihn in Schach hielt, knurrte: »Du hättest hinter deinem Schreibtisch bleiben sollen, Arschloch.«

Sam spuckte die Wattebällchen aus, die seine Gesichtszüge verzerrt hatten. »Wieso? Und all das hier verpassen?« Seine Mundwinkel zogen sich vor Abscheu und Wut in die Höhe. Ohne die ›Polster‹ wirkte sein Gesicht wieder wie aus Stein gemeißelt.

Die Waffe des Hausmeisters bohrte sich tiefer zwischen seine Augen. Der Mann war es nicht gewöhnt, zu versagen, und dieser Sam Keeline war an seinem Unbehagen schuld. »Eigentlich war das nur ein ganz normaler Auftrag.« Seine Stimme klang leise und ausdruckslos.

»Schluss damit!« Maya Sterns Mund war ein roter Hieb durchs Gesicht. Der zweite Mann kam zurück, schlang ein Leinenhandtuch um ihre Hand und verknotete es. »Jetzt bring ihn nach draußen und töte ihn. Du weißt, wo.« Sie zog Julia hoch und stieß sie nach draußen in die untergehende Sonne.

»Sam!«

»Mach dir lieber Sorgen um dich selbst!« Wieder rammte Maya Stern Julia die Pistole zwischen die schmerzenden Rippen. »Los!«

Sam rief ihr zu: »Keine Angst! Ich hab sie da, wo ich sie haben wollte.«

Die beiden Männer schoben Sam brutal durch eine weitere Tür.

Julia sah sich über die Schulter nach hinten um und hoffte auf ein Wunder, während sie dem Backsteinweg zwischen Wacholderbüschen hindurch folgte, die sich leuchtend und unheilvoll grün gegen das braune Gras abhoben. Die Sonne, kalt und strahlend hell, sank dem Horizont entgegen. Der Wind war wieder aufgefrischt. Rastlos strich er über das Land, bewegte die dünnen Äste der

Bäume und wirbelte totes Laub umher wie in einem verrückten Tanz.

Am Ende war sie doch keine gleichwertige Gegnerin für Maya Stern gewesen. Innerlich schäumte Julia und verfluchte sich selbst. Genau wie Sam es vorausgesagt hatte, hatte sie sich als unfähig erwiesen, eigenhändig mit ausgebildeten Killern fertig zu werden. Aber sie durfte ihn nicht verlieren. Nicht jetzt. Nicht nach allem, was sie durchgemacht hatten. Sehnsüchtige Liebe durchströmte sie, unmittelbar gefolgt von rasendem Kummer.

Ihretwegen würde Sam sterben.

Hinter ihr verblasste der fröhliche Partylärm. Sie und Stern gelangten außer Sichtweite der Gästehäuser, des Teehauses und der Veranda.

Stern schob sie um eine Ausbuchtung des Waldrands herum. Vor ihnen erhob sich Großvaters abgeschiedenes Lusthäuschen, vom Wald umschlossen, von keinem der übrigen Bauten einzusehen. Eine uralte Angst ergriff Julia. Hier war sie seit Jahren nicht mehr gewesen. Sie verband mit dem schlichten Gebäude Macht und Gewalt und wusste nicht, weshalb. Sie ballte ihre Hände zu harten Fäusten. Unterdrückte ihre Angst um Sam und sich selbst. Angst konnte sie sich nicht leisten. Noch waren sie nicht tot. Sie musste nachdenken. Musste alle ihre Sinne benutzen –

Maya Stern stieß sie auf dem Weg voran. Trotz der eisigen Luft schwitzte Julia. Ihre Brust fühlte sich an, als würde ein Stahlband immer enger gezogen …

16.09 Uhr

Lyle Redmond tapste dem Ende des Tunnels entgegen, den Kopf unter den herunterbaumelnden Glühlampen eingezogen. Er fror und war müde, aber auch stolz auf sich. Er schlug Spinnweben beiseite und kicherte vor sich hin.

Beim Kauf von Arbor Knoll hatte Lyle sich gedacht, wenn der Präsident geheime Tunnel haben konnte, die ihn ungesehen von der Pennsylvania Avenue wegführten, dann hätte auch er Anrecht auf zumindest einen. Seiner öffnete sich aus einem kleinen, von einem Gebüsch verdeckten Schuppen auf eine Asphaltstraße. Nichts so Großartiges wie der des Präsidenten, aber dennoch äußerst praktisch. Und mit einem Kombinationsschloss an der Tür und seiner Fähigkeit, den Mund zu halten, war ihm nie jemand auf die Schliche gekommen.

Lyle hatte sich den größten Teil des Tages ausgeruht, sodass er Kräfte hatte sammeln können. Und der gute Pater Michael hatte ihm 30 Dollar Taschengeld gegeben. Der Taxifahrer hatte sich über das üppige Trinkgeld gefreut. Wieder kicherte er vor sich hin und sog die feuchtkalte Luft ein. Sie brachte ihm die Erinnerung an schöne Frauen zurück. Nach Marys Tod war er einsam gewesen, aber er hatte es überlebt. Und jetzt, zur Hölle, war es gut, am Leben zu sein. Da war etwas, das er sich angucken musste, und dann würde er die Konfrontation mit seinen habgierigen Söhnen aufnehmen

16.10 Uhr

Julia! Sams gequälte innere Stimme rief ihren Namen, als Maya Stern sie aus der Tür schob und mit ihr verschwand. Zumindest lebte sie. Stern musste den Auftrag haben, sie zu Creighton zu bringen, andernfalls hätte sie sie beide gleich getötet. Wenigstens dafür konnte er dankbar sein. Vielleicht würde Creighton Julia bis nach der Wahl in Ruhe lassen. Vielleicht –

Er glaubte es keine Sekunde lang.

Nein, Creighton würde von Julia erfahren wollen, wie viel sie wusste und wem sie es noch erzählt hatte. Vielleicht würde er sie davon zu überzeugen versuchen, in den Schoß der Familie zurückzukehren. Schließlich war sie eine Redmond, und es lag auf der Hand, dass er ganz vernarrt in den Familienmythos war.

Aber Julia würde ihm bis zuletzt Widerstand leisten. Zu etwas anderem war sie gar nicht imstande. Weil sie eine Redmond war. Wie der alte Lyle.

Er musste ihr zu Hilfe kommen.

Die beiden Hausmeister schubsten Sam von der Veranda auf den Rücksitz eines wartenden Wagens. Da es noch taghell und der Secret Service überall war, wollten sie das Risiko, ihn an Ort und Stelle umzubringen, nicht eingehen. Sam wusste, dass sie, um ihre Erfolgschance zu erhöhen, ihn besser sofort erschossen und sich dann ausgedacht hätten, wie sie seine Leiche am besten verstecken und wegschaffen könnten. Aber irgendjemand hatte ihnen diese einfachste Möglichkeit verbaut. Vermutlich Vince in seiner verklemmten Art, alles sauber und ordentlich zu erledigen. Immer den Schein wahren, damit es gut aussah, und es dann doch nicht richtig machen.

Der Größere, Dunklere der beiden, mit einer Messernarbe im linken Augenwinkel, der ihm einen schläfrigen Blick zuwarf, klemmte sich hinters Steuer. Der Magere mit dem Gesicht eines wahnsinnigen Frettchens stieg neben Sam in den Fond, wobei er seine 9-mm-Glock ununterbrochen auf Sams Brustkorb presste. Ein weiterer Fehler. Der magere Hausmeister war ein Killer, kein Außendienstagent. Er wusste, wie man tötet und sich dann aus dem Staub macht, aber im Bewachen von Gefangenen war er nachlässig. Sam dachte angestrengt darüber nach, um zu verhindern, dass der saure Geschmack der Angst in seinem Mund ihn vollständig überwältigte.

Sie schlugen eine holprige Wirtschaftsstraße aus festgefahrenem Lehm ein, die in den tiefen Wald führte. Ein Secret-Service-Agent tauchte auf, und der Fahrer winkte. Er erkannte den Fahrer und ließ ihn passieren. Creighton – oder Vince – hatte für genügend Eventualitäten vorgesorgt, dass Sam seine Lageeinschätzung noch einmal revidierte: Sie hatten auch so eine verdammt gute Chance, ihn zu töten.

Zuletzt erreichten sie ein verschlossenes Tor tief im Wald. Hinter ihm wand sich eine Asphaltstraße durchs Gelände. Es gab kein Pförtnerhaus und keinen Wachtposten, die hinein- oder hinausfahrende Leute überprüften, aber einige Agenten würden am Zaun entlangpatrouillieren. Der Fahrer mit dem Schlafzimmerblick sprang hinaus, um das Tor zu öffnen. Der magere Killer beobachtete seinen Partner, hielt nach Agenten Ausschau und bewachte Sam.

Sam entschied spontan, dass das zu viele Aufgaben für seinen Bewacher waren. Außerdem musste er rasch etwas unternehmen, bevor sie das Anwesen verließen. Dies hier roch nach der besten Chance, die er aller Wahrscheinlichkeit nach kriegen würde. Er musste das Risiko eingehen.

Also stöhnte er auf. Fasste sich an den Magen und kippte vornüber.

Der magere Hausmeister neben ihm ließ sich lange genug überraschen, dass der Druck seiner Pistole auf Sams Brustkorb geringfügig abnahm. Ohne Zögern rammte Sam dem Burschen einen schrägen *yoko hiji-ate* direkt in die Rippen und ließ die zur Faust geballte andere Hand auf den Arm niederkrachen, der die Glock hielt. Die Glock fiel mit einem leisen Aufprallgeräusch auf den Wagenboden. Der Bursche verdrehte vor Schmerz die Augen, sodass das Weiße sichtbar wurde, und ließ den Arm schlaff und gelähmt heruntersinken.

Mit seiner unverletzten Hand jedoch schlug er nach Sams Kehle. Sam blockte den Schlag mit einem Rückhand-*haishu-uke* ab und rammte die Fläche seiner anderen Hand unter das Kinn des Burschen. Sein Kopf schnellte in den Nacken. Es war ein Knacken zu hören. Schlechter Atem erfüllte das Wageninnere, und der Kopf des Mannes rollte zur Seite. In wenigen Sekunden war alles vorbei. Der Hausmeister war bewusstlos.

Sam schnappte sich die mit einem Schalldämpfer versehene Glock vom Boden. Er keuchte.

Der erste Hausmeister hatte das Auto schaukeln sehen. Er rannte zurück und zog im Laufen seine Pistole aus dem Halfter. Sam öffnete die Tür auf der anderen Seite und schlüpfte hinaus in den kühlen Sonnenschein, der schräg durch die Bäume einfiel. Als er beobachtete, wie die Füße des Burschen zögerten und dann um das Fahrzeug herumkamen, rollte er sich lautlos unter den Wagen. Er hatte das merkwürdige Gefühl, als hätte er den Außendienst, das Osteuropa des Kalten Krieges nie verlassen. Der Boden war fruchtbar und feucht. Der Geruch füllte seinen ganzen Kopf aus und ließ ihn an den Tod denken.

Sam rutschte so lange herum, bis er mit dem Gesicht zu der Wagenseite zu liegen kam, auf der er soeben ausgestiegen war. Als der Hausmeister mit dem schläfrigen Blick stehen blieb, um die Lage zu erkunden, schoss Sams Hand vor, packte ihn am Knöchel und riss ihn um. Spuckend und fluchend schlug der andere auf dem Boden auf. Inzwischen rollte Sam sich unter dem Wagen hervor. Eine schallgedämpfte Kugel kratzte mit einem tödlichen

Pop an seiner Wange entlang. Heißes Blut spritzte ihm ins Auge und rann seine Wange hinunter.

Sam blinzelte hektisch, um wieder sehen zu können, ließ sich gleichzeitig flach nach hinten fallen, zielte und schoss. Die Waffe des Burschen hatte sich gerade wieder auf Sam gerichtet, aber Sams ebenfalls schallgedämpfte Kugel fraß sich durch die Stirn des Mannes. Knochen und Hirnmasse traten aus seinem Hinterkopf aus. Reglos, die Pistole noch in der Hand, stürzte der Hausmeister in die blutige Masse.

Sam keuchte heftig. Erleichterung durchströmte ihn. Sein Herz schlug wie eine Kesselpauke. Gott, er war gut hierin. Und, Gott, wie er das hasste.

Er rappelte sich in eine sitzende Position hoch, drehte sich um und sah in den offenen Fond, und plötzlich wurde aus dem Auto ein Stilettmesser auf seine Kehle gerichtet.

»Du Hurensohn!« Der magere Killer war wieder bei Bewusstsein und brandgefährlich.

Bevor Sam seine Waffe hochreißen konnte, warf sich der Killer auf ihn. Sam duckte sich und feuerte. Die Kugel erwischte den Kerl direkt unterhalb des Kinns, pflügte sich durch seinen Hirnstamm und explodierte in der Luft. Der Mann brach zusammen. Sein Oberkörper hing schlaff von der Rückbank auf die Erde herunter.

Sam schüttelte schwer atmend den Kopf und lauschte. Hatte einer der Secret-Service-Agenten die schallgedämpften Schüsse gehört? Er kauerte sich hinter den Wagen und beobachtete den dichten Wald, die leere Straße jenseits des Tors, die offenen Wiesen, die sich zur Bucht hin senkten. Nichts rührte sich. Nur eine sanfte Stille, in der die Strahlen der niedrig stehenden Sonne schräg durch die Bäume fielen.

Er stand auf und zerrte die beiden Männer in ihren feinen Smokings in den Wald. Schaufelte mit den Füßen notdürftig lockeren Waldboden über sie. Dann lief er zu dem Wagen zurück, stieg ein und fuhr zu dem fernen Herrenhaus zurück. Immer noch waren keine Agenten des Secret Service auf der Bildfläche erschienen, und er konnte nur beten, noch zur rechten Zeit zu kommen.

58

16.20 Uhr

In der Klause vermischte sich der beißende Geruch der guten Zigarren mit demjenigen des aromatisch duftenden Holzes der Wandverkleidung. Die niedrig stehende, frühe Wintersonne übergoss die exotischen Hölzer mit einer hellgelben Patina und verlieh dem dicken Leder und dem polierten Holz der Möbel einen warmen Schimmer. Die Brüder und Vince entspannten sich in der Wärme der Sessel und des Sofas und kosteten schon einmal den Vorgeschmack des Sieges aus, der ihnen bald gehören würde.

»Tokugawas Faust«, stellte Vince voller Bewunderung fest, »versagt nie.«

Vince sah, wie sein Vater und seine Onkel ernst nickten. Ihm kam der Gedanke, dass der alte Lyle vielleicht ein zu guter Lehrer gewesen war. In der Einigkeit lag ihre Stärke. Die mächtigen Redmonds. Und jetzt standen sie gegen den Ersten der mächtigen Redmonds. Vince lächelte, weil er sah, dass sie sich noch immer selbst zu ihrem Erfolg beglückwünschten. Da begann der Boden plötzlich leicht zu beben. Es gab ein hohes, schleifendes Geräusch.

Erschrocken schauten sich alle um und versuchten den Ursprung des Geräuschs auszumachen.

»Da!« Vince deutete auf eine Stelle.

Ein Abschnitt des Fußbodens in der Nähe des Schreibtischs hob sich. Es handelte sich um ein großes Rechteck von acht Bodenplanken, nicht vom Rest des Parketts zu unterscheiden. Plötzlich kippte das ganze Stück nach oben um, und ein Arm, halb verdeckt von einem braunen Ärmel, klappte eine Falltür zurück. Lyle Redmonds weiße Mähne und sein verwittertes Gesicht, von Spinnweben verklebt, stiegen auf wie Johannes der Täufer aus der Zisterne in Herodes' Palast.

Wütend funkelte er seine Söhne und Vince an. »Gottverdammt. Was geht denn hier vor?«

»Dad?« Brice konnte es nicht fassen.

Creighton und David glotzten ihn sprachlos vor Schrecken an.

Der alte Mann kletterte aus der Luke. »Dachtet wohl, ihr hättet mich bequem auf Eis gelegt, was? Ihr armseligen Würstchen glaubt, ich wüsste nicht, was ihr mit meinem Geld anstellt?« Er richtete sich mühsam auf. »Wen zum Teufel schert es, ob du Präsident wirst, Creighton? Wie viele Menschen mussten sterben, damit du bekommst, was du dir in den Kopf gesetzt hast? Deine eigene Schwester! Deine Nichte! Jesus, Maria und Josef!« Er stakste auf seine Söhne zu, und die lange, braune Franziskanerkutte schlug ihm um die Beine. »Glaubt ihr, das, was ihr wollt, wäre so wichtig? Okay, ich habe auch ein paar Regeln gebrochen, meine Konkurrenten energisch angefasst, Land verkauft, das ich nicht hätte verkaufen dürfen. Ich habe Fehler begangen. Aber das hier –« Er umfasste mit einer einzigen Kopfbewegung seine Söhne und seinen Enkel. »Ich schäme mich für euch. Tödlich. Und ich habe Angst um euch. Eure Seelen werden im Höllenfeuer brutzeln. Das hier muss aufhören. Ihr bringt *Menschen* um, um Himmels willen! Ich wollte, dass ihr

Männer werdet. Aber ihr habt euch in Blut saugende Vampire verwandelt!«

Gelähmt von der plötzlichen Erscheinung eines Mannes, der alt und senil hätte sein sollen, kämpfte Brice gegen seine alte Furcht an. Dann gewann der Ärger darüber, wie Lyle ihn zu Grunde richten würde, die Oberhand. Sein gottverdammter Vater war verrückter denn je. »Nein! Das wirst du nicht tun!«

»Brice!« Lyle wirbelte herum, um Brice ins Gesicht zu sehen. »Du! Von dir hatte ich mir mehr erhofft. Du bist gegangen und hast dir etwas Eigenes geschaffen, als du deine Firma aus dem Nichts aufgebaut hast. Dafür habe ich dich geachtet. Aber jetzt machst du gemeinsame Sache mit Creighton, anstatt ihn in den Arsch zu treten und ins Gefängnis zu schicken!«

David war erbost aufgesprungen. »Versuchst du uns noch immer einzuschüchtern, alter Mann? Was anderes hast du nie gekonnt. Große Worte und Lügen! Darauf hast du dein Unternehmen aufgebaut, aber selbst das konntest du nicht allein. Dafür hast du Dan Austrians Grips und Geschäftssinn gebraucht.«

Der alte Mann stürzte sich auf David: »Ohne mein Geld wärst du als tintenklecksender Schalterangestellter oder Bankräuber geendet! Du kannst doch nur in Zahlen denken. Was ist nur mit deinem Herzen passiert!«

Vince hatte seinen Großvater nie so ausfallend gesehen. Er hatte seinen Vater davon erzählen hören, wie er herumgebrüllt und jeden tyrannisiert hatte. Aber bis er ihn hier nicht leibhaftig erlebte, hätte er es nie geglaubt. Er selbst hätte nie zugelassen, dass Creighton so mit ihm umsprang. Der Alte *war* dement. Das musste ein Ende haben.

Vince erhob sich. »Du bist nicht in der Verfassung, um das Heim zu verlassen, alter Mann. Ich –«

»Holla, das ist ja unser Bübchen!«, grölte Lyle. »Ist das deine Stimme oder Creightons? Sieh mich an, Enkel. Du bist verdammt noch mal zu jung, um zu wissen, was für ein Arschloch dein Vater ist, also lass es dir erklären. Jeder Mann, der seinem Vater das Vermögen stiehlt unter dem Vorwand, es schützen zu müssen, ist der Kerl mit dem dicksten Schwanz im Block und einem starken Hang zum Exhibitionismus. Und du entwickelst dich genau wie er!«

Creighton erholte sich endlich von dem Schock des plötzlichen Auftauchens seines Vaters. Sein scharfer Verstand begann wieder zu funktionieren. »Okay, Dad«, sagte er gelassen, »du hast deinen Spaß gehabt. Jetzt sind wir an der Reihe. Wenn du glaubst –«

»Spaß?«, knurrte Lyle. »Denkst du, das wäre Spaß? Glaubst du allen Ernstes, die ganze Zeit, die ich in diesem Gefängnis rumgelegen habe, in das ihr mich gesteckt habt, hätte ich an nichts anderes gedacht, als mit euch quitt zu werden? Das hat dein Superhirn sich ausgedacht? Nun, du hast falsch gedacht, mein Sohn.« Er atmete tief ein und versuchte sich zu beruhigen. »Ich wollte uns retten, das ist alles. Aber die einzige Chance besteht darin, dass all das aufhört. Hier. Auf der Stelle. Creighton, du musst im Fensehen auftreten und der Welt sagen, dass Douglas Powers ein guter Mensch ist und einen verdammt guten Präsidenten abgeben wird.« Er sah seinen Ältesten wütend an. »Dann musst du ihnen sagen, was du, deine Brüder und dein Sohn getan haben. Beichten. Sagen, dass es dir leid tut. Und deine Strafe wie ein Mann entgegennehmen.«

Der alte Mann biss sich auf die Lippe. Tränen schimmerten in seinen Augenwinkeln. Er blinzelte sie weg, und seine Stimme senkte sich. »Und ich werde bei dir sein, mein Sohn. Ich werde ihnen auch sagen, was ich getan habe. Das über den Schatz, den Dan und ich gestohlen haben, und über den Mord, den ich gedeckt habe. Weil es mir aufrichtig leid tut. Und ich werde meine Strafe annehmen, ganz gleich, wie sie ausfallen mag, und werde froh sein, dass meine Seele am Ende doch noch eine Chance auf Erlösung bekommt.«

Einen langen Augenblick – als erwarteten sie, dass er nie mehr aufhörte – sagten weder seine Söhne noch sein Enkel ein Wort. Das Schweigen zog sich in die Länge. Ihre Mienen waren wie versteinert, und Macht und Selbstvertrauen, ihr Geburtsrecht, strahlten von ihnen aus. Ihr Leben lang hatten sie Dinge zurechtgestutzt und ergaunert und das Gesetz gebrochen, und so erkannten sie keinen Unterschied zu dem, was sie im Augenblick taten. Vor wenigen Minuten hatten sie einen Entschluss in Bezug auf ihren Vater getroffen, und kein Berg von Schuld würde sie aufhalten. Besonders nachdem Lyle die Verbrechen gestanden hatte, die sie ruinieren würden, wenn alle Welt davon erführe.

Unvermittelt warf Creighton den Kopf zurück und begann zu lachen. Das Geräusch schien den ganzen Raum auszufüllen und von den Wänden und der Decke zurückzuprallen. Abrupt brach er ab. Seine Augen sprühten Blitze. »Es ist immer wieder dieselbe alte Scheiße, nicht wahr, alter Mann? Du musst einfach Recht behalten!« Er senkte die Stimme, legte ihr einen kühlen und schroffen Klang bei. Geschäftsmäßig. »Du glaubst also, wir werden alle in die Hölle kommen. Und das macht dir Angst. Du willst Buße leisten für alles, was du getan hast, und jetzt hast du es dir in deinen wirren Kopf gesetzt, dass wir das auch müssten.«

Der alte Mann sagte einfach: »Du irrst dich, Creighton.«

Aber Creighton sprang auf. Er stolzierte auf ihn zu und

bohrte ihm einen Finger in die Brust. »Das mit der Hölle kriegen wir später – falls es sie gibt. Wir leben im Hier und Jetzt. Auf dem Planeten Erde. Wir werden dieses Land regieren, und es gibt verdammt noch mal nichts, was du dagegen tun könntest.«

Lyle versuchte es noch einmal. »Creighton. Du weißt nicht, was –«

»Schluss damit!«, brüllte Creighton. »Ich will nichts mehr von deiner Scheiße hören!« Er drehte sich abrupt um und sagte zu Vince: »Gib mir deine Pistole!« Vince zog die Augenbrauen hoch, reichte ihm aber seine SigSauer. Creighton zielte auf Lyle in seiner braunen Franziskanerkutte. Rasende Wut und Frustration trieben ihn an. Auf keinen Fall würde er zulassen, dass Lyle sein Leben zerstörte. »Falls es eine Hölle gibt, alter Bastard, mach dich bereit, sie kennen zu lernen, denn hier wird deine ganze Scheiße enden!«

Creighton richtete die Waffe auf den Kopf seines Vaters. Er spannte den Hahn.

Brice auf der Couch versteifte sich, als wolle er aufstehen, hielt dann jedoch inne und sank zurück. David rührte sich erst gar nicht. Ein dünnes Lächeln stahl sich über sein errötetes Gesicht.

Vince befeuchtete sich die Lippen und verfolgte die Vorgänge mit funkelnden Augen.

»Auf die Knie!« Creighton drückte den schwachen alten Mann auf die Knie. Er zielte mit der entsicherten Pistole auf ihn. »Jetzt darfst *du* dich wie ein Mann benehmen.«

Lyle Redmond hob den Blick zu seinem Sohn. In seinen Augen lag keine Furcht, nur Verachtung. »Mach schon, du kleine Ratte. Wenn du genug Mumm hast, um deine Schmutzarbeit selbst zu erledigen, bitte.«

16.32 Uhr

Maya Stern schubste Julia durch das schmiedeeiserne Tor und zum Eingang des abgelegenen Lusthäuschens hinauf. Julia schluckte. Sie hatte Angst. *Denk nach*, beschwor sie sich. Sie musste eine Fluchtmöglichkeit finden –

Sie atmete tief durch und ging hinein. Und blieb erstaunt stehen.

Die langsam untergehende Sonne fiel durch die hohen, nach Westen gehenden Fenster hinein und tauchte ihre Onkel, ihren Großvater und ihren Vetter Vince in ihr strahlendes, hartes Licht. Brice und David saßen auf dem Sofa, die Arme vor der Brust gekreuzt. Sie sahen erst sie, dann Creighton mit neugierigem Blick an. Vince stand mit leuchtenden Augen wenige Schritte hinter seinem Vater. Creighton ragte im Mittelpunkt des großen Raums auf, eine entsicherte Pistole in der Hand. Sie zeigte auf ihren Großvater. Der alte Lyle, auf den Knien, hob den Blick. Trotzig.

»Creighton! Was machst du mit Großvater?« Und dann erstarrte sie. Sie roch –

Blitzartig schien der sonderbare, stechende Geruch, der in Verbindung mit ihrer Blindheit stand, in ihrem Kopf zu explodieren. Dennoch drohte keine erneute Erblindung, und diesmal war der Geruch real. Er stammte von einem der Tropenhölzer, die den höhlenartigen Raum täfelten. Irgendein Holz, dessen Namen sie nicht kannte. Wie ... Kampfer ... aber dann wieder doch nicht.

Sie spürte, wie sie vor Erregung zu zittern begann. Irgendein wichtiges Informationsteilchen, bisher immer ein kleines Stück außerhalb ihrer Reichweite, schien in ihr Bewusstsein einzudringen. Verzweifelt bemühte sie sich, es zu fassen zu bekommen. Und dann wusste sie plötzlich, was sie blind gemacht hatte. Sah es vor ihrem geistigen Auge. Die Nacht ihres Debüts. So klar wie dieser Abend –

Vor zehn Jahren, Arbor Knoll

Es war spät geworden auf der Party zur Feier ihres Debüts, und ihren Vater bedrückte irgendetwas. Er wirkte abwesend, ja eher bestürzt. Er lächelte, aber es lag keine Freude darin. Als die Gäste allmählich aufbrachen, zog er sich im Streit mit Creighton in eine Ecke zurück.

»Du kannst überhaupt nichts dagegen tun«, beharrte Creighton. »Vergiss es!«

»Zum Teufel, das werde ich nicht!« Ihr Vater stopfte Schreibpapierblätter in seine Tasche.

Er war von mittlerer Statur und schlank wie sein Vater. Jonathan und Daniel Austrian glichen sich vom Äußeren her wie ein Ei dem anderen, obwohl ihre Persönlichkeiten unterschiedlicher nicht hätten sein können. Jonathan war freundlich und unbeschwert, ein hingebungsvoller Vater und liebevoller Ehemann. Daniel Austrian dagegen hätte gut von einem Himalayagipfel herabgestiegen sein können. Er war kalt, unnahbar und schien stets über den Dingen zu stehen, zurückhaltend auf eine höfliche und aristokratische Art.

Ihr Vater sagte: »Ich werde mit Dad darüber sprechen!« Er machte auf dem Absatz kehrt und stürmte hinaus. Creighton folgte ihm. Nie hatte sie ihren Vater so außer sich erlebt, und das machte ihr Angst. Deshalb lief sie den beiden nach.

Die beiden Männer marschierten zur Klause. Ganz klar und deutlich erinnerte sie sich an die Nacht. Gerade war eine Brise vom Meer aufgekommen, und die kahlen, winterlichen Bäume schienen dem Mond mit gespenstischen Fingern zu drohen. Es war unheimlich und beängstigend, aber sie ließ sich nicht einschüchtern, und als sie die Tür zur Klause aufschob, konnte sie drinnen die Stimme ihres Vaters hören.

»Diese Briefe haben wir heute erhalten«, eröffnete Jonathan seinem Vater. »Sowohl Creighton als auch ich. Der Verfasser behauptet, da wir die ältesten Söhne wären, sollten wir wissen, dass du und Lyle Redmond eure Vermögen mit Nazi-Diebesgut gemacht habt. Er schreibt, ihr hättet das Bernsteinzimmer, und du hättest einen Mann getötet, um es in deinen Besitz zu bringen. Hast du das getan, Dad?«

Ruhig stellte Daniel Austrian sein Glas ab. »Und wenn ja? Du hast dir die Früchte davon all die Jahre gut schmecken lassen!«

Sie stritten sich. Ihre Stimmen waren wütend und leidenschaftlich. Sie öffnete die Tür, um alles sehen zu können. Jetzt schrien sich Creighton und ihr Vater an.

»Wir müssen damit an die Öffentlichkeit gehen!«, brüllte ihr Vater. »Das ist unmoralisch. Dad muss den Mord gestehen!«

»Bist du verrückt?«, fauchte Creighton zurück. »Nein! Er würde uns nicht ruinieren, und Lyle auch nicht. Du bist der Einzige, für den das ein Problem ist. Vergiss es!«

Creighton und ihr Vater beschimpften sich weiter. Die Spannung erreichte den Höhepunkt. Sie bekamen feuerrote Köpfe.

Schließlich brüllte ihr Vater: »Ich werde damit zur Polizei gehen!«

»Wir können es uns nicht leisten, dass unsere Väter als Verbrecher entlarvt werden!«

»Fick dich! Ich mache, was ich will!« Ihr Vater wandte sich zum Gehen. Seine Augen weiteten sich, als er Julia entdeckte.

An Creightons Schläfe pulsierte eine Ader. Sein Gesicht war dunkelrot angelaufen. »Das wirst du zum Teufel noch mal nicht!« Er griff nach einer Waffe, und seine Hand schloss sich um den Gehstock seines Vaters mit dem silbernen Knauf. Er hieb damit so fest zu, wie er konnte. Der Stoß traf Jonathan Austrian am Hinterkopf. Er fiel nach vorn gegen den Schreibtisch und prallte davon zurück. Creighton schlug erneut zu.

»Aufhören!«, schnauzte Daniel Austrian. »Das reicht!«

Aber ihr Vater wirbelte herum und holte mit der Faust aus. Creighton traf ihn noch einmal mit dem Stock. Jonathan stürzte und kam mit dem Kopf auf der Schreibtischkante auf. Es gab ein grauenvolles Geräusch, fast so, als zerplatze eine Melone.

Sie kreischte. Heiße Tränen rannen ihr über das Gesicht. Sie stürzte zu ihrem Vater. Schlaff lag er auf der Erde; unter seinem Kopf hatte sich eine kleine Blutlache gebildet. Sie warf sich über ihn. »Dad! Daddy!« Sie schüttelte ihn am Revers. Sie küsste ihn. *»Daddy! Wach auf!«*

Ihr Großvater Austrian schob sie beiseite. »Lass mich mal sehen.« Er kniete sich hin und fühlte Jonathans Puls.

Creighton stand über ihm, den blutigen Stock in der Hand. Er stand unter Schock. Sein Gesicht war aschfahl.

Daniel Austrian schloss seinem Sohn die Augen und richtete sich auf. »Er ist tot.«

Seine Stimme war völlig ausdruckslos. Er sah auf die Leiche seines Sohnes hinunter. Dann funkelte er Creighton zornig an. »Du bist ein verdammter Narr, Creighton. Jetzt stecken wir alle in der Patsche!«

Julia starrte ihren Vater an, seine geschlossenen Augen, den Schmerz in seinen Zügen und das Blut, das seine Stirn bedeckte und sein Haar verklebte. Sie sprang auf und fuhr herum. Hämmerte mit den Fäusten auf Creightons Brust ein und versuchte, ihm das Gesicht zu zerkratzen.

Daniel Austrian zog sie von ihm weg. »Hör auf damit, Julia! Hör auf. Es war ein Unfall.«

Sie schrie laut auf und schlug nach ihrem Großvater.

Creightons Stimme bebte. »Dan? Was sollen wir tun?«

Daniel Austrian packte Julia an den Schultern und zwang sie, sich umzudrehen, sodass sie ihn ansehen musste. »Sträub dich nicht, Mädchen.« Er nahm sie bei der Hand, führte sie zum Sofa und ließ sie sich setzen. Er begab sich vor ihr auf die Knie und sah ihr unverwandt in das schmerzverzerrte Gesicht. »Er war nicht nur dein Vater. Er war auch mein Sohn. Mein einziger Sohn. Es ist eine furchtbare Tragödie.« Seine Stimme hatte fast hypnotische Qualitäten. »Niemand ist schuld daran. Dein Onkel und dein Vater haben sich geschlagen, und Creighton hat ihm einen unglücklichen Hieb versetzt. Er hat ihn nicht absichtlich getötet. Niemand trägt daran die Schuld. Es war ein Unfall. Sonst nichts.«

Als sie nichts erwiderte, ergriff er ihre Hände. »Sieh mich an!«

Sie starrte ihn an, und in ihrem Kummer flammte Zorn auf.

»Willst du, dass ich dafür ins Gefängnis gehe?«, wollte er von ihr wissen.

Sie runzelte die Stirn.

»Weil das nämlich geschehen wird, wenn du etwas sagst. Creighton könnte wegen Mordes hingerichtet werden. Du willst doch nicht deinen Onkel töten, Kind, oder?«

Sie musste würgen. »Nein –«

»Er wird hingerichtet, und ich wandere als sein Komplize hinter Gitter. Du musst immer daran denken, dass es ein Unfall war, aber wenn du es irgendjemandem erzählst, müssen dein Onkel und ich furchtbar dafür büßen.« Er ließ ihre linke Hand los und hob ihre rechte in die Höhe. Er wies auf den Alexandritring, den er ihr früher am Abend geschenkt hatte. »Und auch du wirst dafür büßen. Dies ist ein schöner Ring. Ein Kunstwerk. Du liebst ihn, und du liebst deine Mutter. Wir werden unser ganzes Vermögen verlieren. Das Geld, mit dem deine teuren Musikstunden, dein Steinway, deine Jahre in Juillard und das Apartment deiner Familie an der Park Avenue bezahlt wurden, dieser wundervolle Ring und alles, was du und deine Familie besitzt. Deiner Mutter wird nichts zum Leben bleiben. Jeder von uns wird alles verlieren, und es wird deine Schuld sein.« Seine Miene war die einer Sphinx. »Du musst vergessen, was geschehen ist. Wenn du es weitererzählst, wird das böse Folgen haben. Versprich mir, dass du es vergessen wirst!«

Er fixierte sie mit seinen großen, stechenden Augen. Sie erblickte ihren eigenen Kummer, ihren eigenen Schmerz in ihnen. Ihr Vater war tot, aber sein Sohn auch. Tief in seinen dunklen Augen entdeckte sie unvergossene Tränen. Nie hatte sie ihren unnahbaren Großvater so nah, so emotional erlebt. Sie konnte sehen, dass auch er zutiefst litt. Und jetzt forderte er von ihr zu tun, was er für richtig hielt.

Sanft bat er sie: »Versprich es mir, Julia. Alles hängt von dir ab.«

Schuldgefühle überkamen sie. Langsam nickte sie.

»Gutes Mädchen. Ich bin stolz auf dich. Wenn du morgen früh aufwachst, wird dir alles wie ein böser Traum vorkommen. Geh jetzt zu Bett. Denk daran, du darfst es nie jemandem erzählen. Nie. Du musst vergessen.«

Wie ein Roboter stand sie auf. Sie warf noch einen letzten Blick auf ihren toten Vater, und dann ging sie mit hölzernen Bewegungen durch das Zimmer zur Tür. Hinter ihr erklangen wieder die Stimmen ihres Großvaters und ihres Onkels.

»Wird sie dichthalten?«, fragte Creighton mit bebender Stimme.

»Das wäre besser für sie«, antwortete ihr Großvater. »Kein Grund, es Lyle zu erzählen. Es würde ihn nur aufregen. Wir erledigen das unter uns. Irgendwelche Ideen?«

Creighton räusperte sich. »Ein Autounfall. Wir nehmen meinen und Jonathans Wagen. Wir lassen seinen von der Straße abkommen und verunglücken, dann fahre ich dich heim nach Southampton. Ich bin wieder hier, bevor irgendjemand aufwacht.«

»Das sollte funktionieren. Du wirst langsam erwachsen. Zeit, dass ich dir etwas zeige.«

Sie hörte, wie ihre Schritte sich über den Boden bewegten. Als sie nach draußen trat, vernahm sie ein quietschendes Geräusch hinter sich, und dann schienen sich ihre Augen mit einem goldenen Licht zu füllen. Sie senkte den Blick auf ihren neuen Ring. Der funkelnde Stein fing das Licht aus dem Raum hinter ihr ein. Sie wollte ihn abziehen, aber sie durfte ihrem Großvater nicht noch mehr Kummer bereiten. Mit gestohlenem Geld war dieser Ring erworben worden. Für einen Moment schien er sich wie eine Schlange um ihren Finger zu winden, und der Finger schmerzte.

Plötzlich bekam sie Angst. Was ihrem Vater widerfahren war, konnte auch ihr widerfahren. Ihre Mutter konnte ohne jedes Vermögen dastehen. Sie konnten alle ins Gefängnis kommen. Sie würde ihren Flügel verlieren, die Unterrichtsstunden, die sie noch immer so dringend brauchte. Sie wollte eine große Konzertpianistin werden.

Weinend schloss sie die Tür. Der Wind blies weiterhin frisch aus Richtung Meer. Er seufzte und stöhnte. Der Himmel war schwarz, die Sterne wurden von dahinjagenden Wolken verdeckt. Sie schluchzte und weinte, während sie zum Herrenhaus zurücklief. Ihr Großvater und ihr Onkel würden einen Autounfall für ihren Vater fingieren, um ihre Schuld zu vertuschen ... und ihre, Julias Schuld.

59

16.34 Uhr

Sam raste wie ein Wahnsinniger zum Hauptgebäude zurück. Er stellte den Wagen dort ab, wo er geparkt hatte, als die Männer ihn hineingestoßen hatten. Er wischte sich das blutige Gesicht sauber, klopfte sich den Staub aus dem geistlichen Gewand und huschte im spätnachmittäglichen Sonnenschein in die Richtung, in die Maya Stern Julia dirigiert hatte.

16.35 Uhr

Creighton sah auf und ahnte, dass Julia etwas Seltsames erlebt hatte. Während sie da in ihrer Ordenstracht in der Klause stand, brannten ihre blauen Augen und ihr ovales Gesicht wie von einem inneren Feuer. Eine leichte Röte war ihr ins Gesicht gestiegen. Er hatte erwartet, sie würde sich zu Tode ängstigen, aber –

Der alte Mann zu seinen Füßen knurrte: »Du hast nicht mal den Mumm, deine eigene Drecksarbeit zu erledigen, Creighton. Schieß, bevor du müde wirst und die verdammte Kanone fallen lässt!«

Schaudernd verließ Julia ihre Trance. Kehrte aus der Vergangenheit zurück. Sie erblickte Creighton. Nichts und niemand außer ihm in dem riesenhaften Raum zählte.

»Du hast meinen Vater umgebracht!« Sie zitterte vor Wut. Sie zog sich die Wattebäusche aus dem Mund, schleuderte sie von sich und stieß Maya Stern mit aller Kraft weg. Sie ging auf Creighton zu. »Du Ungeheuer! Deine Habgier und dein Ehrgeiz sind schuld am Tod meiner Mutter, aber meinen Vater hast du mit eigenen Händen ermordet! Ich habe es mit angesehen! Darum bin ich blind geworden. Ich habe mit angesehen, wie du Dad ermordet hast, und ich habe mich von Großvater Austrian überreden lassen, Schweigen darüber zu bewahren. Dann hast du dein Verbrechen vertuscht und uns all die Jahre darüber belogen. Du und Großvater Austrian!«

Nun begriff sie, was Orion Grapolis damit gemeint hatte: was immer geschehen sei, hätte sie so traumatisiert, dass sie es nicht mehr ertragen könne, die Welt zu sehen. Zuerst hatte sie mit ansehen müssen, wie ihr Vater, den sie innig geliebt hatte, ermordet worden war – von ihrem Onkel, den sie ebenfalls liebte. Dann war ihr von dem Großvater, den sie liebte, gesagt worden, sie müsse lügen, um sie alle zu retten. Der Konflikt – ihren Vater zu ehren oder die Familie zu retten – war zu viel für sie gewesen. Dazu kam noch die Schuld: Wäre sie nur klüger, schneller, irgendwie besser gewesen, hätte sie den Kampf verhindern können. Verlangte es sie so sehr nach ihrem Klavier, ihrer Karriere, ihrem guten Leben? Trauma über Trauma über Trauma.

»Du bist ja von Sinnen!« Creighton blickte finster drein. *Sie wusste es.* »Stern, halten Sie sie fest.«

Maya Stern packte Julia wieder mit ihrem stählernen Griff.

Julia sträubte sich gegen die Hände der Killerin. »Hier war es. In diesem Raum. Du und Dad habt euch gestritten, weil euch gerade jemand wegen des Nazi-Schatzes geschrieben hatte. Dad wollte, dass Großvater sich den Behörden stellte, du nicht. Du hast mit dem Stock auf ihn eingeschlagen. Immer wieder. Dann habt du und Großvater Austrian mich belogen, mir Angst eingejagt und mich Stillschweigen geloben lassen. Habt mir gesagt, ich müsse vergessen, und ich bin blind geworden, um zu vergessen!«

Alles, was sie ihr erzählt hatten, war verkehrt und erlogen gewesen, eingeschlossen der Drohung, Creighton könne hingerichtet werden und ihr Großvater ins Gefängnis kommen. Sie lebten im Staat New York, und wenn sie das Verbrechen sofort den Behörden gemeldet hätten, wäre Creighton höchstens wegen Totschlag belangt worden, und ihr Großvater wäre als Tatgehilfe überhaupt nicht in Frage gekommen.

David und Brice hatten schweigend zugehört. Sie schienen zu schwanken. Blass und verunsichert erhoben sie sich.

»Du hast Jonathan ermordet?« David wirkte erschüttert. »Es war gar kein Autounfall?«

»Warum hast du es uns nicht erzählt?«, verlangte Brice zu wissen. »Was zur Hölle hast du uns *noch* nicht erzählt?«

Vince stellte sich neben seinen Vater. »Das ist doch jetzt egal. Das Einzige, was zählt, ist, dass niemand davon erfährt.«

Empört hob Creighton seine große SigSauer und richtete sie auf Julia. »Halt's Maul, Vince. Halten Sie sie fest, Stern.« Steifbeinig ging er auf Julia zu. »Alles ist deine Schuld! Alles! Wenn du bei Marguerites Tod nicht die Nerven verloren hättest, wäre nichts von alledem passiert. Ich werde morgen Präsident werden, und du wirst mich nicht aufhalten. Du nicht. Und der alte Mann auch nicht. Niemand.« Er nahm die Augen nicht mehr von Julia, befahl aber: »Stern, lassen Sie sie los. Vince, kümmer dich um den alten Mann. Treten Sie zur Seite, Stern. Sofort!«

Begierden können wie eine Sucht sein. Sie verleihen dem Leben einen diamantscharfen Brennpunkt. Sie steigen einem zu Kopf wie ein Aphrodisiakum, und sie können einen zu großen Erfolgen beflügeln. Oder zu Verwüstungen führen. Wie aus großer Distanz verfolgte Julia, wie Creighton sich ihr näherte. An seiner grau melierten Frisur war nicht eine Strähne verrutscht. Sein Designer-Smoking betonte seine breiten Schultern und seine schmale Taille. Sein kräftiges, adlerähnliches Gesicht war nicht mehr wutverzerrt. Aber aus jeder einzelnen Pore strömte er Ruchlosigkeit aus. Die letzten Reste von Skrupel und Selbstbeherrschung verpufften in diesem Augenblick. Die Mächte, die ihn geschaffen hatten, hörten auf zu existieren. Alle guten Absichten, die er einmal gehabt haben mochte, waren vergessen.

Nichts zählte mehr. Er würde sie töten. Sie stand ihm im Weg. Alles war klar.

Vince machte einen Schritt auf ihren Großvater zu, um ihn zu bewachen, und richtete seine zweite Waffe, eine kleine Mauser für den Stiefel, auf ihn. Maya Stern lächelte kalt. Ihr Respekt vor Creighton stieg. Sie trat einen Schritt beiseite, um Creighton freie Schussbahn zu verschaffen.

16.38 Uhr

Draußen richtete sich Sam vor der Fensterfront auf. Die Sonne stand genau im richtigen Winkel, um seinen langen Schatten wie ein indonesisches Schattenspiel auf die gegenüberliegende Wand zu projizieren.

Maya Stern war die Erste, die Sams turmhohe Umrisse entdeckte. Sie sprang zwischen Creighton und die Fensterreihe. Sams bestes Ziel war Vince, der mit seiner Pistole den alten Mann bedrohte.

Sam dachte nicht nach, zögerte nicht. Er brauchte eine Ablenkung, und er musste die Anzahl seiner Gegner vermindern. Er schoss durch das Glas und sah, wie Vince zu Boden ging. Sofort zog Sam den Kopf ein, machte die Schultern rund und sprang seiner Kugel hinterher durch das splitternde Glas.

Sam hatte gute Arbeit geleistet. Vince Redmond lag am Boden. Tot.

Alles andere spielte sich innerhalb von Sekunden ab.

Julia tauchte nach links ab. Creighton schoss und verfehlte sie. Und noch einmal.

Maya Stern wirbelte herum und feuerte. Ihre Kugel traf Sam in dem Moment, als er hinter dem Kapitänsstuhl landete, am linken Oberarm.

Brice und David machten einen panischen Satz über das Sofa, um Deckung zu suchen.

Lyle setzte sich dort auf den Boden, wo er gekniet hatte. Er rieb sich die schmerzenden alten Knie, doch sein Blick war noch immer trotzig – sollten sie ihn doch töten!

Julia kroch verzweifelt zu der Stelle, wo Vince' kleine Mauser hingeschliddert war, als Sam ihn erschossen hatte. Sie umfasste sie mit beiden Händen und richtete sich in die Hocke auf.

Maya Stern schwang herum, nachdem sie auf Sam geschossen hatte. Die Mündung ihrer Waffe zeigte auf Julia. Ihre schwarzen Augen waren von einer kalten Lust erfüllt, dass sie nun endlich diese hochmütige Frau abknallen konnte, die ihr immer wieder entwischt war.

Julia hörte Sams Stimme in ihrem Kopf sagen: *Drücken Sie nicht zu stark zu. Halten Sie sie fest, aber strangulieren Sie sie nicht. Stellen Sie sich vor, Ihr Körper wäre ein Teil der Waffe. Ihre Augen und Ihr Arm sind völlig aufeinander abge-*

stimmt. Wohin Ihre Augen schauen, dahin wird Ihre Waffe feuern. Atmen Sie aus. Und schießen Sie.

Und dann spürte sie auf einmal eine Hitzewelle, die auf sie zuwogte. Sie drehte sich gerade rechtzeitig um, um zu sehen, dass Maya Stern auf sie zielte. Julia dachte nicht mehr nach. Sie drückte ab.

In der Sekunde, in der Maya Stern schoss, traf Julias Kugel sie in den Hals und durchtrennte die Kopfschlagader. Sterns Kugel grub sich in den Parkettfußboden neben Julia. Eine Blutfontäne brach aus Sterns Kehle hervor. Ein fast kindlicher Ausdruck des Staunens trat in ihre Augen. Es war unmöglich, dass sie versagte. Maya Stern versagte nicht. Dann das Entsetzen. Und nichts mehr.

Am anderen Ende des Raums rappelte Sam, dessen linker Arm blutig und schlaff herunterhing, sich auf.

Ein verzweifeltes Aufheulen durchschnitt den Raum. Creighton Redmond schaute zu seinem toten Sohn, der sterbenden Maya Stern und seinen in Deckung gegangenen Brüdern hinüber. Er brüllte vor Wut und Hass, als er seine SigSauer gegen den einzigen Feind richtete, den er sah – den auf die Beine kommenden Sam.

»Creighton!«, rief sein Vater. »Nein! Schluss damit. Es ist genug –«

Als Creightons Finger sich um den Abzug schlossen, wusste Julia, dass ihr keine Wahl blieb. Sie würde nicht zulassen, dass Sam starb. Sie fasste ihr Ziel ins Auge, atmete aus und schoss.

Scharlachrotes Blut breitete sich auf Creightons weißem Plisséehemd aus. Mit weit ausgebreiteten Armen stürzte er rücklings auf den Schreibtisch. Blut floss über seine Brust und durchtränkte die Papiere auf der Tischfläche. Sein Kopf rollte nach hinten. Er war tot.

Während Julia in seine leeren, aufgerissenen Augen schaute, dachte sie an die Wunde ihrer Mutter und ihren furchtbaren Todeskampf, und da spürte sie, wie sich ein alter Schmerz in ihr löste. Creighton war für so viele Morde verantwortlich, und alle lasteten schwer auf ihr. Was hatte er nicht alles getan: angefangen mit dem Mord an ihrem Vater, ihre Überweisung an einen Psychiater, der dafür sorgte, dass sie sich nie mehr erinnern würde, bis hin zu seinem Plan, koste es was es wolle, Präsident zu werden – auch wenn der Preis die Ermordung seiner eigenen Schwester war.

»Julia!« Sam war bei ihr, zog sie mit seinem unverletzten Arm an sich und hielt sie fest. Erleichterung durchströmte ihn. Das Herz wollte ihm zerspringen vor Freude. Das musste Liebe sein. Er schob ihr die Nonnenkapuze vom Kopf und streichelte ihr Haar und murmelte in ihr Ohr.

Lyle Redmond richtete sich schwankend auf und ging zu Creightons Leiche. Er seufzte, und seine alte Stimme bebte. »Es tut mir leid, Sohn.«

Die Tür wurde aufgetreten. Vier Secret-Service-Agenten mit halbautomatischen Gewehren schlichen sich vorsichtig in den Raum und teilten sich auf der Suche nach Zielobjekten auf.

Sam hielt mit seiner unverletzten Hand seinen Firmenausweis in die Höhe und rief: »CIA! Nicht schießen!«

Nachdem die Agenten lautlos den Raum gesichert hatten, sah der Einsatzleiter sich Creighton an. Er hob den Blick zu Sam.

»Das ist eine lange Geschichte«, begann Sam. »Aber wir können alles erklären. Seine Brüder und sein Vater da drüben auch.«

Brice und David kamen hinter der Couch hervor, totenbleich und zutiefst erschüttert. Lyle funkelte sie sofort wütend an. »Feiglinge! Redet! Das ist wohl das Mindeste, was ihr tun könnt.«

Brice, David und der alte Mann beeilten sich, alles zu erzählen, was vorgefallen war. Julia und Sam fügten ihre Geschichte hinzu. Sie setzten sich, und die Agenten überhäuften sie mit Fragen. Die Polizei kam. Die Sanitäter kamen. Das FBI war benachrichtigt worden. Der Secret Service hatte das Anwesen hermetisch abriegeln lassen. Niemand außer der Polizei durfte herein, und niemand außer der Polizei – die Partygäste eingeschlossen – durfte hinaus. Viele der Würdenträger, auch der Kardinal, protestierten heftig, aber ohne Erfolg.

Schließlich verkündete David: »So, das war's. Ich will jetzt meinen Anwalt sprechen, bevor ich mich noch tiefer reinreite.«

Während sie alle erzählten, beruhigte Julia sich wieder. Der tragische Tod ihres Vaters nahm ihr gesamtes Denken in Anspruch, als gäbe es noch etwas, an das sie sich erinnern musste. Wieder und wieder ging sie die Ereignisse durch. Der Kampf; ihr Großvater, der auf sie einredete; wie sie die Klause verlassen hatte; der plötzlich aufglühende goldene Lichtschein, der ... Und dann wusste sie es.

Sie stand auf und ging zum alten Lyle hinüber. »Wo ist es, Großvater?«

Er sah sie verdutzt an.

»Ich habe in jener Nacht seinen Widerschein gesehen. Du konntest nicht wissen, dass Creighton und die anderen sich heute Nachmittag hier treffen würden. Du bist aus einem anderen Grund zur Klause gekommen. Du musst es jetzt zeigen. Ihnen allen.«

Der alte Mann blinzelte langsam. Er nickte. »Du hast Recht. Wegen all dem –«, er wies in einer weit ausladenden Geste durch den Raum, »– hätte ich es beinahe vergessen.« Er wuchtete sich hoch und ging zu seinem

Schreibtisch. Zog die oberste Schublade heraus und griff tief hinein. Julia konnte das leise Klicken eines Schalters hören. Er wandte sich an das Dutzend Leute, die in dem großen Raum herumsaßen oder -standen. »Das ist die beste Tageszeit. Sehen Sie, wie das Sonnenlicht hereinfällt.« Er nickte. »Sie werden sehen.«

Sam war hellwach. Er hörte das Geräusch von Flaschenzügen. Hungrig schweifte sein Blick durch den Raum.

Ein Knarren war zu hören. Auch daran entsann Julia sich. Sie beobachtete, wie drei der holzverkleideten Wände hochrollten. An ihrem Fuß, wo jetzt die dahinter verborgenen Wände freigelegt wurden, erschien plötzlich ein goldener Schimmer. In dem Raum herrschte atemlose Stille. Die waagerechten Holzplanken hoben sich nun immer schneller, falteten sich, unsichtbar von unten, in dem Raum zwischen Decke und Spitzdach zusammen.

Jemand schnappte ehrfürchtig nach Luft. Goldene Lichter tanzten in der Luft, als die Strahlen der untergehenden Sonne den Raum durchfluteten. In höchster Erregung sprang Sam auf. Sein Atem kam stoßweise. Er hastete in die Raummitte, musste einfach im Herzen dieses fremdartigen und herrlichen Schauspiels stehen, das um sie herum Gestalt annahm.

Als die Holzvertäfelung unter der Decke verschwunden war, stützte Sam seinen mittlerweile verbundenen Arm mit der anderen Hand und begann zu reden. Seine Stimme und sein Gesicht wirkten wie entrückt vor Freude: »Jedes Paneel enthält Tausende handgearbeiteter Teilchen, zusammengesetzt zu Voluten, Rocaillen, Zierbüsten und Königswappen, die dann auf einen stabilen Holzuntergrund montiert worden sind. Manche Künstler haben Bilder, die sie auf die Rückseite der durchsichtigen Bernsteinstückchen einritzten, mit Goldfolie hinterlegt, damit man sie besser sehen kann. Manche der Schnitzwerke sind so klein, dass man ein Vergrößerungsglas benötigt, um ihre ganze Kunstfertigkeit ermessen zu können.« Er drehte sich herum und wies auf den Schmuck der Wände. »Das dort sind vergoldete Kandelaber auf den verspiegelten Pilastern. Und das ist ein handgeschnitzter, vergoldeter Fries, der sich um das gesamte Zimmer herumzieht.«

»Ich habe die Paneele restaurieren lassen«, warf Lyle ein, und seine verblassten Augen glühten, während er den Anblick gierig in sich aufsog.

»Das Bernsteinzimmer.« Julias Stimme klang ehrfürchtig.

Der Atem schien Sam in der Kehle zu stocken, als er sich an der unvergleichlichen Schönheit ergötzte. Sein ganzes Leben lang hatte er auf diesen Augenblick gewartet, und es war genauso herrlich, wie er es sich vorgestellt hatte. »Es ist einzigartig in der gesamten Geschichte der Menschheit. Die Leute sind um den ganzen Globus gereist, nur um dieses Kabinett zu sehen – in jenen Tagen, als so etwas noch mit großen Schwierigkeiten verbunden war. Dichter haben Preisgesänge darüber verfasst. Es war mehr als eine Legende. Es war ... es *ist* das Achte Weltwunder.«

Der Raum war vollständig in schimmerndes Licht getaucht. Das Sonnenlicht fing sich in den gewaltigen Bernsteinpaneelen und ließ sie aufglühen, fast als seien sie lebendig. Das strahlende Licht durchdrang alles, warf Echos wie sichtbare Musik. Welchen Geldwert das Zimmer auch haben mochte, er wurde von seiner magischen Schönheit in den Schatten gestellt. Es war, als schlinge sie einen geradezu mystischen Mantel um ihre menschlichen Bewunderer ...

Julias Augen fühlten sich fantastisch an, während sie die Pracht mit Blicken trank. Von neuem musste sie daran denken, wie glücklich sie sich schätzen durfte, ihr Augenlicht zurückerlangt zu haben. »Es ist atemberaubend, Sam. Genau so, wie du gesagt hast. Unvergesslich. Ein Meisterwerk.«

»Wie haben Sie es angestellt?«, verlangte Sam von dem alten Mann zu wissen.

Lyle Redmonds Stimme kam wie von weit her, aus der Welt der Erinnerung. »Dan und ich sind fast durchgedreht wegen des Zimmers. Er wollte es, weil es Kunst war. Ich wollte es besitzen. Ich habe gewonnen, aber er hatte Besuchsrecht. Dann habe ich ihm zwanzig Jahre lang Extrazuwendungen aus unserem Unternehmen gezahlt. Als ich Arbor Knoll kaufte, gab es noch ein paar italienische Kriegsgefangene, die auf Governors Island interniert waren. Sie bekamen Hafturlaub, wenn sie für Amerikaner arbeiteten, und so ließ ich sie den Tunnel graben und meine ›Klause‹ erbauen. Dann sind sie nach Italien zurückgekehrt, die Taschen voller Dollars, mit denen ihr Schweigen erkauft war.«

Brice starrte um sich. Er knurrte: »Nur ein kleines Landhäuschen!«

Der alte Herr grinste boshaft. »Zur Hölle, ich hatte hier draußen einen Königspalast ganz für mich allein, und niemand hat etwas geahnt.« Dann seufzte er. »Bevor ich meine Stiftung aufzuziehen versuchte, habe ich mich bemüht, Buße zu leisten, ohne etwas zu verraten. Ich habe mich in fast allem geirrt. Ich habe es vermasselt.« Er sah erst die funkelnden Wände, dann Julia und Sam an, um schließlich den Blick noch einmal über das fantastische Bernsteinzimmer schweifen zu lassen. Er nickte feierlich. »Ich gebe es den Russen zurück. Es hat mir nie gehört. Ich wollte es nur noch einmal sehen. Nennt es die letzte Schwäche eines alten Sünders.«

Sam beobachtete Julia. Er nahm ihre Hand und drückte

sie. Das Bernsteinzimmer hatte ihm viel bedeutet, aber am Ende konnte es nicht gegen sie bestehen.

Er küsste sie aufs Haar und flüsterte: »Es ist vorbei, Julia.«

Sie lehnte sich zurück und lächelte zu ihm hoch. Ihr kamen neue Gedanken. Sie fuhr mit dem Finger über sein Kinn. »Nein, Schatz. Es ist noch nicht ganz vorbei.«

60

21.04 Uhr
OYSTER BAY, New York

Nachdem jeder seine offizielle Aussage gemacht hatte, durften alle mit Ausnahme von David und Brice Arbor Knoll verlassen. Das FBI nahm sie wegen Beihilfe zum Mord fest. Man hatte keine weiteren Hausmeister gefunden. Limousinen, Luxusautos und schnittige Sportwagen brachten die schockierten Gäste vom Anwesen.

Die Presse wurde zu einer lärmenden Nachtwache außerhalb des Tors verwiesen. Lyle Redmond sprach zu ihnen und berichtete ihnen in seiner lebhaften Ausdrucksweise von Creightons Verschwörung zur Erlangung der Präsidentschaft. Er beschwor die Öffentlichkeit, für Douglas Powers und nicht für die Redmond-Friedman-Schiene zu stimmen. Nach dem Gesetz war es rein technisch möglich, dass Creighton zum Präsident gewählt wurde, und dann würde sein Kandidat für das Vizepräsidentenamt anstelle von Douglas Powers ins Weiße Haus einziehen. Der alte Lyle hielt das nicht für richtig.

Wie die Fernsehkameras es wiedergaben, sagte Lyle: »Doug Powers wird einen verdammt guten Präsidenten abgeben. Geben Sie ihm Ihre Stimme.«

Julia versuchte ihn zu überreden, mit ihnen das Anwesen zu verlassen.

Er ließ sich nicht umstimmen. »Wenn ich die Bude schon verkaufe, kann ich auch noch ein paar Nächte hier verbringen. Sehen, ob ich mir gute Erinnerungen einfangen kann. Mit ein bisschen Glück finde ich einige meiner alten Hemden in den Schubladen. Nach Reilly und seinen gottverfluchten Schlafanzügen lechze ich nach anständiger Kleidung.«

Julia bat Sam, sie nach Oyster Bay ins Pfarrhaus von Sankt Dominikus zurückzufahren. Als sie dort eintrafen, parkte er den Wagen auf der Rückseite. In dem Fenster des kleinen Salons, wo sie sich mit Pater Michael und ihrem Großvater unterhalten hatten, brannte noch Licht. Der Franziskaner saß in dem gelblichen Schein der Lampe an seinem Schreibtisch, den Kopf vornübergebeugt. Er schrieb.

Als er auf ihr Läuten hin öffnete, nickte Pater Michael ihnen zur Begrüßung zu. »Ich habe euch schon erwartet, meine Kinder. Ich habe die Nachrichten verfolgt. Auf allen Sendern gibt es kaum etwas anderes. Der Tod Ihres Onkels tut mir leid, Julia. Und Sie tun mir auch schrecklich leid, weil Sie ihn töten mussten.« Pater Michael spürte die Last seiner 65 Jahre. Sein freundliches Gesicht war unter der Bürde förmlich herabgesackt. Dennoch strahlte er Freundlichkeit und Mitgefühl für sie aus, was Julia tief bewegte.

Er nahm sie mit in den Salon, schloss die Tür und bat sie, ihm genau zu erzählen, was sich zugetragen hatte. Während sie sprachen, hörte er ihnen mit gesenktem Haupt zu, und sie gewannen den Eindruck, er würde beten.

Julia fügte hinzu: »Großvater hat mich gebeten, Ihnen zu sagen, dass er morgen herkommen wird, nachdem er seine Stimme abgegeben hat. Er sagt, er hätte getan, was er tun musste. Er will seine Beichte ablegen. Er meint, es würde eine sehr lange Beichte werden, also nehmen Sie sich für morgen nicht viel vor.«

Der Priester hob den Kopf. Er lächelte. »Das ist wundervoll. Ein weiterer Schritt zu seiner Erlösung. Es war ein langer Weg für ihn, und ich weiß, dass er müde ist. Aber er hat einen ungebundenen Geist, und nun, da er Gott gebeten hat, Seine Hand auf seine Schulter zu legen, wird er sich nicht mehr so allein fühlen.«

Sam grinste. »Er schwört, dass er nie wieder fluchen wird.«

Der Priester gluckste in sich hinein. »Das ist gut.« Er setzte sich in seinen Stuhl zurück, und seine braune Ordenstracht schleifte über den Teppich. Sein langes Gesicht wurde ernst, und er musterte Julia mit fragendem Blick. »Sie wollen mir eine Frage stellen, Julia?«

Sie nickte. »Sie haben da einen Satz zu Großvater gesagt, der mir im Gedächtnis haften geblieben ist. Er lautete: ›Sie haben nicht erzählt, dass Sylvester Maas vorhatte, den Schatz zurückzugeben.‹ Großvater wusste nicht, wovon Sie sprachen. Er hat es seinem schlechten Gedächtnis angelastet, aber für mich ergibt es einen Sinn ... falls Sie dort waren und wussten, was geschehen war.« Sie hielt inne. »Ich glaube, Sie waren jener kleine Junge, den Opa aus dem Lagerhaus wegrennen sah, nachdem Großvater Austrian Maas getötet hatte. Und dann fiel mir ein, was Sam herausgefunden hatte, als er Maas' familiären Hintergrund ausgeleuchtet hatte. Maas hatte einen Sohn, offenbar sein einziges noch lebendes Kind. Aber Sam konnte nicht die geringste Spur von ihm finden. Das machte mich misstrauisch. Vielleicht war sein Sohn gar nicht verschollen. Vielleicht war er nur seiner Berufung gefolgt – der Kirche –, die ihn in fremde Länder geführt hatte. Sie haben einen deutschen Akzent, und Zürich gehört zur deutschsprachigen Schweiz ... Sind Sie Michael Maas? Stimmt es, was Sie über Ihren Vater gesagt haben?«

Der Priester schloss seine Augen. Schmerz verzerrte seine alternden Züge. Doch als er die Augen wieder aufschlug, war sein Blick klar und sanft.

Er sagte: »Es stimmt. Alles. Mein Vater war ein sündiger Mensch, doch als er erkannte, wie ungeheuerlich das war, was er mit Himmlers Beute vorhatte, änderte er sich. Er wollte den Zweiten Himmler-Schatz an die Sowjetunion zurückerstatten, woher er schließlich stammte. Himmler war ein grausamer Mensch. Am Ende wollte mein Vater dessen Verbrechen nicht noch weiterführen.«

Sam legte Pater Michael seine Theorie dar, wie Himmler die Beute von Königsberg nach Zürich verschleppt hatte.

Dieser nickte. »Nach dem, was mein Vater mir berichtet hat, haben Sie Recht. Es war eine lange und mühsame Bahnfahrt. Mein Vater nahm den Zug in Deutschland in Empfang, um ihn dann in die Schweiz zu begleiten.« Der Pater erzählte ihnen, dass seine Mutter ihn gebeten hatte, Stillschweigen über die Ermordung seines Vaters und den Zweiten Himmler-Schatz zu bewahren. »Offensichtlich hatte er früher im Krieg ein paar Stücke aus anderen Schließfächern entwendet, und meine Mutter fürchtete, die Schweizer Regierung würde ihr gesamtes Erbe als Entschädigung dafür beschlagnahmen. Also sagte ich nichts. Ich wurde Priester, um meine Schuld zu sühnen.« Traurig lächelte er Julia an. »Wir sind gar nicht einmal so verschieden, Sie und ich. Es gibt ein altes Sprichwort: ›Die Verbrechen der Eltern suchen die Kinder heim.‹«

»Haben Sie vor zehn Jahren Briefe an meinen Vater und Creighton geschrieben, in denen stand, was meine Großväter getan hatten?«, fragte Julia. »Das war der

Grund, warum sie sich in der Nacht meines Debüts gestritten haben –«

Entsetzen malte sich auf Pater Michaels Gesicht ab. »Ich bin verantwortlich für den Tod Ihres Vaters? Ich wusste nicht –«

»Aber Sie sind auch für die Erlösung meines Großvaters verantwortlich«, lächelte Julia traurig. »Sie haben versucht, das Richtige zu tun. Sie haben lediglich den Anstoß gegeben. Danach haben die Beteiligten ihre eigenen Entscheidungen getroffen. Sie müssen sich für nichts schuldig fühlen. Im Gegenteil, ich bin Ihnen für vieles dankbar. Wenn Sie Opa nicht zur Besserung bewegt hätten, wäre Creighton mit Sicherheit Präsident geworden.«

Der Priester dachte darüber nach. Dann nickte er. »Ihre Worte sind Balsam für meine Wunden. Ich danke Ihnen.«

Danach saßen Julia und Sam in ihrem Leihwagen auf dem Parkplatz hinter der hübschen Steinkirche, ohne sofort loszufahren. Der Mond stand hoch am Himmel, und die Seeluft war still. Es roch leicht nach Schnee, als brächten die fahlen Wolken, die über den schwarzen Himmel trieben, einen Wetterwechsel. Sie trugen wieder die Heilsarmeekleider, die Sam in Manhattan gekauft hatte. Sein Arm klopfte, aber er war mit Schmerzmitteln voll gepumpt, sodass er es ignorieren konnte. Sie schmiegten sich aneinander, ihr Atem vermischte sich.

»Kommst du mit mir nach New York?«, fragte sie ihn. »Es ist nah. Es ist bequem. Und im Kühlschrank steht etwas zu essen.«

Er lächelte. Legte eine Hand auf ihre Wange und drehte ihr Gesicht sanft zu sich herum, damit er sie ganz deutlich sehen konnte.

»Deine Haut ist so weich.« Er fuhr mit dem Finger über ihren Hals. »Glaubst du an die Liebe?«

»Komisch, dass du das fragst. Ich habe in jüngster Zeit viel darüber nachgedacht. Aber wenn wir uns dazu bekennen, müssen wir wohl einige unser alten Vorstellungen über Bord werfen.«

Er küsste sie, und sie presste sich an ihn. Er drückte sie ganz fest mit seinem gesunden Arm an sich, überrascht und dankbar. Trank den süßen Geschmack ihres Mundes.

Er wich ein paar Zentimeter zurück und sah ihr in die lapislazuliblauen Augen. »Solltest du zufällig gerade über Verpflichtungen sprechen – nun, ich glaube, ich bin bereit, meinen Horizont zu erweitern.«

Sie ließ ihre Hand unter seine Jacke gleiten, schlängelte sie unter seinem Sweatshirt nach oben und legte sie auf sein Herz. Sein Schlag vibrierte in ihrer Handfläche, schickte Wellen der Hitze und des Verlangens aus. Sie mochte es, wie er roch, wie er aussah, wie er redete und wie er liebte.

Sie sagte: »Ich liebe deine Gedanken.«

»Ich liebe dich«, sagte er leise.

Sie dachte an ihre Mutter. Wie oft hatte sie gesagt, sie hoffe, Julia werde einen guten Mann finden, den sie lieben könne. Es machte sie froh und traurig zugleich, und sie wünschte sich sehnlich, ihre Mutter würde noch leben, damit sie Sam kennen und all seine wundervollen Stärken und Besonderheiten schätzen lernen könnte. Ihr Vater hätte ihn auch gemocht. Sie hätten ihren Spaß daran gehabt, ihre Faszination für Kunst, Musik und Wissenschaft zu teilen. In Gedanken konnte sie sie sehen, wie sie beieinander saßen und stundenlang redeten und redeten –

Ihre Eltern waren tot, und sie würde sie immer vermissen. Aber wenigstens hatte sie ihren Mördern das Handwerk gelegt, und jetzt hatte sie ja auch Sam. Er konnte nicht ihren Platz einnehmen, und das wollte sie auch gar nicht. Tief in ihrem Herzen lächelte sie. »Ich liebe dich, Schatz.« Gemeinsam würden sie sich ein neues Leben aufbauen. Im stillen Schatten des Wagens küsste sie ihn lange, sehr lange.

Ein Jahr später, Dezember
NEW YORK City

Der Schnee verlieh der Stadt eine strahlende Schönheit. Rote Fähnchen, immergrüne Girlanden und farbige Lichter schmückten Läden, Straßenlaternen und die Mittelstreifen auf der Park Avenue. Fröhliche Feiertagsstimmung erfüllte die Stadt. Der übliche Verkehrs- und Stimmenlärm wurde durch die Schneedecke gedämpft. Sauber und frisch lag sie auf Autos und Feuerhydranten und sammelte sich in weichen Verwehungen an den Gebäuden. Julia und Sam spazierten Hand in Hand durch die belebende Luft. Es waren ungemein viele Fußgänger unterwegs, die Wetter und Jahreszeit genossen. Einkaufstüten raschelten, und Festgrüße hallten über die Straße.

»Wie ist es, wieder daheim zu sein?«, erkundigte sich Sam. Er musterte sie eingehend und fragte sich, ob sie wirklich so gern in Washington wohnte, wie sie behauptete. Sie hatten sich ein gemeinsames Haus in Dupont Circle gekauft, aber New York war ihre Heimat. Nun waren sie zum ersten Mal nach vielen Monaten zurückgekommen –

»Ich werde New York immer lieben.« Sie lächelte. »Aber dich liebe ich mehr.«

»Gut so. Ich bin froh, dass ich das Geld für diesen Ring investiert habe.«

Sie lachte.

Nach den Vorkommnissen in Arbor Knoll hatte der DCI Sam angeboten, wieder im Außendienst tätig zu werden. Jeden Job, den er wollte. Aber er wusste, dass er, was das anging, den Styx ein zweites Mal überschritten hatte. Er hasste die Lügen, die Gewalt, den Tod. Er hatte recht daran getan, all die vergangenen Jahre am Schreibtisch im Nachrichtendienst zu arbeiten. Wäre Irini noch am Leben, hätte er es ohnehin getan.

Und jetzt war er der Kopf des Ganzen. Er hatte Vince' Posten als Chef der Nachrichtendienstabteilung bekommen. Er gewöhnte sich gerade an die Unannehmlichkeiten und das mühselige Leben eines Top-Managers. Er vermisste Julia, wenn sie auf Tournee war, aber er liebte seine Arbeit leidenschaftlich. Wenn sie zurückkam, war sein Leben komplett.

Auch Pink war wieder auf der Bildfläche erschienen. Pink war bereits in Bosnien gewesen, als der Wahltag heraufzog. Sobald er in den Nachrichten gehört hatte, was wirklich passiert war – dass Sam Recht und Vince nicht nur Unrecht gehabt hatte, sondern ein Verbrecher war –, hatte er Urlaub genommen, um in die Staaten zurückzufliegen und Sam so lange auf die Nerven zu gehen, bis er ihm verzieh. Es hatte eine Weile gedauert. Jetzt jedoch hielt Pink sich wieder in Osteuropa auf, und Sam wusste, dass Pink bei seinem nächsten Heimaturlaub direkt in sein Büro spaziert käme, um ein gemeinsames Essen, Sport oder Kino vorzuschlagen, und so ihre Freundschaft zu erneuern.

Sam und Julia gingen die 61. Straße entlang und betraten ein düsteres, fünf Stockwerke hohes Gebäude aus braunem Sandstein. Eine große Anwaltskanzlei okkupierte das gesamte Gebäude. Sie saßen in der walnussholzgetäfelten Eingangshalle, bis Lyle Redmond auftauchte.

Er brachte einen Schwall kalter Luft mit hinein. Er schlug seine Handschuhe gegeneinander und zog sie aus.

Julia küsste ihn auf die Wange. »Hallo, Opa. Frohe Weihnachten.«

Er hielt sie lange umarmt. »Frohe Weihnachten, Julia.«

Sam sagte: »Frohe Weihnachten, Opa.«

Lyle runzelte die Stirn. »Nenn mich Lyle.«

»Mir gefällt ›Opa‹ besser.«

»Jaaaa«, brummte er, »das war mir klar.« Aber insgeheim freute er sich.

Sie nahmen den Aufzug ins oberste Stockwerk. Seit ihrer Hochzeit hatte Julia ihren Großvater nicht mehr gesehen. Er sah gut aus. Seine Haut war rosig, sein breites, grobknochiges Gesicht zu einem Lächeln verzogen. Dies war ein großer Tag für sie alle.

Sie hatte noch ziemlich lange im schmerzlichen Schatten der Menschen gelebt, die sie getötet hatte, und daran gezweifelt, ob sie richtig gehandelt hatte. Die Gesichter ihrer Eltern waren ihr im Traum erschienen, und sie hatte sie gefragt, ob sie etwas hätte tun können, um ihren Tod zu verhindern. Sie erinnerte sich, wie groß ihr Wunsch gewesen war, Maya Stern und Creighton zu töten. Doch als sie es dann tatsächlich getan hatte, hatte sie gewusst, dass sie anders gehandelt hätte, wenn sie die Wahl gehabt hätte. Nach einer Weile hatte sie ihre Fragen und ihre Schuldgefühle in ihre Musik eingebracht, und die Antworten hatte sie in Form von Liebesakkorden von Sam erhalten. Liebe heilt, besagt ein altes Sprichwort. Und sie heilte. Heute würden sie und ihr Großvater ihren Pakt mit der Zukunft besiegeln.

Lyle und Sam unterhielten sich. »Ihr Kinder müsst euch das mal ansehen«, erzählte der alte Mann. »Ich bringe das Pflegeheim auf Vordermann. Jeder bekommt richtige Kleidung zum Anziehen. Das Popcorn wird mit Butter gemacht. Wir kommen und gehen, wie und wann es uns gefällt. Und ... wir kriegen Filme zu sehen, die erst ab achtzehn freigegeben sind!« John Reilly und seine Männer warteten im Gefängnis auf ihre Gerichtsverhandlung, und den Rest des Personals, das eingestellt worden war, um ihn festzuhalten, hatte Lyle gefeuert.

»In diesem Fall«, entschied Sam, »kommen wir ganz bestimmt.«

»Vermisst du Arbor Knoll?«, fragte Julia.

Der alte Mann schüttelte sein silbernes Haar. »Zur Hölle, nein. Na ja, ein bisschen vielleicht. Ich mag es, bedient zu werden. Das muss ich zugeben. Und ich mochte das Bernsteinzimmer, aber die Russen führen es einem guten Zweck zu. Jetzt, wo sie das Zimmer und meine Gemälde und die Kunstwerke aus Dan Austrians Besitz wiederhaben, sollten wir wohl mal rüberfliegen und uns das Ganze ansehen.« Er kicherte. »Wäre ja fast so, wie nach Hause zu kommen!«

Die Sekretärin bat sie in das Büro ihres Anwalts. Er bot ihnen Kaffee und Tee an.

»Ich nehme einen Brandy«, erklärte der alte Mann. »Einen Brandy für jeden hier. Wir haben etwas zu feiern. Und sorgen Sie dafür, dass es kein billiger Fusel ist. Ich will etwas Besonderes.« Als die Sekretärin den Raum verließ, sah Lyle zu Julia hinüber. »Findest du, dass ›Fusel‹ fluchen ist? Ich bin mir nicht sicher.«

»Opa, hin und wieder ›Fusel‹ zu sagen wird dich ganz bestimmt nicht um den Himmel bringen.«

»Nein«, pflichtete Sam ihr bei. »Über die erst ab achtzehn freigegebenen Filme würde ich mir da mehr Sorgen machen.«

Lyle grinste. »Ihr riskiert ja 'ne ganz schön kesse Lippe!«

Die Auswirkungen von Creighton Redmonds gewaltsamem Griff nach der Präsidentschaft verliefen sich allmählich. Douglas Powers war mit einer erdrutschartigen Mehrheit gewählt worden, und David und Brice waren wegen Beihilfe zum Mord vor Gericht gestellt worden. Der alte Herr hatte die Verfügungsgewalt über sein Vermögen zurückerhalten, Julia ihr Erbe angetreten.

Der Anwalt in seinem eleganten Eckbüro machte es feierlich. Sein Name war Joseph Kattleman, ein würdevoller Mann mit einer akzentuierten Sprechweise. Noch einmal erläuterte er alle Punkte des Dokuments. »Ihnen ist bewusst, dass Sie hiermit Ihr sämtliches Vermögen der besagten Stiftung vermachen, Mr. Redmond? Sie werden von der Sozialhilfe leben müssen.«

»Das ist mein Wille.« Der alte Mann nickte. »Mir geht es gut. Mir gehört das Pflegeheim, sodass ich keine Miete zahlen muss. Ich glaube, das war ein Geniestreich von mir, das Heim seinen Bewohnern zu überschreiben.« Er schwenkte seinen Brandy im Glas und trank. »Der ist verdammt gut«, verkündete er.

Pater Michael hatte Redmond in die Schweiz begleitet, wo der Priester seine Zeugenaussage zum Mord an seinem Vater zu Protokoll gegeben hatte. Das Gericht – nicht erpicht darauf, noch mehr öffentliche Aufmerksamkeit auf das skandalöse Verhalten der Schweiz während und nach dem Krieg zu ziehen – hatte Lyle zu einer Strafe von 500 000 Dollar verurteilt und ihm aus humanitären Gründen aufgrund seines Alters Haftverschonung zugestanden. In den Vereinigten Staaten hatte er sich einer Forderung von rund 800 Millionen Dollar an rückwirkend zu zahlenden Steuern und Strafzuschlägen gegenübergesehen, darüber hinaus hatten ihm die Finanzbehörden Bußgelder für die illegale Einfuhr gestohlener Kunstgüter auferlegt.

Lyle war selbst davon überrascht, dass er ohne Murren

gezahlt hatte. Er hatte Wichtigeres zu tun, beispielsweise noch mehr Reue und Wiedergutmachung zu zeigen. Er besuchte so viele Menschen wie möglich von denen, die er im Laufe seines Lebens übervorteilt hatte. Es waren demütigende Erfahrungen, und er weigerte sich, darüber zu sprechen. Aber tief in seinem Innern wusste er, dass er ihre Beleidigungen und ihre Wut verdient hatte. Wenn gelegentlich jemand ›danke‹ für seine Entschuldigungen und die Schecks sagte, die er ausschrieb, fühlte er sich wohl bestätigt, dass sich deswegen die ganze Mühe lohne.

Blieben noch Brice und David. David weigerte sich, ihn zu sehen, aber Brice schien sich dafür zu interessieren, was er gerade im Schilde führte, solange er ihn nicht zu bekehren versuchte. Lyle ging ihn jede Woche besuchen, und sie sprachen viel miteinander. Der Weg, den der alte Mann beschritt, war steinig. Seine alten Dämonen schrien noch immer nach Beachtung. Aber mit diesem eisernen Willen, der schon immer seine Stärke und seine Schwäche zugleich gewesen war, lehnte er es ab, von dem einmal eingeschlagenen Weg abzuweichen. Falls es einen Himmel gab, hatte er vor, hineinzukommen.

Der Anwalt schaute Julia an. »Und Sie, Ms. Austrian, überschreiben der Stiftung Ihr Erbe, welches die Erlöse aus dem Verkauf Ihrer Wohnungen in Manhattan und Southampton einschließt.«

»Das ist richtig. Sam und ich können gut von dem leben, was wir verdienen.« Im letzten Jahr hatte sie auf ihrer Tournee einen Riesenbetrag verdient. Sie besaßen ein wunderschönes altes Haus, das sie restaurierten. Ein paar Gegenstände aus der Maisonette und dem Haus in Southampton, die ihr persönlich etwas bedeuteten – einschließlich der Rodin-Statue und der persönlichen Besitztümer ihrer Mutter und ihres Vaters –, hatte sie dorthin mitgenommen. Sie lächelte. »Wir fühlen uns sehr wohl und glücklich mit unserer Entscheidung.«

»Nun denn.« Der Anwalt öffnete die Tür und bat zwei junge Teilhaber seiner Kanzlei herein. Jeder von ihnen ging jeweils mit dem alten Mann und Julia die entsprechenden Dokumente Seite für Seite durch. Sie mussten jede Seite mit ihren Initialen und andere Seiten mit Datum und vollständiger Unterschrift versehen. Sie tranken ihren Brandy und hielten inne, um hier und da eine Bestimmung zu besprechen. Eine Stunde später waren sie fertig und erhoben sich zum Gehen. Sie schüttelten dem Anwalt die Hand und bedankten sich.

Nachdenklich schürzte er die Lippen. »Dies ist ein Meilenstein in der Geschichte Amerikas. Es sieht so aus, als wäre die Stiftungsmasse nahezu einundzwanzig Milliarden Dollar wert, die größte Stiftung der Welt. Die Austrian-und-Redmond-Stiftung für Opfer des Holocaust und ihre Nachkommen wird dazu beitragen, eine Situation zu verbessern, zu der die Welt nur Lippenbekenntnisse abgelegt hat. Es war eine Ehre, an diesem Projekt mitwirken zu dürfen.«

Sie verabschiedeten sich und fuhren mit dem Aufzug nach unten.

Als sie aus dem Gebäude traten, wandte Lyle sich an Julia: »Bereust du es? Das ist eine ganze Menge Geld zum Verschenken!«

»Zum Teufel, nein. Tut es dir leid?«

»Verdammt, nein.« Lyle grinste. Er schlenderte zum Bordstein und hob die Hand, um ein Taxi zu rufen. Als er in den Fond stieg, drehte er sich noch einmal um. Plötzlich überwältigten ihn seine Gefühle. »Auf Wiedersehen, Kinder. Ich liebe euch.« Er winkte ihnen durch das Fenster zu, und sie schauten ihm hinterher, bis das Taxi um den verschneiten Block verschwand.

Julia und Sam spazierten Händchen haltend nach Westen. Neue Schneeflocken trudelten durch die Luft. Das Sonnenlicht fing sich in ihnen und funkelte wie Silber auf ihrem Weg zur Erde hinunter. Julia war sich ihres Glücks auf beinahe schmerzliche Weise bewusst, und das bezog sich nicht nur auf Sam und ihr wiedergewonnenes Sehvermögen. Sie beobachtete die Schneeflocken und die Autos und die Gesichter der Menschen und lächelte.

Sam fragte: »Was denkst du gerade?«

»Dass dies das erste Mal war, dass mein Großvater mir gesagt hat, er würde mich lieben.«

Er ließ ihre Hand los und fasste sie um die Taille. Sie fielen in Gleichschritt und gingen gemeinsam weiter.

Tagebucheintrag

> *Es war vor etwas mehr als einem Jahr, dass Creighton Redmond starb, genau wie viele von denen, die für ihn gemordet hatten. Der alte Lyle und ich haben gemeinsam Erlösung gefunden. Das tröstet mich, wenn ich die Einträge lese, die ich in mein spiralgebundenes Notizbuch geschrieben habe.*
> *In den letzten Jahrzehnten habe ich lange Zeit unter einer furchtbaren Glaubenskrise gelitten. Ich war von Hass erfüllt. Ich wollte Daniel Austrian und Lyle Redmond töten. Ich wollte sie und ihre Familien so leiden sehen, wie unsere Familie gelitten hatte. Satan erscheint uns in vielen Verkleidungen, aber indem ich Lyle dabei geholfen habe, sich von der Sünde abzuwenden und das Heil zu suchen, habe ich mir selbst geholfen. Ich bete für seine Seele, und ich weiß, er betet für die meine.*

Ich bin jetzt in Rom, und die ganze Stadt vibriert von den Vorbereitungen für das Weihnachtsfest. Der Vatikan hallt wider von Liedern und Gebeten. Die Kopfsteinpflaster der Straßen draußen wimmeln von Gläubigen und verlorenen Seelen. Ich halte nach Sündern Ausschau. Es ist ein gutes Leben, und ich bin dankbar dafür.

Für Sharon Blautner, Nachtschwester auf der Geschlossenen Abteilung eines New Yorker Krankenhauses, ist es ein Tag wie jeder andere. Bis zu dem Moment, als man ihr einen Verrückten bringt, der sich von Außerirdischen verfolgt fühlt. Bill Kaiser weist alle Symptome einer schizophrenen Persönlichkeit auf. Doch er ist zugleich intelligent, gebildet und hochsensibel. So sensibel, dass er errät, welchen Schicksalsschlag die verschlossene Krankenschwester zu verbergen sucht. Als Bill Kaiser vorübergehend in den Hochsicherheitstrakt der Klinik verlegt wird, verhilft Sharon ihrem Patienten unfreiwillig zur Flucht. Bill Kaiser entkommt, und für Sharon Blautner ändert sich alles. Sie verliert ihren Job und erkennt zu spät, dass Bill Kaiser nicht verrückt ist – jedenfalls nicht so, wie sie dachte. Sie ist die einzige, die ihn stoppen kann. Doch dazu muß sie sich dem stellen, was sie am meisten fürchtet ...

ISBN 3-404-14464-3

BASTEI LÜBBE

Wenn der Mensch der Natur gebieten kann, gibt es keine Sicherheit mehr diesseits von Eden

Ein kleines, verschwiegenes Tal in Kalifornien. Hier lebt seit den sechziger Jahren eine Hippie-Kommune. Nun aber soll ihr Dorf einem Stausee weichen. Doch die ›Kinder von Eden‹ wollen sich nicht aus ihrem Paradies vertreiben lassen und greifen in ihrer Not zu einem wahnwitzigen Plan: Sie drohen der Regierung, ein Erdbeben stattfinden zu lassen, das entsetzliche Folgen haben wird. Niemand nimmt ihre Ankündigung ernst. Nur die junge FBI-Agentin Judy Maddox, die bereits auf der Abschussliste ihrer Vorgesetzten steht, hat ihre Zweifel und versucht, die Katastrophe zu verhindern. Aber dann überschlagen sich die Ereignisse ...

›Gut recherchiert und nervenaufreibend spannend.‹
Brigitte

3–404–14535–6

BASTEI LÜBBE